宋词三百首赏译

范晓燕／编著

UOOC联盟指定参考书

深圳大学教材出版基金资助

中国人民大学出版社

·北京·

摄于2014年8月深圳大学MOOC课程教学

目　录

注：标 * 为上疆村民《宋词三百首》所未收录的词作。

王禹偁

王禹偁（954—1001），字元之，济州巨野（今属山东）人。出身寒微，勤奋苦读，文才日渐显露。太宗太平兴国八年（983）进士。知长洲县，公务之余与友人诗文唱和，时人多传诵。太宗闻其名，召试，擢右拾遗。历官翰林学士、知制诰等。以直躬行道为己任，直言敢谏，屡遭谗陷，曾贬商州团练副使、知滁州。真宗咸平元年（998），因受权贵疑忌，出知黄州，世称“王黄州”。后移知蕲州，不久病逝，年四十八岁。

一生著述颇丰。提倡文宗韩柳、诗学杜白，其“革弊复古”的主张对欧阳修、曾巩等起先导作用。诗文古雅简淡，首开一代风气，为北宋诗文革新运动的先驱，晚年自编诗文《小畜集》。今存词《点绛唇》一首。

点绛唇

感兴

雨恨云愁，江南依旧称佳丽①。水村渔市，一缕孤烟细。　天际征鸿，遥认行如缀②。平生事③，此时凝睇，谁会凭栏意！

【注释】

①佳丽：指江南风景秀美。②行（háng）：飞鸿的行列。缀：连接不断。③平生事：平生的心事，此指建功立业的心志。

【赏析】

此词题为“感兴”，是即景抒怀之作。作者登高凭栏，微雨薄云笼着水村渔市的秀色，近处，一缕炊烟，远天，一行征鸿，顿时牵引起登临的一怀情思。这江南水乡风光“皆着我之色彩”，故雨恨、云愁、烟孤，清丽恬静中带有空茫的冷寂，隐然透露出他乡宦游的羁旅客愁，也含蕴了词人志事不酬、无人会意的怅惘。末三句措意常为后来词家仿效，如辛弃疾《水龙吟》：“阑干拍遍，无人会、登临意。”柳永《凤栖梧》：“草色烟光残照里，无言谁会凭阑意。”

宋初，词承续晚唐五代，多为流连风月、娱宾遣兴之作，即使伤时感怀也大都柔靡无力。此词融情于景，笔调清淡自然，喟叹含蓄深沉，实为风韵别致。

【辑评】

[清]张宗橚《词林纪事》：《词苑》云：清丽可爱，岂止以诗擅名。

【今译】

微雨，含恨
淡云，凝愁
飘洒一片空茫的迷离，

江南依旧
这般秀美明丽。
傍水的江村

渡头的渔市，
正一缕炊烟悠细。

远天，大雁高飞
奋然振翅，
一行缀连成“大”字。

不由引起
平生的无限心事，
可独倚栏杆
我，此时凝目
谁——
领会这登临意。

钱惟演

钱惟演（962—1034），字希圣，临安（今浙江杭州）人。吴越王钱俶之子，从父归附宋朝。因博学能文，召试学士院，得真宗称赏，迁翰林学士、工部侍郎。仁宗即位，拜枢密使，加中书门下同平章事。明道二年（1033）遭弹劾罢职，贬崇信军节度使，不久病逝，谥文僖。

生前趋炎附势，希冀进用，颇受人讥议，但雅好读书，家中富藏图书典籍，亦喜奖掖后进，一时文士多出其幕府。以诗著称于时，其诗反映文士雅趣，多唱和酬答之作，辞藻清丽，对仗精工，善熔铸事典，然时有晦涩堆垛之嫌，与杨亿、刘筠齐名，为西昆诗派代表作家。有《拥旄集》《伊川集》，今存词二首。

木兰花①

城上风光莺语乱，城下烟波春拍岸。绿杨芳草几时休，泪眼愁肠先已断。
情怀渐觉成衰晚，鸾镜朱颜惊暗换②，昔时多病厌芳尊，今日芳尊惟恐浅。

【注释】

①木兰花：唐教坊曲名，后用作词调。《尊前集》所载为七言八句式，与《玉楼春》格律相同，至宋，成为《玉楼春》的别称。②鸾镜：镜的美称。古代铜镜多饰以鸾鸟图案，故称。又宋·刘敬叔《异苑》记：晋罽（jì）宾王获一鸾鸟，三年不鸣，后悬镜照之，鸾见影乃鸣。后世因称妆镜为“鸾镜”。

【赏析】

此词作于词人谪居汉东（今湖北随州）时，“词极凄惋”（宋·黄昇《花庵词选》）。钱惟演一生仕官显达、位极人臣，晚年却失意遭贬，朝不保夕，故词中借闺情以写垂暮之悲怀。

啼莺、烟波、绿杨、芳草，眼前纷繁春色无处不在，而词人却泪尽肠断，春光的明丽正反衬出自己年光无多的黯淡衰晚，“几时休”的怨春里包含几多无奈。芳春不堪入眼，衰颜不堪入镜，唯有浇愁的酒可堪入肠。结处芳尊恐浅，将愁情悲怀写得尤为真笃。整首词由景及情层层推进，极为凄恻哀婉。作词“真”字是骨，此词情真、景真，自是佳作。

词中的一“乱”一“惊”正见词人落寞哀苦的心境。宋·胡仔《苕溪渔隐丛话》引《侍儿小名录》：“钱思公谪汉东日，撰《玉楼春》词。每酒阑（尽）歌之，必为泣下。”不到一年，词人病逝。

【辑评】

[明]吴从先《草堂诗余隽》：李攀龙曰：妙处俱在末结语传神。

[明]沈际飞《草堂诗余正集》：芳樽恐浅，正断肠处，情尤真笃。

【今译】

城上，流莺啼啼　　城下淡烟春波
将明媚春光啼残，　　抚拍着一曲堤岸。

杨柳绿了
野草芳了
春去，春又来
几时才有一个完结！
我，泪眼已竭
——愁肠寸断。

不再惜春赏花
善感的情怀渐衰减，
揽镜一照
惊见红润容颜
不知不觉已改换。
昔时体衰多病
弃厌满斟的酒，
今日，暮春将尽的今日
只嫌杯中酒
——太浅，太浅。

潘　阆

潘阆（？—1009），字逍遥，自号逍遥子，大名（今属河北）人，一说钱塘（杭州）人。通晓《易》《春秋》，尤以诗知名。曾居京师以卖药为生。太宗至道元年（995），召对崇政殿，赐进士及第。后以言行“狂妄”获罪，遁入中条山，题诗于钟楼，寺僧疑而追寻其行迹，复隐去。漂泊江湖多年。真宗朝遇赦，任滁州参军，卒于泗水。

性情狂逸不羁，时人画有《潘阆倒骑驴图》。平素与王禹偁、柳开交往甚密，亦与寇准等唱和。其诗承袭晚唐格调，颇得苏轼称赏。其词多寄情山水，随意吟咏，笔墨潇洒。有《逍遥词》。

酒泉子[①]

长忆西湖[②]。尽日凭阑楼上望，三三两两钓鱼舟，岛屿正清秋。　　笛声依约芦花里[③]，白鸟成行忽惊起。别来闲整钓鱼竿，思入水云寒[④]。

【注释】

①酒泉子：原为唐教坊曲，因甘肃酒泉郡而得名。或认为今存潘阆《酒泉子》十首，句法、字数与之皆有不合。此词调名应为《忆余杭》，属潘阆自创曲，因内容皆忆西湖诸胜景，故名。②西湖：又称“钱塘湖”，在浙江杭州城西。因苏轼《饮湖上初晴后雨》有“欲把西湖比西子，淡妆浓抹总相宜”诗句，故又称“西子湖”。③依约：隐约。④寒：指秋天云光水色的凉爽。

【赏析】

潘阆曾寓居钱塘（今杭州），后自制《忆余杭》十首，分别咏杭州诸景，其中“长忆孤山”“长忆西湖”“长忆西山”三首尤佳，一时盛传。

此词咏西湖秋色，抒写对旧游的忆念。当年凭栏眺望：平湖如镜，悠然散泊三两钓舟，小岛呈露秋色，正清朗浓郁；芦花荡里笛声隐约，水鸟惊飞，一行翩然斜去。歇拍拉回至眼前，闲时整理钓竿，思绪飘入云光水色。此词将“长忆”与“别来”浑然一体，以今日眷眷不忘衬见昔时西湖景胜，表达出归隐西湖之念。整首词纯用白描写景，并不着力绘饰，恰似用淡墨勾勒出的一幅山水画。

词人平生所倾心的正是这山水垂钓之乐，故写来笔墨脱俗，寄情闲散，词境清幽而淡远。前人评潘阆放怀湖山，随意吟咏“往往有出尘之语”（宋·杨湜《古今词话》），可于此词见得。

【辑评】

[宋]杨湜《古今词话》：潘逍遥狂逸不羁，往往有出尘之语。石曼倾见此词，使画工彩绘之，作小景图。

[宋]释文莹《湘山野录》：阆有清才，尝作《忆余杭》一阕。钱希白爱之，自写于玉堂后壁。

[清]陈廷焯《词则》：潇洒出尘，结更清高闲远。

【今译】

常忆西湖
啊，西湖
深深浅浅的印迹在心上，
昔时，斜倚栏杆
直到暮色漫起
仍久久地眺望。
平静的湖面
渔舟，悠悠垂钓
三三两两，
远处的小岛
呈露出明丽秋色
正一抹淡远清朗。
隐约笛声传来
在芦花荡里
白茫茫悠扬，
蓦地，白鹭惊起
斜掠向晴空，翩然一行。
别了，去了
闲暇时整理钓竿
噢，仿佛
又回到它的身旁，
悠然一缕思绪
飘入西湖清秋
那一片水色云光。

酒泉子

长忆观潮，满郭人争江上望[①]，来疑沧海尽成空[②]，万面鼓声中[③]。　弄潮儿向涛头立，手把红旗旗不湿[④]。别来几向梦中看，梦觉尚心寒[⑤]。

【注释】

①“长忆”二句：宋时杭州风俗，夏历八月十八日是钱塘江潮汛高潮期，为“潮神生日”，要举行观潮大典。宋·吴自牧《梦粱录》载：临安（今杭州）东有江潮堪观，为绝景。“每岁八月内，潮怒胜于常时。都人自十一日起，便有观潮者。至十六、十八日倾城而出，车马纷纷。十八日最为繁盛，二十日则稍稀矣。”郭：城的外围加筑的城墙，外城。②沧海：苍青色的海。沧：同“苍”。③鼓声：喻指潮声。宋·周密《武林旧事》载观潮：“大声如雷霆，震撼激射，吞天沃日，势极雄豪。”④“弄潮儿”二句：弄潮儿，指在涌潮中泳戏的能手。宋·周密《武林旧事》载：宋代钱江观潮庆典时，“吴儿善泅者数百，皆披发文身，手持十幅大彩旗，争先鼓勇，溯迎而上，出没于鲸涛万仞中，腾身百变，而旗尾略不沾湿，以此夸能”。⑤觉：醒。

【赏析】

此词追忆钱塘江观潮盛况。上片三、四句为钱江潮的传神写照，“沧海尽成空”状潮势之大，“万面鼓声中”喻潮声之雄，可谓声容俱壮，撼人心魂。过片二句于白浪如山、彩旗出没中写弄潮儿笑傲惊涛，蔚为又一奇观，令人目眩。全词以“长忆”起，以“梦觉”收，首尾相连，浑然一体。

钱塘观潮古来称盛，文人雅士多有吟咏。此词前写观潮，后写弄潮，运用夸张、比喻并辅以侧面烘托，大笔泼墨式地绘声绘形，形象鲜明，场面宏阔，气势劲健，将钱塘江潮渲染得淋漓尽致，读之如身临其境，为观潮词之绝唱，当时即为世人称道。

【辑评】

［清］张宗橚《词林纪事》：《皇朝类苑》云：好事者以阆邀游浙江，咏潮著名，以轻绡写其形容（形体容貌），谓之《潘阆咏潮图》。

【今译】

常回忆起
钱塘江观潮的盛况，
人们倾城而出
万头攒动
争向江上眺望。
啊，江潮涌时
仿佛沧海的水
席卷而来，一泻而空，
顿时，潮声轰然
如万面鼓声擂响。

更有那弄潮儿
出没万仞涛头
腾身百变，如履平地，
手中彩旗
毫不沾湿，迎风
招扬在白浪尖上。
别来，忽忽
已是数载时光，
可此情此景
总在梦里，梦醒
只觉江潮卷涌而至，
扑面，一阵
魂惊心悸的寒凉。

林 逋

林逋（967—1028），字君复，钱塘（今浙江杭州）人。少时丧父，力学而不为章句，家贫衣食不足，安然自适。早年游历江淮间，后结庐西湖孤山，种梅养鹤，吟诗自遣，世称“梅妻鹤子”。隐居不仕，“二十年足不及城市。真宗闻其名，赐粟帛，诏长吏岁时劳问”（《宋史·列传》）。年六十二卒，赐谥和靖先生。

工书画，善诗词，品行高洁而闻名于世，一时公卿名流多与之交游，与梅尧臣、范仲淹等互有酬唱。宋·梅尧臣《林和靖诗集序》称其为人：“若高峰瀑泉，望之可爱，即之愈清。”其诗多写自然风月、隐逸情趣，清淡高逸如其为人，然随写随弃，多散佚，其诸孙拾掇所作编为集。有《和靖集》，今存词仅三首。

点绛唇

金谷年年[①]，乱生春色谁为主？余花落处，满地和烟雨。　　又是离歌[②]，一阕长亭暮[③]。王孙去，萋萋无数[④]，南北东西路。

【注释】

①金谷：即金谷园，西晋富豪石崇建于洛阳的私家园林，以豪华著称。征西将军祭酒王诩回长安时，石崇在金谷园为其饯行。后南朝梁·江淹《别赋》有“送客金谷”句，遂成表示送别的典故。②离歌：即“骊歌”。骊歌，为逸《诗》篇名，是客人离去时唱的歌，歌辞云：“骊驹在门，仆夫具存；骊驹在路，仆夫整驾。”后因以“骊歌”作为告别的歌。唐·李白《灞陵行送别》：“正当今夕断肠处，骊歌愁绝不忍听。”③阕（què）：乐曲终止为“阕”。词依声而歌，“一阕”即一曲歌词。长亭：古代设在大路边的驿亭，供行人休憩，十里一长亭，五里一短亭。也用作送别之处，古人常在长亭设宴饯别，吟咏留赠。唐·李白《菩萨蛮》：“何处是归程？长亭更短亭。”④“王孙”二句：西汉·淮南小山《楚辞·招隐士》：“王孙游兮不归，春草生兮萋萋。”唐·白居易《赋得古原草送别》：“又送王孙去，萋萋满别情。”此化用其句意，寓含别离之情。王孙：王公贵族子弟，后用以代指出门远游之人。萋萋：草木茂盛。

【赏析】

张先《过和靖隐居》云：“湖山隐后家空在，烟雨词亡草自青。”诗中所叹赏的“烟雨词”即这首《点绛唇》，所幸并未亡佚，宋胡仔《苕溪渔隐丛话》将其收录。

此词通篇咏芳草，但不粘着于摹写刻画，只是用淡墨略加濡染，着重抒写芳草所蕴含的伤春伤离意绪。上片无一字写“草”，只写年年春色悄然无主，古园荒芜里落花纷飞、烟雨凄冷，让人联想到草盛春残，顿生一怀惆怅叹惋，为下片送别作渲染。下片仍未出现“草”字，但绵绵草色带着别情尽从“萋萋无数”中出之。长亭日暮，故人远去，唯剩一川芳草蔓连阡陌，至此，芳草与别离、咏物与抒情浑然一体。此词并无深意，但仔细吟味可推究出个中旨趣：性情恬淡、不趋荣利的林逋，二十年足迹不履城市，独居孤山梅妻鹤子，却仍有对友情的珍重和渴望，其心底微澜从芳草咏叹中流露出来。

据宋·吴曾《能改斋漫录》记载：林逋此词被时人称为“咏草之美者”，梅尧臣、欧阳修与之争胜，亦各自填《苏幕遮》《少年游》咏芳草送别，三阕咏草词同被后人称为“咏春草绝调”。

【辑评】

[宋]阮阅《诗话总龟》：林和靖善为词，尝作《点绛唇》词云（略），乃草词尔，谓终篇无“草”字。

[清]黄苏《蓼园词选》：“南北东西路”句，宜缓读，一字一读，恰是“无数”二字神味。

[清]先著、程洪《词洁》：于所咏之意，该括略尽，高远无痕，得神之作。

【今译】

这，金谷园
年复一年
乱生春色，谁为主？
残花失落处
缤纷一地，
一园灰色的迷蒙
笼着轻烟微雨。

又是送别的吟唱
尽伤离意绪，
一曲未终
长亭黯淡，日夕。
故人远去了
只剩空旷原野上
——无数
芳草萋萋，
沿着暮色晦暗的古道
蔓连南北东西。

范仲淹

范仲淹（989—1052），字希文，苏州吴县（今江苏苏州）人。少时昼夜苦读，通晓六经。真宗大中祥符八年（1015）进士。为人常慷慨论事，看重风节。累迁吏部员外郎，权知开封府。因议事讥切时政，贬知饶州。仁宗康定元年（1040），任陕西经略安抚副使兼知延州，为将号令严明，爱抚士卒，屯田安边，卓有声威，“西夏人相戒莫敢犯，言‘小范老子胸中有数万甲兵’”（宋·孔平仲《谈苑》）。庆历三年（1043）召任枢密副使，授参知政事，主持“庆历新政”，因守旧派阻挠未果，次年罢政。自请外任陕西河东安抚使，后历知邠州、邓州、杭州、青州。病卒，年六十四岁，赠楚国公，谥文正。

为北宋著名政治家、军事家和文学家，宋·朱熹称他为“天地间气，第一流人物”（《范文正公集》附录引）。其文、赋、诗、词均粲然可观，《岳阳楼记》以“先天下之忧而忧，后天下之乐而乐”的警句自勉，为千古名篇。作词突破晚唐五代绮靡风气，王易《词曲史》认为：词至范仲淹“更不限于绮情，并兼气势挥洒、议论宏肆之长矣”。有《范文正公集》、辑本《范文正公诗余》。

苏幕遮

碧云天，黄叶地，秋色连波，波上寒烟翠。山映斜阳天接水，芳草无情，更在斜阳外①。　　黯乡魂②，追旅思③，夜夜除非，好梦留人睡。明月高楼休独倚，酒入愁肠，化作相思泪。

【注释】

①“芳草”二句：古诗词中常以芳草无边喻指离愁无尽，如南唐·李煜《清平乐》：“离恨恰如春草，更行更远还生。”此二句怨芳草不解人之愁怀，绵绵无尽延伸到斜阳外的天边，更牵动人对天各一方的故土亲人的思念。②黯：心神忧郁。③追旅思（sì）：意谓羁旅的愁思叠叠相续，缠绕不休。

【赏析】

此词约写于范仲淹新政被挫、罢职外放时，是去国思乡之作。上片从浓郁的秋色落墨：碧云黄叶，寒烟翠波，景色萧疏清寂而境界明远；遥山远水，芳草斜阳，暗透出触景生发的乡思。下片紧承而来抒写乡愁：夜不能寐，楼不能倚，酒不能消，分三层递进而来，归结到一个“泪”字，“忧谗畏讥，去国怀乡”（《岳阳楼记》）之情隐然流注于笔端，极浓重深至。词中秋色无际，秋思无际，前景后情融合为一。

清·李佳《左庵词话》云：“希文，宋一代名臣，词笔婉丽乃尔。”但它毕竟不同于一般的婉约词。作者大笔振迅，流溢真情，其离愁别绪走出闺阁庭院，于长天阔地间抒得，故能于沉雄清劲中低徊哀婉，柔而有骨，比之晚唐五代小词，气象自是不同。

“碧云天，黄叶地”二句，一仰一俯，展尽天地间莽苍而明丽的秋色，为咏秋名句。元代王实甫《西厢记》“长亭送别”一折化用此两句，衍为“碧云天，黄花地”的曲子，后人称为绝唱。

【辑评】

[明]卓人月《古今词统》："芳草无情，更在斜阳外""行人更在春山外"两句，不厌百回读。

[清]王弈清《历代词话》：《词苑》云：公之正气塞天地，而情语入妙至此。

唐圭璋《唐宋词简释》：此首曰"化作相思泪"，《御街行》曰"酒未到，先成泪"，《渔家傲》曰"将军白发征夫泪"，三首皆有"泪"，亦足见公之真情流露也。

【今译】

白云，空阔着
天际的碧蔚，
枯叶在飘落
将澄黄的深秋一地铺堆，
无垠秋色
遥接江水的淼渺，
寒烟依偎清波
凝结成一江冷翠。
更有斜阳
抹在山峦的瘦寂
耸着寒意微微，
远处，一片苍茫
天连远水，
啊，芳草无情
牵绵绵情怀
伸向斜阳不到的天垂。

一缕乡思，泛起
心神黯然伤颓，
天涯孤旅的愁绪
叠叠续来，无计可消退，
每晚，除非有
慰抚乡愁的归梦，
夜的漫长里
留人片刻安睡。
那明月高楼
莫去凭栏远望，
寻望时——
乡思，会更切更催。
饮尽这一杯吧
可是酒入愁肠
点点滴滴
又化作了相思苦泪。

渔家傲

塞下秋来风景异，衡阳雁去无留意①。四面边声连角起②。千嶂里③，长烟落日孤城闭④。　浊酒一杯家万里⑤，燕然未勒归无计⑥。羌管悠悠霜满地⑦。人不寐，将军白发征夫泪⑧！

【注释】

①衡阳雁去：即"雁去衡阳"的倒文。湖南衡山有回雁峰，为南岳七十二峰之一。古代传说大雁飞往南方避寒，至此止栖，待来年春天北返。②边声：边域特有的马嘶、风号之类的凄厉声响。西汉·李陵《答苏武书》："凉秋九月，塞外草衰。夜不能寐，侧耳远听，胡笳互动，牧马悲鸣，吟啸成群，边声四起。"③嶂：如屏障的山峰。④长烟：大漠上的烽火狼烟。⑤浊酒：古代酿米为酒，乳白色，称"浊酒"。⑥燕（yān）然：即杭爱山，在今外蒙古境内。南朝宋·范晔《后汉书·和帝纪》载：汉和帝永平元年，大将窦宪大破匈奴，穷追北单于，登燕然山，"刻石勒

功，纪汉威德”而还。勒：在石碑上雕刻。⑦羌管：古代西部羌族的一种笛子，发声凄切。唐·王之涣《凉州曲》：“羌笛何须怨杨柳，春风不度玉门关。”⑧将军：作者自指。

【赏析】

仁宗康定元年（1040），范仲淹任陕西经略安抚副使兼延州（今陕西延安）知州。时，延州为西北边地，是抗击西夏的军事重镇。据宋·魏泰《东轩笔录》载：范仲淹守边时，作《渔家傲》数阕，皆以“塞下秋来风景异”为首句，“颇述边镇之劳苦，欧阳公尝呼为‘穷塞主之词’”。今仅存这一首。

上阕写景。千峰、孤城、长烟、落日、边声，一片充满肃杀之气的边地寒秋风光，“孤城闭”三字，隐隐透露出军事态势的严峻、危弱，为下面抒写乡思作铺垫。下阕抒情。换头“一杯”与“万里”对比，写乡愁浓重难遣，造语沉郁而清劲。燕然未勒，欲归无计，眼前却羌笛哀怨、霜地白茫，更添一怀凄清悲凉，于是引出结处的“人不寐，将军白发征夫泪”。此词流露出戍边御敌、乡关万里的哀愁，所愁者边患未除、边功未就，故写来取境苍凉、笔力遒劲而词旨悲壮。

宋初沿袭晚唐五代绮靡无骨的词风，范仲淹始以边塞题材入词，一变低徊婉转之调为慷慨沉雄之声，开了苏、辛豪放词之先河。

【辑评】

[明]沈际飞《草堂诗余正集》：希文道德未易窥，事业不可笔记。“燕然未勒”句，悲愤郁勃，穷塞主安得有之。

[清]贺裳《皱水轩词筌》：宋以小词为乐府，被之管弦，往往传于宫掖。范词如“长烟落日孤城闭”“羌管悠悠霜满地”“将军白发征夫泪”，令“绿树碧帘相掩映，无人知道外边寒”者听之，知边庭之苦如是，庶有所警触。此深得《采薇》《出车》杨柳雨雪之意。

[清]先著、程洪《词洁》：一幅绝塞图，已包括于“长烟落日”十字中。唐人塞下诗最工、最多，不意词中复有此奇境。

【今译】

秋来，边塞
风光肃杀
不似中原秋色明丽，
北地荒寒
大雁南飞无留意。
四面，牧马悲鸣
寒风呼啸
连着军营角声响起。
层峦如障里
云外，一缕烽烟
牵着昏黄落日
沉下没有尽头的天际。
戍守的城垒
孤零，城门紧闭。

一杯浊酒消愁
怎抵挡家园
万里遥隔的乡思，
敌寇未破，边功不就
欲归，没有归期。
戍楼的羌笛
悠悠如诉如泣，
月光苍白
如一层冷霜铺在营地。
徘徊无眠时
看长夜漫漫寂寂，

将军我，徒然
搔短满头白发，
士卒们——
思乡的泪，暗滴！

御街行

纷纷坠叶飘香砌[①]。夜寂静，寒声碎[②]。真珠帘卷玉楼空[③]，天淡银河垂地。年年今夜，月华如练[④]，长是人千里。　　愁肠已断无由醉，酒未到，先成泪。残灯明灭枕头欹[⑤]，谙尽孤眠滋味[⑥]。都来此事，眉间心上，无计相回避[⑦]。

【注释】

①香砌：飘有落花的石阶。砌：台阶。②寒声：即秋声，寒秋时节的秋风声、秋雨声、秋虫声、秋叶声、秋雁声等。此指秋风吹落枯叶的沙沙声。③真珠帘：指华美的珠帘。真珠：即“珍珠”。④练：白色素绢，形容洁白的月光。⑤欹（qī）：倾斜，倚。⑥谙（ān）：熟悉。⑦“都来”三句：都来：算来。李清照《一剪梅》：“此情无计可消除，才下眉头，却上心头。”即由此脱胎，但语句更胜，遂成名句。

【赏析】

此词亦题作“秋日怀旧”。一片情柔情深，清·许昂霄《词综偶评》为之感叹：“铁石心肠人，亦作此销魂语。”上片感秋：秋风萧萧，秋叶枯碎，秋空澄澈，秋月如练，着力烘染秋夜清冷寒寂的氛围和环境，以映托玉楼卷帘、人隔千里的愁思。下片抒愁：愁肠，在举杯未饮之际；愁眠，在残灯孤枕之时。欲醉不能，欲眠不成，故收结到心头眉间无计可回避。此词写黯然伤怀的秋夜相思，一片情极之语，低徊缠绵，沉挚切骨。明·杨慎《词品》曰：范仲淹“一时勋德重望，而词亦情致如此。大抵人自情中生，焉能无情”。

此词过片“愁肠已断无由醉，酒未到，先成泪”，与作者另一首《苏幕遮》“酒入愁肠，化作相思泪”皆为写愁佳句，两者都写愁深于酒、泪浓于酒，于真情流溢中见痛楚凄哀。若作比较，前者语意奇警，肝肠已愁断，酒无由得入，酒虽未入愁肠，却已先化作清泪，比后者入肠化泪的意思更折进一层，只是前者矜心作意，不及后者造语自然。

【辑评】

[宋]俞文豹《吹剑录》：欧阳文忠、范文正矫矫风节，而欧公词云：“寸寸柔肠，盈盈粉泪，楼高莫近危阑倚。”……文正词云：“都来此事，眉间心上，无计相回避。”又“明月高楼休独倚，酒入愁肠，化作相思泪”。情之所钟，虽贤者不能免，岂少年所作耶？

[明]王世贞《艺苑卮言》：范希文“都来此事，眉间心上，无计相回避”，类易安而小（稍）逊之。

[清]陈廷焯《白雨斋词话》：范文正《御街行》云（略），淋漓沉着。《西厢·长亭》袭之，骨力远逊，且少味外味。

【今译】

纷纷，落叶
夹着落花飘冷阶石。
秋夜，寂悄悄地
听见风中枯叶

沙沙地碎细。
珠帘高卷，楼空人去，
清朗的天宇
随银河流转向大地。
啊，年年今夜
素洁月光
如银色绸缎般柔细，
伊人，却常常
远隔千里万里。

这离愁，无奈
使人肝肠寸寸断碎
可酒难入愁肠
不能换得酣然沉醉不起，
酒，虽未入肠
却早已化作了
——一襟泪滴。
眼前，如豆残灯
忽明忽暗
摇曳帐前的迷离，
我，斜倚孤枕
尝尽对影孤眠的冷凄。
仔细算来
这羁愁，这离思，
堆聚在眉尖
缠绕向心头
总也无法将它回避。

柳 永

柳永（984—1053），初名三变，字耆卿，排行第七，又称柳七，崇安（今属福建）人。与兄柳三复、柳三接皆文才出众，人称“柳氏三绝”。其性情风流倜傥，流连于歌楼妓馆之间，屡试科举不第。时有人荐其才，仁宗说：“此人风前月下，好去浅斟低唱，何要浮名？且填词去。”（宋·吴曾《能改斋漫录》）由此不得志，自称“奉旨填词”，漫游江浙、两湖、川陕一带。后改名永，仁宗景祐元年（1034），约五十岁时始中进士。但久居卑职，先后任余杭令、泗州判官，迁太常博士。皇祐年间，官至屯田员外郎，世称“柳屯田”。“死之日，家无余财，群妓合金葬之。”（宋·祝穆《方舆胜揽》）

精通音律，一生专力于填词，促使了长调慢词的兴盛，时“教坊乐工，每得新腔必求永为辞，始行于世”。其词音律谐和，语意妥帖，婉转铺叙，形容曲尽，内容不限男女冶艳情事，亦写都市升平气象，尤工于羁旅行役，一时流传甚广，“凡有井水饮处，即能歌柳词”（宋·叶梦得《避暑录话》）。柳永词雅俗并存，俗词自成一格，开金、元曲子之先声。词自晚唐五代以来，至柳永而一变。今有《乐章集》传世。

曲玉管①

陇首云飞②，江边日晚，烟波满目凭阑久。一望关河萧索③，千里清秋，忍凝眸？　杳杳神京④，盈盈仙子⑤，别来锦字终难偶⑥。断雁无凭，冉冉飞下汀洲，思悠悠。　暗想当初，有多少、幽欢佳会，岂知聚散难期，翻成雨恨云愁⑦？阻追游⑧。每登山临水，惹起平生心事，一场消黯⑨，永日无言⑩，却下层楼。

【注释】

①曲玉管：原为唐教坊曲，用作词调始见于柳永，是变旧声为新声而改制的长调慢词。为双拽头三片词。②陇首：此泛指山头。陇：陕、甘交界的六盘山南端。③关河：山关、河流。④神京：帝京，此指北宋都城汴京（今河南开封）。⑤仙子：代指美貌女子，也常用来指歌妓舞女。⑥锦字：唐·房玄龄等《晋书·窦滔妻苏氏传》：前秦苻坚时，秦州刺使窦滔以罪迁徙流沙，其妻苏蕙思念不已，织锦为《回文璇玑图诗》以赠，其诗共八百四十字，宛转循环读之，辞甚凄婉。后因称妻子或情侣所写书信为“锦字”“锦书”。偶：相遇。⑦雨恨云愁：指男女相思离别的愁恨。东周·宋玉《高唐赋序》：楚怀王游高唐（楚国台馆，在云梦泽中），倦怠而昼寝，梦一女子曰：“妾，巫山之女也，为高唐之客。闻君游高唐，愿荐枕席。”怀王遂与之合欢。女子辞去时曰：“妾在巫山之阳（山南），高丘之阻（险处），旦为朝云，暮为行雨。朝朝暮暮，阳台之下。”旦朝观之，果然如其所言。后因以“巫山神女”“朝云暮雨”“云雨”指男女欢爱。⑧阻：断，止。⑨消黯：黯然销魂。⑩永日：长日，终日。永：长。

【赏析】

此词约作于仁宗景祐元年（1034），柳永进士及第后离汴京赴外任期间。词抒写登山临水所触发的旅思离怀，羁旅行役的苦况里织入都市风月欢情，高远悲凉的气象中糅入旖旎冶艳的情思，这正是柳永宦游词的特色。

词为三叠长调。前二叠是双拽头，大体一意：烟波渺茫，关河萧索，不忍倚栏凝目；纵使凝目远望，伊人不见，断雁传书无凭。一写悲秋，由景及情；另一写怀人，由情及景。最后一叠是换头，另作一意：承上“思悠悠”而来，先转入追忆旧时的幽欢佳会，再折回如今分离的云愁雨恨，最后归结到眼前的黯然销魂。全篇以“凭阑久”始，以“下层楼”终，首尾遥相映接，三片词意蝉联生发，其铺叙展衍、针线细密，正见出柳永以赋法为词而善于叙事的优长。

【辑评】

夏敬观《手批乐章集》：雅词用六朝小品文赋作法，层层铺叙，情景兼融，一笔到底，始终不懈。

【今译】

山巅轻云飘飞
江边，夕阳斜落悠悠，
烟波迷横里
独自凭栏久久。
望去，关塞萧疏
河流萧疏，
千里，万里
浸染在疏冷的深秋，
这情这景
怎忍登高怀远时
——抚栏凝眸。

京城，已杳渺了
那归去的路，
佳人不曾寄片言音书
自从别离后。
天末，失群孤雁
一点瘦影，缓缓
落下水中小洲，
不由牵引起
一缕悠长的怅惘。

暗自回首，当初
多少美好的佳期欢聚
两相意浓情稠。
哪知，聚也难期
散也难期，
反郁结成一怀
云雨相思的苦愁。
罢了，不要再
萍踪不定地漂游。
每登山临水
总惹起平生心事，
只换取一襟
落寞失意的凄伤烦忧，
这般尽日无语
黯然独下高楼。

雨霖铃①

寒蝉凄切，对长亭晚，骤雨初歇。都门帐饮无绪②，留恋处、兰舟催发③。执手相看泪眼，竟无语凝噎④。念去去、千里烟波，暮霭沉沉楚天阔⑤。　多情自古伤离别，更那堪、冷落清秋节⑥！今宵酒醒何处？杨柳岸、晓风残月。此去经年⑦，应

是良辰好景虚设。便纵有千种风情[8]，更与何人说？

【注释】

①雨霖铃：原为唐教坊大曲，后用为词调。据唐·郑处诲《明皇杂录》云：唐玄宗避安史之乱入蜀，初入斜谷，霖雨连日，于栈道中闻铃声，起悼念杨贵妃之思，故采其声作《雨霖铃》曲以寄恨。宋词始见于柳永，盖是取唐时旧曲名，另依新声翻制。②都门帐饮：在京都郊外搭帐设宴饯行。无绪：无情无绪。③兰舟：据南朝梁·任昉《述异记》载：鲁班曾刻木兰树为舟。后用作船的美称。④凝噎：因悲伤喉头梗塞，说不出话。⑤楚天：泛指南方的天空，长江中下游一带古属楚国，故称。此指行人所去方向。⑥堪：忍受住。清秋节：清爽萧疏的秋天时节。⑦经年：一年又一年。⑧风情：指男女相互爱恋的柔情蜜意。

【赏析】

这是柳永词最负盛名的代表作，当是作者从汴京南下时与恋人惜别而写，全词就“别”字生发，未别、临别、别后三个层次，由景及情、由情及景，作层层铺叙。上片先由眼前景入题，以暮色昏茫、蝉声凄切烘托出别离的悲凉气氛。接下，“帐饮”而“无绪”、“留恋”而“催发”，均半句一转，极吞咽之致，写临别的哀楚；继而泪眼执手，无语凝噎，状话别情状入微而又真切传神，可谓妙到毫巅。下片换头提空一笔，泛说多情伤别自古皆然，“更那堪”再推进一层，言己之清秋离别甚于常情。“今宵”二句转而设想别后酒醒，虚景实写，渲染一片凄清孤冷。“此去经年”进一步推想别后：良辰美景，千种风情，无人同游、无人可诉，都归于枉然。末处以痴情语挽结，余恨不尽，余味不尽。

此词言情绘景运以曲笔而亦作直叙，清朗而绵密，顿挫而和畅，既婉曲含蓄又淋漓尽致，当属柳永词中“精金粹玉”之类。清·冯煦《宋六十一家词选》论柳永长调“曲处能直，密处能疏，奡处能平，状难状之景，达难达之情，而出之以自然”。可于此词见得。

“今宵酒醒何处？杨柳岸、晓风残月”为千古名句。清·刘熙载《艺概》指出：作词有点，有染，“点染之间，不得有他语相隔，隔则警句亦成死灰矣”。作者正是用点染笔法，先以“多情”二句“点”出离别冷落，再用此“今宵”二句“染”之，将别后旅途的绵邈怀人、凄清客思，尽融入“杨柳岸、晓风残月”的幽清之中，以景“染”情，情景妙合，营造出一种冷寂、迷离而清丽的意境；而且四句之间密合无隔，远近虚实相互烘托、相互映衬，使后两句顿生光彩，可谓点染得法。

【辑评】

[明]王世贞《艺苑卮言》：“今宵酒醒何处？杨柳岸、晓风残月”与秦少游“酒醒处，残阳乱鸦”，同一景事，而柳尤胜。

[清]王又华《古今词论》：柴虎臣云：语境则“咸阳古道”“汴水长流”，语事则“赤壁周郎”“江州司马”，语景则“岸草平沙”“晓风残月”，语情则“红雨飞愁”“黄花比瘦”，可谓雅畅。

[清]沈谦《填词杂说》：词不在大小浅深，贵于移情。“晓风残月”“大江东去”，体制虽殊，读之皆若身历其境，惝恍迷离，不能自主，文之至也。

[清]周济《宋四家词选》：清真词多从耆卿夺胎，思力沉挚处往往出蓝。然耆卿秀淡幽艳，是不可及。后人摭其《乐章》，訾为俗笔，真瞽说也。

【今译】

秋蝉低吟，透露
寒意的凄切，
黄昏悄然冷寂
漫向长亭送别的行客，
一阵，急雨初歇。
京城郊外，与你
搭帐设宴饯别，
可没有饮酒的兴致
心情已悲绝，
正依恋难舍时
忽听艄公一声“起船”
心，发颤发涩。
手拉着手，泪眼相对，
此时，千万言语
都成了多余
终是无语哽咽。
这一去烟波浩渺
千里万里，浪涌潮迭，
楚天，暮霭沉沉
那一片空阔迷茫
该是一路寂寞
一路的风雨阻遏。

自古以来
有情人最伤心离别，
更难忍受的是
你与我，离别
在冷落的清秋时节。
啊，身在何处
酒醒之后的今夜?
该是泊舟柳岸
清寂里，独对晓风残月。
此去，一年又一年
将是长长相隔，
明月清风，只应
良辰美景虚设。
纵有千般柔情，
又能向谁，倾泻。

蝶恋花

伫倚危楼风细细①，望极春愁，黯黯生天际②。草色烟光残照里，无言谁会凭阑意。　拟把疏狂图一醉③，对酒当歌④，强乐还无味。衣带渐宽终不悔⑤，为伊消得人憔悴⑥。

【注释】

①伫：久久站立。②望极：犹极望，极目远望。黯黯：心情暗淡沮丧。③疏狂：狂放不羁，不拘礼法。图：谋求。④对酒当歌：语出三国·曹操《短歌行》：“对酒当歌，人生几何?”⑤衣带渐宽：意谓因别离相思而形体消瘦。语本《古诗十九首》：“相去日已远，衣带日已缓（宽松）。”⑥伊：伊人，她。消得：值得。

【赏析】

这是一首客中怀人之作，词人将漂泊异乡的落魄与思念伊人的缠绵融合写来，情真而意切。伫楼远望，天涯芳草，惹春愁无边；怅然凭栏，烟光残照，却无人会意；纵使借酒疏狂，也强乐无味。其“春愁”为何?词人迟迟不肯道出，逶迤而来时，忽又煞住另转笔墨，只作层层铺垫，将春愁渲染之至。末了，于结穴一笔点破："为伊消得人憔悴"。相思之情深情浓达到高潮处戛然止住，这便是"曲径通幽"手法。

词，以含蓄为佳，然也有作决绝语而妙者，如南唐·冯延巳《鹊踏枝》的"不辞镜里朱颜瘦"，欧阳修《蝶恋花》的"肌肤拚为伊消瘦"皆然。只是柳永此词的"衣带渐宽终不悔，为伊消得人憔悴"，以劲笔写柔情，直切中见含婉，尤胜，故清·王国维《人间词话删稿》称之为"专做情语而绝妙者"，并认为这种无悔无改的执着，也是成就大事业、大学问者必有的一种锲而不舍的境界。

【辑评】

[清]王又华《古今词论》：小词以含蓄为佳，亦有作决绝语而妙者，如韦庄"谁家年少足风流。妾拟将身嫁与，一生休。纵被无情弃，不能羞"之类是也。牛峤"须作一生拚，尽君今日欢"，抑其次矣。柳耆卿"衣带渐宽终不悔，为伊消得人憔悴"，亦即韦意而气加婉矣。

唐圭璋《唐宋词简释》："强乐无味"，语极沉痛。

【今译】

久久，独立高楼
拂晚风细细，
望到尽处
一缕伤春的幽怀愁思
黯然生于天际。
那无尽草色
苍青地绵延
尽染斜阳的迷离，
此时，有谁懂我
无语凭栏的心意。

想求暂时的忘却
歌筵前，疏狂一醉，
可这对酒当歌
勉强行乐
终是无聊乏味。
衣带日渐宽了
仍然，无改无悔，
噢，为伊人
值得这般身心憔悴！

定风波

自春来、惨绿愁红①，芳心是事可可②。日上花梢，莺穿柳带，犹压香衾卧。暖酥消③，腻云亸④，终日厌厌倦梳裹⑤。无那⑥！恨薄情一去，音书无个。　早知恁么⑦，悔当初、不把雕鞍锁。向鸡窗⑧，只与蛮笺象管⑨，拘束教吟课⑩。镇相随⑪，莫抛躲，针线闲拈伴伊坐。和我，免使年少光阴虚过。

【注释】

①惨绿愁红：因为人伤心，故所见绿叶红花也带有凄惨愁苦。②是事：犹事事，凡事。可可：不在意，乏味。③暖酥：指女性温暖润滑的肌肤。④腻云：如乌云一般浓密而柔滑的秀发。腻：滑泽。亸（duǒ）：低垂的样子。⑤厌厌：同"恹恹"，倦怠而萎靡不振的样子。⑥无那（nuò）：无奈。⑦恁（nèn）么：这样，如此。⑧鸡窗：唐·

欧阳询等《艺文类聚》引《幽冥录》：晋代沛国人宋处宗，曾买得一长鸣鸡，置笼于窗间。后鸡忽作人语，与之谈论，终日不辍，宋处宗因此言巧大进。后因以“鸡窗”称作书窗、书房。⑨蛮笺：蜀地（古称“蛮”）所产彩色纸笺。象管：笔。古代笔管以象牙为装饰，故称。唐·罗隐《清溪江令公宅》：“蛮笺象管夜深时。”⑩吟课：吟诗诵文。⑪镇：通“整”。

【赏析】

柳永词分雅、俗两类，这首《定风波》是其俗词的代表作。此词用代言体写法，上片写思妇的愁苦，下片写思妇的追悔。以直白浅俗口语入词，不用含婉笔触，不作侧面烘托，只以直笔一泻无余地铺叙，心理刻画直切入微，人物形象活泼鲜明，情感发露畅快淋漓，反映了市井世俗的妇女的爱情生活，具有浓郁的“以俗为美”的市民色彩。

这种“俗”，敢于反抗封建礼教的压抑，少却羁绊，任情放露，全不合正统的“温柔敦厚”的审美趣味，故遭到当时雅派词人的诋毁，被视为“俗不可耐”。宋·张舜民《画墁集》记载：柳永曾拜谒晏殊，晏殊问：“贤俊作曲子（词）么？”答：“只如相公（宰相）亦作曲子。”晏殊曰：“殊虽作曲子，不曾道‘彩线慵拈伴伊坐’。”柳永遂默然退下。柳永词的“俗”虽不入士大夫雅士之眼，却深得市民阶层的喜爱，时“凡有井水饮处，皆能歌柳词”（宋·叶梦得《避暑录话》）。

当然，柳永俗词除了以俗为美外，也有“以俗为病”的一面。此词不避俚俗、不避绮语，词中不乏绮罗香泽之态的描写，如“暖酥消”“腻云亸”之类，则不免流于香艳轻冶。

【辑评】

刘永济《唐五代两宋词简析》：此代妓女抒写离情之词。词意极明，当是为妓女歌唱而作者。

【今译】

春天，柳绿得惨淡
花愁苦地开着，
事事乏味，无聊
一怀相思好寂寞。
太阳已暖花枝
黄莺儿在柳梢间
脆啼，穿梭。
犹独自拥着熏香绣被
睡意懒懒，闲卧。
温润的肌肤渐瘦，
乌黑的秀发
任它蓬松地散落，
整日里，恹恹
懒得梳裹。
无奈！恨薄情人一去
一纸音书无个。

早知道这般
悔不该，当初
没把那远行的马鞍锁，
只让他铺纸拿笔
吟诵诗文
管束在窗前书桌。
与我整日相随
不分离，不闪躲，
我手拈针线
悠悠闲闲陪他坐。
恩爱两相厮守
他和我，免使年少青春
空守闺房度过。

少年游

长安古道马迟迟，高柳乱蝉嘶。夕阳鸟外，秋风原上，目断四天垂。　　归云一去无踪迹[①]，何处是前期？狎兴生疏[②]，酒徒萧索[③]，不似少年时。

【注释】

①归云：指所爱恋的女子，暗用“巫山神女”典故，见晏几道《临江仙》注。②狎兴：冶游的兴致。③酒徒：嗜酒者，此指昔日歌酒流连的“狂朋怪侣”。

【赏析】

叶嘉莹《论柳永词》指出：在词的意境方面，柳永将离愁别绪从闺阁庭园中走向远水长天，从“春女善怀”的低徊转向“秋士易感”的苍凉。柳永的这一拓展不只限于长调慢词，即使是写晚唐五代习用的短小令词，也是如此，如这首《少年游》。

上片写古道瘦马、高柳乱蝉，夕阳寒鸦、平野青天，一片衰飒清远的秋色，而羁旅飘零之感见于言外；下片写归云无踪、前期杳然，狎兴生疏、酒徒萧索，身世落寞之意尽在言中。此词抒写了词人晚年功名淡薄、风情衰减的凄凉情怀，传达出意志和情感双重落空的人生悲慨。柳永一生怀才不遇，困顿潦倒，早年失志尚可借浅斟低唱以自遣，至晚年，连歌酒风月也冷落荒疏，正如他自己所感叹的：“一生赢得是凄凉。”可以说，正是词人一生凄凉的悲剧，凝聚成了这首小词中的“秋士悲”——失落了过去、无奈于现在，而又无法把握将来的人生悲凉。这暮年悲哀一如词中描绘的深秋，浓厚而苍凉。

这首小词写秋色、写离绪，没有了以往柳永羁旅词中高远飞扬的意兴和缠绵眷念的情思，整个词散漫着萧疏低沉的色调，从中透出的是对红尘争逐、人世沧桑若有所悟的思致，亦耐人寻味。

【辑评】

［清］叶梦得《避暑录话》：永亦善他文辞，而偶先以是（填词）得名，始悔为己累……

［清］谭献《复堂词话》：挑灯读宋人词，至柳耆卿云：“狎兴生疏，酒徒萧索，不似少年时。”语不工，甚可慨也。

【今译】

长安古道
马背上，摇晃着缰绳
缓缓迟迟，
老柳高耸着寒蝉
纷乱地鸣嘶。
远天，一点飞鸟外
残阳坠得低低，
平展的原野
一阵秋风冷凄，
望去，天宇苍苍
连接渺茫的大地。

天际，一片彩云
如伊人飘去
杳然，无踪迹，
何处可寻得
约定的欢聚佳期？
秦楼楚馆

游冶的兴致，已疏寂，
往日诗朋酒友
如今多零落，
都过去了
全然不似年少时。

戚 氏

晚秋天，一霎微雨洒庭轩[①]。槛菊萧疏，井梧零乱[②]，惹残烟。凄然，望江关，飞云黯淡夕阳闲。当时宋玉悲感[③]，向此临水与登山。远道迢递[④]，行人凄楚，倦听陇水潺湲[⑤]。正蝉吟败叶，蛩响衰草，相应喧喧。　孤馆，度日如年。风露渐变，悄悄至更阑。长天净，绛河清浅[⑥]，皓月婵娟[⑦]。思绵绵。夜永对景那堪，屈指暗想从前。未名未禄，绮陌红楼[⑧]，往往经岁迁延[⑨]。　帝里风光好[⑩]，当年少日，暮宴朝欢。况有狂朋怪侣，遇当歌对酒竞留连。别来迅景如梭[⑪]，旧游似梦，烟水程何限。念利名憔悴长萦绊。追往事、空惨愁颜。漏箭移[⑫]，稍觉轻寒。渐呜咽画角数声残。对闲窗畔，停灯向晓，抱影无眠。

【注释】

①庭轩：庭堂前檐下的平台。②井：天井，房屋与围墙所围成的露天空地。③宋玉悲感：宋玉：东周・战国时楚国著名的辞赋家，作《九辩》："悲哉秋之为气也，萧疏兮草木摇落而变衰。憭慄兮若在远行，登山临水兮送将归。……坎廪（坎坷）兮，贫士失职而志不平。廓落（空寂）兮，羁旅而无友生。"将悲慨秋色与贫士失志、羁旅客愁融合在一起，后人称其为"悲秋之祖"。悲感：即悲秋之感。④迢递（tiáo tì）：遥远。⑤"倦听"句：北朝乐府《陇头歌辞》其一："陇头流水，流离山下。念吾一身，飘然旷野。"其三："陇头流水，鸣声呜咽。遥望秦川，心肝断绝。"此处暗用其句意。陇水：在陕西陇县，此泛指。潺湲（chán yuán）：水缓流貌。⑥绛（jiàng）河：银河。王达《蠡海集・天文类》：天之色苍然，而曰丹霄、绛霄，河汉之色银白，而曰绛河。盖观天者以北极为标准，所仰视而见者，皆在北极之南，故称之"丹""绛"，借南之色为喻。⑦婵娟：月亮美好貌。⑧绮（qǐ）陌：繁华的街道，此指花街柳巷。红楼：华丽的楼阁，此指歌楼妓馆。⑨经岁：经年，年复一年。迁延：逍遥自在。⑩帝里：京城。⑪ 迅景：迅速流逝的光景。⑫ 漏箭：古代以铜壶滴漏计时，铜壶中标有时间刻度的浮尺（漏箭），随水浮沉用以计时。

【赏析】

花间传统词调多为两段，至柳永大量创制长调慢词，始创三段体式，如《夜半乐》《安公子》等。尤其是这首《戚氏》，三段 212 字，是词中第二长调。

此词作于柳永晚年。全篇采用铺叙手法写驿馆旅思，从夕阳黯淡到悄然更阑，再到熄灯向晓，先悲慨秋色，再追忆旧游，最后归结到厌倦仕宦。"念利名憔悴长萦绊"为一篇词眼。当年未取名禄，狂朋怪侣对酒当歌，几多欢悦自在；如今四处游宦，容颜憔悴抱影无眠，几多凄凉孤寂。今与昔、哀与乐交错映现，形成强烈对照，表现了作者厌倦仕宦漂泊、眷念旧时游赏的暮年情怀。对少年狎游只有追忆没有追悔，所悔的却是名缰利锁，这便是柳永。柳永早年曾有过"盈车载酒，千金邀妓"（《剔银灯》）的放浪生活，虽负才名却屡遭排斥，晚年中第后外放州郡小官，南北转徙不定，尝尽羁旅漂泊况味，此词可看作是作者自叙生平。

此词拈字妥溜，音律上亦极讲究，如第三片中“遇”“念”“渐”“对”都是领格，而且用去声远扬振起，于曼声长吟间可玩味出音韵的谐婉和畅。这首曲词一出，便风靡一时，它不只以婉调哀情动人，其天涯穷愁之感承续《离骚》遗韵，抒写了千古如斯的贫士不遇的慨叹，当时就有“《离骚》寂寞千载后，《戚氏》凄凉一曲终”（宋·王灼《碧鸡漫志》）的赞词。

【辑评】

[清]蔡嵩云《柯亭词论》：《戚氏》为屯田创调，“晚秋天”一首，写客馆秋怀，本无甚出奇，然用笔极有层次。初学慢词，细玩此章，可悟谋篇布局之法。

[清]蔡嵩云《柯亭词论》：第二遍自“夜永对景”至“往往经岁迁延”，第三遍自“别来迅景如梭”至“追往事、空惨愁颜”，均是数句一气贯注。屯田词，最长于行气，此等处甚难学。后人遇此等处，多用死句填实，纵令琢句工稳，其如恹恹无生气何。

【今译】

晚秋，一霎微雨
洒落庭院的台轩。
菊花稀稀疏疏
冷落地依栏，
天井，梧桐叶零乱飘飞
沾惹枯冷轻烟。
远望关山河流
四野茫然，
天际，一片浮云
飞渡夕阳间。
当年，宋玉悲秋
也在这草木摇落时节
临水登山。
啊，路途遥遥
行役遥遥，
一怀孤寂凄楚
倦听一路溪水潺湲。
正是败叶寒蝉
衰草蟋蟀
低吟，喧成一片。

孤零的馆舍
独自眠宿，度日如年。
夜来风冷
将白露凝成霜霰，
静寂无声中
夜渐深，更渐阑。
夜澄净如洗
银河流转着清浅，
偏明月一轮
皎洁地圆。
牵扯起一怀心绪
思念远方，绵绵。
对清寂夜色
长长漫漫，
最不堪屈指细数
暗自回忆从前。
那时，没有名利牵绊，
繁华街巷
歌舞楼台
风流潇洒年复一年。

京城风光美好
当年青春年少
朝朝暮暮，歌宴寻欢。
又华车宝马
疏狂朋友相呼相唤，
每对酒当歌
竞相流连忘返。
自从别后，光阴如梭

旧游恍如梦幻，
如今，追忆时
只有烟水浩渺
一路行程
一身疲惫无止限。
想来，名缰利锁
空自憔悴了容颜。
孤枕薄被，夜
忽地一阵清寒，
远处，城楼号角呜咽
数声已残。
守着一窗静悄
熄灭残余灯焰，
看窗纸上晨光泛起
啊，独抱身影
终是一夜无眠……

夜半乐

冻云黯淡天气[①]，扁舟一叶[②]，乘兴离江渚。渡万壑千岩，越溪深处[③]。怒涛渐息，樵风乍起[④]，更闻商旅相呼[⑤]，片帆高举。泛画鹢、翩翩过南浦[⑥]。　望中酒旆闪闪[⑦]，一簇烟村，数行霜树。残日下、渔人鸣榔归去[⑧]。败荷零落，衰柳掩映，岸边两两三三，浣纱游女。避行客、含羞笑相语。　到此因念，绣阁轻抛，浪萍难驻[⑨]。叹后约、丁宁竟何据[⑩]！惨离怀、空恨岁晚归期阻。凝泪眼、杳杳神京路[⑪]。断鸿声远长天暮[⑫]。

【注释】

①冻云：寒云凝聚不散。②扁（piān）舟：小船。③越溪：今浙江绍兴市南若耶溪，春秋时越国美女西施曾在此浣纱。④樵风：宋·施宿等《嘉泰会稽志》：樵风泾，在会稽县东南二十里，"汉郑弘少时采薪，得一遗箭。顷之，有人觅箭，问弘何所欲？弘知其神人，答曰：'常患若耶溪载薪为难，愿朝南风，暮北风。'后果然。"后世因以"樵风"指顺风。陆游《书喜》："朝借樵风暮可还。"⑤商旅相呼：行商和旅客相互招呼寒暄。⑥画鹢（yì）：代指行船。古代常画鹢（水鸟，善飞不惧风）于船头，以求平安吉利。南浦：南面的水边。屈原《九歌》："送美人兮南浦。"南朝梁·江淹《别赋》："送君南浦伤如之何？"后亦以"南浦"泛指送别之地。⑦酒旆（pèi）：酒店高挂门前招徕饮客的旗子。⑧鸣榔：用木榔敲击船舷，使鱼惊而落网。⑨浪萍：四处流浪如浮萍漂浮不定的行踪。⑩后约：后会之期的约定。丁宁：即"叮咛"。⑪神京：此指宋代京都汴京。⑫断鸿：失群的孤鸿。

【赏析】

清·郑文焯《乐章集校》叹赏此词："清空流宕，天马行空，一气挥洒。为柳屯田绝唱。屡欲和之，不敢下笔。"

此词为三叠长调，抒写羁愁归思，是柳永浪迹江浙时所作。一叠叙道途所经。一叶扁舟乘兴而发，万壑千岩，怒涛樵风，见一路行色匆匆。二叠写舟行所见。皆从"望中"二字生发，酒旆烟村，霜树残日；渔人鸣榔而归，浣女岸边笑语。远近交错，写景如画，风土之温情与行旅之孤清形成对比。三叠抒羁旅所感。由"念"字转入，叹后约、惨离怀、恨岁晚、凝泪眼，渐引渐深，语语低咽。末了远天断鸿，以景足情，收得余韵不尽。前两叠叙事写景悠游不迫，笔调舒缓从容，末叠由景入情转为促迫，而前者正为后者蓄势、铺垫，两种笔墨映衬强烈，写出了从游舟之乐到触生羁愁的急骤变化过程。

此词层次分明，铺排有序，章法“细密而妥溜”，而且大开大阖，回旋顿挫，于一气流走中吞吐起伏，尽委婉铺叙之能事。清·刘熙载谓柳词“善于叙事，有过前人”（《艺概》），信然。

【辑评】

[清]陈廷焯《别调集》：层次之妙，令人寻味不尽。陈直斋谓耆卿最工于行役羁旅，信然。

[清]陈锐《袌碧斋词话》：柳词《夜半乐》云：“怒涛渐息，樵风乍起，更闻商旅相呼，片帆高举。泛画鹢、翩翩过南浦。”此种长调，不能不有此大开大阖之笔。

[清]蔡嵩云《柯亭词论》：柳词胜处，在骨气，不在字面。其写景处，远胜其抒情处。而章法大开大阖，为后起清真、梦窗诸家所取法，信为创调名家。

陈匪石《宋词举》：至其以清劲之气、沉雄之魂，运用长句，尤耆卿特长。

【今译】

寒云，凝聚不散
结成天色的阴郁，
趁未消酒兴
一叶小舟离开江渚。
轻舟疾驶里
千岩万壑向后退去，
那若耶溪，西施浣纱地。
乍然一阵顺风
怒涛已平息，
听商船人声相呼
一片风帆正举。
翩然，驶过南浦
船尾清波泛起。

远望中，酒帘
烁闪着阳光的碎片
随风拂高拂低，
一簇炊烟，绕着
恬静的村舍茅篱，
村旁，几行枫树
挺立秋霜染红的美丽。
夕阳正斜落
舷边木榔声声
载着满船鱼儿归去。

零落枯荷
一池金色的残迷，
水边瘦柳
曳得衰残无力。
岸上三三两两
结伴暮归的浣纱少女，
避开行人，含羞
抛下一串笑语。

啊，这情景
怎不惹起离别愁绪，
当初抛家远游
竟是那般轻易，
如今如一叶浮萍
无定，难驻。
可叹的是，曾经
约定后会佳期
殷切叮咛，反倒成了
负心的无依无据，
一怀离愁凄冷
徒自怨恨
——年岁已晚
山远水长阻断归期。
泪水湿了双眸

京城的路
杳渺，无可寻处，
只见失群孤雁
随一声凄唳
远远地，消失在
长天昏茫的暮色里。

望海潮[①]

东南形胜[②]，三吴都会[③]，钱塘自古繁华。烟柳画桥，风帘翠幕，参差十万人家[④]。云树绕堤纱。怒涛卷霜雪，天堑无涯[⑤]。市列珠玑[⑥]，户盈罗绮[⑦]，竞豪奢。

重湖叠巘清嘉[⑧]。有三秋桂子，十里荷花。羌管弄晴，菱歌泛夜，嬉嬉钓叟莲娃[⑨]。千骑拥高牙[⑩]。乘醉听箫鼓，吟赏烟霞。异日图将好景，归去凤池夸[⑪]。

【注释】

①望海潮：此词调始见于《乐章集》，是柳永自度曲。钱塘（今杭州，古属吴郡）为观潮胜地，调名当取意于此。罗大经《鹤林玉露》载："孙何帅钱塘，柳耆卿作《望海潮》词赠之。"可知此词为赠驻节杭州的两浙转运使而作。元·脱脱等《宋史·孙何传》载：孙何礼贤下士，爱好词曲，后辈有词艺者，必称颂，为之延誉。②形胜：地势优越，风景优美。③三吴：旧以吴兴、吴郡、会稽为"三吴"，此泛指江浙地区。④参差（cēn cī）：形容楼阁高低不齐，鳞次栉比。⑤天堑（qiàn）：天然的壕沟、险阻。旧称长江为"天堑"，此指钱塘江。⑥珠玑（jī）：泛指宝石。玑：不圆的珠。⑦罗绮：绫罗绸缎。罗：质地稀疏的丝织品。绮：有花纹或图案的丝织品。⑧重湖：西湖有白堤，把湖水分隔成外湖、里湖，故称"重湖"。叠巘（yǎn）：重叠的峰峦。此指灵隐山、南屏山、慧日峰等。清嘉：清丽美好。⑨钓叟莲娃：渔翁和采莲少女。⑩千骑（jì）：形容护卫随从众多。骑：一人一马。高牙：饰有象牙的高大军旗。此指州郡长官出行时的仪仗旗帜。⑪凤池：凤凰池，本为皇家禁苑中池沼，魏晋时中书省近其地，后用以代称中书省，亦代指朝廷。

【赏析】

北宋仁宗时期呈现出繁荣富庶的局面，柳永以词歌咏之，将其承平气象形容曲尽，宋·黄裳《书乐章集后》曾称叹："太平气象，柳能一写于乐章，所谓词人盛世之黼藻，岂可废耶！"

这是一首干谒的献词，用赋体手法咏叹杭州的佳丽繁盛。上片，起首三句入手擒题，东南形胜，自古繁华，以阔大气势拓开整个词境。接下用如椽大笔虚实相间，将自然形胜与社会繁华交错写来：烟柳画桥的风景秀丽与十万人家的居民繁庶，涛卷霜雪的钱塘壮观与市列珠玑的市井豪华，重湖叠巘、秋桂荷花的西湖之胜与羌管菱歌、钓叟莲娃的游赏之乐，一一铺陈描摹。再转而写千骑簇拥的煊赫，醉听吟赏的风流。最后落到称颂祝寿，虽是题中该有的应酬之辞，却也归结到对杭州的赞美，使首尾圆合。

用长调慢词写都市风光和盛明景象，并以大开大合、直起直落的笔法铺叙展衍，展开色彩斑斓的壮阔画卷，这实为柳词的一大开拓。人们多称柳永词"杨柳岸、晓风残月"，合十八岁女郎手执红牙檀板浅斟低唱，其实不尽然，如此词"怒涛卷霜雪，天堑无涯"，写景之壮伟，声调之激越，与东坡词相去不远，亦当关西大汉敲铁棹板引吭高歌。

此词当时即颇负盛名，据宋·罗大经《鹤林玉露》：“金主亮闻歌，欣然有慕于‘三秋桂子，十里荷花’，遂起投鞭渡江之志。”此说未必可信，金主完颜亮渡江南侵，并非仅是赏爱西湖的秋桂夏荷，但由此可见这首《望海潮》的魅力。

【辑评】

[宋]吴自牧《梦粱录》：柳永咏钱塘词曰“参差十万人家”，此元丰前语也。自高庙（高宗）车驾自建康幸杭驻跸，几近二百余年，户口蕃息，近百万余家。杭城之外城，南西东北，各数十里，人烟生聚，民物阜蕃，市井坊陌，铺席骈盛，数日经行不尽，各可比外路一州郡，足见杭城繁盛耳。

刘永济《唐五代两宋词简析》：柳永初与孙何为布衣交。及孙守杭州，门禁甚严，柳不得入见，乃作此词令名妓楚楚于孙宴会时歌之。孙问知系柳作，遂延与共宴。词皆铺叙杭州风景人物之富美。

【今译】

东南险要地
三吴大都市，
钱塘，自古繁华。
轻烟绿杨笼着
河桥的雕栏彩画，
大街小巷
迎风竹帘、碧纱帷幕
一层层垂挂，
楼阁鳞次栉比
攒聚十万人家。
郊外，绿树高耸入云
环绕江岸浅沙，
怒潮拍打堤岸
卷起如雪的浪花，
啊，钱塘江
一道天险浩瀚无涯。
繁闹的集市
珠玉琳琅满目，
家家户户，绫罗堆积
争相奢侈豪华。

里湖外湖，山外青山
重叠秀丽清嘉。
晚秋的桂树
清香飘溢出天竺古刹，
正是初夏凉风
摇动十里荷花。
悠扬的横笛
飘荡在丽日晴空，
到夜晚，月光清幽
湖面渔歌唱答。
尽情嬉乐的，是
垂钓的渔翁
采莲的女娃。
那出巡的太守
千骑簇拥
一路，显赫喧哗。
金杯美酒，微醺
听箫鼓声声吹打，
吟诗作赋时
看足那湖光山色
晨霭暮霞。
待他日描绘这
富饶美丽、风流潇洒，
归去，金銮殿上
把钱塘美景赞夸。

玉蝴蝶

望处雨收云断，凭阑悄悄[①]，目送秋光。晚景萧疏，堪动宋玉悲凉[②]。水风轻、蘋花渐老，月露冷、梧叶飘黄。遣情伤。故人何在，烟水茫茫。　难忘。文期酒会，几孤风月[③]，屡变星霜[④]。海阔山遥，未知何处是潇湘[⑤]！念双燕、难凭远信，指暮天、空识归航[⑥]。黯相望。断鸿声里，立尽斜阳。

【注释】

①悄悄：忧愁的样子。《诗经・柏舟》："忧心悄悄。"②宋玉悲凉：见前《戚氏》注。③孤：为"辜"的本字，辜负，本作"孤负"。西汉・李陵《答苏武书》："陵虽孤（背负）恩，汉亦负德。"风月：清风明月，良辰美景。④星霜：星辰一年一周转，寒霜每年至秋而降，故以"星霜"指年岁。⑤潇湘：湖南境内的潇水和湘水，二水在零陵合流，称"湘江"，古诗词中常用来泛指所思之处。南朝梁・柳恽《江南曲》："洞庭有归客，潇湘逢故人。"⑥空识归航：用唐・温庭筠《望江南》"过尽千帆皆不是"句意。

【赏析】

此词与《八声甘州》（对潇潇暮雨洒江天）蹊径仿佛，将羁旅行役糅入离情别绪作委婉尽致的铺叙，并以秋景为衬托写"秋士易悲"，是柳永羁旅词的代表作。

起调写景入题，"望处"二字统摄全篇。晚景萧疏，堪动悲凉，虚写秋光之衰晚；水风轻寒、蘋花渐老、月露凄冷、梧叶飘黄，实绘秋色之残败。作者着意摄取典型的秋天景物，用"轻""老""冷""黄"四字染织成孤清冷寂的秋色，为抒写怀远之情作烘托、铺垫。"遣情伤"三句由景及情，折到"故人何在"。换头"难忘"以情承接，插入回忆。而当年诗朋酒侣之乐，如今只剩海阔山遥的阻隔、音信无凭的哀叹和空识归舟的企盼，由昔之聚乐转到今之离苦，倍增思念之情。收尾与篇首相应，仍落到"望"字，以景结情，将一怀惆怅的忆念融入一片凄哀渺远的景色中，断鸿声哀的夕阳残照里，天涯游子伫立凝望的情状宛若目前。全篇扣住悲秋怀远的主旨，上片绘景为主，景中有情，下片抒情为主，情中有景，达难达之情，状难状之景，情真、景真，情与景融合无垠。

清・况周颐《蕙风词话》云："盖写景与言情，非二事也。善言情者，但写景而情在其中，此等境界，惟北宋词人往往有之。"而北宋词人中，柳永长调尤善此道，如这首《玉蝴蝶》情景交融达到极高境界。

【辑评】

陈匪石《宋词举》：耆卿善使直笔、劲笔，一起即见此种作法，且全篇一气贯注。

陈匪石《宋词举》："断鸿声里"两句，收转到"凭阑悄悄"，"尽"字极辣，极厚，极朴，较少游"杜鹃声里斜阳暮"，尤觉力透纸背。盖彼在前结，故蕴蓄；此在后结，故沉雄也。

【今译】

雨收，云散　　　　远处，绵延无极的秋光。
独自凭栏凝望，　　夕阳残照下

秋色萧瑟，如宋玉
惹起一怀悲凉。
水面风轻
蘋花渐老渐苍，
月色晕着清寒
夜露浸冷
梧桐树一叶叶飘黄。
这景，这境
让人黯然神伤。
故人何处?
烟笼寒水，迷茫。

昔日诗朋酒友
欢乐聚会难忘，
如今，辜负清风明月
空度几载寒霜。
水阔山遥，何处
是思念的潇湘?
想那伊人
——双燕翩飞
难将音书捎上，
日暮时，遥指天际
几回误认归航。
此时，我凝望远方，
孤雁哀声里
伫立，直到黯淡
最后一抹斜阳。

八声甘州①

对潇潇暮雨洒江天②，一番洗清秋。渐霜风凄紧，关河冷落，残照当楼。是处红衰翠减③，苒苒物华休④。惟有长江水，无语东流。　　不忍登高临远，望故乡渺邈⑤，归思难收。叹年来踪迹，何事苦淹留⑥？想佳人妆楼颙望，误几回、天际识归舟⑦。争知我⑧，倚阑干处，正恁凝愁⑨！

【注释】

①八声甘州：此词调从唐教坊大曲《甘州》截取一段改制而成，因全词前后两片共八韵，故名“八声”。②潇潇：风雨急骤的样子。③是处：到处。红衰翠减：指花凋叶残。唐·李商隐《赠荷花》：“翠减红衰愁煞人。”④苒苒：时光渐渐过去。唐·刘禹锡《酬窦员外旬休早凉见示》：“四时苒苒催容鬓。”物华：美好的景物。⑤渺邈(miǎo)：渺茫遥远。⑥何事：为什么。淹留：久留，滞留。⑦“想佳人”二句：唐·温庭筠《望江南》：“梳洗罢，独倚望江楼。过尽千帆皆不是，斜晖脉脉水悠悠，肠断白蘋洲。”此用温词句意。“天际识归舟”，语出南朝齐·谢朓《之宣城郡出新林浦向板桥》。颙(yóng)望：举头凝望。⑧争知：怎知。争：通“怎”。⑨恁：这么，这样。凝愁：凝结的愁思。

【赏析】

柳永一生流落不遇，谙尽漂泊滋味，故其长调慢词“尤工于羁旅行役”。这首《八声甘州》约作于游宦江南时。词从一“望”字生发，而绾结于一“归”字，登高临远之思、羁旅行役之愁尽融入浓重的秋色中。

上片写望中所见，潇潇暮雨，横洒江天，浣洗清秋，开端何等气韵。接下“渐霜风凄紧，关河冷落，残照当楼”三句，将游子的客中情怀融入秋色的寥廓中，江天、霜风、关河、残照，似乎天地间的悲哉秋气一起拂面袭来，写秋色羁思至矣尽矣。其意境苍凉清远、气象阔大沉雄、音节悲亢激越，连鄙薄柳词艳俗的苏轼也为之赞叹，一篇之警策正在于此。下片写望中所思，由苍莽悲壮转为低徊沉吟。先写自己登高思归，进而推想佳人妆楼望归，用对面写法运实于虚，体贴入微，为柳永慢词所惯用，世称“柳七家数”。末了，折转到无归的倚栏凝愁。词人笔若连环，将一种情怀、两地相思层层曲折写来，可谓笔巧、情至、味厚。此词于俊爽雄浑中寄清丽柔婉，情景兼到，骨韵俱高，为古今杰构。

【辑评】

［宋］赵令畤《侯鲭录》：东坡云：“世言柳耆卿曲俗，非也。如《八声甘州》云：‘霜风凄紧，关河冷落，残照当楼。’此语于诗句，不减唐人高处。”

［清］田同之《西圃词说》：耆卿词以“关河冷落，残照当楼”与“杨柳岸、晓风残月”为佳，非是则淫以亵矣。此不可不辨。

［清］陈廷焯《大雅集》：情景兼到，骨韵俱高，无起伏之情，有生动之趣，古今杰构，耆卿集中仅见之作。“佳人妆楼”四字连用俗极。择言贵雅何不检点如是，致令白璧微瑕。

【今译】

黄昏，独对冷雨潇潇
洒向苍茫的
远水长天尽头，
一番淋漓
洗涤出天地间
疏朗的深秋。
江面，霜风渐紧
将一层冷落秋色
拂向边关河流，
残阳如血
抹在孤耸的楼头。
到处，花红凋零绿叶枯萎，
时光流逝里
美好风物尽残尽休。
只有长江水
不止，无语东流。

这，登高的情怀
最不能承受，
远望中，故乡渺茫
乡思一发不可收。
可叹年复一年
浪迹萍踪，漂游，
异地他乡
为什么久久滞留？
遥想闺中佳人
整日，倚楼凝目，
天水相连处
多少次误识归舟。
可她怎知道
此时，我独倚栏杆
这般深深地
凝结一怀思念忧愁。

迷神引

一叶扁舟轻帆卷。暂泊楚江南岸①。孤城暮角，引胡笳怨②。水茫茫，平沙雁，

旋惊散。烟敛寒林簇，画屏展[3]。天际遥山小，黛眉浅[4]。　旧赏轻抛[5]，到此成游宦[6]。觉客程劳，年光晚。异乡风物，忍萧索、当愁眼。帝城赊[7]，秦楼阻[8]，旅魂乱。芳草连空阔，残照满。佳人无消息，断云远[9]。

【注释】

①楚江：流经楚境（今湖北、湖南一带）的长江。②胡笳：古代一种管乐器，出自胡人（西北少数民族），故称。传说由西汉张骞从西域传入，其乐音哀怨凄厉。汉武帝时，李延年按其曲造新声二十八解，为武曲。③画屏：绘有彩画的屏风。此形容山林景色如画。④黛眉浅：女子用黛墨（青黑色）淡描的眉，此形容远山淡青秀美。亦见欧阳修《诉衷情》注。⑤旧赏：旧时的游赏。⑥游宦：远游为官，他乡迁徙。⑦赊：远。⑧秦楼：即秦楼楚馆，指歌楼妓馆。此指所思佳人的居所。⑨断云：片云，孤云。

【赏析】

这首《迷神引》当是柳永晚年宦游之作，仍是一贯作法，将佳人恋情抒入漂泊羁愁，而羁愁更浓更深。作者少负才名，但功名蹭蹬，及第时年岁已老，又长期处于卑微官职辗转迁徙，故写了不少感慨“浪萍风梗”的羁旅词，其晚年宦游羁旅词较之早年浪游羁旅词更多凄楚之音。

此词写泊舟江岸的所见所感：孤城暮角，渺水惊雁，寒林烟敛，遥山黛浅，所见一片清寂渺远；行役劳顿，年岁已晚，京城遥隔，佳人杳然，所感一片迷乱凄哀。上片写游宦悲秋之景，下片抒悲秋游宦之情，由景生情，即景抒情，情景交融成孤、怨、惊、寒的氛围和意境，构成一幅宦游客子秋江晚泊图，表现了作者厌倦仕宦漂泊、眷念旧时游赏的暮年情怀。整个词上景下情，前后相映相衬，层层铺叙，层层推衍，备足无余的铺叙展衍中又具有意境含蓄的韵致，见出柳永长于铺叙的娴熟技巧。

《迷神引》乃柳永自创曲调，三字句为多，错杂以五、四言句，用此急促而顿挫的节奏，表现凄楚沉郁的宦游情怀，甚为相宜。

【今译】

一叶扁舟
卷起轻快的风帆，
暂泊在——
水面空阔的楚江南岸。
听孤城高楼
黄昏的角声
引胡笳一阵悲怨。
江水茫茫
平展柔沙栖雁，
忽地，幽暗一声惊散。
烟霭渐渐收起
露出寒秋林簇
如画屏舒展，
天边，远山如卧
似一黛眉浅。

多少赏心乐事
抛掷，那么随便，
如今仕宦功名
尽成潦落的四处流转。
这漫长旅途
将岁月劳顿成衰晚，
怎忍他乡风物
萧索、冷落
再入忧愁双眼。
京城遥遥
秦楼歌舞已隔断，
剩一缕客子心魂，不定

正迷离纷乱。
萋萋芳草连向天际，
一抹夕阳
用凄艳的橘红染遍。

佳人杳无音信
就像天边，那
一片彩云
飘然，已去远……

张　先

张先（990—1078），字子野，乌程（今浙江吴兴）人。父张维“平居好诗，以吟咏自娱”，幼受其熏染。入仕较晚，仁宗天圣八年（1030）四十一岁中进士。曾任吴江知县、嘉禾判官。皇祐二年（1050），得晏殊荐引为永兴军通判，议事之余饮酒听歌，相处甚得。后又知渝州、虢州、安州。七十五岁以都官郎中致仕，退居乡里，常泛舟垂钓为乐。为人风流潇洒，善戏谑，多风趣，与当时文士名流多有诗酒唱酬，八十九岁卒。宋·王明清《玉照新志》载：“本朝有两张先，皆字子野。一则枢秘副使逊之孙，与欧阳文忠同在洛阳幕府，其后文忠为作墓志，称其‘志守端方，临事敢决’者。一乃与东坡先生游，东坡推为前辈，诗中所谓‘诗人老去莺莺在，公子归来燕燕忙’。能为乐府，号‘张三影’者。”

诗、文、词均擅长。诗笔老健，然为词名所掩。深谙音律，尤工于词，初作小令与晏殊、欧阳修并称，后取时调新声填慢词，亦与柳永齐名。其词于灯筵歌席间多写诗酒风流、男女之情，含蓄工巧，情味隽永，词风倩丽清逸，因写有花月影名句，戏号“张三影”而誉满当时。清·陈廷焯《词坛丛话》评曰：“才不大而情有余，别于秦、柳、晏、欧诸家，独开妙境，词坛中不可无此一家。”有《安陆集》《张子野词》。

千秋岁

数声鶗鴂[①]，又报芳菲歇。惜春更把残红折。雨轻风色暴，梅子青时节。永丰柳[②]，无人尽日花飞雪[③]。　莫把幺弦拨[④]，怨极弦能说。天不老，情难绝。心似双丝网，中有千千结。夜过也，东窗未白凝残月。

【注释】

①鶗鴂（tí jué）：伯劳鸟。宋·陈彭年等《广韵》：鶗鴂，关西曰巧妇，“春分鸣则众芳生，秋分鸣则众芳歇”。屈原《离骚》：“恐鶗鴂之先鸣兮，使夫百草为之不芳。”因鶗鴂一鸣，春便归去。②永丰柳：唐代洛阳城中有永丰坊，其西南角园中有垂柳。白居易赋《杨柳枝词》：“丰坊西南荒园里，尽日无人属阿谁？一树春风千万条，嫩如春色软如丝。”后其诗传入乐府，遍流京城，有诏旨，遂取两枝植于禁苑。此处泛指杨柳，用白居易诗意。③花飞雪：指柳絮纷飞如雪。④幺弦：琵琶的第四弦，其音细声哀，因弦最细，故称。

【赏析】

这首词将伤春与怀人融为一境，写景寓情，即景喻情，细加体味，词情背后隐然是一个互相挚爱而横遭摧折的爱情悲剧。

上片，织入鶗鴂悲鸣、风雨凄凄、柳絮飞雪的残春景象，似乎包蕴某种深意，暗指恋情被阻抑。上片蓄势已足，下片转而抒情。以苍天不老喻情之不绝，以双丝网结喻情之缠绵，表达出不为风雨所摧残的决绝和抗争。至此情语已尽，故末句以东窗残月的景语见出长夜未眠、相思入骨，结得情韵悠长。清·陈廷焯说张先词：“有含蓄处，亦有发越处。”（《白雨斋词话》）其“含蓄”和“发越”，此词于一怀幽怨的抒吐中兼而有之。

【辑评】

[宋]晁无咎《能改斋漫录》：子野韵高，是耆卿所乏处。近世以来，作者皆不及。

【今译】

几声啼鸣，伯劳鸟
哀怨切切，
向人报知春天
已残，芬芳凋谢。
春去留不住
折一枝残红
依依惜别。
雨丝，绒绒轻漾
渐急促了风色，
正是——
梅子青青时节。
园墙角的一株垂柳
寂寞无人里
整日，飞絮如雪。

莫要拨弄琵琶
情极怨极
会在弦上倾泻。
苍天，不老
爱恋不绝
心恰似双重丝网缠裹
剪不断千结万结。
夜，长长过了
东窗还未泛白，
晓色——
凝成天边残月。

醉垂鞭

双蝶绣罗裙①，东池宴，初相见。朱粉不深匀，闲花淡淡春。　细看诸处好，人人道，柳腰身②。昨日乱山昏，来时衣上云。

【注释】

①罗裙：绸裙。②“细看”三句：倒装句法，即“人人道，柳腰身，细看诸处好”。柳腰身：形容女子婀娜多姿的细腰如柔柳。

【赏析】

此词是即席赠侑酒歌妓所作，写筵前初见伊人之美。上片歇拍“闲花淡淡春”，以花比喻人美。姹紫嫣红中别是幽花一朵，绽着淡淡春色，让人想见其歌女神情清雅、风韵天然。下片结拍“昨日乱山昏，来时衣上云”，以衣衬托人美。造语尤为奇妙，不说衣裙上花纹美丽，却说彩云飘上美人衣裙，化用唐·李白《清平调》“云想衣裳花想容”诗意，亦真亦幻中人物风姿栩栩跃出；同时用“乱”“昏”二字，着意濡染一片昏茫迷离，仿佛伊人身着云衣霓裳从山巅飘至眼前，词亦就此戛然止住，故清·周济《宋四家词选》叹为“横绝”。

张先词并不都是纤巧冶艳之作，如此词虽未脱赠妓题材的“艳俗”，但作者从侧面落墨，轻描淡抹，宛如一幅生动传神的人物素描，读来意趣自然，给人以清新丰美的联想。

【辑评】

[清]陈廷焯《别调集》：蓄势在一结。

夏敬观《映庵词评》：末二句体物微妙。

【今译】

拖曳一袭，绣蝶
翩舞的罗裙，
那是初见
在东池歌筵的美酒金樽。
她，没有艳抹
素妆淡淡地匀，
宛如一枝幽花
姹紫嫣红中
绽放着淡淡芳春。

人人都称说
她婀娜如柳的腰身，
细看，每一处
都美丽动人。
昨日暮色昏茫
从层叠山巅
飞来一片片轻盈，
啊，那是她
衣裙上飘飞的彩云。

一丛花令

伤高怀远几时穷①？无物似情浓。离愁正引千丝乱②，更东陌、飞絮濛濛。嘶骑渐遥③，征尘不断④，何处认郎踪！　双鸳池沼水溶溶，南北小桡通⑤。梯横画阁黄昏后，又还是、斜月帘栊⑥。沉恨细思，不如桃杏，犹解嫁东风⑦。

【注释】

①穷：尽。②千丝：陌上低垂的柳丝。古代有折柳赠别的风俗，“柳”与“留”谐音，以表示挽留惜别之情。故杨柳与离别相关联。吴文英《风入松》：“楼前绿暗分携路，一丝柳，一寸柔情。”此处“千丝”也与“千思”谐音，喻指离人心绪烦乱。③嘶骑（jì）：嘶鸣的马。④征尘：道路上扬起的尘土。⑤桡（ráo）：船桨，代指船。⑥栊（lóng）：窗棂，窗格子。⑦解：知道，懂。嫁东风：指桃、杏伴随春风开花结子。唐·李贺《南园十三首》其一：“可怜日暮嫣香落，嫁与春风不用媒。”东风：春风。

【赏析】

此词写传统闺怨主题。全篇无大起大落的纵放笔势，只是由景到情、由情到景，从别时到别后娓娓叙来。张先词工于刻画锤炼，有时不免伤于纤巧，但这首小词却情韵清婉，意境浑融。发端“伤高怀远”点题，接而以“情浓”笼罩：陌上分手处，柳丝引愁，飞絮惹恨，嘶马渐遥不辨郎踪；深闺独眠时，偏是池栖鸳鸯，月照帘栊。怨极恨极，直逼出结处的“沉恨细思，不如桃杏，犹解嫁东风”来。

末三句历来被人称赏。清·贺裳《皱水轩词筌》云：“唐李益诗曰：‘嫁得瞿塘贾，朝朝误妾期。早知潮有信，嫁与弄潮儿。’子野《一丛花令》末句云：‘沉恨细思，不如桃杏，犹解嫁东风。’此皆无理而妙。”所谓“无理”，指喻想虚妄而悖于常理，桃杏如何“嫁”？所谓“妙”，则是在这无理中见出至情。嫣香飘零的桃花、杏花犹能有所归宿，嫁与春风结子，自己却在独守闺房中销蚀青春美貌。女主人翁别离相思的自怜自惜、自怨自艾，追求与向往，无聊与无奈，尽于这奇思妙喻中透露出来。于理则无，于情则有，实为洞悉人物幽微心理的传神妙笔。

【辑评】

[宋]范公偁《过庭录》：子野《一丛花令》一时盛传，永叔（欧阳修）尤爱之，恨未识其人。子野家南地，以故至都谒永叔，阍者以通，永叔倒屣迎之曰："此乃'桃杏嫁东风'郎中。"

[明]潘游龙《精选古今诗余醉》："不如桃杏"，恁地情荡。

【今译】

思念远行的人
登楼凝望
一怀愁绪几时尽穷？
人世间，没有
比相爱的情更浓。
心中的离愁
正牵动千缕柳丝
在风中纷乱，
更见城东郊野
扑面飞絮，漫天迷蒙。
记得当初离去
一声马嘶，匆匆，
去向何处？
陌上尘土遮住了
无法寻认他的行踪。

深深庭院
鸳鸯，在双双嬉戏
一池春水溶溶，
小船来来往往
南北相通。
楼阁的扶梯空自
横着，在黄昏的暗笼，
又是孤枕无眠
月斜轻纱帘栊。
这情景，细细想来
悔恨重重：
真不如那绽开的
桃花、杏花，
嫣然飘零时
犹知嫁与和煦春风。

天仙子

时为嘉禾小倅[①]，以病眠不赴府会。

水调数声持酒听[②]，午醉醒来愁未醒。送春春去几时回？临晚镜，伤流景[③]，往事后期空记省[④]。　沙上并禽池上暝[⑤]，云破月来花弄影[⑥]。重重帘幕密遮灯，风不定，人初静，明日落红应满径。

【注释】

①嘉禾：秀州的别称（治所在今浙江嘉兴市）。倅（cuì）：副职，此指判官。②水调：曲调名。相传是隋炀帝开汴河时所创制，为唐代流行歌曲，宋时仍不衰。苏轼《虞美人》："沙河塘里灯初上，《水调》谁家唱。"③流景：如

水流逝的光景。④后期：后会的约期。记省（xǐng）：清楚记得。省：明白。⑤并禽：成双的水鸟。暝（míng）：日暮而幽暗。⑥“云破”句：宋·吴开《优古堂诗话》：张子野长短句“云破月来花弄影”，往往以为古今绝唱，然予读古乐府唐氏谣《暗别离》云：“朱弦暗度不见人，风动花枝月中影。”意子野本此。

【赏析】

张先此词约作于仁宗庆历三年（1043），52岁任嘉禾判官时。据宋·陆游《入蜀记》记载：(乾道六年)“赴（秀州）郡集于倅廨中，坐花月亭，有小碑，乃张先子野‘云破月来花弄影’乐章，云得句于此亭也。”

此词亦题为“春恨”，是老境伤春之作。词人刻意伤春惜逝，借以抒发年届老暮、沉沦下僚的悲怀。春去花残，流光易逝，而往事成空、后期无定，那歌中酒里流溢的愁，不是青春年少男欢女爱的情愁闲愁，而是步入老境的词人，深蕴在心底的叹老嗟卑之愁和寥落孤寂之愁，故极凝重深沉，酒醒愁未醒。

“云破月来花弄影”一句，一语三折，用连续三种动态写月夜花树婆娑景色，心与景会，落笔即是，不用气力、不落言诠而妙趣横生，如画，传神，令人绝倒。宋·陈师道《后山诗话》称赏其“影”字，曰：“张先善著词，有云：‘云破月来花弄影’‘帘压卷花影’‘堕风絮无影’，世称诵之，号‘张三影’。”清·王国维《人间词话》则激赏：“著一‘弄’字，而境界全出矣。”此词中“弄”字之灵动、“影”字之朦胧，皆为锤炼之字，化实为虚，化静为动，拓出一片空灵而迷离的幽美意境，故当为名句。由此，词人得“‘云破月来花弄影’郎中”的雅号。

【辑评】

[明]杨慎《草堂诗余评》：“云破月来花弄影”，景物如画，画亦不能至此，绝倒，绝倒！

[明]沈际飞《草堂诗余正集》：“云破月来”句，心与景会，落笔即是，着意即非，故当脍炙。

[清]沈雄《古今词话》云：有客谓子野曰：“人皆谓公‘张三中’，即心中事、眼中泪、意中人也。”公曰：“何不目之为‘张三影’？”客不晓，公曰：“‘云破月来花弄影’‘娇柔懒起，帘压卷花影’‘柳径无人，堕飞絮无影’，此余平生所得意也。”

【今译】

一曲《水调》
美酒微醺里
一边浅饮，一边吟听，
午时，醉意醒来
一怀愁绪未醒。
又送晚春归去
那春几时回？
黄昏，对镜黯然
伤心镜中
流逝的朱颜光景。
一切，过眼云烟
空自记得
——昔日的情事
将来的约定。

池塘暮色笼下
沙滩，水鸟并栖静静，
云隙月光，洒落
一地散叠的碎银，
任婆娑花枝
摇弄池边倩影。
竹帘，层层垂下
遮住欲烬的残灯，
窗外的风
一阵轻一阵紧，
夜色初寂，悄无人声，

啊，明天该是
——落红无数
铺满了庭院小径。

青门引

乍暖还轻冷[①]，风雨晚来方定。庭轩寂寞近清明[②]，残花中酒[③]，又是去年病。
楼头画角风吹醒，入夜重门静。那堪更被明月，隔墙送过秋千影。

【注释】

①乍：刚，才。②清明：旧历二十四节气之一，每年公历四月五日或六日。③“残花”句：唐·杜牧《睦州四韵》：“残春杜陵客，中酒落花前。”此与杜诗句意相近。中（zhòng）酒：醉酒。

【赏析】

此词宋·黄昇《花庵词选》题作“春思”，明·沈际飞批点《草堂诗余》作“怀旧”。全篇从黄昏到夜晚，抒写伤春怀人的萧索孤寞情怀。

上片，冷暖不定，风雨初歇，空庭寂寞里，残花中酒，春愁黯然，况又是“去年”情怀，用加倍写法；下片，夜深酒醒，重门静寂，正是春思深处，那堪明月送影，用推进一层写法。结处“那堪更被明月，隔墙送过秋千影”二句尤妙，淡淡月色，隔墙倩影，既见庭院寂寥清幽，又以他人之乐衬己之哀，确为神来之笔。词人所感情事当与“秋千”有关，别有红袖佳人在，只是未曾道破，其心绪的流驰、意念的浮漾都隐然见于飘忽摇荡的“秋千影”中。

此词触物而感怀，其景物幽微、感触幽微，层层触物，层层感怀，“怀则自触，触则愈怀”（明·沈际飞《草堂诗余正集》），故词境层层翻进，终至深微窈渺之致，表达出一种锐敏而尖新的感受。历来被人称赏的张先词的含蓄“韵味”，于此词可见。

【辑评】

［清］黄苏《蓼园词选》：落寞情怀，写来幽隽无匹。不得志于时者，往往借闺情以写其幽思。

俞陛云《唐五代两宋词选释》：结句之意，一见深夜寂寥之景，一见别院欣戚之殊。梦窗因秋千而忆凝香纤手，此则因隔院秋千而触绪有怀，别有人在，乃侧面写法。

【今译】

天气初转暖
又袭来一阵轻冷，
风雨，停歇在
黄昏清寒的静。
冷寂，弥漫寂寞庭院
已近恼人的清明，
对满地落花
一杯，两杯
沉闷里自斟自饮，
又是去年
春愁醉酒的情景。

城楼，一阵悲咽
寒风画角

从沉醉中唤醒，
入夜静寂
深院重门掩闭得紧紧。
正是一怀伤心
那堪月光
——如水幽清，
隔着绿篱院墙
悄然送来，邻家
秋千悠荡的倩影。

木兰花

乙卯吴兴寒食[①]

龙头舴艋吴儿竞[②]，笋柱秋千游女并。芳洲拾翠暮忘归[③]，秀野踏青来不定[④]。
行云去后遥山暝[⑤]，已放笙歌池院静[⑥]。中庭月色正清明，无数杨花过无影。

【注释】

①乙卯：神宗熙宁八年（1075）。吴兴：今属浙江。寒食：清明节前一日或二日，民间为纪念春秋时晋国介子推不求利禄、焚死绵山所形成的习俗，禁火三日，吃冷食，故称“寒食”。旧有踏青、插柳、扫墓的风俗。②“龙头”句：龙头舴艋：一种形体扁窄的轻便龙船，形状像蚱蜢。吴儿：指江南玩龙舟的年轻人。寒食节，宋人除了禁火、插柳、踏青、扫墓等，还有赛龙舟的风俗。宋·周密《武林旧事》记载寒食西湖赛船情景：“龙舟十余，彩旗叠鼓，交舞曼衍，粲如织锦……京尹为立赏格，竞渡争标。”③拾翠：拾取翠鸟散落的羽毛作首饰。此泛指妇女游春采拾花草。④踏青：寒食、清明出游郊野，旧称“踏青”。来不定：络绎不绝。⑤行云：飘浮的云。此兼喻来来往往的游女。⑥放：放置，停止。

【赏析】

此词描绘了一幅寒食踏青图，作者以时序节令和风俗人情入词，给绮靡艳丽的宋初词坛一缕清新气息。上片写白昼郊野：赛划龙船，并荡秋千，芳洲秀野游人来往不定；下片转写月夜庭院：游人散去，笙歌止歇，空庭月色里柳絮飘飞，喧闹的游春归于一片恬静。时，张先86岁，居住吴兴，词中白昼踏青游春，夜晚春庭赏月，正见出作者晚年心境的清朗恬淡。

结拍两句传柳絮之神韵，从中浮动如丝如缕的幽妙心绪。张先善于摇曳飘忽的“影”迹中营造朦胧意境，如世人所称赏的“三影”，都用“影”字表现飘忽之象、幽微之境，具有如蒙一层轻雾的朦胧美感。而词人笔下溶溶月色中的花影、絮影、秋千影，不只是绘景传神，也隐含了某种幽渺微茫的感怀。若将此词“中庭月色正清明，无数杨花过无影”与《天仙子》的“云破月来花弄影”比较，后者意象具体华美，而前者意境更清澈空灵，意绪也更幽微飘溢，故清·朱彝尊《静志居诗话》叹为工绝。

【辑评】

[清]朱彝尊《静志居诗话》：张子野吴兴寒食词：“中庭月色正清明，无数杨花过无影。”余尝叹其工绝，在世所传“三影”之上。

[清]李调元《雨村词话》：“张三影”已胜称人口矣，尚有一词云：“无数杨花过无影。”合之

应名“四影”。

【今译】

龙舟双桨划着
吴地少年比竞，
竹柱秋千悠悠，荡着
游春少女相并。
草甸水边
采拾一束花草
插向发髻
忘归，暮色渐昏，
这寒食郊野
秀色明丽
踏青的人来去不定。

待到归去时
游人，如云飘散
远处山色
卧着一抹昏暝，
笙歌也歇，池边院落
沉浸夜的宁静。
庭中——
月光，正溶溶
如积水清明，
微风一阵拂过
柳絮，飘坠无影。

晏　殊

晏殊（991—1055），字同叔，抚州临川（今江西抚州市）人。幼时聪慧过人，文辞敏妙，真宗景德二年（1005）十四岁以神童被荐于朝，“帝召殊与进士千余人并试廷中，殊神气不慑，援笔立成。帝嘉赏，赐同进士出身”（《宋史》本传）。二十八岁为知制诰，三十岁拜翰林学士，深得真宗倚重，每有咨询多用方寸小纸。太后刘氏垂帘听政，任枢密副使，因事遭弹劾，出知应天府，在任期间大兴学校，以教诸生。不久，召为御史中丞，迁参知政事、尚书左丞。仁宗明道二年（1033），因谏阻太后“服衮冕以谒太庙”，罢相，出知亳州。庆历三年（1043），为同中书门下平章事、集贤殿大学士，兼枢密使，次年，遭蔡襄等弹劾，再度罢相，出知颍州、陈州、许州。皇祐二年（1050）知永兴军，后移河南府，兼西京留守。以疾归京，六十四岁病卒，谥元献。

为朝廷重臣和文坛耆宿，广泛延揽文人隽士，善奖掖后进，范仲淹、欧阳修等皆出其门下而进用。为文赡丽，尤工于诗。其词承续晚唐五代遗风，为娱宾遣兴之作，多寄情歌酒、流连光景，抒写闲情雅趣，但除却铺金缀玉，格调闲雅，思致深蕴，音韵谐婉。宋·王灼《碧鸡漫志》评其词“风流蕴藉，一时莫及，而温润秀洁，亦无其比”。清·冯煦《宋六十一家词选》云：“晏同叔去五代未远，馨烈所扇，得之最先。故左宫右徵，和婉而明丽，为北宋倚声家初祖。”有《珠玉词》。

浣溪沙

一曲新词酒一杯，去年天气旧亭台①。夕阳西下几时回？　　无可奈何花落去，似曾相识燕归来。小园香径独徘徊②。

【注释】

①“去年”句：亭台，原本作“池台”。语本唐·郑谷《和知己秋日伤怀》诗：“流水歌声共不回，去年天气旧池台。”②香径：铺满落花的园中小路。

【赏析】

此词历来被推为名篇佳制，其和婉明丽如玉润珠圆，是《珠玉词》特有的格调。词人伤春惜时实为忆旧怀人。暮春天气，水榭亭台，夕阳余晖，都依旧似去年，但伊人不在；眼前，花落如情事已去，燕归人却未归，小园芳径，唯有孤身徘徊。词的通篇不作一句怀人语，只以景映衬、以景喻托，自是含蕴隽永。

“无可奈何花落去，似曾相识燕归来”二句，工巧而流丽，是浑然天成的名对：去的，倩影芳姿飘逝无回，来的，残踪旧迹恍惚依稀；人生聚散如花开花落，往事追忆似幻似真。不但以词境胜，也以理致胜。此二句也是作者得意之句，不忌重复使用，又见于晏殊《示张寺丞王校勘》七律诗的腹联，它在原律诗的沉闷中，如金玉没入沙砾；一入词中，则淘汰沙砾，金玉生辉！仔细玩味，此联情致缠绵、音调谐婉，确是词家妙语，但若作七律诗句，则未免柔弱了，故明·沈际

飞云："自是天成一段词，著诗不得。"（《草堂诗余正集》）

【辑评】

[宋]吴曾《能改斋漫录》：晏元献赴杭州，道过维扬，憩大明寺，瞑目徐行。使侍史诵壁间诗板，戒其勿言爵里、姓氏，终篇者无几。又使别诵一诗云："水调隋宫曲（略）。"徐问之，江都尉王琪诗也。召至，同饭。饭已，又同步池上，时春晚已有落花。晏云："每得句，书墙壁间，或弥年未尝强对，且如'无可奈何花落去'，至今未能对也。"王应声曰："似曾相识燕归来。"自此辟置（征置为僚属），又荐馆职，遂跻侍从矣。

[明]杨慎《词品》："无可奈何"二语工丽，天然奇偶。

[清]刘熙载《艺概》：词中句与字有似触著者，所谓极炼如不炼也。晏元献"无可奈何花落去"二句，触著之句也。宋景文"红杏枝头春意闹"，"闹"字，触著之字也。

【今译】

新词，一曲
美酒，一杯
这低吟浅斟的情怀，
依旧，是去年
春色已晚天气
清歌的水榭亭台。
夕阳在西下
它，逝去了
几时还会重来？

无可奈何，花
寂然凋去
曾经的美丽不再，
似曾相识，昔日燕子
寻觅旧巢归来。
园中小径
散溢着清寂芬芳，
踏残花点点
我，独自徘徊。

浣溪沙

一向年光有限身[①]，等闲离别易消魂[②]。酒筵歌席莫辞频[③]。　　满目山河空念远，落花风雨更伤春。不如怜取眼前人[④]。

【注释】

①一向：犹"一晌"，片刻。②等闲离别：意谓动辄分离。等闲：无端。消魂：极度哀伤使人魂失魄散、心神黯然。此用南朝梁·江淹《别赋》"黯然消魂者，惟别而已矣"语意。③辞：推辞。④"不如"句：用唐·元稹《会真记》"还将旧来意，怜取眼前人"句意。怜取：怜爱。

【赏析】

晏殊一生高官厚禄，日常宴饮"必以歌乐相佐"（宋·叶梦得《避暑录话》）。但雍容华贵之余不免人生的空虚和迟暮。所以晏殊词往往于听歌赏舞的欢愉中，伴随好景难再的感伤，交织年光有限的低叹。

这首词表现词人借歌筵之乐消释人生的烦愁。上片，人生有限，却离别销魂，只应歌酒行乐，三句一气呵成而笔意曲折。过片两句为一篇之警策，“念远”则衬以满目山河，“伤春”则托以落花风雨，前句含义层深，境界苍茫，后句意象凄美，情思缠绵。其景情映照，刚柔有致，是“重、拙、大”兼有之笔，显示出作者造字炼句的功力，故得前人推崇。结拍忽作宕开，及时行乐，爱怜眼前，补足上片歇拍“酒筵歌席莫辞频”句意，回旋主旨。及时行乐，究其意是对生命短暂、衰微的一种补充，“不如怜取眼前人”是旷达，还是浅薄？是沉重，还是无奈？或者是旷达掩盖下的浅薄，是不堪沉重的无奈。它在情景之外包蕴了深刻而真切的人生体验，这就是晏殊词的深蕴理致。

此词抒写伤春念远的愁怀，作者一变平时的闲雅蕴藉，刻意沉着，笔力稳沉，但格调并不显哀沉，仍有一种温婉气象。

【辑评】

吴梅《词学通论》：“满目山河空念远，落花风雨更伤春”二语，较“无可奈何”，胜过十倍。而人未之知，可云陋矣。

俞陛云《唐五代两宋词选释》：此词前半首笔意回曲，如石梁瀑布，作三折而下。

【今译】

年光，只在
倏忽而逝的片刻
有限的是此身，
无端又别离
最容易使人
黯然，失落心魂，
还是沉醉吧
莫要推辞，这欢娱的
酒筵歌席频频。

望去，山川阻隔
空自一怀念远的心，
风雨飒飒里
落花飘残
岁华，也飘残了
几多迟暮伤春。
不如，将旧时情意
爱怜眼前
浅斟低唱的佳人。

蝶恋花

槛菊愁烟兰泣露①，罗幕轻寒②，燕子双飞去。明月不谙离恨苦③，斜光到晓穿朱户。　昨夜西风凋碧树，独上高楼，望尽天涯路。欲寄彩笺兼尺素④，山长水阔知何处！

【注释】

①槛菊：长廊栏杆边的菊花。兰泣露：兰草上的清露如泪珠。唐·李贺《苏小小墓》：“幽兰露，如啼眼。”②罗幕：轻纱薄绸的帷幕。③不谙：不解。谙：熟悉、了解，此意指理解。④ 彩笺（jiān）：彩色的幅小而华美的纸，常用来指书信或题咏的诗笺。尺素：书信的代称。古人写信用素绢（白色生绢），通常长一尺，故称。

【赏析】

这首情致深婉的念远怀人之作，构思别致。词用逆挽法，由清晓所见菊兰泣露、燕子双飞的孤寞，继而忆起昨夜斜月穿户、西风凋树的无眠，再折回到眼前独上高楼、望尽天涯的离恨。上片取景偏狭，多相思的柔婉，下片于境界广远中见伤离的悲壮。全篇从朱户罗幕的低哀到高楼天涯的思远，上下片自然融合，贯串为一。

唐宋诗词多以明月映托离愁，唐人张泌叹息“多情只有春庭月，犹为离人照落花”（《寄人》）。晏殊却感叹：“明月不谙离恨苦，斜光到晓穿朱户。”至苏轼则怅问：“不应有恨，何事长向别时圆？”（《水调歌头》）或婉丽，或含蓄，或清疏，风调不同，各具意趣而又同为佳句。

清·王国维《人间词话》引“昨夜西风”三句，借它比喻古今成就大事业、大学问者必须经历的苦苦寻觅的“第一境界”，虽与词原意了不相涉，但可见其意象容涵之深厚，耐人寻味。

【辑评】

[清]王国维《人间词话》：古今之成大事业、大学问者，必经过三种之境界：“昨夜西风凋碧树。独上高楼，望尽天涯路。”此第一境也。“衣带渐宽终不悔，为伊消得人憔悴。”此第二境也。“众里寻他千百度，蓦然回首，那人却在灯火阑珊处。”此第三境也。此等语皆非大词人不能道。

【今译】

长廊栏杆边
轻烟，淡淡
笼着黄菊忧郁的恍惚，
兰草上晨露
清冷无声地泣哭。
重重帘幕
垂下层层轻寒，
双燕，翩然
穿帘飞去了
没有人唤得住。
昨夜，明月皎白
不知离人相思的苦，
天色晓时
还斜照纱窗朱户。

孤枕不眠里
听秋风，一阵阵凄紧
凋落庭院绿树。
清晨独上高楼
空阔，高远
望尽天涯路。
想寄予新题的诗笺
连同一叠
诉说衷肠的尺素，
可眼前山长水远
伊人，在何处？

清平乐

金风细细[①]，叶叶梧桐坠。绿酒初尝人易醉。一枕小窗浓睡。　紫薇朱槿花残[②]。斜阳却照阑干[③]。双燕欲归时节，银屏昨夜微寒[④]。

【注释】

①金风：秋风。古代用阴阳五行解释季节，以春、夏、秋、冬四季配金、木、水、火、土五行，秋令属金，故称“金风”。②紫薇：凌霄花的别名，夏、秋之间开淡红紫色花朵。朱槿：又名扶桑，枝叶婆娑，二月至秋间开红、白花。③却：正。④银屏：镶饰银箔的屏风，此借指华美的居室。

【赏析】

此词抒写悲秋的愁怀。全篇语意隐约含蓄，只写节序变换和人物的细微感受，无一笔落到“愁”字，但细加体味，却句句含愁：叶落、花残、燕归、日斜，愁岁时之衰晚；绿酒微醉、小窗沉睡、银屏夜寒，愁人生之迟暮。作者不着意地轻淡写来，于衰秋景色中透出悲秋的孤寂意绪，景与意自然圆融。这悲秋的情思是伤晚，还是忆人？可于言外求之。

自古悲秋多萧疏之景、凄厉之情，而作者却用雅淡轻婉的笔墨写秋景秋情，飘溢出一缕淡淡闲愁，具有一种温婉闲雅的风调，为宋初词的高格。宋·王灼《碧鸡漫志》称晏殊词“风流蕴藉，一时莫及。而温润秀洁，亦无与比”。从此词来看，不为过誉。

【辑评】

[清]先著、程洪《词洁》：情景相副，宛转关生，不求工而自合。宋初所以不可及也。

俞陛云《唐五代两宋词选释》：纯写秋来景色，惟结句略含清寂之思，情味于言外求之，宋初之高格也。

唐圭璋《唐宋词简释》：此首以景纬情，妙在不着意为之，而自然温婉。

【今译】

初秋的风
拂来一缕缕细微，
梧桐叶，片片
在风中飘坠。
新酿的绿酒
初尝，格外香醇，
浅饮一盏
让人醺然而醉。
雕花窗格帘下
一枕斜倚，浓浓地睡。

醒来，庭院空空
紫薇谢落了
朱槿也凋残，
斜阳，犹自依依地
照着残剩枝干。
双燕南归时节
春去秋来，已晚，
昨夜，卧室幽寂
华美屏风
透入一丝侵被的轻寒。

采桑子

时光只解催人老，不信多情。长恨离亭[①]，泪滴春衫酒易醒。　　梧桐昨夜西风急，淡月胧明[②]。好梦频惊，何处高楼雁一声。

【注释】

①离亭：即长亭，见林逋《点绛唇》注。②胧：朦胧。

【赏析】

此词不作上景下情或下景上情的结构，而是亦情亦景，以细致的笔触写幽微的情思。时光催人渐老，别离却悠长不尽；泪易滴酒易醒，愁怀终是排解不去。这愁怀从长亭恨别、泪湿春衫中来，从西风急紧、梦魂频惊中来，无奈之极托于梦寐，可是月光惨淡里，西风萧萧，落叶萧萧，将片刻好梦惊起；梦醒时又闻孤雁哀鸣，久久回荡在天边。末处画外音响的衬托，更见出秋色已浓，伊人未归。

词中抒写的是深秋月夜的一缕愁绪，也是人生别离的一怀长恨，只是作者并未沉溺其中，而是托天边一声雁唳，将这离愁别恨散入深沉疏朗的秋色，融入月夜的高远空阔。

【辑评】

赵尊岳《〈珠玉词〉选评》：梦酒而醒，醒而闻雁，此瞬息间事，感则有之，又何有于时光之催人耶？作者心细于发，笔妙如云，只轻轻于梦中用“春衫”二字，以见所梦者，为春日事，而今梦醒，则为秋雨梧桐，相去已两季节，乃匆匆现于一梦，瞬息之中，是岂非时光之催人乎？

【今译】

时光，无止流逝
只知催人
渐入衰晚老境，
不知人，一杯
排遣不去的相思多情。
那离别怅恨
总牵绕向十里长亭，
每每想起
泪水湿落春衫，
将人从沉醉中
忽地，轻易唤醒。

昨夜，梧叶飘落
秋风一阵凄紧，
浮云散后
轻淡月色笼下
朦朦胧胧，一院凄清，
难得一个好梦
又频频惊断
醒后，一枕孤冷。
听，不知何处
传入清寂高楼，
那南飞大雁
“唳”地一声哀鸣。

木兰花

池塘水绿风微暖，记得玉真初见面①。重头歌韵响琤琮②，入破舞腰红乱旋③。
玉钩阑下香阶畔，醉后不知斜日晚。当时共我赏花人，点检如今无一半④。

【注释】

①玉真：仙人，多借指佳人。②重（chóng）头：词中前后阕节拍（句式、音韵）完全相同的称“重头”，唱时

有回环往复的韵律。琤琮（chēng cōng）：玉石声或流水声，此形容歌声。③入破：唐宋大曲末一个音乐段落的名称，节奏开始加快。又五代·刘昫等《唐书·五行志》载："天宝后，乐曲多以边地为名，有伊州、甘州、凉州等，至其曲遍繁声，谓之入破。"即因其繁弦急声比喻为破碎，故名"入破"。④点检：查核，查看。

【赏析】

这是一首忆昔怀旧之作。黄昏，词人徘徊在小园芳径，池塘绿水、阑干石阶都是那么熟悉，不由引起他对往事旧踪的回忆。

上片实写，歌韵琤琮，舞腰乱旋，渲染往昔酣歌醉舞的场景。过片用虚笔，阑下香阶，醉后日暮，承写往昔歌舞之乐。末两句急转落到如今：当时赏花人，点检无一半。其语似平直意却含蕴，昔日美妙情事，今日回想尽成陈迹；这往事的回忆清晰而又朦胧，真切而又遥远，最后只剩物是人非、恍如隔世的一怀伤心惆怅。词至此戛然止住，收出人生无常的沉厚伤感。清·张宗橚《词林纪事》云："东坡诗'樽前点检几人非'，与此词结句同意。往事关（系）心，人生如梦，每读一过（遍），不禁惘然。"

此词中所写玉真似的佳人歌喉清啭，舞姿飘盈，曾令作者心摇神迷，伊人是"花"，还是"共我赏花"的人？作者语焉不详，在明写与暗写交替互见中，让读者玩味自得。

【辑评】

[宋]刘攽《中山诗话》：晏元献尤喜江南冯延巳歌词。其所自作，亦不减延巳。

俞陛云《唐五代两宋词选释》：极美满之风光，事后回思，都成陈迹。元献生当盛世，雍容台阁，而重醉花前，尚有旧人零落之感。若生逢叔季（末世），衣冠第宅转眼都非，宁止何戡感旧耶？

【今译】

池塘，涨满新绿
盈盈水面春风和暖，
记得也是这时节
怦然心动，与伊人初见。
她，一曲小词
似流水琤琮
妙龄歌喉婉转，
轻盈腰身
曳一团粉红舞衣
伴着急促乐调回旋。

珠帘半掩的窗下
散落花香的阶畔，
酒醉，心醉
歌酣，舞酣
不觉里夕阳沉下
天色渐已昏晚。
可叹的是
当时与我歌舞赏花的人
如今——
剩下不到一半。

踏莎行

小径红稀[①]，芳郊绿遍。高台树色阴阴见[②]。春风不解禁杨花，蒙蒙乱扑行人

面。　　翠叶藏莺，珠帘隔燕。炉香静逐游丝转③。一场愁梦酒醒时，斜阳却照深深院。

【注释】

①红稀：指红花稀少。②阴阴见（xiàn）：树林荫浓而现出幽深。见：同“现”，显露出。③游丝：蜘蛛、青虫所吐的细丝及空中飘荡的柳絮、细丝等。

【赏析】

此词宋·黄昇《花庵词选》题作“春思”。上片写郊野出游。红稀绿遍，浓荫飞絮，正值春光衰残时节，一缕伤春愁绪隐然，只是不着一字道破，而“春风”二句以物之无情衬人之多情，饶有意趣。下片写庭院归来。炉香袅袅，游丝悠转，见出院落静寂和心境虚闲。歇拍“一场愁梦酒醒时，斜阳却照深深院”，妙在不着实写，而无聊之孤寂、莫名之惆怅尽可味而得之，芳郊漫步、深院闲居的春思也都落到一“愁”字上，惜春伤逝之意由此透露而出。

晏殊一生高官厚禄，这如炉香幽微、斜阳迷茫、庭院虚空的伤春情怀，不过是荣华富贵厌腻时的闲愁闲绪。但作者以景见情用笔含婉，不作直泻浅露，也没有激烈促迫之音，重在抒写一种深微幽隐的内心感发，自有温润闲雅的味致，可堪玩赏。

【辑评】

[明]沈际飞《草堂诗余正集》：结句“深深”妙，着不得实字。

[清]沈谦《填词杂说》：“夕阳如有意，偏傍小窗明。”（唐人方棫诗）不若晏同叔“一场愁梦酒醒时，斜阳却照深深院”更自神到。

[清]李调元《雨村词话》：晏殊《珠玉词》极流丽，能以翻用成语见长。如“垂杨只解惹春风，何曾系得行人住”，又“春风不解禁杨花，蒙蒙乱扑行人面”等句是也。翻覆用之，各尽其致。

【今译】

小径的花渐稀
剩几枝残红
萎谢了初春的烂漫，
郊外，芳草绿意
将原野染遍。
高高楼台，掩在
浓荫幽深的树色
犹依稀可辨。
春风，不懂将柳絮束挽，
任它漫天里飘飞
乱扑行人的面。

院墙一角
一蓬翠叶丛，藏着
黄鹂的啼啭，
珠帘外，双燕
呢喃廊柱梁间。
香炉轻烟一缕
静静地追逐游丝回旋。
酒后，午梦初醒
心情正愁闷，
夕阳，挽着低沉暮色
斜照深深庭院。

破阵子

燕子来时新社[1]，梨花落后清明[2]。池上碧苔三四点，叶底黄鹂一两声。日长飞絮轻。　　巧笑东邻女伴[3]，采桑径里逢迎。疑怪昨宵春梦好，原是今朝斗草赢[4]。笑从双脸生。

【注释】

①新社：古代每年有春、秋两个社日，祭祀社神（土地神），祈求丰收。此处指春社，在立春之后清明之前。古人尤重春社，邻里大聚合行祀社之礼，酒食分餐，赛会喧腾，极一时一地之盛。②“梨花”句：我国民族“花历”，有二十四番花信风，自小寒至谷雨，每五日为一花信，每节应三信有三芳开放，春分节的三信是海棠花、梨花、木兰花。梨花谢落后，清明在即。③巧笑：轻盈美好的笑容。《诗经·硕人》：“巧笑倩兮，美目盼兮。”④斗草：古代民间习俗，妇女游春多以斗草为戏。南朝梁·宗懔《荆楚岁时记》载：农历五月五日，人们“竞采百药，谓百草以蠲除毒气，故世有斗草之戏”。

【赏析】

这首词似一幅古代妇女游春的风俗图。上片写郊野春色。燕子翩飞，梨花初落，池塘青苔几点，黄鹂数声巧啭，空中飞絮轻盈，为少女踏青点染出一片明媚春光。下片写游春情景。选取“斗草”场面，着墨于人物心理，采桑路上的巧遇、昨夜春梦的甜美、斗草得赢的笑涡，写出了少女的天真活泼，使上片所绘的春色成为充溢无限生趣的活景。从词中散溢出春光，流淌出笑声，走出纯洁秀丽的少女，达到了“此中有人”呼之欲出的境界。

此词纯然白描，用笔轻灵秀润，风调明丽清婉，时序、物态、人事、心情俱美，通篇浑然流转，若无神力不能达此境。

【辑评】

[明]卓人月《古今词统》：小倩香奁中笔。

[清]陈廷焯《闲情集》：风神婉约。

[清]许昂霄《词综偶评》：（“疑怪”三句）如闻香口，如见冶容。

【今译】

燕子飞回时
春社喧腾，
梨花飘落后，清明。
池塘里的苔钱
三四点，漂浮绿嫩。
枝叶垂下
流溢黄鹂的啼唱
一声，两声，

白昼长长里
柳絮飘飞着轻盈。

忽地，抛来一串
东邻女伴的笑声，
婷婷走来
恰在采桑小路逢迎。
“怪不得昨夜

梦，飘忽春风，
原来是今早
这路青斗草赢。”

盈盈笑涡
——从双脸飞生。

张　昪

张昪（992—1077），昪，一作“昪”，字杲卿，韩城（今属陕西）人。真宗大中祥符八年（1015）进士。历真宗、仁宗、英宗、神宗四朝，先后知降州、邓州、庆州、秦州、青州，累迁参知政事、枢密使。拜太子太师，致仕。八十六岁卒，谥康节。今存词三首。

离亭燕[①]

一带江山如画[②]，风物向秋潇洒[③]。水浸碧天何处断？霁色冷光相射[④]。蓼屿荻花洲[⑤]，掩映竹篱茅舍。　　云际客帆高挂，烟外酒旗低亚[⑥]。多少六朝兴废事[⑦]，尽入渔樵闲话[⑧]。怅望倚层楼[⑨]，寒日无言西下。

【注释】

①此词作者，历来沿袭宋·范公偁《过庭录》的说法，为张昪所作，而宋·黄昇《花庵词选》收此词，录为孙浩然作。②一带江山：指金陵，今南京市。③潇洒：指入秋景物萧疏，高爽不俗。④霁（jì）：雨止天晴。⑤蓼（liǎo）、荻（dí）：均为水边多年生草本植物。蓼，花粉白。荻，芦苇类，花紫色。⑥低亚：低垂。亚：低。⑦六朝：偏安江南的东吴、东晋、宋、齐、梁、陈，曾相继在建康（金陵）建都，人称“六朝”。⑧渔樵：打鱼砍柴的人。⑨层楼：又作“危楼”，即高楼。

【赏析】

这首怀古词最早见于宋·范公偁的《过庭录》，称为张昪退居江南后所作。范公偁是范仲淹玄孙，其父范直方于徽宗时任光禄大夫。《过庭录》多记北宋诸老遗文逸事，得自其父传述，当较为可信。

词人登高览景，发思古之幽情，遂写下此词。上片写景由远而近：江山如画、水天一色、洲屿蓼荻、竹篱茅舍，色调明丽而清幽。换头二句由近及远：客帆高挂，烟外酒家，境界空远而孤寂。转而抒写感慨，六朝兴废尽入渔樵闲话，将浓厚的历史兴亡之叹融入眼前所见之中，涵咏不尽。末两句将吊古之情结于倚楼怅望、寒日西下，在凝目遐想中极苍凉萧远之致，隐约见出作者对北宋由盛渐衰局势的隐忧。此词在诸多金陵怀古词作之外，避免熟烂，另出机杼，不写石头城，也不写乌衣巷，而是着力于刻画和渲染金陵秋色，在雄阔与颓败、繁华与苍凉的对比中，映衬出六朝的昔盛今衰，寄寓人世沧桑的深沉慨叹，其景色的苍茫冷寂与情怀的怅惘感伤浑然融会。

张昪这首《离亭燕》与王安石《桂枝香》的作法、风格极酷似，可称怀古览胜的双璧。据宋·楼钥《攻媿集》记载：此词当时颇具盛名，大画家王诜读此词豪兴大发，取之入画，作《江山秋晚图》。

【辑评】

[清]况周颐《历代词人考略》：张康节《离亭燕》云：“怅望倚层楼，寒日无言西下。”秦少游《满庭芳》云：“凭阑久，疏烟淡日，寂寞下芜城。”两歇拍意境相若，而张词尤极苍凉萧远之致。

薛砺若《宋词通论》：此词于冷隽中寓悲凉之感。

【今译】

金陵，山川形胜
宛如一幅雄丽的图画，
秋来风光景物
清朗，潇洒。
碧澄的江水
浸入碧蓝的远天
尽头，可在天涯？
雨后晴色
射落在江上寒波
闪现粼粼的冷滑。
岛屿、沙洲
蓼花粉红里
芦荻飘飞着点点紫花，
隐隐约约
三三两两的茅舍
围着疏竹篱笆。

远远，云际客舟
风帆正高挂，
暮烟淡笼处
帘儿，在风中低斜
那是江岸酒家。
这金陵故都
六朝更迭，
多少兴亡，尽入
渔人樵夫的俚歌闲话。
我，一怀惆怅
独倚高楼，
凝望天边夕阳
正昏沉地无语西下。

李　冠

李冠（生卒年不详），字世英，历城（今山东济南）人。举进士不第。曾官乾宁主簿。北宋初，以文学见称，其词得王安石、陈师道赞许。有《东皋集》，不传。今存词五首。

蝶恋花

遥夜亭皋闲信步[①]，才过清明，渐觉伤春暮。数点雨声风约住，朦胧淡月云来去。　　桃杏依稀香暗度。谁在秋千，笑里轻轻语[②]？一寸相思千万绪[③]，人间没个安排处。

【注释】

①皋（gāo）：水边高地。②“谁在”二句：苏轼《蝶恋花》下片：“墙里秋千墙外道。墙外行人，墙里佳人笑。笑渐不闻声渐悄，多情却被无情恼。”即从此二句脱胎而出。秋千：唐宋时流行，富贵人家多于庭院中设置秋千以取乐。③一寸：心所在为一寸，故以“一寸”借指心。

【赏析】

李冠词以这首《蝶恋花》最为婉约多姿，写景清丽而笔致疏淡。一个不眠的夜晚，词人徘徊水边，正一怀伤春心绪；微风疏雨、轻云淡月、桃杏花香，引几多遐想之际，忽听隔墙飘来佳人秋千的轻轻笑语，顿时牵动起“一寸相思、万千意绪”；而这相思愁绪纷至沓来，竟没有个安排处。整个词写景鲜明，抒情真切，情景自然融合，历历在目，所谓“说得情出，写得景明，即是好诗”（清·李渔《窥词管见》）。

上片歇拍两句历来被人称道。写清风声遮拦疏雨声，用一“约”字，尤见锤炼之功，而且景中见情，那云浮月移、夜色清幽的朦胧里隐然有一缕幽微心绪在流动。一写耳闻，一写目见，错落有致而又自然流转。清·沈谦《填词杂说》认为：“‘红杏枝头春意闹’‘云破月来花弄影’，俱不及‘数点雨声风约住，朦胧淡月云来去’。”

【辑评】

[宋]周密《浩然斋雅谈》：对偶之佳者曰：“数点雨声风约住，一枝花影月移来。”“柳摇台榭东风软，花压栏杆春昼长。”“天下三分明月夜，扬州十里小红楼。”“梨园子弟白发新，江州司马青衫湿。”数联皆天衣无缝，妙合自然。

[明]沈际飞《草堂诗余正集》：（“数点”二句）片时佳景，两语留之。愁来无着处，不约而合。

[清]张德瀛《词徵》：词之诀曰情景交炼。宋词如李世英“一寸相思千万绪，人间没个安排处”，情语也。

【今译】

悠长的静夜　　　　水边，独自漫步，

清明刚过
春色将晚
渐生伤春的恍惚。
数点雨声疏疏
忽地，被一阵风声
悄然束住，
淡月朦胧里
片云，来来去去。

暗里，桃粉杏红
依稀芳香飘度。
谁？摇荡秋千
隔院墙送来轻声笑语。
顿时，牵惹起
一寸相思
万千愁绪，
这禁不住的愁思
纷至沓来时
人世没有安排处。

宋 祁

宋祁（998—1061），字子京，安州安陆（今属湖北）人，后徙开封雍丘（今河南杞县）。仁宗天圣二年（1024），与兄宋庠同登进士，时，兄弟二人俱以词赋妙天下，人称“二宋”。任龙图阁学士、史馆修撰，奉诏与欧阳修等合修《新唐书》，前后历时十余年，书成，进工部尚书，拜翰林学士承旨。卒，谥景文。

一生主修《新唐书》，以余力赋诗填词。其词多流连光景，风流闲雅，以语言工丽、意切境新见长，不乏佳句。今有辑本《宋景文公长短句》。

玉楼春①

东城渐觉风光好，縠皱波纹迎客棹②。绿杨烟外晓寒轻，红杏枝头春意闹。浮生长恨欢娱少③，肯爱千金轻一笑④。为君持酒劝斜阳，且向花间留晚照⑤。

【注释】

①玉楼春：清·陈廷敬等《钦定词谱》：“《花间集》顾敻词起句，有‘月照玉楼春漏促’句，又有‘柳映玉楼春日晚’句；《樽前集》欧阳炯词，起句有‘春早玉楼烟雨夜’句，又有‘日照玉楼花似锦，楼上醉和春色寝’句，取为调名。”北宋后，此词调与《木兰花》成为名实俱同的一个词体，故又名《转调木兰花》。②縠（hú）绉：有皱褶的纱，此比喻波纹柔细。棹（zhào）：摇船的桨，代指船。③浮生：《庄子·刻意》有“其生若浮”句，意指人生短暂，虚浮不定，后因称人生为“浮生”。唐·李白《春夜宴从弟桃花园序》：“浮生若梦，为欢几何？”④“肯爱”句：肯：岂肯。爱：吝惜。意谓岂肯吝惜千金而轻视欢娱一笑。南朝梁·王僧孺《咏宠姬》：“一笑千金买。”⑤晚照：夕阳余晖。

【赏析】

此词游春而恋春，上片写景，下片抒情，景情两相融合，是一时广为流传的名篇。“绿杨烟外晓寒轻，红杏枝头春意闹”一联佳妙。形容晓寒微弱拈一“轻”字，给人轻灵流利之感；描绘春意浓郁着一“闹”字，摄杏花繁丽之神。而绿杨寒轻与红杏春闹又相映成趣，一“轻”、一“闹”皆为本色语，看似随意落墨，然于平中见奇、于俗中见新，这正是宋祁词善于炼字锻句处。尤其“闹”字化静为动，将盎然春色渲染得淋漓尽致，历来为人津津乐道，如清·王国维《人间词话》所评：“着一‘闹’字而境界全出。”宋祁由此而获“‘红杏枝头春意闹’尚书”的雅号。

此词上片春水初绉、烟轻花繁，绘尽清新明媚春光，可惜下片浮生若寄、及时行乐的感慨，虽是有心人语，终觉俗滥，与上片略不相称。南宋·李清照《词论》讥评“二宋”词“虽时时有妙语，而破碎何足名家”，亦不无道理。

【辑评】

[宋]胡仔《苕溪渔隐丛话前集》：《遁斋闲览》云：张子野郎中以乐章擅名一时。宋子京尚书奇其才，先往见之。遣将命者，谓曰：“尚书欲见‘云破月来花弄影’郎中乎？”子野屏后呼曰：

“得非‘红杏枝头春意闹’尚书邪?”遂出，置酒尽欢。盖二人所举，皆其警策也。

[清]刘体仁《七颂堂词绎》：“红杏枝头春意闹”，一“闹”字卓绝千古。

[清]王士祯《花草蒙拾》：“红杏枝头春意闹”尚书，当时传为美谈。吾友公（刘体仁）极叹之，以为卓绝千古。然实本花间“暖觉杏梢红”，特有青蓝冰水之妙耳。

【今译】

城东的郊野
春光，渐浓渐俏，
春水轻柔荡漾
迎着游人摇动的船棹。
杨柳绿梢外
淡烟漫笼里
清晓寒气一缕轻袅，
红杏缀满枝头
一簇簇，艳艳
把盎然春意喧闹。

人生，飘浮不定
长恨欢乐太少，
哪肯吝惜千金
轻率放弃难得的一笑。
为了你——
举起斟满的酒
夕阳，莫匆匆坠掉，
暂且向花丛
哪怕只是片刻
多留一抹明灿夕照。

欧阳修

欧阳修（1007—1072），字永叔，号醉翁，庐陵（今属江西永丰）人。四岁丧父，家贫无依，母亲郑氏“恭俭仁爱”，亲自督导其学习。自幼敏悟，勤学过人，常借他人藏书抄阅。曾于邻人废箧中觅得唐代韩愈遗稿，用心苦读，“至忘寝食”（《宋史·欧阳修传》），为韩文的深厚雄博所倾动，志欲追踪前贤而与之并驾齐驱。仁宗天圣八年（1030）进士及第，任西京留守推官。景祐元年（1056），任馆阁校勘，参与纂修《崇文总目》。为人刚劲，论事直切，力求朝政改革，为保守权贵所忌恨，贬夷陵县令。应诏还京，后官知制诰。庆历新政失败，范仲淹、韩琦相继罢相，欧阳修为之上疏剖辨，遭人构陷，削官，谪知滁州，徙扬州、颍州，遭排抑外放长达近十年。至和元年（1054），与宋祁等合修《新唐书》，迁翰林学士兼史馆编修。嘉祐年间仕途渐顺，累擢礼部侍郎、枢密副使、参知政事，进封开国公。英宗治平三年（1066），因“濮议之争”两派互相攻讦，横遭无根流言伤害。神宗即位不久，罢相，出知亳州、青州。移知蔡州时，撰《六一居士传》自云：“吾家藏书一万卷，集录三代以来金石遗文一千卷，有琴一张，有棋一局，而常置酒一壶；以吾一翁老于此五物之间，是岂不为‘六一’乎？”遂自号“六一居士”。经累次上章请求，熙宁四年（1071）以太子少师致仕，退居于颍州宅第，次年病卒，年六十六岁，谥文忠，以表彰其文学业绩和为政忠直。

为北宋著名政治家、史学家、文学家，善识拔奖许人才，一时文林名家苏舜钦、王安石、苏轼等，多为其好友或门生。其诗、文、词均为一时之冠。尤以文见长，文风平和流畅，纡徐婉曲，为唐宋八大家之一；其诗与梅尧臣等相唱和，以气格为主，平易疏畅。积极倡导北宋诗文革新运动，一时“天下翕然师尊之”（苏轼《六一居士集叙》）。其词承袭南唐余风，与晏殊并称“晏欧”。多写恋情别离、山水游宴，既以和婉含蓄见长，也以清丽疏放称胜。清·冯煦《宋六十一家词选》评其词“疏隽开子瞻，深婉开少游”。所著《六一诗话》开创诗话新体裁，后世沿用不衰。有《欧阳文忠公集》，词集有《六一词》《欧阳文忠公近体乐府》《醉翁琴趣外编》多种。

采桑子

群芳过后西湖好①，狼藉残红②，飞絮濛濛，垂柳阑干尽日风。　笙歌散尽游人去，始觉春空，垂下帘栊，双燕归来细雨中。

【注释】

①西湖：颍州城西，颍河与诸水汇流处有一天然水泊，人称“西湖”。②狼藉：纵横散乱的样子。旧说狼群常藉（垫）草而卧，起，则践草乱之，以灭踪迹。后因以“狼藉”形容散乱。

【赏析】

欧阳修六十五岁时告老，退居于早年贬颍州（今安徽阜阳）时所营治的宅第。颍州城郊，有一碧流十里的西湖，风景清幽，引退后的欧阳修徜徉其间，仕宦奔波一生，终归于优游林泉的安闲自得。《采桑子》十首正写于此时。每篇首句末三字皆用“西湖好”领起，或写轻舟短棹，惊起沙禽掠岸翩飞；或写风清月白，一片琼田碧水如浸；或写残霞夕阳，野岸无人孤舟自横；或写绿荷深处，画船载酒烟雨霏霏。所取景色角度不同，无一篇重复，用疏隽清丽的笔墨，描绘了颍州城郊西湖的秀美风光，流露出晚年远离官场纷争、流连山水的恬淡心境，寄寓了一种安闲自适的情趣。

此词是其四，写暮春凭栏观赏湖景。上片群芳凋后，残红铺地，飞絮缭乱，一片春光衰残；下片游春过后，笙歌散尽，游人归去，一湖暮色沉寂，但词人却在开篇冠之以“西湖好”加以赞赏。“好”，美也。这花谢柳老、人去湖冷，究竟美在哪里？须于词的结拍处细加体味。小令词不像长调慢词那样讲究婉转铺叙，而是重在结句，往往通篇蓄意、蓄势，最后于结处得之，造出一种清韵悠长的意境。此词以“双燕归来细雨中”收束，和风、笙乐、游人、画船一切繁丽热闹都消歇了，只剩双燕翩然归栖、一帘细雨迷蒙。这一收结自然有神韵，是喧极归寂的“悟语”。“西湖好”一路说来，终归于一片至寂，让人吟味不尽。词中隐然有一缕繁华春色消失的惆怅伤感，但作者以清旷自适出之，并将它融入归燕细雨的空蒙静寂的意境中。这芳歇红残、人去春空的“至寂”之境，是失落繁丽后的虚寂、闲寂和恬寂，是一种“豪华落尽见真淳”的人生至高境界，只有像欧阳修那样历尽笙歌宴乐之后归于退隐的人才能“觉”，才能“悟”，并在觉悟中脱却世事纷杂，无所牵系地安然自适，淡泊人生。刘永济《词论》称此词“至寂之中，真味无穷”，正在于此。

【辑评】

[清]陈廷焯《别调集》：“始觉春空”四字，猛省。

[清]谭献《谭评〈词辨〉》：“群芳过后”二句，扫处即生。“笙歌散尽”句，悟语是恋语。

俞陛云《唐五代两宋词选释》：西湖在宋时，极游观之盛。此词独写静境，别有意味。

【今译】

芳菲凋谢后
西湖，别是美丽姿容，
一地零乱里
小径，石阶
铺满余香残红。
湖堤柳絮在飘飞
盈盈扑面
如轻柔的鹅毛绒，
柳，斜倚栏杆
尽日，摇曳春风。

黄昏，管弦歌舞歇了
袅入天际的高迥，
熙攘的人群
散去倩影游踪。
这才觉得：
春意的美好
正在这静寂的清空，
我，低低垂下
一帘暮色朦胧，
闲看，双燕归来
穿飞濛濛细雨中。

朝中措

送刘仲原甫出守维扬[①]

平山阑槛倚晴空[②]，山色有无中。手种堂前垂柳，别来几度春风[③]。　文章太

守，挥毫万字④，一饮千钟。行乐直须年少，尊前看取衰翁。

【注释】

①刘仲原甫：刘敞，字原甫。曾任知制诰、翰林学士。仁宗嘉祐元年（1056），出守扬州，欧阳修写此词为他饯行。维扬：扬州别名。②平山：平山堂，仁宗庆历八年（1048），欧阳修出任扬州太守时建。宋·叶梦得《避暑录话》载："欧阳修在扬州作平山堂，壮丽为淮南第一，上据蜀岗，下临江南数百里，真、润、金陵三州隐隐若可见。公每暑时，辄凌晨携客往游。遣人走邵伯（今扬州江都），取荷花千余朵，插百许盆，与客相间。遇酒行，即遣妓取一花传客，以次摘其叶尽处以饮酒，往往侵（渐近）夜，戴月而归。"③"手种"二句：欧阳修出守扬州时，曾于平山堂前亲手种植杨柳，不到一年，便移任颍州。宋·张邦基《墨庄漫录》载："扬州蜀岗上大明寺平山堂前，欧阳文忠公手植杨柳一株，谓之'欧公柳'。公词所谓'手种堂前垂柳，别来几度春风'者。"④"文章"二句：称颂刘敞文思敏捷。元·脱脱等《宋史》本传：刘敞"为文尤赡敏"，掌外制时，起草诏书，"立马却坐"，顷刻而成。"欧阳修每于书有疑，折简来问，对其（信）使挥笔，答之不停手。"

【赏析】

此词为送友赴任的赠别之作。当年自己镇守扬州，而今友人出守扬州，故物、旧地、挚友，不尽拳拳之意。开篇从楼阁凌空、四望旷远落笔，极有气势。继而跌宕一笔，探问堂前垂柳，别来几度春风，微寓今昔之感。过片应题写所送友人，其挥毫万字的才思敏捷，一饮千盅的豪气过人，宛然如目前。结处转笔写自身，苍颜白发，行乐樽前，洒脱恣纵之中一股苍凉郁勃之气。作者历经宦海沉浮，如今两鬓斑白，饯别筵前知己对饮，自是人生易老、及时行乐的无限感慨见于言外。全篇写景而抒情，由高旷到低徊到豪纵，笔墨疏宕，一气流贯，婉而不柔，豪而不粗，在宋初词坛，不同于风花雪月的绮艳，而属于疏宕豪放一路。清·冯煦《蒿庵论词》认为欧阳修"疏隽开子瞻"，当指此类词。

据宋·王象之《舆地纪胜》载：登平山堂而望，"江南诸山，拱列檐下"，山之体貌清晰可见。所以，有人讥欧阳修所云"山色有无中"为短视。对此，苏东坡笑之，赋《快哉亭》云："长记平山堂上，攲枕江南风雨，杳杳没孤鸿。认取醉翁语，山色有无中。"盖以为"山色有无中"，因烟雨所然。（宋·胡仔《苕溪渔隐丛话》引《艺苑雌黄》）苏轼虽以"烟雨所然"为欧阳修解嘲，却未必得其作词本意，时乃"晴空"，何来"烟雨"？其实，欧阳修凭栏眺望中，青山隐隐，近者可见，远者若无，故借用王维《汉江临泛》"山色有无中"诗句作咏赏，自是贴切，不必拘泥于"短视"或"烟雨"之说。

【辑评】

[宋]张邦基《墨庄漫录》：扬州蜀冈上大明寺平山堂前，欧阳文忠公手植柳一株，谓之"欧公柳"，公词所谓"手种堂前杨柳，别来几度春风"者。薛嗣昌作守，相对亦种一株，自傍曰"薛公柳"，人莫不嗤之。嗣昌既去，为人伐之。不度德有如此者！

[宋]陆游《老学庵笔记》："水流天地外，山色有无中"，王维诗也。权德舆《晚渡扬子江》诗云："远岫有无中，片帆烟水上。"已是用维语。欧阳公长短句云："平山阑槛倚晴空，山色有无中。"诗人至是，盖三用矣。

【今译】

平山堂凌空飞檐　　　　我，抚栏眺望晴空，

远处青山隐隐
一脉黛色
在若有若无中。
当年，种下堂前弱柳，
那绿荫别来
曾拂几度春风？

潇洒太守您
挥毫万字，一饮千盅。
及时行乐，是
少年遣兴的放纵，
可这饯别酒樽前
只须看取我
——苍颜白发
恣意豪饮一老翁。

诉衷情

清晨帘幕卷轻霜，呵手试梅妆[1]。都缘自有离恨，故画作远山长[2]。　　思往事，惜流芳，易成伤。拟歌先敛，欲笑还颦[3]，最断人肠。

【注释】

①梅妆：古代女子在额上描染五瓣梅花为饰，始于南朝。据宋·李昉等《太平御览》引《杂五行书》：南朝宋武帝之女寿阳公主，正月初七，卧于含章殿檐下，忽有梅花飘落额上，成五出花，拂拭不去，经三日，洗之乃落。宫中争相仿效，谓"梅花妆"。②远山：古人常用淡青的"远山"比喻美人双眉秀美。东晋·葛洪《西京杂记》："（卓）文君姣好，眉色如望远山。"又汉·伶玄《飞燕外传》：汉代赵合德（赵飞燕之妹）入宫，为薄眉，号"远山黛"。③颦（pín）：皱眉。

【赏析】

宋·黄昇《花庵词选》此词题作"眉意"。上片歇拍设想新巧，语意双关，既以远山比喻黛眉，又以远山寓含离别，歌女的容貌秀美、离恨深长尽从"远山长"中传出，蕴藉之至。下片一"敛"一"颦"，将歌女强颜欢笑的矛盾心理于黛眉间托出，让人感受到人物内心的隐隐痛楚，幽微之至。此词以眉写意，用白描手法勾勒，既呈现人物的姿态，又传出人物的神情。从歌女容色举止中透露出的伤离之情轻淡、委婉，而那梅妆、眉色、歌唇、颦笑栩栩如生，于眼前拂之不去。

北宋士大夫歌舞遣兴蔚然成风气，娱宾宴客多以歌妓侑觞，故文人写艳词并不犯禁，而且艳情小词中往往透露出作者个人生活真性情的一面，只要不堕入色情渲染的猥亵，无可指责。此词刻意描写歌妓的动人姿色，清新而不浮艳，深至而不轻薄，这美妙佳人、美妙小词都可堪吟赏玩味。

【辑评】

[清]陈廷焯《闲情集》：纵画长眉，能解离恨否？笔妙，能于无理中传出痴女子心肠。

【今译】

清晨，垂掩的帘
卷起一层寒霜，

呵暖纤纤手指
试着描染，秀额

一点梅花飘落的新妆。
只因心头缠结
太多的相思离恨，
将一双黛眉
画作隐隐远山
——又曲，又长。

往事一片烟云
逝水年华
一声叹惋，不尽感伤。
歌筵酒席前
拟唱清词一曲
先收敛凝愁的模样，
想妩媚一笑
愁苦却蹙在眉尖，
这，强颜欢笑
最让人怜爱断肠。

踏莎行

候馆梅残①，溪桥柳细，草薰风暖摇征辔②。离愁渐远渐无穷，迢迢不断如春水。　　寸寸柔肠，盈盈粉泪，楼高莫近危阑倚③。平芜尽处是春山④，行人更在春山外。

【注释】

①候馆：迎候往来官吏、宾客的驿馆。②草薰风暖：明·杨慎《词品》：佛经云："奇草芳花能逆风闻薰。"南朝梁·江淹《别赋》："闺中风暖，陌上草薰。"正用佛经语。六一词云"草薰风暖摇征辔"，又用江淹语。草薰：花草的芳香。辔（pèi）：马缰绳。③危阑：高楼的栏杆。危：高。④平芜：平旷的草地。芜：杂草丛生的地方。

【赏析】

吴梅《词学通论》云："公词以此为最婉转。"此词为早春行旅之作，抒写羁思离情，笔致柔婉，语语佳丽，令人不厌百回读。

上片叙写行人羁旅。开篇以对句起，"候馆"对"溪桥"，点明旅途，"梅残"对"柳细"，点明时节。再写草薰、风暖、征辔，进一步用关合离情的特定景物作渲染、铺垫。至歇拍"离愁渐远渐无穷，迢迢不断如春水"，即景即情，写出离愁之绵长。下片遥想闺妇离愁。柔肠痛断、粉泪盈面的倚楼凝望，是虚拟之想，却作具体实写，深切入微。歇拍"平芜尽处是春山，行人更在春山外"，情景融合为一，从想象着笔更推进一层，由近及远，由实入虚，将闺妇离愁越过空间遥隔的平芜春山，直延伸向春山外的无限，与上片渐行渐远的离愁相映。这收束两句"似乎可画，却又画不到"（俞平伯《唐宋词选释》），画不到处，不只是春山外的行人，更是那悠然神远的意境。

此词情深意远的境界在上下片结处，一用春水写愁，一以春山驰望，极切极婉，极柔极厚，皆为名句。

【辑评】

[明]王世贞《艺苑卮言》："平芜尽处是春山，行人更在春山外。"此淡语之有情者也。

[清]王士祯《花草蒙拾》："平芜尽处是春山，行人更在春山外。"升庵以拟石曼卿"水尽天不

尽，人在天尽头”，未免河汉。盖意近而工拙悬殊，不啻霄壤。

［清］许昂霄《词综偶评》：“春山”疑当作“青山”。否则，既用“春水”，又用两“春山”字，未免稍复矣。

【今译】

客舍道旁，梅花
已经开过
瘦枝上残剩几朵枯萎，
溪水桥边
柔柳刚抽嫩枝
细叶尖尖如缀，
一路，摇动缰绳
微微暖风里
陌上野草散发芬芳气味。
马，越走越远
离愁渐远渐浓
如沿途流淌的春水。

闺中佳人，别后
该是柔肠寸碎，
整日里，滴落相思红泪。
啊，绿荫楼头
独自一人
莫把栏杆依偎。
眺望里原野旷远
芳草尽头，隐隐
春山沐浴夕晖，
可游子远在春山之外
那重重叠叠
只会让你徒然心碎。

玉楼春

尊前拟把归期说，欲语春容先惨咽①。人生自是有情痴，此恨不关风与月。离歌且莫翻新阕②，一曲能教肠寸结。直须看尽洛城花③，始共春风容易别。

【注释】

①春容：如春风妩媚的颜容。此指别离的佳人。②离歌：见林逋《点绛唇》注。翻新阕：按旧曲填新词。唐·白居易《杨柳枝》：“古歌旧曲君莫听，听取新翻杨柳枝。”阕：见林逋《点绛唇》注。③洛城花：洛阳盛产牡丹，欧阳修有《洛阳牡丹记》。

【赏析】

欧阳修为北宋一代名臣，德业文章外也填写温婉小词，这些抒写性情的小词，往往于不经意中流露出自己的心性襟怀。

此词咏叹离别，于伤别中寓含平易而深刻的人生体验。上片尊前伤别，芳容惨咽，而转入人生的沉思：“人生自是有情痴，此恨不关风与月。”中天明月、楼台清风原本无情，与人事了无关涉，只因情痴人眼中观之，遂皆成伤心断肠之物，所谓“情之所钟，正在我辈”。下片离歌一曲，愁肠寸结，离别的忧伤极哀极沉，却于结处扬起：“直须看尽洛城花，始共春风容易别。”只有饱尝爱恋的欢娱，分别才没有憾恨，正如同赏看尽洛阳牡丹，才容易送别春风归去，将人生别离的情深情痴推宕向放怀遣性的疏放。当然，这豪宕放纵仍难脱尽悲沉，花毕竟有“尽”，人终是要

"别"，词人只是以遣玩的意兴暂时挣脱伤别的沉重罢了。

此词上下两收拍皆为传诵的名句，清·王国维《人间词话》评曰"于豪放中有沉着之致"，道出了此词格调沉郁而又疏朗的特色。

【辑评】

[明]沈际飞《草堂诗余续集》："风月"，特寄情，而非即情，语超然。

[清]王国维《人间词话》：永叔"人生自是有情痴，此恨不关风与月"，"直须看尽洛城花，始共春风容易别"，于豪放之中有沉着之致，所以尤高。

【今译】

樽前拟说归期
心切情切，
欲说时，伊人
泪落无语
如春风妩媚的芳容
先自凄哀低咽。
人生自是有情
情到深处，哀绝，痴绝，
一怀凄凄别恨
原本不关涉
——清风明月。

饯别的酒筵前
莫再唱新的一阕，
那清歌一曲
让人愁肠寸结。
此时——
只须赏看尽满城牡丹
你我同游相携，
这样，才会少些
滞重伤感
没有憾恨地
与归去的春风辞别。

浪淘沙

把酒祝东风，且共从容①，垂杨紫陌洛城东②。总是当时携手处，游遍芳丛③。聚散苦匆匆，此恨无穷。今年花胜去年红。可惜明年花更好，知与谁同？

【注释】

①"把酒"二句：语本唐·司空图《酒泉子》："黄昏把酒祝东风，且从容。"此添一"共"字而出新意。从容：舒缓、不急迫，此意指流连。②紫陌：洛阳曾是东周、东汉的京都，用紫色土铺路，后遂用"紫陌"指京城的道路。此专指洛城（北宋时为西京）郊野的路。③"总是"二句：时与作者同游之人或是梅尧臣，欧阳修在《书怀感事寄梅圣俞》中忆念旧游云："出门尽垂柳，信步即名园。"可作此二句的注脚。

【赏析】

此词是春日与友人同游洛阳东城旧地有感而作。仁宗天圣九年（1031），欧阳修曾入西京留守钱惟演幕府，洛阳是他难以释怀的地方，当年意气骄矜，文采风流，与同僚梅圣俞等诗词唱和，相得甚欢，故词中写来跌宕顿挫，沉着含蓄，其忆念之情、流连之意非同一般。

上片叙事。从眼前的游赏宴饮起笔，祝祷春风暂且停留，暗含恋春惜别情怀。"垂杨"三句追忆旧游，紫陌携手，游遍芳丛，昔日赏心乐事历历在目。下片转而抒情。“聚散”二句感伤今日离合匆匆，不尽憾恨。后三句于回环中层层推进：去年花好，彼此携手同游；今年花好胜过去年，偏久别重逢旋又别离；明年牡丹花更好，却不知与谁共赏。从“今年”到“去年”再推想“明年”，一片惜别的情深情重从赏花中曲转写出，为篇中绝妙之笔。

此词以“赏花”为线，把过去与现在、将来，聚合与离散，欢愉与怅恨一以串穿，恋春而恋友，惜花而惜别，其至情语随一气挥洒而起伏涨落，笔姿疏放全然不作藻饰，只从胸中自然流出，非有心人不曾道得。

【辑评】

[明]沈际飞《草堂诗余正集》：末三句，虽少含蕴，不失为情语。

[清]沈雄《古今词话》：《柳塘词话》曰：欧阳公云：“把酒祝东风，且共从容。”与东坡《虞美人》云：“持杯邀劝天边月，愿月圆无缺。”同一意致。

[清]黄苏《蓼园词选》：大有理趣，却不庸腐。粹然儒者之言，令人玩味不尽。

【今译】

举起斟满的酒
祝祷一语
给温煦的春风：
春风啊，请和我们一起
留步花城
暂且片刻从容。
春风紫陌
柔柳，如丝如缕
拂在洛阳城东，
记得当年，曾携手
游遍这名园芳丛。

聚匆匆，散也匆匆，
人生不能完满
这遗恨无穷。
今年的牡丹
艳丽，胜过去年
有你与我游赏与共。
明年的牡丹
比今年还艳红，
可是到那时
——赏花，饮酒
不知谁与我一同。

阮郎归

南园春半踏青时，风和闻马嘶。青梅如豆柳如眉，日长蝴蝶飞。　　花露重，草烟低，人家帘幕垂。秋千慵困解罗衣①，画堂双燕栖。

【注释】

①慵：懒。罗衣：丝绸衣衫。

【赏析】

春半踏青、风和马嘶，写游兴之酣；青梅如豆，垂柳如眉，写春意之浓；花草露重，人家帘垂，写游人散尽；秋千荡罢，慵困解衣，以燕栖衬人归。上片马嘶、蝶飞，动中静极；下片垂帘、秋千，静极而动，末了画堂栖燕归于静寂佳境。

这早春踏青归来，燕儿双栖，伊人却独卧闺楼，一时该牵惹起春心多少，一片静寂的沉浸中，人物心绪缭乱不定，终又是静中有动。整个词动态与静态互为映衬，且用笔闲淡，不扬不厉，春意融融糅合芳情脉脉流溢在纸上。

【辑评】

[明]沈际飞《草堂诗余别集》：景物闲远。

[清]黄苏《蓼园词选》：是人是物，无非化日（白昼）舒长之意，望而知为治世之音，词家胜（美）象。

俞陛云《唐五代两宋词选释》：先写春早之景，后言春昼之人，但言日长人倦……南国美景如画，春色撩人。写景句含婉转之情，可谓情景两得。词家之妙诀也。

【今译】

南园一半
谢了春天的芳菲，
风中，飞扬着
香车宝马的喧沸。
枝头小小如豆
初结点点青梅，
柳眼，乍舒开
尖细的长叶
恰似佳人妩媚的黛眉，
白昼长长里
蝴蝶轻盈
追绕矜持的花蕊。

花瓣上的露水
沉沉，欲坠，
薄雾轻烟
笼伏芳草的深翠。
黄昏渐近时
游人散去，人家帘垂。
秋千荡罢
松解春衫罗衣
倦意微微如醉，
依枕小憩
抬头——
画梁双燕已栖归。

蝶恋花

庭院深深深几许①？杨柳堆烟，帘幕无重数。玉勒雕鞍游冶处②，楼高不见章台路③。　雨横风狂三月暮④。门掩黄昏，无计留春住。泪眼问花花不语，乱红飞过秋千去⑤。

【注释】

①几许：多少。②玉勒雕鞍：镶玉的马衔、雕花的马鞍，代指华丽的车马。③章台路：汉代长安章台宫近旁有章台路，京兆尹张敞常骑马游乐。后用以指花街柳巷游玩之地。④雨横（hèng）：雨势凶猛。清·张惠言《词选》认为欧阳修此词深有寄寓：“‘雨横风狂’，政令暴急也。‘乱红飞过’，斥逐者非一人而已。”这殊无根据，实为穿凿附会的臆测，被王国维讥为“深文罗织”。⑤乱红：落花。

【赏析】

此词也见于南唐·冯延巳的《阳春集》。但据李清照《临江仙》词序云："欧阳公作《蝶恋花》，有'庭院深深深几许'之句，予酷爱之，用其语作'庭院深深'数阕。"李清照去欧阳修未远，所云当无误。

词写深闺少妇的暮春愁思，词意殊怨。起句三叠"深"字，甚为新奇，烘托出庭院的沉寂幽邃，亦暗示高墙幽闭的孤寞。次句接杨柳堆烟、帘幕无数，正见其景"深"。往下，倚高楼而望章台，掩重门而留暮春，含泪眼而问落花，逐次曲转出人物内心的怨恨，亦见其情"深"。而暮春凄迷之景与闺妇愁苦之情融合，恰呈现出整个词意境的婉丽幽深。欧阳修词径承花间南唐而来，词风呈现"深婉"的一面。清·刘熙载《艺概》云："冯延巳词，晏同叔得其俊，欧阳永叔得其深。"所谓"得其深"者，即指此类词而言。

结处"泪眼问花花不语，乱红飞过秋千去"二句，历来为人称赏。唐·严恽《落花》有"尽日问花花不语，为谁零落为谁开？"，欧阳修或由此脱化而来。但欧词二句更见出语意浑成而包蕴层深：见花凋残而悲哀有泪，一层也；因悲泣无处可诉而问落花，二层也；花却无语，不予应答，三层也；不但不语，又纷纷乱落飞过秋千，四层也。人与花同命，人越伤心，花越恼人，语越浅而意越深，犹如竹笋有苞有节，逐层入里自然生成。一若多情，一若无情，动荡迷离中传出一种绵邈情思，让人各以意会。

【辑评】

[明]沈际飞《草堂诗余正集》：末句参之"点点飞红雨"句，一若关情，一若不关情，而情思俱荡漾无边。

[清]陈廷焯《白雨斋词话》："泪眼问花花不语，乱红飞过秋千去"，词意殊怨，然怨之深，亦厚之至。

[清]王国维《人间词话》：有有我之境，有无我之境。"泪眼问花花不语，乱红飞过秋千去。""可堪孤馆闭春寒，杜鹃声里斜阳暮。"有我之境也。"采菊东篱下，悠然见南山。""寒波淡淡起，白鸟悠悠下。"无我之境也。有我之境，以我观物，故物皆著我之色彩。无我之境，以物观物，故不知何者为我，何者为物。

【今译】

庭院深深
深藏多少幽暗恍惚？
低拂的杨柳
疏疏密密笼着
如烟，如雾，
沉沉地垂下
一重重掩闭的帘幕。
他，华丽车马
游乐何处？
我，倚栏寻望
楼遮树掩
不见花街柳巷的路。

雨，凄紧了
风，渐狂了
无情地摧残三月春暮。
黄昏，掩门枯坐
一院昏黄孤独，
苦恨没有好计
将剩余的春光留住。

含泪问落花
可花相对无语，
犹自带着衰残晚春
一片片，随风
飘飞过秋千去。

王安石

王安石（1021—1086），字介甫，抚州临川（今属江西）人。自幼诵读诸子百家，过目不忘。文思敏捷，属文动笔如飞，见者皆佩服其精妙。仁宗庆历二年（1042）进士。入仕后，外任地方官达十六年之久，屡有政绩。嘉祐三年（1058）召入汴京，任三司度支判官，迁知制诰。为人善辩，议论高奇，慨然有矫世变俗之志，上万言书提出变法主张。神宗立，召为翰林学士兼侍读，拜参知政事，始厉行变法改革，擢同中书门下平章事。因变法颇受守旧派阻挠，新法本身亦有流弊，被迫两度罢相，先后出知江宁府、判江宁府。于白塘构筑半山园，自号“半山老人”。元丰二年（1079）复拜尚书右仆射，封荆国公，世称“王荆公”。晚年退居江宁，自奉俭约，常访僧谈禅、山水出游，勤于读书著述。元丰八年（1085）旧派秉政，废除新法，闻讯苦闷异常，次年于忧愤中病逝，年六十八岁。谥文，故世称“王文公”。

为北宋著名政治家、思想家，时称“荆公新学”。亦为北宋诗文大家。其文谨严简明，文风峭拔，为唐宋八大家之一。其诗格调瘦硬清俊，颇有名篇佳句。所作词不多，用以登临怀古、言志述怀，风格“瘦削雅素，一洗五代旧习”（清·刘熙载《艺概》）。有《临川集》、辑本《临川先生歌曲》。

桂枝香

登临送目。正故国晚秋[①]，天气初肃。千里澄江似练[②]，翠峰如簇[③]。征帆去棹残阳里，背西风、酒旗斜矗。彩舟云淡，星河鹭起[④]，画图难足。　　念往昔、繁华竞逐。叹门外楼头[⑤]，悲恨相续。千古凭高对此，谩嗟荣辱[⑥]。六朝旧事随流水，但寒烟衰草凝绿[⑦]。至今商女，时时犹唱，《后庭》遗曲[⑧]。

【注释】

①故国：指金陵（今江苏南京市），曾为六朝旧都。②“千里”句：化用南朝齐·谢朓《晚登三山还望京邑》“余霞散成绮，澄江静如练”诗句。练：白色丝绸长带。③簇（cù）：尖削的箭头。此形容四周山峰峭拔，攒聚成堆。④星河：银河。此指长江，因星辰倒映入江水中，故称。⑤门外楼头：陈后主兴建临春、结绮、望山等华丽楼阁，荒淫享乐，不理朝政。隋将韩擒虎率军从朱雀门攻入金陵城时，陈后主和宠妃张丽华还在结绮楼头宴饮作乐，遂身俘国亡。唐·杜牧《台城曲》“门外韩擒虎，楼头张丽华”，即咏叹其事。此化用杜牧诗意。⑥谩：通“漫”，徒然。⑦“六朝”二句：明·卓人月《古今词统》：“窦巩诗‘伤心欲问南朝事，惟见江流去不回。日暮东风春草绿，鹧鸪飞上越王台’。‘六朝’二句本此出。”⑧“至今”三句：唐·魏徵等《隋书·五行志》载：陈后主制《后庭花》曲，“令后宫美人习而歌之”，曲词甚哀艳，有“玉树后庭花，花开不复久”句，时人以为歌谶（预示吉凶的隐语），不久，陈朝亡。故后人将其称作亡国之音。唐·杜牧《泊秦淮》有“商女不知亡国恨，隔江犹唱后庭花”之句，此化用杜牧诗意。

【赏析】

此词是王安石晚年退居金陵后所作，上片写金陵之景，下片抒吊古之怀。开篇“登临送目”以直叙领起。接下来描绘金陵壮丽秋色，正晚秋天朗气清，澄江似练、翠峰如簇，征帆残阳、酒旗斜矗，彩舟云淡、江渚鹭飞，歇拍“画图难足”一句收煞，不尽赞美叹赏之情。下片另换笔墨，发吊古伤今之慨叹。先用“繁华竞逐”揭示六朝衰亡的原因，拈出“门外楼头”典故作为荒淫覆亡的一幕缩影。再写旧事随流水，唯见寒烟衰草，由怀古一笔折到伤今。结拍商女犹唱《后庭》遗曲，又作一深沉嗟叹。这不是一般人的登临览胜，而是政治家的凭高怀古，表现出王安石高人之处的识度和胸次。词中兴亡之叹似为熙宁新政而发，词的立意可堪玩味：六朝繁华竞逐，导致败亡相续；北宋安于表面的承平景象，君臣奢豪，危机时露，应鉴古思变而免蹈覆辙，不然凭高吊古也只是“漫嗟荣辱”。

怀古咏史词，难在点化史实，长调尤其如此。太实则板滞，太虚则空疏，须在虚实之间放得开、收得住，方臻高境。如此词凭吊金陵古迹，慨叹六朝兴亡，不作具体实写，只是形象地概述，即景而生慨，吊古而伤今，显示出作者善于熔裁的深厚功力。此词笔力清遒，境界超迈，以骨肃风清的格调于北宋词坛独树一帜。

【辑评】

[宋]杨湜《古今词话》：金陵怀古，诸公寄词于《桂枝香》凡三十余首，独介甫为绝唱。

[明]卓人月《古今词统》：“矗”字妙。清空中出意趣，无笔力者难为。

【今译】

登上高耸城楼
仰俯，晚秋萧萧
漫入金陵古都，
清朗天气，初透出寒疏。
千里长江，淌过
一匹舒展的素白长绸，
四面苍翠山峰
峭拔相拥簇。
江上，残阳如血
风帆樯影来去悬浮，
背后的秋风
将江楼酒帘斜耸。
画船驶入淡云远天
掠飞的鹭鸶
溅起星波无数，
这美景，画图难足。

往昔，繁华竞逐。
可叹兵临城下
犹沉溺歌舞宴饮的楼头，
身囚的悲哀
国亡的憾恨
一朝一代地延续。
千百年来
——多少登临
徒然嗟叹兴衰荣辱。
啊，六朝旧事
随江水流逝，
只剩寒烟秋草凝绿。
至今，酒家歌女
不知亡国之恨，
犹隔着江岸
时时低唱《后庭》遗曲。

菩萨蛮

数间茅屋闲临水，窄衫短帽垂杨里。花是去年红，吹开一夜风。　　梢梢新月

偃[①]，午醉醒来晚。何物最关情[②]，黄鹂三两声。

【注释】

①偃（yǎn）：仰卧。②关情：牵系情怀。关：涉及。

【赏析】

这首《菩萨蛮》写于作者晚年罢相卜居半山时，词旨在一“闲”字，表现远离仕宦喧嚣的闲情逸趣。

茅舍卜居，闲散从容，但“花是去年红”，隐然有花事依旧、人事已非的慨叹。然而作者此时远离朝廷政治中心，醉酒昼寝里，赏看月色风声、花香鸟语，又别是一种自在，故末处“何物最关情，黄鹂三两声”，归结到“闲”适。此词于安逸的情景中寄寓胸襟，闲雅的风调中见出骨力，是一代大政治家引退后所填闲逸小词，非一般写村野闲趣的词可比。它极尽清新恬静的隐居之趣，开后来闲适词之先声。

此词乃集句词，即集唐人诗句杂缀而成。第一句用刘禹锡《送曹璩归越中旧隐诗》的“数间茅屋闲临水，一盏秋灯夜读书”。第三句取自殷益《看牡丹》的“发从今日白，花是去年红”。第五句出自韩愈《南溪始泛》的“点点暮雨飘，梢梢新月偃”。第六句括用方棫的失题诗“午醉醒来晚，无人梦自惊”。作者将众唐人诗句信手拈来，随意驱遣，对偶平仄之协律、句式长短之妥帖、情思前后之联续皆如出己口，而且传情、达意、绘景贴切自然，融炼诗句浑然天成，见出作者学富才高的功力，不可以驰才逞学的文人积习相薄视。集诗句为词可谓王安石首创，当时词人竞相效法，如黄庭坚的《菩萨蛮》（半烟半雨溪桥畔），其词序云“戏效荆公作”。

【辑评】

［宋］胡仔《苕溪渔隐丛话前集》：《王直方诗话》云：荆公始为集句，多者至数十韵，往往对偶亲于本诗，盖以诵古今人诗多，或坐中率然而成，始可以为贵也。

［清］陈霆《渚山堂词话》：荆公退居金陵，作草堂于半山之麓，引八功德水，浚小港于其上，垒石作桥。暇则幅巾藜杖，往来其间。因集古句为此，俾侍者歌之。

【今译】

数间低檐茅舍
闲静，向半溪春水偎依，
一身窄袖短帽
悠然踱步
溪桥垂杨里。
竹篱边的花，依旧
绽着去年的艳丽，
吹开一夜
春风款款的情意。

杨柳梢头，卧
一钩新月的幽寂，
午醉醒来时
天色已低迷。
我，村野老夫
什么最能将情怀牵系？
听——
那绿荫深处
黄鹂二三声清啼。

王安国

王安国（1030—1076），字平甫，抚州临川（今江西抚州市）人。王安石之弟。自幼敏悟，十二岁时，所作诗文语皆警拔。神宗熙宁元年（1068），赐进士出身。官至大理寺丞、集贤校理。与其兄政见不合，不甚赞同新政变法，仕宦颇失意。后因郑侠上疏斥执政者一事受牵连，罢官，放归故里。

诗、文兼长，其文典重，其诗博深，才思若决河，时有惊人语，为世人争诵。有《王校理集》，不传。今存词三首。

清平乐

春 晚

留春不住，费尽莺儿语。满地残红宫锦污[①]，昨夜南园风雨。　　小怜初上琵琶[②]，晓来思绕天涯。不肯画堂朱户[③]，春风自在杨花[④]。

【注释】

①宫锦：宫中特制的锦缎，此比喻铺地的落花。②小怜：唐·李延寿《北史·冯淑妃传》：北齐后主所宠冯淑妃，名小怜，聪慧，善弹琵琶、歌舞。此处泛指歌女。③朱门：朱红的门户，指豪门高宅。④自在：自由，自然。

【赏析】

此词宋·黄昇《花庵词选》题作“春晚”，词旨抒写怜花惜春的情怀。开篇先借费尽莺语传出，不言人之留春，却说莺之留春，该有几多殷勤；再由满地残红见出，烂漫美丽，忽被风雨摧折，该有几多痛惜；过片转而托之琵琶诉出，声声掩抑，逗引春梦春思，该有几多缠绵。末二句由惜春之凋残归结到赞春之高格，春残唯余杨花，不肯入画堂朱户，犹自由自在飘飞，这便是晚春“质本洁来还洁去”的美质。

王安国为人耿直，不愿凭借兄长权势而求青云直上，即使遭诬陷罢官，也不愿奔走权贵之门。“不肯画堂朱户，春风自在杨花”二句，寓含了作者罢离官场归返乡里后，不恋尘俗浮华、追求纯真自然的心境。伤春是熟烂题材，而这首《清平乐》融入了人生慨叹，写出了自我性情，塑造了一种精神人格，故在众多的伤春词作中拔乎其类，读来，仍然给人以新鲜感。

【辑评】

[清]谭献《谭评〈词辨〉》：“满地”二句，倒装见笔力。末二句见其品格之高。

【今译】

春，留不住，
任黄莺一声一声
费尽了婉啼。
昨夜南园

淅淅沥沥飘洒一夜
风风雨雨，
残红，吹落了
似美丽的锦缎
践踏入一地污泥。

听小怜清歌一曲
初次拨动琵琶，
天晓，梦后情思
绕向天涯。
衰晚的春光
不肯入画堂朱户人家，
漫天里，犹自
轻曼自在地
飘舞点点杨花。

晏几道

晏几道（1038—1110），字叔原，号小山，抚州临川（今江西抚州）人。晏殊第七子，年幼丧父，家道中落。以恩荫任太常寺太祝。神宗熙宁七年（1074），因与郑侠交往，受牵连入狱。元丰五年（1090），监颍昌府许田镇。徽宗崇宁初，调任开封府推官。后退职居于京城旧宅，清节自守。晏几道禀性孤傲耿直，平素与黄庭坚相交甚笃，常诗酒唱和，或醉倒垆边，或同榻夜语。黄庭坚《小山集序》称他有“四痴”：“仕宦连蹇，而不能一傍贵人之门，是一痴也；论文自有体，不肯作一新进士语，又一痴也；费资千百万，家人寒饥，而面有孺子之色，此又一痴也；人百负之而不恨，己信人终不疑其欺己，此又一痴也。”

平生潜心六艺百家，“文章翰墨，自立规模”（宋·黄庭坚《小山集序》），崭然不同于流俗。尤以词名盛传于时，与其父齐名，人称“二晏”。其词擅长小令，工于言情，因经历华屋山丘的变故，故多以感伤笔调写人生聚散、爱情悲欢，或追忆旧踪残梦，于狂篇醉句中“寓其微痛纤悲”（夏敬观《夏评〈小山词〉跋》），以清丽凄婉见长。有《小山词》。

临江仙

梦后楼台高锁，酒醒帘幕低垂。去年春恨却来时[①]。落花人独立，微雨燕双飞[②]。　记得小蘋初见[③]，两重心字罗衣[④]。琵琶弦上说相思。当时明月在，曾照彩云归[⑤]。

【注释】

①却：又。②“落花”二句：唐·翁宏《春残》诗“又是春残也，如何出翠帏。落花人独立，微雨燕双飞”，此借用其诗句。③小蘋：妓女名。《小山词·跋》中提及此人：友人沈廉叔、陈君宠家“有莲、鸿、蘋、云，品清讴娱客。每得一解，即以草授诸儿，吾三人持酒听之，为一笑乐”。作者其他词中也有描写，如《玉楼春》“小蘋微笑尽妖娆”。④心字罗衣：绣有心字图案的绸衣，或谓用心字香（即用香末篆成心字形）熏的绸衣。⑤彩云：东周·宋玉《高唐赋》写巫山神女“旦为朝云”，后古诗词中常以“彩云”“朝云”比喻美女佳人。唐·李白《宫中行乐词》：“只愁歌舞散，化作彩云飞。”此处指歌女小蘋。

【赏析】

全篇以“春恨”为关捩，由梦回酒醒的眼前到落花微雨的去年，再追溯到心字罗衣的初见，层层翻转，时空交错，意象绵密而空灵，情蕴深婉而悠远。

上片歇拍“落花人独立，微雨燕双飞”一联，实从晚唐翁宏《春残》诗中借来，然翁诗全首平庸，有句无篇，鲜为人知，一经晏词借用入词，遂成千古名句。晏词胜翁诗处正在于融句于篇。这两句亦景亦情：人，孑然独立，燕，翩然双飞，况值残花零落，冷雨迷蒙。那去年今又的“春恨”为何？伤心花落春逝耶，感叹微雨牵愁耶？怨责双燕无情耶，悲哀孤人无诉耶？自然工丽的对句中意象极幽微、极凄婉。同时，它融入整个词的意境情调，那高楼锁帘垂的冷落、琵琶诉相思的缠绵、明月照彩云的怅惘，尽可从这两句深加体味。故虽然是一句不改地袭用，却宛如己出，堪称点石成金，妙手天成。清·谭献《谭评〈词辨〉》称之为“名句千古，不能有二”，不为过誉。

【辑评】

[明]卓人月《古今词统》：晚唐丽句。

[清]陈廷焯《白雨斋词话》：小山词，如“去年春恨却来时。落花人独立，微雨燕双飞。”又“当时明月在，曾照彩云归。”既闲婉，又沉着，当时更无敌手。

[清]沈祥龙《论词随笔》：晏叔原之“落花人独立，微雨燕双飞”，晏元献之“无可奈何花落去，似曾相识燕归来”，非诗句也。然不工诗赋，亦不能为绝妙好词。

【今译】

梦，醒了
高高楼台笼锁着
无声的一抹尘灰，
酒，醒了
帘幕将蚀骨的冷寂
低沉地掩垂。
这时，一阵袭来
去年春天的愁绪微微，
我独自伫立
庭院落花正飘坠，
看，细雨纷茫
一双紫燕翩然穿飞。

最记得那一次
与小蘋初见
在听歌饮酒的宴会，
她，一袭绿绸
襟前两重心字饰缀。
纤指轻轻抚弄
琵琶弦上——
诉说相思意味。
酒尽歌散
当时，中天明月
照着她的倩影
似一片彩云飘归……

蝶恋花

醉别西楼醒不记，春梦秋云[①]，聚散真容易。斜月半窗还少睡，画屏闲展吴山翠[②]。　衣上酒痕诗里字，点点行行，总是凄凉意。红烛自怜无好计，夜寒空替人垂泪[③]。

【注释】

①“春梦”句：语本唐·白居易《花非花》：“来如春梦不多时，去似秋云无觅处。”②画屏：绘有彩画的屏风。闲：指画屏山水景色的悠闲。吴山：指画屏上的江南山水。③“红烛”二句：唐·杜牧《赠别》：“蜡烛有心还惜别，替人垂泪到天明。”此化用其诗意。泪：烛泪。蜡烛燃烧时，烛脂倾泻作滴状，如人流泪，故云。

【赏析】

这首词怀旧思人。西楼醉别，前尘往事如幻如电，醒后一概付之“不记”，人生聚散匆匆，如温馨而短暂的春梦，如缥缈易逝的秋云，而今欢宴不再，人去楼空。说是“不记”，可斜月半窗里，那衣上酒痕、诗里墨迹，点点行行，总让人记起别前的欢愉、别时的哀伤和别后的凄凉。词人不记而记，一怀念旧的离情别绪，从迷离惝恍的心境中流泻出来。

此词的上下片歇拍，是传达人物心境的着意之笔，一写画屏闲展，衬见辗转不寐；一状蜡烛泪垂，映出形孤影单。冷翠与暖红、无情与有情相映成趣，用一侧笔旁衬，将醉别醒后的凄凉意绪借翠屏与红烛见之，道尽孤怀难遣、寒夜不眠的况味。此词情致凄婉，用语精练，可谓“一字一泪，一字一珠”（清·陈廷焯《词则》）。

【辑评】

[清]先著、程洪《词洁》：晏几道“醉别西楼醒不记”，如小山父子及德麟辈，用事亦未尝不轻，但有厚薄浓淡之分。后人一再过，不复留余味，而古人隽永不已。

唐圭璋《唐宋词简释》：此首写别情凄惋。一起写醒时景况，迷离惝恍，已撇去无限别时情事。

【今译】

醉意微酣，西楼别离
醒后，一片恍惚
全然记不起，
来，似春梦
温馨只在短暂片时
去，如秋云
匆匆飘逝无处寻觅，
是聚，是散
——这般容易。
对半扇月光不眠，
卧榻前，画屏
正悠闲展开
江南山水的一抹翠碧。
留存的衣襟
斑斑，尽酒痕残渍，
诗帕上清晰可辨
曾经挥洒的墨迹，
一点点，一行行
现在捧起看
总唤起凄凉的别离意绪。
眼前，一炷红烛
自怜地焚烧
消愁解闷，无计，
在这寒寂夜晚
空自伤心地
替人垂落涟涟泪滴。

鹧鸪天

彩袖殷勤捧玉钟①，当年拚却醉颜红②。舞低杨柳楼心月，歌尽桃花扇底风③。从别后，忆相逢，几回魂梦与君同？今宵剩把银釭照④，犹恐相逢是梦中。

【注释】

①彩袖：指身穿彩绸舞衣的歌女。玉钟：玉制的精美酒杯，或酒杯的美称。②拚（pàn）却：甘愿，不惜。③“舞低”二句：形容舞姿曼妙、歌喉婉转，以及通宵尽欢的情景。扇：古代女子歌舞多手持绢扇。④剩把：尽把，只把。银釭（gāng）：银制的灯盏。

【赏析】

这是一首久别重逢之作。上片追忆初次相见，良宵华筵，劝酒醉酒暗通情意。换头转到别后相思，朝思暮想，相聚共饮却只在梦寐。结拍归到眼前重逢，屡为虚梦所苦，如今相逢犹疑是梦。整个词笔致曲折回环，当年一夕相见的倾心，别后梦中相逢的飘忽，今宵意外重逢的恍惚，由乐一悲一乐，以虚为实，以真为幻，于低徊往复中婉曲尽意。

上下歇拍皆为名句。“舞低杨柳楼心月，歌尽桃花扇底风”一联，语意尖新，意象精美，以对仗工稳的对句作浓墨重彩的渲染，写尽春风月夜的歌艳舞酣，托出一见钟情的欢乐炽热。“今宵剩把银釭照，犹恐相逢是梦中”二句，写惊喜过望而信疑参半的微妙心理，营造出一种如梦如幻的迷离意境。它从唐人杜甫《羌村》“夜阑更秉烛，相对如梦寐”诗句化出，只是杜诗深沉凝重，晏词则轻灵婉曲。

清·陈廷焯颇为推重此词，云：“曲折深婉，自有艳词，更不得不让伊独步。”（《白雨斋词话》）。这首《鹧鸪天》辞情婉丽，气韵和美，当时广为传唱，被列为宋金十大曲之一。

【辑评】

[宋]胡仔《苕溪渔隐丛话后集》：词情婉丽。

[清]刘体仁《七颂堂词绎》：“夜阑更秉烛，相对如梦寐”，叔原则云：“今宵剩把银釭照，犹恐相逢是梦中。”此诗与词之分疆也。

[清]陈廷焯《闲情集》：后半阕一片深情，低回往复，真不厌百回读也。言情之作，至斯已极。

【今译】

你，拂盈盈红袖
殷勤地捧起
一盅，两盅，
当年我甘愿醉饮
一盏，两盏
双颊醉意绯红。
那翩然的旋舞
舞落了明月
在杨柳楼心低低淡笼，
那歌喉婉转
尽情地唱，唱尽
桃花扇底的风。

自从别离之后
回忆起酒筵歌楼
你我初次相逢，
多少回欢聚
醒了，才知道
梦魂与你一同。
今夜，我手持银灯
细看你一颦一笑
如花绽的颜容，
只怕这相见
——倏然消逝
又是一场虚空的梦。

鹧鸪天

小令尊前见玉箫[①]，银灯一曲太妖娆[②]。歌中醉倒谁能恨？唱罢归来酒未消。
春悄悄，夜迢迢。碧云天共楚宫遥[③]。梦魂惯得无拘检，又踏杨花过谢桥[④]。

【注释】

①小令：歌中短小的令曲。玉箫：唐·范摅《云溪友议》载：唐人韦皋游江夏（今武昌），与姜辅家一侍婢玉箫相识而有情，留玉指环为信物，约定五至七年必来娶。韦皋归，逾期不至，玉箫遂绝食而死。后韦皋得一歌妓，容貌酷似玉箫，中指肉隆然如玉环。此处以“玉箫”代指侑酒的歌女，暗指两人于筵席前目成心许。②妖娆：娇艳美丽。③楚宫：楚王宫殿，此代指歌女居处，暗用“巫山神女”典故。④惯得：纵容，随意。谢桥：唐代名妓谢秋娘家的桥。此代指女子所居住的里巷。

【赏析】

此词写对一歌女的缱绻思念，昔日的樽前初见和今日的遥夜相思，都是发生在悄悄春夜。当初华筵银灯下，伊人美艳出众，一曲清歌婉转，让人陶然醉倒。如今夜阑人寂后，自己孤栖无眠，无奈天遥地远，唯有梦中寻觅。结拍二句宕开一笔，又深进一层，用自在的梦幻补偿压抑的现实，由神魂之聚合弥补形骸之隔离，可见相思之极。

借一缕飘荡的随意无拘检的梦魂，追求精神上恋慕相思的绝对自由，以冲破任何清规戒律对人性的遏制，此等词句只有情到深处痴处，方可道得出。宋·邵博《邵氏见闻后录》记载：程颐听人吟诵“梦魂惯得无拘检，又踏杨花过谢桥”词句，笑曰：“鬼语也。”所谓“鬼语”，是说如此梦魂缥缈的幽艳意境，只有“鬼才”才能写出。程颐乃当时著名的大理学家，竟也这般称赏，足见其摇荡人心的艺术魅力。

【辑评】

[清]况周颐《蕙风词话》：小晏神仙中人，重以名父之贻，贤师友相与沆瀣，其独造处，岂凡夫肉眼所能见及。“梦魂惯得无拘检，又踏杨花过谢桥”，以是为至，乌足与论小山词耶。

俞陛云《唐五代两宋词选释》：“谢桥”二句尤见新颖。

【今译】

酒筵上初见玉箫
她，柔声低唱
一曲小令短调，
银灯灿照下
那美妙一曲，妖娆。
只为这婉转歌喉
我频频举杯
醉倒了，谁会懊恼？
绕着一袅余音
筵散，人归
可酒兴醉意未消。

夜色迟缓
从不眠的枕上流过，
今夜春意，静悄，
夜空一片彩云
飘游向那里？
难道像她一样
也飘逝得天远地迢。
唯有一缕梦魂
无拘无束
踏一庭迷蒙飞絮
——又过谢家小桥。

菩萨蛮

哀筝一弄湘江曲[①]，声声写尽湘波绿[②]。纤指十三弦[③]，细将幽恨传。　当筵秋水慢[④]，玉柱斜飞雁[⑤]。弹到断肠时，春山眉黛低[⑥]。

【注释】

①一弄：弹奏一遍。湘江曲：筝所弹曲调。湘江是舜之二妃泪洒斑竹和魂游处，也是屈原自沉处，流不尽的是千古幽怨。唐·雍裕之《听弹沉湘》："秋风一奏沉湘曲，流水千年作怅声。"②写：同"泻"。③十三弦：隋唐教坊艺伎所用筝为十三弦。④秋水：古诗词中常用"秋水""秋波"形容女子明澈的顾盼流转的眼神，如唐·白居易《咏筝》："双眸剪秋水。"慢：同"漫"，指眼波闪烁流漾。⑤"玉柱"句：筝有十三弦，音阶递升，承弦的筝柱斜行排列如雁行。唐·李商隐《昨日》诗："十三弦柱雁行斜。"⑥春山：比喻女子的黛眉，见欧阳修《诉衷情》注。黛：黛绿，青黑色颜料，古代妇女用以描眉。

【赏析】

古筝，哀声悲音，闻之，使人怆然生愁。此词将娥皇、女英化为湘水女神的悲剧故事融入筝曲，筝声之哀与筝妓之怨糅合写来。其摹写筝声，视觉与听觉互通，化无形为有形，"声声写尽湘波绿"一句，将《沉湘曲》的悲哀从湘江的水清波绿中流泻，音乐形象清幽美妙，低徊动人，见出词人品音入微，也表现出筝妓弹技的超绝。此词开头"哀筝一弄"蓦然而来，结尾"弹到断肠"悠然而止，整首词笔势空灵，似不着纸，一片飘忽神行。

晏几道长期寄迹于绮罗脂粉丛中，但他并不是全然风月消遣地玩赏女性，而往往以自己人生的潦落失意，去真诚理解歌妓舞女的沦落生涯，所以他的词不仅用生动轻灵的笔触描写其歌姿舞态，而且从一颦一笑中披露出她们幽怨的内心。如此词写筝妓，纤指抚弄的暗传幽怨，明眸流盼的沉浸入神，敛眉垂目的悲不自禁，只用清淡几笔勾画，人物的风情神态宛如眼前，从中逗露出不尽的哀怨幽恨，让人饮酒听歌之余多一份怜爱。

【辑评】

[明]沈际飞《草堂诗余正集》："断肠"二句俊极。

[清]黄苏《蓼园词选》：写筝耶？寄托耶？意致却极凄惋。末句意浓而韵远，妙在能蕴藉。

俞陛云《唐五代两宋词选释》：宋时善筝之妓，有轻轻，有伍卿，每拂指登场，座客皆为痴立。客有赠诗者曰："轻轻歿后便无筝。玉腕红纱到伍卿。座客满筵都不语，一行哀雁十三声。"

【今译】

哀怨的古筝
《沉湘》一曲悲悲凄凄，
一声，一声
流泻出湘江
千古含恨的冷绿。
那十三根弦上

颤动纤纤玉指，
暗自吐诉
心中不尽的幽怨
一弦弦清越悠细。

这华筵歌席前

双眸流盼，若秋水漫溢，
美玉的筝柱
如一行行大雁斜移。
琤琤琮琮
弹到伤心断肠时，
她，敛眉垂目
恰是——
春色淡笼里
叠翠的远山低低。

阮郎归

旧香残粉似当初[①]，人情恨不如。一春犹有数行书，秋来书更疏。　衾凤冷，枕鸳孤[②]。愁肠待酒舒。梦魂纵有也成虚，那堪和梦无[③]。

【注释】

①旧香残粉：旧日残剩的香脂胭粉。②衾（qīn）凤、枕鸳：即“凤衾”“鸳枕”，绣有凤凰的锦被、绣有鸳鸯的枕头。③和：连。

【赏析】

小晏词工于言情，以情摇动人心为其所擅长。此词运用对比手法写怀人怨情。上片怨伊人情薄：往事如风流云散，唯有旧香残粉，然人不如物，芳踪杳渺音书也疏。下片写自己情深：冷衾孤枕，夜不成眠，思念之极托之梦寐，而梦也不成。整首词情溢言外，言浅语近而情挚意深，自有动人处。

此词上下片结处，皆用层深之法。如下片结拍“梦魂纵有也成虚，那堪和梦无”。梦本是虚无，仍盼望它有；纵使有梦相逢，醒后终归一场虚空；然而，最苦的却是连这梦——虚无的慰藉也没有。词于“有”“无”之间跌宕宛转，上句似乎说尽，为衬垫加重下句，下句顺势一转，词意又深进一层，将相思的愁苦无奈推至极限和绝境。小晏词多偏爱此句法，如其《清平乐》“纵得相逢留不住，何况相逢无处”，用翻进一层写法，于回环往复中层进层深，笔势疏宕而情味隽永。

【辑评】

唐圭璋《唐宋词简释》：此首上下片结处文笔，皆用层深之法，极为疏隽。少游“衡阳犹有雁传书，郴阳和雁无”，亦与此意同。

【今译】

旧日残剩的胭粉
芳香还如当初，
只恨伊人薄情，不如。
一春里还寄
寥寥数行音书，
入秋来
那短短数行也疏。
绣被拥着夜冷，
鸳鸯枕上，孤独。
百结愁肠
须醉饮浓酒平抚。
纵然梦魂相逢
醒时虚渺，
最苦，虚渺的梦也无。

阮郎归

天边金掌露成霜[1]，云随雁字长[2]。绿杯红袖趁重阳[3]，人情似故乡。　兰佩紫，菊簪黄[4]，殷勤理旧狂[5]。欲将沉醉换悲凉，清歌莫断肠[6]！

【注释】

①天边金掌：据佚名《三辅黄图》：汉武帝于长安建章宫前筑神明台，建高二十丈的铜柱，上有铜铸仙人，掌托铜盘，以承接云外玉露，饮以求长生不老。此借以指代宋汴京景物。②雁字：雁群飞翔，常排成“一”字形或“人”字形雁阵，称“雁字”。③红袖：指身着红袖的歌舞女。重阳：旧历九月九日为重阳节，古人有登高游宴习俗。④“兰佩紫”二句：屈原《离骚》：“纫秋兰以为佩。”唐·杜牧《九日齐山登高》：“尘世难逢开口笑，菊花须插满头归。”此化用其意，写重阳节佩兰簪菊的兴致。⑤“殷勤”句：意谓其疏狂旧有，一度冷落衰减，如今重新调理。殷勤：情意恳切，此犹言尽量、竭力。理：整理、调理。⑥清歌：曲辞凄清的歌。

【赏析】

此词于汴京重阳宴饮而作。词中霜凝雁横的重阳，美好；绿杯红袖的人情，美好；佩兰簪菊的疏狂，也美好，但通篇轻扬不起，凝重的是一怀糅入乡愁的人生失意的沉郁。

小晏赋性天真而风流，曾有不少酒筵歌席、良辰佳节的欢娱和放纵。其父去世后家道衰落，以昔日相府之子落拓一生，饱谙世态炎凉，故常于哀丝豪竹寓其幽怨微痛，词作也由率真渐入深沉。此词最后三句微吟数遍，当入三昧而出三昧。清·况周颐《蕙风词话》云：“‘殷勤理旧狂’，五字三层意思。”所谓“狂”，一肚皮不合时宜，发露于外，一也；其狂为平素“旧”有，一度衰减，如今重新整理，二也；其狂“殷勤理”之，却不似年少时，若有颇不得已处，三也。下句“欲将沉醉换悲凉”即注脚。而这悲凉又非一时沉醉疏狂所能消解，筵前清歌一唱，不免又是“断肠”。结处吞吐往复，将一分人生失意推进向更为无奈的境地——欲作旷达不得、自我宽解不能。

此词属“狂篇醉句”之类，不囿于男女幽怨，而是借佯狂歌酒抒泄人生落拓的无限悲凉，在小山词中，“沉着厚重”之作莫过于此。

【辑评】

[清]况周颐《蕙风词话》：“清歌莫断肠”，仍含不尽之意。此词沉著厚重，得此结句，便觉竟体空灵。

【今译】

天边，铜人仙掌
白露凝成秋霜，
飘游的云絮
远去，随一行雁字长长。
趁眼前美酒佳人

醉饮重阳，
虽客居异地
人情醇厚好似故乡。

青青衣襟佩一串紫兰，

风尘染却的鬓发
插一枝菊黄，
直须旧时疏狂。
只想放纵这沉醉
忘却悲凉，
红袖佳人莫再唱
那清歌一曲，断肠。

思远人

红叶黄花秋意晚①，千里念行客②。飞云过尽，归鸿无信，何处寄书得？　泪弹不尽当窗滴，就砚旋研墨③。渐写到别来，此情深处，红笺为无色④。

【注释】

①红叶：经秋霜变红的枫叶。古代以“红叶”为男女传情的信物，唐代有“红叶题诗”的故事。作者另有《虞美人》云：“一声长笛倚楼时，应恨不题红叶寄相思。”黄花：菊花。②行客：离家远行的人。③“泪弹”二句：意谓临窗以泪研墨写信。旋研墨：旋转着研墨。④红笺（jiān）：精美的粉红色纸张，用于题诗写信。

【赏析】

这首《思远人》词调与词意相合，写念远怀人的闺情。上片即景起兴，红叶黄花，秋意衰晚，用浓郁的深秋色调散透出疏寂悲凉的氛围，将闺中情思系向天涯行客。下片承云尽鸿归、无处寄书而来，将一怀思念归于泪墨作书的痴绝。结拍二句语意奇妙，以泪水研墨作书，泪与墨淋漓挥洒，已是奇想；不说因泪水濡湿红笺淡褪颜色，却说情到深处使红笺黯然失色，以红笺之无色托出怆然之深情，更见巧思。墨耶，泪耶？笺耶，情耶？浑然莫辨；痴人痴事，宛若眼前。

此词运笔曲折，于直朴浅淡中含蕴深婉，意极厚，味极浓，堪称至情妙语。晏几道另有《两同心》：“相思处，一纸红笺，无限啼痕。”亦是痴情至性之辞，但不及此词尾二句慧心巧思，宛转入微。

【辑评】

[明]卓人月《古今词统》：笔则一时无色，字则三岁不灭。

[清]陈廷焯《闲情集》：就“泪”“墨”二字，渲染成词，何等姿态。

唐圭璋《唐宋词简释》：滴泪研墨，真痴人痴事。末二句，不说己之悲哀，而言红笺都为无色，亦慧心妙语也。

【今译】

霜染枫叶，红了
篱边菊花，黄了
寒意已深
正是冷落的晚秋时节，
思念迟迟未归
远在千里的行客。

天边，云絮飘尽
不见一行雁斜，
想托寄书信
可是，何处寄得？

独倚窗前

任泪水伤心流泻。
一方石砚，一襟泪滴
旋研成浓郁墨泽。
挥笔，渐写向
别后相思的苦涩，
啊，情到深处
凄绝，痴绝，
一纸泪墨濡湿的红笺
黯然褪落了颜色。

王　观

王观（生卒年不详），字通叟，高邮（今属江苏）人。仁宗嘉祐二年（1057）进士。神宗元丰间，任大理寺丞。知江都县时，作《扬州赋》上于朝廷，大蒙褒赏，赐绯衣银章。后因枉法受财，除名，编管永州。一说官至翰林学士，曾奉诏应制，撰《清平乐》词，有“黄金殿里，烛影双龙戏”等句，高太后认为有亵渎之意，翌日罢职，遂自号“逐客”。

宋·王灼《碧鸡漫志》评其词：“才豪，其新丽处与轻狂处，皆足惊人。”学柳永作词，故词集名《冠柳集》，已佚。今有辑本。

卜算子

送鲍浩然之浙东[①]

水是眼波横，山是眉峰聚[②]。欲问行人去那边？眉眼盈盈处[③]。　　才始送春归，又送君归去。若到江南赶上春，千万和春住[④]。

【注释】

①鲍浩然：作者友人，生平不详。之：去，往。浙东：宋代两浙东路简称，今浙江省衢江、富春江、钱塘江以东地区。②“水是”二句：以美人的眼、眉喻水波清滢、山峰簇拥。③盈盈：美好的样子，或作脉脉含情解。④住：停留。

【赏析】

此词为送别友人顺江东下而作，抒发了真挚的惜别情怀。上片写送别，起首二句“水是眼波横，山是眉峰聚”，巧思妙喻，别出新意。水如盈盈的泪眼，山如紧蹙的黛眉，借一路愁山恨水寓含绵长的别情。下片写祝愿，歇拍二句“若到江南赶上春，千万和春住”，再发奇想，妙语双关。将春人格化，将人物态化，实愿友人回归江南后，尽享晚春之美好、人情之温馨，惜春之情溢于言外，祝愿之意寓于其中。

此词构思新巧，于回环往复的语句中流溢轻松活泼的格调，用风趣的俏皮语送别，新而不俗，雅而不谑，一起一结皆为佳句，自是王观词的清新巧丽处，在北宋词坛殊为少见。

【辑评】

[宋]胡仔《苕溪渔隐丛话后集》：苕溪渔隐曰：山谷词云：“春归何处，寂寞无行路。若有人知春去处，唤取归来同住。”王逐客云：“若到江南赶上春，千万和春住。”体山谷语也。

[宋]吴照衡《莲子居词话》：山谷云：“春归何处（略）”通叟云：“若到江南赶上春，千万和春住。”碧山云：“怕此际春归，也过吴中路。君行到处，便快折、河边千条翠柳，为我系春住。”三词同一意，山谷失之笨，通叟失之俗，碧山差胜。终不若元梁贡父云“拚一醉留春，留春不住，醉里春归”为洒脱有致。

【今译】

清澈的江流
是眼波，深情的盼顾，
团簇的山峦
是黛眉的愁聚。
要问此行
去往哪里？是那
青山簇拥间
秀水，盈盈处。

才黯然送走
芬芳消歇的三月春暮，
又依依难舍
送你独自归去。
归去江南
若是——
赶上残半的春光
千万与春同驻。

张舜民

张舜民（生卒年不详），字芸叟，自号浮休，又号矴斋，邠州（今属陕西）人。英宗治平二年（1065）进士，知襄乐县。神宗元丰年间，于军中征讨西夏，因写诗讥议边事，谪监郴州酒税。元祐初召试，授秘阁校理。徽宗朝，仕至吏部侍郎，坐元祐党籍贬商州。后复集贤修撰，卒。

为人质直，慷慨议事，崇尚节气，不为名禄。善画，亦善诗、文、词。其文豪纵有理致，而最刻意于诗。词风与苏轼为近，以至于后人难辨，往往误入东坡集中。著有《画墁集》，极受时人看重，买者填塞巷陌。今有辑本《画墁词》。

卖花声

题岳阳楼[①]

木叶下君山[②]。空水漫漫[③]。十分斟酒敛芳颜[④]。不是渭城西去客，休唱阳关[⑤]。
醉袖抚危阑。天淡云闲。何人此路得生还？回首夕阳红尽处，应是长安[⑥]。

【注释】

①岳阳楼：在今湖南岳阳西门城楼，濒临洞庭湖，远望君山，气势浩茫，又有唐·杜甫《登岳阳楼》诗、宋·范仲淹《岳阳楼记》文，久负盛名。②“木叶”句：屈原《楚辞·湘夫人》有“袅袅兮秋风，洞庭波兮木叶下”句，后世常以“木叶下”写秋色。君山：耸峙洞庭湖中，与岳阳楼遥遥相对。③漫漫：空茫，渺远。④十分斟酒：把酒斟得很满，殷勤劝饮。敛芳颜：指歌女唱《阳关三叠》送别曲时，为之动情而收敛笑容。⑤“不是”二句：唐·王维作《送元二使安西》诗：“渭城朝雨浥轻尘，客舍青青柳色新。劝君更进一杯酒，西出阳关无故人。”后谱入乐府，三叠歌之，成为广为传唱的送别曲，谓之《渭城曲》《阳关曲》《阳关三叠》。渭城：秦代的都城咸阳，因城北有渭河流经，汉时改为“渭城”，古代送客西去多于此折柳赠别。⑥“回首”二句：化用唐·白居易《题岳阳楼》“夕波红处近长安”诗句。长安：本是汉、唐故都（今陕西省西安市），后多借指朝廷或京城。此处代指北宋汴京。

【赏析】

唐宋时，岳阳为朝廷南逐官员必经之地，“迁客骚人，多会于此”（范仲淹《岳阳楼记》），由此岳阳楼成为登临题咏胜地。神宗元丰五年（1082），张舜民因写诗讥议边事，被人攻讦，谪贬郴州，南行途中经岳阳，登楼感怀，作《卖花声》二首。此词历来被推为题岳阳楼佳作。

起调写登楼所见，化用屈原名句，以萧瑟秋色烘托悲秋心境。继而叙楼中饮酒，万里南窜之身，不忍听断肠离歌，“休唱”二字将凄怆之情溢于言外。过片醉抚阑干，承上片而来。“天淡云闲”于愁情浓处插入一笔写景，略作回旋停蓄，再逼出“何人此路得生还”的仰天长叹，语极沉痛，概括古今迁客之悲。末了，回望夕阳尽处应是长安，将一怀谪怨归于对朝廷情牵意萦的眷念。

此词一气盘旋写迁客骚怨，似直而纡，似质而婉，低徊中有郁勃之气，悲怨之余不失“温柔敦厚”，正如宋·周辉《清波杂志》所云：“亦岂无去国流离之思，殊觉婉而不伤也。”

【辑评】

[宋]周辉《清波杂志》：放臣逐客，一旦弃置远外，其忧悲憔悴之叹，发于诗什，特为酸楚，

极有不能自遣者……“木叶下君山（略）。”“楼上久踟躇（略）。”亦岂无去国流离之思，殊觉婉而不伤也。

[宋]费衮《梁溪漫志》：张芸叟词云：“回首夕阳红尽处，应是长安。”人喜颂之。乐天《题岳阳楼》诗云：“春岸绿时连梦泽，夕波红处近长安。”盖芸叟用此换骨也。

【今译】

红叶萧萧，飘冷了
晚秋的君山，
远天融入湖水
何处是边际？苍茫一片。
红袖劝饮
酒，斟得满满，
一曲送别清唱
暗自将妩媚笑容收敛。
不是西去游子
不要唱《阳关》。

沉醉微醒时
一拂酒痕斑斑的衣袖
抚拍高楼栏杆。
天，淡远
云，悠闲，
啊，从古到今
南来的逐臣迁客
谁从此路生还？
回头，夕阳红染尽处
应是京城长安。

魏夫人

魏夫人（生卒年不详），襄阳（今湖北襄樊市）人。北宋丞相曾布之妻，封鲁国夫人。时颇负词名，《江城子》《卷珠帘》等脍炙人口。清·张宗橚《词林纪事》引朱熹云："本朝夫人能文者，唯魏夫人及李易安二人而已。"清·陈廷焯《白雨斋词话》称其"词笔颇有超迈处"。今有辑本《鲁国夫人词》。

菩萨蛮

溪山掩映斜阳里[①]。楼台影动鸳鸯起。隔岸两三家，出墙红杏花。　　绿杨堤下路，早晚溪边去。三见柳绵飞[②]，离人犹未归。

【注释】

①掩映：隐隐约约映照。②柳绵：柳絮。

【赏析】

清·陈廷焯《词坛丛话》指出："宋妇人能词者不少，易安为冠，次则淑真，次则魏夫人也。"在宋代女性词人中，魏夫人占据突出的位置，其词以写闺情擅长，呈现出女性特有的细腻柔婉。

曾布出镇边州时，魏夫人吟此小词赠寄念远情怀，词情含蓄缠绵而又自然真切，表现出贵族妇女情感的"温柔敦厚"，被前人推为"雅正"之音。此词先将怀人心绪糅入浓郁而幽寂的景色中，溪山斜阳、楼台鸳鸯、墙头红杏、绿杨堤岸，景色之美衬出相思之美。再落出结处"三见柳绵飞，离人犹未归"。此二句语出自然，如行云流水，舒徐平和不见激烈痛楚，盼归之意见于言中，而又怨别之恨又见于言外。清·沈祥龙《论词随笔》指出："结句有数法，或拍合，或宕开，或醒明本旨，或转出别意。"细味此词末句，当是点明题旨结法。

"出墙红杏花"一句妙在"出"字，深院高墙关不住满院春色，一枝红杏探出墙头。宋词中不乏"出"字用得好的词句，如欧阳修《浣溪沙》"绿杨楼外出秋千"，晁补之称其"只一'出'字，便后人所不能道"（清·王国维《人间词话》引）。但是，终不及魏夫人以"出"字描绘墙头红杏，充溢盎然春色，更具有诗情画意。至南宋叶绍翁《游园不值》诗"满园春色关不住，一枝红杏出墙来"，则为传诵佳句，当从魏夫人此词脱胎。

【辑评】

[清]王弈清《历代词话》：《雅编》云：魏夫人，曾子宣丞相内子，有《江城子》《卷珠帘》诸曲，脍炙人口。其尤雅正者，则有《菩萨蛮》（略）。深得《国风·卷耳》之遗。

【今译】

清溪、青山
斜阳里时隐时现。

楼台的倒影
惊起鸳鸯双双飞散。

隔着溪水岸
庭院人家二三，
一枝杏花
探出低矮墙头
绽着春色的红艳。

长堤垂柳
绿荫笼小路弯弯，
清晨，傍晚
溪边独自徘徊。
三年了——
春来，春去
只见柳絮随风飘远，
天涯游宦的人
至今还未回返。

苏　轼

苏轼（1037—1101），字子瞻，一字和仲，号东坡居士，眉州眉山（今属四川）人。幼得母程氏亲授，深受父苏洵的熏陶，勤学，成年“学通经史，属文日数千言”（苏辙《东坡先生墓志铭》）。仁宗嘉祐二年（1057）进士及第，主考官欧阳修称赏曰：“吾当避此人出一头地。”（宋·欧阳修《与梅圣俞书》）治平三年（1066），英宗欲召入翰林，宰相韩琦以为其大器，日后必大用，不宜升迁过快，故命直史馆。神宗熙宁年间，不主张骤然变法，与王安石政见不合，遂自请外任杭州通判，后徙知密州、徐州、湖州，期间体恤民情，改革邑政，颇有政绩。元丰三年（1080）因诗讥新法，以“讪谤朝政”罪入狱（史称“乌台诗案”），获释，贬黄州团练副使，移汝州。元祐年间高太后听政，迁中书舍人、翰林学士、知制诰，善拔擢后进，一时才士聚集左右，诗文酬唱，传为文坛佳话。因反对司马光尽废新法，遭旧派疑忌，再度请求外任，出知杭州。后以翰林学士承旨召还，因受人诬告，又出知颍州、扬州，派定州。绍圣年间哲宗亲政，打击元祐党人，再以“讥刺先朝”罪远谪惠州、儋州七年，处境极为困厄，然“食芋饮水，著书以为乐”（宋·苏辙《东坡先生墓志铭》），并向当地百姓传播中原文化。徽宗即位大赦，奉诏内迁，次年病卒于常州，年六十六岁。孝宗朝，追谥文忠。

历北宋仁宗、英宗、神宗、哲宗、徽宗五朝，荣辱迭起一生，亦才情雄放一生。其书、画均称大家，善画修竹、枯木、怪石，为“湖州竹派”重要人物；书法与黄庭坚、米芾、蔡襄并称“四大家”。诗、文、词皆独步一时。其文如行云流水，恣肆挥洒，与欧阳修并称“欧苏”，为“唐宋八大家”之一。其诗宏肆雄放，机趣横生，与黄庭坚并称“苏黄”，开宋一代诗风。其词突破婉约词藩篱，豪旷清雄之作一新天下耳目，宋·胡寅《酒边词序》评曰：“一洗绮罗香泽之态，摆脱绸缪宛转之度，使人登高望远，举首高歌，而逸怀浩气，超乎尘垢之外。”宋·刘辰翁《辛稼轩词序》云：“词至东坡，倾荡磊落，如诗如文，如天地奇观。”所开豪旷雄放一派，至南宋辛弃疾等蔚为大宗，对后世影响颇为深远。元代刘因、张埜等慷慨苍凉，清代曹贞吉、蒋士铨诸家风骨遒劲，皆与苏、辛一脉相承；阳羡派代表词人陈维崧亦沿苏词一路拓展新境。一生著述宏富，有《东坡集》《东坡乐府》。

水龙吟

次韵章质夫杨花词[①]

似花还似非花，也无人惜从教坠[②]。抛家傍路，思量却是，无情有思。萦损柔肠，困酣娇眼，欲开还闭。梦随风万里，寻郎去处，又还被、莺呼起[③]。　　不恨此花飞尽，恨西园、落红难缀。晓来雨过，遗踪何在，一池萍碎[④]。春色三分，二分尘土，一分流水[⑤]。细看来，不是杨花，点点是离人泪。

【注释】

①次韵：用原唱的韵脚填词（或作诗），是和韵的一种。不仅限用别人词中的原韵、原字，而且所用韵字的先后

次序也不能改移，亦步亦趋，故又称“步韵”。章质夫：名楶（jié），浦城（今属福建）人。历官吏部郎中、同知枢密院事。时与苏轼同仕汴京。其原唱《水龙吟·杨花》云：“燕忙莺懒芳残，正堤上柳花飘坠。轻飞乱舞，点画青林，全无才思。闲趁游丝，静临深院，长门闭。傍珠帘散漫，垂垂欲下，依前被、风扶起。　兰帐玉人睡觉，怪春衣、雪沾琼缀。绣床渐满，香球无数，才圆却碎。时见蜂儿，仰粘轻粉，鱼吞池水。望章台路杳，金鞍游荡，有盈盈泪。”宋·魏庆之《诗人玉屑》云：“质夫词中‘傍珠帘散漫，垂垂欲下，依前被、风扶起’，亦可谓曲尽杨花妙处，东坡所和虽高，恐未能及。”②从教：任凭。③“梦随”三句：化用唐·金昌绪《春怨》“打起黄莺儿，莫教枝上啼。啼时惊妾梦，不得到辽西”诗意。④一池萍碎：形容柳絮坠水状如细碎浮萍。⑤“春色”三句：由宋·叶清臣《贺圣朝》“三分春色二分愁，更一分风雨”词句化出。此处以春色代指杨花。

【赏析】

苏轼词于风格雄放超旷之外，亦兼有韶秀婉丽。此词咏物而寓离愁，融杨花与佳人为一，极婉曲缠绵之能事，写出其特定的性灵和情态，“遗貌取神，压倒古今”（唐圭璋《唐宋词简释》）。

开篇摇曳入题，以似花非花、无情有思吟咏杨花，形神兼摄。接下，由杨花衍生出思妇意象，折损柔肠、困酣娇眼，摄柳眼半闭半绽之神；梦魂寻郎、随风万里，写柳絮忽绕忽坠之状。以物为人，以物写人，杨花美人合而为一。下片转而从侧面写杨花归宿。“不恨”而“恨”，实以落红难缀作陪衬，写杨花飞尽的怅恨。“遗踪何在”一痴问，逗出“春色”三句，春残花尽，或化尘土，或随流水。末了“细看”三句，将杨花归于离人泪滴，那点点纷纷，是思妇泪似杨花絮，还是杨花絮似思妇泪？怨悱不尽。煞拍乃神来之笔，既点醒全篇又回应起首，至此，杨花之魂、思妇之神摄尽无余，这正是“似花还似非花”。

此词赋物言情虚实相生，人与花、物与情，在不即不离之间，比兴想象皆切合本体，有迹可寻，而又不囿于本体，空灵活脱，所谓咏物而不滞于物，达到了出神入化的境界，清·先著、程洪《词洁》称之为“化工神品”，并非过誉。若将这首次韵与原唱作比较，章质夫杨花词清丽可诵，但不免有织绣（巧饰）手段，而苏轼和之，如毛嫱、西施不施粉黛，一段天姿自是倾国。

【辑评】

[宋]张炎《词源》：东坡次章质夫杨花《水龙吟》韵，机锋相摩，起句便合让东坡出一头地，后片愈出愈奇，真是压倒今古。

[明]卓人月《古今词统》：人谓“大江东去”之粗豪，不如“晓风残月”之细腻。如此词，又进柳妙处一尘矣。

[清]郑文焯《手批东坡乐府》：煞拍画龙点睛，此亦词中一格。

[清]刘熙载《艺概》：东坡《水龙吟》起云：“似花还似非花”，此句可作全词评语，盖不离不即也。

【今译】

似花，不是花
没有浓郁芳菲，
也无人爱怜，一任
漫天里嫣然地坠。
抛别了故枝

依傍路边，飘飞，
想来，说是无情
那片片轻盈
却是无限情思的柔美。
她，盈盈绕着

如愁肠寸寸折摧，
又像佳人倦眼
半开半闭，微微。
更像是思妇
寻郎的梦魂追逐清风，
偏被黄鹂啼声
惊断，无处觅回。

不恨杨花飞尽
这般柔弱无力地憔悴，
只憾恨落红
一地铺满西园
再不能旧枝头重缀。
清晨雨过
晴光里芳踪何在？
那杨花倩影
尽成一池浮萍细碎，
她，三分春色
二分化作尘埃
一分坠随流水。
可仔细寻看
噢，那千点万点
不是杨柳飘絮
分明是——
离人滴碎的相思泪。

水调歌头

丙辰中秋，欢饮达旦，大醉，作此篇。兼怀子由。①

明月几时有？把酒问青天②。不知天上宫阙，今夕是何年。我欲乘风归去，又恐琼楼玉宇，高处不胜寒③。起舞弄清影，何似在人间！　　转朱阁，低绮户④，照无眠。不应有恨，何事长向别时圆⑤？人有悲欢离合，月有阴晴圆缺，此事古难全。但愿人长久，千里共婵娟⑥。

【注释】

①丙辰：神宗熙宁九年（1076）。子由：苏轼之弟苏辙，字子由。②“明月”三句：唐·李白《把酒问月》：“青天有月来几时，我今停杯一问之。”此化用其诗意。③“我欲”三句：元·李冶《敬斋古今黈》：“一时词手，多用此格。如鲁直（黄庭坚）云：‘我欲穿花寻路，直入白云深处，浩气展虹蜺。只恐花深处，红露湿人衣。’盖效坡语也。”琼楼玉宇：指月宫。不胜：不能够承受。④绮户：雕饰花纹的门窗。⑤“不应”二句：宋·司马光《温公诗话》：李贺诗句“天若有情天亦老”，人们以为奇绝无对。石曼卿对以“月如无恨月长圆”，人们以为勍敌。苏轼此处可能借用石句而变化出之。⑥“千里”句：南朝宋·谢庄《月赋》：“隔千里兮共明月。”此化用其句意。婵娟：月色美好貌。

【赏析】

从题序来看，此词写于中秋之夜，为把酒赏月、醉后抒怀之作。时苏轼与手足情深的胞弟苏辙已阔别七年，而自己因与变法派政见抵牾，仕途不遂意，自请外放滞留密州，故此词于望月怀人中糅入了身世慨叹。

上片望月，一怀逸兴高接混茫。开篇凌空而起，问月、问年，极为奇逸，令人悠然神往。接下，生发超脱尘世、乘风归去之想。复又犹疑徘徊，“琼楼玉宇，高处不胜寒”，此二句本意高妙而寓意蕴藉。歇拍落到月下起舞，胜似仙境，出世与入世，终是执着于人世。下片怀人，笔致回环迂徐。过片三句朱阁琐窗，月光流转，照人不眠，顿生恼怨之意。复又自我宽解，“人有悲欢离合，月有阴晴圆缺”，演绎物理而阐释人情，自是妙谛。情与理，终是以理遣情，由此豁然释怀。结尾遥致祝愿：“但愿人长久，千里共婵娟”，由己及人，将月夜思亲推向更高远的境界。

此词句句不离“月”，全篇问月、归月、舞月、望月、怨月、祝月，由天上折转向人间，由自然而妙悟人生，开合跌宕出以纵横潇洒之笔，虚而实、实而虚，一片神行，以其逸思遐想，构造了一个物我交感、人月融一的超旷澄澈的绝妙境界，其中融会了睿智的人世哲理，其意兴飘逸、意境高旷、格调清雄，最能体现苏词“旷逸”的风调。

【辑评】

[宋]蔡绦《铁围山丛谈》：歌者袁绹，乃天宝之李龟年也。宣和间，供奉九重（宫廷），尝为吾言：“东坡公昔与客游金山，适中秋夕，天宇四垂，一碧无际，加江流倾涌，俄月色如画，遂共登金山山顶之妙高台，命绹歌其《水调歌头》曰：“明月几时有，把酒问青天。”歌罢，坡为起舞，而顾问曰：“此便是神仙矣。”吾谓文章人物，诚千载一时，后世安所得乎？

[清]王闿运《湘绮楼评词》：大开大阖之笔，亦他人所不能。

[清]郑文焯《手批东坡乐府》：发端从太白仙心脱化，顿成奇逸之笔。

【今译】

高举酒杯
仰头，问苍茫青天，
那明月一轮
最初几时出现？
那广寒宫殿
今夜中秋是哪一年？
我想，乘清风归去
遁离喧嚣的尘寰，
可又恐怕
琼楼玉宇的高处清寒。
长袖起舞吧
月下清影，翩翩，
啊，虚渺天宇
怎比得上这人间！

月光如水，流转
朱红楼阁
低斜在镂格窗前，
照一怀愁思，不眠。
月亮，不应有恨，
为什么偏在
亲人分离时这般圆？
人，悲欢离合
月，明暗圆缺
这聚散，这圆缺
自古难以周全。
只愿远在千里的亲人健康，
天长，地久
共一轮明月美满。

念奴娇

赤壁怀古[①]

大江东去，浪淘尽、千古风流人物[②]。故垒西边[③]，人道是、三国周郎赤壁[④]。

乱石崩云[⑤]，惊涛裂岸[⑥]，卷起千堆雪。江山如画，一时多少豪杰！　遥想公瑾当年，小乔初嫁了[⑦]，雄姿英发。羽扇纶巾[⑧]，谈笑间、樯橹灰飞烟灭[⑨]。故国神游，多情应笑我、早生华发[⑩]。人间如梦，一樽还酹江月。[⑪]

【注释】

①赤壁：三国时赤壁之战的赤壁，前人多有考证，或在今湖北武昌西赤矶山，或在今蒲圻县西北，不是苏轼所游黄冈赤鼻矶，此处只是借以吊古咏怀。宋·赵彦卫《云麓漫钞》："东坡黄州词云：'人道是三国周郎赤壁。'盖疑其非也。今江汉间言赤壁者五：汉阳、江川、黄州、嘉鱼、江夏，惟江夏合于史。"②风流人物：历史上的杰出人物，生前建立英雄业绩而流风余韵于后世。③故垒：古代军事营垒。④周郎：周瑜，字公瑾，二十四岁时被东吴孙策亲自迎请，授予"建威中郎将"，吴中皆呼"周郎"。三十四岁时指挥赤壁之战，大破曹军。⑤崩云：又作"穿空"。宋·项世安《项氏家说》："歌者多因避讳，辄改古词本文，后来者不知其由，因此疵议前作者多矣。如苏词'乱石崩空'，讳'崩'字，改为'穿空'。"⑥裂岸：又作"拍岸"。⑦小乔：西晋·陈寿《三国志·周瑜传》载：建安三年，周瑜为东吴中郎将，从孙策攻皖，"得乔公两女，皆国色也。策自纳大乔，瑜纳小乔"。此为赤壁之战前十年事，作者不拘泥于历史真实，特拈入词中，意在以美人配英雄，托出周瑜的少年英俊、春风得意。⑧羽扇纶（guān）巾：古代儒将的装束，此处用以刻画周瑜的儒雅风度。纶巾：用青丝带做的头巾。⑨"樯橹"句：赤壁之战中，吴军都督周瑜用诸葛亮火攻之计，大破曹军。据西晋·陈寿《三国志》引《江表传》：吴军以轻便战舰，装满燥荻枯柴，浸以鱼油，诈称请降，驶向曹军。时正值东南风起，顷刻"火烈风猛，往船如箭，飞埃绝烂，烧尽北船"。樯（qiáng）橹：桅杆和桨，代称船。⑩"多情"句：倒装句，即"应笑我多情、早生华发"。⑪"一樽"句：用手中的酒洒祭江心的明月。酹（lèi）：以酒浇地表示祭奠。

【赏析】

清·徐釚《词苑丛谈》称东坡词"自是横槊气概，固是英雄本色"，当首推这首千古绝唱的《赤壁怀古》。但是不尽然。此词乃作者神游赤壁、触目兴感挥洒而作，其笔力和境界固然雄放豪健，然苏轼写此词，不是畅发吞吐八荒之志，而是表现谪居黄州时潜思内省的放旷之怀。词的首尾，一是通观古今的超脱，一是妙悟自然的洒脱，其精警处乃是此词意旨所在。《念奴娇》后来一名《大江东去》、又名《酹江月》，即从此词的起句和结句摘出。

起笔从浩荡江流落墨，用"浪淘尽"将大江与千古英杰联结，在一个极为悠阔的时空背景上高视阔步，抒发出兀立江岸、凭吊古迹的无穷兴亡之感。继而点明"赤壁"，拍合词题。"乱石崩云，惊涛裂岸，卷起千堆雪"，以如椽大笔描写古战场景色，烘染出奔马轰雷般的险奇境界，令人心惊魄动。"江山"二句转到人事，人灵地杰两相辉映，束上而启下。换头逆入，用"遥想"二字领起。接下，集中腕力刻画当年周瑜雄姿勃发的得意、羽扇纶巾的潇洒和指挥若定的从容，其中拈入"小乔初嫁"，看似闲笔，实则以美人衬英雄，匠心独运。"谈笑间、樯橹灰飞烟灭"一句，写人写事笔墨极简省而又极传神。"故国神游"折到自身多情善感、早生白发。煞拍略作回旋，先将人生的无限感慨倾吐于"人间如梦"的一声喟叹中，再以杯酒祭洒，将古今兴衰、得失荣辱消融入永恒的江天明月，终归于一片高远超旷。时，苏轼以四十七岁的盛年谪贬黄州，江山胜迹、英雄伟绩，激发了他超迈奋发的情志，也加深了他仕宦蹭蹬、老大失意的内心苦闷，但篇末的伤感色彩掩不住全篇的雄放、超旷之气。

此词笔力遒劲，境界宏大，绝去笔墨畦径间。其大气磅礴，高唱入云，具有"一洗万古凡马空"的气象，对莺喉婉转的传统词坛足以振聋发聩。宋·俞文豹《吹剑续录》载："东坡在玉堂，有幕士善讴，因问：‘我词比柳七何如?’对曰：‘柳郎中词，只合十七八女孩儿，执红牙板，歌“杨柳岸晓风残月”。学士词，须关西大汉，执铁板，唱“大江东去”。’公为之绝倒。”可见此词是东坡最具豪旷气格的代表作。

【辑评】

[宋]胡仔《苕溪渔隐丛话前集》：苕溪渔隐曰：东坡“大江东去”赤壁词，语意高妙，真古今绝唱。

[宋]曹冠《燕喜词序》：歌赤壁之词，使人抵掌激昂，而有击楫中流之心。

[清]毛奇龄《西河词话》：《酹江月》《大江东去》，则因东坡《念奴娇》词内有“大江东去”“一樽还酹江月”二句，遂是名。夫以词中句而反易词名，则词亦伟矣。

【今译】

大江，向东流去，
千百年来
浪淘尽无数英雄伟绩。
古旧营垒西边
人们说，那是三国
周瑜大破曹军的赤壁。
山崖陡峭高耸
刺破青苍天宇，
惊骇心魂的波涛
将江岸撕裂般拍击，
浪花飞溅如雪
千堆万堆，卷起。
啊，江山如画
引多少英杰争雄斗奇。

遥想，周瑜当年
倾国小乔初嫁，
衬托英才勃发的雄姿。
手摇鹅毛羽扇
头戴青丝纶巾，
谈笑间，万艘敌船
化作烟尘飞灭无迹。
那赤壁古战场
神往心驰，
该笑我多情善感
白发早生鬓际。
人生，虚渺如梦，
举起这杯酒吧
将永恒的江天明月洒祭。

西江月

顷在黄州，春夜行蕲水中，过酒家饮，酒醉，乘月至一溪桥上，解鞍，曲肱醉卧少休。及觉已晓，乱山攒拥，流水锵然，疑非尘世也。书此语桥柱上。①

照野弥弥浅浪②，横空隐隐层霄。障泥未解玉骢骄③，我欲醉眠芳草。　可惜一溪风月④，莫教踏碎琼瑶⑤。解鞍欹枕绿杨桥，杜宇一声春晓⑥。

【注释】

①黄州：今湖北黄岗县。蕲（qí）水：流经湖北蕲春县境，在黄州附近。②弥弥：水盛的样子。③障泥：用锦或布制作的马鞯，垫在马鞍下，垂至马腹两边，以遮挡尘土。玉骢（cōng）：青白色的骏马。④可惜：可爱。⑤琼

瑶：美玉，此比喻水面月色。⑥杜宇：即杜鹃鸟，暮春时鸣叫，相传为古代蜀地亡国之君杜宇精魂所化，故称。

【赏析】

古人填词选调多有讲究，清·谢章铤《赌棋山庄词话》云："其他西江月、如梦令之甜庸，河传、十六字令之短促，江城梅花引之纠缠，哨遍、莺啼序之繁重，傥非兴至，当勿强填，以其多拗、多俗、多冗也。然俗调比拗调涉笔，尤须斟酌。"《西江月》词调易入浮滑，而苏轼写来如此洒脱。这首寄情山水风月的小词，写于贬黄州团练副使时，谪贬困境中见出旷逸心境，这就是苏轼。

词的上下片不作承转，顺情而下一气贯底。是醒是醉，是夜是晓，旷野远空、骄骢芳草、清风明月、小桥流水、绿杨啼鹃皆随遇成趣，以此逐渐展开词境，景中有情，物中有"我"。一溪风月"干卿何事"？只因这天地间的清澈静谧，与词人心襟的旷达磊落契合为一，意与境两相浑融，疑非尘世。金·元好问云："自东坡一出，情性之外不知有文字。"（《新轩乐府引》）当指此类以性情取胜的词。此词题序充满诗情画意，与篇中词意、词境相得益彰。

【辑评】

[明]卓人月《古今词统》：山谷词："老马章台，踏碎满街月。"坡公偏不忍踏碎，都妙。

[清]陈廷焯《词则》：《西江月》一调，易入俚俗，稍不检点，则流于曲矣。此偏写得洒落有致。

俞陛云《唐五代两宋词选释》：诵其下阕四句，清狂自放，有"万象宾客"之概。

【今译】

空寂旷野，笼在
月光的朗照
春水弥弥，清浅浪痕
一弯静静地绕，
夜空，片云隐隐
浮横九霄。
等待卸解鞍辔
玉骢马驻足野郊，
微醉里，困倦
想眠卧如茵的芳草。

一溪清风明月
似一块墨玉
滢滢地，烁动
莫不经意让马蹄踏碎了。
解下马鞍
一枕手臂，歇息
绿荫垂掩的柳桥，
听——
杜鹃一声清啼
不觉，已是春晓。

定风波

三月七日沙湖道中遇雨。雨具先去，同行皆狼狈，余独不觉。已而遂晴，故作此。[①]

莫听穿林打叶声，何妨吟啸且徐行[②]。竹杖芒鞋轻胜马[③]，谁怕？一蓑烟雨任平生。　料峭春风吹酒醒[④]，微冷，山头斜照却相迎。回首向来萧瑟处，归去，也无风雨也无晴。

【注释】

①沙湖：湖北黄冈东南三十里处，一名螺丝店。狼狈：进退两难的样子。②吟啸：吟咏长啸，一种潇洒闲适的意态。③芒鞋：草鞋。芒：一种多年生草本植物，叶条形，可用来编织草鞋。④料峭：形容春寒袭人。

【赏析】

此词写一次途中遇雨天晴的经历，“能道眼前景”（清·郑文焯《大鹤山人词话》），但词之旨趣不在此，而在表现一种处变不惊、安之若素的人生态度。作者用轻松诙谐的笔调写来，融叙事、写景、抒情、议理为一体，日常生活小景的描写与它所寓含的深邃哲理融合无痕，令人玩味。

上片写遇雨。任骤雨穿林打叶，竹杖芒鞋，吟啸徐行，从容潇洒之风神宛然在目。下片写雨晴。风冷酒醒后，雨霁日出，蓦然回首，风耶，雨耶，阴也，晴也，无不消逝一空，见出心境的豁达自信。此词写于谪居黄州时，“乌台诗案”劫难刚过，仕途极度沉沦，但词人不改豪杰之志，不敛疏放之态，得失、荣辱、生死皆能泰然处之，无论是风雨摧叶的逆境，还是斜阳相迎的顺境，谁怕？“一蓑烟雨任平生”，归去，“也无风雨也无晴”，这便是苏轼的旷达，苏轼的人生。

清·王鹏运《半塘老人遗稿》认为苏轼：“其性情，其学问，其襟抱，举非恒（常）流所能梦见。”故其词意兴超旷，见出活脱脱的个性和风神，读来，性情之外不知有文字。

【辑评】

［清］郑文焯《手批东坡乐府》：此足证是翁坦荡之怀，任天而动。

【今译】

不必听——
狂骤风雨打叶摧林，
不妨低吟长啸
悠然，独自前行。
竹杖，草鞋
这轻捷胜过骑马
谁，会意慌心惊？
披一领蓑衣
任它风风雨雨
潇洒自在度过一生。

春风夹带寒气
扑面，吹醒了酒意
一阵微冷，
雨后的山巅
一抹夕阳
清朗晴光，相迎。
回头，看来时
风雨萧瑟的小径，
我，归去
也无风雨也无晴。

望江南

超然台作[①]

春未老，风细柳斜斜。试上超然台上看，半壕春水一城花。烟雨暗千家。
寒食后[②]，酒醒却咨嗟[③]。休对故人思故国，且将新火试新茶[④]。诗酒趁年华。

【注释】

①超然台：据苏轼《超然台记》：苏轼于神宗熙宁七年（1074）知密州，第二年底，动工修葺园北旧台，由其弟苏辙命名“超然”，时相与登临，放意肆态于其间。②寒食：见张先《木兰花》注。③咨嗟：叹息。④新火：寒食过后，重新点火为炊称“新火”。亦见周邦彦《兰陵王》注。

【赏析】

这首词作于神宗熙宁九年（1076）暮春，苏轼在密州任上。词人登临超然台，眺望满城风雨，不由触动一怀归思，遂写下此词。上片写登临所见：春风、春柳、春水、春花，一片未老春色融入烟雨人家。触景生情，故下片写登临情怀：寒食酒醒，遥思故国，欲归不能，聊且借诗酒自娱。词起于登超然台，结于超然疏放，“超然”二字是词境也是心境，但细加辨味，春未老而人空老，词人超然又未尽超然。

《望江南》原是单调，后增加一叠为双调，上下片七字句通常对仗。如此词上片“半壕春水一城花”，句中自对，将眼前春色铺排开来；下片“休对故人思故国”对“且将新火试新茶”，字面、词义皆对得工整，道出思归词旨。而上下片对句一景一情，由景及情，一铺垫一点题，自然融合为一体。李清照称苏轼词为“句读不葺之诗尔，又往往不协音律”（《词论》），殊不知苏轼并非一味豪放，不拘格律，亦有按谱填词的讲究处，如此词。

【辑评】

俞陛云《唐五代两宋词选释》：“春水”两句超然台之景宛然在目。下阕故人故国，触绪生悲，新火新茶，及时行乐，以此易彼，公诚达人也。

【今译】

春，未老
和风细细地吹
柔柳斜拂，沙沙。
登上超然台
望去——
半壕春水，一城飞花。
烟雨丝丝如织
笼暗万户千家。

寒食已过
酒醒，归思生发。
莫要面对故人
思念故园篱笆，
就新燃烟火
煎饮新茶。
赋诗饮酒，趁
未老春色，未老年华。

卜算子

黄州定慧院寓居作①

缺月挂疏桐，漏断人初静②。谁见幽人独往来③，缥缈孤鸿影④。　　惊起却回头，有恨无人省⑤。拣尽寒枝不肯栖⑤，寂寞沙洲冷。

【注释】

①定慧院：在黄冈县东南。②漏断：指漏壶里的滴水声已止，表示夜将尽。③幽人：幽居之人，此切合当时谪居身份而自指。④缥缈：隐约高远的样子。⑤省（xǐng）：懂得，明了。⑤寒枝：清寒秋天的树枝。

【赏析】

“乌台诗案”后，苏轼以戴罪之身谪住黄州，杜门谢绝交往。此词咏孤鸿的惊惶、幽独、高洁，正是词人谪居中孤寞、忧惧而又傲岸不屈心境的流露。

此词章法上别创一格，起调冷月残缺，梧桐疏落，滴漏断尽，用寒瑟疏冷的意象作层层皴染，为下二句幽人往来、鸿影缥缈营造一种幽寂的寒秋夜境，至换头而下则专咏孤鸿。上下片看似散脱，实则相贯连，幽人独自往来从孤鸿眼中见得，孤鸿不肯安栖又从幽人眼中见出，即鸿即人，失群孤鸿与失志幽人是互喻叠映关系，故上下回环相生，意脉贯通。这种前半泛写、后半专咏，盛宋词人多用此法，“盖其文章之妙，语意到处即为之，不可限以绳墨”（宋·胡仔《苕溪渔隐丛话》）。

或认为“拣尽寒枝不肯栖”一句有语病，因为鸿雁只栖于江洲苇丛，这未免泥实于鸿雁的习性，不曾理解词人托意所在。不栖高枝而栖卑地，正见出其品格、意趣的孤傲高洁，词人心中郁结已久，触发于不能自已、流露于不自知罢了，大可不必泥实。这首小词臻此超旷孤逸的高境，乃作者胸襟、气质、才分和学识所致，非他人仿效可得。

【辑评】

[宋]黄庭坚《豫章黄先生文集》：《跋东坡乐府》：语意高妙，似非吃烟火食人语。非胸中有万卷书，笔下无一点尘俗气，孰能至此。

[宋]胡仔《苕溪渔隐丛话》：苕溪渔隐曰：此词本咏夜景，至换头但只说鸿。正如《贺新郎》词“乳燕飞华屋”，本咏夏景，至换头但只说榴花。盖其文章之妙，语意到处即为之，不可限以绳墨也。

【今译】

残缺的月
在梧桐疏枝斜横，
铜壶滴漏声，断了
夜深人静。
谁见，幽居的人
独往独行？
那失群鸿雁
缥缈着孤独的形影。

时而被惊起
回转若有所思的头颈，
无人知晓，它
心中的憾恨。
不愿安然栖息
将寒秋凤凰树枝拣尽，
寂寞地，徘徊
芦汀沙洲的清冷。

贺新郎

乳燕飞华屋，悄无人、桐阴转午，晚凉新浴。手弄生绡白团扇①，扇手一时似玉②。渐困倚、孤眠清熟。帘外谁来推绣户？枉教人梦断瑶台曲③。又却是、风敲

竹[④]。　　石榴半吐红巾蹙[⑤]，待浮花浪蕊都尽[⑥]，伴君幽独。秾艳一枝细看取，芳心千重似束[⑦]。又恐被、西风惊绿[⑧]。若待得君来向此，花前对酒不忍触。共粉泪、两簌簌。

【注释】

①生绡：未漂煮过的生丝。团扇：汉成帝妃班婕妤，因遭赵飞燕姊妹谮毁失宠，幽居长信宫，作《团扇诗》以自伤。其诗云："新裂齐纨素，鲜洁如霜雪。裁为合欢扇，团团似明月。出入君怀袖，动摇微风发。常恐秋节至，凉飙夺炎热。弃捐箧笥中，恩情中道绝。"借团扇秋凉被弃比喻恩情中断。后因以"团扇"喻指佳人薄命失宠。此暗用其意。②一时：一并，一齐。③瑶台：玉砌的楼台，传说中神仙居处。④"又却是"句：用李益《竹窗闻风寄苗发司空曙》"开门复动竹，疑是故人来"诗意。⑤"石榴"句：形容榴花半开，像折皱成团的红巾。唐·白居易《题孤山寺山石榴花示诸僧众》："山榴花似结红巾。"⑥浮花浪蕊：指轻浮斗艳而早谢的桃、李、杏花等。唐·韩愈《杏花》诗："浮花浪蕊镇长有，才开还落瘴雾中。"⑦千重似束：形容石榴花瓣重叠。⑧西风惊绿：意谓秋风吹落榴花，只剩满枝绿叶。

【赏析】

此词将佳人与榴花双绾，虚实相映，比兴抒怀。上片写佳人。华屋桐荫、悄无人迹，写幽清孤寂的居处；纤手如玉、团扇轻摇，衬见其雅洁美丽，亦暗示被弃绝的命运。接下困眠清熟、瑶台幽梦，忽跌出冷风敲竹，透露怅惘若失的心悸。下片咏榴花而借以写佳人。浮华浪蕊落尽后绽放红艳，花伴人幽独；芳瓣千重，犹人之芳心蹙束，花与人两相怜惜；恐西风摧折，惊落芳菲残剩枯绿，是花惊也是人惊；最后，花瓣共粉泪簌簌坠洒，榴花与佳人融合为一。

有关此词本事，宋人众说不一。杨湜《古今词话》云：苏轼知杭州时，府僚于西湖宴集，官妓秀兰浴后倦眠，姗姗来迟受责，折榴花请罪，苏轼为其解围作此词。陈鹄《耆旧续闻》则认为此词是苏轼为爱妾榴花所作。或皆是好事者附会之辞，不足凭信，胡仔《苕溪渔隐丛话》云："东坡此词，冠绝古今，托意高远，宁为一娼而发耶？"苏轼为人表里澄澈，为官正直不阿，于新旧两党皆不随声附和，故屡遭排斥贬谪。抚躬自悼，不免有孤高失时的哀伤，故运用比兴手法，托物取喻写于词。词中所写佳人命薄，实与英才运蹇两相怜惜、两相融合，其旨意含蓄，寄托遥深，有耐人寻味之妙。

苏轼词不乏婉丽之作，如这首《贺新郎》。只是他于婉曲缠绵的笔致中糅入人生失意的怨慨，多了一些沉厚隽永的意蕴，故婉而不柔靡，丽而不浮艳。

【辑评】

[清]王又华《古今词论》：毛稚黄曰：前半泛写，后半专叙，盖宋词人多此法。如子瞻《贺新凉》后段只说榴花，《卜算子》后段只说鸣雁，周清真《寒食词》后段只说邂逅，乃更觉意长。

[清]沈雄《古今词话》：刘体仁曰：换头处不欲全脱，不欲明粘。能如画家开阖之法，一气而成，则神味自足，有意求之不得也。

[清]黄苏《蓼园词选》：沈际飞曰：末四句，是花是人，婉曲缠绵，耐人寻味不尽。

【今译】

乳燕穿飞　　　　雕梁画栋的堂屋，

悄寂，无人
梧桐树荫转过正午。
佳人玉洁冰清
趁黄昏凉意浴沐。
纤纤素手，如玉，
轻摇一柄团扇
拂着初浴的清新走出。
倦意袭来时
一枕斜依，睡熟。
绣帘外，是谁，
轻推虚掩的朱户?
惊散瑶台仙梦
枉自一怀心神恍惚。
噢，是一阵清风
叩敲小径翠竹。

庭中，石榴花
半绽半敛
如红巾褶皱一簇，
待争妍桃李凋尽轻浮
它，初绽蓓蕾
伴佳人深院幽独。
取一枝，细看
那花瓣重叠
似深掩的芳心自束。
又恐秋风骤至
惊落花的红颜
空剩消瘦的满枝颓绿。
等到佳人来时
对残花饮酒
那情那景怎忍目睹，
粉泪和着残瓣
泪簌簌，花簌簌。

洞仙歌

余七岁时，见眉州老尼，姓朱，忘其名，年九十岁。自言尝随其师入蜀主孟昶宫中，一日大热，蜀主与花蕊夫人夜纳凉摩诃池上，作一词，朱具能记之。今四十年，朱已死久矣，人无知此词者，但记其首两句。暇日寻味，岂《洞仙歌令》乎？乃为足之云。①

冰肌玉骨②，自清凉无汗。水殿风来暗香满。绣户开，一点明月窥人，人未寝，欹枕钗横鬓乱。　　起来携素手，庭户无声，时见疏星渡河汉。试问夜如何？夜已三更，金波淡③，玉绳低转④。但屈指、西风几时来，又不道流年、暗中偷换⑤。

【注释】

①孟昶（chǎng）：五代时蜀国君主，喜好奢侈，精通音律，工于文学。后兵败降宋，封秦国公。花蕊夫人：陶宗仪《辍耕录》载：蜀主孟昶纳徐匡璋女，拜贵妃，别号“花蕊夫人”。意为花不足拟其美色，而似花蕊之翾（xuān）轻。摩诃池：故址在今成都市郊昭觉寺。摩诃：梵语，意为“大”。建于隋朝，前蜀时改称宣华池，水边建殿阁楼亭，称宣华苑。②冰肌：肌肤像冰雪一样洁莹。《庄子·逍遥游》：“藐姑射之山，有神人焉，肌肤若冰雪，绰约若处子。”③金波：月光。④玉绳：两星名，北斗第五星玉衡北面的两颗星。⑤不道：不知不觉。流年：如水流逝的岁月。

【赏析】

苏轼谪居苏州时，自云：“新阕甚多，篇篇皆奇。”（《与陈季常书》）如此篇风流超逸，是其得意之作。

序文记述了填制此词的缘由，乃为补足蜀主孟昶《洞仙歌令》之佚词残句所作。词叙花蕊夫人夏夜纳凉情事，除开头二句外，皆为苏轼续作，“豪华婉逸，如出一手”（明·李日华《味水轩日记》）。但苏轼再创词境时，不仅是为花蕊夫人摄一写真，也借以抒情蕴理慨叹人生。此词非一般娱戏文字，读时不可不体味。

此词上片写簾内攲枕，下片写庭阶偕行，由陶然心醉到怅然沉思。写伊人，冰肌玉骨、素手纤纤、软声低语，风姿绰约若仙；写夏夜，水殿风清、暗香盈袖、疏星淡月，景色清幽寂静，对此人此境似超脱尘世，清绝妙绝。束拍二句叹惜流年暗换，却语带低咽，暗转到年华似水、红颜易老的哀伤。美人迟暮之叹，亦是志士迟暮之感，其言外蕴有深致。此词如空谷鸣泉，清旷而幽婉，宋·张炎《词源》云：“清空中有意趣，无笔力者未易到。”

【辑评】

[宋]胡仔《苕溪渔隐丛话》：子瞻佳词最多，其间杰出者，如……“冰肌玉骨，自清凉无汗”。夏夜词（略）。凡此十余词，皆绝去笔墨畦径间，直造古人不到处，真可使人一唱而三叹。

[宋]周紫芝《竹坡诗话》：“冰肌玉骨清无汗，水殿风来暗香满。绣帘一窥人，攲枕钗横云鬓乱。起来庭户悄无声，时见疏星渡河汉。屈指西风几日来，不道流年暗中换。”世传此诗为花蕊夫人作，东坡尝用此诗作《洞仙歌》曲。或谓东坡托花蕊以自解耳，不可不知耳。

[明]胡应麟《丹铅新录》：杜诗：“关山月一点。”“点”字绝妙，东坡亦极爱之，作《洞仙歌》云：“一点明月窥人。”用其语也。

【今译】

如玉如冰，肌骨
清凉无汗。
晚风徐来时
摩诃池，粼粼
水殿亭台暗香溢满。
一点月光
从绣帘半开处
羞涩地窥看，
美人斜倚卧榻纳凉
还未入眠，
金钗秀发，散坠
——一榻零乱。

起身，牵起素手
漫步幽寂庭院，
四周无声
一庭月色悄然，
数点流星，不时划过
消逝在茫茫河汉。
低语问一声
“夜已几时？”
“已过三更天。”
月光如银流溢
星，烁闪不定
低低地垂转。
消暑的秋风几时有？
屈指一算，
可又恐暑往寒来
不知不觉里
逝去似水华年。

八声甘州

寄参寥子[①]

有情风万里卷潮来，无情送潮归。问钱塘江上，西兴浦口[②]，几度斜晖？不用思量今古，俯仰昔人非[③]。谁似东坡老[④]，白首忘机[⑤]。　记取西湖西畔[⑥]，正春山好处，空翠烟霏。算诗人相得，如我与君稀。约他年、东还海道，愿谢公雅志莫相违[⑦]。西州路，不应回首，为我沾衣[⑧]。

【注释】

①参寥子：诗僧道潜，字参寥，於潜（今浙江临安）人。能文，尤喜作诗。与苏轼初识于徐州，后远道探访苏轼于黄州。辗转追随苏轼多年，两人为肝胆相照的挚友，多诗词唱酬。此词约为苏轼临离杭州时寄赠参寥之作。②西兴：钱塘江南岸的渡口。③“俯仰”句：意谓俯仰之间古人尽成陈迹。④东坡老：苏轼谪贬黄州时，因“乏食”，求得故营之东数十亩荒地开垦，并筑屋（取名“雪堂”）于此，作为躬耕、游息之地。唐代白居易为忠州刺史时，作有《东坡种花》、《步东坡》等诗。苏轼仰慕前贤，即以此作为别号，自号“东坡居士”。⑤忘机：忘却尘世机心。机：机心，指诡诈权变的心计。⑥“记取”句：苏轼守杭州时，参寥子卜居于西湖孤山智果禅院。⑦“约他年”二句：唐·房玄龄等《晋书·谢安传》载：东晋谢安出仕前隐居会稽东山，屡次征召不应。后入朝，功业既盛，为权贵所嫉。其“东山（退隐）之志，始末不渝，每形于言色”。及镇守广陵时，“造泛海之装，欲须经略（谋划）粗定，自江道还东。雅志未就，遂遇疾笃”。用此典故表明自己虽被召还朝，然不忘归隐雅志。⑧“西州路”三句：据唐·房玄龄等《晋书·谢安传》载：谢安奉诏疾笃还京，“舆入西州门”，因东还之志未遂，深自慨失，不久病逝。其外甥羊昙，夙为谢安所爱重。谢安死后，辍乐多年，又避而不走西州路。一日因饮醉，不觉误至西州门，左右告之，羊昙“悲感不已，以马策扣扇，诵曹子建诗曰：‘生存华屋处，零落归山丘。’恸哭而去。”此处反用其典故，劝参寥不必为自己抱憾哭泣，但其中也隐含了生离死别的悲哀。

【赏析】

苏轼曾两度出任杭州，前为新党所排斥，后因与旧党不和。此词当是第二次任杭州知州后两年，以翰林学士承旨被召还朝时所作。词从至情流出，不假熨帖之工。

开篇突兀而起，万里江风海涛，气象雄浑阔远，然在有情与无情、潮来与潮去之间，隐含有人事无常的炎凉。继而以钱塘江上几度斜晖，将数十年的沉浮往复尽纳入其中。直至“不用”二句，道出古今兴废、人事代谢之慨叹。歇拍承以“白首忘机”，穷通得失处之泰然，顿时飞扬起来。下片换头以“记取”二字逆入，用清丽舒徐的笔致回忆西湖美景，陪衬出昔时“诗人相得”的美好情事。往下转入写今日别情。“约他年”二句，用谢安雅志自陈，表明终将归隐，重聚于江南。末三句惜别，以不必回首沾衣自慰慰人，然用羊昙恸哭的典事，实含悲慨哽咽。

此词胸次超然，笔力健举，将旷逸之怀、盛衰之慨与别离之悲一并注入笔端，雄放豪宕又出以深沉感喟，两者熔铸一体，形成苏轼独到的一种境界，即“天风海涛之曲，中有幽咽怨断之音”（夏敬观《手批东坡词》），词境至此，令人叹为观止。

【辑评】

[清]黄苏《蓼园词选》：未免有激之言，然意自尔豪宕。

[清]郑文焯《手批东坡乐府》：突兀雪山，卷地而来，真似钱塘江上看潮时，添得此老胸中数万甲兵，是何气象雄且杰。妙在无一字豪宕，无一语险怪，又出以闲逸感喟之情，所谓“骨重神寒，不食人间烟火者”。词境至此，观止矣。

俞陛云《唐五代两宋词选释》：起笔破空而下，风潮来去，有情而实无情，千古之循环兴废，大抵如斯。

【今译】

万里雄风，有情
卷来一江盛涨的潮水，
无情，又送
一江落潮而归。
试问钱塘江上
西兴渡口
日落日出几度斜晖？
不必想古今
盛衰，是乐是悲，
俯仰之间
一切都成陈迹
沧海桑田人事皆非。
有谁如我东坡
年老，心志不颓，
两鬓白发，一怀旷达
荣辱得失尽弃委。

记得当年，携手
西子湖畔相随，
远处，一卧春山秀媚，
空翠山色里
晴光轻烟霏霏。
若说诗人相知
你我，肝胆相照
应是稀微。
约定，来年重聚
从江道东回，
只为平生归隐的雅志
莫要事与愿违。
如果他日路入都门，
不必为我——
策马绕道，回头
恸洒一襟悲泪。

江城子

密州出猎[①]

老夫聊发少年狂，左牵黄，右擎苍[②]。锦帽貂裘[③]，千骑卷平冈。为报倾城随太守[④]，亲射虎，看孙郎[⑤]。　　酒酣胸胆尚开张，鬓微霜，又何妨。持节云中，何日遣冯唐[⑥]？会挽雕弓如满月[⑦]，西北望，射天狼[⑧]。

【注释】

①密州：今山东诸城县。据《东坡纪年录》载：“乙卯秋，祭常山回，与同官习射放鹰作。”时苏轼任密州知州，年四十岁。②黄：黄犬。苍：苍鹰。二者围猎时用以追捕猎物。③锦帽貂裘：汉羽林军戴锦蒙帽，穿貂鼠裘。此指随从武士。④倾城：指倾城而出跟随太守观看打猎的百姓。太守：古代州府行政长官，汉为太守，唐为刺史，宋为知州，此以汉称宋。⑤“亲射虎”二句：西晋·陈寿《三国志·吴主传》载：建安二十三年，孙权“乘马射虎于

亭，马为虎伤，权投以双戟，虎却（退）废”。⑥“持节”二句：节：符节。云中：汉代郡名，今内蒙托克托县。东汉·班固《汉书·冯唐传》：西汉时，云中太守魏尚爱抚士卒，抗击匈奴边功显著，后因上报杀敌数字不符，被削官爵。对此，冯唐认为有失宽厚，不宜用才，上奏直言劝谏。汉文帝大悦，当天即遣冯唐持符节赦免魏尚，复用为云中太守。此处用其典事，表示希望得到朝廷起用，委以边任，抗敌建功。⑦会：当。雕弓：雕饰花纹的弓。⑧天狼：星名。唐·房玄龄等《晋书·天文志》谓狼星出现，将有外来侵掠。此以“天狼”喻西夏，时西夏侵扰西北边界。

【赏析】

此词写“密州出猎”，起句着一“狂”字统摄全篇，再由会猎场面转入抒发胸灾，结尾以“射天狼”三字收煞，点明词旨。全词打破上下分片的格局，一气贯注。作者一时豪兴纵情放笔，以倾动全城的大场面烘染人物，牵犬擎鹰、千骑拥驰、酒酣胸张、走马挽弓，驰骋激荡不可一世，通过对射猎武夫“狂”放的描述，将两鬓微霜而壮志犹存的志士形象腾跃纸上。

整首词充溢阳刚之英风豪气，一扫柔腻软媚，于婉约词的浅唱低吟外独放粗犷豪壮之声。对此，苏轼也甚为自负，在《与鲜于子骏书》中说：“近却颇作小词，虽无柳七郎（柳永）风味，亦自成一家。呵呵！数日前猎于郊外，所获颇多。得一阕，令东州壮士抵掌而歌之，吹笛击鼓以为节，颇壮观也。”

北宋词坛，苏轼有志革新婉约词风，在他的笔下，凡诗歌题材无一不可入词。如此词突破“词为艳科”的樊篱，用小词写习武狩猎，将词从花间月下解脱出来，走向更为广阔的天地。

【辑评】

[宋]王灼《碧鸡漫志》：东坡先生非心醉于音律者，偶尔作歌，指出向上一路，新天下耳目，弄笔者始知自振。今少年妄谓东坡移诗律作长短句，十有八九不学柳耆卿则学曹元宠，虽可笑，亦毋用笑也。

【今译】

我，一老夫
聊且生发年少疏狂，
左牵黄毛猎犬
苍鹰擎在右臂上。
出猎的随从
一身锦帽貂裘，
千骑飞驰
疾风卷过平野山冈。
为酬谢州民
倾城而出，随看
太守狩猎的盛况，
亲手射杀猛虎
试比，英武潇洒的孙郎。

酒兴正酣
胸襟开阔，胆气豪壮，
两鬓秋霜微染
壮志犹存的才士
又有何妨！
只盼重新起用
如云中郡太守魏尚，
不知朝廷何时
遣派手持符节的冯唐。
我，定当
拉千斤强弩如满月，
一箭射落，那
西北边境的天狼。

江城子

乙卯正月二十日夜记梦[1]

十年生死两茫茫[2]。不思量，自难忘。千里孤坟[3]，无处话凄凉。纵使相逢应不识，尘满面，鬓如霜。　　夜来幽梦忽还乡，小轩窗[4]，正梳妆。相顾无言，惟有泪千行。料得年年肠断处：明月夜，短松冈[5]。

【注释】

①乙卯：神宗熙宁八年（1075）。时苏轼任密州知州，为悼念亡妻王弗而作此词。王弗，苏轼结发之妻，十六岁嫁苏轼，貌美，聪颖贤惠，夫妻恩爱，二十七岁染病早逝。其父苏洵曾嘱咐苏轼曰："妇从汝于艰难，不可忘也。"（《亡妻王氏墓志铭》）②十年：王氏病逝于英宗治平二年（1065），到苏轼写此词恰是十年。③千里孤坟：王氏卒，先葬于汴京（今开封）西郊，次年归葬于四川彭山县祖茔，与苏轼当时任职的密州（今山东诸城县）相距遥远。④轩：门窗。⑤"料得"三句：唐·孟棨《本事诗》载：幽州衙将张某妻孔氏亡故。后忽于坟中出，题诗赠张，有"欲知肠断处，明月照孤坟"之句。此处料想亡妻为思念自己而悲伤。短松冈：指王氏墓地。

【赏析】

此词与《江城子·密州出猎》属同一词调，但一首气韵高旷，另一首声情凄婉，风格迥异。晁无咎云："眉山公之词短于情。"（金·王若虚《滹南诗话》引）其实不然，苏轼不仅善于以逸怀浩气写豪情，也能以愁肠婉语写柔情，如这首催人泪下的悼亡词。

开篇顿入正意，"生死"二字总领全词。十载阴阳相隔，生者死者，音容两相渺茫。而久蓄心怀的思念，逢亡妻十年忌辰蓦然涌至，故用"不思量"递接，反跌出"自难忘"，以肺腑语道真情，不思量原是最思量、长思量。千里遥隔，无处诉说凄凉，承"难忘"而来。接下，用假设转宕一笔而又逼进一层，纵使相逢也应不识，"尘满面，鬓如霜"简短六字中，渗入宦海沉浮的人生失意和衰残。换头折入记梦。梦中爱妻临窗梳妆，情态容貌依稀当年，夫妻相顾无言有泪。用白描作细节勾画，虚境实写，极为真切。歇拍两句写梦醒，料想年年肠断，在月夜坟岗。从孤魂对方映出自身，转进一层写悲绝之痛，以景结情，结出阴阳生死同有的"此恨绵绵无绝期"。此词梦前、梦中、梦后，虚实结合，跌宕顿挫，用平实语言抒写深婉至情，写出了对亡妻生死不渝、刻骨入髓的思念，并于悼亡中糅入身世苍凉之酸痛。

词至苏轼拓展出一片新域，登临、怀古、贺寿、悼亡、村野、闲适等皆可入调。悼亡，本属诗歌题材，西晋·潘岳的《悼亡诗》、唐·元稹的《遣悲怀》历来被推为绝唱。以悼亡入词当是苏轼的首创，此词真情郁勃，笔势摇曳，音调凄婉，可与潘、元悼亡诗相媲美。

【辑评】

[金]王若虚《滹南诗话》：陈后山（师道）曰：……风韵如东坡，而谓不及于情，可乎！

唐圭璋《唐宋词简释》：此首为公悼亡之作。真情郁勃，句句沉痛，而音响凄厉，诚后山所谓"有声当彻天，有泪当彻泉"也。

【今译】

十年，一生一死
阴阳相隔
音书容颜两渺茫。
不必苦苦地想
夫妻情深
刻入心骨的自是难忘。
你，一座孤坟
远在千里之外，
我，无处也无人
诉说满腹凄凉。
也许，认不出我
即使相逢又怎样?
如今，我已风尘满面
两鬓斑白如霜。

夜里，恍惚间
梦魂飘荡回到故乡，
卧室小窗前
你，沐一缕晨辉
对镜盘挽青丝，梳妆。
我与你无语相看，
热烫的泪水一行。
梦，忽地醒了
湿透的枕上
我，黯然料知
年复一年痛断柔肠，
是那荒郊寒夜
冷月，照着你
坟茔孤栖的小松岗。

蝶恋花

花褪残红青杏小[①]。燕子飞时，绿水人家绕[②]。枝上柳绵吹又少，天涯何处无芳草[③]！　　墙里秋千墙外道。墙外行人，墙里佳人笑。笑渐不闻声渐悄，多情却被无情恼[④]。

【注释】

①褪：颜色脱落，此指花色萎黄。②“绿水”句：宋·魏庆之《诗人玉屑》引《词话》：“予得真本于友人处，‘绿水人家绕’作‘绿水人家晓’。而‘绕’与‘晓’自天壤也！”③“天涯”句：屈原《离骚》云：“何所独无芳草兮，又何怀乎故宇。”屈原对楚君一腔忠爱而反遭排斥，以致对原本挚爱的故土产生高蹈远游的念头。此句含义或脱胎于此。④多情：指墙外行人。无情：指墙内佳人。

【赏析】

苏轼词横放杰出，歌之，如天风海雨逼人，但也时有清雅婉丽之作，如这首《蝶恋花》。此词上片情思悱恻：花褪残红，青杏初结，又是春归夏至时节，歇拍深入一笔，柳绵稀少，芳草盛茂，惜春伤春的情怀一咏三叹。下片奇情四溢：墙里、墙外，行人、佳人，回环往复中妙趣横生，束拍“多情却被无情恼”落出人生哲理和意趣。清·先著、程洪《词洁》说苏轼此词“后半手滑”，即认为此词下阕写单相思之妙趣与上阕伤春的深沉似有不协和。其实，上片落花流水的春逝，正为下片佳人难觅的惆怅作铺垫、映衬和烘托，上下片构思巧妙，就伤“春”联接，意脉贯通。如果要说有“手滑”，也是才华横溢的词人墨酣笔走所致，“自是曲子中缚不住者”（宋·吴曾《能改斋漫录》)。

清·张宗橚《词林纪事》引《林下偶谈》载：子瞻谪居惠州时，曾与妾朝云闲坐。时秋霜初至，落木萧萧，凄然有悲秋之意，唤朝云斟酒，唱“花褪残红”词。朝云歌喉将啭，泪落满襟。问其故，答曰：“奴不能歌，是‘枝上柳绵吹又少，天涯何处无芳草’！”子瞻大笑曰：“吾正悲秋，而汝又伤春矣。”遂罢。苏轼一生忠直报国，却远谪岭南，恰似“多情却被无情恼”；饱经人世风雨，已值年老病残，正如“枝上柳绵吹又少”。这词中寓含多少伤感、多少怨悱，无怪朝云唱来，泪沾衣襟，泣不成歌。朝云很喜欢这两句词，“日诵‘枝上柳绵’二句，为之流泪。病亟，犹不释口”。“朝云不久抱疾而亡，子瞻终身不复听此词。”

【辑评】

[明]俞彦《爰园词话》：古人好词，即一字未易弹，亦未易改。子瞻“绿水人家绕”，别本“绕”作“晓”，为《古今词话》所赏。愚谓“绕”字虽平，然是实境；“晓”字无皈着，试通咏全章便见。

[清]王士祯《花草蒙拾》：“枝上柳绵”，恐屯田缘情绮靡，未必能过。孰谓坡但解作“大江东去”耶？髯直是轶伦绝群。

[清]先著、程洪《词洁》：坡公于有韵之言，多笔走不守之憾。后半手滑，遂不能自由，少一停思，必无此矣。

【今译】

花褪尽残红
杏子初结，青青小小。
燕子翩飞时
一带溪水
流着明媚的浅绿
将村野人家绕。
枝上的柳絮
风吹，风飘
一天天越来越稀少，
啊，绵延向天边
何处不是——
晚春萋萋的芳草。

清寂庭院，秋千
荡出矮墙枝梢，
院外弯着柳荫小道。
墙外，行人驻足
墙内传出
佳人秋千的嬉笑。
渐渐，笑声弱了
杳然隐去
剩下一院静悄，
可心思被撩拨起
多情的行人
为无情佳人徒添烦恼。

永遇乐

彭城夜宿燕子楼，梦盼盼，因作此词。①

明月如霜，好风如水，清景无限。曲港跳鱼，圆荷泻露，寂寞无人见。紞如三

鼓[②]，铿然一叶[③]，黯黯梦云惊断[④]。夜茫茫、重寻无处，觉来小园行遍。　天涯倦客，山中归路，望断故园心眼。燕子楼空，佳人何在？空锁楼中燕[⑤]。古今如梦，何曾梦觉，但有旧欢新怨。异时对、黄楼夜景[⑥]，为余浩叹。

【注释】

①燕子楼：相传是唐代徐州尚书张建封所建（今考证，应为其子张愔所建）。张镇守徐州时，有爱妾名关盼盼，善歌舞，雅多风态。张死后，归葬东洛。彭城（今江苏徐州）有张氏旧第，第中有燕子楼，“盼盼念旧爱而不嫁，独居是楼十余年，幽独块然”。见唐·白居易《燕子楼诗序》。②紞（dǎn）如：犹言“紞然”，击鼓声。如：语助词，相当于“然”。③铿然：金石声。此形容夜静时树叶落地清晰有声。④梦云：意为梦见盼盼。暗用“巫山云雨”典故，见柳永《曲玉管》注。⑤“燕子”三句：宋·黄昇《花庵词选》记载，晁无咎云：“三句说尽张建封燕子楼一段事，奇哉！”⑥异时：指与自己不同时的后人。黄楼：苏轼任徐州知州时所改建，在彭城东门上。

【赏析】

此词作于神宗元丰元年（1078），时苏轼远离朝廷，由密州改任徐州知州。作者凭吊燕子楼，借梦境以抒怀。先写夜景：明月如霜、好风如水，曲港跳鱼，圆荷泻露，夜色清绝幽绝。继而写梦醒：鼓声紞如，落叶铿然，反衬出夜的深静，并抖搠出“惊断”二字。接下写寻梦：梦醒重寻无处，小园行遍，怅然若失。再写梦后所思：倦客思归，燕子楼空，古今如梦，种种慨叹纷至沓来。末了折回自身，设想后人赏看黄楼夜景，亦为己浩叹。全篇章法细密而又笔势摇曳。

历来咏盼盼多写男女情爱，苏轼此词围绕燕子楼情事生发，寄兴万端，由幽夜春梦而厌倦仕宦、思归田园，由人去楼空而喟叹古今、感悟人生，融情入景而又融理入情，熔情、景、理为一体，重在感怀而不重故实，咏古而不泥古，如清·郑文焯《手批东坡乐府》称赏的“咏古之超宕，贵神情不贵迹象”。其婉丽而不失清雅，悱恻而又超旷，令人玩赏不尽，为咏燕子楼的上乘之作。

【辑评】

[宋]张炎《词源》：词用事最难，要体认著题，融化不涩。如东坡《永遇乐》云：“燕子楼空，佳人何在？空锁楼中燕。”用张建封事……此皆用事，不为事所使。

[清]先著、程洪《词洁》：“野云孤飞，去来无迹”，石帚之词也。此词亦当不愧此品目，仅叹赏“燕子楼空”十三字者，犹属附会浅夫。

冯振《诗词杂话》：“燕子楼空，佳人何在？空锁楼中燕。”化实为虚，不著迹象。

【今译】

明月如霜，好风如水
秋夜清幽无限。
弯曲的池塘
鱼儿“泼刺”一声
惊起水珠溅溅，
绿荷圆润
露珠在叶心流转，
寂寞，无人赏看。
听几声低咽

三更鼓在夜雾中沉掩，
又铿然一响
梧桐叶坠落石阶，
忽地，惊断好梦
伊人倩影如彩云飘逝了
一怀心神黯然。
再寻失落的梦
夜色迷离一片，
醒后，独自徘徊

清凉石阶，婆娑竹径
寻遍这深深庭院。

多年，飘游天涯
仕宦沉浮已倦，
山村小路冷寂
等待我踏归家园，
可故乡渺渺
望断寸肠，望断双眼。
今夜，燕子楼
四壁空空
轻歌曼舞的佳人
何处？楼中空锁
栖息雕梁的旧燕。
古往今来
人世的聚散、盛衰
倏然一场梦幻，
何曾有梦醒时分
续叠不断，只有
旧时欢娱，新时愁怨。
将来后人，对
黄楼清幽景色
也会为我深深慨叹。

浣溪沙

簌簌衣巾落枣花①，村南村北响缫车②，牛衣古柳卖黄瓜③。　酒困路长惟欲睡，日高人渴漫思茶④，敲门试问野人家⑤。

【注释】

①簌簌（sù）：纷纷飘落声。②缫（sāo）车：缫丝的车。③牛衣：粗麻织的衣服。东汉·班固《汉书·食货志》："贫民常衣牛马之衣。"或指蓑衣之类。宋·曾季貍《艇斋诗话》："东坡在徐州，作长短句云：'半依古柳卖黄瓜。'今印本作'牛衣古柳卖黄瓜'，非是，予尝见东坡墨迹作'半依'，乃知'牛'字误也。"④漫：不由得。⑤野人家：村野人家。

【赏析】

苏轼任徐州知府时，致力于兴修水利。这年徐州春旱，苏轼率众人往城东石潭乞雨，后碰巧得雨，复去石潭谢神，一路就《浣溪沙》词调填词五首，记沿途风物人情，这是其四。

上片写初夏村景，下片写叩门索茶。一是"牛衣古柳卖黄瓜"，一是"敲门试问野人家"，皆朴实叙来，却让人称奇叫绝。这两句写尽人物的神情语态、动作举止，栩栩如生如见其人，而那古柳树下卖时鲜瓜果的吆喝声、山野人家敲门索茶的询问声，连同浓郁的田家气息溢出画面之外。

此词用简素笔墨写夏日村行，似是俯拾即得，实则经过锤炼而归于自然。词至苏轼"无意不可入，无事不可言"（清·刘熙载《艺概》），如此词以寻常乡村风情入吟，格调清新，生趣盎然，在月露风花的文人词中另创新境。

【辑评】

[宋]胡仔《苕溪渔隐丛话》：《高斋诗话》曰：东坡长短句云："村南村北响缫车。"参寥诗云：

"隔村仿佛闻机杼，知有人家住翠微。"秦少游云："菰蒲深处疑无地，忽有人家笑语声。"三诗大同小异，皆奇句也。

［清］王士祯《花草蒙拾》："牛衣古柳卖黄瓜"，非坡仙无此胸次。

【今译】

簌簌，头巾衣襟
落满清香飘溢的枣花，
村南，村北
缫丝的车吱哑，
古柳树下
披蓑老农吆喝着
高声叫卖
——新鲜黄瓜。

长长路途酒意渐沉
倦然欲睡，困乏，
太阳已高
消酒解渴，想
小饮一杯清茶，
茅舍竹篱边
叩开半扇柴门
问一问，山野人家。

李之仪

李之仪（1038？—1117），字瑞叔，号姑溪居士，沧州无棣（今属山东）人。神宗熙宁三年（1070）进士。哲宗朝，从苏轼于定州幕府，朝夕酬唱，主客甚欢。元祐初年赴京，为枢密院编修，后受党争牵连落职。徽宗初年，提举河东常平。因文章忤蔡京，贬太平州。久之，徙唐州。以朝议大夫终职，卒年八十岁。

颇具才学，尤以尺牍擅名，“入刀笔三昧”。其文轩豁磊落，具苏轼一体。亦工词，《四库全书总目提要》称他“小令尤清婉峭蒨，殆不减秦观”，略有过誉。清·冯煦《宋六十一家词选》认为“姑溪词长调近柳、短调近秦，而均有未至”，乃为公允。有《姑溪居士文集》《姑溪词》。

谢池春

残寒销尽，疏雨过，清明后。花径敛余红，风沼萦新皱[①]。乳燕穿庭户，飞絮沾襟袖。正佳时，仍晚昼[②]。著人滋味，真个浓如酒。　频移带眼[③]，空只恁、厌厌瘦[④]。不见又相思，见了还依旧。为问频相见，何似长相守？天不老[⑤]，人未偶。且将此恨，分付庭前柳。

【注释】

①“风沼”句：用南唐·冯延巳《谒金门》“风乍起，吹皱一池春水”词意。②仍晚昼：夜晚连着白昼。仍：连续。③“频移”句：唐·姚思廉《梁书·沈约传》载：南朝诗人沈约曾仕宋、齐，因不得大用，郁郁成疾，形体消瘦，《与徐勉书》自述：“病增虑切……百日数旬，革带常应移孔；以手握臂，率计月小半分。”后用“移带眼”“沈腰”形容日渐消瘦。④厌厌：见柳永《定风波》注。⑤天不老：唐·李贺《金铜仙人辞汉歌》：“天若有情天亦老。”此处翻用其意。

【赏析】

李之仪不曾列于苏门“四学士”“六君子”，但以门生之礼事苏轼，只是作词未效苏词的豪旷。

此词上片写景，结于情。残红铺径，春水新皱，乳燕穿飞，飞絮沾襟，一片春色撩人情怀。歇拍“浓如酒”三字，将黄昏时的愁人滋味道出。下片抒情，结于景。相思情苦，恹恹瘦损，相见不如相守，可苍天无情，偏教人两处分离。末了，一怀剪不断、理不清的愁思，融入庭前绿柳的丝丝缕缕。

这首词用俚俗浅近的语言写离别相思，写景繁丽，抒情细致，情与景融合，颇有柳永俗词的格调。清·冯煦《宋六十一家词选》认为“姑溪词长调近柳”，从此词可知。

【辑评】

[明]毛晋《〈姑溪词〉跋》：中多次韵小令，更长于淡语、景语、情语。

【今译】

残冬的寒意
融入早春的湿柔，
清疏的雨
初止，过了清明时候。
小径曲曲地折
将飘零残红挽留，
微风拂过时
一池春水，吹皱。
乳燕穿飞门庭
飘飞的柳絮
点点，沾惹春衫衣袖。
正春色浓时
独守黄昏与白昼，
这伤春滋味
——真个浓如酒。

衣带渐宽，空自
为伊人憔悴消瘦。
不见面，相思苦苦地愁，
可是见了面
匆匆分手依旧。
试问这般相见又分离
分离，又相见，
怎比朝夕相厮守？
啊，苍天无情
苍天不老，
哪管人世间
相爱的人不成偶。
一怀幽怨，谁知？
暂且交付庭前
——千丝万缕的柳。

卜算子

我住长江头，君住长江尾。日日思君不见君，共饮长江水。　此水几时休，此恨何时已①。只愿君心似我心，定不负相思意②。

【注释】

①已：止，罢休。②定：此处为衬字。所谓“衬字”，即在词牌规定的字数外，另增填字，《卜算子》歇拍末句，应为五字句，此处多增添“定”字。词初兴时期，为了协律，便于歌唱，多用衬字。至宋，词的格式已固定，则很少用衬字。

【赏析】

此词为代言体，以一个痴情女子的口吻，写离愁相思，表达对爱情的忠贞不渝。上片用赋体，直白式地诉说江头江尾欲见不能的朝思暮想。换头用比兴，仍寄情江水，而又推进一层，以江水永无枯竭喻离愁之绵长不尽。结句直抒胸臆，从顾夐《诉衷情》“换我心，为你心，始知相忆深”化出，“只愿”二字透露出唯恐对方负心的隐衷，看似言尽意止，实则语尽意不尽，意尽情不尽。词以“长江水”为比兴意象，作为贯穿始终的抒情线索，意味极丰厚。长江水既是相爱的象征，也是离愁的象征，又是情心一脉永不断隔的象征，愿它“休”的是离恨，不愿它“休”的是爱情，休而不休，一咏三叹。

汉乐府南朝吴声西曲中，有不少借江水设喻吟唱爱情的诗词，此词仿民歌而作，饶有民歌风味，而手法更为娴熟。整首词不敷粉、不着色，语言清新，音节明朗，于重叠复沓的句式中轻快流走，变民歌的率直热烈为婉曲深挚。明·毛晋《〈姑溪词〉跋》云：姑溪小令长于淡语、景语、情语，“至若‘我住长江头……’，直是古乐府俊语矣”。

【辑评】

[明]毛晋《〈姑溪词〉跋》：多次韵小令，更长于淡语、景语、情语。如“鸳裳半拥空床月”，又如“步懒恰寻床，卧看游丝到地长”，又如“时时浸手心头熨，受尽无人知处凉”，即置之《片玉》《漱玉》集中，莫能伯仲。至若“我住长江头，君住长江尾，日日思君不见君，共饮长江水”，直是古乐府俊语矣。

[清]陈廷焯《别调集》：清雅，得古乐府遗意。但不善学之，必流于滑易矣。

【今译】

我，住长江头，
你，住长江尾。
日日夜夜
想你，不能见你，
你和我啊
同饮一江水。

这不尽的江水
什么时候枯竭，
这别离苦恨
就什么时候止。
只愿——
你的心
如我的心，相守不移
就不会负了
我的痴恋情意。

黄庭坚

黄庭坚（1045—1105），字鲁直，号山谷道人，晚号涪翁。洪州分宁（今江西修水）人。祖父黄湜兄弟十人俱进士，世称“十龙”。自幼聪颖警悟，读书“数过辄记”。随舅父李常（以富于藏书、博学能诗闻名于当世）游学淮南，学业大进。李常曾随意从架上取书问之，皆对答如流，惊叹为“一日千里”之才。（《宋史·黄庭坚传》）英宗治平四年（1067）进士，调汝州叶县尉。神宗熙宁五年（1072）诏举四京学官，以文章优等为大名府国子监教授，受留守文彦博青睐，留任七年。赠诗与苏轼，表达仰慕之忱，遂成其门下弟子，得苏轼称赞“如精金美玉”。元丰三年（1080），知吉州太和县，勤于职守，宽厚临民。时，实施新法，虽与王安石持不同政见，但佩服其“视富贵如浮云，不溺于财利酒色，一世之伟人”（《跋王荆公禅简》）。元祐年间，历官集贤校理、起居舍人、国史馆编修，与张耒、秦观、晁补之等集于苏轼门下，赋诗论文，赏书评画，合称“苏门四学士”。哲宗绍圣元年（1094），因《神宗实录》史祸，以“诬毁”先朝罪，贬涪州别驾、黔州安置，后移戎州，号所居为“槁木庵”“任运堂”。徽宗即位，召还。崇宁二年（1103）诏毁三苏等文集，因文字触忌，被诬以“幸灾谤国”罪，编管宜州。于贬所处境困厄，仍浩然自得，口不停吟，手不辍书，次年病卒，年六十一岁。南宋高宗时，追谥文节。

平生奉儒而又融通佛、老，重视心性养练。为宋代四大书法家之一。诗与苏轼齐名，世称“苏黄”，为江西诗派开派宗师。时亦负词名，与秦观并称“秦七、黄九”，但不及秦观成就之大受人推重。词学苏轼，风格疏宕清旷，表现出超轶绝尘的兀傲性情，《四库全书总目提要》称：“其佳者，则妙脱蹊径，迥出慧心。”然早期词杂有俳体，不免俗艳。有《豫章集》和《山谷词》（又名《山谷琴趣外编》）。

念奴娇

八月十七日，同诸生步自永安城楼，过张宽夫园，待月。偶有名酒，因以金荷酌众客。客有孙彦立，善吹笛。援笔作乐府长短句，文不加点。①

断虹霁雨，净秋空，山染修眉新绿②。桂影扶疏③，谁便道，今夕清辉不足？万里青天，姮娥何处④，驾此一轮玉？寒光零乱，为谁偏照醽醁⑤？　　年少从我追游⑥，晚凉幽径，绕张园森木。共倒金荷家万里，难得尊前相属⑦。老子平生⑧，江南江北，最爱临风笛⑨。孙郎微笑⑩，坐来声喷霜竹⑪。

【注释】

①诸生：一作“诸甥”，指跟随黄庭坚到戎州贬地的洪朋、洪刍、洪炎等几位外甥。永安城：即白帝城，在四川奉节县西的峡边上。张宽夫：作者友人，生平不详。金荷：精美的荷叶状酒杯。乐府长短句：词的别称。文不加点：指一挥而就。②“山染句”：此以女子黛眉比喻远山翠绿秀美。修眉：细长的黛眉。③桂影：传说中月宫有桂树，高五百丈。扶疏：枝叶纷披貌。④姮娥：即嫦娥，神话传说中的月神。相传为后羿之妻，羿请不死之药于西王母，姮

娥窃食之以奔月，成为月宫之神，见西汉·刘安等《淮南子·览冥》。后因避汉文帝刘恒之讳，改“姮”为“嫦”。⑤醽醁（líng lù）：美酒名。南朝宋·盛弘之《荆州记》载：酃湖（今湖南衡阳市东）和渌水（今江西万载县东）的水，取以酿酒非常甘美。⑥年少：即词序中所说的“诸生”。⑦相属（zhǔ）：相互劝饮。⑧老子：作者自称，犹言老夫。⑨笛：宋·陆游《老学庵笔记》：“鲁直在戎州，作乐府曰：‘老子平生，江南江北，最爱临风笛。孙郎微笑，坐来声喷霜竹。’予在蜀见其稿，今俗本改‘笛’为‘曲’以协韵，非也。然亦疑‘笛’字太不入韵。及居蜀久，习其语音，乃知泸、戎间谓‘笛’为‘独’。故鲁直得借用。”⑩孙郎：词序所提及的善吹笛的宾客孙彦立。⑪坐来：当时俗语，意即顿时、立刻。霜竹：指笛。

【赏析】

黄庭坚曾于哲宗元祐元年（1086）主持编撰《神宗实录》，其中“用铁龙爪治河，有同儿戏”等文字意含讥讽，后因此发生史祸，以“诬毁”先朝罪，贬黔州（今四川彭水）安置，再移戎州（今四川宜宾）安置。此词是黄庭坚贬居戎州时，与友人饮酒赏月而作。词人屡遭挫折，流徙蛮荒之地，处境艰难困顿，故词中隐然有抑郁不平的牢骚。但词人生性豁达，“泊然不以迁谪介意”（元·脱脱等《宋史》本传），所以词寓抑塞于清旷，更多地勃发出高朗傲岸之气。

上片一片秋空、一弯彩虹、一卧远山，先铺设出高旷澄明的背景，再熔裁嫦娥神话写月色美妙，托出赏月的雅兴。歇拍清辉倾杯，将天上人间勾连。下片自然过渡到欢饮听笛。幽径森木、共斟金荷，流溢出对从游晚生的爱怜和对故乡的思念，亦含无限身世之感。但不作沉吟，接下奋笔高扬，“老子平生”三句，写尽平生漂泊颠簸，却一吐旷逸豪气。末了，以临风听笛收束，一缕激越之音凌空荡漾，在天地间回旋不已。

黄庭坚为“苏门四学士”之一，个性、学养一如苏轼。这首抒写迁谪襟怀的旷词，笔墨劲健淋漓，想象瑰奇清逸，意境澄彻超旷，类似苏轼词风。写成之后，词人亦颇自得意，“或以为可继东坡赤壁之歌”（宋·胡仔《苕溪渔隐丛话》引）。

【辑评】

[宋]罗愿《新安志》：鲁直在洛时，歙人祝颀，字有道，因知命以识鲁直，及谪黔中，有道访之，鲁直为书帖云：“凡士大夫胸中，不时时以古今浇之，则俗尘生其间，照镜则面目可憎，对人亦语言无味。”又赠以词，所谓“长杨风桃青骢尾”者也。鲁直八月十七日夜张宽夫园待月有词云：“老子平生，江南江北，最爱临风笛。孙郎微笑，坐来声喷霜竹。”蜀人记“笛”音如“牍”，故用之。尝书一本赠颀，今俗本改“笛”为“曲”，非也。颀藏鲁直文稿三枚，率以速纸百幅为之，改窜甚多。

[清]姚范《援鹑堂笔记》：（山谷词）以惊创为奇，其神兀傲，其气崛奇，玄思瑰句，排斥冥筌，自得意表（外）。

【今译】

凉雨初止
半隐半现，一弯彩虹
卧在湛蓝天际，
秋空，浮云散尽
澄净如洗，
远山妩媚如秀眉
新染一抹淡淡黛绿。
月中，桂影婆娑
幽香摇曳一地，
谁说，今夜清辉浅淡

没有中秋十五的明丽？
夜空万里晴朗
嫦娥驾一轮玉盘
驶向哪里？
寒光散乱，迷离，
为谁，偏将一缕清辉
泻入杯中美酒里。

小辈们伴随左右
正是纳凉的秋爽节气，
夜色低笼，小径
弥散着幽寂，
秀木遮绕这张家园
郁郁，一围绿篱。
来，斟满金荷杯
抚慰家园万里的乡思，
难得把盏对酒
主宾劝饮的情意。
老夫平生——
江南，江北
萍踪浪迹，
最爱临风飞扬的旋律。
孙郎点头一笑
顿时，激越高旷
喷发一曲竹笛。

清平乐

春归何处？寂寞无行路[①]。若有人知春去处，唤取归来同住。　　春无踪迹谁知？除非问取黄鹂。百啭无人能解，因风飞过蔷薇[②]。

【注释】

①无行路：没有留下走过的痕迹。②因风：随风，顺风。因：随着。

【赏析】

这是一首惜春之作。开篇“春归何处”，欲寻无迹，写惜春的伤感，起笔空灵蕴藉。接下，若有人知，唤取同住，就空托起，以新奇设想写恋春情深。过片“春无踪迹”承接上片意脉。转而问取黄鹂，推宕出新的境界，写寻春的焦灼。殷勤百啭，无人能解，再跌落一笔，写无寻的怅惘。末了，黄鹂顺风飞过蔷薇，词人似乎恍然若悟：春去夏来，已无可寻觅。收束处，留人一缕悠长的寻味。

黄庭坚的诗词直贯其“夺胎换骨”的创作理论，常常堆砌典故，脱化前人词句，而此词却无此掉书袋的弊病。全篇构思新巧，用曲笔层层渲染、句句跌宕，在“春归”“春去”、“唤取”“问取”中曲折回旋，由惜春到寻春，最后一怀怜惜春残的情思，归于黄鹂顺风飞过蔷薇的动荡迷离。此词语句圆润，笔调含婉，词味隽永，与作者平素或豪宕飘逸，或俚俗狂放的词风有所不同。李清照《词论》主张词具婉约特质，“别是一家”，并认为黄庭坚是词家中少有明此道者，大概就是指这一类清婉柔美的词。

【辑评】

［宋］胡仔《苕溪渔隐丛话》：山谷词云：“春归何处？寂寞无行路。若有人知春去处，唤取归

来同住。”王逐客云：“若到江南赶上春，千万和春住。”体山谷语也。

[明]沈际飞《草堂诗余四集》：“赶上和春住”，“换取归来同住”，千古一对情痴，可思而不可解。

【今译】

春天，去了哪里？
寻觅不到她
寂寞归去的路
一去，无踪迹。
如果有人知道
请将她唤回
我，要和她同住！

春天走了
杳然无踪，谁知？
除非去问枝头
啁啾的黄鹂。
可那千啼百啭
无人知晓它的啼语，
一阵清风
黄鹂，倏然飞过
蔷薇花的矮篱，
噢，春天已去。

西江月

老夫既戒酒不饮，遇宴集，独醒其旁。坐客欲得小词，援笔为赋。

断送一生惟有①，破除万事无过②。远山横黛蘸秋波③，不饮旁人笑我。　　花病等闲瘦弱④，春愁无处遮拦⑤。杯行到手莫留残，不道月斜人散⑥。

【注释】

①“断送”句：化用唐·韩愈《遣兴》“断送一生惟有酒，寻思百计不如闲”诗句。断送：葬送、消磨。②“破除”句：化用唐·韩愈《赠郑兵曹》“杯行到君莫停手，破除万事无过酒”诗句。③远山横黛：指女子秀美的黛眉，见欧阳修《诉衷情》注。④等闲：无端，平白无故。⑤遮拦：排遣的意思。⑥不道：张相《诗词曲语辞汇释》释为“不思”“不想”，反辞，犹言何不思、何不想。此句意谓何不想月斜人散后不再有聚饮之乐。

【赏析】

黄庭坚诗常咏及饮酒，如《题太和南塔寺壁》“万事尽还杯酒里，百年俱在大槐中”，《和师厚郊居示里中诸君》“身后功名空自重，眼前樽酒未宜轻”等，表现出游戏人生的倾向。这首小词借“劝酒”感慨世事人生，亦于诙谐中玩世不恭，但在恣意劝酒纵饮的背后，仍可感受到词人内心人生失意的愁闷，其旷达洒脱颇堪玩味。

此词体现了黄庭坚遣词造句的特色，如开篇“断送一生惟有，破除万事无过”劈空而来，以议论破题，于玩世不恭中浓缩人生体验。此二句将唐人韩愈的两句诗分别减去句末一“酒”字而成，见出点化之功。再如第三句“远山横黛蘸秋波”，乍看接得突兀，仔细玩味词意，乃紧承而来写席间侑酒歌女的情态；并化用典故不着痕迹，用一“蘸”字，使烂熟的“远山”“秋波”顿生异彩，境界全出。前者是所谓“点石成金”，后者则是“化腐朽为神奇”，虽然剥落前人诗句为词不是正道，但作者凭借富赡的才力移花接木，平中出奇，也不失为一法。

【辑评】

[宋]陈师道《后山诗话》：黄词云："断送一生唯有，破除万事无过。"盖韩诗有云"断送一生唯有酒"，"破除万事无过酒"。才去一字，遂为切对，而语益峻。

[宋]吴曾《能改斋漫录》：庚信《舞媚歌》六言云："少年惟有欢乐，饮酒那得留残。"豫章长短句云："一杯别酒莫留残"出此。

【今译】

消磨一生，只须
恣意樽前饮啜，
破除尘世烦忧
无过于这酒
两杯三盏，浓浓地浊。
斟酒的歌女
眉眼盈盈，如远山
傍一泓秋水横卧，
美酒，佳人
此时不放怀畅饮
只恐旁人轻笑我。

残花，瘦弱如病
在风中无端飘落，
对花伤春
愁绪萦绕在怀
无处可解脱。
啊，劝饮的杯
行到手里，莫要剩下
满斟满酌，
这月斜人散后
不再有——
谈笑聚饮的宾客满座。

晁端礼

晁端礼（1046—1113），一名元礼，字次膺，祖居澶州清丰（今属河南），后徙居彭门（今江苏徐州）。神宗熙宁六年（1073）进士。知平恩县，治黄河水患有政绩。官满授泰宁军节度推官，时朝廷实行保伍法，士兵因约束苛冗欲哗变，驰马而入，晓之以利害予以平息。因触忤上官，落职，后流寓淮上达三十年之久。徽宗政和年间，应诏入京，受命为大晟府协律郎，未及就任而病卒，年六十八岁。

博学强记，为人气韵爽拔。亦精于音律，自创词曲，词多为言情、咏物、游宦和应制之作，格调清婉。薛砺若《宋词通论》评其词“与美成为近，惟才情较弱”。有《闲适集》，不传，今存《闲斋琴趣外篇》。

绿头鸭

咏 月

晚云收，淡天一片琉璃[①]。烂银盘、来从海底[②]，皓色千里澄辉。莹无尘、素娥澹伫[③]，静可数、丹桂参差[④]。玉露初零，金风未凛[⑤]，一年无似此佳时。露坐久，疏萤时度，乌鹊正南飞[⑥]。瑶台冷[⑦]，栏干凭暖，欲下迟迟。　念佳人音尘别后[⑧]，对此应解相思。最关情、漏声正永，暗断肠、花影偷移。料得来宵，清光未减，阴晴天气又争知？共凝恋，如今别后，还是隔年期。人强健，清樽素影，长愿相随。

【注释】

①琉璃：一作“流离”或“瑠璃”，天然的有光宝石。东汉·班固《汉书·西域传》引《魏略》：“大秦国出赤、白、黑……十种流离。”唐代称玻璃，宋、元以来称宝石。②烂银盘：形容月亮像灿烂明亮的一面银盘。唐·卢仝《月蚀》：“烂银盘从海底出。”③素娥：月宫女神嫦娥，因月色素淡，故又称“素娥”。见黄庭坚《念奴娇》注。④丹桂：指月宫中桂树。⑤“玉露”二句：古诗词中多以“金风”“玉露”并用，如唐·李世民《秋日》：“菊散金风起，荷疏玉露圆。”玉露：白露，七月七日前后露水色白，故云。⑥“乌鹊”句：化用三国·曹操《短歌行》“月明星稀，乌鹊南飞”句意。⑦瑶台：玉砌的楼台。用以指雕饰华美、结构精致的楼台。⑧“念佳人”句：南朝宋·谢庄《月赋》：“美人迈（远行）兮音尘阙（缺），隔千里兮共明月。”此处用其意。音尘：音信、踪迹。

【赏析】

这是一首咏月兼怀人的长调慢词。上片赏月。云收天淡，海涌银盘，写月出中天的幽谧澄远；玉露金风，萤疏鹊飞，写中秋佳时的清寂疏朗。接下栏杆倚暖、欲下迟迟，透露出中秋月夜的怀人情意，直贯下片。过片二句从对方落笔，悬想佳人听断漏声、看尽花影，亦见出自己彻夜不眠。“料得”以下化用苏轼词句，明宵阴晴不定，隔年遥遥难期，故只当珍惜今夜。末了，以唯愿身体强健、清樽素影相随而自慰慰人，结得从容和婉，无衰飒哀沉感。

前人将此词与苏轼的中秋词并论。此词情景相生，中秋月夜的静谧之景、幽洁之色与缠绵之情、淡远之怀交融谐和，铺写细腻婉曲，意象明丽清远，声调舒缓谐和，虽不及苏轼的超旷清逸，但也以清婉和雅取胜，堪称咏月佳作。

【辑评】

［宋］胡仔《苕溪渔隐丛话后集》：苕溪渔隐曰：中秋词，自东坡《水调歌头》一出，余词尽废；然其后亦岂无佳词？如晁次膺《绿鸭头》一词，殊清婉。但樽俎间歌喉，以其篇长惮唱，故湮没无闻焉。

【今译】

傍晚，浮云渐散尽
不留一片残絮，
天宇空阔，淡远
湛蓝如琉璃。
明月似灿烂银盘
涌出波峰海底，
一泻浩浩清辉
流转向千里，万里。
月宫晶莹剔透
无一点尘疵，
依稀可见嫦娥
阶前，淡装素裹玉立，
历历可数，那
风中丹桂婆娑参差。
白露初降下
秋风清凉未冷，
一年中，没有
比秋夕更美好的佳时。
久久地，独坐
任夜露弥漫，
时见疏落萤火划过
栖巢乌鹊惊起。
楼阁台阶，月光
浸透一层冷霜，
将栏杆倚遍，倚暖
归寝时迟迟。

自从那一次别离
佳人音讯杳无，
今夜，共对中秋明月
也应一怀相思。
此时，最牵动情怀
是铜壶漏声
滴破漫长的夜寂，
暗自愁断柔肠
看窗前花影斜移。
明晚，清辉不减
月亮依旧润洁，
可天气是阴，是晴
又怎能料知？
凝望中天明月吧
两地人隔
犹共一怀依依，
今宵，与它别后
来年中秋遥遥难期。
只愿身体健康
——我和你，
斟满杯中这
清醇美酒，素淡月影，
永远相伴相怡。

李元膺

李元膺（生卒年不详），东平（今属山东）人。任南京教官。哲宗绍圣年间，曾为《墨谱法式》作序。据宋·惠洪《冷斋夜话》载：因丧妻，作《茶瓶儿》词，"寻已卒"。

平生善词，多写留恋光景，格调清丽，间有疏放之作。宋·王灼《碧鸡漫志》将他与舒亶并提，评其词"思致妍密，要是波澜小"。今有辑本《李元膺词》。

洞仙歌

一年春物，惟梅柳间意味最深。至莺花烂漫时，则春已衰迟，使人无复新意。予作《洞仙歌》，使探春者歌之，无后时之悔。[①]

雪云散尽，放晓晴池院。杨柳于人便青眼[②]。更风流多处，一点梅心，相映远，约略颦轻笑浅[③]。　　一年春好处，不在浓芳[④]，小艳疏香最娇软[⑤]。到清明时候，百紫千红，花正乱，已失春风一半。早占取、韶光共追游[⑥]，但莫管春寒，醉红自暖[⑦]。

【注释】

①后时：后于早春佳时。②青眼：南朝宋·刘义庆《世说新语·简傲》载：魏晋名士阮籍能为青、白眼，见凡俗之士以白眼对之。嵇康赍酒挟琴来访，大悦，乃对以青眼。后遂用"青眼"表示对人重视、喜爱。此处用"青眼"比喻柳眼，形容杨柳嫩叶初生时盈盈舒展的情状。③约略：大略，差不多。颦（pín）：眉毛轻皱。④"一年"二句：用唐·韩愈《早春呈水部张十八员外》"最是一年春好处，绝胜烟柳满皇都"诗意。⑤疏香：宋人林逋隐居孤山，终身不娶，以梅为妻。其《山园小梅》有"疏影横斜水清浅，暗香浮动月黄昏"诗句，写梅花神清骨秀、幽独超逸的气质风韵，绝妙，时颇负盛名。后遂称梅花为"疏影""暗香"，亦称"疏香"。⑥韶光：美好的时光，常指春光。⑦醉红：醉酒而脸红。

【赏析】

唐人杨巨源有《城东早春》："诗家清景在新春，绿柳才黄半未均。若待上林花似锦，出门俱是看花人。"此词咏早春清景与杨诗同一意趣，一为诗，一为词，各具其妙。

上片，云雪散尽，池院放晴，柳绽新芽，梅饶风韵，写早春梅柳的妩媚清丽。下片转而述理：等到清明已是春盛而衰，当及早占取春光，即使春寒料峭，赏梅饮酒犹自醺暖。可谓深谙事物之理，独识春光的幽妙，由此点明全篇题旨。此词意象清新而艳丽，于写景中寄情寓理，所含蕴的是一种随缘自得、知足持盈的人生感受和体验，颇具哲理意味。

词中"一点梅心，相映远，约略颦轻笑浅"为佳句。用"一点梅心"写梅花含苞未绽的俏丽，极形肖神似；而且这梅心的羞红与柳眼的流翠遥相映衬，恰似佳人隐约流转的轻颦浅笑，又最得风情味致。以此状绘早春清景，其遣词、取譬和造境俱妙绝。

【辑评】

[清]先著、程洪《词洁》：着笔唯恐伤题，总不欲涉痕迹。咏物一派，高不能及。石帚此种亦最可法。

【今译】

残冬飞雪，止了
不再任意散漫，
寒云散尽
一抹晓色晴光
洒落池塘庭院。
初生的柳叶
含着嫩绿柔情
对人，半开惺忪睡眼。
占尽风情，是
一点凝丹梅心
与青青柳眼相映远远，
似佳人风姿绰约
黛眉微蹙时
一笑靥清浅。

一年春光美好处
不在春浓时
姹紫嫣红开遍，
看，疏梅倩影卧枝
动人最是
暗香浮动的清艳。
若到清明时节
万紫千红，
那，花繁花盛
已失落春光一半。
早早享受春光吧
踏雪寻梅
一同赏花游园，
不必担心春寒料峭
侵入单薄衣衫，
浅斟低饮里
梅苞嫣红，如美人醉酒
自是微微醺意
融着轻暖一片。

朱　服

朱服（1048—?），字行中，乌程（今浙江吴兴）人。神宗熙宁六年（1073）进士。任国子司业、起居舍人。以直龙图阁知润州，徙泉州、婺州等地。哲宗绍圣初，召为中书舍人，官至礼部侍郎。徽宗朝，加集贤殿修撰，因与苏轼交游，坐元祐党籍，贬海州团练副使、蕲州安置，卒于贬所。

薛砺若《宋词通论》称其词“颇寓凄苍遣谪之情”。今存词《渔家傲》一首。

渔家傲

小雨纤纤风细细，万家杨柳青烟里。恋树湿花飞不起。愁无比，和春付与东流水。　　九十光阴能有几①？金龟解尽留无计②。寄语东阳沽酒市③。拚一醉，而今乐事他年泪。

【注释】

①九十光阴：指春天。春季分为孟、仲、季三春，共九十天，故云。②金龟解尽：化用“金龟换酒”典事。唐·孟棨《本事诗》载：李白初至京师，寄居于馆舍，贺知章闻其名而前去拜访。“既奇其姿，复请所为文。出《蜀道难》以示之。读未竟（尽），称叹者数四，号为‘谪仙’，解金龟换酒，与倾尽醉。”金龟：唐代三品以上官员所佩饰物。③东阳：时作者任婺州知州。婺州，也称东阳郡，治所在今浙江金华。

【赏析】

此词风格俊丽，为作者得意之作。据朱服门客方勺《泊宅篇》记载：朱服早年，“风流才藻皆秀整。守东阳日，尝作《渔家傲》春词云云”。公往往乘醉大言：“你曾见我‘而今乐事他年泪’否?”

此词惜花伤春，亦寓凄苍遣谪之情。词用上景下情章法。上片：雨纤风细，柳笼青烟，已是暮春时节，残花恋树一如人之恋春；下片：无奈春付流水，光阴有几? 唯有东城沽酒拚却一醉。末句一转，而今沉醉之乐是他日垂泪之悲，探过一层收束，感伤不尽。清·况周颐《蕙风词话》云：“白石词：‘少年情事老来悲。’宋朱服词：‘而今乐事他年泪。’二语合参，可悟一意化两之法。”所谓“一意化两”，即指姜、朱二词皆一语两意，乐中兴悲，由而今念及他年，再由他年思忆而今，推移往复中写出哀乐殊异之境，表达人生今昔之感。其寄意颇深，耐人寻味。

【辑评】

[宋]方勺《泊宅编》：是时年尚少，风采才藻，皆秀整。守东阳日，尝作春词云：“小雨纤纤风细细（略）。”予以门下士，每获从容，公往往乘醉大言：“你曾见我‘而今乐事他年泪’否?”盖公自以为得意，故夸之也。予尝心恶之而不敢言。行中后历中书舍人，帅番禺，遂得罪，安置兴国军以死，流落之兆，已见于此词。

[清]张宗橚《词林纪事》：《乌程旧志》云：朱行中坐（因）与苏轼游，贬海州。至东郡，作

《渔家傲》词，读其词，想见其人，不愧为苏轼党也。

【今译】

小雨，绵绵
和风，微微，
人家的喧闹，掩在
青濛的烟柳堆。
雨中的残花
带着故枝的依恋
缓缓地飘落
粘地，不再纷飞。
牵扯一怀伤悲
太湿太沉
暂且和着衰残晚春
交付给——
东逝的流水。

春天，匆匆
有多少良辰景美?
去的无情去了
一去，无法挽回，
即使金龟换酒
倾尽一杯又一杯。
吩咐东阳酒家
我，要痛饮
拼个酩酊大醉。
这，如今沉醉的欢乐
也许不会再有，
他日回想时
终化作伤心泣泪。

时　彦

时彦（? —1107），字邦美，开封（今属河南）人。神宗元丰二年（1079）进士及第。哲宗绍圣年间，迁兵部员外郎。曾出使辽国，因失职而废。不久，复官集贤校理，任河东转运使，后停官。徽宗朝，累迁吏部尚书。今存词《青门饮》一首。

青门饮

寄宠人

胡马嘶风，汉旗翻雪[①]，彤云又吐，一竿残照。古木连空，乱山无数[②]，行尽暮沙衰草。星斗横幽馆[③]，夜无眠、灯花空老。雾浓香鸭[④]，冰凝泪烛，霜天难晓。

长记小妆才了[⑤]。一杯未尽，离怀多少。醉里秋波，梦中朝雨[⑥]，都是醒时烦恼。料有牵情处，忍思量、耳边曾道[⑦]。甚时跃马归来[⑧]，认得迎门轻笑。

【注释】

①汉旗：此指宋旗，即宋朝出使的仪仗旌旗。古诗词中，常用以前的朝代指本朝，委婉避直。②乱山：错杂堆叠的山峦。③幽馆：幽静的客舍。④香鸭：鸭形的熏香炉。⑤小妆：随意梳妆，犹淡妆。了：完。⑥梦中朝雨：此暗用“巫山云雨”典故。⑦忍思量：忍不住思念。⑧甚（shén）时：何时。甚：什么。

【赏析】

题作“寄宠人”，从词中所绘“胡马嘶风，汉旗翻雪”的边塞风光来看，此词当是作者出使辽国，远役途中的怀人之作。

上片，先写旅途边地风光，马嘶旗翻，乱山古木，残照衰草，一片辽阔荒寒景象；再写独宿客馆所思，星斗横窗，烛花凝泪，熏炉香浓，衬出彻夜相思无眠。下片承上，思忆当初饯别情景：淡妆罢了，醉里秋波、梦中云雨，伊人离愁别情万般。末二句拓开一层，跃马归来，倚门笑迎，写临别悄声叮咛，人物神情宛若目前，为全篇黯然神伤的羁思离怀涂了一抹亮丽色彩。此词上片意境阔大，笔力苍劲；下片情思缠绵，描写细腻，雄浑与低徊、豪放与柔婉兼有，在北宋情词中别具一格。

【辑评】

吴熊和《唐宋词汇评》：词有“胡马嘶风，汉旗翻雪”诸语，当为元符二年至崇宁二年(1099 — 1103)间在太原延边时作，亦宋词中塞上之章矣。

【今译】

北风，夹杂胡马嘶鸣
一阵阵呼啸，
旌旗凋落了颜色
卷飞雪飘摇。
西边，橘红晚霞
燃烧在云层，

地面投下一竿
雪后初晴的夕阳残照。
老树枯枝横斜
衬出远空的瘦峭，
山峦错杂无数
叠在荒芜野郊，
渐渐，暮色苍茫
踏不尽一路黄沙衰草。
夜来客舍，幽僻
星斗横窗，
独自无眠里
灯花空自枯老。
一缕香炉浓雾
牵着一怀羁愁缭绕，
烛泪凝成冰滴
冷滢滢，难消，
这寒寂的夜
太长，捱不到天晓。

记得饯别时
伊人，黛眉淡描，
一杯薄酒未尽
离恨深深难抛。
朦胧醉眼，如
一汪秋波盈盈
流盼无语含情的妖娆，
片刻睡梦中
朝云暮雨缥缈，
醒时，一空
化作伤别的烦恼。
早料到挣不脱
这般的魂牵梦绕，
最不忍——
回想临别时
耳边，佳人细语悄悄：
何时跃马归来？
门前，迎接你
是依旧的轻颦浅笑。

秦　观

秦观（1049—1100），字太虚，后改字少游，号淮海居士、邗沟居士，扬州高邮（今属江苏）人。家世清寒，少时聪颖，博览群书，早年往返于湖州、杭州、润州等地。曾专程至徐州拜谒苏轼，结下师生之谊。神宗元丰八年（1085），三十六岁始中进士，调定海主簿、蔡州教授。元祐年间，召试京师，任太学博士、秘书省正字，迁国史院编修。常与馆阁名流诗词唱和，亦得皇帝砚墨器币赏赐，与黄庭坚、晁补之、张耒品诗论文，以“苏门四学士”著称于世。绍圣元年（1094）哲宗亲政，兴元祐党籍，秦观受牵连一同遭贬。先出为杭州通判，途中，以“增损《神宗实录》”罪改监处州酒税。三年后又因《题法海平阇黎》诗，被弹劾“谒告写佛书”，远徙郴州。次年编管横州，翌年移至雷州。徽宗即位，诏许放还，受命为宣德郎，北归途中行至藤州，于光华亭醉酒猝死，年五十二岁。苏轼闻之叹曰：“哀哉！世岂复有斯人乎？”（《宋史·秦观传》）

诗、文、词均擅长，其文辞丽而思深，其诗亦精新婉丽。尤以词名为盛，笔致细腻幽微，多写男女恋情，或身世慨叹，情韵兼胜，词风清丽哀婉，清·况周颐《蕙风词话》云：“直是初日芙蓉，晓风杨柳。”其词远绍花间、南唐，近承晏殊、欧阳修、柳永，下开周邦彦、李清照，被推崇为婉约之宗。有《淮海集》《淮海居士长短句》。

望海潮

梅英疏淡，冰澌溶泄①，东风暗换年华。金谷俊游②，铜驼巷陌③，新晴细履平沙。长记误随车④。正絮翻蝶舞，芳思交加。柳下桃蹊⑤，乱分春色到人家。　西园夜饮鸣笳⑥。有华灯碍月，飞盖妨花⑦。兰苑未空⑧，行人渐老，重来是事堪嗟⑨！烟暝酒旗斜。但倚楼极目，时见栖鸦。无奈归心，暗随流水到天涯⑩。

【注释】

①澌（sī）：冰块。②金谷：见林逋《点绛唇》注。③铜驼：汉代洛阳宫门南四会道口，铸有两座铜骆驼，夹道相迎，后因称“铜驼陌”。古代咏洛阳，多以金谷、铜驼对举，如唐·刘禹锡《杨柳枝》：“金谷园中莺乱飞，铜驼陌上好风吹。”此处借指北宋都城汴京的金明池、琼林苑和宣德楼门御街。④“长记”句：写年少时浪漫，错跟不相识女子的香车。唐·韩愈《嘲少年》：“只知闲信马，不觉误随车。”此用其诗意。⑤桃蹊：桃树下的小路。语出西汉·司马迁《史记·李将军列传》：“谚云：桃李不言，下自成蹊。”⑥西园：此指驸马都尉王诜在汴京的花园。王诜曾在此延请苏轼及苏门文士等十四人雅集游宴，宋人李公麟绘有《西园雅集图》。⑦飞盖：形容车马飞驰。三国·曹植《公宴诗》：“清夜游西园，飞盖相追随。”盖：车顶。⑧兰苑：美好的园林，此指西园。⑨是事：犹“事事”。⑩“无奈”二句：唐·李频《送友人下第归越》有“归意随流水”句，此用其意。

【赏析】

元祐年间，秦观于朝廷供职达五年之久，常参与公卿名流的文酒期会，尤其是元祐七年（1092）的赐宴印象最深，《淮海集》载《西城宴集》诗序云：“诏赐馆阁官花酒，以中浣日游金明池、琼林苑，又会于国夫人园。会者三十有六人。”此时，绍圣元年（1094）政局大变，秦观坐元祐党籍被贬，即将被遣离汴京，重游其地，当年情景再现眼前，不由感慨良多，形诸笔端。

此词章法上首尾叹今，中间忆昔。开篇三句梅疏冰溶，年华暗换，将政局变幻、仕宦浮沉的慨叹寓含其中。“金谷俊游”至“飞盖妨花”追忆旧游。当年，京都昼游：细履平沙，误随香车，春色纷繁；西园夜饮：鼓吹沸天，华烛辉煌，车水马龙。乐极盛极，亦是哀至衰至，“兰苑”二句暗中折转，逼出如今“重来是事堪嗟”的伤叹。今日，烟暝旗斜，不再是华灯碍月；楼栏独倚，不再是俊侣飞盖；时见栖鸦，不再是絮翻蝶舞，顿时增添一怀远行羁思。末了，结到前路未卜的天涯归心。词旨为感旧，伤时之意亦在其中，于两两相形中抒写今昔之殊、盛衰之感，用昔日的鲜丽繁华反衬今日的冷落孤清。但感旧伤时的沉至从温婉平和的韵调中见出，清雅婉丽而又气骨不衰，最是少游词的本色。

“柳下桃蹊，乱分春色到人家”二句，着一寻常“乱”字形容姹紫嫣红的春色无处不在，设想奇绝，语意妙绝，极得前人称赏，清·陈廷焯为之叹曰：“思路幽绝，其妙令人不能思议。”（清·陈廷焯《白雨斋词话》）

【辑评】

[明]吴从先《草堂诗余隽》：李攀龙曰：自梅英吐、年华（换）说到春色乱分处，兼以华灯、飞盖、酒旗，一寓目尽是旅客增怨，安得不归思如流耶？

[清]陈廷焯《白雨斋词话》：少游词最深厚，最沉着，如“柳下桃蹊，乱分春色到人家”，思路幽绝，其妙令人不能思议……世人动訾秦七，真所谓井蛙谤海也。

【今译】

卧枝的梅花
稀疏了一簇淡雅，
河上冰雪随流水
渐坼裂溶化，
又是春风一年一度
悄然改换了年华。
当年，金谷园林
铜驼巷陌
名流会聚灿若云霞，
雨后新晴时
漫踏平展的细沙。
记得，那一次
误随他人香车宝马，
正是轻柔柳絮
随双蝶翩飞，
引一怀柔美情思
忽近，忽遐。
啊，春色
无处不姹紫嫣红，
绽在柳下桃蹊
漫入帘垂的无数人家。

夜晚，西园宴饮
弦管歌舞交加。
辉煌烛光
遮淡明月的光华，
车马飞驰时
损落一路绿叶红花。
今日，西园啊
依旧游人如云
一园明丽春光拂洒，
可我这远行之人
渐至老境
频添两鬓白发，
昔日的欢乐去了
旧地重游

事事伤怀，嗟诧！
暮烟渐已暗淡
笼着风中的酒帘
寂寞地斜挂。
我，独倚高楼
遥望里——
时见天边，飞来
寻巢栖息的数点暮鸦。
顿然，无奈归心
难以遏止地生发，
暗自随流水
远远，泛去天涯。

八六子

倚危亭，恨如芳草，萋萋刬尽还生①。念柳外青骢别后②，水边红袂分时③，怆然暗惊。　　无端天与娉婷④，夜月一帘幽梦，春风十里柔情⑤。怎奈向、欢娱渐随流水⑥，素弦声断，翠绡香减，那堪片片飞花弄晚，蒙蒙残雨笼晴。正销凝，黄鹂又啼数声⑦。

【注释】

①“恨如”二句：萋萋：草茂盛的样子。刬（chǎn）：即“铲”。此化用南唐·李煜《清平乐》“离恨恰如芳草，更行更远还生”句意。②青骢：青白色的马。③红袂（mèi）：红袖，代指身着红袖的佳人。④娉婷（pīng tíng）：形容女子姿态柔美。⑤春风十里：用唐·杜牧《赠别》“春风十里扬州路，卷上珠帘总不如”语意。⑥怎奈：奈何。向：语助词。⑦“正销凝”二句：效仿唐·杜牧《八六子》“正销魂，梧桐又移翠阴”句法，意境也相近。销凝：销魂而凝思出神。

【赏析】

此词为怀人之作，反复吟诵，可知其洗练到通体精纯，如宋·张炎《词源》所云：“咀嚼无渣，久而知其味。”

开篇突兀而起，恨如芳草，刬尽还生，化用南唐·李煜《清平乐》词句，变故为新，被称为神来之笔，一“恨”字为全篇基调。词以“倚危亭”与“正销凝”首尾呼应，中间“念”字领起，转作追忆。柳外青骢，水边红袂，昔日别离情景宛然在目，“怆然暗惊”煞住。过片暗接，一帘幽梦，十里春风，追溯昔日欢洽情事。“怎奈向”辞意顿转，跌落到眼前：逝如流水，弦断香消，更何况飞花残雨，哀情哀景何以堪。末了莺啼数声，结得春恨离恨不尽。

此词用长调铺叙别恨离愁，由情而景，由景而情，情景交炼中今昔悲欢，顿挫跌宕，明显可见效仿柳词的痕迹。但是，秦观在柳永慢词格局开阔、气度从容的基础上糅入令词的含蓄蕴藉，故较之柳词的发露径直和市井俚俗，其铺叙更细腻婉转，抒情更浓挚绵远，用语更洗练雅正，韵律也更舒徐和婉，别具情辞相称的婉美风姿。

【辑评】

[宋]洪迈《容斋四笔》：秦少游《八六子》词云：“片片飞花弄晚，蒙蒙残雨笼晴。正销凝，黄鹂又啼数声。”语句清峭，为名流推激。予家旧有建本《兰畹曲集》，载杜牧之一词，但记其末

句云："正销魂，梧桐又移翠阴。"秦公盖效之，似差不及也。

[宋]张侃《拙轩词话》：秦淮海词，古今绝唱，如《八六子》前数句云："倚危亭，恨如芳草，萋萋刬尽还生。"读之愈有味。又李汉老《洞仙歌》云："一团娇软，是将春揉做，撩乱随风到何处。"此有腔调散语，非工于词者不能到。

[清]黄苏《蓼园词选》：寄托耶？怀人耶？词旨缠绵，音调凄惋如此。

【今译】

独倚高处方亭
一怀离愁
如天际萋萋芳草
铲尽，还又滋生。
当初分别时
青骢马拴在柳下
红袖佳人，婷婷，
匆促间离去
一池绿水泛着清滢。
那一刻久了，远了
现在回忆起
顿然凄怆——
暗自一阵心惊。

上天没有来由
赋予她一段绰约丰姿
让人心慕心倾，
清悠月夜，帘拂
一枕幽梦，温馨，
那十里长街
春风荡漾
有谁比她更美丽柔情。
怎奈渐随流水
逝去了往日欢娱
伊人倩影，
戛然，也断了
诉说心曲的弦琴，
那绿丝帕香消
剩一抹墨迹清冷。
最不堪这黄昏
晚风无力
飘弄片片飞花的凄清，
残零疏雨未止
笼着濛濛初晴。
正凝眸，又听黄鹂
啼催春归数声。

满庭芳

山抹微云[①]，天连衰草，画角声断谯门[②]。暂停征棹，聊共引离尊[③]。多少蓬莱旧事，空回首，烟霭纷纷[④]。斜阳外，寒鸦万点，流水绕孤村。　销魂，当此际，香囊暗解，罗带轻分[⑤]。谩赢得青楼，薄幸名存[⑥]。此去何时见也，襟袖上，空惹啼痕。伤情处，高城望断[⑦]，灯火已黄昏。

【注释】

①"山抹"句：宋·蔡绦《铁围山丛谈》："（范）温尝预（参与）贵人家会，贵人有侍儿，善歌秦少游长短句，坐间略不顾温；温亦谨，不敢吐一语。及酒酣欢洽，侍儿者始问：'此郎何人耶？'温遽起，叉手而对曰：'某乃"山抹微云"女婿也。'闻者多绝倒。"②画角：古代军中用以施发号令，用兽角制作，外绘彩画，故名。谯（qiáo）门：

建有望楼的城门。谯：城门上筑的用以瞭望的高楼。③引：举。④蓬莱：会稽（今浙江绍兴）有蓬莱阁。宋·胡仔《苕溪渔隐丛话》引《艺苑雌黄》："程公辟守会稽，少游客焉，馆之蓬莱阁。一日，席上有所悦，自尔眷眷不能忘情，因赋长短句，所谓'多少蓬莱旧事，空回首，烟霭纷纷'是也。"⑤香囊、罗带：古代男女的佩饰物，多用以交换定情。⑥"谩赢得"二句：用唐·杜牧《遣怀》"十年一觉扬州梦，赢得青楼薄幸名"诗句。青楼：歌楼妓馆。薄幸：薄情、负心。⑦"高城"句：化用唐·欧阳詹《初发太原途中寄太原所思》"高城已不见，况复城中人"句意。

【赏析】

此词是客游中赠别一歌妓所写，为秦观艳词的代表作。时作者科举未第，一介布衣，流连于青楼歌妓，却落个薄情名声，人生意志和情感两不如意。词中"将身世之感打并入艳情"（清·周济《宋四家词选》），于低婉中见沉至，让人含咏不尽。

开篇以景起，远山微云、天际衰草，秋色萧疏中隐含离思。转而写暂泊共饮，见行色匆匆。随即宕开一笔追怀往事，但不作叙写，托之蓬莱烟云。歇拍插入斜阳寒鸦、流水孤村，以衰景烘染凄凉况味。过片直以情起，点出伤别题旨。接下写分赠香囊、泪染襟袖，别离情状宛然目前。尾处以景结情，行舟已发，蓦然回首，已是高城渐隐万家灯火，别情之怅惘、心境之迷离及前路之渺茫尽见于景中。此词写景由微云绕山继以夕阳归鸦，收到灯火黄昏，写情由停棹残饮到赠囊话别，再归到舟行人远，景渐昏暝，情亦渐哀伤，景而情，情而景，其情景交融婉曲铺叙达到极高造诣。

上片起调和歇拍，均是历来被人称道的名句。词的长调尤重发端，对句起调贵在从容整炼。此词起处"山抹微云，天连衰草"一联，对仗工稳，下字新奇，轻淡云絮浮抹在山巅，古道衰草粘连向天际，一"抹"一"连"，炼字也炼句，极锤炼又极自然，传秋色萧疏高远之神。此词结处"斜阳外，寒鸦万点，流水绕孤村"三句，用隋炀帝"寒鸦千万点，流水绕孤村"诗句，"语虽蹈袭，然入词尤是当家"（明·王世贞《艺苑卮言》）。隋诗以五言划为两景，秦词则用长短句错落，并衬之以"斜阳外"，三景合一，遂如一幅佳画，渲染出疏寂凄清的意境，将极目天涯的伤别之情推宕向一片淡远空阔，尽得词味，这便是点化之神。

【辑评】

[宋]赵令畤《侯鲭录》：无咎云：比来作者，皆不及秦少游。如："斜阳外，寒鸦数点，流水绕孤村。"虽不识字人，亦知是天生好言语也。

[清]黄昇《唐宋诸贤绝妙词选》：秦少游自会稽入京，见东坡，坡云："久别当作文甚胜，都下盛唱公'山抹微云'之词。"秦逊谢。坡遽云："不意别后，公却学柳七作词。"秦答曰："某虽无识，亦不至是，先生之言，无乃过乎?"坡云："'销魂当此际'，非柳词句法乎?"秦惭服，然已流传，不复可改矣。

[清]陈廷焯《白雨斋词话》：宋人如"红杏尚书""贺梅子""张三影""山抹微云秦学士""露华倒影柳屯田""晓风残月柳三变"……之类，皆以一语之工，倾倒一世。

【今译】

远处，隐隐山巅
浮抹几片淡云，
天边，粘连古道衰草
无尽地延伸，
城楼低鸣的号角
秋风里渐咽渐喑。

行舟暂泊片刻
饯别的酒，同饮。
那蓬莱楼阁
多少往日的欢悦情事，
幻如烟霭纷纷。
眼前，斜阳苍茫处
数点寒鸦归飞，
流水绕过荒野孤村。

此情此景，让人
怎不黯然销魂，
暗解香囊罗带
这匆匆别时，无语相赠。

可叹歌楼酒馆
十年恍然一梦
只有薄情名声留存。
这一去，不知
何时再能相见，
襟袖上，斑斑点点
空自添落泪痕。
正伤心——
行舟，渐渐驶远
蓦然回首，啊
不见城中凝目伊人，
城楼消隐在万家灯火
迷茫，已黄昏。

鹊桥仙

纤云弄巧①，飞星传恨，银汉迢迢暗渡②。金风玉露一相逢③，便胜却人间无数。柔情似水，佳期如梦，忍顾鹊桥归路④。两情若是久长时，又岂在朝朝暮暮。

【注释】

①纤云弄巧：纤薄的云絮变化出巧妙的花样，此指织女编织云锦。传说织女是编织云锦的巧手，旧时风俗，阴历七月初七牛郎织女相会，少女们于此夜盛设瓜果，朝天礼拜，向织女“乞巧”。②银汉：银河。暗渡：在人世不知不觉中悄悄渡过。③金风玉露：秋风、白露，见晁端礼《绿头鸭》注。④忍顾：岂忍顾，不忍顾。顾：回头看。鹊桥：民间神话传说七月七日晚，喜鹊在天河搭桥，让牛郎织女夫妻相会。唐·韩鄂《岁时纪丽》引《风俗通》：“织女七日当渡河，使鹊为桥。相传七日鹊首无故皆髡（剃发），因为梁以渡织女故也。”

【赏析】

自魏晋以来，多有咏叹牛郎织女的佳篇，但大多沿袭传统主题，抒写两地遥隔的离愁别绪。这首《鹊桥仙》却不落常套，命意超妙，为咏七夕词的绝唱。

此词句句写天上，而又句句写人间，悲欢离合，起伏跌宕，融情、景、理于一炉。上片笔触轻盈写相聚，踽踽宵行，迢迢相会，紧承而下抒发一句赞叹：“金风玉露一相逢，便胜却人间无数。”下片笔致缠绵写相别，佳期如梦，忍顾归路，陡作拗转迸出一声高亢：“两情若是久长时，又岂在朝朝暮暮。”婉约词以议论为病，但此词上下歇拍二联，用自然流畅近乎散文的句式抒发议论，并遥相呼应，形成联绵的情致，为篇中警句。

世人咏七夕往往以聚少离多为憾恨，此词则赞颂天长地久的相爱，追求一种超越世俗的高洁永恒的爱情境界，认为只要两情久长、忠贞不移，无须求朝朝暮暮厮守，可谓惊世骇俗，掷地作金石声。此词之所以超出同类词作，传诵不衰，正在这命意高绝。

【辑评】

[明]吴从先《草堂诗余隽》：李攀龙曰：相逢胜人间，会心之语。两情不在朝暮，破格之谈。

[清]黄苏《蓼园词选》：七夕歌以双星会少别多为恨，少游此词谓两情若是久长，不在朝朝暮暮，所谓化腐朽为神奇。凡咏古题，须独出心裁，此固一定之论。

【今译】

夜空，纤柔云絮
编织奇幻的彩图，
牛郎星闪烁
织女星闪烁
随夜雾飘忽，传递
不尽的别恨离苦，
那迢迢银河
日日相望
今夜，悄然暗渡。
啊，这一夕相聚
恰值金秋的清风莹露，
胜过人世间
相厮相守，无数。

相见，柔情似水
可欢聚如梦，
今夜短暂即逝
又是一年遥隔的凄楚，
怎忍回头，看
鹊桥归路！
啊，两情若是相爱
如天长，如地久，
又何必厮守在
——朝朝暮暮。

减字木兰花

天涯旧恨，独自凄凉人不问。欲见回肠①，断尽金炉小篆香②。　　黛蛾长敛③，任是春风吹不展。困倚危楼，过尽飞鸿字字愁④。

【注释】

①回肠：迂回百结的愁肠。②篆香：形如篆字的盘香，此形容愁肠曲结。③黛蛾：即青黛蛾眉。蛾：蛾眉，古人以蚕蛾触角比喻美人弯曲而细长的眉，故称。④字字愁：高飞的大雁排成“人”字或“大”字，望去添人愁思。

【赏析】

此词写女子独守闺楼的相思离愁。独倚高楼，望断天涯，那愁怀凄凉、愁肠寸断、愁眉不展、愁望困怠，皆因飞鸿过尽，音书不至。开篇一“恨”字，结处一“愁”字，贯穿全词。此词两句一韵，四韵蝉联，逐层展露思妇的旧恨与新愁，语极淡丽而意极凝重，正是秦观词清而有骨、不断意脉的擅长处。

上片歇拍“欲见回肠，断尽金炉小篆香”二句，以炉香焚断暗喻柔肠寸断，那芬芳、缠绵、热烈燃烧而化为灰烬的，是百无聊赖闲闷时独守的一缕熏香，更是独守的一怀郁愁，真可谓一寸相思一寸灰，即景写情，以景见情，全不着痕迹。下片换头“黛蛾长敛，任是春风吹不展”二句亦妙，春风可吹展万物，却吹不展愁眉，可见离愁别恨之郁结，那愁眉“长敛”“不展”，佳人该是怎样的含愁脉脉、花容憔悴。如此佳句，皆用通俗喻象作奇妙设想，于平浅中笔意含蕴而情味深长。

【辑评】

俞陛云《唐五代两宋词选释》："回肠"二句及"黛蛾"二句寻常之意，以曲折之笔写出，便生新致。

唐圭璋《唐宋词简释》：此首一气舒卷，语特沉着。起两句，言独处凄凉。次两句，言怀人之切。就眼前炉香之曲曲，以喻柔肠之曲曲。下片两句，言愁眉难展。"困倚"两句，叹人去无信，断尽炉香，过尽飞鸿，皆愁极伤极之语。

【今译】

思念天涯人
郁结浓浓的惆怅，
无人相抚慰
独自守着一怀凄凉。
想要知道
心中百结的愁肠，
试看那铜炉里
——缠绵地
芬芳地焚烧
寸寸断尽的熏香。

一双含愁黛眉
相思敛聚长长，
任春风多情
吹不展蹙紧的忧伤。
倦倚高楼
望去，远天迷茫，
鸿雁翩然飞过
不见捎来书信
一字一字
——空自排成行。

千秋岁

水边沙外，城郭春寒退。花影乱，莺声碎。飘零疏酒盏，离别宽衣带①。人不见，碧云暮合空相对②。　忆昔西池会，鹓鹭同飞盖③。携手处，今谁在？日边清梦断④，镜里朱颜改。春去也，飞红万点愁如海⑤。

【注释】

①宽衣带：见柳永《蝶恋花》注。②"人不见"二句：用南朝梁·江淹《休上人怨别》"日暮碧云合，佳人殊未来"语意。此处"人"或指佳人，或指挚友。③"忆昔"二句：追忆元祐七年（1092）春，汴京师友同僚西城宴集往事。西池：晋明帝曾筑西池于丹阳，此借指汴京城西顺天门外的金明池，时为游览胜地，逢文期酒会，多于此聚饮。鹓鹭：二鸟名，因飞行有序，常用以喻指班行有序的朝官。此指赴西池盛会的同僚。④"日边"句：表示久已断绝回返朝廷之想。传说伊尹应商汤王聘召之前，曾梦见乘船经过日月旁边。唐·李白《行路难》有"忽复乘舟梦日边"诗句。古人多以"日"喻君主，此处"日边"喻帝都，指汴京朝廷。⑤"春去"二句：从唐·杜甫《曲江》诗"一片飞红减却春，风飘万点正愁人"化出。

【赏析】

据清·秦瀛《淮海先生年谱》记载：哲宗绍圣二年（1095），少游尝游（处州）府治南园，作

《千秋岁》词。

此词写春日谪居的愁怀，将昔日“鹓鹭同飞盖”与今日“飘零疏酒盏”对比，去的何其荣盛，来的何其衰残。今非昔比，盛会不再，清梦断绝，朱颜损改，不由哀极怨极，凝聚成束拍的绝望语。秦观怀才不适、一贬再贬的身世是一个悲剧，这一悲剧深深地渗入他后期词的创作中，从此，凄怆哀婉成为他情感的“结”。秦观早年多写儿女柔情，韵调低徊婉丽，至晚年贬逐南迁，词中顿增凄哀之音。早年写愁：“无边丝雨细如愁”（《浣溪沙》），是风花雪月的闲愁；晚年写愁：“春去也，飞红万点愁如海”，则是深悲沉恨的谪愁。那春尽花飞、风飘万点的衰残凄迷里，暗含了冤遭贬逐的凄伤和生命被摧折的哀痛，意之幽怨、愁之深广、境之凄厉，时人直以“挽词”视之。此词作于处州贬所，其婉转凄恻，不只限于秦观个人身世之恸，也写出了“元祐党人”的共同遭际，当时令师友辈感慨不已，苏轼、黄庭坚、李之仪等均次其韵而唱和。

秦观词善于把握一二个字恰当表达自己的情感。如“花影乱，莺声碎”二句，从晚唐杜荀鹤《春宫怨》的名联“风暖鸟声碎，日高花影重”化出，一经熔铸，剪裁为两个句式整齐、意象鲜明的三字句，别具意味。用“乱”绘繁花摇曳之状，用“碎”写流莺细啼之声，固然体物贴切细腻；而一“乱”一“碎”，更多的是谪人心境，不说自己情乱心碎，而借花影莺声婉曲传达，以乐景反衬哀情，用笔极锤炼也极含婉。南宋范成大任处州知州时，因慕此二句，乃建“莺花亭”。

【辑评】

[宋]曾敏行《独醒杂志》：秦少游谪古藤，意忽忽不乐，过衡阳，孔毅甫为守，与之厚，延留，待有加。一日，饮于郡斋，少游作《千秋岁》词。毅甫览至“镜里朱颜改”之句，遽惊曰：“少游盛年，何为言语悲怆如此？”遂赓其韵以解之。居数日，别去。毅甫送之于郊，复相语终日。归谓所亲曰：“秦少游气貌大不类平时，殆不久于世矣。”未几，果卒。

[宋]曾季貍《艇斋诗话》：方少游作此词时，传至予家丞相（曾布），丞相曰：“秦七必不久于世，岂有愁如海而可存乎？”已而少游果下世。

[明]卓人月《古今词统》：悲歌未终，能使琴人舍徽，笛人破竹。

【今译】

水边，沙洲外，
城郊的春寒悄然尽退。
晴光下的花影
纷乱颤微，如坠，
流莺的啼声
太急促，细碎。
只身飘零僻地
消愁的酒盏渐疏，
离别日复一日
心身憔悴如枯木死灰。
相知的挚友
迢迢阻隔，不见，
眼前碧云暮色
空自一人相对。

当年，志士俊才
同赴西池盛会，
一时豪情逸兴
华车宝马驱驰相追。
谁料风云突变
携手同游处
如今，剩几人未折摧？
乘舟绕过日月
那清梦已断，
只有古铜镜里
昔日红润容颜已非。

春，去了
一怀愁绪如海
落花万点，飘飞。

踏莎行

雾失楼台，月迷津渡①，桃源望断无寻处②。可堪孤馆闭春寒③，杜鹃声里斜阳暮④。　　驿寄梅花⑤，鱼传尺素⑥，砌成此恨无重数。郴江幸自绕郴山，为谁流下潇湘去⑦？

【注释】

①津：渡口。②桃源：世外桃源。东晋·陶渊明《桃花源记》：晋太元中，武陵（今湖南常德）渔人缘溪行，忘路之远近，忽逢桃花林。林尽水源处，见一山有小洞口，仿佛若有光，便弃船从洞口入，豁然开朗。“土地平旷，屋舍俨然。有良田、美池、桑竹之属。阡陌交通，鸡犬相闻。其中往来种作，男女衣著悉如外人，黄发垂髫，并怡然自乐。”陶渊明所描述的是一片与世隔绝的乐土，没有欺诈和战乱，人们富足、安定、和穆。后世因以“桃花源”（或武陵溪）喻指隐居胜境或世外仙境，也用以代指理想世界。望断：望尽。③可堪：哪堪。④杜鹃：暮春时鸣声凄哀，口中泣血，其鸣声似“不如归去”。古诗词中常用以写游子归思，如唐·李白《宣城见杜鹃花》：“一叫一回肠一断，三春三月忆三巴。”⑤驿寄梅花：宋·李昉等《太平御览》引《荆州记》：吴人陆凯与范晔交好，自江南寄梅花到长安与范晔，并赠诗曰：“折梅逢驿使，寄与陇头人。江南无所有，聊赠一枝春。”驿：古代有为传车（驿站置备的专用车辆）、驿马通行开辟的大道，沿途设置有驿站。⑥鱼传尺素：古乐府《饮马长城窟》：“客从远方来，遗我双鲤鱼。呼儿烹鲤鱼，中有尺素书。”尺素：一尺见方的白绢，用来书写信函，外用双鲤鱼形的木匣子盛装。⑦“郴江”二句：郴江：发源于湖南郴县的黄岑山，下流会耒水，北流入湘江。幸自：本自。为谁：为何。这二句意旨隐晦曲深，有写实和暗喻双重内涵，实义指郴江，而对其暗喻义历来有不同的解释。宋·魏庆之《诗人玉屑》引《冷斋夜话》：苏轼绝爱此两句，自书于扇面，叹曰：“少游已矣，虽万人何赎！”

【赏析】

秦观后期词主要是寄慨身世、抒写谪怨，多愁极伤极之语，更见其哀婉进而凄婉来，如他的代表作《踏莎行》。

此词是秦观谪困郴州旅舍中所作。起首三句，一“迷”，一“失”，“无寻处”，迷失无寻的不只是楼台津渡，似乎是曾有过的人生目标和出路，词人出自极度悲苦的心境，将实景与幻象两相融涵，构成一片凄迷黯淡的意象和氛围，传达出内心浓厚的失落感、破灭感。接下用“可堪”二字领起，作层迭式渲染：孤馆紧闭、春寒料峭，且又杜鹃泣啼、斜阳昏沉，极写眼前旅况谪境的孤零、清冷、凄哀和惨淡，营造出物我交感、物我同一的凄楚境界。下片紧承而来，先将只身飘零的离愁谪恨层层垒“砌”，达到无重数的极限，再从深重郁结的苦恨中迸出结尾的一声长叹：“郴江幸自绕郴山，为谁流下潇湘去？”

结处一问，类似屈原的“天问”，只有遭受了人生极大忧患和苦难，郁积了太多的深悲沉恨，无处吐诉而又不得不吐的人，才会发出这样对自然山川终始的究诘，是无理之问，却是至情之辞。它有写实和暗喻双重内涵，其用意在可解与不可解之间，就其深层的暗喻义来看，它绝非单纯的远谪荒蛮的自怨自悔，而是包含了“天意从来高难问”“长恨此身非吾有”的人生慨叹。词人对人生痛苦的咀嚼尽涵括在这一究诘中，语句极浅而意蕴极深，千百年来让人诠释不尽。

此词悲绝、哀绝、凄绝，令人不忍卒读。词人为了表达难以直言的逐客之恨，运用了写实与暗喻合一的手法，情景相融，虚实相生，多层次、深意蕴地创造出凄迷幽怨的意境，借用清·王国维的评价：少游词境最为凄婉，至此，则“变而凄厉矣”（《人间词话》）。

【辑评】

[宋]陈模《怀古录》：作诗作词虽曰殊体，然作词亦须要不黏皮著骨方高。秦少游词好者，如“郴江幸自绕郴山，为谁流下潇湘去”，自是有一唱三叹之味。何必语意必着，而后足以写此情。

[清]沈雄《古今词话》：黄山谷曰：“此词高绝，但‘斜阳暮’为重出。”欲改“斜阳”为“帘栊”……今《郴州志》竟改作“斜阳度”。余以“斜”属日，“暮”属时，不为累，何必改也。东坡“回首斜阳暮”、美成“雁背斜阳红欲暮”，可法也。

[清]王士祯《花草蒙拾》：“郴江幸自绕郴山，为谁流下潇湘去。”千古绝唱。秦殁后，坡公尝书此于扇云：“少游已矣，虽万人何赎！”高山流水之悲，千载而下，令人腹痛。

[清]徐釚《词苑丛谈》：秦少游《踏莎行》云（略）。东坡绝爱尾二句。余谓不如“杜鹃声里斜阳暮”，尤堪断肠。

【今译】

夜雾，迷茫莫辨
楼台被吞噬了，
渡口也迷失在
月光惨淡如烟的恍惚，
望断双眼
世外桃源无可寻处。
怎能忍受，这
孤零的驿馆
紧闭着春寒的凄苦，
又听杜鹃声声
啼唤“不如归去”，
天边，一半残阳如血
染天色昏沉欲暮。

远方亲友，寄来
江南春色
折取驿路梅花一束束，
捎来深情问候
绢素一尺尺，
可这一尺尺一束束
似一块块砖石
层层，垒砌成
离愁谪恨无重数！
郴江啊，本该流转郴山，
为什么——
远远地流下潇湘
一去，无止无住？

浣溪沙

漠漠轻寒上小楼①，晓阴无赖似穷秋②。淡烟流水画屏幽③。　　自在飞花轻似梦，无边丝雨细如愁。宝帘闲挂小银钩④。

【注释】

①漠漠：弥漫、轻淡貌。②无赖：无可奈何的憎语。唐·杜甫《绝句漫兴》：“无赖春色到江亭。”以“无赖”形容春色，言春色不可人意。③淡烟流水：屏风上画的风景。④“宝帘”句：意谓将华美的窗帘垂下，让银钩一边闲挂。宝帘：华美的珠帘。

【赏析】

一个春天的早上，轻寒弥漫。楼头，天色阴沉得像萧索的深秋；室内，画屏的淡烟流水静寂地展开一片迷远的清幽。独自枯坐里，窗外：落花片片纷飞，那轻柔飘忽如清晨初醒的梦；细雨丝丝飘洒，恰是梦后牵扯起的一怀闲愁。只得将珠帘垂下，任小银钩把这一缕春梦愁思摇荡向窗外、楼外、院外……此词笔触轻灵异常，蓦然而来，悠然而去，外在细微的景物与内在幽渺的情感融合一起，散溢出依稀低徊的氛围，构成一种柔婉美妙的意境。上片以轻寒晓阴渲染春愁，下片以飞花丝雨形容春愁，结句唤醒全篇，只写帘幕低垂不及其他，而帘下枯坐的伊人尽在不言中。

清·冯煦《蒿庵论词》云："他人之词，词才也；少游，词心也。"意谓秦观以心写词，以词写心，表现的不是词人的才华，而是他内心深处的那一层幽微的颤动。如仔细吟味此词，它没有寓意深刻的寄托，也没有前尘旧踪的追忆，只有一个春阴天的早上，主人公独处一隅所生发出的淡淡的、柔柔的闲愁。这是一种捉摸不定、莫可名状的情愫，是一缕若有若无、时断时续的思绪，是心头剪不断、理还乱的另一般滋味，即一种极纤细、极柔婉的心灵感受——秦观的词心。试想，如果没有轻似梦幻的感受，没有纤如丝雨的心绪，能写出这样的词吗？非秦观的慧心灵性，他人不能为。读这样的词，似乎只有用同样幽微哀婉的心去"悟"，才得个中滋味。

此词过片"自在飞花轻似梦，无边丝雨细如愁"一联扣住"轻""细"，将梦与飞花、愁与细雨联成美妙的比喻，其设喻颠倒常格，化具体、实在的为抽象、虚幻的，极得神似，故被人叹为"奇语"。

【辑评】

[明]卓人月《古今词统》："自在"二句，夺南唐席。

[清]陈廷焯《词则》：宛转幽怨，温韦嫡派。

【今译】

春天的早上
轻寒，无边地弥漫
漫进了小阁楼，
楼头，天色阴沉
如萧疏的深秋。
返身进入卧室
画屏闲展
一弯淡烟流水清幽。

窗外，落花片片
自在地飘飞
如清晨，梦的轻柔；
冷雨丝丝散落
似晓梦醒后
牵惹的一怀闲愁。
低低垂下珠帘
一任悠荡小银钩。

阮郎归

湘天风雨破寒初[①]，深沉庭院虚。丽谯吹罢小单于[②]，迢迢清夜徂[③]。　乡梦断，旅魂孤。峥嵘岁又除[④]。衡阳犹有雁传书[⑤]，郴阳和雁无[⑥]。

【注释】

①湘天：湖南古称“湘”，作者所贬居的郴州在湖南境内，故云。②丽谯：有彩绘的城门楼。小单（chán）于：唐代《大角曲》中有《大单于》《小单于》等曲调。李益《听晓角》：“无限塞鸿飞不度，秋风卷入小单于。”③清夜徂（cú）：清寂的夜晚过去。唐·杜甫《倦夜》：“空悲清夜徂。”徂：过去、往。④峥嵘：本指山高峻，此处比喻岁月艰难。唐·杜甫《敬赠郑谏议十韵》：“旅食岁峥嵘。”除：岁末终了。⑤“衡阳”句：古代有鸿雁传书的传说。湖南衡山有回雁峰，古代传说鸿雁南飞至衡阳而止，来年春，复北返。宋·陆佃《埤雅》：“鸿雁南翔，不过衡山。盖南地极燠（热），雁望衡山而止，恶热故也。”唐·王勃《滕王阁序》：“雁阵惊寒，声断衡阳之浦。”⑥郴阳：即湖南郴州，在衡阳之南，故言“郴阳和雁无”。和：连。

【赏析】

清·周济《宋四家词选》云：“少游意在含蓄，如花初胎，故少重笔。”其实秦观一生失意贬逐，并非没有沉怨深恨，怨到极处，有时也用重笔作宣泄，如《踏莎行》的“砌成此恨无重数”，其谪恨离恨之堆积之沉重，尽从一“砌”字见出。但这种浓重的宣泄在《淮海集》中绝少。词人愁怀郁结，更多的是难以直言，也不愿用重笔直言，只是以清淡之笔写沉挚之情，满纸“伤心”于平淡含蕴的语句中流泻。

如这首《阮郎归》，写孑然一身远谪郴州，风雨除夕之夜，庭院虚空，城角幽咽，乡梦惊断，旅魂凄孤，末了淡淡二句收束：“衡阳犹有雁传书，郴阳和雁无。”用透进一层的写法，哀叹贬地荒远，连唯一能带给人慰藉的亲友音信也无从得到，将不尽羁愁谪恨托于传书鸿雁，欲言还止，极凄楚也极无奈。如此沉重的谪愁逐怨，只出于怨而不怒的一声叹息，浓寄于淡，重寄于轻，这恰是秦观擅长处。

【辑评】

[宋]何士信《草堂诗余》：衡、郴皆是楚湘地，故曰“湘”。伤心。

[清]冯煦《宋六十一家词选》：淮海、小山，古之伤心人也。其淡语皆有味，浅语皆有致，求之两宋词人，实罕其匹。

唐圭璋《唐宋词简释》：此首述旅况，亦极凄婉。

【今译】

潇湘，一天风雨
初破冬日寒淤，
破旧馆舍沉冷着一庭
冷漠的空虚。
高耸的城楼
一曲吹罢，低咽
幽怨的《小单于》，
夜，不眠
在清冷的枕上
漫漫长长，过去。

归乡的梦，片刻
惊断在冬夜寒颤里，
旅居荒远
一缕孤魂凄凄。
只身贬逐中
独守岁末除夕。
衡阳还有鸿雁
可将亲友的音书传递，
这郴州啊
鸿雁踪影也虚寂。

满庭芳

晓色云开，春随人意，骤雨才过还晴。古台芳榭①，飞燕蹴红英②。舞困榆钱自落③，秋千外、绿水桥平。东风里，朱门映柳，低按小秦筝④。　多情，行乐处，珠钿翠盖⑤，玉辔红缨⑥。渐酒空金榼⑦，花困蓬瀛⑧。豆蔻梢头旧恨，十年梦、屈指堪惊⑨。凭阑久，疏烟淡日，寂寞下芜城⑩。

【注释】

①榭：临水的楼阁。②蹴（cù）：踢，踏。③榆钱：春天榆树初生的榆荚，形状似铜钱而小，色白成串，俗称“榆钱”。④秦筝：古代秦地（今陕西一带）所造的一种弦乐器，故称。原本五弦，相传秦朝将领蒙恬改制成十二弦，至唐始为十三弦。⑤珠钿（diàn）：用珠宝镶嵌的花状首饰，借指戴首饰的美人。翠盖：用翠鸟羽毛点缀的车盖。⑥玉辔：镶玉的华美的马嚼和缰绳。缨：系在颔下的冠带。⑦金榼（kē）：精美的酒器。⑧花：如花的佳人。蓬瀛：传说中的海上仙山蓬莱和瀛洲。此指游冶行乐之地。⑨“豆蔻”二句：唐·杜牧诗《赠别》：“娉娉袅袅十三余，豆蔻梢头二月初。”《遣怀》：“十年一觉扬州梦，赢得青楼薄幸名。”此处化用杜牧诗意。豆蔻梢头：用枝头含苞的豆蔻花喻指妙龄歌妓。⑩芜城：扬州的别称。南朝宋时，竟陵王刘诞作乱，扬州遭受兵火，城邑荒芜，鲍照登扬州（广陵）故城为之感伤，作《芜城赋》凭吊，遂称扬州为“芜城”。

【赏析】

秦观年轻时曾客游扬州，结交才士俊友，寄情红粉佳人，耽于风流倜傥的生活。此词约是哲宗绍圣初年，秦观遭贬后途经扬州所作。旧地重来，词人忆昔抚今，流露出旧情难忘的缱绻和人事全非的惆怅。清·冯煦《宋六十一家词选》评秦观：“所为词寄慨身世，闲雅有情思，酒边花下，一往而深。”当如此类。

上片：晓色云开，雨止初晴，写天气晴和；燕飞榆舞，绿水桥平，绘景物明丽；朱门柳映，低按秦筝，收缩到人事。下片：多情，行乐，一笔挽转承上接下。珠钿翠盖、玉辔红缨，酒空金盏、妓困歌楼，补足，极叙春游之盛和艳遇之乐。豆蔻梢头，十年一梦，总束，点破前尘旧踪，顺势折下。疏烟淡日，寂寞芜城，跌落到现在境况，结得不尽黯然神伤。此词通篇倒叙，以往日的欢娱明艳反衬今日的落寞黯淡，章法绵密，流利轻圆。其物态人情描叙精微，语美与意美、境美与人美浑融一体，清词丽句而又情景兼到，代表了秦少游艳词的风致神韵。

【辑评】

[明]王世贞《艺苑卮言》：“角声吹落梅花月”，又“满院落花春寂寂”，又“一钩淡月天如水”，又“秋千外、绿水桥平”……淡语之有景者也。

[明]卓人月《古今词统》：敖陶孙评少游诗，“如时女步春，终伤婉弱”，其在一时正相宜耳。

[明]沈际飞《草堂诗余正集》：悠澹语，不觉其妙而自妙。

[清]黄苏《蓼园词选》：通首黯然自伤也，章法极绵密。

【今译】

晓色初灿，天边　　　　残云已散尽，

春光随人心意
骤雨才过，忽又转晴。
古老的亭台
芬芳的水榭
紫燕，翩然穿飞
踢落瓣瓣缤纷红英。
榆荚在飘舞
乏了，在和风中
坠下一串一串
自在的轻盈，
秋千摇荡的院墙外
春水已涨绿
与芷岸小桥齐平。
春风融暖
在柳荫掩映的朱门，
门隙，低低传出
一曲抚弄的筝声。

这年少游乐地
潇洒，多情，
珠钗佳人，翠盖香车
风流倜傥的才子
手摇马缰，冠系红缨。
金杯盛满美酒
渐饮渐空，又饮，
如花丽人
倦困在歌楼舞榭，
豆蔻年华的少女
柔情，多少云愁雨恨。
可屈指数来
十年，恍如一梦
不由顿然心惊。
如今，我独倚栏杆
久久无语凝神，
暮色苍茫中
几缕疏烟，挽着
天边淡日
寂寞地沉下扬州城。

赵令畤

赵令畤（1051—1134），初字景贶，苏轼为其改字德麟，自号聊复翁，涿郡（今河北蓟县）人。赵宋宗室，宋太祖次子燕王赵德昭玄孙。哲宗元祐六年（1091），任签书颍州公事，时苏轼知守颍州，荐其才于朝廷。后受牵连，坐元祐党籍，被废十年。绍圣年间，官右朝请大夫，迁洪州观察使。高宗绍兴初，袭封安定郡王，迁宁远军承宣使。八十三岁卒。

其词多与苏轼唱和，但风格相异，宋·王灼《碧鸡漫志》云："赵德麟、李方叔皆东坡（门）客，其气味殊不近，赵婉而李俊，各有所长。"所作十二首商调《蝶恋花》鼓子词，以联章体咏张生与崔莺莺故事，韵、散相间，为后诸宫调套曲之先声。著有《侯鲭录》八卷，多记文坛掌故，品评诗词。词集《聊复集》不传，今有辑本。

蝶恋花

欲减罗衣寒未去，不卷珠帘，人在深深处。红杏枝头花几许？啼痕止恨清明雨。

尽日沉烟香一缕[①]，宿酒醒迟[②]，恼破春情绪。飞燕又将归信误，小屏风上西江路[③]。

【注释】

①沉烟香：即沉香，属落叶亚乔木，产于广东等地，一种名贵的薰香木料，能沉于水，故称。②宿酒：昨夜饮的隔宿的酒。③西江：黔江、郁江和桂江三江在苍梧会合，东流为西江。

【赏析】

此词写伤春怀人的闺情。上片惜春，托杏写兴。闭锁深闺，珠帘不卷，而帘外杏花零落时时关情，不由啼痕斑斑。下片怀人，托燕传情。香烬酒醒，芳踪杳渺，却怨飞燕归误音书，无理而妙，见出恼人春情之深。末了，由屏风江上路遥忆及远人，揭出意旨而又余韵不尽。

若细加寻绎，词中泣恨苦雨摧花之无情，似乎不是一般的伤春惜花情怀。"啼痕"的意象应兼融花与人，花遭冷雨侵打如点点泪痕，人见残花坠地而黯然哭泣，人与花同命——被摧折、遭飘零，悲花实为悲己，伤春实为伤逝。作者因与苏轼交好而受牵连，迭遭打击和排抑，此词当是托意闺帏而自诉哀衷，不然，何以如此恨深啼重，于吞吐掩映中哀婉不尽。此词笔致淡秀，语婉情深，有晏几道、秦观风味，固然是才子词。

【辑评】

[明]吴从先《草堂诗余隽》：李攀龙曰：托杏写兴，托燕传情，怀春几许衷肠。

[明]沈际飞《草堂诗余正集》：末路情景，若近若远，低徊不能去。

【今译】

想减一衫罗衣　　　　春寒袭袭还未退去，

任珠帘不卷
帘下，枯坐里，
独守庭院
人在深深处的冷寂。
不知那帘外
枝头红杏剩几许？
伤心泪痕，点点
怨恨清明时节
无情摧花的苦雨。

整日寂寞里
对沉香轻烟一缕，
昨夜，几杯闷酒
清晨醒迟，
只为，春色恼人
撩起伤春愁绪。
廊檐双燕
误了捎带伊人归期，
曲展的画屏
西江水路，茫茫
引一怀思念
——悠长，迷离。

蝶恋花

卷絮风头寒欲尽，坠粉飘香，日日红成阵。新酒又添残酒困，今春不减前春恨[①]。　蝶去莺飞无处问，隔水高楼，望断双鱼信[②]。恼乱横波秋一寸[③]，斜阳只与黄昏近。

【注释】

①“新酒”二句：张先《青门引》：“残花中酒，又是去年病。”此化用其意。②双鱼信：古代传说鱼雁能传书，故称书信为“鱼书”“鱼信”。亦见秦观《踏莎行》注。③横波：女子眼神流动的样子。秋一寸：指女子眼波为一寸秋波。

【赏析】

此词为伤春怀人之作。上片写春愁。絮卷寒尽，香坠花落，点染晚春衰景以烘托酒病春恨。接下新酒残酒，今春前春，用层叠手法往复咏叹，写春愁不已年年有增。下片写怀远。望断高楼，音信杳无，点明怀人词旨。末了斜阳近黄昏，以景结情，那苍茫迷离的恰是伊人伤春愁怀，不知今夜薄酒浓愁将如何排遣。此词以哀景托愁情，语婉而情深，言短而味永，妙在写情语，语不在多。赵令畤的两首《蝶恋花》又编入晏几道的《小山词》，若非小山所作，其格调清丽婉曲，也可追步小山。

明·沈际飞《草堂诗余正集》云：“斜阳在目，各有其境，不必相同。一云‘却照深深院’，一云‘只送平波远’，一云‘只与黄昏近’，句句沁人，毛孔皆透。”晏殊的《踏莎行》一是“斜阳却照深深院”，写愁梦酒醒时迷离昏沉；一是“夕阳只送平波远”，写高楼望断时渺远空茫。而赵令畤此词的“斜阳只与黄昏近”，则写秋波望穿的迷乱黯淡。三者皆借一抹夕阳托出愁怀，各具意境，各臻其妙，都是沁人心脾的佳句。

【辑评】

[明]吴从先《草堂诗余隽》：李攀龙曰：妙在写情语，语不在多，而情更无穷。

［清］沈雄《古今词话》：山谷谓“好词惟取陡健圆转。”……如赵德麟云：“新酒又添残酒困，今春不减前春恨。”陆放翁云：“只有梦魂能再遇，堪嗟梦不由人做。”又黄山谷云：“春未透。花枝瘦。正是愁时候。”梁贡父云：“拼一醉留春，留春不住，醉里春归。”

【今译】

飘卷柳絮的暖风
欲将春寒吹尽，
天天，坠粉飘香
万点落花
布成一地红阵。
近来对花饮酒
又添病酒残醉的困沉，
今春的情怀
不减去年的离恨。

粉蝶啼莺飞去了
归期，无处可问，
隔水高楼
独倚，望尽一江春水
也无音信。
撩乱一寸秋波
终日里流盼，
只见，斜阳沉下
与黯淡黄昏近。

清 平 乐

东风依旧，著意隋堤柳[①]。搓得鹅儿黄欲就[②]，天气清明时候。　去年紫陌青门[③]，今宵雨魄云魂[④]。断送一生憔悴[⑤]，只消几个黄昏！

【注释】

①隋堤：隋炀帝为游幸各地，开凿运河，自洛阳至扬州，沿河筑堤，沿堤植柳，称“隋堤”。②鹅儿黄：淡黄色。幼鹅毛色黄嫩，常用以形容早春初生的柳色。③紫陌：见欧阳修《浪淘沙》注。青门：汉代长安城东南门，本名霸城门，俗因门色青，故呼为“青门”。此处“紫陌”“青门”泛指汴京游冶之地。④雨魄云魂：化用“巫山神女”典故，此意谓爱妾已香殒魂消，只于梦中见得。⑤断送：张相《诗词曲语辞汇释》释为“逗引”，元·王实甫《西厢记》一本二折“迤逗的肠荒，断送得眼乱，引惹得心慌。”

【赏析】

此词作者一说为刘弇，宋·胡仔《苕溪渔隐丛话后集》引《复斋漫录》：“刘伟明既丧爱妾而不能忘，为《清平乐》词云云。”宋·曾慥《乐府雅词》录为赵令畤作。

词用上景下情写法，以乐景写哀情。堤岸春风，柳色鹅黄，又是清明时候，当年紫陌青门携手同游，今夜雨魄云魂只余残梦。如此春色，如此春愁，独守冷寂黄昏，怎不叫人相思憔悴。词人对景伤怀，将旧时与今日绾合写来，春风依旧，柳色依旧，唯有伊人香消魂散，一怀愁绪至结处落到哀绝。词中写景抒情不乏佳句。如“搓得鹅儿黄欲就”一句，柳叶初绽宛如雏鹅嫩黄羽绒，竟是春风搓揉出来，设想奇警，意趣生动。“断送一生憔悴，只消几个黄昏”二句则语意新警，用常语写常情，语出浅近而情至沉痛。

【辑评】

［明］沈际飞《草堂诗余正集》：“能消几个黄昏”，恒（常）语之有情者。“能”字更吃紧。

俞陛云《唐五代两宋词选释》：抚今追昔，人之常情。此词结末二句，何沉痛乃尔！

【今译】

一年一度
春风送暖，依旧，
着意吹拂堤岸
婀娜扶风的一绕杨柳。
将枝条嫩叶儿
丝丝缕缕，搓揉，
啊，正是
——鹅黄柳绿
恼人的清明时候。

去年，京城踏青
紫陌携她同游，
今夜，伊人芳魂入梦
那倩影飘逝无寻
在残梦醒后。
惹人一生憔悴
最是伤春怀人的苦愁，
这凄寂黄昏
独自能几番消受？

贺　铸

贺铸（1052—1125），字方回，卫州（今河南汲县）人。宋太祖贺皇后族孙，七世为武官。为人豪侠耿直，面色青黑，眉目耸拔有英气，博学强记，才兼文武。神宗熙宁初，以门荫入仕。后二十余年，一直屈居低级侍卫武官，任右班殿直、监磁州都作院、和州管界巡检等。时，米芾以魁岸奇谲知名，贺铸以气侠雄爽著闻，二人每相遇，则瞋目抵掌论辩，终日各不能屈，谈者争传。哲宗元祐六年（1091），以苏轼等荐举，任西头供奉，改入文阶，进承事郎。此后仕宦仍未通达，曾出任泗州、太平州通判等微职，尚气使酒，悒悒不得志。徽宗大观三年（1109），致仕，退居苏州、常州。晚年闭门读书，潜心于校勘，自号"庆湖遗老"，七十四岁卒于常州僧舍。

为北宋著名藏书家、校勘学家，文学造就很高，诗、文、词皆工。时有诗名，其诗取径苏、黄之间，格调清俊浑成。尤擅倚声填词，善锻炼字面，语意清新，喜用前人成句为词，叶梦得《贺铸传》称他"掇拾人所弃遗，少加隐括，皆为新奇"。其词兼豪放、婉约之长，或深婉绵丽，或悲越雄放，自是一大家。有《庆湖遗老集》《东山寓声乐府》。

半死桐①

（又名思越人、鹧鸪天）

重过阊门万事非②，同来何事不同归③？梧桐半死清霜后④，头白鸳鸯失伴飞⑤。
原上草，露初晞⑥。旧栖新垅两依依⑦。空床卧听南窗雨，谁复挑灯夜补衣⑧！

【注释】

①半死桐：词调名原为《鹧鸪天》。据清·舒梦兰《白香词谱》：《鹧鸪天》又名《思佳客》《于中好》《思越人》《千叶莲》等。贺铸均弃之不用，独以《半死桐》命名词调。西汉·枚乘《七发》：龙门有桐，其根半死生，斫以制琴，声音为天下之至悲。唐·李峤《天宫崔侍郎夫人吴氏挽歌》有"琴哀半死桐"之句。此处截用为词调，取悼亡之意。②阊门：苏州西城门。③"同来"句：宋·赵令畤《侯鲭录》载：蔡确丞相谪新洲，有一侍妾相从，善弹琵琶，豢养一只鹦鹉，能言语。蔡确每唤此妾，即扣响板，鹦鹉便为之传呼。其妾死后，一日误触响板，鹦鹉犹传言，蔡大恸，得病不起。曾有诗云："鹦鹉言犹在，琵琶事已非。伤心瘴江水，同渡不同归。"此处用蔡确诗意。④梧桐半死：比喻自己丧偶。唐·白居易《为薛台悼亡》："半死梧桐老病身。"此化用其诗意。⑤头白鸳鸯：鸳鸯头上有白色羽毛，故称。此一语双关，时作者已是鬓发霜白的垂暮之年。⑥露初晞（xī）：喻指妻子刚逝。晞：干。古乐府《薤露》："薤上露，何易晞！露晞明朝更复落，人死一去何时归。"⑦旧栖：指过去夫妻同居的寓所。新垅：亡妻的新坟。⑧挑灯夜补衣：贺铸二十九岁在磁州（治所在今河北磁县）都作院供职时，曾有一首《问内》诗，写大伏天赵氏为自己缝补冬衣。

【赏析】

贺铸一生屈居下僚，俸禄微薄。其原配赵氏夫人本为皇族宗室女，却能勤俭持家，夫妻相濡以沫，感情甚笃。这首《半死桐》是为赵氏所作的悼亡词，寄思深挚凄婉，读来催人泪下。

起首用脱口而出的情极之语，重过阊门，万事皆非，词人撕肝裂肺的哀毁，尽在"同来何事不同归”的痴问中。接下连用比喻，梧桐半死，鸳鸯失伴，草露初晞，着力渲染丧妻后的孤老凄凉处境。再用“两依依”将新坟与旧居叠映，死者与生者的阴阳两情一笔写出。末两句将词情推至高潮，夜雨叩窗、空床辗转之时，最让人想起亡妻“挑灯夜补衣”。但追忆只是徒然，爱妻已长眠地下，“谁复”一声哀绝的怅问，一声低徊的叹息。词至此戛然而止，而哀婉凄绝的一幕，拂之不去，与糟糠之妻情逾金石，纵是铁石心肠人也当潸然。

此词与苏轼的《江城子》（十年生死两茫茫）堪称宋代悼亡词的双璧，同以深挚沉痛见称。苏词更多梦境迷离，贺词则细节真切，二词可对读。

【辑评】

[清]陈廷焯《云韶集》：此词最有骨，最耐人玩味。

[清]陈廷焯《词则》：悲惋于直截处见之，当是悼亡作。

【今译】

城南阊门啊
重返时，万事皆非，
当初夫妻结伴而来
为什么——
不让结伴同归？
如寒霜摧折后
梧桐树一半枯颓，
如今，我是垂暮之年
白头鸳鸯失伴孤飞。

荒野，露水初晞
草叶已凋萎，
我与你，生死隔不断：
同住的旧居
新垒的坟堆。
今夜，独卧空床
听冷雨叩打南窗，
这雨夜深时
为我挑灯补衣有谁？

青玉案

凌波不过横塘路①，但目送、芳尘去②。锦瑟华年谁与度③？月桥花院，琐窗朱户④，只有春知处。　飞云冉冉蘅皋暮⑤，彩笔新题断肠句⑥。若问闲愁都几许⑦？一川烟草⑧，满城风絮，梅子黄时雨⑨！

【注释】

①凌波：凌空踏波而行，形容佳人步态轻盈，三国·曹植《洛神赋》中见洛神“凌波微步，罗袜生尘”，此暗用其典故。横塘：在苏州城外。范成大《吴郡志》载：贺铸有小筑在姑苏盘门外十里横塘，常扁舟往来，作《青玉案》词。②芳尘：美人走过扬起的尘土，借指美人。③锦瑟华年：指美好的青春年华。锦瑟：绘纹如锦的精美的瑟。唐·李商隐《锦瑟》：“锦瑟无端五十弦，一弦一柱思华年。”④琐窗：雕刻有连锁花纹的窗户。⑤冉冉（rǎn）：缓慢流动的样子。蘅皋：指长满杜蘅的水边高地。蘅：杜蘅，多年生草本植物，野生在山地，开紫色小花。⑥彩笔：据唐·李延寿《南史·江淹传》，南朝江淹因得五色笔，写诗多佳作。后因以“彩笔”为文笔的美称。亦见周邦彦《过秦楼》注。⑦都几许：共多少。⑧一川：遍地。川：平野。⑨梅子黄时雨：即梅雨，或称黄梅雨。江南春季四五月

间，阴雨连绵，正值梅子黄熟，故称。宋·寇准有“杜鹃啼处血成花，梅子黄时雨如雾”一句。

【赏析】

此词当为作者晚年于苏州寓居横塘时所作，据宋·龚明之《中吴纪闻》云：“方回居吴，有小筑在盘门之南十余里，地名横塘，尝往来其间，作《青玉案》词。”作者幽居怀人，所写是“美人兮不来”的闲愁，词中意境幽微，形象朦胧，凌波仙子式的美人似真似幻，给人以丰美联想。如果作者所倾心思慕的，是《离骚》中的香草美人，则此词自伤身世落寞，为才志不展、理想不遂之作，满纸忧伤当得力于楚骚，不可以“侧艳词”轻视之。

此词起笔飘逸，伊人凌波而来，又翩然而去，只剩自己木立如痴目送芳尘。接下，遥想伊人深闺孤寂，月桥花院，琐窗朱户，只有春风时到。转而写眼前情愫难通，天际碧云，水边香蘅，笼在苍茫暮色中。继而哀叹即使提笔摅怀，妙笔生花，也尽是伤心断肠句。末了一设问句呼起，以遍野烟草、满城风絮、黄梅阴雨极写闲愁之多无可消释。结拍三句是作者浓墨重彩、灵光独运之笔，连用比喻分三层铺叠而来，既绘江南暮春烟雨景色，又映衬出黯然心境，写闲愁的迷茫无边、纷乱无绪和连绵不止，亦情亦景，亦比亦兴，亦实亦虚，浑融为一无迹可寻，画面迷离而清远，意味深沉而悠长。此词收以三佳句而倾倒一世，人称“贺梅子”。

宋·罗大经《鹤林玉露》云：“诗家有以山喻愁者，杜少陵云‘忧端如山来，澒洞不可掇’，赵嘏云‘夕阳楼上云重叠，未抵闲愁一倍多’是也。有以水喻愁者，李颀云‘请量东海水，看取浅深愁’，李后主云‘问君能有几多愁？恰似一江春水向东流’，秦少游云‘落红万点愁如海’是也。贺方回云‘试问闲愁都几许？一川烟草，满城风絮，梅子黄时雨’，盖以三者比愁之多也，尤为新奇，兼兴中有比，意味更长。”

【辑评】

[清]吴衡照《莲子居词话》：词有袭前人语而得名者，虽大家不免。如方回“梅子黄时雨”、耆卿“杨柳岸，晓风残月”、少游“寒鸦数点，流水绕孤村”、幼安“是他春带愁来，春归何处。却不解、带将愁去”等句，惟善于调度，正不以有蓝本为嫌。

[清]沈祥龙《论词随笔》：词以自然为尚，自然者，不雕琢、不假借、不著色相、不落言诠也。古人名句，如“梅子黄时雨”“云破月来花弄影”，不外自然而已。

陈匪石《宋词举》：后山谷有诗云：“解道江南肠断句，只今惟有贺方回。”……至全篇皆情，只此三句是景，而用景仍以写情，方回融景入情之妙用，尤耐人需寻味。山谷所谓“解道”，实深会此旨。

【今译】

她，凌波仙子
蹑着轻盈步履，
不过横塘，转身而去，
我，目送身后芳尘
久久木立如痴。
美好的青春年华
谁，与她朝夕共处？

那清溪小桥
笼在清朗月光下
通向庭院的花树，
雕镂窗格，朱门宅邸，
只有春知道
她幽独居处的孤寂。

芳草丛生的水边
碧云，向苍茫暮色飘逝，
我，提笔挥洒
吐诉点滴心思
满纸，尽断肠句。
若要问这闲愁几许？
它，是烟雾淡笼里
遍野蔓生的草绿；
是满城飘飞
迷蒙的万点柳絮；
更是黄梅时节
——漫天密织
扯不断的绵绵丝雨。

薄　幸

淡妆多态，更的的频回眄睐[①]。便认得琴心先许[②]，欲绾合欢双带[③]。记画堂风月逢迎，轻颦浅笑娇无奈。向睡鸭炉边，翔鸾屏里，羞把香罗暗解。　　自过了烧灯后[④]，都不见踏青挑菜[⑤]。几回凭双燕，丁宁深意，往来却恨重帘碍。约何时再。正春浓酒困人，人闲昼永无聊赖。厌厌睡起，犹有花梢日在。

【注释】

①的的：眼波明美的样子。眄睐（miǎn lài）：顾盼。②琴心：西汉·司马迁《史记·司马相如列传》：临邛卓王孙，一日大宴宾客。酒酣时，县令王吉请司马相如弹琴瑟一曲助兴。卓家有女文君，新寡，爱好琴瑟。相如暗里寄情于琴音，挑起文君芳心。文君于门后窥见相如容貌俊秀，爱慕之。后趁夜离家，私奔相如。此用其故事，指用琴声传递情思。③绾（wǎn）：盘绕系结。合欢双带：即合欢结，以绣带打成双结以示同心相爱、和合欢乐。④烧灯：燃灯，指元宵燃花灯。⑤挑菜：唐代风俗，农历二月初二日在曲江（今西安南门外）挑菜，士民游乐其间，谓之“挑菜节”。宋代沿其习俗。

【赏析】

这首《薄幸》的词境似真似幻，伊人伊事来如春梦，去如朝云，所写情事极美，隐曲记录了作者的一段艳遇。

上片忆往日欢情。从淡妆多态、明目顾盼的娴雅，到识得琴心、绾结合欢的相许，到风月画堂、轻颦浅笑的娇媚，再到炉边屏里、香罗暗解的幽欢，将一见钟情的爱恋渐次推进，含蕴了“今夕何夕，见此良人”的惊喜和欢娱。下片写今日离思。从不见踏青挑菜的期盼，到重帘遮燕、音讯隔绝的怅恨，再到人闲酒困、恹恹睡起的孤寂，将百无聊赖的离别愁怀写到极处。

整首词上片层层旋上渐至高峰，下片步步跌下终至谷底，今昔哀乐形成强烈对比。写人风致嫣然，叙事笔势摇曳，言情意味缠绵，于写人叙事言情中布出绮丽景色，体现了贺铸词深婉丽密的特点，亦见出作者填制长调慢词的功力。清·周济《宋四家词选》认为：“耆卿于写景中见情，故淡远；方回于言情中布景，故秾至。”此评精当。

【辑评】

[明]吴从先《草堂诗余隽》：李攀龙曰：凡闺情之词，淡而不厌，哀而不伤，此作当之。

［清］陈廷焯《云韶集》：风致嫣然，低回往复，妙绝古今。又：意味极缠绵，而笔势极飞舞，宜其独步千古也。

【今译】

素淡的妆束
托出娴雅动人神态，
双眸，秋波流转
频频含情盼睐。
知是芳心暗许
如慕如诉琴声中低徊，
只愿，两心相知
绾结合欢丝带。
记得当时画堂迎候
清风明月拥她入怀，
微蹙的黛眉
轻浅的笑靥
百般妩媚让人无奈。
香炉边，绣屏内，
她，羞怯低头
暗将罗裙衣带解开。

过了元宵花灯
又到清明时节
郊野踏青，闹市挑菜，
众里将她寻遍。
想托双燕捎去
深情叮咛的一片挚爱，
燕儿，飞来飞去
恼恨重帘遮碍。
昔日的幽会欢情
几时能再？
眼前，春色正浓
独自醉饮，愁绪难解，
人闲，昼长
无聊赖里身心倦怠。
待恹恹睡起时
花梢日影，还在。

浣溪沙

楼角初销一缕霞，淡黄杨柳暗栖鸦①，玉人和月摘梅花②。　笑撚粉香归洞户③，更垂帘幕护窗纱，东风寒似夜来些④。

【注释】

①暗：暮色昏暗，也指柳荫暗淡。②玉人：如玉的美人。和月：带着月色。③洞户：深邃的内室。洞：深。④夜来：犹昨日。些（suò）：句末语助词，无义。

【赏析】

古代填词往往有佳句无完篇，欲求全篇皆好难得。而贺铸这首小令叙事、写景、摹态、记人皆幽微入妙，通篇无一字不美，无一句不佳。

词以时间为推移。先写黄昏：残霞当楼，归鸦栖柳，暮色极清丽幽寂。“淡黄杨柳暗栖鸦”一句写景幽妙，后被元代王实甫采入《西厢·赖简》一折。继写入夜：玉人纤手，和月摘梅，画面极清逸淡雅。再写夜深：撚梅一笑，入户垂帘，此乃点睛之笔，其人鲜活了，给人以丰美的遐想。末了“东风寒似夜来些”，一句悄然心语将惜花深情托出，由人物情态的姣美暗入心态的柔细。此词写初春月夜而融入“玉人和月摘梅花”的人事，春夜春情，美人美景，两相映衬，两相融合，与秦观的《浣溪沙》（漠漠轻寒上小楼）同为清幽婉妙的小令佳作，只是秦观情韵哀婉，而贺铸多一些风致潇洒。

【辑评】

[明]杨慎《词品》：贺方回《浣溪沙》云：“楼角初销一缕霞（略）。”此词句句绮丽，字字清新，当时赏之，以为《花间》《兰畹》不及，信然！

[宋]胡仔《苕溪渔隐丛话》：词句欲全篇皆好，极为难得。如贺方回“淡黄杨柳暗栖鸦”秦处度“藕叶清香胜花气”二句，写景咏物，可谓造微入妙，若其全篇，皆不逮此矣。

【今译】

黄昏，小楼西角
初散橘红晚霞，
淡黄新柳
疏疏绿荫间
悄然，栖息数点归鸦。
如玉的佳人
沐一身幽洁月光
纤手采摘梅花。

那，嫣然一笑
手捻一枝花簇
转身，入内室的清雅，
垂下沉厚的帘幕
遮护轻薄窗纱，
春风，渐紧了
可会如昨日眠时
寒气微微侵入卧榻。

石州引

薄雨收寒，斜照弄晴，春意空阔。长亭柳色才黄，远客一枝先折。烟横水际，映带几点归鸿，东风销尽龙沙雪①。还记出关来，恰而今时节。　将发。画楼芳酒②，红泪清歌③，顿成轻别。回首经年，杳杳音尘都绝。欲知方寸④，共有几许新愁？芭蕉不展丁香结⑤。枉望断天涯，两厌厌风月。

【注释】

①龙沙：白龙堆沙漠（在今新疆罗布泊以东），用以泛指塞外和北国荒漠之地。②画楼：有彩绘装饰的华丽楼阁。③红泪：东晋·王嘉《拾遗记》：魏文帝（曹丕）所爱美人薛灵芸，闻别父母进宫，欷歔累日，泪下沾衣。登车上路时，以玉唾壶承泪，壶成红色。及至京都，壶中泪凝如血。后将混含胭脂粉的女子眼泪称“红泪”。④方寸：指心，见李冠《蝶恋花》注。⑤丁香结：丁香的花蕾，唐宋诗词中多用以喻愁思纠结。五代·牛峤《感恩寺》：“自从南浦别，愁见丁香结。”南唐·李璟《浣溪沙》：“青鸟不传云外信，丁香空结雨中愁。”

【赏析】

宋·吴曾《能改斋漫录》记：“方回眷一姝，别久，姝寄诗云：‘独倚危阑泪满襟，小园春色懒追寻。深恩纵似丁香结，难展芭蕉一寸心。’贺因赋此词。”这首《石州引》缠绵悱恻，用情之深不在秦观、晏几道之下。从词中“龙沙”“出关”等句来看，作者所爱当是北地的红粉知己。

上片写早春暮色。斜照弄晴，长亭折柳，烟水归鸿，东风销雪，绘景远近声色交错，清寒空远的景色中隐然透出羁宦心境的冷落，也暗含了春归人未归的伤叹。“还记”二句一笔煞住，引出过片的追忆。当初画楼饯饮，红泪清歌，顿成轻易分别，是依依眷念，更是不尽悔恨。“回首”折回到如今，天各一方，音信杳渺。接下，就恋人所寄诗语，拈用唐·李商隐《代赠》“芭蕉不展丁香结，同向春风各自愁”诗句，写自己亦愁思萦怀，语意巧妙。末了补一笔，写以后“两厌厌风月”，将天涯两地双挽，见出相思之切、相知之深。此词抒写别离相思，当初、如今、以后曲折道来，给人山重水复的感觉，而又景不虚设、事不冗杂，运笔顿挫有致，辞情亦清婉深至。

【辑评】

[宋]王灼《碧鸡漫志》：贺方回《石州慢（引）》，余旧见其稿。“风色收寒，云影弄晴”，改作“薄雨收寒，斜照弄晴”。

[清]陈廷焯《云韶集》：（“欲知”五句）淋漓顿挫，情生文，文生情。

[清]陈廷焯《白雨斋词话》：赠妓之作，原不嫌艳冶，然择言以雅为贵，亦须慎之……贺方回之“芭蕉不展丁香结。枉望断天涯，两厌厌风月”……极其雅丽，极其清秀。

【今译】

细雨，初止
散去轻寒的笼遮，
落日洒弄出
新晴余晖，斜斜，
天地空阔明远
充溢大地春回的润泽。
长亭古道边
柳色才绽几缕嫩黄，
远行游子，倚马
将柔条一枝先折。
淡烟弥横的河岸
映带几点归鸿，
春风正煦暖
融了荒漠的残冬积雪。
犹记那年
——仓促出关
也是这早春时节。

饯行，在酒楼歌榭，
她斑红落泪
随那一曲清歌哽咽，
片刻，劳燕分飞
促成轻易分别。
回首时，寒来暑往
虚空了岁月，
如今音容渺茫
山长水远重重阻隔。
要知我心里
郁结多少苦涩？
它，如
卷缩的芭蕉心
解不开的丁香花蕾结。
枉自望断天涯
她憔悴，我憔悴，
两地恹恹相思
愁对清风与明月。

望湘人

厌莺声到枕，花气动帘，醉魂愁梦相半。被惜余薰，带惊剩眼[①]。几许伤春春晚。泪竹痕鲜[②]，佩兰香老，湘天浓暖。记小江风月佳时，屡约非烟游伴[③]。　须信鸾弦易断[④]。奈云和再鼓[⑤]，曲终人远[⑥]。认罗袜无踪[⑦]，旧处弄波清浅。青翰棹舣[⑧]，白苹洲畔[⑨]。尽目临皋飞观[⑩]。不解寄、一字相思，幸有归来双燕。

【注释】

①带惊剩眼：用“革带移孔”典故，见李之仪《谢池春》注。②泪竹：此化用“斑竹”典故。明·王象晋《群芳谱·竹谱》：斑竹，即吴地称湘妃竹，世传舜死于苍梧，娥皇、女英二妃将沉湘水，望苍梧而泣，泪洒楚竹而成斑痕。斑竹，又称“泪竹”，如郎士元《送李敖湖南书记》：“入楚岂忘看泪竹，泊舟应自爱江枫。”③非烟：即步非烟，唐武公业之妾，唐·皇甫枚有《非烟传》。此代指情人。④鸾弦：《汉武外传》：“西海献鸾胶，武帝弦断，以胶续之，弦两头遂相著。”后称续娶为“续弦”。此处用以比喻男女恋情。⑤ 云和：山名，其地所产良木宜做琴瑟，故成为琴瑟等乐器的代称。⑥曲终人远：唐·钱起《省试湘灵鼓瑟》：“曲终人不见，江上数峰青。”此化用其意。⑦罗袜：丝袜。三国·曹植《洛神赋》写洛神：“凌波微步，罗袜生尘。”此处用“罗袜”指恋人芳踪。⑧青翰：船。船上刻饰鸟形，涂以青色，故名。翰：鸟名，即锦鸡。舣（yǐ）：停船靠岸。⑨白苹洲：暗用唐·温庭筠《忆江南》“斜晖脉脉水悠悠，肠断白苹洲”词意。白苹：浅水边所生水草，开白花。⑩飞观（guàn）：高耸的楼台宫阁。此处泛指高楼。观：楼台之类。

【赏析】

这首《望湘人》是贺铸自度曲，为伤春怀人之作。开篇“厌”字起得突兀，变柔媚莺啼为烦愁，一字传神，为全篇定调。上片由景生情，莺声到枕，花气动帘，故而醉魂愁梦感伤春晚，追忆江月佳时伊人伴游。下片由情到景，弦断人远，芳尘无踪，故而寻觅旧处弄波清浅，凝望眼前双燕归来。收尾结以“幸”字，与开篇字面虽是一哀一乐，实则哀情贯穿始终，燕归人不归，燕双人未双，强作自慰中却是不尽惆怅。全篇以“厌”莺声始，“幸”双燕结，首尾相映成章，针线细密。其中惜春、伤离、怀人、访旧交织，层层皴染，熔景入情而又融情于景，既有花间小令的凝练蕴藉，又有长调慢词的婉曲缠绵。

或认为此词非一般伤春怀人，“鸾弦易断”多用于吟悼亡，作者《半死桐》有“头白鸳鸯失伴飞”句，这首《望湘人》当有望庐思人之感。

【辑评】

[明]沈际飞《草堂诗余正集》：莺自声而到枕，花何气而动帘，可称葩藻。“厌”字嶙峋。又：曲意不断，折中有折。

[明]吴从先《草堂诗余隽》：李攀龙曰：词虽婉丽，意实展转不尽，诵之隐隐如奏清庙朱弦，一唱三叹。

[清]黄苏《蓼园词选》：意致浓腴，得（离）骚、（九）辩之遗韵。

【今译】

讨厌，莺啼声　　　　一声一声到枕边，

袭人的花香
随风一阵一阵
浮动在垂帘间，
心魂，似愁似醉
愁梦醉乡中飘游一半。
最惜绣被残留余香
长夜里，温我独眠，
惊骇带眼后移
腰身瘦损，恹恹，
几多伤春意绪
春色已衰晚。
斑竹，点点泪痕犹新
衣襟上的兰佩
已色褪香残，
南国的天气
湘云楚江，融暖。
记得往日清风明月
江边游赏
常约伊人相伴。
应知琴弦易断
仍愿有鸾胶续接断弦。
无奈琴瑟一曲终了
江上数点青峰
啊，山高人远。
芳踪倩影无可寻觅
纵是苦苦寻遍，
那旧游地，微风
吹皱一江碧水清浅，
她的青鸟画船
可停泊在白萍洲畔？
我，登楼远望
青舸白萍都不见。
啊，却不知
寄一笺相思与我
哪怕是只字片言，
幸有双燕归来
绕梁昵语，伴我孤单。

晁补之

晁补之（1053—1110），字元咎，晚号归来子，济州巨野（今属山东）人。出身于书香大族，幼承家学，七岁能文。神宗元丰二年（1079）进士第一，神宗阅其文，称曰："是深于经术者。可革浮薄。"元丰五年（1090）召试学官，任北京国子监教授。哲宗元祐年间，官秘书省正字，迁著作郎。绍圣元年（1094）出知齐州，群盗于白昼抢掠，查之，一日宴客，当众如数擒来，全州震动。次年因坐元祐党籍，贬应天府、亳州通判，监处州、信州盐酒税。徽宗即位，遇赦北归，拜礼部郎中，兼国史编修。崇宁年间，追贬元祐旧党，外放河中府，徙知湖州。后免官还乡，修葺归来园，以文翰自娱。大观四年（1110），起知泗州，未久，卒于任所，年五十八岁。

"补之才气飘逸，嗜学不知倦。"（《宋史·本传》）晁补之为苏门四学士之一，与张耒齐名，时称"晁张"。通晓书画，善诗、文、词。文章温润典丽，奇卓出于天成。诗学韩愈、欧阳修，骨力遒劲，多流利隽爽。其词追慕苏轼词风，以词言志遣怀，于艳情丽语外时作壮语旷语，笔力、气象亦近之。虽不同于苏轼的超逸清旷，但自有傲兀跌宕之气，往往由跌宕感喟趋于沉郁凄咽，清·冯煦《宋六十一家词选》评其词"无子瞻之高华，而沉咽则过之"。有《鸡肋集》《晁氏琴趣外篇》。

水龙吟

次韵林圣予惜春[①]

问春何苦匆匆，带风伴雨如驰骤。幽葩细萼[②]，小园低槛，壅培未就[③]。吹尽繁红，占春长久，不如垂柳。算春常不老，人愁春老，愁只是、人间有。　春恨十常八九，忍轻辜、芳醪经口[④]。那知自是，桃花结子[⑤]，不因春瘦。世上功名，老来风味，春归时候。最多情犹有，樽前青眼[⑥]，相逢依旧。

【注释】

①林圣予：生平事迹不详，其《惜春》词今未传。②幽葩（pā）：清雅的花朵。③壅（yōng）：用泥土或肥料培育植物的根部。④芳醪（láo）：醇酒。⑤桃花结子：唐·王建《宫词》："树头树底觅残红，一片西飞一片东。自是桃花贪结子，错教人恨五更风。"此处化用其诗意。⑥青眼：用魏晋名士阮籍"青白眼"典故，见李元膺《洞仙歌》注。

【赏析】

此词题为"惜春"，其落墨运笔与其他不同，不作多的描述，侧重抒情而融以说理。风雨相摧，繁花落尽，唯有垂柳荫浓，抒发惜春之情。紧接而来引发惜春之理：花开花落，春长不老，人自伤春而老，自嘲；桃花红瘦，只因结子，不是春风无情，无须春恨，自释；功名未就，年华老大，暮年滋味恰是春归时候，转又自哀；唯有金樽对饮，故人情意依旧，终归于自慰。

作者以物之理通观人之情，春来春去，春归不必惜；岁去岁老，迟暮不必伤；惜春伤逝，不如珍重故人故情，可谓不惜而惜，忘情而执情。整个词融情入景，融理入情，笔如游龙盘旋而下，于一片惜春笔墨中体悟人生、阐释人生，以理趣取胜。

【今译】

问春，何苦归去匆匆？
挟着风，拂着雨
急骤如驰不肯停留。
初绽开的纤葩绿萼
散漫淡淡清幽，
小园低矮的栅栏
壅土培根，花枝挺秀。
可这一片艳丽
转眼，风雨摧成枯皱，
独占残余春色
不如绿意浓郁的柳。
春去，春又来
春光不衰自是长久，
是人多情，伤春
徒然一怀闲恨闲愁。

伤感的春恨
一年一度，十有八九，
每见风雨飘残花枝
怎肯轻易放弃
浇愁的酒芳醇入口。
哪知桃花零落
只为结子，
不因春风，无情
将红颜颓然凋瘦。
啊，人生一世
年华已老，功名未就，
失意迟暮的况味
恰到了春归时候。
最有情是故人相逢
樽前对饮，谈笑依旧。

忆少年

别历下①

无穷官柳②，无情画舸③，无根行客。南山尚相送④，只高城人隔⑤。　罨画园林溪绀碧⑥，算重来、尽成陈迹。刘郎鬓如此⑦，况桃花颜色⑧。

【注释】

①历下：今山东济南历城。②官柳：大道旁的杨柳。官：指官道，大路。③画舸（gě）：饰有彩绘的大船。④南山：指历山，在历城县南，一名千佛山。⑤高城人隔：见秦观《满庭芳》注。⑥罨（yǎn）画：杂有彩色的绘画。罨：敷。绀（gàn）：天青色，深青透红的颜色。⑦刘郎：唐代刘禹锡因永贞改革失败贬朗州司马，十年后奉诏还京，写《戏赠看花诸君子》诗，有"玄都观里桃千树，尽是刘郎去后栽"之句。因讥讽朝中新贵，被再度贬远州刺史。十四年后又召还京城，旧地重游，写续篇《再游玄都观》："百亩庭中半是苔，桃花净尽菜花开。种桃道士归何处？前度刘郎今又来。"后世文人多以"刘郎"自称，并以"刘郎重来"感叹年华流逝、人事变迁。⑧桃花：此处喻指红粉知己的佳人，兼用"人面桃花"典故。唐·孟棨《本事诗》载：唐人崔护举进士不第，清明独游长安城南郊。见一人家，扣门，酒渴求饮，一女子倚小桃斜枝伫立，脉脉含情，绰约妍丽。次年清明忽思之，径直前往重寻，门墙如故，不见其人，于是题诗于左扉："去年今日此门中，人面桃花相映红。人面不知何处去，桃花依旧笑春风。"后因以"人面桃花"借指回忆旧事、佳人杳然的惆怅。

【赏析】

哲宗绍圣元年（1094），晁补之出任齐州知州，次年，因元祐党争受牵连贬应天府（今河南商丘）通判，此词当是别离齐州历下时作。由于词人仕途首次遭受挫折，故词中带有沉重的失落感，趋于沉咽。

起首用笔隽峭，造语新警，叠用三“无”字分三层蝉联而下，以柳之无穷绵延、舸之无情泛远、客之无根漂泊写尽行踪飘零、仕宦辗转、逐客孤寞的愁苦况味。歇拍写别时回望，高城人隔，离情无限。过片赞美历下胜景，林溪绀碧，优美如画；转而设想重来历城，时异境迁，尽成陈迹。结拍化用“刘郎重来”“人面桃花”典故，曲折传出命运多迕的哀怨。作词尤看重结句，清·沈雄《古今词话》云：“后结如泉流归海，要收得尽，又似尽而不尽。”如此词下片结处，悬想来年，鬓影憔悴对花容凋萎，彼情何以堪，此情又何以堪，可谓收束得“尽而不尽”。

【辑评】

[明]卓人月《古今词统》：谢逸《柳梢青》“无限离情，无穷江水”类此。

[清]先著、程洪《词洁》：“花无人戴，酒无人劝，醉也无人管”，与此词起处同一警绝。唐以后，特地有词，正以有如许妙语，诗家收拾不尽耳。

[清]沈雄《古今词话》：结句如《水龙吟》之“作霜天晓”“系斜阳缆”亦是一法，如《忆少年》之“况桃花颜色”、《好事近》之“放真珠帘隔”，紧要处，前结如奔马收缰，须勒得住，又似住而未住；后结如众流归海，要收得尽，又似尽而不尽者。

【今译】

无尽的杨柳，绵延
望远的泪眼被遮，
无情的画船
一声吆喝，顺水启程
将放逐的心摧裂，
无根的行客如萍
飘向天南地北。
隐隐南山
一脉青黛犹凝目送别，
寻望中，佳人不见
高城迢迢阻隔。

历城园林如画
难忘，一泓绀青溪水
倒映花影低咽，
料想，日后重游
一切尽成陈迹
无处可采撷。
我的双鬓，几度风雨
染成如寒霜冷白，
面若桃花的佳人
春去，秋来
也应憔悴了容色。

洞仙歌

泗州中秋作[①]

青烟幂处[②]，碧海飞金镜[③]。永夜闲阶卧桂影。露凉时，零乱多少寒螀[④]，神京

远，惟有蓝桥路近[5]。　　水晶帘不下，云母屏开[6]，冷浸佳人淡脂粉。待都将许多明，付与金尊，投晓共流霞倾尽[7]。更携取胡床上南楼[8]，看玉做人间，素秋千顷。

【注释】

①泗州：治所在今江苏泗洪东南。②幂（mì）：遮掩，覆盖。③碧海：形容蓝色的天宇茫茫如碧海。唐·李商隐《嫦娥》："碧海青天夜夜心。"金镜：明月。唐·李贺《七夕》："天上飞金镜。"④寒螿（jiāng）：即寒秋时节的蝉。⑤神京：此指宋代都城汴京。蓝桥：在今陕西蓝田东南蓝溪上。相传此地有仙窟。唐代秀才裴航过蓝桥驿，口渴求水，遇仙女云英，一同仙去，寻得玉杵臼捣药百日，结为夫妻。裴航捣药时昼作夜息，夜里见有玉兔持玉杵臼捣而相助，"雪光辉室，可鉴毫芒"。见唐·裴铏《传奇·裴航》。后遂以"蓝桥"神仙窟指仙境，或代指蟾宫月窟。⑥云母屏：以云母石作装饰的屏风。化用唐·李商隐《嫦娥》"云母屏风烛影深"诗句。⑦流霞：仙酒名。东汉·王充《论衡·道虚》：项曼都离家求仙，被仙人带到月边，饥渴时，辄饮流霞一杯，数月不饥。后以"流霞"泛指美酒。此处语意双关，亦兼指云霞。⑧"更携取"句：南朝宋·刘义庆《世说新语·容止》载：东晋庾亮守武昌时，曾于秋夜气佳意清，与属吏共登南楼赏月。佐吏先来，俄而庾亮至，众人欲起避之。庾亮云："诸君少住，老子于此处兴复不浅。"便倚胡床，与诸人戏谑。胡床：一种可折叠的轻便坐具，传自西域，故称。

【赏析】

明·毛晋《晁氏琴趣外篇跋》载："无咎大观四年（1110）卒于泗州官舍。自画山水留春堂大屏，上题云：'胸中正可吞云梦，盏底何妨对圣贤。有意清秋入衡霍，为君无尽写江天。'又咏《洞仙歌》一阕，遂绝笔。"此词因是绝笔之作，故词中有神京远、仙路近之叹，但作者终是从尘世浮沉中解脱，发露出一怀超逸的胸次。

词写中秋赏月。从月出到月上到月满，从庭阶到卧室到楼头，层层不离赏月，一气舒卷，天上人间浑然为一。而且首尾照应，起始与结歇俱用新警语绾合，如开篇以月起，"青烟幂处，碧海飞金镜"二句已佳；末了以月结，"看玉做人间，素秋千倾"二句亦奇卓。宋·胡仔《苕溪渔隐丛话》认为："凡作诗词，要当如常山之蛇，救首救尾，不可偏也……此词可谓善救首救尾者也。"

这首中秋词冰魂玉魄，意象超逸，一片清凉世界，无不浸染素洁清幽的气韵。《四库全书总目提要》称晁补之词"神姿高秀，与苏轼可肩随"，从此词来看，并非过誉。

【辑评】

［清］黄苏《蓼园词选》：前阕从无月看到有月，次阕从有月看到月满人间，层次井井。而词致奇杰，各段俱有新警语，自觉冰魂玉魄，气象万千，兴乃不浅。

【今译】

淡青色的烟云
遮蔽了苍穹的朗净，
忽地，一轮皓月
如从碧海青天
飞跃出一面金镜。
长长的夜
清辉洒照的台阶，空寂
卧着婆娑桂影。

夜露渐凉时
滢动着秋的夜冷，
久久徘徊
听，寒蝉断续
零乱地噪鸣，
京城渺远，只有
那归去月宫仙境的路
离得好近，好近。

水晶珠帘不卷
展开烛影摇曳的云屏，
幽冷月光
在佳人的粉颊
浸润出清雅的风情。
这清辉，掬起
满满倾入金樽，
晓光、美酒
一同倾饮而尽
直到杯空，直到天明。
再携带一张坐床
登上南楼高顶，
看，人间一片素洁
似白玉铺砌，
澄澈的秋光
——洒遍千倾万倾。

张 耒

张耒（1054—1114），字文潜，号柯山，淮阴（今属江西）人。十七岁作《函关赋》，传诵人口。神宗熙宁六年（1073）进士。元祐初，授秘书省正字、著作佐郎，擢起居舍人，任馆阁近十年，得以熏沐于苏门，与黄庭坚、晁补之、秦观、陈师道等交谊日深。绍圣年间，坐元祐党籍，徙宣州，谪监黄州酒税。徽宗立，一度起用，召为太常少卿。复出知颍州，闻苏轼病逝，为之举哀行服，遭言官弹劾。崇宁初，复坐党籍落职，贬房州别驾、黄州安置，傍柯山而居。后诏除党禁，始得“自便”，晚年闲居陈州。时二苏及黄、晁之辈相继没世，张耒独存，士人多就其学，日载酒肴饮食之，六十一岁卒。

仪表丰伟，才雄笔健，工诗善文，名重一时。其诗学白居易、张籍，明畅自然有唐风。其文与诗风一致，雍容不迫，澹然平和。作词不多，属婉约一路，格调与柳永、秦观为近。今有《柯山集》、辑本《柯山诗余》。

秋蕊香

帘幕疏疏风透，一线香飘金兽[①]。朱栏倚遍黄昏后，廊上月华如昼。　　别离滋味浓于酒，著人瘦[②]。此情不及墙东柳，春色年年如旧。

【注释】

①金兽：兽形的金属香炉。②著（zhuó）人瘦：使人瘦。著：叫、使。

【赏析】

苏门四学士中，张耒以诗著称而非以词名家，传词亦甚少。宋·吴曾《能改斋漫录》云：“元祐诸公皆有乐府，唯张仅见此二词（《少年游》《秋蕊香》），味其句意，不在诸公之下。”

此词写闺中相思，韵致清婉。上片写景，景中有人。室内疏帘透风，金炉缭香，见出枯坐的寂寞难耐；楼头朱栏倚遍，月华如昼，知是凝望时忆念之深。下片抒情，情中有景。“别离滋味浓于酒”取譬极妙，别离滋味使人醺然沉迷，甚于醇酒；而别离滋味之浓烈，酒难浇除。如此这般，故月下伊人，“瘦”影伶俜。末了以墙东柳色，进一步反衬别离滋味，无情之柳绿色依旧，有情之人红颜瘦损，情深情痴婉曲出之。

张耒诗、词有别，作诗关注社会现实，同情民生疾苦，填词则多写相思别情，风流蕴藉。此词字句清丽，笔致深婉，颇近秦观风味，在婉约词中也属上乘之作。

【辑评】

[宋]叶寘《爱日斋丛钞》：苏门陈无己，清苦之士，亦有长短句。且言他文未能及人，独于词自谓不减秦七、黄九。

【今译】

竹帘疏疏　　轻柔暖风悄然入透，

一线轻烟悠长
绕在薰香铜炉。
朱红栏杆，倚遍
直到池边明月东上
黄昏暗淡后，
长廊，曲曲地幽寂
一廊银白清辉
洒落，如白昼。

别离的滋味
恰似这般浓烈于酒，
苦苦地，让人
花容枯萎
一天天相思消瘦。
这情愁、人瘦
不及院墙东头的柳，
那丝丝缕缕
年年无改——
碧绿春色，依旧。

周邦彦

周邦彦（1056—1121），字美成，号清真居士，钱塘（今杭州）人。少时博涉百家之书，性情疏放不羁。元丰初年（1078）入太学，献《汴都赋》颂新政，绮文壮采，得神宗赏识，擢为太学正，由此文名远播。其后五年，未得升迁，遂尽力于辞章，流连歌楼瓦舍。高太后听政，起用旧党，因“不能俛仰取容”，出为庐州教授、溧水县令，浮沉州县达十年之久。哲宗绍圣四年（1097），被召回京，任国子监主簿。召对崇政殿，重进《汴都赋》，除秘书省正字。徽宗即位，历迁校书郎、考功员外郎、卫尉卿。后出知德隆府，徙知明州。政和六年（1116）还京，次年进徽猷阁待制，召授大晟府提举，奉旨与诸人审定古调，增演慢曲、引、近，移宫换羽，为三犯、四犯，词曲遂繁。未久，出知顺昌府，徙处州，不赴，奉祠提举南京鸿庆宫。方腊起事，辗转避难于睦州、杭州、扬州，六十六岁卒。

工诗文，兼善书法，但皆为词名所掩。其词多用自度曲，写男女情爱、羁旅流落，然艺术造诣超迈侪流。清·陈廷焯《白雨斋词话》云：“词至美成，乃有大宗。前收苏、秦之终，后开姜、史之始，自有词人以来，不得不推为巨擘。”其词风浑厚和雅，缜密典丽，上承柳永、秦观，下开姜夔、吴文英一派，被推崇为婉约词集大成者，当时及后世均享誉甚高、影响极大。今有《片玉词》，又名《清真集》。

瑞龙吟

章台路[①]，还见褪粉梅梢，试花桃树[②]。愔愔坊陌人家[③]，定巢燕子[④]，归来旧处。　黯凝伫。因念个人痴小[⑤]，乍窥门户[⑥]。侵晨浅约宫黄[⑦]，障风映袖[⑧]，盈盈笑语。　前度刘郎重到[⑨]，访邻寻里，同时歌舞，唯有旧家秋娘[⑩]，声价如故。吟笺赋笔，犹记燕台句[⑪]。知谁伴、名园露饮[⑫]，东城闲步？事与孤鸿去[⑬]。探春尽是，伤离意绪。官柳低金缕[⑭]。归骑晚，纤纤池塘飞雨。断肠院落，一帘风絮。

【注释】

①章台路：泛指歌楼妓馆聚集处，见欧阳修《蝶恋花》注。②试花：花初放。③愔愔（yīn）：寂静的样子。坊陌：坊曲，唐代歌舞伎所居里巷。此泛指歌楼妓馆。④定巢：安巢，归巢。⑤个人：伊人，那人。⑥乍窥门户：指雏妓初次倚门卖笑，娼家女子有站立门前以招徕客人的习惯。唐·元稹《李娃行》：“髻鬟峨峨高一尺，门前立地看春风。”⑦浅约宫黄：淡抹脂粉。约：隐微。南朝宫女用黄粉色饰眉额，称“宫黄”。五代·张泌《浣溪沙》：“依约残眉理旧黄。”⑧障风映袖：据唐·李商隐《柳枝五首·序》：洛阳有一少女名柳枝，能诗，晓解音律，听人吟李商隐《燕台》诗，惊为绝世才华，遂生爱慕之情。一日相遇于巷，柳枝抱立扇下，风障一袖，与语，约期欢会。后终未结合。此处暗用其爱情故事。⑨刘郎：南朝梁·吴均《续齐谐记》载：传说东汉时，刘晨、阮肇入天台山采药，于桃溪遇二位仙女，姿容甚美，相慕悦，遂留半年。及归，亲旧零落，邑屋改易，子孙已历七世。后再入天台寻访，不复见。此暗用其典故，以“刘郎”自指。⑩秋娘：杜秋娘，唐代金陵著名歌妓，屡见于唐人歌咏，杜牧有《杜秋娘诗》。后用作歌妓的通称。⑪燕台句：唐·李商隐作有《燕台》诗，其《赠柳枝》：“长吟远下燕台句，唯有花香染

未消。”此借指赠恋人的诗句。⑫露饮：脱帽露顶而饮，表示不拘形迹。⑬“事与”句：唐·杜牧《题安州浮云寺楼寄湖州张郎中》：“恨如春草多，事与孤鸿去。”此借用杜牧诗句，意谓往事成空。⑭金缕：形容嫩柳垂丝如金线。

【赏析】

此词是周邦彦《清真集》开卷第一篇，向被视为压卷之作。全章三叠，前两叠为双拽头，相当于一般词调的上片，后一叠相当于下片。第一叠访旧居：梅梢褪粉、桃树初绽，见居处之华美；曲坊人家依旧，巢燕归来，暗示人去楼空。第二叠忆旧人：窥门之羞涩、眉额之雅淡、笑语之妩媚，宛然在目，呼之欲出。第三叠追昔抚今。寻访昔日邻里，同时歌舞佳人，唯秋娘如故，反衬伊人已非，妙在不说破。犹记吟笺赋笔，可谁伴露饮闲步，见出己之孤独。“事与孤鸿去”咽住，将往事扫空折回眼前，探春尽是，伤离意绪，顺势点出作意。归来池塘纤雨，庭院风絮，以景结情一片凄迷，含有余不尽之意。

此词作于哲宗绍圣四年（1097）被召还京，任国子监主簿时。十年外放流徙，今日故地重返，却不见当年钟情伊人，物是人非而又情随境迁，不禁感慨系之。词中所写不过桃花人面，旧曲翻新，但其中寓含身世慨叹，增添了沉郁味致。而且妙在章法，作者将抒情、绘景与叙事、写人融合，昔日欢乐与今日凄楚交错，以景起又以景结，层层脱换，笔笔往复，开合顺逆无不自如，跳荡处见疏朗，勾连处知缜密，极尽缠绵婉转之致。长调词最重章法，而周邦彦夙以善于铺排结构见称。

【辑评】

[宋]沈义父《乐府指迷》：结句须要放开，含有余不尽之意，以景结情最好。如清真之“断肠院落，一帘风絮”，又“掩重关遍城钟鼓”之类是也。

[明]吴从先《草堂诗余隽》：李攀龙曰：此词负才抱志，不得于君，流落无聊，故托以自况。

[清]周济《宋四家词选》：不过桃花人面，旧曲翻新耳。看其由无情人，结归无情，层层脱换，笔笔往复处。

【今译】

章台路，又见
疏枝残梅
映衬着初绽的桃树。
坊曲人家
门前车马稀少
一阶冷落的寂，
只有去年旧燕
双双飞归旧巢故居。

我，黯然凝神
久久地伫立。
回想当年那痴憨少女，
她，初立门户
羞于歌台舞榭的生计。
清晨的风中
秀额涂抹鸦黄
一双黛眉又淡又细，
歌扇挡风，红袖遮面
与我，轻轻盈盈
吐出如珠笑语。

如今，故地重游
寻访昔日邻里，
同时的歌舞佳人
噢，只剩秋娘
依然旧时的歌喉舞姿。

记得，曾经与她
粉红小笺提笔，
墨渍淋漓，字字
尽深情吟出的诗句。
可往后，有谁
伴我名园畅饮
脱帽露顶不拘形迹，
又有谁与我
东城郊外，漫步
绿野清新的雅趣？
往日的赏心乐事
随天边孤鸿，远远去了，
独自探寻春色
尽伤离怨别的愁绪。
道旁的杨柳
垂拂，柔如金缕，
天色已昏晚
我，骑马归去迟迟。
小小池塘，纷飞
清冷细雨，
空寂庭院断肠
一帘，随风扑入柳絮。

风流子

新绿小池塘，风帘动、碎影舞斜阳。羡金屋去来①，旧时巢燕，土花缭绕②，前度莓墙③。绣阁里，凤帏深几许④，听得理丝簧⑤。欲说又休，虑乖芳信⑥；未歌先咽，愁近清觞⑦。　遥知新妆了，开朱户，应自待月西厢⑧。最苦梦魂，今宵不到伊行⑨。问甚时说与，佳音密耗⑩，寄将秦镜，偷换韩香⑪。天便教人，霎时厮见何妨！

【注释】

①金屋：此指佳人所居华美闺房，用“金屋藏娇”典故。《汉武故事》载：汉武帝刘彻少时，其姑母长公主欲将女儿阿娇许配给他，刘彻说：“若得阿娇作妇，当作金屋贮之。”②土花：苔藓。③ 莓墙：长满莓苔的墙垣。④凤帏：绣有凤凰的丝绸帷帐。⑤丝簧：泛指管弦乐器。丝：琴弦。簧：管乐器的簧片。⑥乖：违误，耽误。⑦清觞：洁净的酒杯，代指清酒。⑧待月西厢：唐·元稹《莺莺传》莺莺赠张生诗：“待月西厢下，迎风户半开。拂墙花影动，疑是玉人来。”后用“待月西厢”指情人幽会。⑨伊行（háng）：伊人那边。⑩密耗：密音、密约。耗：音信。⑪秦镜：东汉秦嘉离家宦游，其妻徐淑因病不能随行，秦嘉乃寄明镜宝钗，并赠诗相安慰，有“宝钗好耀首，明镜可鉴形”之句。见唐·欧阳询等《艺文类聚》。韩香：晋代贾充之女贾午，爱慕韩寿，私以家藏御赐西域异香相赠。贾充闻韩寿身有奇香，知女偷赠，即以女许配之。见南朝宋·刘义庆《世说新语·惑溺》。此处“秦镜”“韩香”代指恋人之间赠予的信物。

【赏析】

宋·王明清《挥麈余话》云：“周美成为江宁府溧水令，主簿之姬有色而慧，每出侑酒，美成常款洽于樽席之间，世所传《风流子》词盖所寓意焉。”宋人笔记多信手抄录，不复考核，此未必实有其事。

此词为思人之作，所思之人乃深居绣阁凤帏的大家女子。先写眼前景色，池塘新绿，斜阳烁闪里晚风摇碎池中帘影，绘景极奇丽，一“舞”字尤为传神。接下，羡慕旧燕入屋、土花绕墙，写自己不得近前；未歌先咽，欲说又休，尽从琴声中出，转而写对方的幽怨；梳妆罢了，待月西厢，遥想伊人思切；今宵梦魂，不到伊旁，又折回到自身思苦。何时说与，佳音密约？推进一层到相见难期。末了思极痛极，迸出“天便教人，霎时厮见何妨”的呼天怨天。这千回百转逼出的一句，见出相思的情急情痴，酣畅而不直浅，真率而不粗鄙，清·况周颐《蕙风词话》称道：“此等语愈朴愈厚，愈厚愈雅，至真之情，由性灵肺腑中流出，不妨说尽而愈无尽。”

此词写两处阻隔无由相见的相思憾恨，以景起而以情结，从双方对照写来，一层深入一层，篇末至高潮处戛然止住，章法井然而又跌宕有致。

【辑评】

[宋]张炎《词源》：词欲雅而正，志之所之，一为情所役，则失其雅正之音。耆卿、伯可不必论，虽美成亦有所不免。如“为伊泪落”；如“最苦梦魂，今宵不到伊行”；如“天便教人，霎时厮见何妨”；如“又恐伊寻消问息，瘦损容光”；如“许多烦恼，只为当时，一晌留情”，所谓淳厚日变成浇风也。

[清]沈谦《填词杂说》：“天便教人，霎时厮见何妨”；“花前月下，见了不教归去”，卞（躁）急迂妄，各极其妙，美成真深于情者。

【今译】

春水新绿
涨满了小小池塘，
暖风轻柔，倒映
一池帘影破碎了
舞动烁金的夕阳。
让人羡慕昔日筑巢燕子
绕飞着华美屋梁，
苍苔的青痕
爬上前番蔓生的院墙。
我，伫立远处
想那闺阁幽深，垂掩
几层凤凰罗帐？
琴声断续传来
似一点芳心暗藏。
却又欲言，还止
抑塞一怀忧伤，
又欲对酒当歌
愁思太浓，怯近清觞，
朱唇未曾启开
先自哽咽了，一曲
高山流水的吟唱。

远远地，知道
她刚把秀眉描得细长，
静悄推开窗格
等待明月爬上西厢。
最苦，这咫尺天涯
今夜梦魂难到她身旁。
试问一声：
几时，才能欢聚
与她吐诉衷肠，
几时，能传递红笺
写满相思一行行，
我，要寄予
一面如心的明镜，
换取她一瓣定情的芳香。
上苍，行个方便吧
让我与她相见，
哪怕是短暂的片刻
——又有何妨！

解连环

怨怀无托。嗟情人断绝，信音辽邈[①]。纵妙手、能解连环[②]，似风散雨收，雾轻云薄。燕子楼空[③]，暗尘锁、一床弦索[④]。想移根换叶，尽是旧时，手种红药[⑤]。

汀洲渐生杜若[⑥]。料舟移岸曲，人在天角。谩记得、当日音书，把闲语闲言，待总烧却[⑦]。水驿春回，望寄我、江南梅萼[⑧]。拚今生，对花对酒，为伊泪落。

【注释】

①辽邈：遥远，渺茫。②解连环：典出西汉·刘向《战国策·齐策》：秦始皇派使者赠齐王玉连环，曰："齐多智，而解此环否?"群臣均不知解，齐后用椎将连环击碎，曰："谨以解矣。"此处化用其典故，暗喻情结难解，只有将爱情毁灭方可解脱。③燕子楼空：见苏轼《永遇乐》注。此处既有佳人何在之叹，又暗含佳人情薄之怨，所恋伊人思迁于自己生前，不如关盼盼念旧爱而忠贞不移。④床：琴床，安放琴的器具。⑤红药：红色芍药。⑥杜若：香草名。屈原《楚辞·九歌》："搴汀洲兮杜若，将以遗兮远者。"此用其采芳赠远之意。⑦"谩记得"三句：汉乐府《有所思》："闻君有他心，拉杂摧烧之。摧烧之，当风扬其灰。从今以往，勿复相思。相思与君绝。"此化用其诗意。⑧"水驿"二句：化用"驿寄梅花"典故，见秦观《踏莎行》注。

【赏析】

此词为访旧怀人之作。周邦彦艳词往往以多情浪子写青楼歌妓，与柳永同类词似无二致，只是不及柳永一生仕宦蹭蹬，混迹歌楼时多一些"同是天涯沦落人"的真情。然而，此词却将一片痴情、真情写得透心入骨。

开篇"怨怀无托"，横绝，总挈全篇。人去信杳，为怨怀无托之缘由。接下，妙手连环，写自己情思难解；风散雨收，写伊人意断情薄；旧时芍药，发睹物思人之伤叹。过片采芳赠远，推开一笔，似断似续。接下，人在天涯，盟誓成空，写一怀哀绝。转而水驿春回，江南寄梅，又心存一丝希冀。末了更进一层，拼却今生，为伊泪落，收出一片痴顽。

此词似是人物内心道白，以"怨怀"起始，以"泪落"收束，嗟怨—忆念—决绝—期待，一波三折，回环往复，道尽失恋之苦、相思之深，婉曲而深至。陈洵《海绡说诗》云："篇中设景设情，纯是空中结想，此周词之极幻者。"

【辑评】

[清]况周颐《蕙风词话》：元人沈伯时作《乐府指迷》，于清真词推许甚至。惟以"天便教人，霎时厮见何妨""梦魂凝想鸳侣"等句为不可学，则非真能知词者。清真又有句云："多少暗愁密意，惟有天知"；"最苦梦魂，今宵不到伊行"；"拚今生，对花对酒，为伊泪落"。此等语愈朴愈厚，愈厚愈雅，至真之情由性灵肺腑中流出，不妨说尽，而愈无尽。

陈洵《抄本海绡说词》：全是空际盘旋，"无托"起，"泪落"结。中间"红药"一情，"杜若"一情，"梅萼"一情，随手拈来，都成妙谛。梦窗"思和云结"，从此脱胎。

【今译】

一怀幽怨，太深　　　　无处可寄托，

叹伊人，意断情绝
忘却当初的承诺，
杳无一纸音信
我，一天天思念中度过。
妙手能解连环
可这心中的纠结难脱，
昔日的欢情
去了，好似眼前
风散雨收，雾轻云薄。
如今人去楼空，
一层昏晦积尘
封住了，曾经纤手
弹拨的弦索。
庭阶前，根移叶换，
尽是当年她
亲手栽种的红芍药。

江上小洲，渐生杜若。
想采摘一簇芬芳赠与
伊人却在天一角，
那深曲水湾
可有她的彩舟停泊?
空自记得当初的誓言
多少彩笺浓墨，
现在，尽成闲语
将它焚作一纸炉火。
啊，春天回暖
水边驿舍
散去了残冬的冷漠，
心存一丝希冀
盼望她，寄
一枝江南梅花与我。
罢了，我愿舍弃今生，
对花把酒
为她，相思泪落。

瑞鹤仙

悄郊原带郭，行路永，客去车尘漠漠。斜阳映山落，敛余红、犹恋孤城阑角[①]。凌波步弱[②]，过短亭、何用素约[③]。有流莺劝我[④]，重解绣鞍，缓引春酌。　不记归时早暮，上马谁扶，醒眠朱阁。惊飙动幕[⑤]，扶残醉，绕红药。叹西园、已是花深无地，东风何事又恶？任流光过却，犹喜洞天自乐[⑥]。

【注释】

①余红：残余的红霞。阑角：城头栏干一角。②凌波：见贺铸《青玉案》注。③素约：平时相约。④流莺：啼声流亮婉转的黄鹂。此比喻所遇歌妓柔声软语。⑤惊飙（biāo）：狂风。⑥洞天：洞中别有天地之意。道家称神仙所居之地为“洞天”，有王屋山等十大洞天、泰山等三十六洞天之说。此处喻自家小天地。

【赏析】

此词约作于徽宗宣和二年（1120），宋·王明清《玉照新志》载：“美成以待制提举南京（今河南商丘）鸿庆宫，自杭徙居睦州（今浙江桐庐），梦中作《瑞鹤仙》一阕，既觉（醒），尤能全记。”王明清父亲王铚与周邦彦晚年交好，周邦彦曾将此词抄寄予他。故《玉照新志》所记并非子虚乌有。

此词运用倒卷逆挽章法，先忆后叙。昨日送客去后，车尘漠漠，悄郊孤城，斜阳映山，衬出孤寞情怀。归途短亭邂逅相遇，重解马鞍，欢晤酣饮，忽然情起波澜。却又煞住，引出过片今日酒醒：不记晨暮，上马谁扶？醒时已卧朱阁，颇得醉时醒后神态；风骤花落，故扶残醉绕看芍药，一“惊”残红遍地，一“叹”东风又恶，见出惜花之情深。末了纵笔宕开，任流光过却，一方天地，自得其乐，以旷达语收束。周邦彦词章法上以针线绵密著称，如此词闲淡说起，从昨日黄昏到今日清晨，送客、邂遇，醉眠、赏花，平铺中波澜跌起，顺叙中逆折陡转，笔致摇曳而又有迹可寻。故清·周济《宋四家词选》评此词“结构精奇，金针度尽”。

或认为此词惜花太沉重，“已是花深无地，东风何事又恶？”怨责如此情激言切，实隐含了作者屡遭贬逐的仕途变故。此可为一解，于惜花叹逝中寄寓身世感叹，也是清真词中常有。

【辑评】

[清]黄苏《蓼园词选》：似有郁郁不得意而托于游，托于酒，以自排遣，醉中语犹自浇药栏而怨东风，所云“洞天自乐”，亦无聊之忌也。细玩自得其用意所在。

俞陛云《唐五代两宋词选释》：“余红”句兼含情韵，与周草窗词“一片斜阳恋柳”并推佳咏。

【今译】

郊野，静寂
连绕高耸的城郭，
长长的路
一直伸入远方的沉默，
友人车马去了
尘土遮眼，漠漠。
夕阳依着远山
迟迟缓缓地沉落，
晚霞渐收，剩一抹橘黄
恋在孤城楼垛。
纤柔多姿的伊人
轻盈走来如踏清波，
短亭邂逅相遇
不须平日相约。
柔声软语，似流莺
劝我重解马鞍，
只须一壶春酒
相对，浅斟低酌。

不记得归去时
天色是早是暮，
是谁，掺挽上马？
依稀酒醒时
已卧在自家楼阁。
一阵狂风，骤起
掀动低低帘幕，
扶起残醉
低徊在清寂里
赏看阶前芍药的红灼。
让人叹惋这西园
残花堆砌，庭院
一地深深埋没，
春风啊，为什么
将花蕊的鲜丽
又无情地摧折成残破？
春去，留不住
似水流年
暂且任它匆匆过，
幸喜还有——
一方天地安闲自乐。

满庭芳

夏日溧水无想山作①

风老莺雏，雨肥梅子②，午阴嘉树清圆③。地卑山近④，衣润费炉烟。人静乌鸢自乐⑤，小桥外、新绿溅溅。凭阑久，黄芦苦竹⑥，疑泛九江船。　　年年，如社燕⑦，飘流瀚海⑧，来寄修椽⑨。且莫思身外，长近尊前⑩。憔悴江南倦客，不堪听急管繁弦。歌筵畔，先安簟枕，容我醉时眠。

【注释】

①无想山：在今江苏南京溧水区南十八里，山上无想寺（一名禅寂院）中有韩熙载的读书堂。②雨肥梅子：梅子受雨水滋润而肥大。唐·杜甫《陪郑广文游何将军山林》："绿垂风折笋，红绽雨肥梅。"③"午阴"句：用唐·刘禹锡《昼居池上亭独吟》"日午树阴正"句意。清圆：形容树影清晰圆正，苏轼《次韵子由柳湖感物》："夜爱疏影摇清圆。"④地卑：地势低下潮湿。卑：低。⑤鸢（yuān）：老鹰。⑥"黄芦"句：唐·白居易贬江州司马作《琵琶行》，有"住近湓江地低湿，黄芦苦竹绕宅生"之句。此化用其意，以白居易谪贬江州的情景自比。⑦年年：宋·沈义父《乐府指迷》："词中多有句中韵，人多不晓，不惟读之可听，而歌时最要叶韵应拍，不可以为闲字而不押，……如《满庭芳》过片'年年，如社燕'，'年'字是韵，不可不察也。"社燕：燕子春社时节北飞，秋社时节南下，故称。⑧瀚海：沙漠，此泛指远僻之地。⑨修椽：长椽，指燕子在屋梁上的筑巢之所。修：长。⑩"且莫思"二句：唐·杜甫《绝句漫兴》："莫思身外无穷事，且尽生前有限杯。"唐·杜牧《张好好诗》："身外任尘土，尊前极欢娱。"此化用二杜诗句。身外：指自身以外的功名利禄、荣辱得失等。

【赏析】

周邦彦自哲宗元祐二年（1087）离京外放，先后流宦庐州、荆南、溧水等地达十年，所作词多感伤身世不遇。此词是作者三十八岁任溧水县令时作。

开篇莺老梅肥，繁荫如盖，将江南夏景直逼眼前，以"清圆"二字形容夏木蔚秀，极为传神。接下转写所居，地势低湿，衣湿费炉烟，略含不堪之怨；而乌鸢自乐、小桥新绿，又若有欣羡之意。待歇拍"凭阑久"三句，微露端倪，遂见出谪宦羁思。过片年年社燕，喻己天涯漂泊，寄人篱下，一怀羁旅愁苦。转而自我开解，不思身外功名，且尽杯中之饮，作达观疏放之想；然而久客憔悴，不堪管弦，又见内心愁苦郁结难解。末了一笔折回，以歌筵醉眠收煞，看似有萧闲之致，实为悲颓之语。全篇清丽景物与孤寂心境相交错，羁宦愁闷与歌酒消遣相结合，层层脱卸，笔笔勾勒，极腾挪跌宕之妙。其中有多少说不出处，然哀怨而不激烈，"沉郁顿挫中，别绕蕴藉"（清·陈廷焯《白雨斋词话》）。

词中的雨肥梅子、午阴嘉树、黄芦苦竹、长近尊前，分别化用杜甫、刘禹锡、白居易、杜牧诸人诗句，切合景情，运典入化，体现出"清真词多用唐人诗语，隐括入律，浑然天成"（宋·陈振孙《直斋书录解题》）的特点。

【辑评】

[宋]沈义父《乐府指迷》：词中多有句中韵，人多不晓，不惟读之可听，而歌时最要叶韵应拍，不可以为闲字而不押，……如《满庭芳》过片"年年，如社燕"，"年"字是韵，不可不察也。

[明]潘游龙《古今诗余醉》："风老"二句，炼。

[清]陈廷焯《白雨斋词话》：美成词，有前后若不相蒙（承）者，正是顿挫之妙……此中有多少说不出处，或是依人之苦，或有患失之心。但说得虽哀怨，却不激烈，沈郁顿挫中别饶蕴藉。

【今译】

和风温暖中
雏莺，一天天羽翼丰满，
细雨滋润里
梅子渐肥大，酸甜，
如伞盖的绿荫
撑在午时阳光下
亭亭，清圆。
居舍地势低洼
近靠连亘起伏的山峦，
熏烤潮润衣服
费许多炉火柴烟。
四周，无闹市嘈杂人声
枝上鸦啼正欢，
青石桥外
一溪新绿溅溅。
凭栏久久，眼前
黄芦苦竹绕宅，
疑似当年——
迁贬的青衫司马
天涯沦落，江州泊船。
一年，又一年
如春来秋去的燕，
漂泊远方僻地
寄身人家的长椽低檐。
啊，得失荣辱
尽身外之物
且抛开那世事牵绊，
不如放情恣意
常近酒樽前。
可我江南倦客
心，已憔悴衰残，
恐怕承受不住
惹人伤感的急管繁弦。
歌舞酒筵旁
先放置一卧枕席
好让我——
酣然醉时，闲眠。

过秦楼

水浴清蟾①，叶喧凉吹，巷陌马声初断。闲依露井，笑扑流萤，惹破画罗轻扇②。人静夜久凭阑，愁不归眠，立残更箭③。叹年华一瞬，人今千里，梦沉书远。

空见说、鬓怯琼梳，容销金镜，渐懒趁时匀染。梅风地溽④，虹雨苔滋⑤，一架舞红都变⑥。谁信无聊为伊，才减江淹⑦，情伤荀倩⑧。但明河影下⑨，还看稀星数点。

【注释】

①清蟾：指明月。②"笑扑"二句：唐·杜牧《秋夕》："银烛秋光冷画屏，轻罗小扇扑流萤。"此化用其诗意。③更箭：即漏箭。④梅风：梅子熟时梅雨季节的风。⑤虹雨：初夏的阵雨，因雨后常现彩虹，故称。⑥舞红；随风

舞落的红花。⑦才减江淹：唐·李延寿《南史》本传：南朝梁代诗人江淹少时，梦中得神人授五色笔，文思大进。后罢居宣城郡，宿二台亭，梦郭璞索取其笔，尔后为诗，不复成语，故世称“江郎才尽”。此处用其典故，表示自己心情无聊，才思烦乱。⑧情伤荀倩：南朝宋·刘义庆《世说新语·惑溺》载：三国魏人荀奉倩（名粲），其妻曹氏有艳色，与之情至笃。曹氏冬天病热，出庭中自取冷，返入室内，以身贴熨之。妻亡，叹曰：“佳人难再得！”不哭而神伤，痛悼不已，不久亦卒。⑨明河：银河。

【赏析】

这是一首怀人词，写“夜久凭阑”的离别情怀。词中“梅风地溽”与《满庭芳》的“地卑山近”同一境况，约写于溧水县令任期。

上片今昔对比。“水浴清蟾”六句写昔时欢娱之乐：凉秋月夜，露井清幽，画罗小扇，笑扑流萤，美景佳人共度良宵。“人静夜久”三句辞意顿转，折入今日相思之哀：凭栏不眠，残尽更漏，寂夜愁怀同伴孤身。今昔哀乐殊异，遂生一怀感慨，故歇拍“叹”字领起：年华易逝，人各千里，梦沉书也远。下片彼此对照。从“见说”对方写起，鬓疏容消，懒匀脂粉，写伊人相思瘦损。接下宕开一笔，插入梅风虹雨，晦苔舞红，明写春色阑珊，暗喻欢情消歇。“谁信”落到自身，江郎才尽，荀倩情伤，写自己离愁苦熬。末了明河影下，还看稀星数点，结出凭栏至晓的彻夜不眠，意味缠绵隽永。

全篇章法回环，写景状物、传情达意多有曲折细微处，精丽中见浑成，沉郁中有劲健。清·周济《介存斋论词杂著》曾叹曰：“美成思力，独绝千古。”

【辑评】

[清]周济《宋四家词选》：（“梅风”三句）入此三句，意味淡厚。

[清]陈廷焯《云韶集》：婉约芊绵，凄艳绝世，满纸是泪，而笔墨极尽飞舞之致。

陈洵《抄本海绡说词》：前起逆入，后结仍用逆挽，构局精奇，金针度尽。

【今译】

明月，浸浴池塘
滢滢圆圆，
凉风静夜
树叶一阵沙沙哗喧，
街巷沉寂了
车马声，初断。
闲靠露天井台
看她扑打流萤点点，
那清脆笑声
划破彩绢轻扇。
今夜长长
人声寂静时，倚栏，
一怀愁思萦绕
不愿入内室寝眠，

任石阶露重
伫立，夜尽更残。
可叹人生苦短
年华流逝，瞬间，
人，天各一方
千里万里，迢迢山川，
梦魂也难相遇
夜里，一缕沉暗，
更有音讯不通
片言只语杳然。

徒然听说，她
只为相思
渐稀疏的青丝秀发

怯用玉梳盘挽，
如花容颜，也瘦
怕对铜镜照看，
天天无心情
将时髦粉妆描染。
眼前，黄梅时节的风
四处任意散漫，
湿溽的地气趁初夏阵雨
滋生苍青苔藓，
庭中，满架落红
飘飞潮风湿雨
舞着衰残的美艳。
谁知，为她百无聊赖，
我，这般文思枯竭
似江郎才减，
心意迷乱里
神魂，一缕缕伤断。
银河云影下
——独自数看
流划的疏星几点。

苏幕遮

燎沉香①，消溽暑②。鸟雀呼晴，侵晓窥檐语③。叶上初阳乾宿雨④，水面清圆，一一风荷举。　　故乡遥，何日去？家住吴门⑤，久作长安旅⑥。五月渔郎相忆否⑦？小楫轻舟，梦入芙蓉浦⑧。

【注释】

①燎：小火烧炙。②溽（rù）暑：潮湿闷热的天气。③侵晓：破晓。④宿雨：隔夜的雨。⑤吴门：苏州，旧为吴郡治所，故称。作者家在钱塘（旧属吴郡），此以吴门借指钱塘地杭州。⑥长安：见张舜民《卖花声》注。⑦渔郎：渔人，此指钓游的旧友。⑧芙蓉：即荷花。

【赏析】

词写客居京城时消暑思归的情思。上片写景，下片抒情，由雨后风荷引入故乡归梦。上片，焚香消暑，鸟雀呼晴，静中见噪，相映成趣。接下“叶上”三句，写荷塘新晴景色，炼一“举”字，状亭亭出水的荷叶随风俯仰，传风荷神清骨秀、摇曳多姿的神韵，被清·王国维《人间词话》叹赏为“真能得荷花之神理者”。下片，不说自己触景思乡，却问“渔郎相忆否”，从对面深进一层。末了以梦归作结，虽虚犹实，将久居京华而魂牵梦绕的乡思写得极真切，那荷塘深处的一叶轻舟，带人进入一种清远出尘的境地。

此词除却雕饰，风致天然，自有空淡和雅的风韵，所营造的境界“若有意，若无意，使人神眩”（清·周济《宋四家词选》），可为咏荷之绝唱。

【辑评】

[清]陈廷焯《云韶集》：风致绝佳，亦见先生胸襟恬淡。

[清]王国维《人间词话》：“叶上初阳干宿雨。水面清圆，一一风荷举。”此真能得荷花之神理者，觉白石《念奴娇》《惜红衣》二词，犹有隔雾看花之恨。

俞陛云《唐五代两宋词选释》：“叶上”三句，笔力清健，极体物浏亮之致。

【今译】

燃一缕沉香
消散湿热的炎暑，
清晨，鸟雀呼晴
檐下唧唧碎语。
阳光初灿
收尽，阔叶上昨夜残雨，
池塘的水面
绿荷清润阔圆
一叶叶，婷婷，
随一阵清风
颤颤袅袅，高举。

故乡，水远路遥
何时归去？
家在吴地钱塘
久恋京城，他乡旅居。
正初夏五月
垂钓的旧友
可否也追忆昔日？
我，一叶小舟
轻摇一柄短桨，
悠悠午梦里
荡入荷塘绿荫深处。

少年游

并刀如水[①]，吴盐胜雪[②]，纤手破新橙。锦幄初温[③]，兽香不断[④]，相对坐调笙[⑤]。　低声问：向谁行宿[⑥]？城上已三更，马滑霜浓，不如休去，直是少人行。

【注释】

①并（bīng）刀：古并州（今山西太原一带）出产的刀剪，以锋利出名，故称。唐·杜甫《戏题王宰画水山图歌》：“安得并州快剪刀，剪取吴松半江水。”②吴盐：吴地产的细盐洁白如雪，故称。唐·李白《梁园吟》：“吴盐如花皎如雪。”此处是中和橙酸的佐料。③锦幄（wò）：华美的锦缎帐幔。④兽香：兽形铜香炉里飘袅出的熏香。⑤调：调弄，吹奏。⑥谁行（háng）：谁那边，谁那里。

【赏析】

宋·张端义《贵耳集》载有关此词情事：“道君（宋徽宗）幸李师师家，偶周邦彦先在焉，知道君至，遂匿床下。道君自携新橙一颗，云：‘江南新进来。’遂与师师谑语。邦彦悉闻之，隐括成《少年游》云云。”前人指出此为传闻之言，不足为信。清·王又华《古今词论》引毛稚黄云：此词“似饮妓馆之作”。可备一说。

词写一对情人的秋夜幽会。上片“纤手破新橙”，“相对坐调笙”，用两细节渲染出缠绵温馨的情境，一缕笙曲引人遐思。下片以问句直贯篇末，“城上已三更，马滑霜浓，不如休去”。人物口吻毕肖，以声传情，不尽温存体贴。不再别作一语，室内之温香，室外之霜寒，挽留者之柔情，欲行者之犹豫，无限情景、无限意态尽让人想见。如此挽留之辞，闪烁、含蓄、柔婉、幽微，有意余言外之妙，耐人寻其情味。清·孙麟趾《词径》云：“恐其平直，以曲折出之，谓之婉。如清真‘低声问’数语，深得婉语之妙。”

此词写艳情，并无涉及淫词秽语，不沾半点恶俗气味，只以纤笔淡语将一片柔情融化在对坐调笙、知音相得的融暖氛围中，“丽极而清，清极而婉”（清·谭献《谭评〈词辨〉》），堪称本色佳作，故为历代词家所叹赏。

【辑评】

[清]王又华《古今词论》：毛稚黄曰：后阕绝不作了语，只以“低声问”三字贯彻到底，蕴藉袅娜，无限情境都自纤手破橙人口中说出，更不必别著一语。意思幽微，篇章奇妙，真神品也。又：周美成词家神品。如《少年游》：“马滑霜浓，不如休去，直是少人行。”何等境味！若柳七郎，此处如何煞得住。

[清]陈廷焯《白雨斋词话》：美成艳词，如《少年游》《点绛唇》《意难忘》《望江南》等篇，别有一种姿态，句句洒脱，香奁泛语，吐弃殆尽。

【今译】

并州的利刀
水一样光洁明净，
吴地的盐
比雪霰玲珑晶莹，
纤纤玉指
掰开新鲜黄橙。
一炷红烛摇曳
掩映的绣帐
透出轻暖袭人的温馨，
铜炉里，熏香
袅着静谧的夜
一缕缕上升，
对坐，轻弄银笙。

一声软语
耳鬓边，轻问：
今夜，在哪里栖身？
城楼鼓声
敲过了三更。
路上，马蹄易滑
寒霜结成薄冰，
不如，不要归去
这深冷的夜
——已路断行人。

六　丑

蔷薇谢后作

正单衣试酒①，帐客里、光阴虚掷。愿春暂留，春归如过翼②，一去无迹。为问花何在？夜来风雨，葬楚宫倾国③。钗钿堕处遗香泽④，乱点桃蹊，轻翻柳陌。多情为谁追惜？但蜂媒蝶使，时叩窗槅。　东园岑寂，渐蒙笼暗碧⑤。静绕珍丛底⑥，成叹息。长条故惹行客，似牵衣待话，别情无极。残英小，强簪巾帻⑦，终不似、一朵钗头颤袅，向人欹侧。漂流处，莫趁潮汐⑧。恐断红、尚有相思字⑨，何由见得？

【注释】

①试酒：宋代风俗，农历三月末或四月初尝新酿酒。②过翼：本指飞鸟。飞鸟掠翼而过，故常用来形容时光流

逝迅速。③倾国：东汉·班固《汉书·外戚传》：汉武帝宠姬李夫人出身倡优之家，未入宫前，其兄李延年在武帝面前夸耀其美貌，唱歌云："北方有佳人，绝世而独立。一顾倾人城，再顾倾人国。"后因以"倾城""倾国"指称绝色佳人。此处喻指蔷薇花。④钗钿（chāi diàn）：旧时妇女别在发髻上的一种首饰。此比喻落花。⑤蒙笼暗碧：绿叶笼罩下光线低暗。⑥珍丛：花丛。⑦巾帻（zé）：头巾，布帽。⑧潮汐：起落的潮水。早潮为"潮"，晚潮为"汐"。⑨断红、尚有相思字：唐·范摅《云溪友议》载：唐代卢渥赴长安应试，偶在御沟拾得漂出的一片红叶，叶上题绝诗一首："水流何太急，深宫尽日闲。殷勤谢红叶，好去到人间。"后卢渥娶所遣放宫女为妻，恰是题诗者。此暗用其典故。断红：落花。

【赏析】

这首长调慢词抒写悼花伤春之情，笔致迂徐，情致缠绵，摹写物态曲尽其妙，为周邦彦咏物名篇。上片，客居饮酒，春归花落，一"怅"字总揽全篇。"愿春暂留，春归如过翼，一去无迹"十三字千回百转，将恋春、惜春、怨春层层转出。接下由春归到花零：美人葬时钗堕，喻花遭受摧折；乱翻桃蹊柳陌，写花残花尽；只有蜂蝶叩窗追惜，反衬风雨无情。下片，东园徘徊，独自凭吊。"长条故惹行客，似牵衣待话，别情无极"，不说人惜花，却说花恋人，构思婉妙。接下因惜花而残英簪巾，一朵颤袅。歇拍枝发奇尊，吩咐落花莫随潮汐，恐相思诗句无处寻得，将惜花恋花之情写极。

古代咏物之作，往往借咏物以寓寄性情，凡身世之感慨隐然蕴于其中，非只沾咏于一物。此词层层铺写蔷薇花谢，反复低徊，思深意苦，客中悼花伤春如此浓厚，或是自叹年老远宦，境况落寞，清·陈廷焯《白雨斋词话》云："满纸是羁愁抑郁，且有许多不敢说处，言中有物，吞吐有致。"正得此词咏物而咏怀的味旨。

【辑评】

[宋]庞元英《谈薮》：唐小说记红叶事凡四……本朝词人罕用此事，惟周清真乐府两用之。《扫花游》云："随流去，想一叶怨题，今到何处。"《六丑》咏落花云："飘流处，莫趁潮汐。恐断红、尚有相思字，何由见得？"脱胎换骨之妙极矣。

[明]沈际飞《草堂诗余正集》："漂流"一段，节起新枝，枝发奇尊，长调不可得矣。

[清]黄苏《蓼园词选》：自叹年老远宦，意境落寞，借花起兴。以下是花是己，比兴无端，指与物化，奇情四溢，不可方物，人巧极而天工生矣。

【今译】

客居他乡，正是
初换春衫
品尝新酿绿酒时，
怅恨，一年光阴又虚掷。
春，暂时驻足
不要匆匆离去，
可是春去了
如鸟掠翅疾飞，无迹。
试问院墙边蔷薇

归宿哪里？
一夜，急骤风雨
摧折了它的美丽。
如绝色佳人埋葬时
一地钗钿坠落
遗留秀发香泽一缕，
那零落残瓣
乱缀桃树下小蹊，
又在柳荫下

随风翩然舞起。
有谁多情，为这
玉陨香消惋惜？
只有蜂蝶，时叩窗扉
将衰残的芬芳寻觅。

东园，冷落在
蔷薇谢后的静寂，
绿树的浓荫
笼着一园朦胧幽碧。
绕过衰美花丛
我独自徘徊
默然，一声叹息。
那蔓长枝条
似要向人倾吐话语，
有意牵挽衣衫
与我别情依依。
摘一朵残花
勉强簪在巾帽鬓际，
终不及盛开时
一朵艳红在钗头颤袅
向人斜依。
蔷薇啊，若飘落
莫要追随
一朝一暮的潮汐。
恐怕花瓣上
题有美妙诗句，
远远，漂流去了
佳人的相思，谁知？

兰陵王

柳

柳阴直，烟里丝丝弄碧。隋堤上①、曾见几番，拂水飘绵送行色②。登临望故国，谁识京华倦客③？长亭路，年去岁来，应折柔条过千尺④。　　闲寻旧踪迹，又酒趁哀弦，灯照离席。梨花榆火催寒食⑤。愁一箭风快，半篙波暖，回头迢递便数驿。望人在天北。　　凄恻，恨堆积！渐别浦萦回，津堠岑寂⑥，斜阳冉冉春无极。念月榭携手，露桥闻笛。沉思前事，似梦里，泪暗滴。

【注释】

①隋堤：见赵令畤《清平乐》注。②行色：行人临行时的各种情状。③京华倦客：厌倦客居京都的游子。京华：京都。④“应折”句：折柳送别，见张先《一丛花令》注。⑤榆火催寒食：古代一年中，钻火用不同木材，春取榆、柳，夏取枣、杏，故有“改火”之称。寒食节，民间习俗禁火三天，吃冷食，节后另取新火。唐、宋时，朝廷取榆柳新火以赐百官。⑥津堠（hòu）：码头上的守望、歇宿之处。

【赏析】

词题为咏柳，实借咏柳而写别情，并织入仕宦失意、身世飘零的喟叹。词分三片。第一片托柳起兴。柳丝弄碧，柳絮飘飞，暗牵出别绪。折柳送客，年去岁来，倦游思归，“谁识”二字尤为沉郁。第二片写饯饮送别。残酒哀弦，灯暗离席，托出宴前黯淡心情。“愁”字贯下，料想行者风快舟轻，回头一望，已是天南地北，极尽一怀别恨。第三片写别后相思。“凄恻，恨堆积！”总提一笔。独立津堠，夕晖无边，春色无尽，烘托出绵绵离怀。"念"字转忆温馨往事，月榭携手，露桥闻笛，不尽缠绵温馨。恍然梦里，落到眼前，"泪暗滴"三字收笔极重，"妙在才欲说破，便自咽住，其味正自无穷"（清·陈廷焯《白雨斋词话》）。

北宋词坛，柳永与周邦彦均以长调善铺叙著称，但柳永较为平直，周邦彦则更多曲折。如此词章法错落有致，时空转换无痕，将一怀心事流荡其中，萦回跌宕，吞吐不尽，饶有宛曲隽永之致。据宋·毛人幵《樵隐笔录》记载：此词流传甚广，至南宋"绍兴初，都下盛行周清真咏柳《兰陵王》，西楼南瓦皆歌之，谓之《渭城三叠》"。

【辑评】

[清]贺裳《皱水轩词筌》：周清真避道君，匿师师榻下，作《少年游》以咏其事。吾极喜其"锦幄初温，兽香不断，相对坐调笙"，情事如见。至"低声问：向谁行宿？城上已三更，马滑霜浓，不如休去"等语，几于魂摇目荡矣。乃被谪后，师师持酒饯别，复作《兰陵王》赠之，中云："愁一箭风快，半篙波暖，回头迢递便数驿。"酷尽别离之惨，而题作咏柳，不书其事，则意趣索然，不见其妙矣。

[清]周济《介存斋论词杂著》：周美成《兰陵王》、东坡《贺新郎》，当筵命笔，冠绝一时。

[清]周济《宋四家词选》：客中送客，一"愁"字代行者设想。以下不辨是情是景，但觉烟霭苍茫。"望"字、"念"字尤幻。

【今译】

一行柳荫，直直
轻烟淡笼中
翩然舞弄丝丝碧绿。
啊，这隋堤
拂水的柳条飘絮，
曾见多少
行色匆匆，相送依依。
登上堤岸远望
故乡万里，
久客京都的生涯
已厌倦，有谁知？
年来年去
长亭路折柳赠别
一次，又一次，
攀折的柳枝
可缀连成百尺千尺。

独自闲暇里
常追寻往日踪迹，

如今，又是饯行的酒
伴管弦声哀凄，
一盏灯火，照着
黯然的别宴离席。
正是——
梨花飘雪，榆火飞红
催促寒食临近时。
最愁，顺风江上
一帆轻舟如箭，
半竿竹篙
才没入温暖春波，
回头，已驶过数座亭驿。
伊人天南地北
再寻，不见行迹。

心中的憾恨
渐生渐满，渐堆积。
眼前，送别的岸边
一碧流水回旋

渡口清冷，空寂，
夕阳，将晚霞
余剩的明灿
抹向无边的芳草萋萋，
啊，别情无际
连着春色无际。
此时，回想起
月下楼台
波光水色映伊人如玉，
夜露浸润的桥边
曾两相对饮
听悠悠清风长笛。
独自沉思里
往事如忽忽一梦
是虚，是实？
禁不住暗自泪滴。

西　河

金　陵

佳丽地[①]，南朝盛事谁记[②]？山围故国绕清江，髻鬟对起，怒涛寂寞打孤城[③]，风樯遥度天际[④]。　断崖树，犹倒倚；莫愁艇子曾系[⑤]。空余旧迹郁苍苍，雾沉半垒。夜深月过女墙来，伤心东望淮水[⑥]。　酒旗戏鼓甚处市[⑦]？想依稀、王谢邻里。燕子不知何世，入寻常巷陌人家，相对如说兴亡，斜阳里[⑧]。

【注释】

①佳丽地：优美的胜地，此指金陵（今南京市）。南朝齐·谢朓《入朝曲》："江南佳丽地，金陵帝王州。"②南朝：指相继在金陵建都的东吴、东晋、宋、齐、梁、陈六朝。③"山围"三句：点化唐·刘禹锡《石头城》前二句："山围故国周遭在，潮打空城寂寞回。"故国：故都，即六朝曾建都的金陵。髻鬟：古代妇女发髻，此处形容对峙的山峰。④风樯（qiáng）：扬着风帆的船。樯：桅杆。⑤"莫愁"句：莫愁：即洛阳莫愁女。一说金陵人，为南朝乐府歌咏的金陵美女，相传金陵莫愁湖即由此得名。古乐府《莫愁乐》："莫愁在何处？住在石城西。艇子打两桨，催送莫愁来。"⑥"夜深"二句：化用唐·刘禹锡《石头城》后二句："淮水东边旧时月，夜深还过女墙来。"女墙：城上带有垛口或射孔的蔽身小矮墙，俗称城墙垛。⑦甚处市：什么街巷。市：集市、街市。⑧"想依稀"五句：隐括唐·刘禹锡《乌衣巷》诗，发古今兴亡之感。其诗云："朱雀桥边野草花，乌衣巷口夕阳斜。旧时王谢堂前燕，飞入寻常百姓家。"王谢：指东晋时王导、谢安两大豪门望族，居金陵乌衣巷，常并称。

【赏析】

此词咏金陵古迹，隐括唐人刘禹锡《石头城》《乌衣巷》诗意而成。第一叠写金陵形胜。开篇横空而来，以佳丽地总起。"谁记"将金陵旧事一笔带过。接下峰峦对峙，怒涛拍城，帆横天际，状写金陵山川形胜，大气包举中透出沉雄悲壮。第二叠写金陵古迹。断崖郁树，雾沉故垒，冷月过墙，淮水东逝，转作一片荒冷沉寂，处处显露出盛事残灭、人非物异的苍凉惆怅。第三叠即景寓慨。酒旗戏鼓，已无处寻觅，王谢旧燕，入寻常巷陌，传达出浓厚的古今兴亡之叹。末了，以斜阳残照渲染衰没黯淡色调，结得神韵尤远。全篇以繁华始，以萧瑟终，不搬弄史实，不直发议论，吊古的怅触只从富有意味的情景铺写中托出，全于虚处传神。

此词精彩处全从前人诗意中翻出，而又浑然融合而成，其境界开阔，内蕴深远，气韵沉郁，意象清峭，可与王安石的《桂枝香》称为双璧。

【辑评】

[明]沈际飞《草堂诗余正集》：介甫《桂枝香》独步不得。

[清]陈廷焯《云韶集》：此词纯用唐人成句融化入律，气韵沉雄，苍凉悲壮，直是压遍古今。金陵怀古词，古今不可胜数，要当以美成此词为绝唱。

梁令娴《艺蘅馆词选》：梁启超：张玉田谓清真最长处，在善融化古人诗句，如自己出。读此词，可见词中三昧。

【今译】

自古金陵
——佳丽之地，
六朝繁华旧事
去了，有谁还记？
只剩故都颓城
山环水绕，依旧
江岸秀丽青山
如美人发髻相对耸起。
怒潮一涨一落
拍打孤城的空寂，
几片帆影，顺风
悬浮远水天际。

苍老树木
倒挂在峭崖断壁，
莫愁女的小船
曾在这里拴系。
啊，空留几处
旧时的剩迹残踪
山林葱郁，
城西，半壁营垒
隐入雾气洇洇的迷离。
夜色深黑时
月亮，爬上城垛，
一怀伤心东望
幽冷月光下
秦淮河在流淌
——悄然无声息。

当年，歌楼酒馆
如今何处寻那
戏鼓喧闹的繁花街市？
想来——
这普通巷陌
曾是豪门宅第。
旧时的燕子
飞入，寻常人家
不知今夕何夕，
相对呢喃，在叙说
六朝的兴亡更替，
正是黄昏
夕阳，黯然凄迷。

拜星月慢

夜色催更，清尘收露，小曲幽坊月暗[①]。竹槛灯窗，识秋娘庭院[②]。笑相遇，似觉琼枝玉树相倚[③]，暖日明霞光烂[④]。水盼兰情[⑤]，总平生稀见。　　画图中、旧识

春风面[⑥]。谁知道、自到瑶台畔[⑦]。眷恋雨润云温[⑧]，苦惊风吹散。念荒寒、寄宿无人馆。重门闭、败壁秋虫叹。怎奈向、一缕相思，隔溪山不断。

【注释】

①幽坊：即坊曲，唐制，歌妓所居曰“坊曲”。② 秋娘：见周邦彦《瑞龙吟》注。此指所恋女子。③琼枝玉树：比喻姿容秀美。唐·蒋防《霍小玉传》：“小玉自堂东阁子中而出，（李）生即拜迎。但觉一室之中，若琼枝玉树，互相照耀，转盼精彩射人。”④暖日明霞：比喻光艳照人。三国·曹植《洛神赋》：“皎若太阳升朝霞。”⑤水盼：比喻女子眼波清亮，流动似水。兰情：指幽静如兰的性情。⑥“画图”句：此处点化唐·杜甫《咏怀古迹》“画图省识春风面”诗句。春风面：形容如春风妩媚的容貌。⑦瑶台：仙人所居之地。此指佳人居处，暗示伊人如天仙般美丽。⑧雨润云温：指男女欢会之情，此暗用“巫山云雨”典故。

【赏析】

此词为旅居驿馆追怀恋人所作，约写于作者羁宦江南时，艳情之中并入身世遭际之感。上片，月暗曲巷，竹掩灯窗，写居住清幽，衬见伊人之淡雅。再写初识惊艳，乍看如琼枝玉树，暖日明霞，细看眼若秋波，性如幽兰。不用明眸皓齿的描摹，伊人风姿神韵尽从虚处传出。下片，画图春风，写久已倾慕，瑶台云雨，写两情欢洽。“苦”字陡转，一切随惊风吹散。孤馆紧闭，败壁虫叹，落到眼前不堪羁苦。末了一缕相思，隔溪山不断，收得悠然不尽。整首词情前后对比，写相聚时：月照庭院，何其幽清，雨润云温，又何其旖旎；写相离后：颓壁秋虫，何其荒寒，溪山不隔，又何其悠长。昔日之乐与今日之悲俱加倍写足，运笔曲折尽致，写相思离情如此，可谓毫发无余。

清·周济《宋四家词选》评此词：全是追思悬想，却纯用实笔铺写，“但读前阕，几疑是赋也。换头再为加倍跌宕之”，他人万万无此笔力。

【辑评】

[明]吴从先《草堂诗余隽》：李攀龙批：上相遇间，如琼玉生光；下相思处，浑如溪山隔断。

[清]陈廷焯《词则》：曲折恣肆，笔情酣畅。

乔大壮批点《片玉集》：此篇转折酣美，学北法者不可不知。自“念荒寒”以后始知“夜色”至“稀见”纯是追摹之笔，而“画图”至“吹散”横出今昔之思，可谓回肠荡气者矣。

【今译】

夜色，渐深了
催促更鼓敲响一遍，
露水已浓
轻尘不再散漫，
曲窄小巷
天边，朦胧月暗。
围栏的疏竹
将绿荫伸向窗前，
透出的一点红烛
在闪烁，认得
是她居住的闺阁庭院。
那是初次相遇
她，盈盈含笑
让人一阵暗自惊艳，
仿佛，亭亭玉树
莹莹琼枝
在身边斜倚相伴，
顿然，如沐浴朝阳
一片融暖漫开云霞灿烂。
那，眼波含情

一泓秋水流转，
清雅的情愫
宛如山涧的暗香幽兰，
如此绝色佳人
平生里，少见。

画图中，曾识
春风妩媚的容颜，
没想到恍若
清润的雨，温软的云
朝朝暮暮爱恋，
苦恨的是，忽地
一阵狂风无情
将一切吹散。
如今，一枕孤冷
独宿荒寂无人的驿馆，
院门紧闭里
听破壁秋虫吟叹。
无奈的，是
青山溪水重重远隔，
这一缕相思
绵绵长长，不断。

蝶恋花

月皎惊乌栖不定，更漏将残，辘轳牵金井[①]。唤起两眸清炯炯[②]，泪花落枕红绵冷[③]。　执手霜风吹鬓影。去意徘徊，别语愁难听。楼上阑干横斗柄[④]，露寒人远鸡相应。

【注释】

①辘轳：井上绞汲水斗的滑车。②炯炯：目光明亮。此形容泪眼盈盈。③红绵：指木棉枕芯。木棉开红花，故称。④斗柄：北斗七星，一至四星称“斗魁”，五至七星称“斗柄”。

【赏析】

这首小词写送别，让人吟诵不厌。先写乌啼更残，辘轳声将人唤醒，知是心神不稳。次写枕上话别，泪浸枕芯，见出不尽缠绵。继写临风登程，执手徘徊，依依别情尽在其中。末写行人去后，倚楼凝望：路长，人远，露寒，鸡鸣。结得情思凄婉，意态淡远。全篇别前、别时、别后次第写来，室外、室内、楼头逐层展开，纸短而情长。明王世贞认为“美成能作景语，不能作情语，能入丽字，不能入雅字”。不尽然，如此词情真景真，写景写情皆清雅、皆警动。

“唤起两眸清炯炯，泪花落枕红绵冷”二句，一写黎明枕上惊醒，泪眼清澈而又含情热烈，用“清炯炯”三字形容，极真切；一写醒后枕边泣别，“冷”字下得重，泪落红枕竟一片湿透浸冷。其伤离恨别情态毕现，可谓抚写动态曲尽其妙。

【辑评】

[明]王世贞《弇州山人词评》：美成能作景语，不能作情语；能入丽字，不能入雅字，以故价微劣于柳。然至“枕痕一线红生玉”，又“唤起两眸清炯炯，泪花落枕红绵冷”，其形容睡起之妙，真能动人。

俞陛云《唐五代两宋词选释》：结句七字神韵无穷，吟讽（咏）不厌，在五代词中，亦上乘也。

唐圭璋《唐宋词简释》：此首写送别，景真情真……将别前、方别及别后都写得沉着之至。

【今译】

皎皎月光，惊起
栖鸦几声哑鸣，
更漏一滴滴
残缓了，将滴尽，
辘轳在转动
汲水的吊桶撞击石井。
滢滢两眸
入睡不稳中唤醒，
伤心，泪水暗落
木棉枕上
浸下一片斑红的清冷。

手拉手，寒霜冷风
吹动鬓发疏影。
送别的岔路口
去，徘徊不定，
告别的话语
句句离愁不忍听。
返身独倚阁楼
天边，北斗星斜横，
啊，人已去远
霜露更浓
远处，鸡鸣相应。

玉楼春

桃溪不作从容住①，秋藕绝来无续处。当时相候赤阑桥，今日独寻黄叶路。烟中列岫青无数②，雁背夕阳红欲暮。人如风后入江云，情似雨余粘地絮。

【注释】

①桃溪：此暗用天台桃溪遇仙典故，见前《瑞龙吟》注。②列岫（xiù）：排列的远山。南朝齐·谢朓《郡内高斋闲望》："窗中列远岫。"岫：峰峦。

【赏析】

这首《玉楼春》借咏天台桃溪遇仙故事起兴，写自己与恋人别后，旧地重寻的一怀寂寞惆怅。上片写追寻旧踪：桃溪不住，藕断无续，一喻芳春，一喻冷秋；相候赤阑柳桥，独寻黄叶小路，一染明丽，一染枯寂。下片写独寻不见：去如风流云散，寻似粘地雨絮，一是无情，一是多情；眼前远山耸翠，雁掠夕晖，一作明远，一作暗淡。此词通篇排偶，将今日与昔日、伊人与自己两两相对，着意用冷色与暖调涂抹，渲染孤迷失落的氛围；于若断若续、忽开忽合中反复吟叹，句句相承转，语语相对映，而又腾挪流走不落板滞。周邦彦词典丽精工，但有时不免多故实而少情致，此词却情思浓至，意态清远，于典丽中少却其弊病。

下片两联皆被人称道。一为写景："烟中列岫青无数，雁背夕阳红欲暮。"烟笼无数青山，雁背一抹残阳，于绚丽而迷远的画面中，见出重寻不得的空茫孤孑，情融涵景中。一为抒情："人如风后入江云，情似雨余粘地絮。"随风浮云，雨后粘絮，恰似去者倏然飘逝，寻者欲罢不能，两相对映中见出伊人的寡淡、自己的痴顽，即景而喻情。此两联虽是刻意遣造的工整喻对，却不觉有雕琢刻画痕迹。

【辑评】

[清]周济《宋四家词选》：只赋天台事，态浓意远。

[清]陈廷焯《白雨斋词话》：美成词，有似拙实工者，如《玉楼春》结句云："人如风后入江云，情似雨余沾地絮。"上言人不能留，下言情不能已，呆作两譬，别饶姿态，却不病其板，不病其纤，此中消息难言。

俞陛云《唐五代两宋词选释》：上下阕之后二句，寓情味于对偶句中，"江云""雨絮"，取譬尤隽。

【今译】

美丽的桃溪
匆匆，流走了芳春
不愿从容地停住，
晚秋莲塘的藕
断了，再没有续接处。
当时——
朱栏柳桥相约
清风明月同沐，
今日，独自寻觅
踏长长的寂寞
沿着黄叶铺落的小路。

淡烟笼下，远山
青翠如染无数，
飞掠的大雁
背上一抹夕辉
衬出天际迷远的残暮。
伊人，似风散浮云
向江心沉入，
我，一怀痴情
如细雨飘湿的柳絮
依恋地——
粘向故旧泥土。

关河令

秋阴时晴渐向暝①。变一庭凄冷。伫听寒声②，云深无雁影。　　更深人去寂静③。但照壁孤灯相映。酒已都醒，如何消夜永④！

【注释】

①向暝：天色将晚。暝：昏暗。②寒声：此指寒秋大雁的哀鸣声。③人去：此指萍水相逢的旅伴，饮酒倾谈后离去。④夜永：夜长。永：长。

【赏析】

周邦彦以羁旅行役词名世，《清真集》中，叙写旅况凄凉、宦途奔波之作，约占全集的四分之一。词人三十二岁被遣离京，四十二岁始得重入都门，这期间，十载年华在羁宦漂泊中度过，其词多写羁旅行役，写来也极深切。

这首词写羁宦旅况，上片写日暮客舍伫立，下片写更深孤灯不眠。黄昏时庭院阴冷，独立石阶，聆听风飒雁鸣，顿然牵惹情思；循雁声寻望，却渺无踪影，更添一怀孤寞。入夜后寒馆昏灯，形影相吊，更苦的是酒醉醒时，羁愁乡思一齐袭来，于是结处无奈一声叹息："如何消夜永！"整首词描绘秋色而抒述羁怀，随时间推移层层加深，将秋色之冷落与秋思之悲凉糅合一起，写极羁旅悲秋的凄苦况味。周邦彦平素作词多温厚和雅，富艳典丽，而此词用疏朗笔墨写哀婉沉挚之情，只觉一抹清冷之色、一股清峭之气。

【辑评】

[清]陈廷焯《云韶集》："云深无雁影"，五字千古。不必说借酒消愁，偏说"酒已都醒"，笔力劲直，情味愈见。

[清]陈廷焯《词则》：进一层说，愈劲直，愈缠绵。

唐圭璋《唐宋词简释》：此首写旅况凄清……末两句，一收一放，哀不可抑。搏兔用全力，观此愈信。

【今译】

黄昏，天色渐晚
阴霾从裂云
不时露出几抹朗晴，
忽又浓密地覆拢
变作一庭凄冷。
久久，默立庭阶
风声飒飒里
隐约，一阵秋雁哀鸣，
抬头寻望时
紫云深处，无影。

更深，人迹去远
四周拥蔽一片寂静。
馆舍，一盏孤灯
摇曳昏黄
将斑驳墙角照映，
与我相伴，是
破败墙壁上
拉得长长的孤独身影。
羁愁乡思
一阵黯然袭来
此时，酒已醒，
如何度过漫长寒夜
——到天明！

鲁逸仲

鲁逸仲（生卒年不详），即孔夷，字方平，汝州龙兴（今河南宝丰）人。孔子四十七代孙。哲宗元祐年间，隐居滍阳，自号滍皋渔父，与李廌为诗酒侣。作词或托名鲁逸仲，宋·黄昇《花庵词选》称其“词意婉丽，似万俟雅言”。今存词三首。

南 浦

风悲画角，听单于、三弄落谯门①。投宿骎骎征骑②，飞雪满孤村。酒市渐阑灯火③，正敲窗、乱叶舞纷纷。送数声惊雁，乍离烟水，嘹唳度寒云④。　好在半胧淡月，到如今、无处不销魂。故国梅花归梦⑤，愁损绿罗裙⑥。为问暗香闲艳，也相思、万点付啼痕⑦。算翠屏应是⑧，两眉余恨倚黄昏。

【注释】

①单（chán）于：唐曲调名，见秦观《阮郎归》注。三弄：乐曲演奏三遍。弄：演奏。②骎骎（qīn）：马行疾速的样子。③阑：残，尽。④嘹唳（liáo lì）：鸟的清越高亢的鸣叫声。⑤梅花：即《梅花落》曲。汉代横吹曲中有笛曲《梅花落》调，其曲调容易引人乡愁，唐·李白《与史郎中听黄鹤楼上吹笛》：“黄鹤楼中吹玉笛，江城五月落梅花。”⑥绿罗裙：指穿绿色绸裙的佳人。五代·牛希济《生查子》：“记得绿罗裙，处处怜芳草。”⑦“为问”二句：化用唐人“君看陌上梅花红，尽是离人眼中血”诗句。⑧翠屏：翠玉镶饰的屏风，或画有青山绿水的屏风。此借指倚翠屏的佳人。

【赏析】

此词为旅夜怀乡之作。上片写日暮投宿：画角悲鸣，孤村飞雪，乱叶敲窗，惊雁嘹唳，种种意象交织成一幅凄凉的寒夜荒村图景。下片写黯然乡思：朦胧月夜，梦绕故园梅花、罗裙佳人，写自己相思；万点啼痕，亦花亦人，转写闺中相思。末处从对面反转一层，料想佳人倚屏蹙眉，忧念远行旅人，结得余恨绵绵不尽。此词将旅途与闺楼对映，游子之雪夜孤旅，佳人之独依黄昏，虚实相生，情景相融，遣词琢句皆工绝、警绝。

此词带有浓重的感伤凄婉情调，又非写一般的羁愁乡思。风悲角咽，叶乱云寒，见出战乱后的冷落萧疏；半胧淡月，如今销魂，寓含江山已异的悲慨；陌上艳梅，离人泣血，融入了家人离散的凄哀。故清·黄苏《蓼园词选》云：“细玩词意，似亦经靖康乱后作也。”

【辑评】

[宋]黄昇《花庵词选》：词意婉丽，似万俟雅言。

[清]陈廷焯《白雨斋词话》：此词遣词琢句，工绝警绝，最令人爱。

薛砺若《宋词通论》：尤以《南浦》一词为最婉约蕴藉，与少游《满庭芳》诸作尤神似，即置在《淮海集》中，亦为最上乘之作，余子更不足与并论了。

【今译】

北风的寒颤
送来画角声的悲鸣，
一曲《小单于》
两遍三遍地吹奏
一声声散落谯门。
我纵马加鞭
投宿，天色已黄昏，
纷飞的大雪
飘满了郊野孤村。
集市小酒家
渐已人稀灯尽，
入夜，叩响冷寂窗格
枯叶乱舞纷纷。
忽听寂寥夜空
惊飞鸿雁，数声，
那凄唳的鸣叫
掠向远处——
迷茫烟水，沉沉寒云。

风雪止住时
依旧，一溪清浅
映出朦胧半月，
如今，无处不伤心。
一缕梦魂牵萦向
故园窗下的梅花，
那，容颜愁损
绿裙淡褪的折梅佳人。
试问故园梅花
一树浮动的芳馨，
可也因为相思
千点万点，化作
离人斑斑泪痕。
料想闺中，她
一双黛眉将离愁蹙紧，
任画屏悠闲展开
一抹绿水远山
独倚，小窗黄昏。

谢 逸

谢逸（1068？— 1113），字无逸，号溪堂，临川（今江西抚州）人。屡试不第。尝以德行被荐于朝，不赴。平生多从僧人于山巅水边游赏，以布衣终老而名重缙绅。

博读群书，雅善文章。以诗著名于时，为江西诗派中坚，曾作蝴蝶诗三百首，多有佳句，人称“谢蝴蝶”。所作词亦工妙，多为小令，长于写景，格调清丽轻倩。清·冯煦《蒿庵论词》云：“溪堂温雅有致，于此事酝酿甚深。”有《溪堂词》。

千秋岁

楝花飘砌[①]，簌簌清香细。梅雨过，蘋风起[②]，情随湘水远[③]，梦绕吴峰翠[④]。琴书倦，鹧鸪唤起南窗睡[⑤]。　　密意无人寄，幽恨凭谁洗？修竹畔，疏帘里。歌余尘拂扇，舞罢风掀袂[⑥]。人散后，一钩新月天如水。

【注释】

①楝花：楝树为落叶乔木，春、夏之交开淡紫色花。砌：台阶。②蘋风：微风。东周·宋玉《风赋》：“夫风生于地，起于青蘋之末。”③湘水：此指屏风上所画的潇湘水。④吴峰：江南吴地的山峰。⑤鹧鸪（zhè gū）：鸟名，羽色黑白相杂。⑥ 袂（mèi）：衣袖。

【赏析】

作者有所思念，却无处寄托、无人诉说，故词中所写是一种难以名状的“密意”“幽恨”。它随楝花飘砌、蘋风掠水，生发得极轻柔细微；它情逐湘水，梦绕吴山，悠长而又执着不舍。正因这密意幽恨，抚琴诵书时，不禁倦意袭来；南窗闲眠时，入睡不稳被鹧鸪唤起。更无奈的是它无处寄诉，修竹径畔、疏帘垂里，轻歌曼舞也不能排遣，只有酒阑人散后，隔帘凝望一钩新月。词以景收结，而情寓于景中，一怀密意幽恨，弥散在云天淡月的一片渺远虚空，韵味深长不尽。

薛励若《宋词通论》认为：谢逸词“远规花间，逼近温韦”。如此词写闺怨题材，于运笔轻灵中词意跌转，文辞清丽，情致缠绵，尤具花间词含婉蕴藉的风味。

【辑评】

[明]潘游龙《古今诗余醉》：“情随湘水远”四语，妙如连环。

[清]黄苏《蓼园词选》：意其筮仕在湖湘间耶？词意不过写其宦情淡泊耳。笔墨潇洒，自饶一种幽俊之致。

【今译】

淡紫色的楝花　　　　清香散溢出细长幽微。
石阶，点点飘坠，　　　　梅雨季节刚过
夏日里簌簌　　　　微风从青萍掠起

一池春水，摇醉。
曲展的屏风
山长水远，情思
追逐悠悠湘水，
梦魂牵绕向吴山
绵延不断的青翠。
抚琴乏了，读书倦了，
鹧鸪声唤醒
南窗下的浅睡。

无奈，这一怀
密意与幽恨，
无人诉说，无处寄托
只有暗自里嚼碎。
修竹掩映边
疏帘隐约里
轻歌曼舞，为谁？
歌后，轻尘拂扇，
舞罢，旋转的风
飘举绿裙红袂。
酒尽人散后
隔着朦胧纱帘
独自凝望——
天边，一弯新月淡淡
夜色清澈如水。

晁冲之

晁冲之（生卒年不详），字叔用，一字用道，巨野（今属山东）人，晁补之堂弟。真宗咸平、景德年间，晁氏为天下甲门，家藏书二万卷，其子孙唾手励志，皆以文学显于世。晁冲之颇具才华，却屡试不第，后以恩补授承务郎。哲宗绍圣初，因新旧党争受牵连，离京。隐居具茨山下，号“具茨先生”。徽宗政和间，作《汉宫春·咏梅》献词，蔡京览而喜之，用作大晟府丞。死前，取生平所著书焚之，曰：“是不足以成吾名，世之言语文章，不得而污也。”

以诗擅名，为江西派诗人，刘克庄《后村诗话》评其诗：“意度宏阔，气力宽余，一洗诗人穷饿酸辛之态。”亦喜作长短句，词风清丽自然，慢词纡徐，略似柳永。有《晁具茨先生诗集》、辑本《晁叔用词》。

临江仙

忆昔西池池上饮[①]，年年多少欢娱。别来不寄一行书。寻常相见了，犹道不如初。　安稳锦衾今夜梦，月明好渡江湖[②]。相思休问定何如。情知春去后[③]，管得落花无[④]？

【注释】

①西池：见秦观《千秋岁》注。②“月明”句：唐·杜甫《梦李白》写故人月夜赴梦，有“故人入我梦，明我长相忆”“落月满屋梁，犹疑照颜色”“苦道来不易，江湖多风波”诗句。此处从杜诗生发，意谓愿故人梦魂趁今夜月明，渡江水来相会。③春：喻指当初诸友春风得意的政治局势。④落花：喻指遭受排抑贬逐的同道故人。无：句末疑问词，么，吗。

【赏析】

元祐年间，晁冲之及从兄弟晁补之、晁咏之聚于汴京，与三苏、黄庭坚、秦观、张耒等交游，常文酒集会。后因元祐党籍受祸，诸人多遭贬谪，晁冲之亦离开京城，遁世隐居。此词为追忆汴京旧游而作。

上片一起即波澜卷至，当年西池才士云集，纵饮豪谈，何等盛事。“别来”一笔折到离散。别后音信断绝，偶一相见，不再是往昔的意气风发，“不如初”三字感喟深沉，将政局变故后的潦倒窘困尽含蕴其中。过片写别后相思，托之梦寐。可纵使梦魂相聚，也不必相问，“休问”二字，自有不堪言说的情与事在；况且春已去，花已落！结拍运用比兴，借春去花落将忧谗畏讥的心悸、人事已非的感伤宛曲传出，含意显豁而不浅露，尽吞吐之致。

此词寄寓了时政和身世慨叹，不乏情深语痛处，只是晁冲之性情豁达，又是隐逸之人，故能将“情随事迁，感慨系之”（东晋·王羲之《兰亭集序》）的一怀怅叹以旷达出之。

【辑评】

[清]许昂霄《词综偶评》：（“情知”二句）淡语有深致，咀之无穷。

【今译】

记得往昔西池
聚宴，才士云集，
曾有过多少
纵谈豪饮的欢娱。
可是一切
尽如烟云散去，
别后，太多阻隔
不曾寄片言只语。
偶一相见
也不再如当年
意气风发，放言无忌。

今夜独拥衾被
愿有片刻的安睡，
故人啊，可会
趁月光流转
飘渡江水入我梦里。
待到梦里相逢
不必问——
彼此境况，如何，
只须倾杯尽饮
吐诉久违的相思。
春天，去了
被摧残在风风雨雨，
还有谁会怜惜
凋零残败里
落花纷纷，无依。

毛　滂

毛滂（1064—?），字泽民，衢州江山（今属浙江）人。哲宗元祐年间，任杭州法曹，曾受苏轼赏识而被荐举。元符初，为武康县令，改官舍尽心堂为“东堂”，因以为号。徽宗崇宁元年（1102），由曾布推荐进京为删定官，后曾布罢相，连坐受审下狱。政和元年（1111）罢官归里，寄迹仙居寺，后流落东京。大观初，填词呈宰相蔡京而骤得进用。宣和年间，出知秀州。

诗、文、词均知名于世。《四库全书总目提要》称其：“诗有风发泉涌之致，颇为豪放不羁；文亦大气磅礴，汪洋恣肆。”其词情韵特胜，与贺铸多有唱和。薛励若《宋词通论》认为：毛滂词潇洒朗润，与贺铸相异，“贺词浓艳，毛则以清疏见长；贺词沉郁，毛则以空灵自适”。其词的影响及于姜夔、张炎等词人。有《东堂集》《东堂词》。

惜分飞

富阳僧舍作别语赠妓琼芳[①]

泪湿阑干花著露，愁到眉峰碧聚[②]。此恨平分取，更无言语空相觑。　　断雨残云无意绪，寂寞朝朝暮暮[③]。今夜山深处，断魂分付潮回去[④]。

【注释】

①富阳：在今浙江杭州西南，连贯境内的富春江，两岸连山，故词中云“山深处”。②“泪湿”二句：唐·白居易《长恨歌》有“梨花一枝春带雨”句，五代·张泌《思远人》有“黛眉愁聚春碧”句，此由白诗、张词脱化而出，写所别歌女的泪眼愁眉。③“断雨”二句：写眼前景色，兼用“巫山云雨”典故，暗示云雨缱绻的恋情短暂缥缈。④断魂：指极度凄苦的心神。

【赏析】

宋·黄昇《唐宋诸贤绝妙词选》云：“元祐中，东坡守钱塘，泽民为法曹掾，秩（官职任期）满辞去。是夕宴客，有妓歌此词（《惜分飞》），坡问谁所作，妓以毛法曹对。坡语座客曰：‘郡寮（属官）有词人不及知，某之罪也。’翌日折柬追还，留连数日。泽民因此得名。”此记载失实。苏轼兄弟与毛滂父毛国镇交谊笃厚，识毛滂于年少时。所记虽是讹传，但足以说明这首《惜分飞》当时已广播人口，为人们所称赏。

上片起首二句写离别情态，泪容如沾露鲜花，愁眉似凝碧远山，真情出至语，自然而然，形与神兼得，令人叹赏“一笔描来，不可思议”（明·沈际飞《草堂诗余别集》）。至歇拍语尽泪枯，唯有“空相觑”，将别离写到柔肠寸断的绝哀处。换头转开一笔，写断雨残云，衬见别后的朝暮孤寂。结拍忽发奇思异想，“断魂分付潮回去”，可见相思之深之切，语尽而意不尽，意尽而情不尽，极缠绵悱恻之能事。此词音律谐美，笔墨疏隽，格调哀婉，酷似秦观，以浅近之语传浓至之情，也正是毛滂情词独胜处。

此词所赠寄虽是一歌妓，但写来极真挚深切，亦为难得。浮生扰扰，许多年后，词人已近衰暮之年，当重经富阳故地时，仍然为当年情事所激动，作《菩萨蛮》写道：“春潮曾送离魂去，春山曾见伤离处。老去不堪愁，凭阑看水流。”可知此词所写是作者终身难忘的一段真情。

【辑评】

[宋]陈振孙《直斋书录解题》：以“断魂分付潮回去”见赏东坡得名，而他词虽工，未有能及此者。

[宋]周辉《清波杂志》：语尽而意不尽，意尽而情不尽，何酷似少游也。

唐圭璋《唐宋词简释》：……以上皆追述前事。“今夜”两句，始说出现时现地之思念，人不得去，惟有魂随潮去，情韵特胜。

【今译】

初春一枝梨花雨，
深深忧愁
蹙在一双黛眉
似两卧远山，凝绿。
那离恨太沉重
我你各一半分取，
别离时空自
泪眼相对无语。

天边，几片残云
舒卷零落的雨
扯起一怀
连绵的忧伤意绪，
恰似这般地孤冷
别后多少朝暮
断了，又续。
今夜，我投宿
深山僧院的一舍僻寂，
孤灯不眠里
凄断肝肠的思念
交付山涧落潮
向远方的你，流去。

叶梦得

叶梦得（1077—1148），字少蕴，号石林居士，乌程（今江苏吴兴）人。嗜学，早成。哲宗绍圣四年（1097）进士。召对，得徽宗赏识，特赐祠部郎官，累迁中书舍人、翰林学士。出知汝州，不久落职。政和五年（1115）起知蔡州，移帅颍昌府，惩治黠吏，关心民瘼，“发仓平粟赈民”。因性情耿介，为宦官所恶，秩满后再度落职。宣和三年（1121）归隐，于湖州卞山石林卜筑精舍。宋室南迁后，复供职朝廷。高宗建炎初，任户部尚书，深晓理财之道。绍兴初，为江东安抚大使兼知建康府，整饬边备，抵御金兵。宋、金议和后，调任福建安抚使兼知福州。因忤秦桧意，上疏告老，退居湖州。家藏书数万卷，以读书吟咏自遣，七十二岁卒。

为著名学者，学识广博，著述颇丰，时人韩元吉称他：“贯穿五经，驰骋百氏，谈笑千言，落笔万字。”（《祭叶少保文》）其诗、文于当时颇有影响。亦工词，其词以南渡为界，宋·关注《题石林词》云：“叶公妙龄词甚婉丽，绰有温、李之风。晚岁落其华而实之，能于简淡时出雄杰，合处不减东坡。”所撰笔记《石林燕语》《避暑录话》多记词坛掌故，论词不乏精当之处。有《石林诗话》《石林词》。

贺新郎

睡起流莺语。掩苍苔、房栊向晚①，乱红无数。吹尽残花无人见，惟有垂杨自舞。渐暖霭、初回轻暑。宝扇重寻明月影，暗尘侵、上有乘鸾女②。惊旧恨，遽如许③。　江南梦断横江渚。浪粘天，葡萄涨绿④，半空烟雨。无限楼前沧波意，谁采蘋花寄取⑤。但怅望、兰舟容与⑥。万里云帆何时到，送孤鸿、目断千山阻。谁为我，唱金缕⑦？

【注释】

①房栊：窗户。栊：窗上棂木。②乘鸾女：指扇面上所画乘鸾飞升的仙女。③遽（jù）：急，骤然。如许：如此，这样。④葡萄涨绿：形容江水上涨颜色如葡萄初酿之色。唐·李白《襄阳歌》：“遥看汉水鸭头绿，恰似葡萄初发醅。”⑤“无限”二句：沧波意：指江水悠悠的不尽别意。唐·柳宗元《酬曹侍御过象县见寄》：“春风无限潇湘意，欲采蘋花不自由。”南朝梁·柳恽《江南曲》：“汀洲采白苹，日暖江南春。”皆写采摘白苹以寄所思故人。此处用其“采蘋寄人”诗意。⑥兰舟容与：行舟迟缓安闲。从屈原《楚辞·湘夫人》“聊逍遥兮容与”化出。⑦金缕：即唐·无名氏《金缕衣》曲，曲云：“劝君莫惜金缕衣，劝君须惜少年时。花开堪摘直须折，莫待无花空折枝。”唐代元和年间，镇海节度使李锜酷爱此曲，其妾杜秋娘以善唱此曲而著名。

【赏析】

此词为夏日睹扇思人而作。流莺乱啼，苍苔黯淡，落红无数，垂杨自舞，写春残夏至景色，透出庭轩睡起的寂寞。接下消暑寻扇，尘暗仙姿，触发起怀人遐思。故而遥想伊人所居江南，江水涨绿，半空烟雨，一片明丽迷远，顿生沙汀采蘋的寄远之意。转而写怅望里兰舟容与，山川阻隔，一怀思人愁绪。最后将这怅恨化作“谁为我，唱金缕”的一声叹息，收得余意不尽。全篇上下片以一“恨”、一“怅”互换，抒写春暮夏初的怀人情思。骤惊旧恨，梦断江南，为何？怅望云帆，目送归鸿，又为谁？词中都不曾道破，只于春去夏来的低徊中孤寂伤怀、寄托遥深，所谓“草木花鸟字面迭来，不见质实”（明·沈际飞《草堂诗余别集》）。读者玩味自得，也不必一一道破。

此词用空灵的笔墨写幽深绵远的情境，风调绰约，韵致婉丽，当为叶梦得早期作品，宋·刘诗昌《芦浦笔记》云：据传“赋此词时年方十八”。这首《贺新郎》名震一时，也是词人得意之作。

【辑评】

[宋]张侃《拙轩集》：叶石林“睡起流莺语”词，平日得意之作也。名震一时，虽游女亦知爱重。帅颍日，其侣乞词，石林书此词赠之。后人亦取“金缕”二字名词。虽然豪逸而迫近人情，纤丽而摇动闺思。

[清]陈廷焯《词则》：低回哀怨，寄托遥深。

俞陛云《唐五代两宋词选释》：下阕“楼前”五句写临江望远之神，寄情绵远，笔复空灵。

【今译】

午后醒来，听
一阵流莺啼语。
青青苍苔
掩在黄昏庭院的门外，
渐暗的窗棂
一抹灰蓝色晚寂，
落花无数堆砌庭地。
残红吹尽，谁惜？
只有风中杨柳
犹自轻舞，阶前低低。
已近初夏小暑
云霭，渐透暖意。
重将旧时团扇
明月素影寻觅，
一层积尘，黯淡了
乘鸾飞升的仙姿。
往日的离恨一阵惊起，
骤然，这般心悸。

江南，已成旧梦
梦断横江沙渚。
那浪粘碧天
春水如新酿的葡萄绿，
水花溅向半空
散作迷茫烟雨。
遥想，伊人楼前
一江粼粼清波
流淌无限美好的意绪，
谁，采江洲白蘋
寄一束晚春相思？
怅然寻望，她
一叶木兰舟悠悠
泛游向何处？
何时，那风帆驶来天际？
我，久久地
目送天边归鸿
尽处，千重山岭遮蔽。
谁为我消解孤寞，
一展婉转歌喉
唱一曲《金缕衣》。

水调歌头

九月望日，与客习射西园，余病不能射。[①]

霜降碧天静，秋事促西风[②]。寒声隐地初听，中夜入梧桐。起瞰高城回望，寥落关河千里[③]，一醉与君同。叠鼓闹清晓，飞骑引雕弓。　　岁将晚，客争笑，问衰翁[④]：平生豪气安在？走马为谁雄？何似当筵虎士[⑤]，挥手弦声响处，双雁落遥空。老矣真堪愧[⑥]，回首望云中[⑦]。

【注释】

①望日：农历每月十五日，太阳西下时，月亮正从东升起，遥遥相望，故称“望日”或“望”。② 秋事：指秋收、缝制寒衣等事。据元·脱脱等《宋史·文苑传》载：叶梦得兼总四路漕计期间，补给馈饷，军用不乏，故诸将得以悉力而战。③寥落：冷落。④衰翁：作者自谓。⑤虎士：指将领岳德，时当筵竞射，三发中的，膂力过人。⑥堪：能够，可以。⑦云中：云中郡，汉代北方边防重镇。汉代名将魏尚、李广都曾在这里抗击匈奴，建立边功。亦见苏轼《江城子》注。

【赏析】

此词约作于叶梦得任建康知府时。时，南宋王朝占拥半壁江山，建康成为扼江守险供给北伐军需的重镇，词中所写秋事、习射等与宋金战事有关。

上片写西园夜饮。开篇冷霜初降，碧天清肃，一片萧疏秋色。接下梧桐寒声，夜半不眠，引出起身登楼。回望中原，关河千里，满目冷落，见出一怀心事忧重。“一醉与君同”，沉着一笔，写借酒浇愁。歇拍转到清晓，叠鼓急击，飞骑引弓，顿时奋扬起来。下片承续而来写西园习射。宾客笑问，引出平生争雄沙场的豪气；虎士竞射，弦响雁落，衬出自己无力衰翁。结句“回首望云中”，收到年岁老矣而志节不衰。此词词情沉郁而笔力雄健，将流年衰病的惜叹放入霜天肃杀、当宴习射的背景，表现出“烈士暮年，壮心不已”的情怀，于衰飒悲凉中透出高远豪俊。

叶梦得《玉涧杂书》认为：作诗“本触物寓兴，吟咏性情”，当“抒写胸中所欲言”，不可“役于组织雕镂”。他作词亦如此。如此词直抒胸臆，较少藻饰雕绘，用明快语言抒泄逸气、壮情、郁怀，为“吟咏性情”之作，笔力之雄劲，风骨棱棱，“挹苏氏之余波”（清·冯煦《宋六十一家词选》）。

【辑评】

俞陛云《唐五代两宋词选释》：此词上阕起结句咸有峭劲之致，下阕清气往来，十句如一句写出。自谓豪气安在，其实字里行间，仍是百尺楼头气概也。

【今译】

薄霜初降，碧天
一片静穆的高迥，
捣衣砧杵声
催促着渐紧的秋风。
夜半时分
隐隐秋声瑟缩在梧桐。

登上高耸的城楼
望，四周晚秋疏冷
半壁山河破碎
顿然，心事沉重，
举起浇愁的酒
痛饮吧，一醉与你同。
清晓鼓声迭起
马蹄声震响军中，
习武场上，将士
飞身跃马力挽雕弓。

座中的宾客
谈笑之间争相夸雄，
可叹自己
年已老迈一衰翁。
试问，平生豪气在否？
当年飞马驰射疆场
气贯长虹。
如今，怎比筵前
武士如虎骁勇，
挥手弓弦响处
双雁直落远处晴空。
惭愧，老矣
无力报国羞人脸红，
可是我英雄暮年
——心志不衰
回首，遥望云中。

虞美人

雨后同幹誉、才卿置酒来禽花下作。①

落花已作风前舞，又送黄昏雨。晓来庭院半残红，惟有游丝，千丈罥晴空②。殷勤花下同携手，更尽杯中酒。美人不用敛蛾眉，我亦多情，无奈酒阑时③。

【注释】

①幹誉、才卿：叶梦得同僚，事迹不详。来禽：即林檎，南方称花红，北方称沙果。②罥（juàn）：缠绕，牵挂。③酒阑：宴残酒尽。

【赏析】

此词惜春抒怀，词人因景触情兴感，但景衰而不颓靡，情哀而不抑郁。叶梦得学东坡，从此词可知：一是格致高骞，“不作柔语殢人”（明·毛晋《石林词跋》）；二是运健笔写柔情，以豪逸衬婉约。其清畅流丽，确与苏轼的婉约词近似。

上片落花已残，犹作风前飘舞，是花多情；唯有游丝千丈，袅绕晴空，是游丝多情。下片花下携手，杯酒一同倾尽，是友人多情；哀怜花落，筵前微敛蛾眉，是美人多情。层层进逼，末了，直逼出宴散酒尽时，我亦多情。将一怀怜花惜春、留恋光景的情思，曲曲道来，婉转尽致。

结拍三句得前人称赏，清·彭孙遹《金粟词话》云：“词以自然为宗，但自然不从追琢中来，亦率易无味。如所云绚烂之极，仍归平淡。若使语意淡远者稍加刻画，镂金错采者渐近天然，则骎骎乎绝唱矣。如无住词之‘杏花疏影里，吹笛到天明’，石林词之‘美人不用敛蛾眉，我亦多情，无奈酒阑时'，自然而然者也。"

【辑评】

[明]杨慎《词品》：叶少蕴名梦得，号石林居士。妙龄秀发，有文章盛名。《石林词》一卷，传于世。《贺新郎》"睡起流莺语"、《虞美人》"落花已作风前舞"，皆其词之入选者也。

[明]毛晋《石林词跋》：《石林词》一卷，与苏、柳并传，绰有林下风，不作柔语殢人，真词家逸品也。

【今译】

花，无奈凋萎
晚风中依然
飘舞它衰残的美丽，
又凄美地迎送
寂寞黄昏，清冷飞雨。
到清晨，庭院
一半落花堆积，
只有游丝缕缕
晴空中，轻盈浮移。

盛情相邀的友人
花下携手同游
流连里不知倦疲，
朋友，为赏看
这残春剩景
再尽一杯，莫推辞。
侍宴的佳人
不必为花落春去
皱损一双黛眉的妩绿，
可，我也多情
暗生一缕伤春愁绪，
想借杯酒消愁
无奈——
已是酒尽人散时。

刘一止

刘一止（1078—1160），字行简，号苕溪，湖州归安（今浙江吴兴）人。幼时能文，博极群书，文思敏捷。徽宗宣和三年（1121）进士。高宗绍兴初，召试，授秘书省校书郎。任监察御史，迁居事中，直言敢谏，不避权贵，因触忤秦桧而罢职。闲居十余年。秦桧死，召还，以敷文阁直学士致仕，八十三岁卒。

善诗、文、词。为文宏博，出于韩柳，不效世俗纤刻。作诗清简，自成一家。尤以词出名，其词风格多样，或高逸清旷，或雄放劲健，或清婉沉郁。有《苕溪集》《苕溪词》。

喜迁莺

晓 行

晓光催角。听宿鸟未惊，邻鸡先觉。迤逦烟村[①]，马嘶人起，残月尚穿林薄[②]。泪痕带霜微凝，酒力冲寒犹弱。叹倦客、悄不禁重染，风尘京洛[③]。　追念人别后，心事万重，难觅孤鸿托。翠幌娇深，曲屏香暖，争念岁寒飘泊。怨月恨花烦恼，不是不曾经著。这情味，望一成消减[④]，新来还恶[⑤]。

【注释】

①迤逦（yǐ lǐ）：曲折连绵的样子。②林薄：丛木曰“林”，草木交错曰“薄”。③“叹倦客”二句：西晋·陆机《为顾彦先赠妇》：“京洛多风尘，素衣化为缁。”此化用其诗句，意谓倦于仕宦奔波，不愿重染京城风尘。悄：犹浑，直。宋时口语，如贺铸《柳梢青》：“丁香露结残枝，悄未比愁肠寸结。”不禁：不愿。禁：张相《诗词曲语辞汇释》释为“愿乐之辞”。④一成：宋时口语，犹渐渐。苏轼《洞仙歌》：“断肠是飞絮时，绿叶成荫，无个事，一成消瘦。”⑤恶：苦。

【赏析】

词题为“晓行”，是拂晓行旅途中怀人之作。“倦”字可作一篇之眼，厌倦仕途奔波的羁旅漂泊，厌倦花月恼人的别离情味，词人迤逦叙来。

上片写晓行：城角呜咽，鸡声相应，马嘶人起，晓光残月，烟村雾林，一片促迫清冷景色，衬出泪痕凝霜、酒不挡寒的风尘倦客。下片写别后：心事万重，却孤鸿难托，从自己说；曲屏香暖，怎念岁寒漂泊，从对方说。怨花好月圆，宕开一笔，推向以往的别恨；望愁思消减，却近来还苦，结处又转到眼前的离愁。整首词写景叙事真切细腻，将行旅的寒倦与闺中的娇暖交映，层层转折，婉曲有致，写出了晓行的孤凄况味。

此词可与唐·温庭筠的《商山早行》“鸡声茅店月，人迹板桥霜”媲美，前者细腻入微，后者清疏简约，一词一诗皆能将晓行情景置于目前，为情景兼胜的佳作。此词一时盛传于京都，人称“刘晓行”（宋·陈振孙《直斋书录解题》）。

【辑评】

[清]许昂霄《词综偶评》：“宿鸟”以下七句，字字真切，觉晓行情景，宛在目前，宜当时以

此得名。

[清]先著、程洪《词洁》：前半晓行景色在目，虽不及竹山之工，正是雅词。

【今译】

晨曦初泛起
催促城头角声吹过，
栖鸟还未惊醒
邻家雄鸡先啼喔。
如轻烟的晓雾
漫向远处的村落，
马在嘶叫，人已起行
残月林中穿梭。
泪水带着霜露
清冷，颊边凝结，
微薄的酒力
难挡秋寒浸人的萧索。
可叹游子倦客
浑然不禁仕宦奔波，
仍重染风尘
路途漫漫赴往京洛。

想起别离后
万重心事向谁诉说，
寻望天际
不见雁影可寄托。
她，一怀柔情
独自掩坐曲屏罗帐，
对香炉暖烟
寂寞地思念我，
可又怎知道
我春去冬来的漂泊？
无奈，不是未曾经历，
花好月圆
空惹离别的孤寞。
这情思这况味
只愿渐行，渐消减
——却近来还恶。

汪　藻

汪藻（1079—1154），字彦章，号浮溪，又号龙溪，饶州德兴（今属江西）人。入太学，徽宗崇宁二年（1103）进士。大观三年（1109）提举江南西路学事，与吕本中、向子諲、张元幹等结诗社唱和。宣和元年（1119）因与当政者不和，出知宣州，投闲八年。高宗即位，累迁中书舍人、兵部侍郎、翰林学士，一时诏令多出其手，天下传诵。秦熺状元及第，以启（简短书札）贺，秦氏父子以为轻己，遂羁置湖湘。绍兴年间，历典州郡。后遭谗言，夺职谪居永州，屡赦不宥，卒于贬所。

为人清廉，仕宦通显三十年而无屋庐以居。博览群书，老不释卷，以诗文显名于当时。擅长骈文，时与胡伸并称"二宝"。其诗多咏时事，兴寄深远。清·沈雄《古今词话》称他"词亦美赡"，小令尤为清倩。有《浮溪集》《浮溪词》。

点绛唇

新月娟娟[①]，夜寒江静山衔斗[②]。起来搔首，梅影横窗瘦。　　好个霜天，闲却传杯手。君知否？乱鸦啼后[③]，归兴浓于酒。

【注释】

①新月：此指农历每月逢十五日新满的圆月。唐·白居易《八月十五日夜禁中独直对月忆元九》："三五夜中新月色，二千里外故人心。"娟娟：美好的样子。②斗：指北斗。③"乱鸦啼"：宋·吴曾《能改斋漫录》载：有人问汪藻"乱鸦啼"句命意所在，汪曰："无奈这一队畜生聒噪何！"此句实含讥讽政坛群小之意，"乱鸦啼"，当指小人的飞短流长。

【赏析】

关于此词的写作背景，据清·张宗橚《词林纪事》：按黄公度《点绛唇》词注云："彦章出守泉南，移知宣城，内不自得，乃赋《点绛唇》词'新月娟娟'云云。公（黄公度）时在泉南签幕，依韵作词送之云：'嫩绿娇红，砌成别恨千千斗，短亭回首，不是缘春瘦。　　一曲阳关，杯送纤纤手。还知否？凤池归后，无路陪樽酒。'"此说当为可信。此词实作于泉州，作者即将离任移居宣州，心中不快，故有"乱鸦啼"句。

词为怀人思归之作。上片，新月依江，梅影横窗，一远一近相映，皆是不眠人眼中所见。夜不成眠，遂披衣而起，"搔首"乃寂寞无聊之状，欲言难言的愁绪从这一细微动作中流露。下片，梅疏江静的霜天，最宜饮酒，可闲却酒杯。歇拍一笔点醒："乱鸦啼后，归兴浓于酒。"那归思比酒还浓，况又生发在鸦声乱啼之后，结得言止意不止。作者写景寓情，托物喻意，夜之寒寂，亦人之寒寂；梅之清瘦，亦人之清瘦。霜天月夜清疏冷寂，一怀失意落寞借此散发，怨而不怒，写来蕴藉。

【辑评】

［清］黄苏《蓼园词选》：此首写在外栖栖不得意，思家之作耳。霜天无酒，落寞可知，写来却

蕴藉。

[清]陈廷焯《词则》：情味隽永。

俞陛云《唐五代两宋词选释》：彦章出守泉州，移知宣城，内不自得，乃作此词。或问彦章词中“乱鸦”句命意所在，答曰：“奈此群小何。”《能改斋漫录》云：“有改‘乱鸦’为‘晚鸦’，‘归思’为‘归梦’者，全乖本旨矣。”

【今译】

新满的月，天边
悬挂一轮明秀，
江水浮泛深蓝色的夜
格外寒寂清幽，
远处，黝黑山峦
衔着烁闪的北斗。
起身徘徊
搔遍稀疏白发
无奈这不眠的烦忧。
几株老干虬枝
梅花，横斜窗纸
映出疏影清瘦。

啊，好一个
霜天清朗的寒九，
可无人对饮
闲却了传递杯盏的手。
知道吗？纷纷
乱鸦鼓噪不休，
可此时，我
归居田园的意兴
——浓于酒。

曹　组

曹组（生卒年不详），字元宠，颍昌阳翟（今河南禹县）人。早年与兄曹纬有名声于太学，但屡试不第。徽宗宣和三年（1121），殿试中甲，赐同进士出身。任武阶兼阁门宣赞舍人、睿思殿应制。才思敏捷，赐宴集会，常应召赋诗作词。奉诏作《艮岳赋》，“颂咏太平”，得徽宗称赏。官至防御使，约卒于宣和末年。

其词于政和年间广为流传，“每出长短句，脍炙人口”（宋·王灼《碧鸡漫志》）。词中“侧艳”“滑稽”和歌咏太平之作，多平庸不足取，抒写羁旅乡思一类词，如薛砺若《宋词通论》所称“清幽婉丽，颇具淮海、东堂二家之长”。著有《箕颍集》，为其子曹勋所编刻，不存。今有辑本《箕颍词》。

蓦山溪

洗妆真态，不作铅华御①。竹外一枝斜，想佳人、天寒日暮②。黄昏院落，无处著清香，风细细，雪垂垂，何况江头路。　　月边疏影③，梦到消魂处。结子欲黄时④，又须作廉纤细雨⑤。孤芳一世，供断有情愁⑥，消瘦损，东阳也⑦，试问花知否？

【注释】

①铅华：女子化妆用的铅粉胭脂。御：治。②“竹外一枝斜”二句：化用唐·杜甫《佳人》“天寒翠袖薄，日暮倚修竹”诗句。清·王弈清《历代词话》：“《词品》：曹组咏梅词，皆有佳句。其《蓦山溪》云：‘竹外一枝斜，想佳人、天寒日暮。’用东坡‘竹外一枝斜更好’句，可谓入神。”③月边疏影：林逋《山园小梅》诗：“疏影横斜水清浅，暗香浮动月黄昏。”④结子欲黄时：指农历四月梅子黄熟时节。⑤廉纤：雨细小的样子。唐·韩愈《晚雨》诗：“廉纤晚雨不能晴。”⑥“供断”句：意指梅花的孤芳供给多情者不尽的愁叹。供断：供尽。⑦“消瘦损”二句：南朝梁代沈约曾为东阳（今属浙江）太守，此处以沈约自比多病瘦损。见李之仪《谢池春》注。

【赏析】

这是一首清俊脱俗的咏梅词。上片写梅花幽韵。黄昏院落，风细雪垂，一枝疏梅斜逸，宛若佳人天寒日暮，独倚修竹，写梅花清逸幽独的韵格，点化苏轼、杜甫诗意而来，不着痕迹。下片写赏梅幽趣。月下疏影，萦绕梦中心魂，待黄梅雨绵时，花落香消，一怀惜梅情思幽渺，渐至哀婉。末了，写独赏梅花清芳，为伊消瘦，以“花知否”问句作结，一片微思远致，曳出不尽余韵。

此词遗形写神，用笔空灵，略就梅花的斜枝疏影作点描勾勒外，其他并无更多具体描摹刻画，只从虚处着墨，亦从虚处传神。作者既将梅花与佳人重叠交融为清美意象，又以梅花的孤芳弃落映衬自身，探梅而思人，咏梅而抒怀，当是有所寓寄。此词格调可用首二句概括：洗尽铅华，清丽雅淡。

【辑评】

［明］沈际飞《草堂诗余正集》：微思远致，愧粘题装饰者，结句自清俊脱尘。

[清]黄苏《蓼园词选》：此词佳处，不在“一枝斜”句，佳在前后段跳脱处，情景交融，语多隽永耳。

吴世昌《词林新话》：升庵谓曹元宠梅词甚工而结句落韵。按结句“路”与二句“暮”字协，不落韵。

【今译】

洗脱粉妆，不施胭脂，
一段天然韵致。
修竹翠梢外
幽独，横斜一枝，
想是绝色佳人
天寒日暮时独倚。
黄昏庭院，空寂
无处可托清香的飘溢，
垂垂雪飘
夹着尖冷的风细细，
那江头路边
冷落一树芳姿。

月下，倩影清疏
摇曳夜色的迷离，
一枕清梦，魂绕心驰。
待到梅子黄熟
又该漫天小雨绵密，
花落，香坠
惹人几多怜惜。
梅花，孤芳自赏一世，
让有情之人
一怀不尽的愁绪，
只为这黄昏
疏影暗香
我日渐消瘦成疾，
试问：竹外梅花
——你，知不知？

万俟咏

万俟咏（生卒年不详），字雅言，自号大梁词隐，崇宁（今属四川）人。哲宗元祐年间，以诗赋著称，然屡试不第，遂不复进取，放情歌酒，其词每出一章，次日便轰传京城。徽宗政和初年，召试补官，任大晟府制撰，参助周邦彦审定音律，创制新调，奉旨按月律进词（依月用律，月进一曲）。高宗绍兴五年（1135），补任下州文学。

所作词不脱浅斟低唱、倚红偎翠之类，大都是自度新腔，音律工细，造语典丽，宋·黄昇《唐宋诸贤绝妙词选》评其词："发妙音于律吕之中，运巧思于斧凿之外，平而工，和而雅，比诸刻琢句意而求精丽者远矣。"其词集《大声集》已佚，今有辑本。

长相思（二首）

雨

一声声，一更更①。窗外芭蕉窗里灯，此时无限情。　梦难成，恨难平。不道愁人不喜听，空阶滴到明②。

山驿

短长亭，古今情。楼外凉蟾一晕生③，雨余秋更清。　暮云平，暮山横。几叶秋声和雁声④，行人不要听。

【注释】

①更：旧时夜间计时单位，一夜分为五更，一更约两小时。②空阶滴到明：唐·温庭筠《更漏子》："梧桐叶，三更雨，不道离情更苦。一叶叶，一声声，空阶滴到明。"此借用温词原句，并化用其词意、词境。③凉蟾：传说月宫中有蟾蜍，蟾蜍喜湿而体冷，故称。此以凉蟾代指冷月。④秋声：见范仲淹《御街行》注。

【赏析】

前一首，写雨夜不眠的愁思。以雨声起，以雨声收，句句扣住夜雨，句句关联不眠。不眠的愁思从芭蕉夜雨的"一声声，一更更""空阶滴到明"中见出。古典诗词中，芭蕉夜雨如同梧桐夜雨，也是一种典型化的含蕴愁思的抒情意象。这寂静的夜里，雨打芭蕉，孤客枕上点滴入耳，无限情思因雨而逗引，是羁旅乡愁，还是相思离愁？或兼而有之，词中不曾说破，也无须说破，让人自能意会。此词命意措语显然从唐·温庭筠《更漏子》词来，并得温庭筠神韵。但并不刻琢句意，而是语近情远，音韵谐和，恰是万俟咏词清丽和雅的特色。

后一首，写雨后山驿的羁思，不作直接抒写，全从山驿秋日黄昏的凄清景物中映衬出来。短亭连着长亭，行程迢迢；又暮云横浮暮山，一路萧瑟暮色；况落叶声和着孤雁声，一时苦情、凄情、孤情纷至沓来。末了淡淡一句："行人不要听。""不要听"，又如何？那落叶的凌乱、孤雁的凄唳声声在耳，此情何以堪？

这两首小令词意相近，写法、用韵亦相类，可能是同时而作，皆用《长相思》句句入韵、叠字对起的韵调，加以回环往复的唱叹，语愈淡，情愈苦，形成一种语浅情深的艺术效果。作者善于写景、造境、传情，故承袭花间而又开拓出新的境界。

【辑评】

[明]潘游龙《古今诗余醉》："要"字新刺。

[清]黄苏《蓼园词选》：末句"不要听"三字，含无限惋恻。

【今译】

雨

一叶叶，一声声，
滴落夜深的每一更。
绿纱窗外
冷雨敲打芭蕉
黯淡了窗里孤灯，
今夜此时
不尽羁愁离情。

雨声，更声
短梦片刻也难成，
冷夜孤枕上
愁恨长长难平。
偏不去想
一怀离愁的人怎忍听，
只管点点滴滴
打落在空寂石阶
一直到天明。

山驿

短亭，长亭，
绵延不尽
古今的羁愁别情。
山驿楼角外
明月一晕浸冷。
疏雨止后
秋空洗出一片朗清。

傍晚的云絮
天边，淡淡散尽，
暮色染黄的苍山
向远处绵横。
几片秋叶，
纷然，在枯落
和着孤雁凄鸣，
一声声——
行人，莫要听。

陈　克

陈克（1081—1137），字子高，自号赤城居士，临海（今属浙江）人。少时随父宦学四方，后寓居金陵。高宗绍兴初应举，为敕令所删定官。绍兴七年（1137），尚书吕祉节制淮西军马，征召为幕府参谋，上《东南防守利便》，力主抗金。原淮南东路兵马钤辖郦琼叛宋降金，杀吕祉。陈克奋然出战，兵败被擒，不愿屈膝，“宁为玉碎，不为瓦全”，厉声斥敌如雷震，遭金人积薪火焚而死。宋军民闻之，“号恸如丧所亲”（《临海县志》）。

素与叶梦得交好。能诗，工词。其词多为小令，写闺中闲情和节序风物，承袭花间一脉，风格清绮婉约。清·陈廷焯《白雨斋词话》云：“陈子高词婉雅闲丽，暗合温、韦之旨。晁无咎、毛泽民、万俟雅言等不逮也。”有《赤城词》。

菩萨蛮

绿芜墙绕青苔院[①]，中庭日淡芭蕉卷。蝴蝶上阶飞，烘帘自在垂[②]。　　玉钩双语燕，宝甃杨花转[③]。几处簸钱声[④]，绿窗春睡轻。

【注释】

①芜：丛生的草。②烘帘：暖帘，用以遮风。或指阳光映照的帘幕。③宝甃（zhòu）：华美的井、池。④簸钱：掷钱为戏，以赌输赢。唐、宋时流行，即玩者持钱在手来掂簸，然后依次摊开，让人猜其正反面，以中否为胜负。唐·王建《宫词》：“暂向玉华阶上坐，簸钱赢得两三筹。”

【赏析】

这首小词写晚春浅睡的闺中情趣，代表陈克清绮婉约的词风，历来被人称赏。上片从帘内看去，院墙、中庭、石阶，苔深蕉卷，帘垂蝶飞，一院悄然幽静；下片由帘内听得，燕呢声、簸钱声，进一步以动衬静。末了，点出深深庭院里春睡的少妇。前七句为层层烘托渐进之笔，写足庭院的静谧，至结处无须着意，春睡幽趣自得。

结句“绿窗春睡轻”，化用晏几道《临江仙》“绿窗春睡浓”词句。改“浓”为“轻”，春睡春梦之轻浅，流动着迷离恍惚的意绪，可知那双燕呢语、簸钱笑声，尽从绿窗浅睡中闻得，而在这似睡非睡、亦真亦幻的春梦中，自有一种闲淡的孤寂漫溢出来。着一“轻”字使全篇灵动，传春睡之神，造他人未到之境。其意象幽雅、意境恬静而又不乏情趣，可谓炼字炼意的佳句。

【辑评】

[明]卓人月《古今词统》：一“轻”字全首俱灵。

[清]陈廷焯《词则》：工雅纤丽，温韦流派。

唐圭璋《唐宋词简释》：通首写景，而人之闲适自如，即寓景中。

【今译】

草蔓的矮墙　　　　一围，荫荫绿意

护绕着——
苔痕苍青的庭院，
庭中，静静
日色柔淡里
芭蕉嫩叶含羞地缩卷。
蝴蝶飞上石阶
自在如梦，翩翩，
悠闲地垂下
一层遮风的暖帘。

玉帘银钩外
一双栖燕软语呢喃，
华美的井栏
滢滢的池塘
杨花飘坠出迷离一片。
院墙外，几处
嬉闹的簸钱声，
啊，绿窗下
伊人正斜枕独眠，
那朦胧春睡
软软绵绵，轻浅。

朱敦儒

朱敦儒（1081—1159），字希真，号岩壑老人，又称洛川先生，洛阳（今属河南）人。早年隐居，志行高洁，博物洽闻，为东都名士。靖康中，召至京师，将处以学官，以“自乐闲旷，爵禄非所愿也”固辞还山。金兵南侵，携家避难淮阴，辗转流离于洪州、南雄州。高宗绍兴三年（1133），荐为右迪功郎，不赴诏。经友人劝促，始幡然而起，命对便殿，以议论明畅得高宗赏悦，赐进士出身，为秘书省正字。历任兵部郎中、临安府通判、两浙东路提点刑狱。绍兴十六年（1146），被人弹劾“专立异论”，与主战大臣李光交结，遂罢官。后上疏请归，退居嘉禾。七十四岁时，屈于秦桧笼络，强起为鸿胪少卿，桧死，旋亦被废，时人讥议其晚节不终。

以词擅名，风调婉丽清畅，独步一时。其词多写遁世隐逸生活，亦有忧国伤时之作，绝少香艳绮语。清·张德瀛《词徵》云：“朱希真词品高洁，妍思幽窅，殆类储光羲诗体。”所著诗文集均已散佚。今存词集《樵歌》，又名《太平樵唱》。

鹧鸪天

西都作①

我是清都山水郎②，天教分付与疏狂。曾批给雨支风敕③，累上留云借月章④。诗万首，酒千觞。几曾着眼看侯王⑤？玉楼金阙慵归去⑥，且插梅花醉洛阳。

【注释】

①西都：即洛阳，北宋时为西京，故称。②清都：传说中天帝的宫阙。《列子·周穆王》：“清都紫微，钧天广乐，帝之所居。”山水郎：天上管山水的郎官。③给雨支风：差遣风雨。给：分发。支：支取。敕（chì）：帝王的诏令。④累：屡次。留云借月：意谓自我疏放，游赏云月。章：臣子的奏本。⑤“几曾”句：朱敦儒晚年退居嘉禾（今浙江嘉兴），以诗词独步一时。时秦桧当政，善奖用文人墨客以饰太平。其子秦熺亦好诗，秦桧欲让朱敦儒教之作诗，于是先用朱敦儒之子为删定官，继而任朱敦儒为鸿胪寺少卿。朱敦儒爱其子，为避窜逐，不敢不起，致使晚节末终。有人遂拈出这首前期所作《鹧鸪天》，作诗讽刺道：“少室山人久挂冠，不知何事到长安？如今纵插梅花醉，未必王侯着眼看！”见宋·周必大《二老堂诗话》。⑥玉楼金阙：本指神仙洞府，此代指朝廷宫殿。

【赏析】

元·脱脱等《宋史》本传：朱敦儒志行高洁，虽为布衣，而有朝野之名望。靖康中召至京师，将处以学官，曰：“麋鹿之性，自乐闲旷，爵禄非所愿也。”固辞还山。此词当是从京师返回洛阳后所作，其逍遥狂逸的风姿在北宋词中少见。

洛阳为北宋的西京，北依邙山，南对龙门，伊、洛、瀍、涧诸水蜿蜒其间，林壑幽美，名园棋布。朱敦儒为洛阳人，前半生视富贵如敝屣，以渔樵为侣，与鸥鹭结盟，闲来饮酒，醉时吟诗，过着避世的隐逸生活。此词所述性爱山水，天教疏狂，流连风月，醉酒吟诗，睥睨王侯，漠视利禄，实为词人的真实写照，刻画出萧散洒脱、狂放不羁的鲜明个性。

林泉逍遥，吟风啸月，是一种遁离现实的消极，但它表现出封建士大夫不为名缰利锁所屈身的清高疏放的人格。作者不以直笔写实，而是骋其才气，奇思妙想，以狂逸荒诞出之，独具艺术魅力。此词“脍炙人口”，为一时传诵之作。

【辑评】

［宋］黄升《绝妙词选》：以词章擅名，天资旷远。

【今译】

我原是九霄云天
掌管山水的郎，
上天让我
不拘礼法，恣意疏放。
曾有过天帝敕令
支取清风细雨，
也屡次呈报
借留云月的奏章。
诗，挥笔万首
酒，一饮千觞，
何曾正眼看
那显贵的王侯将相。
玉楼金殿
不愿屈身折腰登上，
且插戴一枝梅花
酣醉，在洛阳。

好事近

渔父词

摇首出红尘①，醒醉更无时节。活计绿蓑青笠，惯披霜冲雪②。　　晚来风定钓丝闲，上下是新月③。千里水天一色，看孤鸿明灭④。

【注释】

①红尘：尘世，人世。②“活计”二句：唐·柳宗元《江雪》：“孤舟蓑笠翁，独钓寒江雪。”唐·张志和《渔父》：“青箬笠，绿蓑衣，斜风细雨不须归。”此兼有柳诗、张词的境界。活计：生计。③上下：指天上、水中。④明灭：形容孤鸿在天边消失时忽明忽暗。

【赏析】

高宗绍兴十九年（1149），朱敦儒上疏请归，退居嘉禾（今浙江嘉兴）。据宋·周密《澄怀录》：陆游曾与友人前去拜访，“闻笛声自烟波间起，顷之，棹小舟而至”。可见作者远离官场后，在山光水色中垂钓自乐，全然过一种隐逸生活。这期间写有六首渔父词，均调寄《好事近》，此是其中之一。朱敦儒以山水词擅名，词品高洁，情思幽眇，境界清旷，此词可为其代表作。

上片写渔父超脱尘俗的疏放，下片写渔父烟波垂钓的闲适。下片笔墨尤妙：上下新月，天光水色，在表里俱澄彻的静态画面上，点缀一只明灭于远空的孤鸿，这一动点，使画面更加静谧幽美，并呈现出清旷高远的意境。如同唐人柳宗元的《江雪》诗、张志和的《渔父》词，或寒江独钓的孤高，或绿蓑青笠的闲适，皆是用以自况，此词实是朱敦儒晚年隐居生活的写照。恬静清旷的意境中，透现出超然物外的洒脱胸襟，那缥缈孤鸿，正是词人的自我形象。读之，令人倏然有出尘之想。

【辑评】

[清]陈廷焯《云韶集》：行文亦是飞空无迹。

[清]陈廷焯《词则》：此中有真乐，未许俗人问津。

【今译】

掉头而去，远离
喧嚣红尘
名利纷争的劫，
梦醒，酒醉
不知朝暮时辰
寒暑季节。
渔父的生计
青箬笠，绿蓑衣，
——披霜迎雪。

晚来江风已定
一竿钓丝垂斜，
天上，新月一弯
水中一弯新月。
是天是水
千里水天一色，
天际一点孤鸿
翩然去远
那踪影，忽忽明灭。

周紫芝

周紫芝（1082—1155），字少隐，号竹坡居士。宣城（今属安徽）人。少时家贫，勤学不辍。早年热衷功名，但屡试不第，后耻归故里而隐居陵阳山。高宗绍兴十二年（1142），六十一岁始中进士，官晚而名不达，任右迪功郎、枢密院编修，后出知兴国军。曾向秦桧父子献谀诗，为士林所鄙。晚年退居庐山，七十四岁卒。

能诗工词。作诗无堆砌生硬之弊，笔墨清丽流爽，于南宋初甚为杰出。词以写男女情爱、离愁别苦居多，亦有登山临水之作，风格清倩婉秀，非苦心刻意而为之。其《鹧鸪天》序自云“少时酷爱小晏词，故其所作，时有拟其体制者”。《四库全书总目提要》称他：“从晏几道入，晚年乃刊除秾丽，自成一家。”有《太仓稊米集》《竹坡诗话》《竹坡词》。

鹧鸪天

一点残红欲尽时①，乍凉秋气满屏帏。梧桐叶上三更雨，叶叶声声是别离②。

调宝瑟，拨金猊③。那时同唱鹧鸪词④。如今风雨西楼夜，不听清歌也泪垂。

【注释】

①残红：指将熄灭的灯焰。一作“残釭”。②“梧桐”二句：化用唐·温庭筠《更漏子》词，见万俟咏《长相思》注。③拨金猊（ní）：拨弄香炉的灰烬。金猊：铜制狮形香炉。猊：狻猊，即狮子。④鹧鸪词：指吟唱男女恋情的词。鹧鸪雌雄双栖，故常喻指男女欢配。

【赏析】

这是一首秋夜怀人之作。上片写秋夜：灯焰欲尽时，凉气袭入屏帏，听梧桐夜雨，相思离愁，叶叶声声。“梧桐”二句，虽承袭唐代温庭筠词句意象，但作者因情造景，室内室外，夜寂、秋凉、雨冷、心寒，融汇成一片凄清氛围，写出不眠的凄苦况味，亦自出意境。下片转作怀人：昔时燃香熏暖，琴瑟轻拨，今日残灯凉夜，风雨西楼，两相对比情景殊异。结句“不听清歌也泪垂”一句唤醒，伊人不见，清歌已渺，今夜只有相思泪滴和着梧桐雨滴无尽无止。

周紫芝早期词，时有拟小晏体制之作。此词记悲欢离合之事，昔时欢情与今日悲泪，顿挫跌宕叙来，情蕴深至，笔致婉曲，且洗尽绮丽，吐属天成，最能得晏几道词之真髓。

【辑评】

[清]陈廷焯《词则》：从愁人耳中听得。

唐圭璋《唐宋词简释》：“不听清歌也泪垂”，情深语哀。

【今译】

一点黯红的灯焰
欲尽未尽时，

晚秋凉气
透过屏风帘幕

袭入一枕孤眠的卧室。
窗外，梧桐叶
淅淅沥沥
飘洒三更秋雨，
一叶叶，一声声
都是别离相思。

佳人素手纤纤
将琴弦拨弄低低，
一缕炉香熏暖
与她情浓意迷。
那时，同唱《鹧鸪词》。
如今这西楼
夜，风冷雨凄，
即使不再有伊人清歌
默默思忆起
不禁黯然，泪滴。

赵　佶

赵佶（1082—1135），即宋徽宗，神宗第十一子。多才多艺，吹弹声歌、书画词赋以及犬马服饰之事，无不精通。在位二十五年，任用蔡京、朱勔等佞臣，以宦官童贯领军，政事日颓。宣和七年（1125），金兵南侵，传位于皇太子赵桓。靖康二年（1127），与钦宗同为金兵所俘，胁迫北行。囚禁于五国城，流徙荒漠之地，五十四岁卒。

崇宁四年（1105），设大晟府（朝廷音乐机关），命周邦彦、万俟咏等审定古调，创制新曲，促使了词乐的发展和北宋后期词章的繁荣。宋·吴曾《能改斋漫录》云："徽宗天才甚高，诗文而外，尤工长短句。"有《聒龙吟》《临江仙》《燕山亭》等篇，皆清丽凄婉。著有《宣和宫词》三卷，已佚，今有辑本《宋徽宗词》。

燕山亭

北行见杏花

裁剪冰绡[①]，轻叠数重，淡著燕脂匀注[②]。新样靓妆[③]，艳溢香融，羞杀蕊珠宫女[④]。易得凋零，更多少无情风雨。愁苦。问院落凄凉，几番春暮。　　凭寄离恨重重，这双燕，何曾会人言语。天遥地远，万水千山，知他故宫何处[⑤]。怎不思量，除梦里有时曾去。无据[⑥]。和梦也新来不做[⑦]。

【注释】

①冰绡：洁白的丝绸。②燕脂：即"胭脂"。③靓（jìng）妆：美丽的粉黛妆饰。④蕊珠宫：道家传说的天上宫阙，为神仙所居。北魏·阚骃《十三州记》："玉晟大道君治蕊珠贝阙。"⑤故宫：此指北宋汴京的皇宫。⑥无据：无依据，平白无故。⑦和：连。

【赏析】

此词为徽宗被俘北行，途中见杏花托物兴感而作。上片咏叹杏花。先写杏花的艳丽，如洁绢裁剪，胭脂淡著，色溢而香融。转而写杏花的凋零，无情风雨，飘坠庭院，独自承受春暮愁苦。而这恰是作者由帝王之尊沦为阶下囚，流落千里荒漠之外的真实写照，怜花亦怜己，借杏花比兴婉曲道出。下片抒写离恨。双燕不解人语，离怀难寄，一恨也；天遥地远，故宫隔绝，二恨也；时有梦魂归去，新近梦也断绝，三恨也。可谓层层递进，愈转愈深，愈深愈痛，将无奈之心、凄哀之情和眷念之意淋漓尽致地抒吐出来。

宋·佚名《朝野遗记》称此词为徽宗绝笔，其哀沉哽咽，字字凝聚国亡身囚的血泪，与李后主的《浪淘沙》都是"以血书者"。清·贺裳《皱水轩词筌》云："南唐主《浪淘沙》曰：'梦里不知身是客，一晌贪欢。'至宣和帝《燕山亭》则曰：'无据。和梦也新来不做。'其情更惨矣。呜呼，此犹《麦秀》之后有《黍离》也。"

【辑评】

［明］杨慎《词品》：词极凄惋，亦可怜矣。

[明]卓人月《古今词统》：人生何日非梦，道君梦游毳幕而不寤，复寻故宫之梦，岂非梦梦。绍兴间金人以梓宫来归，元僧杨琏真伽发其冢，止朽木一段。

[明]潘游龙《古今诗余醉》："怎不思量"下，足令征鸟踟蹰、寒云不飞。

【今译】

似用白绸剪裁
杏花，绽开在路途，
轻柔的花瓣
一层一层叠簇，
如美人的脸颊
一抹晕淡胭脂
匀称，媚妩。
它略施粉黛的雅妆
光艳，芳香
羞煞天宫仙女。
可叹杏花容易凋枯，
又还有多少风雨。
不由一怀愁苦，
问落花庭院
曾经几番凄冷春暮？

真想有一个托寄
将重重离恨吐诉，
可双飞的燕子
何曾懂得人的言语。
更有天远地遥
万千山水隔阻，
回头寻望
昔日宫殿，何处？
怎不叫人思念
啊，除了梦里片刻
有时也曾
金銮玉殿归去。
那梦境终是虚幻
无据，可近来
这虚幻的梦，也无。

廖世美

廖世美（生卒年不详），约北宋末南宋初人。今存词《好事近·春景》《烛影摇红·题安陆浮云楼》二首。

烛影摇红

题安陆浮云楼[①]

霭霭春空[②]，画楼森耸凌云渚。紫薇登览最关情[③]，绝妙夸能赋。惆怅相思迟暮，记当日、朱阑共语。塞鸿难问，岸柳何穷，别愁纷絮。　　催促年光，旧来流水知何处[④]？断肠何必更残阳，极目伤平楚[⑤]。晚霁波声带雨，悄无人、舟横野渡[⑥]。数峰江上，芳草天涯，参差烟树。

【注释】

①安陆：今属湖北省。②霭霭：云气密集。③紫薇：此指杜牧。唐代中书省（朝廷政务决策中枢）又称“紫薇省”，杜牧晚年官至中书舍人，故称“杜紫薇”。④“记当日”六句：唐·杜牧《题安州浮云寺楼寄湖州张郎中》：“去夏疏雨余，同倚朱阑语。当时楼下水，今日到何处？恨如春草多，事与孤鸿去。楚岸柳何穷，别愁纷若絮。”此处袭用杜牧诗句而稍加变化。⑤平楚：平旷的原野。楚：丛木。南朝齐·谢朓《郡内登望》：“寒城一以眺，平楚正苍然。”⑥“晚霁”二句：化用唐·韦应物《滁州西涧》“春潮带雨晚来急，野渡无人舟自横”诗意。

【赏析】

这首《烛影摇红》题咏安陆浮云楼，用唐人杜牧登览关情、绝妙赋诗的典故，表达对杜牧的仰慕，亦暗中自比才情遭际。

此词于登楼怀远中写景融情，古今叠映，发思古之幽情，亦隐含身世慨叹。作者将杜牧的朱阑共语、别愁纷絮，谢朓的极目一眺、平野苍莽，韦应物的晚潮带雨、舟横野渡，钱起的曲终人杳、江上数峰，恣意驱遣于笔底。多处化炼前人诗意词句，吞吐自如，宛若己出而又别出境界，这在檃括词中殊不多见。

词中尤其是“晚霁”五句，一句一景，而风雨漂泊、人去舟横的索寞，芳草天涯、物是人非的怅惘，尽隐蕴于其中，出语之淡雅、绘景之清远与抒情之深婉，妙合为一。故清·况周颐《蕙风词话》云：“此等词一再吟诵，辄沁人心脾。”

【辑评】

[清]况周颐《蕙风词话》：廖世美《烛影摇红》过拍云：“塞鸿难问，岸柳何穷，别愁纷絮。”神来之笔。

吴世昌《词林新话》：下片“晚霁波声带雨，悄无人、舟横野渡”，既霁矣，又何来雨？下句钞唐诗“春潮带雨晚来急，野渡无人舟自横”，此联梅溪《绮罗香》亦用过。

【今译】

春天的远空
轻烟淡云，弥弥，
雕梁画栋的浮云寺楼
江洲高耸云际。
当年，杜牧登临
牵系一怀思绪，
挥洒绝妙诗篇
将超逸的才情夸示。
今天，我也登楼
人生迟暮的惆怅
参半几多别愁相思，
记得当初，与她
同倚朱栏低语。
可一去杳渺
传书的鸿雁难寻觅，
江岸，青青柳色
绵延向何处？
别离的愁思不尽
恰是纷乱飘飞的柳絮。

一年催促一年
时光似水匆匆流逝，
昔日楼下江水
如今流过哪一岸堤？
已黯然断肠
当楼残阳，黄昏低迷，
远望，莽莽平野
一抹伤心别离。
晚来初晴
涛声犹带湿沉雨意，
郊野的渡口
无人，孤舟横移。
江面，伊人不见
剩数峰如染
浮耸着点点苍绿，
啊，绵绵芳草
向天边铺去，
远处树林烟霭淡笼
隐约里，高低参差。

李清照

李清照（1084—1155?），自号易安居士，济南（今属山东）人。出身于书香门第，父李格非以散文见称，为苏门“后四学士”之一。自幼颖悟，博闻强记，少时即有诗名，“才力华赡，逼近前辈”（宋·王灼《碧鸡漫志》）。十八岁嫁太学生赵明诚，伉俪情深，志趣相投，诗词酬唱之余，校勘金石书画，收藏颇丰。徽宗大观元年（1107），因赵明诚父赵挺之狱事，夫妇离京，屏居青州乡里十余年。靖康之变，仓皇南渡，高宗建炎三年（1129），赵明诚调任湖州知州，不久病逝。此后，只身辗转流离于越州、台州、温州、衢州一带，所收藏金石文物丧失殆尽。绍兴二年（1132）赴杭州，曾卜居京华。为赵明诚遗著《金石录》作后序，备述一生哀乐参半。晚年寓居临安，境况孤苦凄凉。

工诗能文，词名尤著。早期词多写相思闺情，风调婉丽俊逸；南渡后，融入故国黍离之悲、身世颠沛之感，转而含凄哀沉咽。其词小令慢词兼胜，擅长白描，于语言平易中炼字炼意，每能创意出奇，风格自然清新，人称“易安体”。清·李调元《雨村词话》云：“易安在宋诸媛中，自卓然一家，不在秦七、黄九之下。词无一首不工，其炼处可夺梦窗之席，其丽处真参片玉之班。盖不徒俯视巾帼，直欲压倒须眉。”清·王士祯《花草蒙拾》认为“婉约以易安为宗”。所作《词论》推尊词体，认为词协律可歌“别是一家”。著有《李易安集》十二卷，不传，今有辑本《漱玉词》。

如梦令

常记溪亭日暮①，沉醉不知归路。兴尽晚回舟，误入藕花深处。争渡，争渡，惊起一滩鸥鹭。

【注释】

①常：同“尝”，曾经。

【赏析】

此词追忆一次饶有情趣的郊游：酒后泛舟，兴尽归来误入荷丛，摇桨争渡，惊起滩头的鸥鹭。作者捕捉瞬间生活片段，纯用白描写来，游兴沉酣的情景、人物活泼的情态、长亭日暮的景色都宛然在目前。尤其是“争渡，争渡”二句，用《如梦令》的叠句格律妙造自然，让人于荷花深处如闻击水桨声，如见嬉笑少女，如感焦灼心情，其形象生动、语言自然、音韵流利，体现了作者早期词于白描中炼新意、取平常语入音律的特色。

此词写出了女性特有的情趣，又表现出超越女性的倜傥洒脱，恰是作者少女时期闺阁生活的片断素描。明·杨慎批点《草堂诗余》将此词归于苏轼，清·沈雄《古今词话》则录为吕洞宾之作，皆不知李清照早期词中一扫香软、不作女儿态的清新明快处。

【辑评】

梁令娴《艺蘅馆词选》：此绝似苏、辛派，不类《漱玉集》中语。

【今译】

曾记，溪边亭台
渐昏黄日暮，
醉意浓浓里
忘了归家的路。
游兴已尽，天色也晚
摇荡归去的小舟，
谁知，误入了
荷花深处。
你也争渡，我也争渡，
击水的划桨声
惊起河滩——
栖息的沙鸥白鹭。

如梦令

昨夜雨疏风骤，浓睡不消残酒[①]。试问卷帘人[②]，却道海棠依旧。知否，知否？应是绿肥红瘦[③]！

【注释】

①残酒：残余的酒意。②卷帘人：指卷帘的侍女。③绿肥红瘦：指绿叶繁密，红花稀少。绿、红：代指绿叶红花。

【赏析】

此词别本题作“春晚”。整个词意化用唐人韩偓《懒起》诗：“昨夜三更雨，临明一阵寒。海棠花在否？侧卧卷帘看。”但此词写法更为别致。作者剪取闺房日常生活片段：一夜雨疏风急，睡梦醒来，酒意未消，拥衾未起时，询问卷帘的侍女，庭院海棠怎样了。全篇采用问答形式，以卷帘人的粗心反衬帘内人感受的细腻，一问一答跌宕有致，一怀怜惜叹惋的晚春情思尽蕴涵在收拍中。“绿肥红瘦”一句语新意隽，历来被人称道。拈用平常一“瘦”字，状写雨后海棠由丰茂艳丽而憔悴零落，炼字尖巧，造境清新。

这首小词为雨后落花而怜而惜，却又不只是抒写怜花惜春的情思，“浓睡不消残酒”，见出百无聊赖、独斟闲眠，隐约透出的是别离相思的愁怀。短幅之中藏无数曲折，言浅意深，让人玩味。

【辑评】

[宋]胡仔《苕溪渔隐丛话》：近时妇人能文词如李易安，颇多佳句。小词云：“昨夜雨疏风骤（略）。”“绿肥红瘦”此语甚新。

[明]蒋一葵《尧山堂外纪》：李易安又有《如梦令》云：“昨夜雨疏……绿肥红瘦。”当时文士莫不击节称赏，未有能道之者。

[清]王士祯《花草蒙拾》：前辈谓史梅溪之句法，吴梦窗之字面，固是确论。尤须雕组而不失天然，如“绿肥红瘦”“宠柳娇花”，人工天巧，可称绝唱。

【今译】

一夜，雨疏风骤，
沉睡中醒来

昨夜酒意残留。
试问卷帘侍女
庭院，那海棠花
开得好不?
回答说——
像原来开着，依旧。
噢，你哪知道
你可知道
——应是满枝
绿叶丰润
红花稀落已消瘦。

凤凰台上忆吹箫

香冷金猊[①]，被翻红浪[②]，起来慵自梳头。任宝奁尘满[③]，日上帘钩。生怕离怀别苦，多少事、欲说还休。新来瘦，非干病酒[④]，不是悲秋。　　休休！这回去也，千万遍阳关[⑤]，也则难留。念武陵人远[⑥]，烟锁秦楼[⑦]。惟有楼前流水，应念我、终日凝眸。凝眸处，从今又添，一段新愁。

【注释】

①金猊：狮形的铜薰炉。炉中焚香，香气从兽口喷出，用以薰衣被。“狻猊”（suān ní）是狮子的别名。②翻红浪：形容红锦被乱叠在床上。柳永《凤栖梧》：“鸳鸯绣被翻红浪。”红浪：锦被上的绣文。③宝奁（lián）：精美的梳妆镜匣。④病酒：即“病于酒”，因喝酒过量而致身体不适。⑤阳关：即《阳关三叠》。⑥武陵：今湖南常德旧称“武陵”。东晋・陶渊明《桃花源记》载，武陵渔人沿桃花溪入洞，发现世外桃源。此借指丈夫赵明诚所去遥远地方。⑦秦楼：西汉・刘向《列女传》载：相传春秋时箫史善吹箫，作凤鸣，秦穆公以女弄玉嫁之，筑凤台而居。箫声引来许多凤凰，后夫妻乘凤升天。后人常以“凤台”“秦楼”借指梳妆楼。南唐・冯延巳《南乡子》：“烟锁秦楼无限事。”

【赏析】

李清照与赵明诚夫妻情意深笃，赵明诚宦游在外，时有两地分隔，所以李清照早期词多写闺阁相思、别离愁苦。此词约写于徽宗宣和三年（1121），赵明诚赴莱州（今属山东）任职之际。

作者用缠绵悱恻的笔调，于别前设想别后，“写出一种临别心神”（明・吴从先《草堂诗余隽》引李攀龙语）。上片写别前：慵自梳头，日上帘钩，写百无聊赖之情状；千般心事，欲说还休，写难以倾诉的情怀。新来瘦损，非干病酒，不是悲秋，知是离怀别苦偏不说破。下片设想别后：阳关唱遍，人去难留，是惜别情深；楼前流水，终日凝眸，是相思情深。从今又添一段新愁，落到别后愁深之无奈。此词上片实写，下片虚想，新瘦、新愁，痴情、痴想，以白描手法和清新口语随意流泻，于平直中吞吐往复，自然流丽而思致巧成，故清・陈廷焯《云韶集》云：“次等笔墨，不减耆卿（柳永）、叔原（晏殊），而清俊疏朗过之。”

【辑评】

[明]李廷机《草堂诗余评林》：宛转见离情别意，思致巧成。

[明]卓人月《古今词统》：亦是林下风，亦是闺中秀。

[明]竹溪主人《风韵情词》：雨洗梨花，泪痕有在；风吹柳絮，愁思成团。易安此词颇似之。

【今译】

铜狮香炉里
烧残的灰烬已冷透，
随手掀开绸被
如乱翻红浪叠皱，
迟迟起床，懒懒梳头。
任华贵的镜匣
一层尘垢落满，
阳光，烁闪窗前
挂帘的小银钩。
最怕惹起离情，
多少心事欲说，还休。
近来，人渐消瘦
不是饮酒伤身，
也不是落叶悲秋。

罢了，罢了！
这一次去
唱千遍万遍《阳关》
也难挽留。
料想他缥缈去远
我，索然独守
轻烟笼锁
空寂无人的阁楼。
只有楼头流水
应怜我终日倚栏
望呆了双眸。
那，远水凝眸处
从今又添——
一段相思的新愁。

一剪梅

红藕香残玉簟秋①。轻解罗裳，独上兰舟。云中谁寄锦书来②？雁字回时③，月满西楼。　花自飘零水自流。一种相思，两处闲愁。此情无计可消除，才下眉头，却上心头④。

【注释】

①红藕：粉红的荷花。玉簟（diàn）：凉滑如玉的竹席。②锦书：见柳永《曲玉管》注。③雁字：见晏几道《阮郎归》（天边金掌）注。相传鸿雁能传书，此处盼望鸿雁捎来丈夫的家书。④“此情”三句：从范仲淹《御街行》“都来此事，眉间心上，无计相回避”脱胎而来。

【赏析】

元·伊世珍《瑯環记》载：李清照新婚不久，赵明诚为求学负笈远游，李清照“殊不忍别，觅锦帕，书《一剪梅》词以送之”。但玩味词意，此词当作于别离之后。

上片写别后独处：白昼，独泛兰舟；夜晚，倚楼望月。“雁字回时，月满西楼”二句，勾画出月下西楼凝望的动人倩影，一怀痴情相思尽寓于目断神迷中，意境孤寂清远。下片直抒离情。落花流水兼具比兴，年华易逝，红颜易老，哪堪别离。一“自”字叠用，多情人对无情物，似怨似责。接下“一种相思，两处闲愁”，由己及人，见出两心相知。结拍三句巧妙点化范仲淹《御街行》词句，将“才下”与“却上”、“眉头”与“心头”勾连起伏，绘形传神，表达出刻骨铭心的相思和无计消除的离愁。此词多处用醒人眼目的词句振起，可谓语妙、句秀、篇佳。篇中以浅近之语写深挚浓郁之情、发清新飘逸之思，清俊婉丽，为李清照早期词的代表作之一。

【辑评】

[宋]《草堂诗余后集》：苕溪渔隐曰：近时妇女能文词者，如赵明诚之妻李易安，长于词，有《漱玉集》三卷行于世。此词颇尽离别之意，当为拈出。

[明]杨慎批点本《草堂诗余》：离情欲泪。读此始知高则诚、关汉卿诸人，又足效颦。

【今译】

荷残，香消
冷滑如玉的竹席
透出深深凉秋。
脱换薄纱罗裙
独自，浮泛一叶兰舟。
仰头凝望远天
白云舒卷处
谁会将锦书寄有?
正是雁群排成“人”字
一行南归时候，
月光，皎洁浸人
洒满独倚的西楼。

花，自在飘零
水，自在漂流。
一种离别的相思
你的与我的
牵动起两处闲愁。
啊，无法排除
这相思，这离愁，
刚从微蹙的眉间消失
又缠绕上心头。

醉花阴

薄雾浓云愁永昼①，瑞脑消金兽②。佳节又重阳，玉枕纱厨③，半夜凉初透。
东篱把酒黄昏后④，有暗香盈袖。莫道不销魂，帘卷西风，人比黄花瘦。

【注释】

①永昼：长长的白昼。②瑞脑：一种香料，即瑞龙脑。金兽：兽形铜制香炉。③纱厨：纱帐。④东篱把酒：东篱，菊花丛生的栏圃。语出东晋·陶渊明《饮酒》诗：“采菊东篱下，悠然见南山。”南朝梁·萧统《陶渊明传》载：陶渊明“尝九月九日出宅边丛中坐，久之，满手把菊，忽值弘（江州刺史王弘）送酒至，即便就酌，醉而归”。

【赏析】

此词别本题作“重阳”，诉说闺中重阳佳节的相思，却不曾用一字道破，只写长昼无聊、半夜凉透的冷寂，东篱把酒、人比菊瘦的孤寞，读来却是一片深情苦词，让人咀嚼其中况味。结句“莫道不销魂，帘卷西风，人比黄花瘦”，从宋·无名氏《如梦令》“依旧，依旧。人与绿杨俱瘦”词句脱出，但创意更美。以花之纤姿瘦态比喻人之相思憔悴，帘外黄花与帘内佳人映衬，花与人形神相似，同命相惜，营造出物我交融的清冷孤寂境界，是刻骨铭心的情语，“此语亦妇人所难到也”（宋·胡仔《苕溪渔隐丛话》）。

元·伊世珍《瑯環记》引《外传》：易安以此《醉花阴》词函致明诚。明诚叹赏不已，自愧不如，而欲胜之。闭门谢客，废寝忘食三日三夜，得五十阕，杂易安此作，出示友人陆德夫。德夫玩味再三，曰："只三句绝佳。"明诚问之，答曰："莫道不销魂，帘卷西风，人比黄花瘦。"正是易安所作。

【辑评】

[清]沈辰垣《历代诗余》：康伯可"人瘦也、比梅花、瘦几分"，与李清照"帘卷西风，人比黄花瘦"同妙。

[清]许昂霄《词综偶评》：结句亦从"人与绿杨俱瘦"脱出。但语意较工妙耳。

【今译】

晨雾淡笼，云低
如何消磨漫长白昼，
看铜香炉里
一缕轻烟，细悠。
又是重阳佳节
独守清寂的闺楼，
倚卧芙蓉纱帐
孤眠滋味
瓷枕上辗转地承受，
夜半时，骤觉
寒气把薄被凉透。

黄昏，东篱饮酒，
幽幽清香
袭入秋衫衣袖。
啊，不要说相思不苦
当秋风卷帘
庭院中——
清冷瑟缩的黄菊
我，比你还瘦。

念奴娇

萧条庭院，又斜风细雨，重门须闭。宠柳娇花寒食近，种种恼人天气。险韵诗成①，扶头酒醒②，别是闲滋味。征鸿过尽，万千心事难寄。　楼上几日春寒，帘垂四面，玉阑干慵倚。被冷香销新梦觉，不许愁人不起。清露晨流，新桐初引③，多少游春意。日高烟敛，更看今日晴未④？

【注释】

①险韵诗：用冷僻难押的字押韵的诗。②扶头酒：烈性易使人醉的酒。贺铸《南乡子》："易醉扶头酒。"③"清露"两句：南朝宋·刘义庆《世说新语》："于时清露晨流，新桐初引。"初引：指刚刚抽芽。引：滋长。④未：否，用于句末，表询问。

【赏析】

此词应是李清照早年夫妻离别时作。赵明诚出仕在外，李清照独处深闺，每春天暇日便生离愁。这首词写春日闺情：欲观花赏柳，却又风雨交加，闭门难出；欲传递情愫，却又征鸿过尽，心事难寄；欲拥衾沉梦，却又被冷香消，不由不起；欲四面垂帘，却又清露新桐，春色入眼；末了再看天色，重拟游春，是枯坐，是出游？终还是犹移未决。这，就是深闺少妇心情，恰如春来恼人天气，乍寒乍暖，阴晴不定，只有一怀伤春伤别的百无聊赖。

清·许昂霄《词综偶评》评此词："造语固然奇俊，然未免有句无章。"此论不尽然。本篇中确实不乏佳句，如"宠柳娇花"，写景亦写人，意象新丽奇俊，事熟而句生，锤炼而天然，与"绿肥红瘦"同妙，历来被人称道。然本篇亦有章法，起处"斜风细雨"，结处"日高烟敛"，一阴一晴；前阕"重门须闭"，后阕"不许不起"，一开一合；开篇"萧条庭院"孤寞伤春，至尾"多少游春意"再看晴未，一敛一放。前人论作词贵开启，以不沾不滞、忽喜忽悲、乍远乍近为妙。此词恰得此妙处，全篇舒卷自如，盘旋尽致，而且又情景兼至，辞意并工，堪称篇、句俱佳的闺情绝调。

【辑评】

[宋]黄昇《唐宋诸贤绝妙词选》：前辈尝称易安"绿肥红瘦"为佳句。余谓此篇"宠柳娇花"之句，亦甚奇俊，前此未有能道之者。

[明]杨慎《词品》：填词虽于文为末，而非自选诗、乐府来，亦不能入妙。李易安词"清露晨流，新桐初引"，乃全用《世说》语。女流有此，在男子亦秦、周之流也。

[明]沈际飞《草堂诗余正集》：真声也。不效颦于汉魏，不学步于盛唐，应情而发，能通于人。

【今译】

庭院空空
飘洒一庭斜风细雨，
门，清冷地
一层一层紧闭。
弱柳娇花，瑟缩
在风雨冷虐中
临近寒食恼人天气。
险仄诗韵押成
沉醉酒意，也醒
别是散闲无聊的意绪。
远天鸿雁过尽
万千心事，难寄。

独守的闺楼
连日里，春寒弥弥，
低帘，遮掩四周
长廊栏干也懒倚。
衾被透寒，炉香焚尽
一枕残梦迷离，
无端，愁绪袭来
不得懒卧不起。
晶亮露水
流移清新晨光里，
梧桐树的嫩叶
绽出满枝尖尖新绿，
一时间，唤人
多少游春意趣。
太阳渐高，湿雾散去，
暂且看今天
可否是晴和天气？

永遇乐

落日熔金[①]，暮云合璧[②]，人在何处？染柳烟浓，吹梅笛怨[③]，春意知几许！元

宵佳节，融和天气，次第岂无风雨[④]？来相召，香车宝马，谢他酒朋诗侣。　中州盛日[⑤]，闺门多暇，记得偏重三五[⑥]。铺翠冠儿[⑦]，捻金雪柳[⑧]，簇带争济楚[⑨]。如今憔悴，风鬟雾鬓[⑩]，怕见夜间出去[⑪]。不如向、帘儿底下，听人笑语。

【注释】

①熔金：形容落日火红，如黄金熔化。②合璧：形容暮云浓聚，如璧玉凝合。③吹梅笛怨：即笛吹梅怨，意谓笛子吹奏《梅花落》幽怨的曲子。④ 次第：犹转眼。⑤中州：河南古称“中州”，此指北宋汴京。⑥三五：古人称阴历十五为三五，此指正月十五元宵佳节。柳永《倾杯乐》：“元宵三五。”⑦铺翠冠儿：以翡翠羽毛装饰的帽子。⑧捻金雪柳：用金钱捻丝制作的绢花。宋·孟元老《东京梦华录》载有“雪柳、菩提叶”等名目，是元宵节妇女时髦的装饰物。⑨簇带：插戴，宋时俗话。济楚：整齐漂亮。周邦彦《红窗迥》：“有个人儿，生得济楚。”⑩风鬟雾鬓：形容头发散乱、两鬓斑白。⑪怕见：怕得，懒得。

【赏析】

这首元宵感怀之作，是李清照南渡后期词的名篇。作者晚年孤身流寓临安（今杭州），境况贫寒凄凉，常怀念京洛旧事，此词是其晚景写照。

上片以乐景写哀。元宵佳节，金日璧云的绚丽、染柳烟浓的春意，反衬身在何处的迷茫、岂无风雨的忧虑和谢绝酒朋诗侣的孤寂，写出了词人流落异乡的特有心境。下片今昔对比。昔时京城盛日，闺门出游插戴整齐；如今憔悴，风鬟雾鬓怕夜间出去。不只今不如昔，而且己不如人，“帘儿底下，听人笑语”，透出词人沦落为市井老妪的窘困。此词情景映衬，哀乐交感，感伤身世的抒写中融入了国事兴衰的沉痛，情辞酸楚，令人不忍卒读。此外，平浅的俗语与锤炼的雅语交错融合，语言雅俗相济，也增加了词的表现力。

宋末刘辰翁依韵和此词，其小序云：“余自乙亥上元，诵李易安《永遇乐》，为之涕下。今三年矣。每闻此词，辄不自堪。”后，风雨飘摇的南宋终于灭亡。刘辰翁当时为之涕下的，不只是李清照个人遭际的不幸，更是从此词中看到了南宋家国沦丧、民生流离的不幸。

【辑评】

[宋]张端义《贵耳集》：南渡以来，常怀京洛旧事。晚年赋元宵《永遇乐》词云“落日镕金，暮云合璧”，已自工致。至于“染柳烟轻，吹梅笛怨，春意知几许”，气象更好。后叠云：“如今憔悴，风鬟霜鬓，怕见夜间出去。”皆以寻常语度入音律。炼句精巧则易，平淡入调者难。

[明]杨慎《词品》：辛稼轩词“泛菊杯深，吹梅角暖”，盖用易安“染柳烟轻，吹梅笛怨”也。然稼轩改数字更工，不妨袭用，不然，岂盗狐白裘手邪？（按：所引辛词乃刘过词句，出自《柳梢青·送卢梅坡》，杨慎误引。）

【今译】

落日冉冉，熔金
似一团炽赤，
暮云一片片聚合
像重叠的璧玉。
我，身在何处？
浓烟薄霭
晕染柳色的翠绿，
悠悠笛声
吹奏《梅花落》怨曲，
春天盎然
知有多少芳意！
正值元宵佳节
晴朗的融和天气，
谁知，可会
骤然一阵风雨？
华丽车马，相邀，

可我婉言谢绝
那些酒朋诗侣。

当年，汴京繁华
闺中多少闲暇，
最看重正月十五
出游的节日。
金丝雪柳，翠羽头饰，
插戴一头
争相打扮得俏丽。
如今，面容憔悴
一头蓬乱
秋霜染上鬓际，
哪有心情
夜间出去观赏灯市。
不如帘儿底下
听他人来来往往
——盈盈笑语。

武陵春

风住尘香花已尽[①]，日晚倦梳头。物是人非事事休，欲语泪先流。　闻说双溪春尚好[②]，也拟泛轻舟。只恐双溪舴艋舟[③]，载不动许多愁。

【注释】

①尘香：落花变为尘土，尘土带有余香味。②双溪：水名，在今浙江金华城东南。③舴艋舟：小船，见张先《木兰花》注。

【赏析】

这是李清照于绍兴五年（1135）春，卜居金华（今属浙江）时所作，年已五十二岁。南渡后的八年里，作者经历了国亡、家破、夫丧、物散而流落无依的磨难，词中所抒写的“愁”，已不只是风雨之后花落尘泥的伤春伤逝，也不只是黄昏时倦于梳头的疏懒无聊，“物是人非”，内蕴家国之难和身世之哀，唯有如此，才有事事皆休、欲语泪流的至悲至痛。

作者平素喜好荡舟遣兴，少女时“兴尽晚回舟，误入藕花深处”（《如梦令》）；少妇时“轻解罗裳，独上兰舟”（《一剪梅》）。如今已是老年孀妇，也拟泛舟双溪，可这深悲巨痛的“愁”，小舟载不动。收拍“只恐”二句，于铺足之后猛然跌宕，跌衬出更深更沉的愁怀，设喻新颖，将抽象的愁思化为可装载的东西，而且舟轻愁重承接而来，用得自然妥帖，历来被推为写愁名句。此词语浅情深，以暮春哀景写暮年愁情，哀愁到深处亦用直笔作宣泄，表现出凄婉劲直的艺术特点。

【辑评】

[清]吴从先《草堂诗余隽》：未语先泪，此怨莫能载矣。

[清]王士祯《花草蒙拾》“载不动、许多愁”与“载取暮愁归去”“只载一船离恨向西州”正可互观。

【今译】

春风，无力止住
将弃落的残花余香
埋入污泥尘垢，
黄昏天晚时
心绪困倦，懒得梳头。
物依旧，人已非

如今事事皆休，
欲语，泪先流。

听说城郊双溪
犹残留——
一溪春光的明秀，

也想排遣愁怀
摇荡一叶轻舟。
可是，那舴艋舟小小，
只恐载不动
这太沉太重的愁。

声声慢

寻寻觅觅，冷冷清清，凄凄惨惨戚戚。乍暖还寒时候，最难将息①。三杯两盏淡酒，怎敌他晓来风急②？雁过也，正伤心，却是旧时相识。　满地黄花堆积，憔悴损，如今有谁堪摘③？守著窗儿独自，怎生得黑④！梧桐更兼细雨，到黄昏、点点滴滴⑤。这次第⑥，怎一个愁字了得⑦！

【注释】

①将息：调养。②晓来：俞平伯《唐宋词选释》注云："'晓来'，各本多作'晚来'，殆因下文'黄昏'云云。其实词写一整天，非一晚的事，若云'晚来风急'，则反而重复。上文'三杯两盏淡酒'是早酒，即《念奴娇》词所谓'扶头酒醒'；下文'雁过也'，即彼词'征鸿过尽'。今从《草堂诗余别集》、《词综》、张氏《词选》等各本，作'晓来'。"③堪摘：能够摘取。④怎生得黑：怎么熬到天黑。清·陈廷焯《云韶集》云："黑字警。"原《声声慢》曲调韵脚押平声，音调较徐缓哀婉。李清照此词改押入声，变为急促凄厉，尤其是此句韵脚押一"黑"字，下得险而深稳，看似寻常俗语，实是锻炼出来，非偶然拈得，故被宋·张端义《贵耳集》称为"不许第二人押"。⑤"梧桐"二句：见万俟咏《长相思》注。⑥这次第：这许多情形。次第：状况、光景。⑦了得：包容得了。

【赏析】

慢词具有铺叙的特点，有"赋之余"之称，北宋词人柳永、苏轼、周邦彦、李清照、辛弃疾、姜夔诸家，其慢词多以近似赋体者为工。如此词先一气包举，再逐一铺叙，后总的绾和，恰似一篇"悲秋赋"，以赋体读之，可得其韵旨。

开篇先以冷清凄惨而悲戚的氛围笼罩全篇，再如春蚕抽丝，铺写愁苦情事：天气乍暖还寒，让人生愁；三杯两盏淡酒，无可解愁；雁过旧时相识，不见传书，无可慰愁；黄花堆积，满地憔悴折损，更添哀愁；守窗独坐，怎么捱到天黑，难耐孤愁；梧桐细雨，黄昏点点滴滴，催人离愁。层层进逼，末了以"怎一个愁字了得"戛然收住。前人言愁或如万斛江海，或如飞花细雨，皆极言其多。此结句独辟蹊径，化多为少，亡国之恨、孀居之悲、沦落之苦，深广而纷茫的思绪不是一个"愁"字能包容得尽，收得欲说还休而又倾泻无余。明·杨慎《词品》云："《声声慢》一词最为婉妙。"其实此词非"婉妙"二字能涵盖，作者以纵恣之笔写愁苦之怀，肠断心碎满纸呜咽，不假雕饰，也不作委婉，笔力矫拔，音调悲怆，这正是李清照后期词的特点。

此词用字奇横。发端作者于百感迸发中吐出十四叠字"寻寻觅觅，冷冷清清，凄凄惨惨戚戚"，由外境及内心，层层转进，写若有所失、若有所寻而又无所寻得的清冷、凄惨和忧戚。顿挫凄绝而气韵流动，被誉为千古创格，为词家叠字之法，后人词曲多有仿效者，但总不及此词叠得工妙自然，不着痕迹。

【辑评】

[宋]罗大经《鹤林玉露》:“寻寻觅觅，冷冷清清，凄凄惨惨戚戚。”起头连叠十四字，以一妇人，乃能创意出奇如此。

[明]杨慎《词品》:宋人中填词，李易安亦称冠绝。使在衣冠，当与秦七、黄九争雄，不独雄于闺阁也。

[明]吴承恩《花草新编》:易安此词首起十四叠字，超然笔墨蹊径之外。岂特闺帏，士林中不多见也。

【今译】

我，恍然失落
苦苦地，寻寻觅觅，
四周冷冷清清
空空无人的寂，
这冷寂入心
一怀凄凄惨惨，悲戚。
乍回暖又轻寒袭来
天气不定时候
身体最难调养休息。
解闷的薄酒
三杯，两盏
怎抵挡晚来风急?
正伤心，天边大雁飞过
偏是旧时相识。
篱边灿黄的菊花
开了，落了
庭院满地堆积，
如今，人已憔悴
哪有闲情雅趣
摘一朵，插向蓬松鬓际。
守着绿纱窗儿
独自怎熬到天黑?
听空寂庭院
梧桐叶上潇潇秋雨，
一直到黄昏
敲打点点滴滴。
——这情景
怎了结在一个“愁”字。

摊破浣溪沙

病起萧萧两鬓华[①]，卧看残月上窗纱。豆蔻连梢煎熟水[②]，莫分茶[③]。　枕上诗书闲处好，门前风景雨来佳。终日向人多酝藉，木樨花[④]。

【注释】

①鬓华：两鬓花白。华：头发花白。作者另作《清平乐》有“今年海角天涯，萧萧两鬓生华”句。②“豆蔻”句：豆蔻：多年生草本植物，种子有香气，可入药。性猛，能去寒湿。熟水：是宋人常用饮料。宋·陈元靓《事林广记》别集载有“豆蔻熟水”条云:“白豆蔻壳拣净，投入沸汤瓶中，密封片时用之，极妙。每次用七个足矣，不可多用，多则香浊。”③莫分茶：即莫沏茶。茶性凉，与豆蔻性温正相反，故不宜沏茶。分茶：或说“布茶”。宋人以沸水沏茶而饮的一种方法，颇为讲究。④木樨花：桂花的别名。

【赏析】

这首词是李清照晚年流寓越中所作。据其《金石录后序》自述：赵明诚去世后，大病，“仅存喘息”。词中所写或是作者经历国破夫亡之后，以柔弱病躯进入相对清寂晚年的景况。

起句大病初愈，两鬓萧萧，勾勒出历经人世的衰老凄凉。接下，卧看残月，豆蔻煎水，枕上诗书，门前观雨，写晚年生活。末了，以终日向人的木樨花收束，那庭中一丛木樨花，品位清雅、情思芳洁而含蕴无限，恰似渐入老境而丰蕴成熟的女主人公本身，花与人互映，意味不尽。词中透出一种闲静情调，但这毕竟是病骨支离、心身憔悴的闲适。当年归来堂前，夫妻校勘赏玩金石书画，以烹茶、赌茶、品茶为乐，曾有过多少温馨笑语。昔兮，今兮，如今不宜沏茶，也不愿沏茶，"莫分茶"三字哀沉，仔细咀嚼，让人体味到的仍是抹不去的凄凉味。

易安体善用白描、口语，以清新著称，此小词平淡入妙，浑朴见深，达到了炉火纯青之境。

【辑评】

俞平伯《唐宋词选释》:（"枕上诗书"二句）写病后光景恰好。

【今译】

久病初愈
斑斑两鬓已染霜华，
拥着薄衾独卧
看一弯纤月
静悄，爬上绿窗纱。
煎豆蔻熟水
去湿驱寒最佳，
随一缕悠细清香
饮来，
莫要沏茶。

枕上闲翻诗书
自是消遣时间的闲雅，
门前风景，最是
温润细雨
斜依着微风飘洒，
整日里，对人
含蕴情思
是那空落庭院中
淡淡芳洁
———树木樨花。

吕本中

吕本中（1084—1145），字居仁，号紫微，寿州（今安徽寿县）人。元祐宰相吕公著曾孙，少时聪敏。徽宗朝，以恩荫授承务郎。高宗绍兴六年（1136），赐进士出身，擢起居舍人。累官中书舍人，兼权直学士院。曾与秦桧同为郎官，相得甚欢。后秦桧为相，因力主恢复，倡导政治清明，忤秦桧而被罢职。晚年移居信州讲学，人称“东莱先生”。六十一岁卒，赐谥文清。

为著名道学家，著述颇丰。亦以诗名世，其诗瘦硬而浑厚，学黄庭坚，提倡“识活法”，曾作《江西诗社宗派图》，后人以其诗入江西派中。有《东莱诗集》，所著《紫微诗话》论诗有精诣。作词多为小令，抒写离愁别恨，不乏韵致清丽的佳作。宋·曾季貍《艇斋诗话》称：“东莱晚年长短句，尤浑然天成，不减唐花间之作。”今有辑本《紫微词》。

采桑子

恨君不似江楼月，南北东西。南北东西，只有相随无别离。　恨君却似江楼月，暂满还亏[①]。暂满还亏，待得团圆是几时？

【注释】

①满、亏：指月亮的圆、缺。

【赏析】

吕本中是北宋后期江西派诗人，十六岁时便有“风声入树翻归鸟，月影浮江倒客帆”的工巧佳句，他也是北宋著名的道学家，人称“东莱先生”。然其填作小词却清丽自然，既没有江西派的刻意雕琢，也没有道学家的道貌岸然，而是以抒写离愁别恨、春花秋月为主，多一些性情的真切流露。如这首《采桑子》。

此词仿民歌风调，用代拟口吻抒写闺中月夜的离别相思。词中巧妙运用月亮的形与色，从正反两面设譬：上片“恨君不似江楼月”，人各一方，不如清朗的月色相随相守；下片“恨君却似江楼月”，聚少离多，恰如盈满的月形暂圆还缺。整首词以月比拟人，以月衬托人，既多情如彼，又薄情如此，扬之抑之，正说反说，都用一“恨”字联结。恨君即思君，时而“恨不似”，时而“恨却似”，恨之越切，思之越深，恰在这不似而似、恨而不恨的回旋往复中，流泻出闺妇离别相思的幽怨。词在渴望而又无望的低叹中戛然而止，却留下一幅红袖倚楼、无语望月的画面，那望月怀远时思之不得、见之不能的孤冷，尽融涵在一夜不眠的空寂而朦胧的月色里。此词平浅如话，却深刻到入骨，如泣如诉，亦怨亦慕，让人吟咏不尽，想必非真情至情，写不出这痴人痴语来。

这首小词的内容司空见惯，以月为喻也近乎俗滥，但作者构思新巧，用比喻的多边正反设譬，借词的分片上下对衬，扣住《采桑子》词调的特点，仿民歌风味，运以重叠复沓手法，将真情自然流泻，无丝毫造作，故能除去凡俗“用常得新”，在同题词作中别具韵味。

【辑评】

[明]卓人月《古今词统》：章法妙。叠句法尤妙。似女子口授，不由笔写者。情不在艳，而在

真也。

吴世昌《词林新话》：此词虽多重句，而意想高妙，措辞婉约，非能手莫办。

【今译】

恨你——
不与江楼的月相似，
那一泻月光
南北东西。
啊，南北东西
只与我相随相守
没有分离。

恨你——
却与江楼的月相似，
那一团月影
暂圆还缺。
啊，暂圆还缺
要等到团圆相聚
不知是几时？

赵 鼎

赵鼎（1085—1147），字元镇，号得全居士，解州闻喜（今属山西）人。中兴三名臣之一。早年丧父，从母樊氏学诗书。徽宗崇宁五年（1106）进士，曾官开封士曹。靖康初，为李纲属官。高宗绍兴年间，累迁尚书左仆射、同中书门下平章事兼枢密使。因力主抗金，反对议和，为秦桧所忌，出为奉国军节度使。遭秦桧党人构陷，接连贬谪，出知泉州、漳州，移置潮州，再移吉阳军，后忧愤绝食而卒。死前自书铭旌："身骑箕尾归天上，气作山河壮本朝。"孝宗即位，谥忠简，追封丰国公。《四库全书总目提要》云："鼎南渡名臣，屹然重望，气节学术，彪炳史书。"

其词疏朗豪健，清·况周颐《蕙风词话》云："清刚沈至，卓然名家。故君故国之思，流溢行间句里。"早期亦作闺情绮语，明·杨慎《词品》称其"小词婉媚，不减《花间》《兰畹》"。有《忠正德文集》《得全居士词》。

满江红

丁未九月南渡，泊舟仪真江口作。①

惨结秋阴，西风送、霏霏雨湿。凄望眼，征鸿几字，暮投沙碛②。试问乡关何处是，水云浩荡迷南北③。但一抹、寒青有无中，遥山色④。 天涯路，江上客。肠欲断，头应白。空搔首兴叹，暮年离拆⑤。须信道消忧除是酒，奈酒行有尽情无极⑥。便挽取、长江入尊罍⑦，浇胸臆⑧。

【注释】

①丁未：即北宋靖康二年（1127），南宋建炎元年。②沙碛（qì）：沙漠。③"试问"二句：用唐·崔灏《黄鹤楼》"日暮乡关何处是，烟波江上使人愁"诗意。④"但一抹"二句：化用唐·王维《汉江临泛》"山色有无中"诗句。⑤离拆：指离乡背井。⑥酒行：行酒。行：斟酒劝饮。⑦罍（léi）：酒器。⑧胸臆：此指胸中的愁闷。

【赏析】

钦宗靖康二年（1127）春，汴京沦陷，金兵掳徽、钦二帝北去。五月，赵构即位于南京（今河南商丘），改元建炎。为避金兵南犯，朝廷拟修缮建康城郭，准备南渡。为此赵鼎赴建康，预作布置。此词是行至仪真（今江苏仪征），泊舟江上所作。

上片写泊舟所见，借景寓情。以"惨"字起调，秋阴、秋风、秋雨，凝结成一片阴冷凄寒的氛围。接下逐层描述：仰眺大雁南飞，暮投荒漠；俯看云水浩荡，不辨南北；回望山色有无，故乡迢遥。风雨、山水、征鸿、行人，无不浸染上客怀旅思的愁惨色调，仰俯之间让人目断心迷。下片不作含婉，直抒胸臆。天涯客子，肠断头白，写流亡身世；搔首兴叹，暮年流离，写家国忧思；酒不消愁，情思无极，写郁怀难遣。末了设想挽取长江倾入樽中，冲浇一怀郁积。笔势盘旋而下，如神龙掉尾，词情由哀沉转入激越。

此词音调悲亢，忧思深广，为南宋爱国词先声。清·陈廷焯《白雨斋词话》评南渡词，其中例举本篇结拍四句，认为："此类皆慷慨激烈，发欲上指，词境虽不高，然足以使懦夫有立志。"

【辑评】

[清]黄苏《蓼园词选》：忠简公此词，当与"身骑箕尾归天上，气作山河壮本朝"二语同其不朽。

[清]陈廷焯《词则》：通首无一字涉南渡事迹，只摹眼前景物，而一片忠爱之诚、幽愤之气溢于言表，人品既高，词亦超脱。

[清]陈廷焯《白雨斋词话》：二帝蒙尘，偷安南渡，苟有人心者，未有不拔剑斫地也。南渡后词，如赵忠简《满江红》云："须信道消忧除是酒，奈酒行有尽情无极。便挽取、长江入尊罍，浇胸臆。"……此类皆慷慨激烈，发欲上指，词境虽不高，然足以使懦夫有立志。

【今译】

秋阴，浓浓地
将抹不开的阴沉凝聚，
清冷的风吹来
霏霏雨湿。
风雨迷茫了望眼
只见天边大雁
隐隐排成"人"字，
暮色渐昏时
寻投荒漠栖息地。
试问——
故国家园何处？
江面云水浩渺
是南是北，已迷失。
剩一抹寒淡青色
若有若无
远处的山峰耸立。

正天涯路长
乘舟远行的游子。
愁肠欲断
白发，霜染鬓际。
空自搔首
一声忧念深重的叹息，
已近衰暮之年
如断梗浮萍，浪迹。
应知浓酒
可将忧愁浇洗，
无奈酒有饮尽时
愁情绵绵，无极。
挽取长江吧
让它倾入杯中，
浩浩荡荡——
冲刷忧愤难平的胸臆。

李 邴

李邴（1085—1146），字汉老，号云龛居士，济州伍城（今山东济宁）人。徽宗崇宁五年（1106）进士，累官翰林学士。钦宗朝，任徽猷阁侍待、知越州。高宗朝，拜尚书右丞、参知政事。因兄李邺越州失守，坐累落职。后遇赦，升资政殿学士。绍兴五年诏问宰执方略，上书言战阵、守备、绥怀等五事，不纳。闲居十七年，卒于泉州，谥文敏。

工词，与汪藻、楼钥齐名，号称“南渡三词人”。宋·王灼《碧鸡漫志》评其词“富丽而韵平平”。著有《云龛草堂集》，不传。今有辑本《云龛草堂词》。

汉宫春[①]

潇洒江梅，向竹梢疏处，横两三枝。东君也不爱惜[②]，雪压霜欺。无情燕子，怕春寒、轻失花期。却是有、年年塞雁，归来曾见开时。　清浅小溪如练[③]，问玉堂何似[④]，茅舍疏篱？伤心故人去后，冷落新诗。微云淡月，对江天、分付他谁。空自忆、清香未减，风流不在人知[⑤]。

【注释】

①汉宫春：清·陈振孙《直斋书录解题》将此词归为晁冲之作，云：“晁冲之压卷《汉宫春》梅词行于世。”②东君：司春之神。③清浅小溪：暗用林逋《山园小梅》“疏影横斜水清浅”句意。④玉堂：金玉装饰的厅堂，泛指富贵宅邸。汉乐府《相逢行》：“黄金为君门，白玉为君堂。”⑤风流：风韵。

【赏析】

此咏梅词历来受人推重，宋·王明清《挥麈前录》云：“汉老少日作《汉宫春》，脍炙人口。”作者将梅花幽雅的姿态、清朗的风骨与高洁的品格自然融合，咏梅而怀人，咏梅而自励，从以往孤芳自赏的樊篱中脱离出来，对后来陆游、姜夔、刘克庄的咏梅词均有影响。

上片着墨于梅之丰神：阔江岸边，竹梢外横两三枝，写潇洒出尘；东君也不爱惜，雪压霜欺，写凌寒秀洁。下片侧重于梅之品格：宁傍茅舍疏篱，不居玉堂，写自甘贫贱；清香未减，风流不求人知，写自甘淡泊。此词咏梅有神韵、有气骨，实含自况，可想见作者清高俊逸的平生。词中无情燕子轻失花期，有情塞雁年年归来，无义与有信，一抑一扬，或另有寄托。全篇选用细微级的平声“支”韵，与柔曼低徊的格调相洽合，情韵俱佳，而且写景清丽，抒情婉曲，笔墨流宕有致，故清·许昂霄《词综偶评》称赏此词“圆美流转，何减美成（周邦彦）”。

【辑评】

[清]黄苏《蓼园词选》：借梅写照，丰神蕴藉。

[清]李佳《左庵词话》：李邴《汉宫春》咏梅，下阕云：“清浅小溪如练，问玉堂何似，茅舍疏篱？伤心故人去后，冷落新诗。微云淡月，对江天、分付他谁。空自忆、清香未减，风流不在人知。”此词为人所忌，仕途遂至于蹭蹬。甚矣笔墨失检，乃易贾祸。

【今译】

江边，清瘦梅花
竹梢疏落外
潇洒地横出两三枝。
啊，司春之神
不知道怜惜，
任孤零无依的她
冷冷，被雪压霜欺。
无情的燕子
怯怕春寒料峭
轻易误了花蕊的芳期。
只有塞外鸿雁
年年如期归来
曾见几度梅花开时。

清浅如练的溪边
疏枝清影，斜得低低，
若是绽开在
富贵人家的朱楼玉堂
哪里比得上
闲傍茅舍竹篱。
伤心，故人去后
冷落了踏雪寻梅
把酒吟唱新诗。
云悠，日淡
独对苍茫江天
一怀幽情向谁诉泣。
我，空自怀想
那江梅——
幽香不减如昔，
高洁飘逸的淡雅风韵
自持，自守
该是不求世人知。

向子諲

向子諲（1085—1152），字伯恭，号芗林居士，临江（今江西清江）人。神宗向皇后再从侄。哲宗元符三年（1100），以恩补假承奉郎，迁知开封府。徽宗宣和初，任淮南转运判官。张邦昌僭位，派人持手书来，不启封而烧之。建炎三年（1129），为潭州知州，次年金兵围困潭州，或建议暂避敌锋，大呼曰："是何言之不忠也！使向之诸郡有一二能为国家守，敌其至此耶？朝廷使我守此藩也，委而去之，非义矣！"（宋·汪应辰《向公墓志铭》）遂率军民奋力抵抗，坚守八日而城陷。绍兴八年（1138），官至户部侍郎，旋出知平江府。金使议和将入境，不肯拜金诏，为此触怒秦桧，致仕。归隐临江芗林别墅，退闲十余年，六十七岁卒。

其词以南渡为界，分为上下两卷，题作"江南旧词""江南新词"。前期词写离别相思及赠答，风格清丽柔婉；南渡后转而为忧患国事的悲沉感慨，亦多表现隐逸情趣，宋·胡寅《题酒边词》评其词"步趋苏堂"，指出其后期词与东坡相近。著有《酒边词》。

秦楼月

芳菲歇①，故园目断伤心切②。伤心切，无边烟水，无穷山色。　　可堪更近乾龙节③，眼中泪尽空啼血。空啼血，子规声外④，晓风残月。

【注释】

①芳菲：百花。②故园：旧居。此代指中原故国。作者《西江月》小序云："政和间，余卜居宛丘（今河南淮阳）。建炎初，中原俶乱，故庐不得归。"③乾龙节：宋钦宗赵桓生于元符三年四月十三日，"靖康元年四月十三日，太宰赵处仁等上表请为乾龙节"，见元·脱脱等《宋史·礼志》。乾龙，《易·乾》："九五，飞龙在天。"《乾》卦第五爻为天子在位之象，古人因以"乾龙"喻帝王。④子规：一名"杜鹃"，春秋·师旷《禽经》："夜啼达旦，血渍草木，凡鸣皆北向也。"亦见秦观《踏莎行》注。

【赏析】

"靖康之变"，徽、钦二帝被掳北去，中原国土尽失。朝野志士无不切齿扼腕，于是词坛上产生了一批慷慨悲歌的词作，如向子諲的这首《秦楼月》。

向子諲为南渡之际力主抗金的名臣，其"宏才伟绩，精忠大节"（宋·胡寅《题酒边词》）为时人所称许。此词伤春而伤时，"伤心切"三字笼罩全篇。起句芳菲消歇，伤叹春色衰残，也是寻望故国的触景伤怀。接下"伤心切"一叠，并非语意重复，而是于加重中带起无边烟水山色，用凄迷空茫的景色将"伤心"推拓开去。上片因情写景，为下片写国破哀情做铺垫，所谓"上意本可入下意，却偏不入，而于其间传神写照，乃愈使下意栩栩如生"（清·刘熙载《艺概》）。过片用"可堪"推进，写江山易主的伤痛。再将眼中泣泪与子规啼血联结，用"空啼血"三字作回环，由人及鸟，将"伤心"更深进一层。结处晓风残月，以景结情，既烘染出哀愁悲凉的氛围，又暗示彻夜不眠的伤心情怀，将词境再次宕开。此词构思灵巧，景语与情语相谐和，起句与结句相映带，于回旋折转中步步推进，意象凄清，音调悲抑。但此词忠愤有余而少豪雄之气，在南宋词中未臻上乘。

【今译】

春，残了
姹紫嫣红已消歇，
寻望故园
一怀伤心切切。
啊，伤心切切，
满目苍茫里
无边烟水，无尽山色。

哪能忍受
又临近乾龙诞辰节，
眼中悲泪已尽
空自继之以泣血。
啊，空自泣血，
子规哀啼声外
清冷晓风，残破冷月。

蔡　伸

蔡伸（1088—1156），字伸道，号友古居士，莆田（今属福建）人。书法家蔡襄之孙。徽宗政和五年（1115）进士。宣和年间，任太学博士。历知滁州、德安府、和州，官至左大中大夫。

与向子諲同官彭城漕属，屡有酬赠唱和，清·冯煦《蒿庵论词》云："毛氏（晋）谓其逊《酒边》三舍，殊非笃论。考其所作，不独《菩萨蛮·花冠鼓翼》一首，雅近南唐，即《蓦山溪》之'孤城莫角'、《点绛唇》之'水绕孤城'诸调，与《苏武慢》之前半，亦几入清真之室。恐子諲且望而却步，岂惟伯仲间耶。"其词除感时伤事外，多抒写离愁别恨，笔致清丽，词风俊爽，亦近苏轼、贺铸。有《友古居士词》。

柳梢青

数声鹈鴂①，可怜又是、春归时节。满院东风，海棠铺绣，梨花飘雪。　　丁香露泣残枝②，算未比、愁肠寸结。自是休文③，多情多感，不干风月④。

【注释】

①鹈鴂：见张先《千秋岁》注。②丁香：见贺铸《石州引》注。③休文：南朝梁代诗人沈约，字休文。此借指多情善感而瘦损，见李之仪《谢池春》注。④干：关涉。

【赏析】

这首小词惜花伤春，寓含身世之叹，寄意幽妙。上片写暮春景色，下片写愁伤情怀。词人着意选取海棠铺绣、梨花飘雪、丁香泣露的凄艳意象，以花衬人，以花喻人，惜花而惜人，伤春而伤逝。多情善感的瘦损由春残花落引起，却推说"不干风月"。既然不关风月，那愁肠寸结应是比风花雪月更深至的人生伤痛，结处宕开一笔，也是深进一层，语吻轻巧而情愈浓至。此词辞采秀丽，运笔婉曲而又音调俊爽，耐读。

【今译】

鹈鴂几声
啼得群芳尽消歇，
可叹又是
晚春归去时节。
满院春风
柔弱无力，斜斜，
海棠花用凄艳
织成一匹锦缎
铺落庭院的冷寂石阶，
梨花正飘坠
一片，一片
恰似漫天纷飞白雪。

含露丁香
瑟缩在枝头哭咽，
怎比得上，我
愁肠寸寸郁结。
春残，花落
自是多情善感
如同忧伤成疾的沈约，
这，憔悴瘦损
不关涉清风明月。

陈与义

陈与义（1090—1138），字去非，号简斋，洛阳人（今属河南）。天资卓伟，少时能文，早年就读于太学。徽宗政和三年（1113）进士，累迁太学博士。宣和五年（1123），徽宗“见所赋《墨梅》诗，善之，亟命召对，有见晚之叹”（宋·葛胜仲《陈去非诗集序》），任秘书省著作佐郎。次年，受党争牵连，贬为陈留酒税。靖康难起，辗转流亡于襄汉湖湘一带。高宗朝，历任兵部员外郎、中书舍人、吏部侍郎、给事中，因与当政者论事不合，引疾求去，卜居青墩镇。绍兴七年（1137），拜参知政事，尊主威振纲纪以辅朝廷。一年后，出知湖州，于任上病重乞闲，解职不久，病逝于乌墩僧舍，年四十九岁。

仕宦通显，然毕生致力于诗，不辍吟唱。与黄庭坚、陈师道并称江西诗派三宗，又不为江西诗派所囿，其诗独具风神，兼以清迥幽邃、雄浑闳肆。词作不多，大多语意超绝，风调清婉，《四库全书总目提要》称其词“吐言天拔，不作柳亸莺娇之态，亦无蔬笋之气，殆于首首可传，不能以篇帙之少而废之”。有《简斋诗集》《无住词》。

临江仙

高咏楚词酬午日[①]，天涯节序匆匆。榴花不似舞裙红。无人知此意，歌罢满帘风。　万事一身伤老矣[②]，戎葵凝笑墙东[③]。酒杯深浅去年同。试浇桥下水，今夕到湘中[④]。

【注释】

①楚词：亦作“楚辞”，战国时，楚国屈原、宋玉等创作的骚体诗，西汉刘向辑为《楚辞》。午日：即阴历五月五日端午节，民间有划龙舟、吃粽子的习俗。南朝梁·宗懔《荆楚岁时记》：“俗谓五月五日是屈原死汨罗日，伤其死所，并命将舟楫以拯之，至今为俗。”南朝梁·吴均《续齐谐记》：“屈原五月五日，自投汨罗而死。楚人哀之，每至此日，以竹筒贮米投水而祭之。”②伤老：陈与义南渡至岳阳时三十八岁，十年后，四十九岁去世。此处“伤老”非实指年迈衰老，而是指忧国伤时种种忧患集于一身，形容已憔悴苍老。③戎葵：蜀葵，夏日开花，有向阳属性。黄庭坚《次韵文潜休沐不出》：“戎葵一笑粲，露井百尺深。”④“试浇”二句：古人以酒浇地以示祭奠，此用酒浇湘水以凭吊屈原。汨罗属湘江支流，故言“到湘中”。

【赏析】

高宗建炎三年（1129），作者避靖康之难流寓湖湘一带，至岳阳，于端午凭吊屈原，有感于怀作此词。起句由端午吟咏《楚辞》发端，切题。次句感叹时序匆促，暗牵异乡羁愁。当年作者以《墨梅》诗得徽宗赏识而名重一时，时人争相往来，酒宴歌舞。如今却国亡家散，天涯流落，“榴花不似舞裙红”，将今昔盛衰之感尽含其中。而此意无人会解，唯有独自歌罢，满帘生风，歇拍情怀趋于激越而喟叹弥深。过片承上而来，万事苍茫，一身飘零且自伤衰老，感叹沉痛之至。转而葵花倾日，凝笑墙东，暗喻爱国本心忠贞不渝。末了以酒祭洒湘江，落到凭吊屈原，与开篇遥接远映，隐含千古同悲之情怀。

此词吊古、伤时、嗟老、怀旧一并见于笔端，吐语峭拔，风调婉俊，其词旨显豁而语意含蓄，颇有言外之意。

【辑评】

[金]元好问《自题乐府引》：陈去非怀旧云："忆昔午桥桥上饮（略）。"又云："高咏楚词酬午日（略）。"如此等类，诗家谓之言外句，含咀之久，不传之妙，隐然眉睫间。唯具眼者乃能赏之。

【今译】

为酬答端午佳节
一卷《楚辞》
我，高声吟诵，
天涯流落里
时序变换匆匆。
他乡，石榴花开了
总比不上当年
京洛佳人的舞裙艳红。
可无人知我
此时，忧思重重，
独自慷慨歌罢
顿然，满帘摇动悲风。

世事纷扰，飘零一身
最伤心老大无用，
抬头，向阳蜀葵
粲然含笑在院墙东。
流徙不定
只有杯中的酒
深浅与去年同。
啊，试把手中这杯酒
洒向桥下流水，
带着我——
对屈原的深深祭奠
今夜流往湘江中。

临江仙

夜登小阁，忆洛中旧游。①

忆昔午桥桥上饮②，坐中多是豪英。长沟流月去无声③。杏花疏影里，吹笛到天明。　　二十余年如一梦④，此身虽在堪惊。闲登小阁看新晴。古今多少事，渔唱起三更⑤。

【注释】

①洛中：指作者家乡河南洛阳。②午桥：在洛阳城南十里。宋·宋祁等《新唐书·裴度传》：唐代裴度晚年曾建别墅于此，有风亭水榭、燠堂凉台之胜，号"绿野堂"。③长沟：指洛河。④二十余年：指作者徽宗政和三年（1113）中进士到高宗绍兴五年（1135）退居湖州青墩镇后。⑤"古今"二句：化用张昇《离亭燕》"多少六朝兴废事，尽入渔樵闲话"词意。

【赏析】

陈与义词多作于卜居湖州青墩镇时期。青墩寿圣院僧舍有"无住庵"，故词集取名为《无住词》，集中以这首《临江仙》最优。

上片追忆洛中旧游。截取昔日午桥夜饮、花影吹笛的场景，以流月无声、杏花扶疏的静谧幽寂，烘托座中豪英的雅趣逸兴，再以彻夜笛声缭绕出一缕悠远的画外音。于浓与淡之间造语奇丽，良辰美景，赏心乐事，宛然如目前。“杏花疏影里，吹笛到天明”，为传诵名句。清·刘熙载《艺概》称它：“仰承‘忆昔’，俯注‘一梦’，故此二句不觉豪酣，转成怅悒，所谓好在句外者也。”过片陡然跌到恍如一梦的感伤，国势危殆、身世流离、知交零落、盛事不再，千端万绪都在一声“堪惊”的长叹中。继而转作旷达，闲登小阁，赏看新晴。结拍“古今多少事，渔唱起三更”二句，情景兼到，骨韵苍凉，将古今兴亡付于三更渔唱，而又终难掩其叹惋伤悼之意。

此词上片清婉奇丽，下片苍凉衰飒，忆昔与伤今对比，感时与伤逝交汇，词的意脉千回百转而又纵横捭阖，语意超绝，笔致疏宕，清·陈廷焯《白雨斋词话》认为“逼近大苏”。陈与义以诗名世，作词亦运以诗法，疏快中微寓沉郁，不落于质直粗率而失却词意，这一点与“以诗为词”的苏轼确为相似。

【辑评】

[宋]胡仔《苕溪渔隐丛话》：忆洛中旧游词云：“忆昔午桥桥上饮，坐中多是豪英。长沟流月去无声。杏花疏影里，吹笛到天明。”此数语奇丽。《简斋集》后载数词，惟此词为优。

[宋]张炎《词源》：词之难于令曲，如诗之难于绝句，不过十数句，一句一字闲不得。末句最当留意，有有余不尽之意始佳。当以唐《花间集》中韦庄、温飞卿为则。又如冯延巳、贺方回、吴梦窗亦有妙处。至若陈简斋“杏花疏影里，吹笛到天明”之句，真自然而然。

[明]沈际飞《草堂诗余正集》：流月无声，巧语也；吹笛天明，爽语也；渔唱三更，冷语也。

【今译】

回忆当年，洛阳
午桥夜宴酣饮，
座中尽是
风流倜傥的才俊。
水波荡溢月光
随河渠流去，无声。
清疏的杏花
摇曳一地朦胧倩影，
阵阵笛声
悠扬，到天明。

二十多年过去
恍如一场虚幻梦境，
国事沧桑
知交零落
此身犹在，却是
每每魂悸心惊。
闲居里，登上亭阁
赏看月色初晴。
啊，古往今来
多少兴亡衰盛，
尽付与——
渔唱樵歌
在黑沉的夜半三更。

张元幹

张元幹（1091—1161?），字仲宗，号芦川居士、真隐山人，晚号芦川老隐，福州永福（今福建永泰）人。世代仕宦。早年随父进京，后入太学，颇有声誉。徽宗宣和七年（1125），任陈留县丞。靖康元年（1126），入东京留守李纲幕府，曾冒矢雨与金兵浴血奋战。后李纲遭谗言罢职，亦随之获罪。绍兴元年（1131），不愿与奸佞同朝，挂冠还乡。先后闲居二十多年。其间，因作词赠胡铨，遭秦桧迫害，被削籍下狱。晚年客游江浙一带，约七十岁卒。

工诗文，"博览群书，尤好韩集、杜诗"（蔡戡《芦川居士词序》）。以词称著于世，题材广泛，忧时伤乱、羁旅行役、流连光景、离别相思、写景咏物、交游酬唱等，皆一一形之于词。词风以豪放为主，兼采婉约之长，早期词多清丽妩秀，可与秦观、周邦彦肩随，南渡后变为慷慨悲壮，开南宋爱国词之先声。一生屡遭排斥，但其抗金爱国诗词彪炳史册。有《芦川归来集》《芦川词》。

贺新郎

送胡邦衡待制[1]

梦绕神州路。怅秋风，连营画角，故宫离黍[2]。底事昆仑倾砥柱，九地黄流乱注[3]？聚万落千村狐兔[4]。天意从来高难问，况人情、老易悲难诉[5]！更南浦[6]，送君去。　凉生岸柳催残暑。耿斜河、疏星淡月[7]，断云微度。万里江山知何处？回首对床夜语。雁不到、书成谁与[8]？目尽青天怀今古，肯儿曹恩怨相尔汝[9]？举大白[10]，听金缕[11]。

【注释】

①胡邦衡：胡铨，字邦衡。②离黍：《诗经·王风》中篇名。周平王东迁后，东周大夫行役经过西周镐京故都，见旧时"宗室宫庙，尽成禾黍"，伤悼周王室衰微，彷徨不忍去，遂赋《离黍》诗，抒写故国倾覆之悲，诗的首句为"彼黍（野禾）离离（繁茂）"，故以此为篇名。后世即用"黍离"表现故园之思、亡国之痛。③"底事"二句：底事：何事，为什么。砥柱：黄河中流有砥柱山。又传说昆仑山有铜柱，用以撑天，称为"天柱"，见唐·欧阳询等《艺文类聚》引《神异经》。古人认为黄河源出昆仑山。此二句意谓昆仑山天柱倾倒，使黄河泛滥成灾。喻指赵宋王朝皇纲倾颓，中原陷入离乱。④万落：万千村落。⑤"天意"二句：语本唐·杜甫《暮春江陵道马大卿公恩命追赴阙下》"天意高难问，人情老易悲"。⑥南浦：见柳永《夜半乐》注。⑦耿：明亮。斜河：银河斜转，表示夜已深。⑧雁不到：传说秋雁至衡阳回雁峰即止，新州远在岭南，故云。亦见秦观《阮郎归》注。⑨"肯儿曹"句：意谓所关念的应是社稷苍生，岂肯效小儿女计议个人恩怨得失。儿曹：小儿女。唐·韩愈《听颖师弹琴》："昵昵儿女语，恩怨相尔汝。"⑩大白：酒杯名。⑪金缕：即《金缕曲》，《贺新郎》词调的别名。

【赏析】

高宗绍兴八年（1138），胡铨因上书请剑乞斩秦桧，被贬。绍兴十二年（1142），又从福州押解至新州（今广东新兴）编管。一时士大夫钳舌，莫敢与之谈，"平生亲党也避嫌畏祸，惟恐去之不速”。而张元幹激于义愤不畏强权，写此词赠胡铨并与之饯行，由此触怒秦桧，遭致迫害而下狱，削籍除名，但其高风亮节为时人所共仰。

开篇借魂牵梦绕、秋风离黍，表达对中原失地的关念。“底事”转入追问，天柱倾颓、浊流泛滥、狐兔横行，连用三个比喻，写沦陷的惨景，将斥责的笔锋暗指向屈膝求和之流，同时也曲转向“天意从来高难问，况人情、老易悲难诉”的怅恨，举重若轻的两句，既包含了对朝廷苟且偷安的不满，也是为抗金忠良鸣不平。歇拍自然收到南浦送别，一怀凄伤。下片紧承“送君”意脉而来，初秋残暑，疏星淡月，先勾画饯行夜色。“万里江山”四句转而设想别后，身各一方，无以对床夜语，亦音书难通，至此，别情转入沉重，伤感之至。“目尽青天”忽又遐思飘举，无须学儿女之辈，当纵怀古今、放眼天下而心志不灰，以豪言旷语互致慰勉，将词意升腾到更高境界。末了以饮酒听歌的放达，聊遣摧心之痛，结得余情不尽。

此词笔致夭矫如龙，开阖动荡颇具波澜，意象奇伟，辞情悲慨，音调激昂，构成一种沉郁悲凉的风格，堪称拔天倚地、气贯长虹的爱国绝唱。《四库全书总目提要》称之为《芦川词》压卷之作，“其词慷慨悲凉，数百年后，尚想其抑塞磊落之气”。

【辑评】

[清]李调元《雨村词话》：元幹字仲宗，平生忠义，见于“梦绕神州路”一词。

[清]刘熙载《艺概》：张元幹仲宗因胡邦衡谪新州，作《贺新郎》送之，坐是除名，然身虽黜而义不可没也。

[清]张德瀛《词徵》：词有与风诗意义相近者，自唐迄宋，前人钜（巨）制多寓微旨……张仲宗“梦绕神州”，雨雪思携手也。

【今译】

一缕梦魂萦绕
中原故土。
萧瑟秋风，传来
敌营角声断续，
昔日的繁华宫殿
野麦离离，荒芜。
为什么——
颓然倾塌了砥柱昆仑？
黄河浊流泛滥
血泪四处流注，
千万村落了无人烟
遍野聚跑狐兔。
啊，高高天意
从来难测，不要问取，
何况人世易老
失志悲怨向谁吐诉。

这清冷水滨
我送别你，去
远离京城的贬处。

岸边，几行杨柳
风中摇曳丝缕，
残夏的炎热
随初秋凉意渐退去。
天际，银河斜转
星疏月淡
几缕云絮飘度。
此地一别，千里
山川遥隔，
再回想起你我
抵足而卧，彻夜畅语。
忆念深时，可叹

南飞鸿雁不到
无由寄托一笺音书。
啊，只须放眼天下
古往今来
多少兴亡散聚，
怎肯学小儿女辈
计较个人的恩怨荣辱。
举起这酒杯
听我，为你吟唱
送别的《金缕曲》。

石州慢

寒水依痕[①]，春意渐回，沙际烟阔。溪梅晴照生香，冷蕊数枝争发[②]。天涯旧恨，试看几许消魂？长亭门外山重叠。不尽眼中青，是愁来时节。　情切。画楼深闭，想见东风，暗消肌雪[③]。孤负枕前云雨[④]，尊前花月。心期切处，更有多少凄凉，殷勤留与归时说。到得再相逢，恰经年离别。

【注释】

①“寒水”句：用唐·杜甫《冬凉》“寒水各依痕”诗句。②冷蕊：清香幽冷的花。③肌雪：肌肤洁白如雪。④云雨：用“巫山云雨”典故。

【赏析】

此词是作者客居怀人之作，清婉秀丽，颇近柳永、周邦彦。上片溪梅争发，春意渐回，沙岸烟阔，远山重叠，由眼前景色触发羁旅思归的“天涯旧恨”。下片画楼深闭，肌雪暗消，由己之愁推想闺中之愁；辜负枕前云雨、尊前花月，就双方合说离愁。结处心期归时，待相逢终又离别，收到自己的满腹凄凉。整首词就景生情，即景抒情，用清丽婉转的笔墨抒写离愁别绪。张元幹为人磊落，词风慷慨悲凉，然早期亦有艳情之作，如此词。

或认为此词用比兴而寓有深意，如清·黄苏《蓼园词选》称此词：“因送友（胡铨）而除名，不得已而托于思家，意亦苦矣。”就作者英雄失路、抑郁不平的身世来看，或许有难以明言的隐衷寄寓于羁愁闺情，但不必一一指实。所谓“春意渐回”是望天意回转，“数枝争发”是贬谪者盼复用，“天涯旧恨”是望断中原而怅恨，“暗消肌雪”是远念同道者而瘦损，如此，则将这首词支离破碎了。

【辑评】

[明]卓人月《古今词统》：“沙际烟阔”与“博山烟瘦”，争奇。

【今译】

残冬寒水，退去
留下浅痕隐隐一些，
春气渐回
微微拂向原野，
轻烟淡笼的沙岸
望去，远阔无遮。
晴光朗照里
溪边梅花，生香，

绽开的数枝
争先报道早来的春色。
尝尽旧恨新愁
天涯行客，心裂。
长亭外，山峦层叠，
离别人的眼中
那连绵青色
正是牵人愁绪时节。

想必闺中伊人
思念远方，一怀情切。
深深庭院
重门寂寂紧闭
融暖春风，吹她
如雪肌肤暗自消歇。
可叹辜负多少
枕边的云雨欢爱
樽前的好花圆月。
我，归心似箭，
多少凄凉意绪
留待归去，与她
诉说在西窗剪烛之夜。
可等到重逢
恰又是——
长年别离的时刻。

吕渭老

吕渭老（生卒年不详），一作滨老，字圣求。秀州嘉兴（今属浙江）人。徽宗宣和、靖康年间朝士。曾为徽、钦二宗北掳作忧国诗、痛伤诗、释愤诗，著名于当时。

其词多写相思别离，刻画工丽，词风秀婉，接近周邦彦、柳永。另有与僧、道往来之作，表现方外之思。南渡后词亦抒发亡国哀思，发悲壮之音。今有《圣求词》。

薄 幸

青楼春晚①。昼寂寂、梳匀又懒。乍听得、鸦啼莺弄，惹起新愁无限。记年时、偷掷春心，花间隔雾遥相见。便角枕题诗②，宝钗贳酒③，共醉青苔深院。　怎忘得、回廊下，携手处、花明月满。如今但暮雨，蜂愁蝶恨，小窗闲对芭蕉展。却谁拘管。尽无言、闲品秦筝，泪满参差雁④。腰支渐小，心与杨花共远。

【注释】

①青楼：泛指女子所居妆楼。三国·曹植《美女赋》：“借问女何在，乃在城南端。青楼临大路，高门结重关。”②角枕：用兽角装饰的枕头。《诗经·葛生》：“角枕粲兮，锦衾烂兮。”用角枕题诗相赠，以示情意深重。③贳（shì）酒：赊酒，此处指用金钗换酒。贳：赊欠。④参差雁：指参差斜列的筝的弦柱，见晏几道《菩萨蛮》注。

【赏析】

这首恋情词，写一个“偷掷春心”少女的相思愁苦，分作今—昔—今三层铺叙，从眼前新愁无限转入当初的倾心爱恋，再折回到如今不尽幽怨。起首“春晚”，点明时节，暗寓惜春伤别。白昼寂寂，无心梳洗，枯坐里听鸦啼莺啭，写索居深院的愁情愁态。“记年时”转作追忆，花间抛掷春心，题诗饮酒，共醉青苔深院，回廊携手处，花明月圆，写从初见到热恋的一段幽期密意。“如今”又折回眼前，独对窗外暮雨芭蕉，闲抚秦筝，无言泪流，写相思的孤寂愁苦。结处“心与杨花共远”，在为伊憔悴的痴恋中流泻出纷如柳絮的相思愁怀，结得缠绵悠远，情深、句秀、味隽，得词家结句之法。

此词婉曲铺陈，刻画精微，意象婉美，宋·赵师秀《圣求词序》称吕渭老词：“婉媚深窈，视美成、耆卿伯仲。”从这首《薄幸》词来看，并非过誉。

【辑评】

[宋]张炎《词源》：（“心与杨花”句）有馀不尽之意。

【今译】

翠色的绣楼
春色已晚，
长长白昼太沉寂
梳洗匀面也懒。
窗外，几声鸦躁莺啼
惹一怀新愁无限。

记得当初
蔷薇花丛，远远，
隔着薄雾相望
暗自抛送春心一片。
与他角枕题诗
吐诉一见倾心的爱恋，
摘取金钗换酒
一同醉饮
青苔深深的庭院。

更难忘，回廊携手
花好月圆。
如今，只有
清冷暮雨细细绵绵，
蜂愁蝶恨
穿飞空寂庭院，
一掩半窗，寂寞
对雨中芭蕉闲展。
还有什么能拘禁
一怀情思纷乱？
尽日，无语惆怅
十指拨弄里
品尝古筝悠细的哀怨，
参差不齐的弦柱
湿冷冷，尽被
伤心泪水沾满。
人，一天天瘦削
心啊，随晚春柳絮
迷蒙飘飞向
一片空茫的遥远。

杨无咎

杨无咎（1097—1171），字补之，号逃禅老人、清夷长者，清江（今属江西）人。曾举进士不第。高宗时秦桧擅权，耻于依附，屡次征召不起，人品高洁，时人称为“江南高士”。晚年独处山林，与向子諲交游甚密，多有诗酒唱和。

善画，所画墨梅天下宝重，有“身后寸纸千金”之誉。兼擅填词，其词题材较窄，多为应酬、献寿、咏叹节序风物之作，记文人雅士的幽雅情趣，词风清丽，有委婉情深之致。善于白描，时用俗语俚词，开元人散曲的先声。《四库全书总目提要》称其“词格殊工，在南宋之初，不忝作者”。有《逃禅词》。

柳梢青

茅舍疏篱，半飘残雪，斜卧低枝。可更相宜，烟笼修竹，月在寒溪。　宁宁伫立移时①，判瘦损、无妨为伊②。谁赋才情，画成幽思，写入新诗。

【注释】

①宁宁：安宁的样子。②判：同“拚”，不顾惜。

【赏析】

杨补之《柳梢青》咏梅词十首，皆工丽清婉。明·朱存理《铁网珊瑚》说他：“平生与梅有缘，既画之，又赋之，自乐如此。”

这首咏梅小词，用白描手法勾画残雪卧枝的梅花形象，并着意用茅舍疏篱映衬环境的僻静，用烟笼修竹、月笼寒溪渲染朦胧凄清的氛围，从中也寄寓了作者雅洁清幽的情趣，流溢出对梅花的怜爱之情。词中残雪、疏篱、烟竹、寒溪烘染的一枝瘦梅，正是耻于依附权贵而一生不仕的作者人品高洁的写照。

杨无咎多才艺，词、画兼擅，其《柳梢青》“词中有画”。据宋·宋伯仁《梅花喜神谱》：“潜溪先生云：古人鲜有画梅者。五代滕胜华始写《梅花白鹅图》，而宋赵士雷继之，又作《梅汀落雁图》。厥后邱庆余、徐熙辈，皆傅（涂）五采，仲仁师起于衡之华光山，怒而扫去之，以浓墨点滴成墨花，加以枝柯俨然，如疏影横斜于明月之下。逃禅老人杨补之又以水墨涂绢出白葩，尤觉精神雅逸，梅花至此，盖飘然不群矣。”此词亦恰是一幅笔墨清淡的残雪卧梅图，词境与画意俱美，“尤觉精神雅逸”。

【辑评】

［宋］刘克庄《后村先生大全集》：艺之至者不两能，善画者不必妙词翰，有词翰者类不工画。前代惟王维、郑虔兼之……本朝文湖州、李龙眠亦然。过江后称杨补之，其墨梅擅天下，身后寸纸千金。所制梅词《柳梢青》十阕，不减《花间》《香奁》及小晏、秦郎得意之作。

【今译】

低檐茅舍，绕着
一围疏疏竹篱，
残冬的雪
在茫茫天地间，
飘洒洁白的寒意，
卧雪红梅，低斜
遒劲的瘦枝。
更相宜的，是
梅边几缕轻烟
淡笼一丛修竹的迷离，
一弯冷月
浸在泠泠寒溪。

一树，无语闲静
久久伫立，
月色溶入夜色
在花枝隙间
轻柔无痕，流移，
纵使容颜憔悴
日渐瘦损
无妨，只为伊相思。
谁赋予她才情
摇动倩影疏枝，
这如水月夜
勾画成一院幽雅情趣，
我，一掬幽思
写入——
新题的美妙诗句。

岳　飞

岳飞（1103—1141），字鹏举，相州汤阴（今属河南）人。家贫而勤学，尤好《左传》《孙子兵法》。少时有气节，沉厚寡言，力大，善挽弓射箭。徽宗宣和四年（1122）应募从军，勇武机智，为东京留守宗泽赏识，称其“古良将不能过”，并传授阵图。后累立战功，历任清远军节度使、校检少保、河南北诸路招讨使等。高宗绍兴十年（1140），金人违背和约，复取河南、陕西等地，岳飞率兵出击，接连大败金兵，正欲渡黄河直捣黄龙府，一日内朝廷连下十二道金牌令其班师。次年奉诏回临安，授枢密副使，不久被秦桧以“莫须有”罪害死于狱中，年仅三十九岁。孝宗时昭雪，依礼改葬，赐谥武穆。后追封鄂王，改谥忠武。

一生致力北伐，反对议和，为南宋抗金名将。其诗、词多自抒怀抱，表现精忠大义，惜传作不多。有《岳武穆集》，今存词三首。

满江红

怒发冲冠①，凭栏处、潇潇雨歇。抬望眼，仰天长啸②，壮怀激烈。三十功名尘与土③，八千里路云和月④。莫等闲、白了少年头⑤，空悲切。　靖康耻⑥，犹未雪⑦。臣子恨，何时灭！驾长车⑧，踏破贺兰山缺⑨。壮志饥餐胡虏肉，笑谈渴饮匈奴血⑩。待从头收拾旧山河，朝天阙⑪。

【注释】

①怒发冲冠：形容极度愤怒，以致头发直立，冲动帽子。西汉·司马迁《史记·廉颇蔺相如列传》：“相如因持璧，却立倚柱，怒发上冲冠。”②长啸：撮口发出长而清越的声音。③三十：时岳飞年已三十余岁，故云。尘与土：意谓所立功名微薄犹如尘土。或指收复壮志不酬，纵有功名犹如尘土。④八千里：指从军二十余年，南征北战，跋涉数千里。云和月：指日夜兼程，披星戴月。“八千”与上句的“三十”，都是举其成数而言。⑤等闲：寻常，随便。⑥靖康耻：钦宗靖康元年（1126），金兵攻陷汴京，次年掳徽、钦二宗北去，北宋灭亡。⑦雪：洗刷。⑧长车：战车。⑨贺兰山：一称阿拉善山，在今宁夏与内蒙古接界处。此指金人所在地，或代指边塞关口。缺：险隘的关口。⑩“壮志”二句：宋·苏舜钦《吾闻》有“马跃践胡肠，士渴饮胡血”诗句。此化用其意。胡虏：对外族入侵之敌的蔑称。匈奴：古代北方少数民族，此指金人。⑪朝天阙：指回京城朝见君主献捷。天阙：宫殿前的楼观。

【赏析】

岳飞一生戎马倥偬，留传的词作仅三首，尤以这首《满江红》为千古传唱。有人认为此词不见宋人称引，至明代始出于世，故疑为伪作，如余嘉锡《四库全书提要辨证·岳武穆遗文》考证此词为明人所作而托名于岳飞。对此，似不足据，也多有与之持异议者。其实就此词本身，也堪称是一首气壮山河、光照日月的传世之作。

此词“字字剑拔弩张”（明·卓人月《古今词统》）。开篇奇突，始而怒发冲冠，继而仰天长啸，将登高凭栏时，仰俯天地激荡不已的壮怀喷吐而出。转而作唱叹，平生志在驰骋千里，却功名建树如尘土微薄，是自省自谦，也是自痛自惜，用语精妙而识度超迈。歇拍以“莫等闲、白了少年头，空悲切”奋勉自励，字字掷地有声，为千古箴铭。下片先连用音韵铿锵的短促句式，抒发国耻未血的无穷抱憾，民族义愤力透纸背。接而“壮志”二句出奇语，这一联语意微嫌合掌，但以真情流注其中，畅情尽势，不觉有复沓之感，其灭敌之志气吞河岳，末了“待从头收拾旧山河，朝天阙”，以穿云裂石的一声高亢再作奋扬，收结全篇神完气足。

此词笔力沉雄，音调激越，辞情慷慨，一腔忠愤丹心从肺腑倾出，英烈气概、志士悲怀一气旋折，异于狂夫叫嚣之浮词，足以起顽振懦，“千载下读之，凛凛有生气焉”（清·陈廷焯《白雨斋词话》）。不愧为一代靖忠，一代名将，读其词如见其人。

【辑评】

[清]沈雄《古今词话》：《话腴》曰：武穆收复河南罢兵表云：“莫守金石之约，难充溪壑之求。暂图安而解倒悬，犹之可也。欲远虑而尊中国，岂其然乎。”故作《小重山》云：“欲将心事付瑶琴。知音少，弦断有谁听。”指主和议者。又作《满江红》，忠愤可见，其不欲“等闲白了少年头”，可以明其心事。

[清]刘体仁《七颂堂词绎》：词有与古诗同义者，“潇潇雨歇”，《易水》之歌也。

[清]况周颐《历代词人考略》：两宋词人唯文忠苏公是清雄二字。清，可及也，雄，不可及也。鄂王《满江红》词，其为雄并非文忠所及。二公之词皆自性真流出，文忠只是诚于中，形于外；忠武是先行其言，而后从之。盖千古一人而已。

【今译】

怒发冲冠，凭栏时
潇潇风雨初歇。
放眼望去
满目山河残缺，
仰对苍天，长啸
壮怀激烈。
三十年的人生
功业，微如尘土，
南北戎马倥偬
八千里征途披星戴月。
有志男儿，莫要
将年少随便抛却，
等到一头白发
徒自，悲叹一切。

啊，靖康之乱
奇耻大辱还未洗雪。
心头的憾恨
何时云消烟灭！
我，要驱驾战车
纵横疆场
将贺兰山关踏裂。
心怀雪耻壮志
饥吞敌人的肉脔，
凯旋谈笑时
杯中渴饮敌寇鲜血。
暂且等待——
重新收拾故国山河，
再回京城
金銮玉阶前献捷。

韩元吉

韩元吉（1118—1187），字无咎，号南涧翁，许昌（今属河南）人。南渡后徙居信州上饶（今属江西）。高宗时，试博学宏词科，不第。初为信州幕僚，后调南剑州主簿，绍兴末任建安县令。孝宗隆兴中，官吏部尚书，有政绩。乾道九年（1173），以试礼部尚书出使金国。淳熙初，两次出守婺州。后晋封颍川郡公，致仕后归老南涧，因以自号。曾寓居德清慈相寺，讲学于寺西竹林精舍。

学识渊博，宋・黄昇《中兴以来绝妙词选》称他“南涧名家，文献、政事、文学，为一代冠冕”。其词有写羁旅行役、山林情趣篇什，格调清新婉丽。此外，韩元吉身为南渡遗老，力主收复中原，其词多感怀国势时事，抒发“神州陆沉之慨”以及功业无成的喟叹，与叶梦得、张孝祥、辛弃疾等交往唱酬，词风雄浑悲凉亦相近。因不喜纤艳和杂以鄙俚的俗词，“有未免于俗者，取而焚之”，所存词为焚余之作，故将自编词集称为《焦尾集》（不传）。今有《南涧甲乙稿》《南涧诗余》。

好事近

汴京赐宴闻教坊乐有感[①]

凝碧旧池头，一听管弦凄切[②]。多少梨园声在[③]，总不堪华发。　　杏花无处避春愁，也傍野烟发。惟有御沟声断[④]，似知人呜咽。

【注释】

①汴京：此时在金人统治下，为金朝的南京。教坊乐：原为北宋朝廷的宫廷乐队，此为金廷所用。②“凝碧”二句：用唐・王维《凝碧池》典故。凝碧池在唐代京都长安禁苑内。唐・郑处诲《明皇杂录》载：天宝末年，安禄山攻陷东都洛阳，于凝碧池大宴，命唐宫廷乐队演奏，梨园弟子皆唏嘘泪下。乐工雷海青掷乐器于地，朝唐玄宗避难所去的西蜀方向大哭，被肢解于试马殿。时王维被拘禁于菩提寺，闻之，大为感动，作《凝碧池》诗：“万户伤心生野烟，百官何日再朝天。秋槐叶落深宫里，凝碧池头奏管弦。”写思君悼国的哀痛。③梨园：据宋・宋祁等《新唐书・礼乐志》记载：唐玄宗曾选乐工宫女数百人，教授乐曲于梨园，亲自订正声误，号“皇帝梨园弟子”。后以“梨园”指宫廷训练乐工声妓之所。④御沟：流经皇宫的河道。

【赏析】

孝宗乾道九年（1173），韩元吉受朝廷派遣，以礼部尚书出使金国贺万春节（金主完颜雍生辰）。行至汴京，金人设宴招待。宴席上听乐工演奏旧时北宋宫廷音乐，作者触目兴感，怆然有怀，随后写下这首凄楚沉咽的小词。

身为宋朝使臣，重践汴京旧地，不由白发顿生：凝碧池头，梨园旧曲犹在，却已是江山易主，那郊野杏花、御沟水声与人同愁同哭。此词以声传情，始于感慨万端的“管弦凄切”，止于哽咽悲泣的“御沟声断”，上片化用典故，寓含思君念国的伤悼，下片赋物以情，衬见中原沦丧的悲痛。读来字字哀婉，声声凄切，故宫黍离之悲催人泪下。

【辑评】

梁令娴《艺蘅馆词选》：麦（孺博）丈云：赋体如此，高于比兴。

唐圭璋《唐宋词简释》：下片，不言人之悲哀，但以杏花生愁、御沟呜咽，反衬人之悲哀。用笔空灵，意亦沈痛。

【今译】

凝碧池头，仍是
旧时宫苑景色，
酒宴前，管弦声起
顿生一怀悲切。
那盛世——
多少梨园旧曲
犹在，一声声
将使臣斑斑鬓发摧折。

颓壁枝头，杏花
无处躲避国破的惊怯，
凝含春愁
依傍烟尘郊野。
故宫的御沟
流水，已断涸，
似知人世的悲怆
不再潺缓地呜咽。

六州歌头

桃　花

东风著意[①]，先上小桃枝。红粉腻，娇如醉，倚朱扉。记年时。隐映新妆面[②]，临水岸，春将半，云日暖，斜桥转，夹城西。草软莎平[③]，跋马垂杨渡[④]，玉勒争嘶。认蛾眉凝笑，脸薄拂燕脂。绣户曾窥，恨依依。　共携手处，香如雾，红随步[⑤]，怨春迟。消瘦损，凭谁问？只花知，泪空垂。旧日堂前燕[⑥]，和烟雨，又双飞。人自老，春长好，梦佳期。前度刘郎[⑦]，几许风流地，花也应悲。但茫茫暮霭，目断武陵溪[⑧]。往事难追。

【注释】

①著意：有意。②隐映：人面与桃花相映。③莎（suō）：莎草，即香附子草，多生长在潮湿地或河边沙地，叶条形，花穗褐色，大面积连生时软而平。④跋马：勒马使之回转。跋：拖转。⑤红随步：落红（落花）随步。⑥“旧日”句：暗用唐·刘禹锡《乌衣巷》“旧时王谢堂前燕，飞入寻常百姓家”诗句，含今昔之感。⑦前度刘郎：见晁补之《忆少年》注。⑧武陵溪：见李清照《凤凰台上忆吹箫》注。此处表达往事如梦、旧踪难寻的伤逝心情。

【赏析】

《六州歌头》本为鼓吹曲，音调悲壮激越，闻其歌使人慷慨，前人多用此调吊古抒怀，如贺铸的“少年侠气”、张孝祥的“长淮望断”诸作。此词却变悲壮为婉丽，用以写艳情，可谓别开生面。

此词借咏桃花诉说一段香艳而哀怨的爱情故事。开篇以小桃初绽、乍泄春光起兴，由花及人。先以“记年时”领起，写初识伊人：芳郊踏青时，马背上惊艳，伊人蛾眉凝笑；曾窥绣楼琐窗，却不见倩影，独自别恨依依。再以“共携手处”领起，写重寻伊人：桃林携手地，如今落红随步，春光衰晚；相思瘦损只有花知，人面已杳然；眼前雨燕双飞，人却形只影单。旧地重来，昔日欢爱恍然一梦，只见茫茫暮霭，故结拍落到目断桃溪，往事难追，收得不尽幽怨、不尽怅惘。

这首长调紧扣题面，细针密线用赋法铺叙，处处借“桃花”生发扩展，将桃花人面交织映衬写来，情极哀艳缠绵，语极秀丽妩媚，较之唐人崔护的《题都城南庄》七绝诗，自是一种委婉绮丽的风情韵致。韩元吉词于雄浑悲凉之外，也有风调婉丽的艳情词，此词可为代表。

【辑评】

[清]陆游《祭韩无咎尚书文》：落笔天成，不事雕镌。

【今译】

春风，着意吹，
先暖在了
小桃枝初绽的花蕊。
恰是红粉佳人
倚门，娇态如醉。
记得去年初见
她一身淡雅新妆
美丽的容貌
隐约与桃花相映生辉，
那是临水岸边
云光日色，轻暖
春色一半已归，
转过一卧溪桥
再到夹城西畔矮墙堆。
柔软如茵的芳草
一地铺翠，跃马
杨柳渡口，忽听
一声嘶鸣相催。
哦，认得迎面
一双含情的黛眉，
嫣然一笑时
淡抹的胭脂
泛起一颊羞红的晕美。
也曾前去窥望
窗前倩影
在绿荫小楼深闺，
终是一怀怅恨
转过孤独的身背。

当年携手同游地
而今，幽微花香如雾
在空中散飞，
落红点点
将徘徊的脚步跟随，
顿生一怀怨恨
春光，又是衰颓。
为谁这般瘦损
又有谁来相抚慰？
只有桃花知道
春风中，却含笑无语
让人空自落泪。
旧时堂前燕子
犹自翩翩，双双
飞入清润的烟雨霏霏。
人，渐渐老去
春，自是长好，
相聚的温馨
总在片刻依稀的梦寐。

重来，故地风流
想将它一一寻回，
可只有桃花
忧伤，随风飘坠。
暮色苍茫中
我，独自伫立，
望断双眼
不见武陵桃溪流水，
往事旧踪啊
一去，难寻难追。

朱淑真

朱淑真（生卒年不详），号幽栖居士，浙江钱塘（今杭州）人。关于其生平说法不一，或认为钱塘人，世居桃村，工诗，嫁为市井民妻，不得志而卒。或认为北宋人，出生于仕宦家庭，其夫于江南为官，随之往来吴、越、荆、楚之间。与宰相曾布妻魏夫人交好，曾于魏夫人宴席上，以“飞雪满群山”为韵，醉中作五首绝句。

才华出众，善诗词，晓通书画、音律。其诗辞婉而意苦，因语含忧怨，情多凄恻，南宋魏仲恭辑其诗，名曰《断肠集》。其词清新婉丽，情辞俱妙，清·陈廷焯《词坛丛话》认为“宋妇人能词者不少，易安为冠，次则淑真，次则魏夫人也”。今有辑本《断肠词》。

谒金门

春 半

春已半，触目此情无限。十二阑干闲倚遍①，愁来天不管。　　好是风和日暖，输与莺莺燕燕②。满院落花帘不卷，断肠芳草远。

【注释】

①十二阑干：即十二曲栏干，极言栏干曲折。②输与：比不上，还不如。

【赏析】

相传朱淑真少女时曾有一段美好恋情，后嫁一俗吏，情趣不投，离去，归居母家，抑郁而终。其词多写愁，“一点愁”“一段愁”到“许多愁”“满纸愁”，再到“日日愁”“百般愁”，愁深愁重皆缘于思佳偶而不得的失意婚姻。

此词写暮春闺怨，“愁”字为全篇基调。词中春色已残，触目愁情无限，则是思念远在天涯的情人，正因为这离愁，尽日百无聊赖，将曲阑倚遍；风和日暖，无心赏看，恼恨莺燕成双；满院落花不扫，独自垂帘枯坐。词的上下歇拍俱佳。上片“愁来天不管”，近乎绝望无奈的呼号，用常语，却是妙语；下片“断肠芳草远”，勾勒出凝目望远、愁怀不已的思妇形象，收得余情不尽。一抒情，“愁来”为全篇基调；一写景，“芳草远”接破一篇主旨，上下相应，和谐为一整体，将伤春怀人的愁怀写痛写极。

宋·魏仲恭《断肠集序》云：“见旅邸中好事者往往传诵朱淑真词，每窃听之，清新婉丽，蓄思含情，能道人意中事，岂泛泛者所能及，未尝不一唱三叹。”如此词情调凄婉，吐属清华，真率自然而含蕴婉丽，确实“岂泛泛者所能及”，当为《断肠词》中的佳作。

【辑评】

[清]陈廷焯《词则》：凄婉，得五代人神髓。

[清]陈廷焯《白雨斋词话》：朱淑真词，才力不逮易安，然规模唐五代，不失分寸。如“年年玉镜台”及“春已半”等篇，殊不让和凝、李珣辈。惟骨韵不高，可称小品。

【今译】

春，已过半，
枝头落花纷纷
伤春情思，无限。
十二曲长廊
白玉栏杆，
空寂无人时
闲无聊赖都倚遍，
一怀愁绪缠来
苍天啊，也不管。

好是风色晴和
阳光如泻，融暖，
不如双双黄莺紫燕。
满院残花堆积
隔帘枯坐
一任帘低不卷，
断肠的忧伤
牵向天涯——
芳草无边地远。

生查子[①]

元 夕[②]

去年元夜时，花市灯如昼[③]。月上柳梢头，人约黄昏后。 今年元夜时，月与灯依旧。不见去年人，泪湿春衫袖。

【注释】

①清·王士祯《池北偶谈》："今世所传女郎朱淑真'去年元夜时，花市灯如昼'（《生查子》词），见《欧阳文忠公集》一百三十一卷，不知何以讹为朱氏之作。世遂因此词，疑淑真失妇德，纪载不可不慎也。"②元夕：元夜，即农历正月十五日元宵节，也叫上元节。自唐代始，民间有观灯的风俗，故又称灯节。唐玄宗时，以正月十五日前后放灯火三夜。至宋太祖，增加十七、十八为五夜。③"花市"句：唐·苏味道《正月十五夜》有"火树银花合"诗句，正是描写"花市灯如昼"的情景。

【赏析】

前人对此词的归属历来有争议。南宋·曾慥所编《乐府雅词》将此词列为欧阳修作。清·况周颐《蕙风词话》也认为是欧词，"误入朱淑贞集"。明·杨慎《词品》则称此词是朱淑真作，并以此证实其婚后另有所爱。

唐代已有元夜观灯的习俗，至宋风气愈盛。宋·孟元老《东京梦华录》记载：宋时正月十五元宵："歌舞百戏，鳞鳞相切，乐声嘈杂十余里"，"灯山上彩，金碧相射，锦绣交辉"。其繁华热闹景象可见一斑。同时民间风俗，元夜观灯往往青年男女幽会。这首小词写元宵佳节爱情的追求和失落。去年元夜灯辉月皎，人约黄昏，对诉衷肠；今年元夜灯月依旧，不见伊人，泪湿春衫。此词构思巧妙，全章运用重叠方式，上片和下片一去年一今年，元夜、灯、月、人等字面互相关联照应，只改易数字，便于回旋往复中错综变化，形成今与昔、悲与欢的前后映衬。情感真切自然，用语明白如话，而又不失隽永含蓄，表现出文人词仿民歌风味的特点。

"月上柳梢头，人约黄昏后"二句，将月、柳、人三者交织，景美、情美、人美，交融成佳期幽会的美妙温馨境界，向称名句。

【辑评】

[清]陆以湉《冷庐杂识》："去年元夜"一词，本欧阳公作。后人误编入《断肠集》，遂疑朱淑真为泆（放荡）女，皆不可不辨。

【今译】

记得，那是去年
元宵夜时候，
花映在明灿的彩灯里
热闹的街市
如明亮的白昼。
月，又亮又圆
爬上杨柳梢头，
我和他约定
相见，在黄昏后。

今年，又是元宵夜，
十五的月亮
圆如银盘依旧
街市的花灯
灿若白昼，依旧。
不见去年伊人
独自，等待久久，
伤心的泪水
浸湿了春衫红袖。

袁去华

袁去华（生卒年不详），字宜卿，豫章奉新（今属江西）人，高宗绍兴十五年（1145）进士。少时有志于恢复，但秦桧当道，壮志难伸。曾任善化、石首知县，为官正直，关心民生疾苦。

学识渊博，尤善词。其词大多抒写离愁别绪、登山临水，洗却脂粉气，清婉雅丽。另有寄慨时事、感愤身世之作，气格清劲，承苏、辛雄放一路。薛砺若《宋词通论》认为："改之、后村虽先后均以辛派词人见称，然多失之嚣杂，有心规模稼轩，不如袁宜卿之作远甚。盖袁词均由肺腑中自然流露，至性至语，更觉真切动人也。"今传《袁宜卿词》。

瑞鹤仙

郊原初过雨，见败叶零乱，风定犹舞。斜阳挂深树，映浓愁浅黛，遥山媚妩。来时旧路，尚岩花、娇黄半吐。到而今唯有，溪边流水，见人如故。 无语。邮亭深静①，下马还寻，旧曾题处。无聊倦旅，伤离恨，最愁苦。纵收香藏镜②，他年重到，人面桃花在否③？念沉沉、小阁幽窗，有时梦去。

【注释】

①邮亭：古时设在官道上，供传送文书的官吏和过往行人歇宿的馆舍。②收香：见周邦彦《风流子》注。藏镜：唐·孟棨《本事诗》载：南朝陈将亡，驸马徐德言与妻乐昌公主分手时，破一铜镜，各执一半，作为日后重见的信物。陈亡之后，两人终因破镜相合而得以重圆。后用"破镜重圆"比喻夫妻散离或决裂后重又团聚。③人面桃花：见晁补之《忆少年》注。

【赏析】

作者羁旅途中投宿驿馆，寻觅旧迹顿生相思离愁，遂写下此词。词以景入，雨后败叶零乱，夕阳斜挂深树，远山一抹青色恰似佳人浓愁浅颦，旅途郊野景色的衰残凄艳，映衬出黯然凌乱的心迹，其中暗含别离相思。接下，来时旧路，黄花半吐，而今唯剩溪水见人如故，借景抒发落花流水的伤逝感叹。过片记行叙事，驿亭深静，下马寻找旧题处，怅然无语。"伤离恨，最愁苦"二句转作抒情，揭明主旨。继而赠香、藏镜、人面桃花连用三个典故，写离思渐忧忡、渐深沉。末了小阁幽窗，有时梦去，作聊自相慰的无奈之语，将一怀相思羁愁引入更深的空虚与渺茫。

这首长调用赋法纪游，写景、叙事、抒情铺展而来，用笔清丽而又针线细密，情思深婉，颇有柳永词的风致。

【今译】

城郊的原野
骤雨在晴光里止住，
几片凌乱败叶
风住了，犹在飞舞。

一脉淡淡夕阳
挂在深茂岭树，
远山，一抹青色
若有若无，

恰似美人的黛眉浅蹙。
来时的旧路上
淡黄色山花
傍石岩半敛半吐，
眼前一溪流水
洗人风尘，如故。

伫立，惆怅无语
驿馆沉沉静穆，
下马，重寻昔日
挥笔题诗处。
漂泊的旅程，已倦
离别相思
最是断肠愁苦。
纵使沉香青镜
收藏，等待他年
吐诉衷肠的重晤，
可他年重到
桃花，依旧含笑春风
如花伊人在否？
不由思念，那
小楼幽窗前
画映倩影的红烛，
有时，一绕心魂
梦里——
也如约前去。

安公子

弱柳丝千缕，嫩黄匀遍鸦啼处。寒入罗衣春尚浅，过一番风雨。问燕子来时，绿水桥边路。曾画楼、见个人人否①？料静掩云窗，尘满哀弦危柱②。　庾信愁如许③。为谁都著眉端聚？独立东风弹泪眼，寄烟波东去。念永昼春闲，人倦如何度？闲傍枕、百啭黄鹂语。唤觉来厌厌，残照依然花坞④。

【注释】

①人人：那个人，宋时口语，常用作对情人的昵称。晏几道《生查子》：“归傍碧纱窗，说与人人道。”②哀弦危柱：指乐声凄哀的弦乐器。危：此指弦音高厉。柱：指弦的枕木柱。③庾信：南朝梁诗人，初仕梁，后出使西魏，恰值西魏灭梁，被强留北地。历仕西魏、北周。暮年所作《哀江南赋》《愁赋》等，多抒写羁旅异域的乡关之思。其《愁赋》今只留存断句，如“谁知一寸心，乃有万斛愁”。④花坞（wù）：花圃。

【赏析】

此词为客中早春怀人之作，抒写伤离意绪。鸦鹊啼处，柔柳匀黄，写早春清丽景色。一番风雨，寒入罗衣，传出对季节变换的感受。由此潜气内转，由景及情，从对面着墨写闺妇的思念：绿水小桥，衬见画楼伊人之美；尘蒙哀弦，映现心思的幽怨孤寂。换头再折到客子的思念。愁聚眉端，临风弹泪寄予烟波，情痴之语尤见相忆之深。“念”领起，转而写旅居苦况：昼长春闲，人倦傍枕，尽是无聊况味；莺啼百啭，唤人醒来，愈觉恹恹不振。收束处一抹残照，以迷离恍惚之景结出孤寂郁苦之情。

此词布局精巧，上片由景而情，下片由情而景，景起景结，以弱柳啼鸦对花坞残照，首尾照应生辉，中间贯注以怀人之情宛转跌宕，其笔致宛曲而不率直，意象清丽而不浮艳，情蕴沉厚而不浅薄，恰是袁去华情词的特色。

【辑评】

刘永济《词论》：《陟岵》之诗不写我怀父母及兄之情，而反写父母及兄思我之情，而我之离思之深，自在言外。后世词人，神明用之，其变乃多。……（“问燕子”句以下）先写行者念居者，复想居者思行者，两地之情，一时俱极：皆此法也。

【今译】

风中，柔细柳条
摇摆着千丝万缕，
鸦雀啼啼处
匀染出鹅黄嫩绿。
早春还浅淡
料峭寒气侵入绸衣，
刚刚过了
一番清冷风雨。
试问翩翩紫燕
双双飞来时，
绿水桥边的画楼
可见伊人踪迹？
料想，小窗静静掩闭，
佳人无心抚琴
一任弦柱尘积。

难遣，异乡羁留
一怀幽恨愁绪，
为谁，眉峰沉沉攒聚？
独对袭袭春风
久久地站立，
一襟清泪
且寄与杳渺烟波
远远地流去。
想这白昼漫长
慵倦里——
怎捱过春闲寂寂？
闷来，倚枕
听黄莺啼啭柔语，
浅睡才入梦
偏又被莺声唤起。
恹恹不振，看
一抹黯红夕阳
依然，斑斓花坞里。

陆　淞

陆淞（1109—1182），字子逸，号雪溪，山阳（今浙江绍兴）人。陆游胞兄，祖父陆佃，为著名经学家，官至尚书右丞。以祖恩补通仕郎，历任秘阁校理、工部郎中，曾知辰州。年七十三岁卒。宋·陈鹄《耆旧续闻》载：陆淞“晚以疾废，卜筑秀野，越州之佳丽地也。放傲世间，不复有营念。对客则终日清谈不倦”。今存词二首。

瑞鹤仙

脸霞红印枕，睡觉来、冠儿还是不整①。屏间麝煤冷②。但眉峰压翠③，泪珠弹粉。堂深昼永，燕交飞、风帘露井④。恨无人与说相思，近日带围宽尽⑤。　　重省。残灯朱幌，淡月纱窗，那时风景。阳台路迥，云雨梦⑥，便无准。待归来，先指花梢教看，却把心期细问⑦。问因循、过了青春⑧，怎生意稳？

【注释】

①“睡觉”句：化用唐·白居易《长恨歌》“云鬓半偏新睡觉，花冠不整下堂来”诗意。觉（jué）：醒。②麝煤：制墨的原料，代指墨，为墨的别称。③压翠：形容女子黛眉紧皱。④露井：天井。⑤带围宽尽：见柳永《蝶恋花》注。⑥“阳台”二句：用“巫山云雨”典故。⑦心期：内心期愿。⑧因循：怠惰，拖延。

【赏析】

据宋·陈鹄《耆旧续闻》：陆淞曾赴会稽士子宴，士有侍姬名盼盼，色艺殊绝，颇倾心。一日宴客，盼盼偶睡未至，陆淞询问，等到招至，其枕痕犹在脸。为之赋《瑞鹤仙》词，有“脸霞红印枕”之句，一时传唱。后盼盼亦归陆淞。此说虽被讥为造事附和，但可聊备一说。

此词或是从盼盼春睡娇态即兴发挥，泛化为佳人相思离愁。先写脸印枕痕、春睡初起的娇慵。接下冠儿不整，眉峰压翠，泪珠弹粉，一笔一描勾勒其愁损情状。再写堂深昼永，乳燕交飞，映见独居深闺的百无聊赖。最后逼出衣带渐宽、相思无诉的幽怨。过片“重省”转写旧时欢娱情景。灯照朱帐，月映纱窗，烘托出两情欢会的轻柔温馨。再折回眼前云雨幽梦难觅难续的失落。末了悬想将来重逢，指看花梢，细问心期，将一怀相思成疾的幽怀吐诉，写出痴望痴心，结得言止意不止。

此词笔触细腻，由外及内，由人到物，由景到情，委折叙来，别离之愁、燕酣之乐、归来之期一并寓于词，“委婉深厚，不忍随口念过”（明·沈际飞《草堂诗余别集》）。

【辑评】

[宋]张炎《词源》：簸弄风月，陶写性情，词婉于诗。盖声出莺吭燕舌间，稍近乎情可也。若邻乎郑卫，与缠令何异也。如陆雪溪《瑞鹤仙》云：“脸霞红印枕（略）。”辛稼轩《祝英台近》云：“宝钗分（略）。”皆景中带情，而存骚雅。故其燕酣之乐，别离之愁，回文题叶之思，岘首西州之泪，一寓于词。若能屏去浮艳，乐而不淫，是亦汉魏乐府之遗意。

［清］冯金伯《词苑萃编》："待归来，先指花梢教看，却把心期细问。问因循、过了青春，怎生意稳？"迷离婉妮，几在周、秦之上。

【今译】

如霞光红灿的脸颊
浅印一道枕痕，
闷睡醒来
秀发如乌云偏堆
花冠懒得梳整。
啊，人已远去
画屏砚墨已枯冷。
只剩曲长黛眉
沉沉，凝愁含恨，
滴落的泪珠
和脂粉一串清滢。
白昼，无聊赖地漫长
画堂空寂幽深，
看，双燕来去
穿飞在清风帘间
绿荫架下的天井。
只怨恨无人
可吐诉一怀衷情，
这般苦苦相思
近日，腰带渐宽尽。

回忆往昔，淡月
一弯映上纱窗
丝帐笼在幽暗的残灯，
那时情景
缠绵轻柔，温馨。
如今行人路远
隔重重水泽山林，
纵然梦中欢聚
那巫山云雨
醒来，空渺无凭。
待到他归来
先指看花枝飘零，
再低声柔语
将伊人心事细问：
这样，闺房空守
误了青春年华
又怎让人意稳心宁？

陆 游

陆游（1125—1210），字务观，越州山阴（今浙江绍兴）人。父陆宰，北宋末官吏部尚书，以报国为己志，每议论国事切齿流涕。幼时随父避靖康之难，颠沛流离，深受其爱国思想的熏染。好读书，十二岁能诗文。高宗绍兴二十三年（1153），进士试第一，因居秦桧孙秦埙之前，故被黜落。孝宗即位，任枢密院编修官，召对便殿，因“言论剀切”，特赐进士出身。隆兴和议后，由镇江调任隆兴府通判，以“鼓唱是非，力说张浚用兵”罪罢职，乡居三年。乾道五年（1169），起任夔州通判，后入四川宣抚使王炎幕府，曾赴南郑前线。后任成都府安抚司参议官、蜀州通判、代理嘉州知州等，迁调频繁。淳熙二年（1175），范成大帅蜀，延请为幕府参议官，主宾多诗酒唱酬，“以文字交，不拘礼法”，被同僚讥为“恃酒颓放”，故自号“放翁”。后两度被起用，两度遭谗毁而罢免，还乡，遂将镜湖故居命名为“风月轩”，以示愤慨不平。晚年退居山阴，心系恢复中原，始终不渝。宁宗嘉泰三年（1203），致仕，封渭南伯。八十五岁卒，临终写绝笔诗《示儿》：“死去原知万事空，但悲不见九州同。王师北定中原日，家祭无忘告乃翁。”

善文，著有《渭南文集》《老学庵笔记》等，但文名被诗名所掩。其诗歌成就尤大，为“中兴之冠”，才气豪健，工力精深，名篇俊句层见叠出，其爱国诗与辛弃疾、刘克庄鼎足而立。以余力填词，自成风貌。其词以沉郁雄放为主，兼有婉约之长，风格多样，或飘逸高妙，或深婉流丽，或激越悲怆，明·毛晋《宋六十名家词·放翁词跋》认为：其纤丽处似淮海，雄慨处似东坡，超爽处更似稼轩耳。然填词喜掉书袋，为一癖。陆游为南宋著名爱国主义诗人、词人，“一生忧国之心，触处流出，无非一腔忠爱”（清·黄苏《蓼园词评》）。今有《剑南诗稿》《放翁词》。

钗头凤

红酥手[①]，黄縢酒[②]，满城春色宫墙柳[③]。东风恶[④]，欢情薄。一怀愁绪，几年离索[⑤]。错，错，错！　　春如旧，人空瘦。泪痕红浥鲛绡透[⑥]。桃花落，闲池阁。山盟虽在，锦书难托[⑦]。莫，莫，莫[⑧]！

【注释】

①红酥手：形容女子手腕红润柔嫩。酥：柔软。②黄縢酒：即黄封酒，宋代官家所酿名酒，以黄纸或黄绢封瓶口，故名。③宫墙柳：南宋时山阴（今绍兴）曾为陪都，故有宫墙。此指沈园院墙内的柳树。④东风恶：春风狂吹。此借景寓意，暗指陆母强令休弃唐婉一事。⑤离索：分离后孤独索寞。⑥浥（yì）：浸湿。鲛绡：古代传说中南海鲛人所织的绡（丝绢），见南朝梁·任昉《述异记》。此指丝帕。⑦锦书：见柳永《曲玉管》注。⑧莫：犹罢了，无奈之意。

【赏析】

据南宋·周密《齐东野语》记：陆游初娶表妹唐婉，伉俪情深，然不合陆母心意。后迫于母命，夫妻忍痛离异，陆游另娶王氏，唐婉也改嫁同郡赵士程。约十年后，陆游春日出游山阴城南禹迹祠附近的沈园，与唐婉夫妇不期而遇。唐婉遣送酒肴致意，陆游怅然伤感，挥笔作《钗头凤》题于园壁上。唐婉见后亦曾和词一首："世情薄，人情恶，雨送黄昏花易落。晓风干，泪痕残。欲笺心事，独语斜阑。难，难，难！　人成各，今非昨，病魂常似秋千索。角声寒，夜阑珊。怕人寻问，咽泪装欢。瞒，瞒，瞒！"不久，唐婉悒郁而死。此事屡见宋人记载。此词所写正是这一不幸的爱情悲剧。

开篇落笔直入，写纤手黄酒、墙柳春色的邂逅相遇。再转而写东风狂恶、欢情短薄的往事。忽又折到眼前，写一怀愁绪、几年离异的孤寞。歇拍"错，错，错！"，一字比一字沉痛，谁之错？自身乎，母亲乎，命运乎？下片春色如旧，却伊人消瘦，桃花闲落，而锦书难托，忽景忽情，交互叠映于眼前。伊人容颜憔悴，泪湿诗帕，自己情如山石，无处可诉，顿时，如万箭穿心，不由破喉而出"莫，莫，莫！"，本是言犹未尽，意犹未了，情犹未绝，偏说"罢了，罢了，罢了"！此词上下结拍用重叠式的感叹前后呼应，表达出欲怨不能的悲抑和欲说还休的无奈，将其怨悔、爱怜和憾恨推向极点。

整首词于节奏急促中迂回跌宕，于声情凄紧中断续哽咽，如泣如诉，哀痛入骨，令人为之凄然泪下。有此伤心事乃有此伤心语，陆游的爱情悲剧使他极恨终身，直到白发晚年，仍一往情深作《沈园》诸诗，伤悼不已。

【辑评】

［清］沈雄《古今词话》：《乐府纪闻》曰：陆放翁初娶唐氏，伉俪相得，弗获于姑。陆出之，未忍绝，为别馆住焉。姑知而掩之，遂绝。后改适赵士程，春游相遇于禹迹寺之沈园。唐语其夫为致酒，放翁怅怅，赋此《钗头凤》云。

［清］陈廷焯《白雨斋词话》："山盟虽在，锦书难托。莫莫莫"，放翁伤其妻之作也；"不合画春山，依旧留愁住"，放翁妾别放翁词也。前则迫于其母而出其妻，后又迫于后妻而不能庇一妾，何所遭之不偶也。至两词皆不免于怨，而情自可哀。

【今译】

一双红润纤手
一壶黄縢美酒，
满城春色
摇曳沈园宫墙的绿柳。
啊，当初东风
为什么狂恶，
吹散琴瑟相和
我与你，恩断情薄。
一怀深深愁绪
几年苦苦离异，
终排遣不去
思念的孤独索寞。
错，错，错！

春色，如旧
伊人——
空自颜容消瘦。
泪水和着胭脂
把丝帕红透。
眼前，桃花飘落，
一池春水
倒映闲寂池阁。
当年的山盟海誓
刻入心骨
可吐诉衷肠的诗笺
已无处寄托。
莫，莫，莫！

卜算子

咏　梅

驿外断桥边，寂寞开无主[①]。已是黄昏独自愁，更著风和雨[②]。　　无意苦争春，一任群芳妒[③]。零落成泥碾作尘，只有香如故。

【注释】

①无主：无人赏看，无人培护。②著（zháo）：经受、受到。③群芳：百花，此借指排斥自己的政敌。

【赏析】

这首小词咏梅言志，格调清雅峭峻，是陆游咏物词中最为脍炙人口的一首。作者一生志在恢复，虽几度被贬黜，然其爱国心志始终不衰，故作诗填词常借咏梅以寄慨身世。

此词着墨于梅花的凌寒劲节，借以自明心迹、自抒怀抱。上片驿外断桥寂寞自开，已是黄昏愁苦，又寒风冷雨交加。层层转进，写梅花被弃置、被摧折的冷落处境，恰是词人失意潦倒境况的写照。下片无意争春，一任群芳猜妒，零落成泥芳香如故。用拟人手法写梅花不屈邪、不媚俗的清真绝世，正是词人心志忠贞不渝的表露。词的末句振起全篇，前面风雨欺凌的凋残、群芳争春的妒忌、碾作泥尘的衰飒，全都归落到“只有香如故”，其高洁品格和峻嶒傲骨实是词人理想人格的外化。

咏物词既要贴切于物又不拘泥于物，物以情见乃为上乘。如此词所咏切定梅花，移用于他花不得，而又托梅寄意，物我为一，不脱不粘传梅花之神韵，花品、人品、词品俱佳，故为千古传诵的佳篇。

【辑评】

[明]卓人月《古今词统》：末句想见劲节。

唐圭璋《唐宋词简释》：此首咏梅，取神不取貌，梅之高格劲节，皆能显志。

刘永济《唐五代两宋词简析》：此亦作者身世之感，但借梅抒出之。

【今译】

一树幽洁梅花
驿舍外，断桥边孤独，
寂寞绽开着美丽
无人赏看，培护。
已黯然黄昏
独自忧伤愁苦，
又袭来一阵
无情的风急雨促。

她，无意尽占
明丽的春光，
一任争妍斗艳的百花
忌恨，猜妒。
纵使片片凋零了
骨化形销碾作泥土，
也有清雅芳香
沁人心脾，如故。

夜游宫

记梦寄师伯浑[①]

雪晓清笳乱起[②]，梦游处、不知何地。铁骑无声望似水。想关河：雁门西，青海际[③]。　睡觉寒灯里，漏声断、月斜窗纸。自许封侯在万里[④]。有谁知，鬓虽残，心未死！

【注释】

①师伯浑：师浑甫，字伯浑，蜀中隐士，曾谢绝范成大的征辟之意，陆游在眉山与之结识，十分称羡他的道德文章。②乱起：形容胡笳声纷乱，此起彼伏。③雁门、青海：山西的雁门关、青海的青海湖。此代指西北边塞。④封侯在万里：意谓志在纵横疆场，建立边功。用班超投笔从戎、建功封侯典故，南朝宋·范晔《后汉书》载：东汉班超家贫，为人佣书以供养。尝辍业投笔叹曰："大丈夫无它志略，犹当效傅介子、张骞立功异域，以取封侯，安能久事笔砚间乎？"后出使西域，使葱岭五十余国归附汉朝，因功封定远侯。

【赏析】

陆游诗词多记梦之作，所记又多为铁马冰河的征战情景，实是词人将现实中久遭压抑的情志托于梦寐。这首《夜游宫》也是如此。

上片记梦游，清笳乱起，铁骑无声，激越的军声和整肃的军营笼在扑朔迷离的梦幻氛围中，词人魂梦牵绕的是扫荡强虏、收复中原的意愿。下片写梦醒，灯寒漏断，月斜窗纸，跌转出冬夜的孤冷凄凉，衬见词人志事不酬的落寞。结处剖白心迹："鬓虽残，心未死！"又扬起一怀悲慨激昂。词中构成梦境与现实的强烈反差，不用于世的失意悲抑与苍颜白发心志犹存的昂扬交相渗透，表现了词人效力疆场的梦寐以求和报国雄心的老而弥坚。陆游这类爱国词沉郁而慷慨，风格颇类辛弃疾，只是稼轩词气壮，如惊波怒涛，慷慨激越；而放翁词气敛，如秋风夜雨，多一些悲慨沉郁。

【今译】

清晨，晓色雪光
胡笳声纷乱四起，
梦魂，在游荡，
不知身在哪里。
望去，一队铁骑前行
无声如水流移。
这莽苍关塞
一道河防长堤，
仿佛是雁门关口
青海湖边
抗敌的西北边地。

忽然，梦醒了
一切笼在寒灯里，
漏壶滴声已断
夜色冷寂，将尽
一弯残月
低斜镂格窗纸。
这一生自许建功封侯
疆场驰马挥戟。
有谁知——
如今苍颜白发，
可这一怀
报国壮心，不死！

鹊桥仙

夜闻杜鹃

茅檐人静，蓬窗灯暗，春晚连江风雨。林莺巢燕总无声，但月夜、常啼杜宇[1]。

催成清泪，惊残孤梦，又拣深枝飞去。故山犹自不堪听[2]，况半世、飘然羁旅！

【注释】

①杜宇：见苏轼《西江月》注。②故山：故园的山。

【赏析】

陆游从南郑前线调回，次年春赴成都任职，之后沉沦下僚，滞留西川达六年之久。这首夜闻啼鹃词便写于这个时期。闻啼，在古代诗词中习见不鲜，但词人融入深沉的身世慨叹，委婉而沉郁，不流于浮泛，故能于寻常题材中给人不寻常的感受。

上片写夜闻啼鹃。先写茅檐蓬窗人静灯暗的僻寂，再写春色已晚连江风雨的衰冷，浓厚地渲染出闻啼的愁苦凄哀氛围。进而泛写一笔，用林巢莺燕无声反衬月夜杜鹃长啼的凄咽。下片写闻啼感慨。催成清泪，惊残孤梦，由鸟及人；拣取深枝，杳然飞去，再由人及鸟。啼鸟虽去而人犹不止，自然收束到“不堪听”。结处一“犹”一“况”两个虚字呼应，将所啼、所闻、所感都归结到岁晚无成的人生感慨，是点睛之笔。整首词层层烘染，层层深进，由风雨春夜的杜鹃哀啼，最后归落出半世漂泊的羁旅愁深，词戛然而止，却又余音袅袅，犹自盘旋，读来凄然不尽。

【辑评】

[明]卓人月《古今词统》：去国离乡之感，触绪纷来，读之令人於悒。

[清]陈廷焯《云韶集》：此词“字字是血”。

【今译】

更深人静，茅檐清寂，
草窗的孤灯
透出一围昏黄温煦，
正是春晚时节
一江阴冷风雨。
林丛的黄鹂
梁间的双燕
栖巢，歇了啭啼，
惨白月夜，只有
杜宇一声声
唤着“不如归去”。

枕边的残梦，惊断
催落一襟泪滴，
偏又拣得，那
深茂的绿树
独自，杳然飞去。
身处故乡的山村
犹自不忍听
这啼唤声断断续续，
更何况，眼前
半世功名不就
孑然一身，他乡羁旅。

诉衷情

当年万里觅封侯[①]，匹马戍梁州[②]。关河梦断何处[③]，尘暗旧貂裘[④]。　　胡未灭，鬓先秋[⑤]，泪空流。此身谁料，心在天山，身老沧洲[⑥]。

【注释】

①“当年”句：用班超“投笔从戎”典故，见前《夜游宫》注。②梁州：古地名。今陕西汉中一带。汉中有梁山，故名“梁州”。陆游四十八岁时，入四川宣抚使王炎幕府，曾驻防汉中前线。③关河：此指汉中的关塞河防。④“尘暗”句：西汉·刘向《战国策·秦策》载：战国时苏秦十次游说秦王，“黑貂之裘弊，终无成而归”。用此典，表示自己长期闲置而功业无成。⑤秋：形容鬓发如秋霜一样白。⑥“心在”二句：意谓身在江湖，心系疆场。天山：即祁连山，在今新疆境内，汉、唐时为西北边陲。此代指塞外。沧洲：水边之地，古代指隐者所居之地。此指陆游晚年退居山阴镜湖边的三山村。

【赏析】

陆游一生以抗金收复为己任，无奈报国无门，屡遭排斥而贬职。晚年长期退居故乡山阴，“志士凄凉闲处老，名花零落雨中看”（陆游《病起》），一襟凄凉，一处闲愁，仍忧念国事、心志不改，写下这首悲壮沉郁的词作。

开篇追忆汉中军旅生涯，万里建功，匹马戍边，何等壮志凌云，卓荦不凡。转而关河梦断，尘暗戎装，跌入如今的冷落弃置。换头“胡未灭，鬓先秋，泪空流”，用声调急促的三个短句，步步紧逼，说尽平生不得意。继而收束到身老沧洲，心在疆场，“此身谁料”四字不尽悲慨、不尽愤激。全篇长短句式交错，时间与空间变换，在开合跌宕中，将当年关山戎马的豪雄和今日鬓白身衰的落寞作鲜明比照，老骥伏枥、壮心不已的一腔忠愤贯注于笔端，百折千转，荡气回肠。此词所写是陆游诗词中反复抒叹的主题，但字里行间时时扑来悲壮郁勃之气，让人百读不厌。

【今译】

当年，万里迢迢
志在建功封侯，
挥戈跃马
征戍西北前线的梁州。
如今关塞河防
已远，残梦醒时
无处可寻求，
壁上戎装，只剩
尘封色暗的旧貂裘。

还未扫灭
侵占中原的敌寇，
两鬓青丝，先白
染尽岁月的冷霜寒秋，
泪水，和着憾恨
空自双流。
这一生，谁料
心驰骋在疆场，
人，终老沧浪沙洲。

范成大

范成大（1126—1193），字致能，号石湖居士，吴郡（今江苏苏州）人。出身书香、仕宦家庭，自幼聪慧，遍读经史。未成年父母相继病故，为料理家事，无意于科举，曾混迹昆山禅寺，读书十年，自号“山中居士”。后听从其父挚友劝勉，高宗绍兴二十四年（1154）中进士。初入仕途，沉滞下僚。孝宗即位，累迁著作佐郎、吏部员外郎，被言官指责为提升超躐等级，免职还乡。乾道四年（1168），起知处州，所建立“义役法”被朝廷颁行。乾道六年（1170），以起居郎假资政殿大学士出使金国，凛然正气不辱使命，得朝野称道。乾道九年（1173）知静江府，上疏，要求裁抑漕司强取盐税之数，以宽解州县。淳熙元年（1174）任四川制置使，凡人才可用者，悉招致幕下，才华卓异者则荐之朝廷，选将治兵，施利惠农，为蜀人所颂扬。淳熙五年（1178）拜参知政事，仅两月，遭御史弹劾被罢免。后知建康府，于任上积劳成疾。五次上书以病请闲，归里，退居苏州石湖达十年之久。六十八岁卒，谥文穆。

素负文名，“文章瞻丽清逸，自成一家”（宋·周必大《范公神道碑》）。尤以诗著称，格调清新润丽，饶有唐韵，与陆游、尤袤、杨万里并称“中兴四大家”。亦擅长于词，题材大多为节序、羁旅、离情、闺怨，深染婉约之风，多清婉秀丽之作，而又风姿时变，或叹国事民瘼，感慨苍凉，或咏田园风情，以清逸淡远见长。有《石湖居士诗集》《石湖词》。

蝶恋花

春涨一篙添水面。芳草鹅儿，绿满微风岸。画舫夷犹湾百转[①]，横塘塔近依前远[②]。　　江国多寒农事晚。村北村南，谷雨才耕遍[③]。秀麦连冈桑叶贱，看看尝面收新茧[④]。

【注释】

①画舫：彩船。夷犹：犹豫，形容船缓缓而行。②横塘：在苏州胥门外。③谷雨：二十四节气之一，在清明之后。江南农谚有：“清明浸种，谷雨下秧。”④看看（kān）：转眼之间，即将之意。

【赏析】

此词当是范成大退居苏州石湖时所作，写城郊的田园风物。上片写景色。春水涨满池塘，芳草、雏鹅在微风中颤动、游荡，那黄绿相间的柔嫩和谐色调，透出春天的活泼生气，映衬出画舫远近回转的悠缓。下片写农事。谷雨时节，村北村南耕遍，漫岗遍野，麦穗扬花，绿桑叶茂，浓郁的乡村气息扑来，让人仿佛看到“尝面收新茧”的丰收景象。这首词淡墨轻描，只几笔勾勒便描绘出清新明净的水乡春景，读来如沐春风，令人心醉神往。词中流溢出作者沉浸于田园风光的喜悦之情，同时在“桑叶贱”的笔底毫端又含蕴着对农民辛劳的关切。

两宋写田园词的极少，除了苏轼、辛弃疾，就是范成大。范成大是南宋著名的田园诗人，其《四时田园杂兴》六十首最为有名。以田园诗笔法写田园词，别具特色，虽然为数不多，却是宋词中的珍品，如此词。

【今译】

春来，一溪绿水
新涨一篙深
盈盈漫平了水面。
水边芳草如茵
鹅黄雏儿的脚丫蹒跚，
微风里，鲜嫩草色
染绿了堤岸。
画船轻缓移动
游转九曲水湾，
望去，横塘高塔
在眼前很近
又像启船时遥远。

江南水乡春寒迟迟
农事也晚。
村北，村南
谷雨时节开犁破土
将畦田耕种遍。
春麦，已结秀穗
随风起伏着
一垄一冈连结成片，
山冈桑树茂盛
桑叶卖价很贱，
转眼，品尝新面
——收取新茧。

秦楼月

楼阴缺①，阑干影卧东厢月。东厢月，一天风露，杏花如雪。　　隔烟催漏金虬咽②，罗帏暗淡灯花结③。灯花结，片时春梦，江南天阔。

【注释】

①缺：指树荫未遮住楼阁一角。②金虬（qiú）：即铜龙，装在漏器上的饰物，漏器从龙头嘴里吐水来计时。虬：传说中的一种龙。③罗帏：丝帐。灯花结：灯芯烧结成花，旧时习俗认为有喜讯。

【赏析】

范成大写有《秦楼月》词五首，抒写闺中少妇春日怀远的情思。前四首分别写一天中的朝、昼、暮、夜，后一首写惊蛰日，作进一步补充，似是精心构思的相关联的一个整体。此词是其中的第四首，写春夜怀人。

《秦楼月》词调始见于相传为唐·李白所作的《忆秦娥》，因词中有“秦娥梦断秦楼月”句，故又名《秦楼月》。唐五代词多吟咏本题，此词承续这一传统，缘题而赋，扣住“楼”“月”写闺思。上片写室外之景。开篇直接推出树荫遮楼、栏影覆地的月光，营造与离别相思心境相洽的幽冷环境。再用“一天风露，杏花如雪”与溶溶月光融合，构成一幅清幽静谧的春夜图，衬见楼中伊人的美丽和寂寞。下片转写室内之人。烟隔漏声，灯暗罗帐，暗示倚枕人的辗转无眠。末了以片时春梦作结，梦中与所思之人见耶，未见耶？尽在“江南天阔”的迷离渺远中，让人遐想不尽。全篇无一字言及念远，却尽于月幽花明的景色中、灯昏梦迷的氛围中烘染见出。此词意境清幽，情致深婉，遣字造句亦精美，范成大词深染婉约之风，于此词可见。

【辑评】

[元]陆辅之《词旨》："灯花结，片时春梦，江南天阔。"前人《忆秦娥》。

俞陛云《唐五代两宋词选释》：上阕言室外之景，月斜花影，境极幽俏。下阕言室内之人，灯昏欹枕，梦更迷茫，善用空灵之笔，不言愁而愁随梦远矣。

【今译】

疏疏树荫
半遮半掩着阁楼
留楼头一角空缺，
阑干的斜影
拉得瘦长
静卧东厢一地明月。
啊，东厢明月
溶溶里——
一天清风洁露
润湿着幽寂的夜，
杏花压枝
堆簇，如白雪。

隔香炉轻烟
听漏滴将长夜催促
一声一声低咽，
丝帐一围幽暗
孤灯已残
花芯暗淡地凝结。
啊，灯花凝结
凝结出——
枕上片时春梦
一缕心魂切切，
行尽江南，千里万里
江天苍茫一色。

霜天晓角

梅

晚晴风歇，一夜春威折①。脉脉花疏天淡，云来去，数枝雪。　　胜绝②，愁亦绝。此情谁共说。惟有两行低雁，知人倚、画楼月。

【注释】

①春威：指春寒凛冽的威势。②胜绝：指梅花秀逸超绝。

【赏析】

梅花是极富情致之物，象征意蕴丰美，历来为人们所咏叹。这首咏梅词风调清婉，作者运以疏淡而含蓄的笔墨，于空际盘旋，以映带晕染之法写月夜春梅的丰姿情韵，传达出孤寂怅惘的愁思。

上片，晚晴风歇，气清云闲，以清幽春夜烘染梅花的清疏倩姿和脱俗气韵。其"花疏"与"天淡"相映相衬，天淡，则闲云来去，花疏，故数枝如雪，缀字针线细密，而画面天然浑成。换头为转捩，"胜绝"，收束上片的描写，"愁亦绝"，启开下片的愁思。末二句直说曲写，从两行低雁托见倚楼人的愁怀。是梅愁，还是人愁？是花因人愁，还是人因花愁？抑或是梅花与伊人共愁？那月夜幽独的情思，尽在可解与不可解之间，为词家之妙境。

此词以淡云、疏梅、冷月、低雁的意象交融相映，将楼中之人、倚楼之情融入其中，运笔越轻灵，表达越含婉，愁思就越深沉，韵致也就越浓郁，运疏于密，寓浓于淡，让人寻味不尽。

【辑评】

[清]李佳《左庵词话》：词家有作，往往未能竞体无疵。每首中，要亦不乏警句，摘而出之，遂觉片羽可珍……范石湖云："花影吹笙，满地淡黄月。"又云："凉满北窗，休共软红说。"又云："惟有两行低雁，知人倚、画楼月。"

俞陛云《唐五代两宋词选释》：此调末二句最为擅胜，若言倚楼人托孤愁于征雁，便落恒蹊。此从飞雁所见，写倚楼之人，语在可解不可解之间，词家之妙境，所谓如絮浮水，似沾非著也。

【今译】

傍晚，泛起晴光
飒飒冷风初歇，
一夜间，早春
凛冽的寒气已减却。
疏淡梅花
脉脉，对天空
一抹淡蓝远色，
满天皓月里
云絮来去浮迭，
映数枝梅朵，如雪。

幽独的疏梅
秀洁飘逸，超绝，
惹人一怀情思
深深地愁绝。
向谁诉说这
柔情万种，愁思千结？
只有两行鸿雁
楼前低低飞过，
知伊人，斜倚栏干
凝望一钩冷月。

眼儿媚

萍乡道中乍晴，卧舆中困甚，小憩柳塘。[①]

酣酣日脚紫烟浮[②]，妍暖破轻裘。困人天色，醉人花气，午梦扶头[③]。　　春慵恰似春塘水，一片縠纹愁[④]。溶溶泄泄[⑤]，东风无力[⑥]，欲皱还休。

【注释】

①萍乡：今江西萍乡市。②日脚：透过云隙下射的日光。③扶头：使人易醉的酒。李清照《念奴娇》："险韵诗成，扶头酒醒，别是闲滋味。"④縠纹：绉纱的细纹，形容水波细微。⑤溶溶泄泄（yì）：荡漾貌。⑥东风无力：春风柔弱。唐·李商隐《无题》："东风无力百花残。"

【赏析】

孝宗乾道九年（1173）春，范成大赴静江（今桂林）任广西经略安抚使。途经萍乡时，恰逢久雨初晴，旅途劳顿，歇息于柳塘畔，一塘春水荡漾引发情思，遂吟成此词。

这是一个融融春日，紫烟浮游，花气袭人，使人如饮醇酒，慵倦欲醉，逗引起一缕夹带轻淡旅愁的情思。这情思是一种软绵柔细、不可言状的微妙感受，如一池春水泛开，恬静而无力。于是词人将眼前在暖日和风中轻泛涟漪的柳塘春水顺手拈来，即景喻情，即景抒情，借春风皱水极力写出春慵，自然贴切，恰到好处。此词轻灵柔婉，乘舆道中，柳塘小憩的困乏连同溶溶泄泄的一塘春水，是这般细腻、明净、温柔，充漾着生活的美，那景色、那旅人、那羁情，都溶在了春日的一片恍惚和温软中。明·沈际飞《草堂诗余别集》评此词："字字软温，着其气息即醉。"深得个中三昧。

【辑评】

[宋]魏庆之《诗人玉屑》：词意清婉，咏味之，如在画图中。然后段之意，盖本于严维"柳塘春水慢"之句云。

[清]王闿运《湘绮楼词选》：自然移情，不可言说，绮语中仙语也。

[清]况周颐《蕙风词话》：词亦文之一体。昔人名作，亦有理脉可寻，所谓蛇灰蚓线之妙。如范石湖《眼儿媚·萍乡道中》云（略）。"春慵"紧接"困"字、"醉"字来，细极。

【今译】

云隙的阳光
初晴，紫烟在浮游，
春日融融里
遍身暖意，脱下
风尘仆仆的轻裘。
恰是困乏天气
花香沁人，如酒，
片刻小憩
趁柳荫清圆
——午梦时候。

这慵倦春思
温软，似眼前柳塘
春水的轻柔，
一池清波
如一匹薄绉纱
揉荡淡淡旅愁。
溶溶涟漪，时而
平展成一池闲悠，
春风无力里
欲皱，却还休。

张孝祥

张孝祥（1132—1169），字安国，号于湖居士，历阳乌江（今安徽和县）人。少年敏悟，读书过目不忘，为文一挥而就。高宗绍兴二十四年（1154）进士第一，随即上疏请为岳飞昭雪冤案，遭秦桧及其党羽忌恨。擢秘书省正字，累迁中书舍人。知抚州时，年未三十，处理政事，使老于州县者不及。孝宗隆兴年间，知平江府，扶植良善，抑制强暴。后任建康留守，符离之败后，因极力赞助张浚北伐，被主和派弹劾罢官。乾道元年（1165）知静江府，兼广南西路经略安抚使，次年遭谗言落职。不久起知潭州，徙知荆南兼荆湖北路安抚使，均“治有声绩”。乾道五年（1169），请辞侍亲，病卒于芜湖，年仅三十八岁。孝宗惜之，有用才不尽之叹。

以词著称，兼擅诗文，工书画。为南宋爱国词人，其词多感怀时事身世，往往兴酣笔健，纵横兀傲，时有潇洒之姿、凌云之气，清·查礼《铜鼓书堂词话》评其词：“声律宏迈，音节振拔，气雄而调雅，意缓而语峭。”作词刻意学苏轼，风格亦颇相近，开辛派豪雄词的先河，在南宋前期词坛与张元幹堪称双璧。有《于湖居士文集》《于湖词》。

六州歌头

长淮望断①，关塞莽然平②。征尘暗，霜风劲，悄边声。黯销凝③。追想当年事，殆天数，非人力。洙泗上④，弦歌地⑤，亦膻腥。隔水毡乡⑥，落日牛羊下，区脱纵横⑦。看名王宵猎⑧，骑火一川明。笳鼓悲鸣，遣人惊。　念腰间箭，匣中剑，空埃蠹⑨，竟何成！时易失，心徒壮，岁将零。渺神京。干羽方怀远⑩，静烽燧⑪，且休兵。冠盖使，纷驰骛⑫，若为情⑬！闻道中原遗老，常南望、翠葆霓旌⑭。使行人到此，忠愤气填膺，有泪如倾。

【注释】

①长淮：淮河。据元·脱脱等《宋史·高宗本纪》：绍兴十一年（1141）宋、金和议，“立盟书，约以淮水中流画疆”。②莽然：草木丛茂的样子。③黯销凝：黯然神伤地凝望。④洙泗：洙水、泗水，流经孔子聚徒讲学的山东曲阜，为儒学兴盛地。⑤弦歌地：指圣人读书施教的地方。弦歌：指礼乐，孔门教学内容之一。⑥毡乡：指金人居住之地。游牧民族用毡毛制作帐篷。⑦区（ōu）脱：古代北方民族在边境所筑土室，作瞭望警戒用。⑧名王：指金贵族首领。⑨埃蠹（dù）：尘埃、蠹虫，此指尘蒙虫蛀。⑩干羽：木盾和雉羽，古代舞者手中的道具。传说禹曾“舞干羽于两阶”，使有苗降服。见《尚书·大禹谟》。怀远：怀柔靖方，即不动干戈，用礼乐感化远方部族，使之归顺。此指南宋朝廷向金国屈辱求和。⑪烽燧：古代边界高台上战事报警的信号。黑夜举火曰“烽”，白昼升烟曰“燧”。⑫“冠盖使”二句：绍兴和议后，南宋朝廷每年派遣使者贺正旦、贺金主生辰等，使节车马往来不断。驰骛（wù）：奔走。⑬若为情：何以为情，难以为情。⑭翠葆霓旌：以翠羽镶饰的车盖和绘有五彩云霓的旌旗，为帝王车驾所用。

【赏析】

这首《六州歌头》为南宋爱国名篇，当作于高宗绍兴三十二年（1162）春。符离之败后，主和的言论甚嚣尘上，一次张孝祥在建康留守张浚（抗金名将）宴客席上感愤时事，即席赋此词，

张浚为之食不下咽，当即“罢席而入”。（宋·无名氏《朝野遗记》）

上片叙写中原沦丧的态势。从“望断”落笔，起势苍莽，霜风肃杀里征尘暗息，边声悄然，渲染江淮前沿宋、金对峙的冷落气氛。转而写隔岸膻腥遍地，猎火明川，笳鼓悲鸣，中原沃土被践踏，目之所触心惊魂悸。下片抒发故土难收的悲慨。宝剑尘封，岁月将零，写志事难酬的憾恨，一层；干羽怀远，冠盖驰骛，讽刺朝廷的休兵媾和，再一层；中原遗老，南望翠葆霓旌，表达对王师北伐的企盼，又一层。末了收拢到忠愤填膺，悲泪如倾。此词绘景、叙事、抒情，层层铺叙展衍，气象阔大，辞情慷慨，一气如注。并多用三字短句连绵而下，繁音促节更添激壮声情。清·陈廷焯《白雨斋词话》评此词：“淋漓痛快，笔致酣畅，读之令人起舞。”

【辑评】

[明]毛晋《于湖词跋》：于湖《歌头》诸曲骏发踔厉，寓以诗人句法者也。

[清]沈雄《古今词话》：安国在建康留守魏公席上，赋《六州歌头》，感愤淋漓，魏公为之罢饮而入。则其词之足以动人者也。

[清]王弈清《历代词话》：《朝野遗记》云：张孝祥《紫薇雅词》，汤衡称其平昔未尝著稿，笔酣兴健，顷刻即成，却无一字无来处。

【今译】

淮河悠悠
望去，天远水尽，
这关防要塞
荒草与古木连平。
征战的烟尘消歇了
寒风呼号里
听不到战马嘶鸣。
久久伫立凝望
一怀黯然伤神。
回想当年靖康难起
中原大地沉沦，
若不是人力所为
也许，就是天意注定。
可叹洙泗水边
弦歌礼乐圣地
如今，遍沾膻腥。
对岸毡帐如林，
黄昏日落时
放牧归来牛羊成群，
瞭望的土堡
沿边界交错纵横。

夜间狩猎习武
呼拥金兵将领，
火把，划破阴郁夜色
江水映得通明。
悲鸣的胡笳鼙鼓
随风吹过来
一阵，魄动心惊。

白白地腰间弓箭
被蠹虫蛀侵，
匣中的宝剑
光华暗淡，积满灰尘，
收复中原的志事
终是一无所成！
时光易逝
徒自犹存报国壮心，
一年岁月将残
渺远无期，汴京。
朝廷正怀柔靖远
干羽起舞里
烽台烟静，休兵。

让人赧颜汗下
是那高冠华车
奔走于道的使臣。
听说中原父老
常翘首南望
王师北伐的翠葆霓旌。
行人路经此地
抑不住忠愤填膺，
热泪，悲泪
襟前流落如雨倾。

念奴娇

过洞庭

洞庭青草[①]，近中秋、更无一点风色。玉鉴琼田三万顷[②]，着我扁舟一叶。素月分辉，明河共影[③]，表里俱澄澈。悠然心会，妙处难与君说。　应念岭表经年[④]，孤光自照，肝胆皆冰雪。短发萧疏襟袖冷[⑤]，稳泛沧溟空阔[⑥]。尽挹西江[⑦]，细斟北斗[⑧]，万象为宾客[⑨]。扣舷独啸，不知今夕何夕[⑩]。

【注释】

①洞庭、青草：湖名，在今湖南岳阳市西南，两湖相通。②玉鉴琼田：比喻月光下澄明洁白的湖面。鉴：镜子。③明河：明亮的银河。④岭表经年：此指担任广南西路经略宣抚使。岭表：岭外，指五岭以南，今广东、广西一带。⑤萧疏：形容头发稀疏。⑥沧溟：青苍色的水。⑦挹（yì）：用勺舀取。⑧细斟北斗：北斗星座由七颗星组成，形如酒斗。屈原《九歌·东君》："援北斗兮酌桂浆。"此用其意，把北斗当作酒器取饮。⑨万象：天地间万物。⑩今夕何夕：语出《诗经·绸缪》："今夕何夕，见此良人。"赞叹极美的良宵。

【赏析】

据元·脱脱等《宋史》本传：孝宗乾道元年（1165），张孝祥知静江府兼广南西路经略安抚使，"治有声绩，复以言者罢"。作者遭谗言落职北归，途经洞庭作此词。

万顷波光与月光交映，一叶扁舟泛于玉镜琼田，写悠然心会的物我相谐。明月孤光，映照自己肝胆如冰雪，写月清人洁的物我为一。斟北斗挹西江，邀万象为宾客，写稳泛沧浪的物我同游。至扣舷独啸，今夕何夕，则臻于物我两忘的美妙化境。上下歇拍，一"妙处难与君说"、一"不知今夕何夕"，相映生情，将泛舟洞庭时心物俱化的无言之乐写到极致。

此词咏洞庭中秋，泛舟人的心迹与湖光月色映带而写，"隐现离合，不可端倪"（清·黄苏《蓼园词选》），词品、人品，词境、人境，俱玉洁冰清，不染俗尘，故清·王闿运《湘绮楼词选》叹赏此词："飘飘有凌云之气，觉东坡《水调》犹有尘心。"其实作者也并非了无尘心，如"肝胆皆冰雪"的心迹表白，"岭表经年"的仕宦蹭蹬，"短发萧疏"的人生喟叹，皆隐含贬谪身世的感慨，但作者自是胸襟坦豁，热肠郁思只于闲淡处、超迈处见得。写来运笔空灵而想象奇幻，挥洒出一片淋漓兴会、潇洒意志和空阔意境，满纸充溢超尘绝俗的豪气、奇气和逸气，足以与苏轼的《水调歌头》中秋词争胜。

【辑评】

[宋]魏了翁《跋张于湖念奴娇词真迹》：张于湖有英姿奇气，著之湖间，未为不遇。洞庭所赋

在集中最为杰特。方其吸江酌斗、宾客万象时，讵（怎）知世间有紫微青琐（官署）哉！

[明]潘游龙《古今诗余醉》：孤光自照下非唯形骸尽捐，即乾坤不知上下也。

[明]田艺蘅《留青日札》：杜工部“关山月一点”，岑嘉州“严滩一点舟月”，又“草头一点疾如飞”，又“西看一点是关楼”，又“净中云一点”，花蕊夫人云“绣帘一点月窥人”，张安国词“更无一点风色”，夫月、云、风也，马也，楼也，皆谓之一点，甚奇。

【今译】

洞庭、青草湖
临近中秋时节，
湖面，水波不兴
无一点风色。
如万顷玉镜琼田
载扁舟一叶。
素月清辉
与灿烂银河共影
倒映在湖心的碧洁，
上下内外
一片空明澄澈。
我，悠然心会
难与君诉说
这情这景清绝妙绝。

岭南，多年仕宦
已精尽力竭，
中天明月，照我
肝胆如冰雪。
如今，鬓发稀疏
清风拂袖冷涩，
一阔苍青水浪
稳泛轻舟，无惊无怯。
西来长江水
当汲尽那美酒琼液，
没有杯勺斟饮
向北斗取借，
天地间，万物
尽邀来座中宾客。
我，扣击船舷
独自一声长啸
不知今夜，何夜。

赵长卿

赵长卿（生卒年不详），号仙源居士，南丰（今属江西）人。宋宗室。心怀恬淡，无意于仕途，以饮酒作词自娱。其词近承晏殊、欧阳修，效学张先、柳永，多为吟咏风物，善抒情爱，艳冶中复具清幽之致。有《惜香乐府》。

水龙吟

淡烟轻霭蒙蒙，望中乍歇凝晴昼①。才惊一霎催花②，还又随风过了。清带梨梢，晕含桃脸，添春多少。向海棠点点，香红染遍，分明是、胭脂透。　无奈芳心滴碎③，阻游人、踏青携手。檐头线断，空中丝乱，才晴却又。帘幕闲垂处，转风送、一番寒峭④。正留君不住，潇潇更下黄昏后。

【注释】

①凝：凝望。②催花：催促花开。③芳心：女子春天的美好心思。④寒峭：指料峭袭人的春寒。

【赏析】

赵长卿身为宋宗室，却是无官无职一闲人。明·毛晋《惜香乐府跋》称其为人："不栖志纷华，独安心风雅，每遇花间莺外，辄觞咏自娱。"故所作词多风花雨雪的吟咏，流溢出闲雅疏淡的情致。

此词咏江南春雨。细腻摹写处也能形容尽致，如：淡烟轻霭，写其迷蒙；白梨粉桃，写其柔润；线断丝乱，写其缠绵。但作者并不就物咏物，而是将人事融入写来，如：淅沥不止滴碎芳心，写春雨阻误携手踏青；一番寒峭随风送入，写春雨冷侵帘下伊人；飘洒更在黄昏之后，写春雨殷勤留客。不只写出了春雨意态，也赋予春雨情思，可谓摹形而能传神。这蒙蒙春雨，如烟如雾，乍晴乍阴，丝丝缕缕，断断续续，飘洒在郊野、檐头、帘外，飘洒出不尽的春色春意，也飘洒出赏雨人的闲情闲致。

【辑评】

［清］永瑢、纪昀《四库全书总目提要》：长卿恬于仕进，觞咏自娱，随意成吟，多得淡远萧疏之致。

【今译】

春雨，如烟似雾
牵扯起一怀春愁，
凝望中渐疏
止出初晴远空
润湿了悠悠白昼。

才惊喜催促花开，
一霎又随风洒去
不肯片刻停留。
桃花润了，是
美人的脸颊

一抹红晕如醉酒，
梨花湿了
清莹如雪缀着
一簇簇洁白温柔，
这细雨，添了多少
春色妩媚。
又浸润向海棠
那花香瓣红
分明是胭脂染透，

无奈，点点滴滴
把佳人芳心滴皱，
小路泥泞坑洼
偏误了郊外踏青携手。
春雨如线
断断续续，挂向
雕梁飞檐的楼头，
又如丝纷乱
在空中缠裹闲愁，
刚一瞥晴空
忽淅淅沥沥，难收。
帘幕闲垂处
一番峭寒随风叩入，
将帘下伊人
相思情怀冷瘦。
正愁留客不住
噢，一阵潇潇，
缠绵的春雨
又下在清冷黄昏后。

辛弃疾

辛弃疾（1140—1207），字幼安，号稼轩，济南历城（今属山东）人。高宗绍兴三十一年（1161），聚众两千人投归耿京的抗金起义军，任掌书记。次年，耿京被害，收拢义军残部万余人，渡江归于南宋朝廷，时二十三岁。孝宗隆兴初，任江阴签判，后历官广德军通判、建康通判、滁州知州、江西提点刑狱、京西转运判官、知潭州兼湖南路安抚使、知隆兴府兼江南西路安抚使。南归后二十年间，以恢复中原为己任，向朝廷进《美芹十论》《九议》，屡陈光复方略，并积极筹措于湖南，创建雄镇一方的飞虎军，在任期间除弊兴利，抑强惩恶，赈灾济民，卓有政绩，然其刚正不阿，颇遭当政者疑忌。淳熙八年（1181），遭弹劾免职，闲居上饶带湖达十年。光宗绍熙三年（1192），知福州兼福建路安抚使，仍力主抗金，再度遭弹劾落职。退隐瓢泉，投闲八年。至宁宗嘉泰三年（1203），起知绍兴府兼浙东安抚使。召对，知镇江府，支持宰相韩侂胄北伐，但反对轻敌冒进，不被信用，反遭诬陷降官。开禧三年（1207），诏命试兵部侍郎，决然力辞，归居铅山。不久病重，赍志以殁，终年六十八岁。

为人豪爽，尚气节，具有出将入相的文才武略，而一生不能尽展其用，一腔忠愤寄之于词。其词多咏恢复之志，长于议论，感愤淋漓，承续苏轼的豪旷词风，拓展出南宋豪雄词派的新境界。清·胡薇元《岁寒居词话》称其词："慷慨纵横，不可一世，才气俊迈，于绮声家为雄豪一派，世称苏、辛。"清·陈廷焯《词坛丛话》则云：稼轩词"桀骜雄奇，出坡老之上"。辛词风格多样，豪纵雄放之外，或清丽妩媚，或清新隽永，或苍凉沉郁，其词艺术造诣之高超、创作个性之鲜明皆超出前人，对后世影响极为深远。有《稼轩长短句》传世。

摸鱼儿

淳熙己亥，自湖北漕移湖南，同官王正之置酒小山亭，为赋。[①]

更能消几番风雨[②]？匆匆春又归去。惜春长怕花开早，何况落红无数。春且住。见说到、天涯芳草无归路。怨春不语。算只有殷勤[③]，画檐蛛网，尽日惹飞絮。

长门事[④]，准拟佳期又误。娥眉曾有人妒[⑤]。千金纵买相如赋，脉脉此情谁诉？君莫舞，君不见、玉环飞燕皆尘土[⑥]！闲愁最苦。休去倚危栏，斜阳正在、烟柳断肠处。

【注释】

①淳熙己亥：宋孝宗淳熙六年（1179）。漕：漕司，主管漕运的转运使。同官：同僚。王正之：王正己，字正之，曾任右司郎官、太府卿等职，工词、赋，为辛弃疾旧交。小山亭：在湖北转运使官署内，府署在鄂州（今武汉市）。②消：消受，经受。③算：料想，看来。④长门事：西汉·司马相如《长门赋序》载：汉武帝之陈皇后好妒，失宠，幽居长门宫，愁闷悲思。闻蜀郡成都司马相如善文，奉黄金百斤，请作《长门赋》，以抒悲愁。⑤娥眉：娥，本作"蛾"。《诗经·硕人》"螓首蛾眉"，形容女子眉之纤曲如蛾的触须。用来借指美人。屈原《离骚》："众女嫉余之蛾眉兮。"⑥玉环：杨贵妃，小名玉环，唐玄宗宠妃。安史乱起，玄宗幸蜀途中，六军不发，被迫赐其死于马嵬坡。飞燕：汉成帝宠幸的皇后赵飞燕，善舞，好妒，后被废为庶人而自尽。汉·伶玄《赵飞燕外传》附《伶玄自叙》：伶玄有妾樊通德，能讲述赵飞燕当年故事。伶玄听后说："斯人俱灰灭矣！当时疲精力驰骛嗜欲蛊惑之事，宁

知终归荒田野草乎！”

【赏析】

孝宗淳熙六年（1179），辛弃疾由湖北转运副使调任湖南，同僚王正之为其置酒饯行。时作者南归已十七年，多任闲散官职，光复大志无以实现，故即席赋此词抒怀。

上片写春光难留。先是惜春匆匆，落红无数；继而留春暂住，归路遮断；再是怨春不语，犹自飘零；终而春留残迹，蛛网粘絮，一片伤春心事婉转说来，层层深入，伤春所痛正在风雨摧折，流露出身世蹉跎、国事飘摇的忧愁。下片写美人迟暮。一层借长门宫事娥眉见妒，比拟自己怀才不遇、遭谗冷落的处境和幽怨难诉的悲怀。一层借玉环飞燕皆作尘土，警醒当权者莫要骄狂一世，情辞愤切不避锋芒。“闲愁最苦”将伤春宫怨一句收拢。末了宕开一笔，以楼栏外斜阳烟柳作结，一片凄迷隐指时局日危、前景黯淡，“断肠”二字正见忧心深重。此词托物比兴，寄托遥深，时事之感愤、身世之悲叹暗蕴伤春宫怨之中，作者摧刚为柔，绮丽其外而沉郁其内，以宛转笔势极顿宕之致，一怀断肠忧思，一腔缠绵忠爱，一襟郁愤不平，尽于字里行间低徊不已，读来回肠荡气。故夏承焘《唐宋词欣赏》以“肝肠似火，色貌如花”称誉此词。

【辑评】

［清］陈廷焯《白雨斋词话》：“更能消几番风雨”一章，词意殊怨，然姿态飞动，极沉郁顿挫之致。

［清］沈祥龙《论词随笔》：感时之作，必借景以形之。如稼轩云：“算只有殷勤，画檐蛛网，尽日惹飞絮。”同甫云：“恨芳菲世界，游人未赏，都付与莺和燕。”不言正意，而言外有无穷感慨。

【今译】

还能经受几番
摧折的风凄雨苦？
匆匆，春又归去。
爱惜春光
常怕花开太早
剩落一树枝叶残秃，
更何况眼前
落红，飘坠无数。
春天请留步，
听说，绵绵芳草
一直铺向天边
遮断了你的归路。
让人恼恨的
春犹自飘零，无语。
只有画檐蛛网
一丝一丝
想将残春织住，
整天情意殷殷
粘惹漫天飘飞的柳絮。

那长门宫旧事
拟准佳期，又误，
绝色美貌
招众嫔妃谗言嫉妒。
纵使千金买得
相如的绝妙辞赋，
脉脉衷情
又能向谁吐诉？
好妒的人，莫要
得意，足蹈手舞，
不见玉环飞燕
恃宠娇贵一时

终化作荒野尘土！
啊，这闲愁
无聊无奈，最苦。
别去倚高楼栏干
向远处纵目，
那血染的夕阳
缓缓沉落在
暮烟低笼的杨柳
——黯然断肠处。

水龙吟

登建康赏心亭[1]

楚天千里清秋[2]，水随天去秋无际。遥岑远目[3]，献愁供恨，玉簪螺髻[4]。落日楼头，断鸿声里，江南游子。把吴钩看了[5]，阑干拍遍，无人会、登临意。　休说鲈鱼堪脍，尽西风、季鹰归未[6]？求田问舍，怕应羞见，刘郎才气[7]。可惜流年，忧愁风雨，树犹如此[8]！倩何人唤取，红巾翠袖[9]，揾英雄泪[10]！

【注释】

①赏心亭：据宋·周应合《景定建康志》：赏心亭位于建康（今南京市）下水门城上，下临秦淮河，尽观览之胜。②楚天：此泛指江南天空。③遥岑（cén）：远山。岑：小而高的山。④螺髻：螺旋盘结的发髻，形容群山秀美。唐·皮日休《飘渺峰》诗："似将青螺髻，撒在明月中。"⑤吴钩：传说是吴王阖闾所造的一种弯形的刀。⑥"休说"二句：西晋张翰，字季鹰，苏州人。在京城洛阳为官，见秋风起，因思吴中菰菜莼羹、鲈鱼脍，云："人生贵在于适志，何能羁宦数千里以要名爵乎？"遂弃官，命驾而归。见唐·房玄龄等《晋书·张翰传》。⑦"求田问舍"三句：求田问舍，买田地、置房舍。刘郎：指刘备。西晋·陈寿《三国志·陈登传》载：刘备曾讥笑许汜徒负"国士"之名，汲汲于求田问舍而以英雄自许，说自己"欲卧百尺楼上"，许汜只配卧地上。⑧树犹如此：东晋桓温北伐，途经金城（今江苏镇江附近），见当年手植柳树已有十围之粗，感慨道："木犹如此，人何以堪！"手攀枝条，潸然流泪。见南朝宋·刘义庆《世说新语·言语》。⑨红巾翠袖：女子装束，此代指座中歌妓。宋时宴席上多用歌妓佐酒。⑩揾（wèn）：揩拭。

【赏析】

此词在早期稼轩词中向负盛名，约作于辛弃疾建康通判任上。时作者南归已近十年，却长期沉沦下僚，才志难伸，遂借登临之际赋此词，一吐胸中垒块。

上片前五句写登楼所见，千里清秋，水天一色，起笔气势阔大，笼罩全篇，再将山河残破的触目愁恨，寓于远山凝碧之中。"江南游子"落到自身，楼头落日，孤鸿哀啼，映衬出羁宦无依的飘零。词人当年"突骑渡江"归于南宋，以图抗金复土，如今却宝刀空悬，无用武之地。接下"把吴钩看了，阑干拍遍"正是这种焦虑苦闷心情的宣泄，其深忧积恨，情态宛然。歇拍收到知音难觅，无人会意的慨叹。下片承接而来，直抒登临胸次。连用三个典故表明心迹：不甘辞官归隐，以名士风流自居；不屑求田问舍，谋私利忘国忧；所叹赏的是志在北伐，时不我待。然流年似水，功业无成，故结尾收到英雄失路，倩红袖拭泪，与上片歇拍呼应。

此词登临感怀，眼底江山与心头抱负两相融会，阔景、壮志、豪气、悲怀一时并集，笔力遒劲而笔致宛曲，于纵横跌宕中慷慨淋漓，如闻裂竹之声，表现出独具“辛”味的沉郁悲慨，只落落数语，可比东汉王粲的《登楼赋》。

【辑评】

［清］李佳《左庵词话》：辛稼轩词，慷慨豪放，一时无两，为词家别调。

［清］谭献《谭评〈词辨〉》：裂竹之声，何尝不潜气内转。

俞陛云《唐五代两宋词选释》：结句言英雄之泪，未要人怜，倘揾以红巾，或可破颜一笑，极言其潦倒，仍不减其壮怀也。

【今译】

清秋，天高云淡
千里万里，
江水随天光远远
泛一抹秋色，无际。
望去，含愁传恨
是远山凝碧，
峰峦层叠，如
美人头上玉簪螺髻。
斜阳沉落楼头
孤雁哀声里，
我，独立赏心亭
羁宦江南的游子。
把腰间佩刀，看尽
栏干拍遍，
啊，无人理解
此时登高的胸臆。

秋风，飒然渐起
休说鲈鱼味美
不愿学张翰辞归故里。
也不屑买田置舍
谋求蝇头私利，
那样，只怕羞见
志士的英才豪气。
可叹年华虚耗
如水，匆匆流逝，
让人忧愁
风雨飘摇的国事，
当年弱柳已粗壮十围
树犹如此
人如何不老去！
啊，请谁唤得
红巾翠袖的佳人，
将英雄——
失意的悲泪，轻拭！

念奴娇

书东流村壁[①]

野棠花落[②]，又匆匆过了，清明时节。刬地东风欺客梦[③]，一枕云屏寒怯。曲岸持觞，垂杨系马，此地曾轻别。楼空人去，旧游飞燕能说[④]。　　闻道绮陌东头，行人曾见，帘底纤纤月[⑤]。旧恨春江流不尽[⑥]，新恨云山千叠。料得明朝，尊前重见，镜里花难折[⑦]。也应惊问：近来多少华发？

【注释】

①东流：今安徽东至县。②野棠：即棠梨，二月开花，清明后花落。一作“野塘”。③刬（chǎn）地：无端，平白无故地。④“楼空”二句：苏轼《永遇乐》“燕子楼空，佳人何在？空锁楼中燕。”此化用其意。⑤纤纤月：宋·周密《浩然斋雅谈》云：“汪彦章舟行汴河，见傍岸画舫，有映帘而窥者，止见其额。赋词云：‘小舟帘隙。佳人半露梅妆额。绿云低映花如刻。恰似秋宵，一半银蟾白。’盖以月喻额也。辛幼安尝有句云：‘闻道绮陌东头，行人曾见，帘底纤纤月。’则以月喻足，无乃太媟乎。”其实古代常用初月比喻女子的弯眉，此代指美人。⑥“旧恨”句：用南唐·李煜《虞美人》“问君能有几多愁？恰似一江春水向东流”词意。⑦镜里花：指空幻的意象，表示可望而不可即。

【赏析】

孝宗淳熙五年（1178）春，作者从江西帅召回临安任大理少卿，途经东流县，题此词于村舍壁上。此词是辛弃疾婉约抒情词的佳作，为经行旧地客中怀人所写。但有人认为词中运用比兴寄托的笔墨，其“旧恨”“新恨”的堆积，应不限于离怀别绪的抒发，当融入了身世之慨、家国之思，才化作了春江不尽、云山千叠的清壮悲凉形象，此为南渡之感。

上片忆念旧游。野棠花谢，清明匆匆又过，于写景中叹逝，给全词笼上一层冷落伤感的氛围。春风惊梦，醒时一枕寒怯，写客舍夜宿的孤寒心境。曲岸江楼饯饮，垂杨系马，悔忆当初轻易离别。楼空人去，只剩燕子呢喃说旧，落到物是人非的怅恨。下片思寻伊人。过片“闻道”二字，见出苦苦寻觅。绮陌东头，帘底黛眉，知伊人为容貌娇美的青楼歌妓。接下连用春江、云山两个比喻将思念写极，不尽旧恨，指昔日江岸轻别，千叠新恨，指今日寻觅不见。“料得”转作假设，他日尊前重见，已是镜中之花难以攀折，写旧情难续的叹惋。煞拍再转一笔，料想伊人惊问，将新愁旧恨落入白发霜鬓，以无答的痛苦沉浸收束。此词笔笔入情，层层深进，如层云叠浪席卷而来，笔墨婉转而淋漓，虚灵而清俊，如俞陛云所叹赏“以幼安之健笔，此曲化作绕指柔矣”（《唐五代两宋词选释》）。

【辑评】

[明]潘游龙《古今诗余醉》：“刬地东风”句，“欺”字安得妙。

[清]陈廷焯《云韶集》：起笔愈直愈妙。不减清真，而俊快过之。“旧恨”二句，矫首高歌，淋漓悲壮。

[清]谭献《谭评〈词辨〉》：大踏步出来，与眉山异曲同工。然东坡是衣冠伟人，稼轩则弓刀游侠。“楼空”二句，当识其俊逸清新兼之故实。

【今译】

野棠花残了
无力，纷纷飘谢，
又匆匆过了清明时节。
无端将短梦惊醒
入夜春风
偏欺行旅倦客，
醒后，云屏清冷
不眠里一枕寒怯。
当初江楼饯饮
马儿栓系柳荫下，
在那里，轻易地分别。
如今人去楼空
飞来飞去的燕子
似曾相识，犹

呢喃叙说往日的一切。

听说，繁华东市街头
她的踪影
曾经有人一瞥，
——车帘下
黛眉如纤纤秀月。
旧恨，似一江春水
东流没有尽竭，
新恨又添，如云山
堆成千叠万叠。
料想他日
筵前把酒重见
已是镜中之花难折。
只怕伊人惊讶
问我，近来
鬓发怎白如霜雪？

鹧鸪天

鹅湖归，病起作。[①]

枕簟溪堂冷欲秋[②]，断云依水晚来收。红莲相倚浑如醉，白鸟无言定自愁。书咄咄[③]，且休休[④]。一丘一壑也风流[⑤]。不知筋力衰多少，但觉新来懒上楼。

【注释】

①鹅湖：在江西铅山县东北。《铅山县志》载："鹅湖山在县东北，周回四十余里……《鄱阳记》云：'山上有湖多生荷，故名荷湖。'东晋人龚氏居山畜鹅，其双鹅育子数百，羽翮成乃去，更名鹅湖。山麓有仁寿院，禅师所建，今名鹅湖寺。"②簟（diàn）：竹席。③咄（duō）咄：表示惊奇不平的感叹。南朝宋・刘义庆《世说新语・黜免》载：晋殷浩被废后，口无怨言，但终日用手指在空中书写"咄咄怪事"四字。④休休：闲退安适之意。唐末司空图隐居中条山，筑亭题名"休休"，见五代・刘昫等《唐书・卓行传》。⑤"一丘"句：此指寄情山水之乐。陆云《逸民赋》："专一丘之欢，擅一壑之美。"

【赏析】

时作者落职闲居上饶带湖已数年，一次病后，登楼观赏江村晚景，忽惊岁月暗逝，转念平生功业难成，一时感慨，信笔写下这首小词。

溪堂凉秋，断云晚收，写云水之闲；红莲如醉，白鸟无言，写花鸟之闲；小憩幽亭，流连丘壑，写居人之闲，末了筋力衰减，懒上高楼，托出英雄迟暮的无限慨叹，转而为悲沉。此词乃一时挥洒之作，出语旷达而笔力深透，既不慷慨悲歌，也不长叹低吟，只于意态闲散中含蕴郁悒，略不经意之间流泄出志事不酬、英雄老去的心绪，让人怆然凄断。

"红莲相倚浑如醉，白鸟无言定自愁"二句，意象优美而涵味深永。一"醉"、一"愁"，从莲之粉红、鸟之白羽自然生发，造意遣词俱尽其妙。红莲、白鸟本为佳丽风物，然从作者衰年倦眼看去，恰似自己沉疴如醉斜卧床塌，一怀愁绪白发繁生。就眼前景物抒写心境，景到情到，于温软绮丽中见清冷沉寂，如张伯驹《丛碧词话》所云："写病起境尤胜。"

【辑评】

[清]黄苏《蓼园词选》：妙在结二句放开写，不即不离尚含住。

[清]陈廷焯《白雨斋词话》：余所爱者，如“红莲相倚深如怨，白鸟无言定是愁”，又“不知筋力衰多少，但觉新来懒上楼”……之类，信笔写去，格调自苍劲，意味自深厚。不必剑拔弩张，洞穿已过七札，斯为绝技。

[清]陈廷焯《词则》：壮心不已，稼轩胸中有如许不平之气。

【今译】

一枕凉席，闲卧
水边的阁楼
一丝清冷入来
天气欲近凉秋，
夕阳斜落里
水面云烟，渐收。
池塘红莲
婷婷袅袅相倚
恰如美人粉颊醉酒，
鹭鸶兀立沙岸
静默无语
独自里愁耸白头。

不必终日，书写
“咄咄怪事”，
暂且效仿隐士
修筑亭台“休休”。
尽享退居的闲适
一丘一壑
自是潇洒风流。
而今不知
——筋力衰减
在病弱疲乏之后，
只觉近来
懒有兴致登楼。

菩萨蛮

书江西造口壁[①]

郁孤台下清江水[②]，中间多少行人泪。西北望长安[③]，可怜无数山[④]。　青山遮不住，毕竟东流去。江晚正愁余[⑤]，山深闻鹧鸪[⑥]。

【注释】

①造口：一名“皂口”，在今江西万安县西南。②郁孤台：在江西赣州城西北，因“隆阜郁然，孤起平地数丈”得名，其“冠冕一郡之形胜，而襟带千里之山川”，唐宋时为形胜之地。唐代李勉为虔州刺史时，曾登临此台北望长安，遂改为望阙台。见宋·祝穆《方舆胜览》。清江：指赣江。章、贡二水抱赣州城流至郁孤台下汇为赣江，流经造口、万安、吉州、南昌，朝东北入鄱阳湖，注入长江。③长安：此借指北宋故都汴京。④可怜：可惜。⑤愁余：使余愁，使我生愁。⑥鹧鸪：鸣声凄切，古人认为其鸣叫声似唤“行不得也哥哥”。春秋·师旷《禽经》注：“鹧鸪飞必南向，其志怀南，不徂（往）北也。”

【赏析】

高宗建炎三年（1129），金兵大举南侵，一路下建康、陷临安，猛追高宗；一路进兵江西，紧追隆裕太后。据《乾隆赣县志》记载：隆裕太后由洪州（今南昌）沿赣江南奔，至皂口弃舟登岸，以农夫肩舆而行，逃至虔州（今赣州）。时金兵追击至皂口，“不及而还”，沿途百姓遭受杀掠，境况十分悲惨。四十多年后，孝宗淳熙三年（1176），辛弃疾任江西提点刑狱（主管司法兼理军政），路经皂口登郁孤台，抚今追昔，慷慨生悲，遂书此词于造口壁上。

上片登台览景。作者俯瞰赣江，那不尽流淌的仿佛是当年逃难百姓的眼泪，远眺沦陷敌手的中原，无奈群山叠嶂遮断望眼。下片即景抒怀。青山遮不住江水东流，就如同抗金复国的心志不可遏止。但朝廷主和派当政，怅望中听鹧鸪“行不得也”乱啼，更添一怀忧愁。词以山深江晚时，哀沉凄迷的啼声暮色收束，流露出作者南归后恢复之志落空的愁闷和悲怆。此词从大处着眼，于小处落墨，以景烘情，以景寓情，伤时忧国的悲慨不说破坐实，而忠愤之气拂拂于笔端。

《菩萨蛮》词调写儿女柔情习用已久，而作者用它写靖康之难的沉痛追忆和对沦陷国土的深情萦念，心志不移的高亢与心志难酬的低哀交错，短幅之中包举家国身世的无限今昔之慨，正如梁启超所叹赏：“《菩萨蛮》如此大声镗鞳（钟鼓声），未曾有也。”（梁令娴《艺蘅馆词选》引）

【辑评】

[明]卓人月《古今词统》：忠愤之气，拂拂指端。

【今译】

郁孤台下，流淌
一江清清赣水，
这江水当年
有多少难民的眼泪。
我，伫立遥望
沦陷的平川西北，
可叹望眼
被遮断在远处
山色的迷蒙暗晦。

可是重重青山
遮阻不住赣江流水，
它，东流赴海
哪怕百转千回。
江上暮色苍茫
怅望里，我
心志不遂一怀伤悲，
这时，又听得
“行不得也”
深山鹧鸪在乱啐。

木兰花慢

滁州送范倅[①]

老来情味减，对别酒，怯流年。况屈指中秋，十分好月，不照人圆。无情水都不管，共西风、只管送归船。秋晚莼鲈江上[②]，夜深儿女灯前。　　征衫，便好去朝天。玉殿正思贤。想夜半承明[③]，留教视草[④]，却遣筹边[⑤]。长安故人问我，道愁肠殢酒只依然[⑥]。目断秋霄落雁，醉来时响空弦[⑦]。

【注释】

①范倅（cuì）：范昂。孝宗乾道八年（1172），离滁州（今安徽滁县）通判任，奉诏进京。时辛弃疾任滁州知

州，作《木兰花慢》词为他送行。倅：副职。②“秋晚”句：用“莼羹鲈脍”典故，见前《水龙吟》注。③承明：承明庐，汉代文学侍臣值宿及起草文稿之所。④视草：为皇帝草拟诏书。⑤筹边：筹划边防事务。⑥殢（tì）酒：沉溺于酒。殢：纠缠。⑦“目断”二句：西汉·刘向《战国策·楚策》载：更羸与魏王处高台之下，仰见飞雁，更羸引弓虚发，雁应声落地。魏王问其故，答曰：此乃受箭伤未愈的惊雁，闻弓弦声响而用力高飞，疮裂坠落。此处化用“虚弓落雁”典故，以醉里引弓，表达渴望奔赴疆场、建功报国的壮怀。空弦：以空弦虚射。

【赏析】

此词送别。上片对酒惜别，下片赠言勉励。时作者已过三十而立之年，却屈居下僚，才志不展，正一怀抑郁愁闷，故开篇陡然而起，老来情味减，对酒怯流年，于饯别宴前叹老惜时。“况屈指中秋”推进一层写别离，明月不照人圆，江风只送归船，以风月无情反衬人之有情。接下莼羹鲈脍味美，儿女灯前笑语，料想友人归去重温乡情亲情，而作者自己南北分隔、有家难归的悲哀可味而得之。过片由还家到归朝，进而设想友人此去草拟诏书，筹划边事，施展文才武略，表达出殷切期望和祝愿，而自己的所期所愿亦尽含其中。“长安故人问我”转而写自身，愁肠殢酒，潦落依然。结处突然振拔，目尽秋空，弦响雁落，曲写报国无门而心志不衰，收束得语极豪雄而意极悲郁。

辛弃疾的送别词，善用劲健笔墨于饯别酒宴前慷慨悲吟，抒写忧时情怀、建功心志，低徊、昂扬、激越、抑塞尽于意中言外迂徐跌宕，一气宣泄，本篇即为一例。

【辑评】

[清]陈廷焯《云韶集》：此稼翁晚年笔墨，不必十分经营，只信手写去，如闻饿虎吼啸之声，古今词人焉得不望而却步。

[清]陈廷焯《词则》：一直说去而语极浑成，气极团练，总由力量大耳。

俞陛云《唐五代两宋词选释》：结处言壮心未已。闻秋雁尚欲以虚弦下之，如北平飞将，老去犹思射虎也。

【今译】

老来，情味衰减，
对一樽饯行酒
怯叹逝去的流年。
屈指一数
已临近中秋月满，
那一轮满月
偏不照你我团圆。
人世间，多少
离别憾恨事
江水无情也不管，
只随秋风荡起
吹送你的归船。
此去，正是江上
莼羹鲈脍味道鲜美
家乡凉秋渐晚，
夜色深沉里
儿女团聚，笑语灯前。

你，还未脱下
征尘尽染的衣袍
金殿玉阶，觐见。
朝廷求贤若渴
正可将文才武略施展。
料想承明庐夜值
或草拟诏书
或筹划边关。

到了京城冠盖如云
故友，如问我，
就说满腹愁肠
沉溺于酒乡依然。
只是沉醉里

远望秋空，那
惊悸欲坠的飞雁，
仍然，情不自禁
时时拉响空弦。

祝英台近

晚　春

宝钗分[1]，桃叶渡[2]，烟柳暗南浦。怕上层楼，十日九风雨。断肠片片飞红，都无人管，更谁劝啼莺声住？　鬓边觑[3]。试把花卜归期，才簪又重数。罗帐灯昏，哽咽梦中语：是他春带愁来，春归何处？却不解带将愁去[4]。

【注释】

①宝钗分：古代夫妻或情人有分钗赠别的风气，南宋时犹盛行。钗由两股合成，各执一股，作为别离纪念。②桃叶渡：在南京秦淮河与青溪合流处。晋代王献之曾在此渡口作歌送别其妾桃叶，故得名。见唐·魏徵等《隋书·五行志》。此处泛指送别之地。③觑：斜视。④“是他春”三句：清·陈鹄《耆旧续闻》：“辛幼安词：‘是他春带愁来，春归何处？却不解带将愁去。’人皆以为佳，不知赵德庄《鹊桥仙》词云：‘春愁元自逐春来，却不肯随春归去。’盖德庄又体李汉老杨花词：‘蓦地便和春带将归去。’大抵后辈作词，无非道人已道底句，特善能转换耳。”

【赏析】

此为伤别怀远的闺怨词。开篇桃叶渡口宝钗赠分，追忆当初分别。接下，风吹雨折怕上层楼，飞花片片都无人管，莺啼不住更无人劝，笔笔扣住“晚春”写眼前景色，又一层深似一层暗写伤春心情。上片写黯然春残，为下片写盼归春愁作铺垫。下片花卜归期，才簪又重数，痴态见出痴情，描摹人物情态极细微传神。末了，引出罗帐灯昏、梦中呓语：是春带愁来，春归向何处？却不将愁带去。语意逐句转换，错杂缀来，恰如梦呓之断续哽咽。词中春晚岁亦晚，春去愁不去，盼归人未归，写别愁如此深至、悱恻、委婉，如果说有所寄托，则当是借伤春怨离以感怀国事，词中风雨飘摇、离人不归、愁怀无诉，意味可堪咀嚼。

此词意致婉媚，风调缠绵，与作者纵横郁勃的豪放词迥然异趣。其实稼轩词不只以激扬奋厉为工，“其秾纤绵密者，亦不在小晏、秦郎之下”（宋·刘克庄《辛稼轩集序》）。只是辛弃疾闺怨词善于借题发挥，含蕴沉厚超出一般闺情，如前之《摸鱼儿》借送春以寄慨，有抑塞磊落之气，此《祝英台近》则伤春而怀人，多低徊宛转之思，均是刚柔兼擅的大手笔。

【辑评】

[宋]魏庆之《诗人玉屑》：“宝钗分，桃叶渡，烟柳暗南浦（略）。”此辛稼轩词也。风流妩媚，富于才情，若不类其为人矣……盖其天才既高，如李白之圣于诗，无适而不宜，故能如此。

[清]沈谦《填词杂说》：稼轩词以激扬奋厉为工，至“宝钗分，桃叶渡”一曲，昵狎温柔，魂

销意尽。才人伎俩，真不可测。

[清]黄苏《蓼园词选》：此必有所托，而借闺怨以抒其志乎！

【今译】

就在桃叶渡口
分钗相赠，依依别去，
烟柳绿荫暗笼
河岸的迷离。
从此，怕登楼抚栏，
只因十有九日
漫天里风雨凄凄。
雨中，落花一片片
愁断柔肠地飘飞
也无人怜惜，
有谁？劝得黄莺
不要声声啼唤
催促芳春早早归去。

黄昏时，对镜
将鬓边的簪花斜睨。
试取用花瓣
占卜他的归期，
摘下了又重数
刚把花簇插入鬓际。
夜晚，一点烛光
照不到闺阁
罗帐深处的孤寂，
几声哽咽
传出断续的梦中呓语：
是春把愁带来
春，归去哪里？
却不知，将这
恼人的愁也带去。

青玉案

元夕

东风夜放花千树①。更吹落，星如雨②。宝马雕车香满路。凤箫声动，玉壶光转③，一夜鱼龙舞④。　　蛾儿雪柳黄金缕⑤，笑语盈盈暗香去。众里寻他千百度，蓦然回首⑥，那人却在，灯火阑珊处⑦。

【注释】

①花千树：形容灯火繁多。②星如雨：比喻灯火。宋·吴自牧《梦粱录》记载：元宵夜“各以竹竿出灯球于半空，远睹若飞星”。或形容满天飘散的焰火。③玉壶：比喻月亮。④鱼龙：指鱼龙形状的彩灯。⑤蛾儿雪柳：妇女所戴的头饰。宋·周密《武林旧事》：“元夕节物，妇女皆戴珠翠、闹蛾、玉梅、雪柳……”黄金缕：指撚金为饰的雪柳。亦见李清照《永遇乐》注。⑥蓦（mò）然：忽然。⑦阑珊：此指灯火稀落将尽。

【赏析】

此词约写于辛弃疾遭谗落职退居上饶期间。词写元夕观灯，寻觅意中人。元宵之夜凤箫声动，车水马龙，鱼龙灯舞，满城灿若星雨的灯火笼在明月清辉里，倩妆丽饰的佳人映在灿烂灯火里，可众里寻遍不见伊人，忽地回头，她，却在灯火稀落的僻静处。那“蓦然回首”的一瞬间，顿然转出一妙悟境界，让人恍然而又情韵悠长。前面极力描绘火树银花、雕车宝马、笙歌喧天、笑语盈盈，一路铺垫、渲染，原只为衬托出结拍伊人的幽独。“灯火阑珊处”的伊人，不慕繁华，不同流俗，自甘寂寞，自处幽独，应是一个寓有象征意义的形象，恰似作者遭受投闲弃置的冷落而不趋众、不媚世的人格写照。梁启超认为此词“自怜幽独，伤心人别有怀抱”（梁令娴《艺蘅馆词选》引），颇有见地。

清·王国维《人间词话》：“古今成大事业、大学问者，必须经过三种境界……‘众里寻他千百度，蓦然回首，那人却在，灯火阑珊处’，此第三境也。”这第三种境界，便是踏破铁鞋无觅处，得来全不费工夫。

【辑评】

[清]彭孙遹《金粟词话》：辛稼轩“蓦然回首，那人却在，灯火阑珊处”，秦、周之佳境也。

[清]陈廷焯《云韶集》：题甚秀丽，措辞亦工绝，而其气是雄劲飞舞，绝大手段。

[清]陈廷焯《词则》：艳体亦以气行之，是稼轩本色。

【今译】

元宵夜，一街
灿丽的灯火，宛如
一夜春风
吹开银花千树，
又好似满天繁星
吹落如雨。
香尘轻飏的街巷
华丽车马攘攘熙熙，
已是月斜光转
一夜，鱼灯龙盏
狂舞凤箫声声里。

丽人三五成群
头上颤袅着雪柳金缕，
笑语伴随幽香
盈盈，从眼前飘去。
熙攘人群中
我千百遍寻觅，
蓦然回头，伊人
在灯火阑珊处。

清平乐

村居

茅檐低小，溪上青青草。醉里吴音相媚好①，白发谁家翁媪②。　　大儿锄豆溪东，中儿正织鸡笼。最喜小儿无赖③，溪头卧剥莲蓬。

【注释】

①吴音：指作者当时闲居的江西上饶一带的地方话，因古代地属吴国，故称。媚好：指说话声音轻柔悦耳。②媪（ǎo）：年老的妇女。③无赖：此意谓顽皮。是爱称，无贬意。

【赏析】

宋·黄昇《花庵词选》此词题作“村居”。辛弃疾南归后，因力主抗金，一直为朝廷当政的主和派所不容，盛壮之年落职闲居于上饶带湖。他以“稼”名轩，流连山水，远离仕宦风波和尘世喧嚣，从淳朴宁静的田园生活中寻觅慰藉。这一时期，清新恬淡的乡村田园词从他笔下流泻出来，这首《清平乐》是最具代表性的一篇。

茅檐低小，溪上青草，白发翁媪醉里谈笑，大儿锄豆，二儿织笼，小儿溪头卧剥莲蓬。作者纯用白描，以平常语写平常景、叙平常事，用茅檐清溪、一家五口组成一幅栩栩如生的江南乡村风俗图画，农家和睦自足之乐融合劳作生活气息扑面而来，尤其是卧剥莲蓬的顽皮小儿，憨态可掬。整首词作者置身画面外，不作主观抒情，只作客观描摹。试读他的另一首《清平乐》：“西风梨枣山园，儿童偷把长竿。莫遣旁人惊去，老夫静处闲看。”可加深体味此词作者“静处闲看”的笔致和意趣。

【今译】

茅檐矮小，一弯
清亮溪水绕绕，
溪边，青青芳草。
醉里吴音轻柔
融融乐乐说笑，
那一头白发
不知是谁家的翁媪。

大儿豆地锄草
在溪水淌过的村东，
二儿正编织鸡笼。
最让人喜爱
顽皮娇憨的小儿，
横卧在溪头
剥吃新熟的莲蓬。

西江月

夜行黄沙道中①

明月别枝惊鹊②，清风半夜鸣蝉。稻花香里说丰年，听取蛙声一片。　七八个星天外，两三点雨山前。旧时茅店社林边③，路转溪桥忽见。

【注释】

①黄沙：黄沙岭，在今江西瑞昌县。②别枝：斜伸的树枝。③社：社庙，祭祀土地神的地方。因四周植树成林，故称“社林”。

【赏析】

辛弃疾的词以沉雄豪放著称而又不拘一格，在慷慨悲歌的主调之外，也有由闲适情趣浸润的清新俊逸之作，如这首《西江月》。

夏日的夜晚，作者行走在黄沙岭小道中：月白风清，鹊惊蝉鸣，稻花飘香里蛙声一片，好幽美的乡村夏夜；天外星稀，山前雨疏，溪回路转时忽见林边茅店，好惬意的乡村夜行。整首词笔触轻灵活泼，取眼前常景刻画入微，形象生动清新，恰似连绵而叠转展开的一幅初夏乡村夜行图，朴野成趣的乡土气息扑面而来，给人身临其境的真切感和美感。

此词不只篇佳，句亦佳，如“稻花香里说丰年，听取蛙声一片”，丰收的喜悦和欢闹从稻香蛙声中托出，传丰年之神韵；又如“七八个星天外，两三点雨山前”，几个常见的数字名词，随手拈来便自然妙对，构成清疏淡远的意境，皆是被人称道的佳句。

【辑评】

[清]陈廷焯《词则》：所闻所见，信手拈来都成异采，总由笔力胜故也。

【今译】

明月的冷白
惊起栖枝的鸟鹊飞散，
一阵风幽清
夜半时分
送来几声鸣蝉。
稻花飘香里
听得蛙声咕咕一片，
在喧闹地叙说
将要收割的丰年。

天边，七八颗星疏淡，
山前小路
洒落二三雨点。
怎不见昔日
社庙树林边，那
茅檐小酒店，
转过一弯石板路
走过溪上小桥
噢，它隐隐出现。

贺新郎

别茂嘉十二弟[①]

绿树听鹈鴂[②]，更那堪、鹧鸪声住，杜鹃声切。啼到春归无寻处，苦恨芳菲都歇。算未抵人间离别。马上琵琶关塞黑[③]，更长门、翠辇辞金阙[④]。看燕燕，送归妾[⑤]。　将军百战身名裂[⑥]，向河梁、回头万里，故人长绝[⑦]。易水萧萧西风冷，满座衣冠似雪，正壮士、悲歌未彻[⑧]。啼鸟还知如许恨，料不啼清泪长啼血。谁共我，醉明月？

【注释】

①茂嘉：辛弃疾族弟，排行十二。②鹈鴂：见张先《千秋岁》注。③“马上”句：用“昭君出塞”典故。据南朝宋·范晔《后汉书·南匈奴传》：汉元帝宫女王昭君，遭画工毛延寿妒害，不得宠幸。后因和亲，出塞远嫁匈奴王呼韩邪单于。路途心念乡土，乃作怨思之歌寄于马上琵琶，后人名为《昭君怨》。唐·杜甫《咏怀古迹》有“千载琵琶作胡语，分明怨恨曲中论”诗句。④“更长门”句：汉武帝时陈皇后失宠，辞别金殿，废居于长门宫。亦见前《摸鱼儿》注。⑤“看燕燕”二句：燕燕：《诗经·邶风》中篇名。其诗有“之子于归，远送于野。瞻望弗及，泣涕如雨”之句，为春秋时卫庄公妻庄姜送归妾（戴妫）所作。⑥“将军”句：汉武帝时，李陵为抗击匈奴名将，身经百战，后以五千士卒对匈奴十万之众，连战十余日，兵尽粮绝，援兵不至，被迫归降匈奴，声名毁坏。⑦“向河梁”二句：用李陵别苏武事。东汉·班固《汉书·苏武传》载：苏武奉命出使匈奴，被囚居十九年，持节不屈，终得以还汉。苏武为李陵故友，归汉时，李陵置酒饯别，说：“异域之人，一别长绝。”世传李陵《与苏武》诗，有“携手上河梁，游子暮何之”等句。河梁：桥。⑧“易水”三句：西汉·司马迁《史记·刺客列传》载：战国末年，燕太子丹遣荆轲入秦，刺杀秦王。临行时，太子丹及宾客皆身着白衣冠送至易水，高渐离击筑，荆轲和而歌，有“风萧

萧兮易水寒，壮士一去兮不复还”之句。壮士：指荆轲。彻：尽。

【赏析】

辛茂嘉为辛弃疾族弟，辛弃疾曾在《永遇乐》词中赞赏他与自己同为“烈日秋霜，忠肝义胆”，时因事谪徙桂林，故作此词与之送别。

开篇借眼前景色起兴，鹈鴂、鹧鸪、杜鹃，啼归春天，啼歇芳菲，用连续叠印的悲啼意象，渲染出凄哀悲恻的伤春氛围。“算未抵”一句总绾，由景入情，转到铺叙人间离别：昭君出塞、阿娇辞宫、庄姜送归妾、李陵诀苏武、易水饯荆轲，一连引述五个典故，铺陈英雄美人辞家去国的千古憾事，具有撼人心魂的沉厚的悲剧力量。“啼鸟”一句再一笔绾合，以啼鸟起而以啼鸟结，作首尾回旋。如此离愁别恨，无情啼鸟犹知泣血，况人乎？至此，将人间别离的苦恨推向极致。结处“谁共我，醉明月”，用一问句跌宕出自己的深深憾恨，收归到送别的题旨。这不是一首平常的送别词，作者熔铸事典，排比铺陈，从春恨到别恨，从人间恨到个人恨，与族弟的别离中融入了志士失意的悲慨，也暗寓了家国兴亡的沉痛，犹如一篇浓缩的《恨赋》。

此词章法亦绝妙，全篇突破上下片的界限，三鸟凄戾、五典离别、一醉明月，层层翻进，累如贯珠，其起承转合、腾挪擒纵何等笔力，故清·陈廷焯《白雨斋词话》称赏此词：“沉郁苍凉，跳跃动荡，古今无此笔力。”

【辑评】

[明]沈际飞《草堂诗余别集》：稼轩每燕（宴），辄命侍妓歌此，拊髀自笑，坐客叹誉，如出一口。岳亦斋云：“待制词句，豪视一世，独首尾二腔，警语相似。”稼轩慨然曰：“夫君实中予痼。”

【今译】

绿树浓荫里
鹈鴂啼啼，愁肠百结，
哪堪鹧鸪声刚咽，
又听杜鹃在唤
“不如归去”
一声比一声凄切。
啼得春天归去了
匆匆，无处可觅得，
让人苦苦憾恨
春光衰残里
百花芬芳尽凋谢。
可这伤春的愁苦
抵不上人间生死离别。
那昭君遣嫁出塞
一路，马上琵琶
弹得边关黄沙昏黑；
失宠阿娇的翠辇
一入幽冷长门
从此，远离汉皇宫阙；
庄姜泣泪如雨
挥洒《燕燕》诗句
送别休弃的归妾。

更有——
身经百战的李陵
归降匈奴，身败名裂，
与苏武桥上饯行
蓦然回头时
家国万里一别长绝；
荆轲辞别燕丹
易水萧萧，西风冷冽，
满座送行宾客
皆素白衣冠如雪，
一曲慷慨悲歌

河，攻陷扬州。时辛弃疾受耿京之命，奉表南渡，谒见高宗，目睹了扬州一片烽火。至宁宗开禧元年（1205）京口任上，恰好四十三年。⑨佛狸（bìlí）：北魏太武帝拓跋焘，小名佛狸。曾追击宋军主将王玄谟，至瓜步山（今江苏六合县东南），建立行宫，即后来的佛狸祠。见北齐·魏收《魏书·世祖纪下》。此代指金人祠庙。⑩神鸦：祠庙里啄吃祭品的乌鸦。社鼓：春、秋社日祭神时的击鼓声。⑪廉颇：战国时赵国名将。晚年遭谗害出奔魏国，后秦国攻赵，赵王欲重新起用他，又怕他年老体衰，遣使者探望，廉颇“一饭斗米，肉十斤，被甲上马”，以示自己可用。使者返赵后，谗谤他虽老尚善饭，顷刻间“三遗矢（通‘屎’）”，赵王遂未召用。见西汉·司马迁《史记·廉颇蔺相如列传》。

【赏析】

此词为登临怀古、感时抒愤之作。宁宗开熙元年（1205），宰相韩侂胄紧锣密鼓筹划北伐，时作者以六十六岁高龄任镇江知府，竭力支持北伐，但认为不可草率用兵，应审慎从事避免失败，可惜这一忠良用心反遭猜忌冷落。作者一怀悒郁愤懑登临北固亭，写下此词。

辛弃疾胸罗万卷，驰骋百家，善以健笔豪气于词中用典使事，借咏古事以抒今怀。此词铺陈一连串的历史人物，雄才大略的孙权、横戈跃马的刘裕、草率出兵的刘义隆、壮心犹存的廉颇，借以表达收复中原的雄心和对轻率北伐的忧虑，以及年已老大志事不酬的抑塞，全篇“以浩气行之”，写景、叙事、议论、抒情圆转跳荡，作者纵横开阖，笼古今于笔端，气韵之沉雄、笔调之苍劲、境界之阔大，极吟古之能事，为千古传诵的名篇。

宋·岳珂《桯史》载：岳珂曾指出《永遇乐》词“微觉用事多耳”。稼轩大喜，“酌酒而谓坐中曰：‘夫君实中余痼。’乃味改其语，日数十易，累月犹未竟”。辛弃疾作词有好掉书袋一癖。此词固然多用典事，但词人善于熔典裁事，所用典事无不扣住京口怀古而关联时事，可谓天造地设，并无堆垛之嫌，所以欲作修改而累月未能改动一语。

【辑评】

[宋]岳珂《桯史》：稼轩以词名，每筵必命侍姬歌其所作。特好歌《贺新郎》一词，自诵其警句曰：“我见青山多妩媚，料青山见我应如是。”又曰：“不恨古人吾不见，恨古人不见吾狂耳。”每至此，辄拊髀自笑，顾问坐客何如，皆叹誉如出一口。既而又作一《永遇乐》……特置酒召数客，使妓迭歌，益自击节，遍问客，必使摘其疵，逊谢不可。客或措一二辞，不契其意，又弗答，然挥羽四视不止。余时年少，勇于言，偶坐于席侧……余曰：“前篇豪视一世，独首尾二腔，警语差相似；新作微觉用事多耳。”于是大喜，酌酒而谓坐中曰：“夫君实中余痼。”乃味改其语，日数十易，累月犹未竟。其刻意如此。

[清]谭献《谭评〈词辨〉》：起句嫌有犷气，且使事太多，宜为岳氏所议。非稼轩之盛气，勿轻染指也。

【今译】

千古江山，依旧
可三国东吴
雄才大略的孙权无觅处。
昔日的舞榭歌台
流风余韵
尽被雨打风吹去。
眼前，斜阳暗淡
一抹荒草枯树，
那普通人家的街巷
人们说寄奴曾住。

遥想当年，他
金戈铁马统兵北伐
气吞万里如虎。

只可叹元嘉帝
草率出征，想筑坛
祭天在狼居胥，
却落得仓皇溃逃
北望追兵泪下如雨。
啊，自渡江南下
四十三年忽忽，
如今远望中
依稀，犹见当年
战火遮蔽了扬州路。
最不忍回头望
江北中原失土，
佛狸祠下，林鸦聒噪着
社日祭神的乐鼓。
还有谁会探问：
——廉颇老将军
尚能一饭斗米
身体强健，如故？

程　垓

程垓（生卒年不详），字正伯，眉州眉山（今属四川）人。从其客居临安所作《凤栖梧》《望江南》词中可知，曾身经靖康之难，南渡后流寓于江浙、汉水等地。

据宋·王偁《题书舟词·序》云：程垓以诗、词闻名乡里，朝士亦多称道其佳句。其词多写羁旅行役、离愁相思，长调工丽潇洒，风格近似柳永，或视为柳词的余绪。今传世有《书舟词》。

水龙吟

夜来风雨匆匆，故园定是花无几。愁多怨极，等闲孤负，一年芳意。柳困花慵，杏青梅小，对人容易①。算好春长在，好花长见，元只是、人憔悴。　回首池南旧事②，恨星星、不堪重记③。如今但有，看花老眼，伤时清泪。不怕逢花瘦，只愁怕、老来风味。待繁红乱处，留云借月④，也须拚醉。

【注释】

①容易：轻率，草率。②池南旧事：池南：池阳之南，指蜀地。作者在蜀地眉山筑有园圃、池阁、书屋，从所写《满江红》"葺屋为舟，身便是烟波钓客"，《孤雁儿》"故园梅花正开时，记得清樽频倒"来看，可知其"池南旧事"颇为闲适。③星星：比喻鬓发斑白。西晋·左思《白发赋》："星星白发，生于鬓垂。"④留云借月：见朱敦儒《鹧鸪天》注。

【赏析】

程垓长年客游他乡，故词集中多羁旅乡思之作，暮年尤甚，如《孤雁儿》"如今客里伤怀抱，忍双鬓、随花老"，《好事近》"别梦记春前，春尽苦无归"等。此词借伤春起兴，夜来风雨匆匆，故园落花无几，写思归；好春好花长见，只是人憔悴，写叹逝；旧事不堪重记，如今剩有老眼清泪，写伤时；不怕落花瘦损，只愁老来风味，写嗟老。层层折转，层层深进，道出无限凄凉晚景。结处流连花月，拚却一醉，转而强作旷达，实含不尽凄怆，是悲感至极之语。

此词用委婉哀怨的笔调作曲折尽致的抒写，而又非一般伤春嗟老情怀。从词中"如今但有，看花老眼，伤时清泪"等句来看，词人的嗟伤念怀与家国之痛相联系，如同他的另一首《凤栖梧》："蜀客望乡归不去，当时不合催南渡。忧国丹心曾独许。纵吐长虹，不奈斜阳暮。"所嗟伤的不只是身世，也是国事。作者反复嗟叹的故国之思、忆旧之情、惜春之叹和迟暮之感，都揉在忧时伤乱的"清泪"之中，一怀愁多怨极，写来极凄婉绵丽。

【辑评】

[清]冯煦《蒿庵论词》：程正伯凄婉绵丽，与草窗（周密）所录《绝妙好词》家法相近。

【今译】

夜来，风急雨骤　　　　一阵匆匆地催，

想故园花落无几
应遍地飘坠。
愁深深，怨也深深，
就这样随便辜负
一年中芳春时节的美。
窗外，杨柳困乏
不再轻飏
桃花疏疏倦惫，
杏儿青青，梅子小小，
衰晚春色草草
对人意懒心灰。
仔细想来
好春，无处不在
好花无处不开，
原来只是人已憔悴
——心，已憔悴。

回首池南旧事
恨斑斑两鬓已衰颓。
那堪用追忆
将它一一寻回。
如今只有
一双老眼看花
随落忧国伤时的清泪。
不怕春残花瘦
只愁，无心赏花
这老来凄冷况味。
趁乱红飞舞
最后一庭芳菲，
暂且留住，那
一天轻云明月
把酒对花，一饮而醉。

陈　亮

陈亮（1143—1194），字同甫，原名汝能，人称龙川先生，婺州永康（今属浙江）人。为人才气超迈，喜谈兵事，慨然有经略四方之志。少时撰《酌古论》二十篇，郡守周葵视为奇才，称之为“国士”，然屡试落第。乾道五年（1169），向孝宗进《中兴五论》，阐述抗金中兴的主张，因权臣阻挠而未纳。返乡，励志读书达十年，乡人多从其求学。淳熙五年（1178）再赴临安，连上三书，大声疾呼：“一日之苟安，数百年之大患也。”（《上孝宗皇帝第一书》）朝野震动，孝宗欲命其为官，不就，渡江而归。淳熙十五年（1188），亲临金陵、京口一带实地考察，第五次上疏，仍不纳，反被人诬为“狂怪”。自以豪侠，落魄失意，常与邑中狂士纵饮。因屡次上书言抗金，触怒主和派，以至谤讪纷起，曾两次下狱。绍熙四年（1193）应进士试，光宗亲擢为第一名，授佥书建康府判官厅公事，未及赴任即一病不起，赍志而殁，年五十二岁。谥文毅。

雄才壮志，横骛绝出，其学说主张义利并行，王霸杂用，为永康学派代表。其文为时为事而作，意高议宏，笔势雄放如河奔海聚。其词不作娇媚软语，或眷怀君国，感愤淋漓，或经世济时，议论纵横，辞情慷慨豪迈与稼轩相近，振聋发聩，足以立懦。清・张德瀛《词徵》云：“其每有成议，辄招妒口，故肮脏（高亢刚直）不平之气，悉寓于长短句中。读其词，益悲其人之不遇已。”有《龙川文集》、辑本《龙川词》。

水龙吟

春　恨

闹花深处层楼[①]，画帘半卷东风软。春归翠陌，平莎茸嫩[②]，垂杨金浅。迟日催花[③]，淡云阁雨[④]，轻寒轻暖。恨芳菲世界，游人未赏，都付与、莺和燕。　寂寞凭高念远，向南楼、一声归雁。金钗斗草[⑤]，青丝勒马[⑥]，风流云散。罗绶分香[⑦]，翠绡封泪[⑧]，几多幽怨！正销魂又是，疏烟淡月，子规声断。

【注释】

①闹花：盛开如闹的繁花。层楼：一作“楼台”。②平莎：平地莎草。③迟日：和缓漫长的春日。《诗经・七月》：“春日迟迟。”④阁雨：停雨。阁：通“搁”，止留。⑤斗草：见晏殊《破阵子》注。⑥青丝：用青丝绳做的马络头。⑦罗绶分香：指分手时用罗带赠别。绶：丝带。⑧翠绡：翠丝帕。

【赏析】

据宋・叶适《书龙川集后》记载：陈亮填词“每一章就，辄自叹曰：‘平生经济之怀，略已陈矣！’”可知其词乃是平生抱负的自然坦露和迸泻，故作词多系念国事，感慨淋漓，意气凌厉。而此词却风韵婉约，如清・徐釚《词苑丛谈》所感叹：“陈同父开拓万古之心胸，推倒一世之豪杰，其《水龙吟》词乃复幽秀。”

本篇词旨为伤春怀远。上片，层楼花深、翠陌柳浅、风软草嫩、日迟云淡，用细腻笔墨竭力描绘春色美好；再于一“恨”字陡转，无心踏青拾翠，如许春光尽付流莺飞燕，落到一怀春愁。

下片与上片岭断而云连，由伤春到怀远。当年金钗斗草，青丝勒马，如今尽成风流云散，只剩翠帕封泪，昔之温馨衬见出今之幽怨。结处正黯然销魂，又疏烟淡月、子规声断，将伤春与怀远融合为一，用凄清的春夜景色烘托寂寞的春恨心境，留给人一缕难以言状的幽思渺想。

或认为此词于凭高念远的幽愁暗恨中有所寄寓，如“恨芳菲世界，游人未赏，都付与、莺和燕”三句，言近旨远，意谓大好河山沦落于他人之手。试比照姜夔《八归》中抒写家国之恨的名句“最可惜一片江山，总付与啼鴂”，再玩味此词，其中也不无憾恨之意。此词写春思别怀，虽然格调婉丽幽秀，但作者以柔婉笔调抒泄怨悱郁积之情，借闺怨写家国之恨，故和婉中含刚劲之气，骨子里还是“刚”。

【辑评】

［清］黄苏《蓼园词选》：史称其千言立就，气迈才雄，推倒智功，开拓心胸……其策言恢复之事甚剀切，无如当事者，志图逸乐，狃于苟安，此《春恨》词所以作也。

［清］沈祥龙《论词随笔》：感时之作，必借景以形之……同甫云，“恨芳菲世界，游人未赏，都付与、莺和燕”。不言正意，而言外有无穷感慨。

［清］陈廷焯《白雨斋词话》：此词“念远”二字是主，故目中一片春光，触我愁肠，都成眼泪。

【今译】

花丛繁闹深处
楼阁，被春光遮掩，
暖风软软里
画帘闲寂地半卷。
春色，从绿陌走去
抚出平旷原野
茸嫩莎草如毯，
又染得长堤垂柳
丝丝缕缕，浅黄一片。
春日迟迟
催促着花朵吐艳，
细雨不再飘洒
天边，浮云淡淡，
宜人天气
一阵微寒一阵轻暖。
憾恨，这芳菲春色
游人无心赏看，
都付与——
流啼的黄莺
檐下呢喃的双燕。

思念远方，寂寞
我，独自依栏，
听南楼传来
一声嘹唳的归雁。
不由回想昔日
金钗斗草的嬉戏
青绳勒马的兴酣，
不料往事无踪
一切风流云散。
如今，只剩下
相赠罗带残留余香
丝帕封存的泪渍
点点零乱，
几多幽恨愁怨。
此时，黯然伤心
偏见淡月清冷
在夜的薄雾疏烟，
又听子规鸟
一声一声悲啼
夜色将尽时，欲断。

杨炎正

杨炎正（1145—?），字济翁，庐陵（今江西吉安）人。宁宗庆元二年（1196）登进士第，已五十二岁，为宁远主簿。嘉定三年（1210），官大理寺直。后知藤州，被弹劾罢官，又曾知琼州。

与辛弃疾相从甚密，多有唱和。《四库全书总目提要》评其词：“纵横排奡之气，虽不足敌弃疾，而屏绝纤秾，自抒清俊，要非俗艳所可拟。”有词集《西樵语业》。

水调歌头

登多景楼①

寒眼乱空阔②，客意不胜秋。强呼斗酒发兴，特上最高楼。舒卷江山图画，应答龙鱼悲啸③，不暇顾诗愁④。风露巧欺客，分冷入衣裘。　忽醒然，成感慨，望神州。可怜报国无路，空白一分头。都把平生意气，只做如今憔悴，岁晚若为谋！此意仗江月，分付与沙鸥。

【注释】

①多景楼：在江苏京口（镇江）北固山上甘露寺内，南宋乾道年间镇江知府陈天麟修建。②寒眼：冷风吹拂的眺望的双眼。乱：缭乱。③应答：一唱一和，指鱼与龙的啸声。④诗愁：吟诗抒愁。

【赏析】

孝宗淳熙五年（1178）秋，辛弃疾出任湖北转运副使，杨炎正与之同舟过镇江，登临多景楼写下此词。

上片从登楼所见落墨，江天空阔，寒风望眼里一片缭乱，开头两句点明客中悲秋。接下江山如画，却失落半壁，揭出悲秋愁怀。歇拍风露欺客，分冷入衣，用字精警新巧，借哀景进一步烘染悲愁心境。下片着笔写登楼所感。过片“忽醒然，成感慨，望神州”，一句一顿，短促有力。再顺势直泻出报国无路、空自白头的无限悲慨。平生意气，只做如今憔悴，转作人生失意的低落。残余岁月，分付清风明月，结处收到一念遁世归隐。杨炎正为力主抗金志士，时值盛年，仍是一介布衣，满腹经世之才、一腔报国之志无处可施展，故于感时抚事之间，多人生失意的悲秋幽怨。全词开合张弛，忽纵忽擒，用抑扬顿挫的笔调表达出怀才不遇而又行藏难定的彷徨矛盾心情，格调沉郁而不乏“俊逸”风致。

辛弃疾曾依韵和此词，作《水调歌头》（落日塞尘起），词中关念时局的忧愤、英雄失路的徘徊以及倦游欲隐的无奈，与杨炎正此词一唱一和，皆写志士襟怀寥落的悲慨，只是辛词更多一些抚今追昔的酸楚愤激。

【辑评】

[清]沈雄《古今词话》：每阅张于湖观雨，辛稼轩观雪，杨止济（济翁）登楼，无名氏望月，固不如东坡之作，陈西麓所以品其为万古一清风也。

［清］张德瀛《词徵》：杨济翁《水调歌头》："可怜报国无路，空白一分头。"……所谓拔地倚天，句句欲活者。

【今译】

冷风吹寒双眼
望去，江天空阔
满是纷乱残秋，
他乡飘零的客子
怎承受这晚秋悲愁。
强振精神
唤斗酒满满斟来，
特意登上，这
俯仰天地的最高楼。
入眼，江山万里
舒卷一幅残美画图，
听，大江龙鱼
一唱一和，悲啸
让人无暇吟诗抒愁。
阴风冷露
欺人正是烦忧，
分一股彻骨寒意
袭入单薄衣裘。
忽地，残酒醒了
一怀感慨深深
凝望沉沦的神州。
可叹报国无门
空自，早早愁白了头。
平生的豪雄意气
只消磨成了
额头憔悴的折皱，
岁月，渐衰晚
如何将今后筹谋！
归去吧——
江上的清风
山涧的明月，
只须，将这余生
分付悠闲的沙鸥。

章良能

章良能（？——1214），字达之，丽水（今属浙江）人。周密之外祖父。孝宗淳熙五年（1178）进士。宁宗嘉定年间，官至参知政事。有《嘉林集》，不传。周密《齐东野语》称其“间作小词，极有思致”。今存词《小重山》一首。

小重山

柳暗花明春事深[①]，小阑红芍药，已抽簪[②]。雨余风软碎鸣禽[③]。迟迟日[④]，犹带一分阴。　往事莫沉吟。身闲时序好，且登临。旧游无处不堪寻，无寻处，惟有少年心。

【注释】

①春事：春色，春意。②簪：妇女插髻的针形首饰，此形容纤细的花芽。③风软碎鸣禽：用唐·杜荀鹤《春宫怨》“风暖鸟声碎”诗句。碎：鸟啼声细碎。④迟迟：和缓的样子。

【赏析】

此词为旧地重游之作。全篇结构采用逆挽法，以“登临”二字总挽情与景。上片柳暗花明，风软鸣禽，写登临所见的浓丽春色；下片重寻旧游，年少不再，写登临所感的惆怅情怀。词的下片一笔笔宕开，又一笔笔折回，撇弃往事莫再沉吟，却还沉吟；昔游旧踪处处可寻，偏又无寻。似乎写一种人至中年恍然有所悟而又惘然有所失的复杂心境，蕴涵某种人生体验的感悟。结处“无寻处，惟有少年心”，所谓“少年心”，是年少时的无忧无虑，还是年少时的放纵洒脱，抑或是年少时的壮怀英气，作者不曾明言，只于“无寻处”三字中微露一丝怅惋，让人咀嚼。这首小词运笔轻灵、词意和婉而极有思致，可堪寻味。

【辑评】

[宋]周密《齐东野语》：外大父文庄章公……间作小词，极有思致，先妣能口诵数阕。《小重山》云：“柳暗花明春事深（略）。”

[明]陈霆《渚山堂词话》：语语甚婉约。但鸣禽曰碎，于理不通，殊为语病。唐人句云：“风暖鸟声碎。”

【今译】

柳荫深暗，花丽
一片灿烂春景，
小巧阑干边
刚抽的花芽如玉簪
羞红的芍药
暗自里结苞含情。
细雨止后
暖风软软，送来
一阵细碎鸟鸣。
白昼缓缓拖长

犹带初晴淡淡春阴。

过去的去了，不必
沉溺往事低吟。
正春光和煦
了无牵挂，悠闲一身，
只须趁兴游赏
将水榭亭台登临。
处处，可寻
昔日游历的旧迹，
无可找寻的
只有失却的少年心。

张 镃

张镃（1153—?），字功甫，号约斋，西秦（今陕西）人。居临安，卜筑南湖。南宋名将张俊曾孙。承祖辈富贵之余荫，湖山歌舞极尽奢侈，一时名流士大夫莫不与之交游。历官大理司直、直秘阁、婺州通判、司农少卿等。宁宗开禧伐兵败，与史弥远合谋诛杀韩侂胄，后坐罪除名，贬象州。八十岁以后卒。

长于诗词，善画。其词多为宴饮登临酬答之作，风格清婉工丽，接近晚唐。薛砺若《宋词通论》评其词“浮艳如其人”。有《南湖集》和《南湖诗余》（又名《玉照堂词》）。

满庭芳

促织儿[①]

月洗高梧，露漙幽草[②]，宝钗楼外秋深[③]。土花沿翠[④]，萤火坠墙阴[⑤]。静听寒声断续，微韵转、凄咽悲沉。争求侣，殷勤劝织[⑥]，促破晓机心。　　儿时曾记得，呼灯灌穴，敛步随音。任满身花影，犹自追寻。携向华堂戏斗，亭台小、笼巧妆金[⑦]。今休说，从渠床下，凉夜伴孤吟[⑧]。

【注释】

①促织儿：蟋蟀。古人认为蟋蟀鸣声同织机声音相仿，又鸣在深秋，似催促人纺织，备制冬衣，故呼之为“促织”。《古诗十九首》：“明月皎夜光，促织鸣东壁。”②漙（tuán）：露水多貌。《诗经·郑风》：“野有蔓草，零露漙兮。”③宝钗楼：唐、宋时咸阳著名的酒楼。宋·邵博《邵氏闻见后录》云：“予尝秋日饯客咸阳宝钗楼上，认诸陵在晚照中，有歌此词（李白《忆秦娥》）者，一座凄然而罢。”此泛指华美的楼阁。④土花：苔藓。⑤墙阴：墙角。⑥劝织：劝促思妇不要偷懒，及早纺织寒衣。三国·陆玑《毛诗疏义》：“俚语云：‘趣（同“促”）织鸣，懒妇惊。’”⑦“携向”二句：宋·顾文荐《负喧杂录》：“斗蛩之戏，始于天宝间，长安富人镂象牙为笼而蓄之，以万金之富，付之一喙。”后蟋蟀戏斗的习尚一直延续。⑧“从渠”二句：《诗经·七月》：“十月蟋蟀入我床下。”五代·王仁裕《开元天宝遗事》载：唐代“每秋时，宫中妃妾皆以小金笼置枕函畔，夜听其声，民间争效之”。渠：它。

【赏析】

据姜夔《齐天乐·序》：宁宗庆元二年（1196）秋，张镃与姜夔在友人宅院饮酒，闻屋壁间有蟋蟀鸣声，相约填词同赋，以授歌姬唱。张镃此词先成，姜夔词续作。

上片，淡月高梧，冷露幽草，苍苔流萤，层层皴染幽冷清寂的秋夜庭院，以烘托蟋蟀鸣声的凄咽悲沉。争相求侣、殷勤劝织的摹写，闲笔不闲，切题而饶有韵致。下片，呼灯灌穴，敛步随音，满身花影，追忆儿时捉蟋蟀情景，神形毕肖，童趣盎然。末三句辞意顿转，如今凉夜床下，伴人孤吟，收落出年华已去的今昔感叹。

清·贺裳《皱水轩词筌》称赏此词“形容处，心细如丝发”，胜过姜夔一筹。固然有之，但此词格局较窄，不及姜夔笔致流宕，意境清远。清·郑文焯《郑校白石道人歌曲》认为：张镃《满庭芳》清隽幽美，“有观止之叹”；姜夔《齐天乐》托寄遥深，“亦足千古已”。当为公允之论，两词咏蟋蟀堪称双美，可相互参读。

【辑评】

[清]王又华《古今词论》："月洗高梧"一阕，不惟曼声胜其高调，形容处亦心细如发，皆姜词之所未发。

[清]沈雄《古今词话》："月洗高梧"一阕，乃咏物之入神者。

【今译】

高挺的梧桐树
在如水月光里浴浸，
盈盈夜露
滋润小草的幽静，
华美楼阁外
晚秋凉意，已深。
藓苔沿着屋壁
印下一径苍冷绿痕，
萤火忽闪忽灭
坠没在阴暗墙根。
四周寂静里
听，蟋蟀断续低鸣，
那轻音微韵
一起一伏，转出
如诉的咽沉。
是争相追求伴侣
还是劝人纺织寒衣，
殷勤催促织妇
穿梭不止，到天明。

记得，孩童时
水灌蟋蟀洞穴
小伙伴你呼我唤，提灯，
蹑手蹑脚
随鸣声步步跟紧。
犹自一路寻去
任月光花影
斑斑点点拂满一身。
携上华堂，看它
一决雌雄相斗，
戏斗的亭台小小
金丝笼精巧玲珑。
如今，不再提儿时
捉斗蟋蟀
无忧的童趣童真，
一任它在床下
低一声，高一声，
这深秋凉夜
伴我，孤独低吟。

刘　过

刘过（1154—1206），字改之，号龙洲道人，吉州太和（今属江西）人。少时以功业自许，博通经史百氏之书，好谈古今治乱。孝宗淳熙年间，曾赴省试，客游荆襄、武昌，沿江东下至临安。光宗绍熙年间，上书陈献恢复方略，不报。长期流落江湖。宁宗嘉泰初，曾因事入狱。辛弃疾任浙江东路安抚使时，闻其名，招请入幕府，因事未能成行。开禧元年（1205），依投友人客居昆山，不久病卒，年仅五十三岁。

平素与陈亮、陆游、岳珂等多有唱和，能诗，亦有词名。词学辛弃疾，多健笔壮语，但有时粗豪太过，略少余韵。清·刘熙载《艺概》称其词："狂逸之中，自饶俊致，虽沈著不及稼轩，足以自成一家。"其词不拘于豪放一端，也作轻灵婉曲的小令。有《龙洲集》《龙洲词》。

唐多令

安远楼小集，侑觞歌板之姬黄其姓者，乞词于龙洲道人，为赋此《唐多令》。同柳阜之、刘去非、石民瞻、周嘉仲、陈孟参、孟容。时八月五日也。[①]

芦叶满汀洲，寒沙带浅流。二十年重过南楼。柳下系船犹未稳，能几日，又中秋。　　黄鹤断矶头[②]，故人今在不[③]？旧江山浑是新愁[④]。欲买桂花同载酒，终不似、少年游。

【注释】

①安远楼：在武昌西南黄鹤山上。据姜夔《翠楼吟》词题，当建于孝宗淳熙十三年（1186），时宋、金南北对峙，边界平静已五十年有余，故取名"安远"，以示时世太平。侑觞（yòu shāng）：劝酒。侑：劝人饮食。歌板：拍板，唱歌用以打节拍。龙洲道人：作者自号。②黄鹤断矶头：黄鹤山西北有黄鹤矶，黄鹤楼建于其上，面临长江。断矶：指黄鹤矶陡峭的断崖。矶：临江的山崖。③不：即"否"，句末表询问。④浑是：全是，都是。

【赏析】

据清·冯金伯《词苑萃编》："刘改之过以诗名江左，放浪吴、楚间。辛稼轩守京口，登多景楼，刘敝衣曳履而来。辛命赋雪，以难字为韵。刘吟云：'功名有分平吴易，贫贱无交访戴难。'遂上武昌作《唐多令》云。"这首登临之作是刘过的得意之笔。时武昌为宋、金对峙的重镇，扼南北交通要冲，是与敌必争之地。二十年前，作者致力收复中原，曾游历武昌，二十年后重过旧地，中原未收，人却仍然一介布衣落魄江湖，登安远楼之际，不由感旧伤时写下此词。

开篇写登楼所见，一汀枯苇，一泓寒水，用秋色衰飒的凄清色调笼罩全词。接下"二十年重过南楼"，虽不明言，然不尽今昔之感隐然见于言外。歇拍系舟未稳又是中秋，点出行色匆遽，暗寓流光易逝之叹。下片着重抒写旧地重游的感慨。黄鹤矶头，故友云散，写怀旧之情深；依旧江山，浑是新愁，抒国事之哀叹，为一篇警策。末二句欲买花载酒，"终不似、少年游"，多少伤心事尽在不言中。此词辞旨清越俊逸而又寄慨深沉，作者将故人之思与故国之思糅合一起，昔是今非、物是人非的万端感慨曲折道出，有回荡吞吐之致。前人认为刘过学稼轩“得其豪放，未得其宛转”，其失在有时过于粗率豪直。而此词固然豪俊，亦作宛转，兼得稼轩之神。

《唐多令》原为僻调，罕有填制者。自此词一出，唱和者如林，其曲调乃显，刘辰翁曾追和七阕，可知当时影响之大。因刘过此词有“二十年重过南楼”句，又调名《南楼令》。

【辑评】

［明］潘游龙《古今诗余醉》：情极畅，语极俊，韵极协，而音调绝无扭造之迹，多是改之得意笔也。

［清］先著、程洪《词洁》：与陈去非“杏花疏影里，吹笛到天明”，并数百年来绝作，使人不复敢以花间眉目限之。

［清］李佳《左庵词话》：刘过《唐多令·重过武昌》云（略）。轻圆柔脆，小令中工品。词以写情，须意致缠绵，方为合作。无清灵之笔意致，焉得缠绵。彼徒以典丽堆砌为工者，固自不解用笔。

【今译】

芦苇的枯叶
落满江中的小洲，
清浅江水，夹着
冷烁的细沙
在寒秋里缓缓地东流。
二十年过去
我，重新登上这
旧迹犹在的南楼。
江岸柳荫下
停泊的行舟还未系稳，
过几日，又是
明月团圆的中秋。

黄鹤矶的峭壁断崖
屹然高耸江头，
当年携游的故人
如今还在否？
眼前，依旧半壁江山
惹人一怀心事
处处是新愁。
原想买花载酒
一同泛秋水荡舟，
可终究是，昔时的
豪情逸兴荒落
——不似少年游。

姜　夔

姜夔（1155—1221），字尧章，饶州鄱阳（今属江西）人。早年孤贫，曾客游湘、鄂一带。孝宗淳熙十三年（1186），得诗人萧德藻赏识，以侄女嫁之，遂寓居湖州，与苕溪白石洞天为邻，故号“白石道人”。后移家杭州，寄居世家贵胄张鉴处，与之诗酒唱和，先后达十年之久，情甚骨肉。宁宗庆元五年（1199），进《圣宋饶歌·鼓吹十二章》，诏试礼部，未取。张鉴死后，生活无所依，靠嘉兴、金陵等地友人周济。六十七岁卒于杭州西湖，贫不能葬，吴潜等将其葬于钱塘门外西马塍。

一生布衣，行迹近于清客，然为人襟怀洒落，风流气韵足以标映后世。与杨万里、范成大、辛弃疾等多有交游，范成大称赏他“翰墨人品，皆似晋宋之雅士”（宋·周密《齐东野语》），平生好学、好客、好藏书，工于诗、文、词，亦精通音律，擅长书法。其诗始学江西诗派，后自求独造，有敲金戛玉之奇声，但为词名所掩。其词或抒写羁旅别离，或纪游咏物，或感叹身世，亦忧国伤时，既承续周邦彦衣钵，又撷取辛弃疾词风，变软媚为清婉，变雄健为清刚，清幽峭拔，自成一宗，前人多用“野云孤飞，去留无迹”（宋·张炎《词源》）、“瘦石孤花，清笙幽磬”（清·郭麐《灵芬馆词话》）等予以形容，对南宋后期婉约词乃至清初浙西词派影响极大。《四库全书总目提要》评其词：“精深华妙，尤善自度腔，故音节文采并冠一时。”有《白石道人诗集》《白石道人歌曲》，词集中今存自注工尺旁谱十七首，是流传至今唯一的宋代词乐文献。

点绛唇

丁未冬过吴松作①

燕雁无心②，太湖西畔随云去③。数峰清苦，商略黄昏雨④。　　第四桥边⑤，拟共天随住⑥。今何许？凭栏怀古，残柳参差舞。

【注释】

①丁未：孝宗淳熙十四年（1187）。吴松：即吴淞江，俗称苏州河。②燕（yān）雁：北方幽燕（今河北北部和辽宁南部）一带的鸿雁。无心：意谓大雁飞来飞去毫无机心，纯任天然。③太湖：在江苏南部，与吴淞江相通。④商略：酝酿之意。⑤第四桥：《苏州府志》记载：甘泉桥，一名“第四桥”，以泉品居第四而得名。⑥“拟共”句：晚唐诗人陆龟蒙心神洒脱，悠然自处，曾隐居松江甫里，元·辛文房《唐才子传》载他：“时放扁舟，挂篷席，赍（jī，携）束书、茶灶、笔床、钓具，鼓棹鸣榔，太湖三万六千顷，水天一色，直入空明。”取《庄子》篇中“神动而天随（精神每动随顺天然）”语意，自号“天随子”，又称“江湖散人”。此处尚想陆龟蒙遗风，愿同他一样归隐。

【赏析】

此词是作者自湖州前往苏州，探望解职退居的范成大，路经吴松所作。上片写景寓情。起笔飘然而至，大雁随云，来去无心，实借以自况漂泊踪迹，见出一种随意自在的情怀。数峰清苦，酝酿暮雨，写山峦清幽寒寂景色，亦映衬出清冷孤寂的心境。“清苦”二字将阴云淡笼而冷寂无声的山态山色写活；“商略”二字用得“诞妙”，黄昏时山雨欲来未来，似乎是攒聚的群峰低语商量不定。此二句化静为动，思致幽渺而极具意趣，向为写景名句。下片即景吊古。姜夔一生对隐逸太湖之滨的晚唐诗人陆龟蒙仰慕不已，所作《三高祠》有“沉思只慕天随子，蓑笠寒江过一生”诗句。过片第四桥边，拟共闲居，表现出无限尚想追随之意，是作者神驰太湖美景而生发的思古幽情。“今何许”陡然收转，至歇拍以残柳参差怅叹了之。古今世事皆如烟消云散，仅余残柳犹自飘舞，“无穷哀感，都在虚处”（清·陈廷焯《白雨斋词话》），结得悠然浑长。

此词以眼前景色寓含心中情思，用笔轻灵，气韵生动而又感慨殊深，清虚秀逸中见沉郁深至。

【辑评】

[明]卓人月《词统》：“商略”二字诞妙。

[清]陈廷焯《词则》：字字清虚，无一笔犯实，只摹叹眼前景物而令读者吊古伤今不能自止，其绝调也。“今何许”三字提唱，“凭栏怀古”下只以“残柳”五字咏叹之，神韵无尽。

[清]陈廷焯《白雨斋词话》：白石长调之妙，冠绝南宋，短章亦有不可及者。如《点绛唇·丁未冬过吴松作》一阕。

俞陛云《唐五代两宋词选释》：欲雨而待“商略”，“商略”而在“清苦”之“数峰”，乃词人幽渺之思。

【今译】

北方的鸿雁
翛然，飞来太湖，
又随西畔浮云
飞向远水长天尽处。
江上，数点青峰
云遮雾绕里
不展清寂的愁苦。
似攒聚一起商量不定：
这黄昏渐沉时
疏冷细雨，落不？

那第四桥边
一泓甘泉泠泠清澈
真想欣然往赴，
伴同那天随子
蓑笠垂钓悠闲居住。
如今是何年？
世事茫茫
将斑驳白发催促。
我，斜倚栏杆
一怀黯然，怀古。
只见几株残柳
在深秋衰风中
无力，犹自参差飞舞。

踏莎行

自沔东来，丁未元日至金陵，江上感梦而作。[①]

燕燕轻盈，莺莺娇软[②]。分明又向华胥见[③]。夜长争得薄情知？春初早被相思染。　别后书辞，别时针线。离魂暗逐郎行远[④]。淮南皓月冷千山[⑤]，冥冥归去无人管[⑥]。

【注释】

①沔（miǎn）：宋时州名，即今湖北武汉。元日：元旦。②燕燕、莺莺：古代多用以指歌妓。宋·葛立方《韵语阳秋》载：北宋张子野八十五犹娶妾，苏东坡作诗调侃道："诗人老去莺莺在，公子归来燕燕忙。"此处借指所恋女子。③华胥：《列子》："黄帝昼寝，梦游华胥之国。"后多以"华胥"代指梦境。④离魂：脱离躯体的魂魄。唐·陈玄佑《离魂记》：太原王宙与张镒之女倩娘相爱。张镒许亲于他人，倩娘抑郁而病。其魂离体遂随王宙结成良缘，五年间生二子。倩娘思亲，遂归其家与卧病之躯体合为一体。此处暗用"倩女离魂"故事。郎行（háng）：郎边。⑤淮南：此指安徽合肥恋人所居地。⑥冥冥：昏沉。

【赏析】

姜夔年轻时漫游江淮间，有过金鞭茸帽章台走马的冶游生活，客居合肥曾结识妙擅琵琶的歌妓，两情深挚，分离后仍眷念不忘，后写了许多忆念的诗词。

此词是江上行舟感梦而作。梦中，伊人步态轻盈走来，声容风姿如旧，娓娓吐诉一怀痴情：先怨责薄情郎不知长夜难眠，春染相思；再叙说自己离魂暗逐情郎，天涯行遍。末了伊人冥冥归去，月冷千山。一"冷"字点染出幽月寒夜，梦魂飘然寻来而又孑然归去的凄孤，意境清幽，色调冷寂而情怀悲恻，尤见幽绝奇绝。清·王国维《人间词话》云："白石之词，余所最爱者，亦仅二语，曰：'淮南皓月冷千山，冥冥归去无人管。'"此词用清绮幽峭之笔写缱绻深挚之情，全篇扣住"感梦"主旨，上下片连成一气，以伊人入梦始，以伊人归去止，一往情深而意到笔随，以本色见长。

【辑评】

[清]王国维《人间词话》：白石之词，余所最爱者，亦仅二语，曰："淮南皓月冷千山，冥冥归去无人管。"

唐圭璋《唐宋词简释》：昔晁叔用谓东坡词"如王嫱、西施，净洗却面，与天下妇人斗好（美）"，白石亦犹是也。刘融齐谓白石"在乐则琴，在花则梅，在仙则藐姑冰雪"，更可知白石之淡雅在东坡之上。

【今译】

又见到了你
声容如旧，风姿依然，
梦中分明是你
姗姗地向我走来
一步一轻盈
一声一娇软。
你怨嗔——
薄情郎怎知
长夜不眠时漫漫？
春风初入阁楼
心早被相思浸染。

你说，记得别时
一线一针，为我
缝制冬衣春衫，
别后一字一行
挑灯夜读捎回的信笺。
一缕相思离魂
暗自，追逐情郎
天涯芳草行遍。
啊，那淮南归路
一轮皓月渐冷
洒照千重青山，
忽忽，你的梦魂归去
夜色沉黑里
孤零，无人相伴。

庆宫春

绍熙辛亥除夕，予别石湖归吴兴，雪后夜过垂虹，尝赋诗云："笠泽茫茫雁影微，玉峰重叠护云衣。长桥寂寞春寒夜，只有诗人一舸归。"后五年冬，复与俞商卿、张平甫、铦朴翁自封、禺同载诣梁溪，道经吴松。山寒天迥，云浪四合。中夕相呼步垂虹，星斗下垂，错杂渔火，朔吹凛凛，卮酒不能支。朴翁以衾自缠，犹相与行吟。因赋此阕，盖过旬涂稿乃定。朴翁咎余无益，然意所耽，不能自已也。平甫、商卿、朴翁皆工于诗，所出奇诡，予亦强追逐之。此行既归，各得五十余解。①

双桨莼波②，一蓑松雨，暮愁渐满空阔。呼我盟鸥③，翩翩欲下，背人还过木末④。那回归去，荡云雪，孤舟夜发。伤心重见，依约眉山，黛痕低压。　　采香径里春寒⑤，老子婆娑⑥，自歌谁答。垂虹西望，飘然引去，此兴平生难遏。酒醒波远，正凝想、明珰素袜⑦。如今安在，唯有阑干，伴人一霎。

【注释】

①绍熙辛亥：光宗绍熙二年（1191）。这年，姜夔于途中拜访范成大，在苏州范宅赏梅，写成《暗香》《疏影》两词。范成大称赏不已，赠以家妓小红。除夕，姜夔自范成大石湖别墅归湖州，携小红雪夜过垂虹桥，曾写《除夕自石湖归苕溪》十首绝句，"笠泽茫茫雁影微"为其中一首，另有《过垂虹》："自作新词韵最娇，小红低唱我吹箫。曲终过尽松陵路，回首烟波十四桥。"垂虹：即吴江利往桥。据宋·朱长文《吴郡图经续志》载：建于北宋庆历八年（1048），"东西千余尺，用木万计，萦以修栏，甃以净甓。前临具区（太湖），横截松陵。河光海气荡漾一色。乃三吴之绝景也"。因桥上有垂虹亭，后用以名桥。笠泽：即太湖。俞商卿：俞灏，字商卿，世居杭州，随父徙乌程，光宗绍熙四年（1193）进士。张平甫：张鉴，字平甫，张镃的异母弟。铦（xiān）朴翁：葛天民，字朴翁，山阴人，曾出家为僧，取名义铦，其后还初服。封、禺：二山名，在今浙江德清县西南。梁溪：无锡的别名。耽：喜好。解：诗、词一首，也称"一解"。②莼波：生有莼菜的水面。莼：一种水草，叶子椭圆形，花暗红色，嫩叶可食。③盟鸥：与鸥鸟相盟为伴。④木末：树梢。⑤采香径：范成大《吴郡志》载："采香径在香山之傍，小溪也。吴王种香于香山，使美人泛舟于溪以采香。今自灵岩望之，一水直如矢，故俗又名'箭径'。"径：通"泾"。⑥老子：作者自称。婆娑：盘旋，停留。⑦明珰：用明珠串作的耳饰，指代所思的佳人。

【赏析】

宁宗庆元二年（1196），姜夔偕友人从浙江德清赴无锡，路经吴松，回忆五年前携歌妾小红雪夜泛舟过垂虹桥的往事，遂写下此词。时范成大已谢世三载，小红未同行，故作者于词中追怀昔游，感慨良多。

上片，开篇双桨逐波，一蓑冷雨，写夜过垂虹桥。"那回归去"转入追忆当年：孤舟夜发，白雪映红颜。"伤心重见"远山如黛，隐约含愁，又折回现境。下片，婆娑自歌，扁舟飘然，忽写意兴遄飞。酒醒凝想，佳人凌波，转写思念情深。至篇末"如今安在"又跌到眼前，前尘如梦，唯余栏外烟水苍茫，不尽叹惋，不尽惆怅。此词以寒江、雪夜、远山、孤舟为空旷清远背景，穿插今昔时空跳跃的画面，时而是日暮天寒的轻愁，时而是逸兴难遏的放旷，时而是呼鸥为友的遐思，时而是怀旧思人的惆怅，宋·张炎《词源》评白石词有"野云孤飞，去留无迹"语，用于描述此词甚为恰切。作者将晚唐绝句的绵邈风神与江西诗派的劲峭笔致融入词中，营造出清幽空远的意境，词采精妙，韵致飘逸，确为独臻神秀的佳作。

此词小序清晰叙述写作背景、时间、地点、缘由，情辞俱美，如路经吴松的一段描写，“山寒天迥，云浪四合”，“星斗下垂，错杂渔火”，展示出清逸幽绝的意象和意境，类似山水小品，姜夔词序多如此。

【辑评】

[元]陆友仁《砚北杂志》：近世以笔墨为事者，无如姜尧章、赵子固（孟坚）二公。往余见姜尧章《庆宫春》词，爱其词翰丰茸，故备载之。

俞陛云《唐五代两宋词选释》：白石于冬夜偕友过吴江，卮酒御寒，相与赓和，乃赋此调……白石赋此词，几经涂稿而成。知吟安一字之难，以横溢之天才，而审慎如是，学词者未可以轻心掉之。

【今译】

水面，莼草浮生
双桨摇碎碧波的清澈，
冷雨在蓑衣上
疏疏点点，飘泻，
漫生的轻愁
融入湖心空阔暮色。
呼唤湖边沙鸥
它，翩翩翻飞
欲栖落人的近侧，
却又翕然背人
向远处树颠飞掠。
记得当年
携她湖州归去
漫天飞雪的除夕夜，
乘一叶小舟
踏破几叠波涛云雪。
如今伤心，又见
一卧远山隐约，
似她黛眉含愁
低压在秀美前额。

采香泾，初春
未褪尽残冬的寒冽，
我，久久停留
独自吟啸里，无人
——应歌相协。
西望，一拱长桥
如一弯虹霓湖上垂折，
轻舟飘然驶去
逸兴遄飞，难遏。
微微酒意醒时
去程随波渐渺渐远
风住，浪歇，
正沉思冥想
此时我孤舟孤行
佳人何处寻得?
啊，前尘往事如梦
空余桥栏外
一湖苍茫烟水
依旧，还伴人片刻。

齐天乐

丙辰岁与张功甫会饮张可达之堂。闻屋壁间蟋蟀有声，功甫约予同赋，以授歌者。功甫先成，辞甚美。予徘徊茉莉花间，仰见秋月，顿起幽思，寻亦得此。蟋蟀，中都呼为促织，善斗。好事者或以三二十万钱致一枚，镂象齿为楼观以贮之。[①]

庾郎先自吟愁赋[②]，凄凄更闻私语。露湿铜铺[③]，苔侵石井，都是曾听伊处。哀音似诉，正思妇无眠，起寻机杼[④]。曲曲屏山[⑤]，夜凉独自甚情绪？　　西窗又吹暗雨，为谁频断续，相和砧杵[⑥]？候馆迎秋[⑦]，离宫吊月[⑧]，别有伤心无数。豳诗漫与[⑨]。笑篱落呼灯，世间儿女。写入琴丝[⑩]，一声声更苦。

【注释】

①丙辰岁：宁宗庆元二年（1196）。张功甫：张镃，字功甫。南宋名将张俊曾孙，善诗、词、画。张可达：张镃叔兄弟。寻：不久。中都：即“都中”，此指南宋京城临安（今杭州）。“镂象齿”句：见张镃《满庭芳》注。②“庾郎”句：此借南朝梁·庾信《愁赋》指张功甫先自成吟蟋蟀词。③铜铺：铜制的铺首，多制成虎、螭等头形装在门上以衔门环。此代指宅门。④机杼（zhù）：织布机。⑤屏山：屏风上画的蜿蜒山峦。⑥相和砧杵：此指蟋蟀声与远处捣衣声互相应和。砧杵：妇女将布帛放置石砧上，用杵捶击，使之柔软，便于缝制。古代民间习俗，秋风起时缝制寒衣，寄予远行在外的人，故古诗词中常将秋天的捣衣砧杵声与闺妇念远、游子思归相联系。⑦候馆：见欧阳修《踏莎行》注。⑧离宫：京城正宫以外，帝王出巡所临时居住的行宫。⑨豳（bīn）诗：《诗经·豳风·七月》篇有“七月在野，八月在宇，九月在户，十月蟋蟀，入我床下”诗句。漫与：随意写成。⑩写入琴丝：将蟋蟀悲鸣谱成琴曲。作者自注：“宣、政（即宣和、政和，均为徽宗年号）间，有士大夫制《蟋蟀吟》。”

【赏析】

本篇为咏蟋蟀的名篇。作者与友人会饮，闻屋壁间蟋蟀声而相约赋词，友人先自吟成《满庭芳·促织儿》，写景摹状曲尽其妙，作者则另创新意，着墨于摹写蟋蟀之声。

词以诗人愁吟启入，再接以蟋蟀悲鸣。先用凄凄私语形容，再用思妇织布、西窗暗雨、断续砧杵错杂而来，从正面映衬其哀鸣；又用小儿女篱落捕捉、笑语呼灯旁衬一笔，将其哀声从反面托出；最后以谱入琴弦的哀声收束，拍合开端。全篇始于“愁”而终于“苦”，将蟋蟀声与听蟋蟀者层层夹写，蟋蟀之悲鸣与人之孤吟声、机杼声、捣衣声，琴丝声交织成一片幽怨凄楚的鸣奏。并且穿插画面作步步烘托，如露湿铜铺、苔侵石井，写蟋蟀啼鸣环境的冷寂幽清；候馆迎秋、离宫吊月，写人听蟋蟀哀鸣的孤独伤心。其间又用“先自”“更闻”“都是”“又吹”等词语前后呼应，仰承俯注全无板实，真可谓化工之笔。如清·陈廷焯《词则》所评：“此词精绝，一直说去，其中自有顿挫起伏，正如大江无风，波涛自涌，前无古，后无今。”

秋虫之鸣，本无所谓愁苦，但从有感于“黍离之悲”的愁苦人听来则成悲音哀声。本篇咏蟋蟀当有所寄寓，词中用骚人失意、思妇念远、迁客怀乡、帝后蒙尘等形象写秋虫之鸣，实借以倾泻人间恨声和末世哀音。

【辑评】

[宋]张炎《词源》：最是过片，不要断了曲意，须要承上接下。如姜白石词云：“曲曲屏山，夜凉独自甚情绪。”于过片则云：“西窗又吹暗雨。”此则曲之意脉不断矣。

[清]王士祯《花草蒙拾》：张玉田谓咏物最难。体认稍真，则拘而不畅，摹写差远，则晦而不明。而以史梅溪之咏春雪、咏燕，姜白石之咏促织为绝唱。

[清]王弈清《历代词话》：姜白石，诗家名流，词尤精妙，不减清真乐府，其间高处有美成所

不能及者。善吹箫，多自制曲，初则率意为长短句，既成，乃按以律吕，无不协者。有咏蟋蟀《齐天乐》一阕最胜。

【今译】

庾信先自吟成
不尽哀婉的《愁赋》，
又一阵私语
似咽愁饮恨的凄楚，
哦，原来是蟋蟀声
在悲秋急促。
听，露湿的宅门外
青苔侵染的石井旁
都是它啼鸣处。
这啼声凄哀，如怨如诉，
唤得思妇长夜难眠
披衣飞梭织布。
曲展的屏风上
山峦将天涯芳草遮住，
相思的人，这
天凉如水的秋夜
闻虫声嘤嘤啜泣
怎捱过灯孤影独？

又仿佛听冷雨淅沥
时时，叩打西厢窗户，
为谁断续，应和
远处起落的砧杵？
孤零馆舍里
贬逐荒蛮的行客
悲叹草木秋风萧疏，
冷落离宫中
幽闭的嫔妃哀吊明月
湮没在愁云惨雾，
此时，听蟋蟀鸣声
别有伤心无数。
那《豳风》随笔
将它写入美妙诗句。
小儿女不知悲愁
笑语相呼里
篱笆角落提灯捉捕。
也有多情之人
将蟋蟀声填入曲谱，
那琴弦——
一丝丝一声声
弹拨人间哀怨，更苦。

念奴娇

余客武陵，湖北宪治在焉。古城野水，乔木参天。余与二三友日荡舟其间，薄荷花而饮，意象幽闲，不类人境。秋水且涸，荷叶出地寻丈，因列坐其下，上不见日，清风徐来，绿云自动。间于疏处窥见游人画船，亦一乐也。朅来吴兴，数得相羊荷花中。又夜泛西湖，光景奇绝。故以此句写之。[①]

闹红一舸[②]，记来时，尝与鸳鸯为侣。三十六陂人未到[③]，水佩风裳无数[④]。翠叶吹凉，玉容销酒[⑤]，更洒菰蒲雨。嫣然摇动，冷香飞上诗句。　　日暮青盖亭亭，情人不见，争忍凌波去[⑥]。只恐舞衣寒易落[⑦]，愁入西风南浦。高柳垂阴，老鱼吹

浪，留我花间住。田田多少[8]，几回沙际归路。

【注释】

①湖北宪治：指武陵是南宋荆湖北路提点刑狱使的官署所在地。薄：靠近。寻丈：约八尺到一丈。揭（qiè）：语助词，用于句首，无义。相羊：即“徜徉”，自由自在地来回走动。②闹红：形容荷花丛艳红如闹。③三十六陂（bēi）：虚言池塘多。如王安石《题西太一宫壁》：“三十六陂春色，白头想见江南。”陂：池塘。④ 水珮风裳：以水为佩，以风为裳。唐·李贺《苏小小墓》：写苏小小芳魂“风为裳，水为珮”。⑤玉容销酒：形容荷花鲜艳红润如美人粉脸醉酒。⑥凌波：见贺铸《青玉案》注。⑦舞衣：指荷花、荷叶。⑧田田：荷叶毗连浮水上的样子。汉乐府《江南》：“江南可采莲，荷叶何田田。”

【赏析】

姜夔如孤云野鹤般超凡脱俗、飘然不群，所喜吟咏的常在孤高有节的冬梅夏荷，皆借咏物而寄托情怀。此词描写的荷塘“意象幽寂，不类人境”，是作者所追求的一种理想境界。

开篇“闹红一舸”，点出泛舟赏荷；接下“记来时”八句，以奇思妙想写荷之艳盛；“日暮”五句避直取曲，转写荷之将衰；末了“高柳垂阴”五句，收于恋荷忘归。词中作者炼字、炼句、炼意，多有妙思俊语，如“嫣然摇动，冷香飞上诗句”，“高柳垂阴，老鱼吹浪，留我花间住”，其设想雅丽，缀辞峻峭，皆是被人称赏的佳句。这首咏荷词超绝凡品，清丽脱俗恰如出水芙蓉，“幽韵冷香，令人挹之无穷”（清·刘熙载《艺概》）。读来，神清意远。

此词与周邦彦的《苏幕遮》同为咏荷好词，清·王国维《人间词话》称赞周邦彦“叶上初阳乾宿雨，水面清圆，一一风荷举”词句“得荷之神理”，却认为姜夔这首《念奴娇》“犹有隔雾看荷之恨”。也许是周词摹写池荷沾露、随风翻飞的物态，较实，不隔；姜词以绝色佳人比拟绿叶红荷，较虚，隔了，故扬彼抑此。其实白石词笔虚活，于空际传神，所写玉容醉酒、嫣然一笑、凌波而去、舞衣脱落，皆亦人亦荷，咏荷而不滞于荷，清绝、丽绝、幽绝，即使有“隔雾看荷”之感，也是其清空妙处，不必贬抑而憾恨之。

【辑评】

[明]卓人月《古今词统》：“冷香”六字，鬼工也。（“高柳”二句）写出鱼柳深情，使人不能自绝。

[清]陈廷焯《词则》：炼意炼句归于纯雅。

梁启超《饮冰室评词》：麦（孺博）丈云：俊语。

【今译】

一叶小舟，搅荡
荷丛如火如闹的艳丽，
记得鸳鸯戏水
与人相伴，正是
兴致悠然一路来时。
远处池塘连池塘
人迹不到的静寂，
水，是玉珮玎珰

风是衣裙飘逸，
啊，水叶风荷无数
翩然若凌波仙子。
碧翠的荷叶
散出沁人的清凉绿意，
粉红的荷花
宛如美人玉容
未消残酒，才睡起，

又旁依菰草蒲叶
沾润一阵疏雨。
风中，摇摆的婀娜
恰在嫣然一笑里，
顿时清冷幽香
飞入低吟的美妙诗句。

天色，渐晚
绿荷撑举圆润的伞盖
如少女亭亭玉立，
还未见心爱的人
怎忍骤然凌波而去。

只怕寒霜袭来
脱尽层缀的舞衣，
随一袅秋风
吹向南浦的愁苦别离。
那高柳垂阴下
老鱼吹吐圈圈涟漪，
殷勤地挽留我
这荷花丛暂住。
看，田田莲叶
用绿色柔情浮满一池，
归去的路，多少回
徘徊在水岸沙际。

八 归

湘中送胡德华[①]

芳莲坠粉，疏桐吹绿，庭院暗雨乍歇。无端抱影销魂处，还见篠墙萤暗[②]，藓阶蛩切[③]。送客重寻西去路，问水面琵琶谁拨[④]？最可惜、一片江山，总付与啼鴂[⑤]。

长恨相从未款[⑥]，而今何事，又对西风离别？渚寒烟淡，棹移人远，缥缈行舟如叶。想文君望久[⑦]，倚竹愁生步罗袜。归来后、翠尊双饮，下了珠帘，玲珑闲看月[⑧]。

【注释】

①湘：湖南的别称。因湘水纵贯省境，故称。胡德华：作者友人，生平不详。②篠（xiǎo）墙：竹编的篱笆墙。篠：小竹子。③蛩（qióng）切：蟋蟀叫声凄切。④水面琵琶：唐代白居易谪贬九江时，于江边送客，适逢邻舟琵琶女，遂邀请弹奏数曲，引起同是天涯沦落人之感，作《琵琶行》，有"忽闻水上琵琶声，主人忘归客不发"之句。此化用其事写送别。⑤"最可惜"二句：意谓最痛惜山川虽美，偏多啼鴂的悲切哀声。暗含忧国伤时之叹。⑥未款：未尽吐心意。款：款曲，殷勤的心意。⑦文君：卓文君，西汉才女，貌美。见贺铸《薄幸》注。此借指胡德华妻子。⑧玲珑：月亮皎洁晶莹的样子。唐·李白《玉阶怨》："玉阶生白露，夜久侵罗袜。却下水晶帘，玲珑望秋月。"

【赏析】

此词为湘中送别友人而作。池莲坠香，疏桐落绿，竹篱流萤，藓阶蛩鸣，写秋夜客居庭院的清冷，层层烘染出黯然伤别之情。送客西去，谁拨琵琶，一片江山，付与啼鴂，写次日水边临别的叹惋，别离之愁暗含家国之恨。烟笼江渚，棹移人远，缥缈江波，行舟如叶，写江头送别的依依不舍，惜别情深见于伫望目送之中。末五句宕开一笔，想象友人别后归去，翠尊对饮，垂帘看月，极夫妻团聚的燕婉缠绵之致，词情至此变黯淡为清朗。

此词写客中送客，全篇昨夜、今晨、别前、别后依次叙来，场面迭相递转，如风卷秋云，一气流走，刀挥不断。词中不乏声情激越处、感伤处，但笔力劲健，格调沉着，而又词意和婉、哀而不伤。

【辑评】

[清]陈廷焯《词则》：气骨雄苍，词意哀婉。

[清]陈廷焯《白雨斋词话》：声情激越，笔力精健，而意味仍是和婉，哀而不伤，真词圣也。

梁启超《饮冰室评词》：麦（孺博）丈云：全首一气到底，刀挥不断。

【今译】

池塘莲花，瓣瓣
坠落芬芳粉色，
随风，梧桐飘落枯绿，
一庭冷雨寂寂
幽暗无声，初歇。
风雨止时
无端，忧伤袭来
独抱瘦长身影孑孑，
还见竹篱墙角
流萤点点，明灭，
听蟋蟀声哀
低泣苔铺的石阶。
啊，又踏寻这
西去的路为你送别，
问水面邻近舟中
有谁，弹奏琵琶
让主客再流连片刻？
最痛惜眼前
一片美好江山
尽付与哀鸣的鹈鴂。

人生，常常憾恨
还未尽吐衷肠
相逢短暂心怯，
眼前离别，为什么
又对秋风萧瑟？
江中小洲
烟笼晚秋的冷涩，
船移，人远
烟波缥缈里
行舟泛如一片树叶。
料想闺中妻子
独倚翠竹盼归心切，
阶前含愁伫立
丝袜被夜露浸贴。
待到归去后
你与她——
一樽美酒，对饮
竹影映窗的静夜，
隔着垂垂珠帘
闲看中天一轮秋月。

扬州慢

淳熙丙申至日，予过维扬，夜雪初霁，荠麦弥望。入其城则四顾萧条，寒水自碧。暮色渐起，戍角悲吟。予怀怆然，感慨今昔，因自度此曲，千岩老人以为有黍离之悲也。[①]

淮左名都[②]，竹西佳处[③]，解鞍少驻初程。过春风十里[④]，尽荠麦青青。自胡马

窥江去后[5]，废池乔木，犹厌言兵。渐黄昏，清角吹寒，都在空城。　　杜郎俊赏[6]，算而今、重到须惊。纵豆蔻词工，青楼梦好[7]，难赋深情。二十四桥仍在[8]，波心荡、冷月无声。念桥边红药[9]，年年知为谁生！

【注释】

①丙申：孝宗淳熙三年（1176）。至日：冬至日。荠麦：野生的麦子。弥望：满眼。弥：满。怆（chuàng）然：悲痛的样子。千岩老人：南宋诗人萧德藻，字东夫，晚年居湖州，自号“千岩老人”，姜夔曾跟他学诗，娶其侄女为妻。②淮左：宋朝在淮水下游南岸设置淮南东路，称“淮左”，扬州为其首府。③竹西：唐·杜牧《题扬州禅智寺》：“谁知竹西路，歌吹是扬州。”后于扬州北门外五里处建亭，以“竹西”命名。④春风十里：唐·杜牧《赠别》有“春风十里扬州路”诗句，形容扬州繁华景象。⑤胡马窥江：此指高宗建炎三年（1129）和绍兴三十一年（1161）金兵两次南侵，占据扬州等地。胡马：金人骑兵。⑥杜郎：晚唐诗人杜牧。俊赏：俊逸清赏。⑦豆蔻词工、青楼梦好：指唐人杜牧游赏扬州时所作名篇佳句，其《赠别》：“娉婷袅袅十三余，豆蔻梢头二月初。”其《遣怀》：“十年一觉扬州梦，赢得青楼薄幸名。”⑧二十四桥：即扬州西郊的吴家砖桥，一名红药桥。清·吴绮《扬州鼓吹词·序》云：“是桥因古之二十四美人吹箫于此，故名。”唐·杜牧《寄扬州韩绰判官》有“二十四桥明月夜，玉人何处教吹箫”诗句。⑨红药：芍药花。扬州芍药历来有名，春季甚盛。

【赏析】

此词为扬州感怀之作。靖康之难后，扬州屡遭金兵烧杀掳掠，烽火连年。十六年后作者客游到此，有感于兵劫之后古都凋敝荒凉，自制这首《扬州慢》曲调，抒写“黍离之悲”。

开篇擒题。接下，“春风十里，尽荠麦青青”，从虚处见出战祸兵燹的惨烈，当年繁华荡然无存；“废池乔木，犹厌言兵”，用透过一层写法，无情池木犹如此，人之伤乱自不待言。歇拍以黄昏哀角作进一步烘染，一“寒”一“空”，传达出置身荒寂芜城的悲怆感受。上片以“名都”起，以“空城”结，不尽今昔盛衰之感。下片浑化唐人杜牧诗意推进一层。先用虚拟手法，设想杜牧重到扬州，抚今追昔之感笔墨难尽，人之“惊”与上片物之“厌”相映生情。再用波心冷月、桥边芍药作渲染衬托，结出物是人非、念乱伤离的一怀哀沉。乱后感怀之作前人多有之，而此词凄楚之音浸入纸背，尤为冷隽沉郁，有人将本篇比作南朝宋·鲍照的《芜城赋》，不为过誉。

“二十四桥仍在，波心荡、冷月无声”向称名句，语愈工巧，意愈惨淡，意境极凄艳幽冷，非炼字炼句不能如此，即使炼字炼句，也未必如此。

【辑评】

[清]先著、程洪《词洁》：“无奈苕溪月，又唤我扁舟东下”，是“唤”字着力，“二十四桥仍在，波心荡、冷月无声”，是“荡”字着力。所谓一字得力，通首光彩，非炼字不能然，炼亦未易道。

[清]李佳《左庵词话》：词家有作，往往未能竟体无瑕，每首中，要亦不乏警句，摘而出之，遂觉片句可珍。姜白石云：“波心荡、冷月无声。”又云：“冷香飞上诗句。”

【今译】

扬州，淮左名都，
北门外风景优美
一座竹西亭，
旧时初次路过
解下马鞍，暂驻行程。
如今，又经过此地

啊，满目荒冷，
曾经春风十里
舞榭歌楼，尽成了
遍野荠麦青青。
自从铁蹄践踏后
残破的城池
枯老的乔木
至今犹厌说乱马荒兵。
眼前，黄昏渐近
凄厉的号角
在寒风中回荡
塞满偌大一座空城。

当年，杜牧游冶扬州
挥洒风流逸兴，
料想而今重到
也会愕然，触目心惊。
纵使有——
赞美豆蔻梢头
吟叹青楼一梦
那俊逸的词笔诗情，
也难写出此时
伤乱的悲怆心境。
二十四桥仍在
没有玉人月夜吹箫，
寒寂的波心
摇荡冷月，无声。
可叹这桥边
嫣红盛开的芍药
不知为谁
年年凋谢了，又生！

长亭怨慢

予颇喜自制曲，初率意为长短句，然后协以律，故前后阕多不同。桓大司马云："昔年种柳，依依汉南；今看摇落，凄怆江潭；树犹如此，人何以堪！"此语予深爱之。①

渐吹尽、枝头香絮，是处人家，绿深门户。远浦萦回，暮帆零乱向何许？阅人多矣，谁得似长亭树。树若有情时，不会得青青如此！　日暮，望高城不见，只见乱山无数。韦郎去也，怎忘得玉环分付②。第一是早早归来，怕红萼无人为主。算空有并刀③，难剪离愁千缕。

【注释】

①率意：随意。协以律：用音律配歌词。桓大司马：桓温，字元子，东晋明帝之婿，曾任大司马都督中外军事。见辛弃疾《水龙吟》注。"昔年"六句：引自南朝梁·庾信《枯树赋》，非桓温原话。汉南：湖北汉水以南。②"韦郎"二句：见晏几道《鹧鸪天》（小令尊前见玉箫）注。③并刀：见周邦彦《少年游》注。

【赏析】

姜夔的《凄凉犯·序》云"合肥巷陌皆种柳"，故其所写合肥情词多托柳起兴。此词为别离合肥情侣而作。枝头飘絮，点明正值暮春季节。门户绿深，画出伊人所居幽静。远浦暮帆，写人将启程远行。青青如此，借柳色怨责离别。上片写惜别而以柳贯串，写景摹物借以衬托，用笔不即不离。至下片转而写别离。高城不见，乱山无数，写行舟渐远。玉环分付，红萼无主，插入别时叮嘱，托言红萼期盼早归。末以离愁千缕，剪之不断作结，仍关合到柳。此词所写情事虽俗气，但贵在用情深挚。作者一怀离情别绪，哀怨无端，故词中运用"扫处即生"法，如开头"渐吹尽、枝头香絮"，过片"日暮，望高城不见"，似难以再纵笔续写，却又长亭树"青青如此"，又"玉环分付"早早归来，皆于说尽处转出别意，可谓山穷水尽又见柳暗花明。

此词屏除秾丽哀艳，以清峭拗折之笔写柔情，曲折中自如流转，不同于温、韦，也不同于晏、欧，自是白石情词耐人寻味处。

【辑评】

[清]孙麟趾《词径》：路已尽而复开出之，谓之转。如："谁得似长亭树。树若有情时，不会得青青如此！"

[清]陈廷焯《词则》：哀怨无端，无中生有，海枯石烂之情。

【今译】

渐渐，飘尽了
杨柳枝头的点点柔絮，
处处人家，门户
掩在浓浓荫绿。
远处，一曲江水
回旋波光的悠碧，
零乱的风帆
挂着苍茫暮色
不知将驶向哪里？
谁似长亭畔柳
看尽多少别离依依。
它，若有情
也会丝丝憔悴
不该柳色青青如此！

日暮行舟，渐远
回头，高城隐没不见
只见层层叠叠
乱山无数。
我去了，怎忘
伊人临别分咐：
"第一要紧的是
早早归来莫耽误，
怕红萼盛开
没有主人爱怜呵护。"
算来空有利剪
剪不断——
这，如柳丝
万缕的离愁别苦。

淡黄柳

客居合肥南城赤阑桥之西，巷陌凄凉，与江左异，惟柳色夹道，依依可怜。因度此阕，以纾客怀。①

空城晓角，吹入垂杨陌。马上单衣寒恻恻②。看尽鹅黄嫩绿，都是江南旧相识。正岑寂③。明朝又寒食。强携酒，小桥宅④。怕梨花落尽成秋色⑤。燕燕飞来，问春何在，唯有池塘自碧。

【注释】

①江左：今江苏以南的江南。古人从中原向南看，以东为左，以西为右，故称长江下游南方为“江左”。可怜：可爱。度此阕：《淡黄柳》词调为姜夔创制，自注有工尺旁谱。度：制作词曲。纾（shū）：宽解。②恻恻：与“侧侧”同义，轻寒貌。唐·韩偓《寒食夜》：“侧侧轻寒剪剪风。”③岑（cén）寂：高静。岑：高。④小桥：三国时桥玄之二女，貌美，人称“大桥”、“小桥”（桥，也作“乔”），后分别嫁与孙策、周瑜。见西晋·陈寿《三国志·周瑜传》。此处指合肥情侣。姜夔总提到的合肥相好为姊妹二人，如其《解连环》云：“为大乔能拨春风，小乔妙称筝，雁啼秋水。”⑤“怕梨花”句：唐·李贺《三月》诗：“曲水飘香去不归，梨花落尽成秋苑。”此改用李诗一字以协韵。

【赏析】

时，作者客居合肥南城赤阑桥西，虽临近寒食春色正好，但“巷陌凄凉，与江左异，惟柳色夹道，依依可怜”，故自创曲调填词，名之为《淡黄柳》，以抒写客居的幽寂情怀。

空城角哀，马上衣单，写晓寒凄冷独行。鹅黄嫩绿，尽如旧相识，变作欣然喜悦，然其中难免他乡羁怀。换头点明清寂索寞。接下寒食携酒，探访伊人，聊作自我宽解。怕梨花落尽，旋成秋色，转而惜春伤逝。末了唯有池塘粼粼自碧，花落春尽不言自明，收出不尽荒寂寥落之意。此词写景清丽，抒情深婉，运笔极腾挪跌宕之致。

这首词写于旅食流寓中，将怅念旧情与羁旅客愁相糅合，具有较浓的凄恻色调，这当是作者哀时念乱的忧伤所染。南渡以后朝廷忍辱偏安，民生凋敝，国势日非，作者目睹而心伤，多于词中抒感寄慨，故此词所写非“客怀”二字可以概尽，只是其“感慨全在虚处，无迹可寻，人自不察耳”（清·陈廷焯《白雨斋词话》）。

【辑评】

[清]谭献《谭评〈词辨〉》：白石、稼轩，同音笙磬，但清脆与镗鞳异响，此事自关性分。

[清]王闿运《湘绮楼评词》：《淡黄柳》空城晓角，亦以眼前语妙。

[清]郑文焯《郑校白石道人歌曲》：长吉有“梨花落尽成秋苑”之句，白石正用以入词，而改一“色”字协韵，当时清真、方回多取资诗秀句为字面。

【今译】

楼头的号角声
搅起一城朦胧晓色
空冷，荒寂，
随风吹入巷陌
人迹稀少的道旁
几行弱柳依依。
马蹄，踢踏着
幽巷的宁静
单薄衣衫，迎面
不抵微微寒气。
看尽鹅黄嫩绿
这初春柳色
尽如江南旧时相识。

一怀清寂的冷
明天又是寒食节气。
强打精神，携酒
小桥边宅院
如约与伊人相聚。
最怕晚春残时
梨花落尽，片片
如冬雪寒白
染成一庭秋色的冷凄。
当双燕子飞来

问春，去了哪里？
啊，池塘无语
独自浮泛一池
波光粼粼的浅碧。

暗　香

辛亥之冬，予载雪诣石湖。止既月，授简索句，且征新声，作此两曲。石湖把玩不已，使工伎隶习之，音节谐婉，乃名之曰《暗香》《疏影》。①

旧时月色，算几番照我，梅边吹笛？唤起玉人，不管清寒与攀摘②。何逊而今渐老，都忘却、春风词笔③。但怪得、竹外疏花，香冷入瑶席④。　江国，正寂寂。叹寄与路遥⑤，夜雪初积。翠尊易泣⑥，红萼无言耿相忆⑦。长记曾携手处，千树压、西湖寒碧。又片片吹尽也，几时见得？

【注释】

①诣（yì）：探访。石湖：南宋诗人范成大，晚年退居苏州西南的石湖，自号“石湖居士”。新声：新的词调。工伎：乐工歌妓。隶习：学习，练习。《暗香》《疏影》：是姜夔自度曲，注有工尺旁谱。词调名取自林逋《山园小梅》诗中的咏梅名句：“疏影横斜水清浅，暗香浮动月黄昏。”②“唤起”二句：写昔日和佳人一同冒清寒攀摘梅花的韵事。玉人：如玉的佳人。与：共、同。③“何逊”二句：南朝梁代诗人何逊，字仲言，酷爱梅花，曾在扬州作《咏早梅诗》，另写有《咏春风诗》。此处以何逊自拟，言年岁渐增，昔日咏春风寒梅的诗兴才情已减退。④瑶席：幽雅华丽的座席。⑤寄与路遥：意谓欲折梅寄予所思之人，但路途遥远。此暗用“驿寄梅花”典故。⑥翠尊：玉制的酒杯，代指酒。易泣：宋·周密《绝妙好词》作“易竭”。竭，空、尽。⑦红萼：指红梅。耿：长久不忘。

【赏析】

据题序记述，光宗绍熙二年（1191）冬，姜夔冒雪往苏州探访范成大。范家宅院寂静，有玉梅几树，应主人授简索句，遂写下《暗香》《疏影》二词。白石一生爱梅至深，多吟咏之什，而以此二首最为精绝。

此词将咏梅和忆人融合来写，忽人忽花，如痴如醉，表达出无限眷念之情。上片：“旧时”月色，吹笛摘梅，重温往事情味深至。“而今”渐老，词笔生涩，语意顿折到今不如昔，不胜怅然。“但怪”二字再作一转，竹外疏花，冷香入席，偏又引人情思。下片：折梅难寄，对花把酒，写忆念之深切；“长忆”转入往事，携手处千树红梅压西湖寒碧，奇丽幽绝，景美托出人美；结拍又折回，梅落人去，几时重见？一片情深情痴以问句委婉出之。此词跌宕有致，句句不离梅花，处处忆念玉人，以人衬梅，以梅映人，咏物而寄情，写意而传神。

清·郑文焯《郑校白石道人歌曲》云：“此二曲为千古词人咏梅绝调。以托喻遥深，自成馨逸。”若作比较，《疏影》偏重写梅的“幽”，一纸幽独、幽怨、幽婉；而这首《暗香》则更多从梅的“清”着墨，透出一片清雅、清疏、清迥。

【辑评】

[宋]张炎《词源》：词以意趣为主，要不蹈袭前人语意……姜白石《暗香》赋梅云（略）、《疏

影》云（略）。此数词皆清空中有意趣，无笔力者未易到。

［元］杨维桢《东维子集》：元松陵陆子敬居分湖之北，垒石为山，树梅成林，取姜白石词语，名其轩曰“旧时月色”。

［清］邹祗谟《远志斋词衷》：大率古人由词而制调，故命名多属本意。后人因调而填词，故赋寄率离原辞。曰填、曰寄，通用可知。宋人如《黄莺儿》之咏莺，《迎新春》之咏春柳耆卿，《月下笛》之咏笛周美成，《暗香》《疏影》之咏梅姜夔，《粉蝶儿》之咏蝶毛滂，如此之类，其传者不胜屈指。

【今译】

明月，一泻清辉
依然如旧时，
曾经几番照我
树下梅边
吹弄一支悠悠横笛？
唤起如玉佳人，
不顾夜露清寒
一同攀摘梅枝。
当年，诗兴勃发
才情横溢，
如今年岁渐增
早已荒疏了
吟咏春风寒梅的词笔。
只怪竹丛外
数枝红梅，斜倚，
一缕幽冷清香
散入华丽的宴席。

这江南水乡
沉落在漫漫冷寂。
可叹，水远山遥
一枝折梅难以赠寄，
正值冬夜飞雪
小路白茫茫
漫长地，铺积。
眼前绿杯美酒
独自忧伤地饮泣，
对映窗疏影
无语，回忆往事。
记得那年
西子湖畔，携游
梅花绽放千树，
清雅的艳丽
倾压一湖波光的寒碧。
啊，片片梅花
将吹落在寒夜
横笛的幽咽声里，
何时——
能再与她相遇？

疏　影

苔枝缀玉[1]，有翠禽小小，枝上同宿[2]。客里相逢，篱角黄昏，无言自倚修竹[3]。昭君不惯胡沙远[4]，但暗忆、江南江北；想佩环、月夜归来，化作此花幽独[5]。犹记深宫旧事，那人正睡里，飞近蛾绿[6]。莫似春风，不管盈盈[7]，早与安排金屋[8]。还教一片随波去，又却怨、玉龙哀曲[9]。等恁时、重觅幽香，已入小窗横幅。

【注释】

①苔枝：长有苔藓的梅枝。范成大《梅谱》载：绍兴、吴兴一带的古梅“苔须垂于枝间，或长数寸，风至，绿丝飘飘可玩。”②“有翠禽”二句：宋·曾慥《类说》引《异人录》：隋代赵师雄行经罗浮山，天寒日暮，遇一素妆女子，与之对饮，有一绿衣童子歌舞其侧。赵师雄醉后醒来，天已晓，发现自己躺在一株大梅花树下，树上有翠鸟欢鸣。始知所遇乃梅花神，绿衣童子为翠鸟所化。③“篱角”二句：化用唐·杜甫《佳人》诗意，把梅花比作孤独高洁的佳人。④“昭君”句：用“昭君出塞”典故，见辛弃疾《贺新郎》注。⑤“想佩环”二句：佩环：指系着叮当环佩的昭君。唐·杜甫《咏怀古迹五首》咏昭君出塞有“环佩空归月夜魂”诗句。此化用杜诗，意谓梅花是月夜归来的昭君芳魂所化。⑥“犹记”三句：用“梅花妆”典故，见欧阳修《诉衷情》注。蛾绿：即女子黛眉。⑦盈盈：形容女子仪态美好，此借指梅花。⑧“早与”句：用“金屋藏娇”典故，表达对梅花的怜惜之情。⑨玉龙：笛名。林逋《霜天晓角》：“甚处玉龙三弄，声摇动、枝头月。”哀曲：指哀怨的笛曲《梅花落》。

【赏析】

此词笔法奇特，连续铺排典故，用五位佳人比喻映衬梅花，写梅花的意态、风致和神韵，形神兼到。苔丝挂枝，翠鸟同宿，暗用艳遇花神传说托梅花之美丽；日暮佳人，独倚修竹，借用唐人杜甫诗句写梅花之高洁；珮环芳魂，月夜归来，化用昭君出塞典故，写梅花之幽独；深宫旧事，花落眉心，用寿阳公主梅妆故事，写梅花之轻盈；莫似春风无情，早与安排，用金屋藏娇典故，写梅花之零落。结处重觅幽香，已入小窗横幅，终归到惜花深情，不尽爱怜，不尽怅惋。作者较多地熔裁典事、隐括前人诗句，但运笔空灵，虚实交错变化，并用“犹记”“还教”“又却”等虚词转折跌宕其间，除却板滞，不涉呆相，故写来“如绛云在霄，舒卷自如”（清·许昂霄《词综偶评》）。

姜夔的《疏影》与《暗香》自成馨逸，同为咏梅名调，“空前绝后，独有千古”非虚誉之词。但因二词包蕴丰厚，有寄意言外处，故对其词旨的索解历来众说纷纭。对此不必刻意去考证指实，只须当作咏梅佳篇来吟味，或更能一纸清幽，沁入心脾。

【辑评】

[宋]张炎《词源》：词用事最难，要体认著题，融化不涩。如东坡《永遇乐》云：“燕子楼空，佳人何在？空锁楼中燕。”用张建封事。白石《疏影》云：“犹记深宫旧事，那人正睡里，飞近蛾绿。”用寿阳事。又云：“昭君不惯胡沙远，但暗忆、江南江北；想佩环、月夜归来，化作此花幽独。”用少陵事。皆用事不为事所使。

[宋]张炎《词源》：诗之赋梅，惟和靖（“疏影横斜水清浅，暗香浮动月黄昏”）一联而已。世非无诗，不能与之齐驱耳。词之赋梅，惟姜白石《暗香》《疏影》二曲，前无古人，后无来者，自立新意，真为绝唱。

【今译】

枝丫，碧绿苔丝
随风袅袅飘拂，
映出缀枝的梅朵
点点，如冰雕玉琢，
还有小小翠鸟
伴花枝一同栖宿。
他乡客居里
与梅花萍水相逢，
黄昏，它婷婷如佳人
在绿篱笆一角

无语，独倚修竹。
昭君出塞，远嫁
沙石飞走的荒漠，
暗自里，思念
江南江北的秀丽故土。
想必是她——
眷念的芳魂
踏洁白月色缥缈归来，
化作这梅花幽独。

犹记深宫旧事
殿檐下，伊人正睡熟，
一朵梅花飘上眉心
印下五瓣媚妩。
啊，莫要似春风
无情地吹落
不怜惜那动人楚楚，
应及早安排金屋
将纯洁的美丽呵护。
可梅花还是
自开自落，片片
随流水飘逐，
只剩——
《梅花落》怨曲
一支横笛中吹抚。
到那时，芳馨消歇
再去苦苦寻觅，
她，疏影横斜
隐隐映入小窗横幅。

翠楼吟

淳熙丙午冬，武昌安远楼成，与刘去非诸友落之，度曲见志。予去武昌十年，故人有泊舟鹦鹉洲者，闻小姬歌此词，问之，颇能道其事，还吴为余言之；兴怀昔游，且伤今之离索也。[①]

月冷龙沙，尘清虎落[②]，今年汉酺初赐[③]。新翻胡部曲[④]，听毡幕元戎歌吹[⑤]。层楼高峙，看槛曲萦红，檐牙飞翠。人姝丽[⑥]，粉香吹下，夜寒风细。　此地，宜有词仙，拥素云黄鹤[⑦]，与君游戏。玉梯凝望久，叹芳草萋萋千里。天涯情味，仗酒祓清愁[⑧]，花销英气。西山外，晚来还卷，一帘秋霁[⑨]。

【注释】

①安远楼：见刘过《唐多令》注。刘去非：作者友人，事迹不详。落之：祝贺安远楼落成。度曲：制曲。此《翠楼吟》为姜夔创制，注有工尺旁谱。鹦鹉洲：在湖北汉阳西南长江中。南朝宋·范晔《后汉书·祢衡传》载：东汉末，黄祖为江夏（今武昌）太守，黄祖长子射大宴宾客，有人献鹦鹉，祢衡即席作《鹦鹉赋》，词采甚丽。后祢衡被黄祖所杀，葬于洲上，洲因此而得名。兴怀：感怀。离索：离群索居。②虎落：遮护城堡的篱笆。③汉酺（pú）：汉律，三人以上不得无故聚饮，违者罚金四两。朝廷有庆祝之事，特许臣民会聚欢饮，称“赐酺”。后历代王朝，遇皇帝登位、帝后诞日、丰收、平乱等事，常有赐酺之举。此制度始于汉，故称“汉酺”。此处指宋孝宗为太上皇（高宗）八十寿辰犒赐诸军。酺：诏赐臣民聚饮。④翻：改编。胡部曲：唐时从西域传入中原的西北边塞少数民族的乐曲。古诗词中常用“胡曲”泛指边地异族音乐。⑤毡幕：用毛毡制成的帐幕。元戎：元帅，带兵的主将。⑥姝（shū）丽：容貌美丽。⑦黄鹤：武昌有黄鹤山，相传仙人王子乔于此乘鹤上天。山上建有黄鹤楼。唐代崔颢有《黄

鹤楼》诗。⑧祓（fú）：原指除灾去邪而举行祭祀，此处意指消除。⑨秋霁（jì）：雨止后天色清朗。此次作者游安远楼在冬天，“秋”字为修饰语，非实指。

【赏析】

孝宗淳熙十三年（1186）冬，姜夔离汉阳往湖州，经武昌恰逢黄鹤山安远楼落成，与友人同往观览，写下此词。十年后，闻有小姬歌此词，遂感怀旧游补写词序。

上片从落成庆典生发，层层铺陈：月笼沙碛，篱涤战尘，先就“安远楼”字面发挥；聚宴初赐，营帐歌吹，接写承平气象；层楼高峙，红槛翠檐，描绘楼阁壮观；佳人姝丽，粉香风吹，叙述庆典歌舞。下片转而登楼抒怀，一气流转：胜地词仙，拥云骑鹤，作潇洒出尘之想；叹芳草萋萋，天涯情味，忽又黯然望远思乡；饮酒对花，聊解清愁，再一笔勒转；末了日落西山，一帘雨霁，以衰残晴光微露振作之意。此词为安远楼落成庆典而作，作者从“安远”生发歌咏升平，但给人的感觉却是清愁不展、英气不振，其中隐含了倦游思归的落寞之叹和国运虚乏的迟暮之忧，这正是这首《翠楼吟》词意深厚处。

姜夔词以善琢炼字句著称，如此词中“酒祓清愁，花销英气”，“槛曲萦红，檐牙飞翠”，或词采精丽，或用字奇警，清·陈廷焯《云韶集》为之叹曰：“情辞双绝，妙是雅音，非秦、柳能到。”

【辑评】

[清]许昂霄《词综偶评》：“月冷龙沙”五句，题前一层，即为题中铺叙，手法最高。

[清]陈廷焯《白雨斋词话》：后半阕云（略）。一纵一横，笔如游龙，意味深厚，是白石最高之作。此词应有所刺，特不敢穿凿求之。

【今译】

清冷月光，悄然
笼在荒寒沙碛，
遮护城堡的篱笆
战尘已洗涤，
今年，普天喜庆
恰逢臣民聚饮的恩赐。
主帅营帐中
管弦歌舞声声
演奏新改编的胡曲。
安远楼刚落成
高高，耸入云际，
看那曲曲栏干
萦回朱红漆的亮丽，
楼檐的翘角
斜飞如滴的翠绿。
歌宴酒席间
翩翩起舞，佳人姝丽，
脂粉香气飘下
正是初冬夜寒风细。

这，名胜之地
该有妙擅词章的仙人
簇拥白云红霓，
乘黄鹤而下
与登楼观瞻的人们
一同游赏嬉戏。
我拾石阶而上
凝望，久久伫立，
只见枯绿芳草
绵延向千里万里。
可叹，人生凄凉况味
尽在天涯浪迹，

借酒消解清愁
任它点点滴滴，
早年的英气壮怀
尽消磨在——
对花，饮酒
悠然闲散的一朝一夕。
此时天色渐晚
卷帘，看西山外
啊，正泛起
一抹清朗的晴意。

俞国宝

俞国宝（生卒年不详），临川（今属江西）人。孝宗淳熙年间为太学生，据宋·周密《武林旧事》记载，曾因所作《风入松》一词得高宗称赏，授以官职。有《醒庵遗珠集》，不传。今存其词五首。

风入松

题酒肆[①]

一春长费买花钱，日日醉湖边。玉骢惯识西湖路，骄嘶过、沽酒楼前。红杏香中箫鼓，绿杨影里秋千。　　暖风十里丽人天[②]，花压鬓云偏[③]。画船载取春归去，余情付、湖水湖烟。明日重扶残醉，来寻陌上花钿[④]。

【注释】

①酒肆：酒店。肆：店铺。②丽人天：美人出游的艳阳天气。③鬓云：形容女子头发浓黑如乌云。唐·温庭筠《菩萨蛮》："鬓云欲度香腮雪。"④花钿（diàn）：即花钗，用金玉珠翠制成的花状首饰。

【赏析】

此为西湖春景的记游词。先写买花醉酒、玉骢骄嘶的游湖豪兴，一春日日如此。继写红杏绿杨、暖风秋千、箫鼓歌舞、簪花佳人的游春景象，景美兴酣，歌美人丽。再转写画船载春，日暮归去，将一湖喧闹散入一湖沉寂烟水。末了明日扶醉，来寻花钿，结得余兴不尽、余韵悠然，可谓"回眸一笑百媚生"。

此词以流丽笔墨描绘了一幅西湖春游图，始以"醉湖边"，止以"扶残醉"，"醉"字贯通整首词的意脉，酒醉、景醉、情醉，醉而忘忧，醉而忘返，上下片一气流转。看似"醉笔"率而成咏，实则作者半醉半醒，于词中暗含讽意，它透过表面的歌舞升平，从一个侧面反映了当时的现实：南宋苟且偏安，置半壁江山沦陷于不顾，轻歌曼舞，朝野恬嬉。

宋·周密《武林旧事》记载：淳熙年间，太上皇高宗游幸湖山。一日，御舟经断桥，桥边有一小酒店颇雅洁，素屏上书《风入松》一词。高宗注目称赏久之，宣问何人所为。答曰："乃太学生俞国宝醉笔也。"高宗笑曰："此词甚好，但末句未免儒酸。"于是将原句"明日再携残酒"改定为"明日重扶残醉"，即日，便授予俞国宝官职。

【辑评】

[明]沈际飞《草堂诗余正集》：起处自然逸响。

[清]李佳《左庵词话》：俞国宝《风入松》调煞句："明日重携残酒，来寻陌上花钿。"德寿（代指高宗）改作"重扶残醉"，便多蕴藉，不似原作犹带寒酸气。

【今译】

一春里，耗费多少　　　　买花的银钱，

每天酣然醉倒
在浓妆淡抹的西湖边。
去往湖边的路
玉骢马熟识走遍，
一声昂首嘶鸣
踢踏经过酒家楼前。
红杏，斜依墙头
芳香飘溢里
箫鼓声声，歌舞蹁跹，
绿杨婆娑的浓荫
悠悠地荡起
少女嬉戏的秋千。

啊，春风习习
吹暖十里长堤
正是丽人出游的艳阳天，
头上斜插的簪花
风中颤颤袅袅
将乌亮发髻压偏。
暮色渐浓时
悠然，归去了
载满春色的画船，
未尽的余情游兴
交付一湖碧烟。
明日，带着未消的残醉，
再来寻找路边
美人遗落的花钿。

史达祖

史达祖（生卒年不详），字邦卿，号梅溪，汴京（今河南开封）人。屡试不第，生活清贫，漂泊扬州、荆楚一带。后为韩侂胄赏识，奉命北行出使金国，任中书省堂吏，专门奉行文字，侍从柬札以至申呈俱出其手，极得倚重信用。开禧北伐失败，韩侂胄被诛杀，随之受牵连而遭黥刑，流放荆襄一带。

善词，长于咏物，摹写极妍尽态，以细腻工巧、妥帖轻圆见称，间有寄怀深沉之作，抒写家国之恨和身世之感。姜夔称赏其词“奇秀清逸”，“能融情景于一家，会句意于两得”（《宋·黄昇中兴以来绝妙词选》引）。清·周济《介存斋论词杂著》则认为“梅溪词甚有心思，而用笔多涉尖巧，非大方家数”。史达祖生前即以词名世，后人将他或与姜夔并称“姜、史”，或与高观国齐名，号称“高、史”。其词对后世影响较大，清代尤为推重，雍正、乾隆间“家白石而户梅溪”（清·谢章铤《赌棋山庄词话》）。有《梅溪词》传世。

绮罗香

咏春雨

做冷欺花，将烟困柳[1]，千里偷催春暮。尽日冥迷，愁里欲飞还住。惊粉重、蝶宿西园，喜泥润、燕归南浦。最妨它、佳约风流，钿车不到杜陵路[2]。　沉沉江上望极，还被春潮晚急，难寻官渡[3]。隐约遥峰，和泪谢娘眉妩[4]。临断岸、新绿生时[5]，是落红、带愁流处。记当日、门掩梨花[6]，剪灯深夜语[7]。

【注释】

①“做冷”二句：清·孙麟趾《词迳》：“词中四字对句，最要凝练，如史梅溪云‘做冷欺花，将烟困柳’，只八字已将春雨画出。”②钿车：用金玉装饰的华丽车乘。杜陵：汉宣帝陵墓所在地，在长安城东南，当时为富贵人家聚居地。③官渡：官府设的公用渡口。④“隐约”二句：用美人含泪蹙颦的眉峰比喻雨中远处的山影。⑤新绿：指春水，唐·韦庄《鹧鸪天》：“春雨足，染就一溪新绿。”⑥门掩梨花：化用宋·李重元《忆王孙》“欲黄昏，雨打梨花深闭门”词句。⑦“剪灯”句：暗用唐·李商隐《夜雨寄北》“何当共剪西窗烛，却话巴山夜雨时”诗意。

【赏析】

这首咏春雨词，无一处不切“雨”字，通篇却不出“雨”字，但“语语淋漓，在在润泽”（明·吴从先《草堂诗余隽》引李攀龙语）。上片摹写春雨情态。做冷欺花，将烟困柳，尽日冥迷，欲飞还住，层层皴染春雨的清寒、迷离和缠绵，绘其形亦摄其神。接下，蝶惊粉重，燕喜泥润，以物之喜烘托春雨的细润；妨碍佳约，杜陵不到，以人之忧衬出春雨的泥泞，归结到人事。下片承接而来，以怀人写春雨。江水沉沉，潮急无渡，写雨幕迷茫昏暝；远山隐约，含泪蹙眉，写雨色绰约渺远；新绿弥岸，落红带恨，写雨意低哀惆怅；门掩梨花，剪灯夜话，写雨境宁静温馨，申足怀人之意。其结处暗含“雨‘字，收束得不脱题意。

此词虚实互幻，情景相生，多角度、多层次地吟咏春雨，极态尽妍而又刻画入神，并且融化前人诗句以丰富词的内涵，拓新意境。此词当是作者着意雕绘之作，但整首词自然浑融，清丽圆转，工丽之极，见出才思，可与周邦彦的《大酺》（春雨）词媲美。

【辑评】

[宋]张炎《词源》：如史邦卿《春雨》云："临断岸、新绿生时，是落红、带愁流处。"……此皆平易中有句法。

[明]杨慎《词品》："做冷欺花"一联，将春雨神色拈出。

[清]先著、程洪《词洁》：无一字不与题相依，而结尾始出"雨"字。

【今译】

春雨，挟裹清寒
潇潇地飘洒
欺得花朵在枝头冷缩，
又缠出薄雾轻烟
将堤柳困绕无数，
那千里万里
无处不在的纷扬
暗自催促春暮。
尽日，一片迷蒙
丝雨如愁思
想要飘飞，忽又止住。
蝴蝶粉翅渐重
落在西园花丛栖宿，
归来筑巢的紫燕
飞来飞去，喜衔
水边润湿的泥土。
这春雨天恼人
将才子佳人的约会耽误，
一地雨水泥泞
华丽车马难到杜陵路。

望去，江面沉沉
笼下不见边际的雨幕，
傍晚春潮带雨
一阵一阵急促，
冷寂无人的渡口
不见船只摆渡。
远处，春雨洗沐的山峦
似佳人含泪颦眉
隐约一卧秀妩。
陡峭的江岸
新绿春水已涨足，
正是片片残红
匆匆，追逐流水
带着离别的愁苦。
啊，记得当年
春雨润打梨花
一院掩着黄昏的静穆，
淅淅沥沥里
与伊人剪灯细语
夜雨敲打西厢窗户。

双双燕

咏 燕

过春社了①，度帘幕中间②，去年尘冷。差池欲住③，试入旧巢相并。还相雕梁藻

井[4]，又软语商量不定。飘然快拂花梢，翠尾分开红影。　　芳径，芹泥雨润[5]。爱贴地争飞，竞夸轻俊。红楼归晚，看足柳昏花暝。应自栖香正稳，便忘了、天涯芳信[6]。愁损翠黛双蛾，日日画栏独凭。

【注释】

①春社：见晏殊《破阵子》注。②度（duó）：揣度，猜想。一作"飞度"解。③差池（cī chí）：犹参差，形容羽翼参差不齐。《诗经·燕燕》："燕燕于飞，差池其羽。"④相（xiàng）：细看。藻井：有彩绘图案的天花板，用木方架成"井"字形，上面绘有藻纹，故称。⑤芹泥：水边生长有芹草的泥土，其泥有香气，燕子喜衔之筑巢。唐·杜甫《徐步》："芹泥随燕嘴。"⑥"应自"二句：谓双燕在巢中栖息香稳，忘记将远方的书信带回。古代有燕足传书的传说。唐代长安女子绍兰，思念远在湘中经商的丈夫，吟诗一首，细书其字，系于燕足，竟送至其丈夫处。其夫见书，感动归来。见五代·王仁裕《开元天宝遗事》载。

【赏析】

南宋诸家尤擅长咏物，而史达祖咏物词以工巧轻圆独标一格。这是一首神形毕肖的咏燕词，历来备受推崇。整首词拟人化，赋予春燕以人的情感灵性，作生动活泼而富有意趣的刻画。参差欲往，试入旧巢相并，写双燕春社归来；细看雕梁藻井，软语商量不定，写双燕栖巢呢喃；飘然出屋，翠尾拂花剪影，写双燕穿飞轻盈；芳径泥润，贴地争飞，写双燕啄泥筑巢；红楼日晚，看足柳暗花暝，写双燕归巢迟迟。再写双燕栖息香稳，忘带天涯芳信，由燕暗度及人。篇末写思妇黛眉含愁，日日独倚画栏。是加倍写法而非闲笔，将双燕放在思妇伤春念远的清冷红楼中，燕之双飞双栖的欢乐与人之独守闺房的愁苦互为映衬，虽是宕开一笔，却加深一层。

这首《双双燕》与《绮罗香》同为作者自度曲，一咏春燕，一咏春雨，所用表现手法亦相同，切合题意而不出题字。此词通篇不出"燕"字，却句句写燕，处处见燕，摹写穷形摄神，韵调清新俊逸，可谓字字刻绘而又字字天然，咏物至此巧极天工。词中"还相雕梁藻井，又软语商量不定""红楼归晚，看足柳昏花暝"，皆取意写神，不粘不脱，物态人情两见，是颇得前人称赏的佳句。

【辑评】

[宋]黄昇《中兴以来绝妙词选》：形容尽矣。姜尧章极称其"柳昏花暝"之句。

[明]卓人月《古今词统》：不写形而写神，不取事而取意，白描妙手。

[清]王士祯《花草蒙拾》：仆每读史邦卿《咏燕》词："又软语商量不定。飘然快拂花梢，翠尾分开红影"，又"红楼归晚，看足柳昏花暝"，以为咏物至此，人巧极天工矣。

【今译】

过了春社，燕子
归来昔日院庭，
猜想那帘幕遮掩中
去年的旧巢
该是一层积尘清冷。
欲往，忽住

抖动参差的羽翅
飞入巢中，双双立并。
却仔细地张望
雕花的栋梁
彩绘的藻井，
又一阵软语呢喃

好似商量不定。
倏忽，飘然飞出
从枝梢掠过一道轻盈，
如剪的翠尾
剪出嫣红花影。

落花飘香的小路
融融春雨如酥
将芳草泥土浸润。
双燕贴地翻飞
竞相夸耀身姿轻俊。
看够了落日下
柳暗，花明，
归飞红楼雕梁时
天色渐昏沉。
双双，栖在香软巢穴
安稳酣眠无声，
全然忘记捎回
天涯游子的书信。
愁损了，楼中思妇
黛眉蹙得紧紧，
天天眺望里
独自将楼栏倚凭。

东风第一枝

咏春雪

巧沁兰心，偷粘草甲[①]，东风欲障新暖。谩凝碧瓦难留，信知暮寒较浅。行天入镜[②]，做弄出、轻松纤软。料故园、不卷重帘，误了乍来双燕。　青未了、柳回白眼[③]，红欲断、杏开素面[④]。旧游忆着山阴[⑤]，后盟遂妨上苑[⑥]。熏炉重熨，便放慢、春衫针线。恐凤靴挑菜归来[⑦]，万一灞桥相见[⑧]。

【注释】

①草甲：草木萌芽时的外壳。如同戴甲，故云。②行天入镜：唐·韩愈《春雪》："入镜鸾窥沼，行天马渡桥。"是说春雪后，天地一片白净，鸾窥池如入镜中，马过桥如行天上。此化用韩愈诗句。③柳回白眼：早春杨柳初生的嫩芽，如人初醒睁开的睡眼，故称作"柳眼"。此处柳芽沾雪，故云"白眼"。④素面：不施脂粉的素净脸面。此形容沾雪的杏花。⑤"旧游"句：用"兴尽而返"的典故。南朝宋·刘义庆《世说新语·任诞》载：晋代王徽之居山阴，一日夜下大雪，忽忆友人戴安道，随即连夜泛舟剡溪，前去拜访。经一宿，至戴家门口，不入，回身而归，人问其故，曰："吾本乘兴而来，兴尽而返，何必见戴。"⑥"后盟"句：用司马相如赴梁王兔园之宴，因雪天受阻而迟到典事。见南朝宋·谢惠连《雪赋》。后盟：即"后于盟"，迟于赴约的时间。上苑：供帝王玩赏、打猎的园林。⑦挑菜：见贺铸《薄幸》注。⑧灞桥：在长安（唐代都城）东灞水上，五代·孙光宪《北梦琐言》载：唐代郑綮善诗，一次有人问："相国近有新诗否？"对曰："诗思在灞桥风雪中、驴背上，此处何以得之？"此处以灞桥隐指风雪。

【赏析】

本篇咏春雪。起首沁入兰心，粘上草叶，直咏"春雪"题面。接下，碧瓦难留，暮寒清浅，写其融滑；行天入镜，做弄轻软，写其柔洁；不卷重帘，误阻归燕，写其寒峭。写景状物皆切合春雪。换头柳芽白眼，杏花素面，用以衬托春雪。接下，山阴夜泛访友，上苑宴饮赴迟，炉暖春衫针线，运典用事皆不脱春雪。结处挑菜归来，灞桥相见，亦暗缀“雪”字。此词用赋体的散文笔法铺写春雪，并以闺情、轶事、风俗交错映衬，别具巧思。对春雪的摹写亦细腻入微，如“青未了、柳回白眼，红欲断、杏开素面”二句，以绿柳红杏映衬春雪，绘形而绘神，清丽，新奇，神韵绝佳，可与惯用的以梨花、柳絮状雪的诸佳句竞秀，尤被人称赏。

宋·张炎《词源》认为：史达祖《东风第一枝》咏春雪、《绮罗香》咏春雨、《双双燕》咏春燕三词，“皆全章精粹，所咏了然在目，且不留滞于物”。所论甚是。

【辑评】

[明]卓人月《古今词统》：“柳杏”二句，翻新。

[清]陈廷焯《白雨斋词话》：梅溪《东风第一枝》“立春”，精妙处竟是清真高境。张玉田云：“不独措辞精粹，又且见时节风物之感。”乃深知梅溪者。余尝谓白石、梅溪皆祖清真，白石化矣，梅溪或稍逊焉。然高者亦未尝不化，如此篇是也。

【今译】

轻巧地沁入兰芯
又悄悄，将
刚露出地面的草芽紧粘，
似要遮挡——
春风微寒的初暖。
随意的清莹凝结
转眼，融化流走
琉璃碧瓦难将它留挽，
这才知道
春夜寒气还轻浅。
天地间，轻柔白净
行走小桥上
仿佛漫步在云天，
低头，俯看春水池塘
映入明镜里面，
噢，是它
弄出一片白茫茫松软。
遥想北国故园
正春雪飘飞
遮寒的重帘，未卷，
却误阻了早春
飞归旧巢的双燕。

春来，柳眼乍醒
嫩绿还未将枝梢染遍，
墙头的红杏
也没有褪去粉艳，
这，绿柳红杏
披一身白雪
尽改扮成素淡容颜。
记得昔时——
雪夜泛舟访友
至门不入，兴尽而返；
也曾漫天飞雪
迟赴高朋满座的盛宴。
啊，绣阁深闺里
熏炉渐渐冷了
拨弄灰烬又温燃，
先暖一暖手
放慢缝制春衫的针线。
待挑菜游玩的人
踏晴光雪色归来，
只怕灞桥上
又遇一阵风雪飘寒。

秋 霁

江水苍苍，望倦柳愁荷，共感秋色。废阁先凉，古帘空暮，雁程最嫌风力。故园信息，爱渠入眼南山碧①。念上国②，谁是、脍鲈江汉未归客③。　还又岁晚④，瘦骨临风，夜闻秋声，吹动岑寂。露蛩悲、清灯冷屋，翻书愁上鬓毛白。年少俊游浑断得。但可怜处，无奈苒苒魂惊⑤，采香南浦⑥，剪梅烟驿⑦。

【注释】

①渠：他。②上国：京师，国都。③脍鲈：见辛弃疾《水龙吟》注。江汉未归客：用唐·杜甫《江汉》诗句。江汉：长江与汉水一带。宁宗开禧年，因韩侂胄北伐失败受牵连，史达祖遭黥刑，流放荆襄。④还：犹“旋”，不久。⑤苒苒：柔弱的样子。⑥采香南浦：意谓水滨采摘香草，赠给所思念的远方友人。⑦剪梅烟驿：用“驿寄梅花”典故。

【赏析】

此词写客怀秋思。上片以景入，写寒秋旅况。开篇江水苍苍，衰柳残荷，写江边秋色，一“倦”一“愁”移情入景而物我交会，营造出环境和心境的苍凉低哀。接下凉阁残破，旧帘昏垂，写旅舍景色，“废”“古”二字渲染空虚黯淡的氛围。再写远飞征雁，不胜风力，托出自己落魄江汉的孤独惶恐。歇拍入眼南山，一抹黛碧，引出鲈脍味美的归思。下片承接而来，写悲秋客怀。岁末将至，况瘦骨临风，听秋声萧瑟，又还青灯翻书，愁白鬓发，层层渲染，层层递进，极写孤旅客怀的黯然神伤。再将往昔年少俊游与眼前魂魄惊惶两相对映，见出处境的困厄凄凉。最后宕开一笔，南浦采香，驿路折梅，收落到流贬客居中的思亲念友，缠绵不尽，低徊不尽。

此词当是作者贬逐江汉时的羁旅思归之作，由于谪恨离愁的深深浸透，词中悲秋的色调格外沉郁苍凉，与早期词的精工纤婉相比，笔力变得清峭简劲了。

【辑评】

俞陛云《唐五代两宋词选释》：（《梅溪词》）卷首有嘉泰时张功甫序，称其词有“瑰奇、警迈、清新、闲婉之长，而无訑荡、污淫之失，端可以分镳清真，平睨方回”。其推许甚至。

【今译】

江水，苍茫无际，
望去——
败柳无力，曳着倦意，
枯荷萎靡含愁
同染秋色凄凄。
残破的楼阁
先透出寒秋凉气，
古旧的帘幕
空自垂挂暮色低迷，
长天云遮
远征的鸿雁，最嫌
阻遏迅飞的狂劲风力。
这贬逐羁旅中
期盼故园的消息，
最喜爱南山
映入眼帘，那
一抹绰约的黛碧。
京城冠盖驰骛

我，江汉落泊流离。
秋风飒然已起
家乡鲈脍味美
却是迟迟不归的游子。

不久，将是岁末
撑嶙峋瘦骨
独对冷峭秋风袭袭，
静寂的夜
窗外，萧瑟秋声
吹动心中的孤寂。
听墙角下，蟋蟀
在夜露里低咽悲泣，
一盏幽暗青灯
照着客舍的空空四壁，
冷屋，挑灯夜读
泛起的哀愁
浸染成两鬓霜迹。
往日年少时
知交同游的乐事
全都断了，难续。
让人哀怜眼前
一缕柔弱心魂，无奈
总也惶惶惊悸。
多想给远方亲友
采一束沙汀香草，
再折取驿路边
烟笼江南春色的梅枝，
寄去我——
一怀思念和希冀。

八　归

秋江带雨，寒沙萦水，人瞰画阁愁独[①]。烟蓑散响惊诗思，还被乱鸥飞去，秀句难续。冷眼尽归图画上，认隔岸、微茫云屋。想半属、渔市樵村，欲暮竞然竹[②]。

须信风流未老，凭持尊酒，慰此凄凉心目。一鞭南陌，几篙官渡，赖有歌眉舒绿[③]。只匆匆残照，早觉闲愁挂乔木。应难奈故人天际，望彻淮山，相思无雁足[④]。

【注释】

①瞰（kàn）：登高俯视。②然竹：燃竹为薪。然：同“燃”。唐·柳宗元《渔翁》诗：“渔翁夜傍西岩宿，晓汲清湘燃楚竹。”③舒绿：舒展黛眉。古代女子用黛绿色颜料画眉，故云。④雁足：古代有雁足传书的传说。东汉·班固《汉书·苏武传》载：“天子射上林苑中，得雁，足有系帛书，言武等在某泽中。”

【赏析】

此词为旅泊怀人之作。起笔写秋江寒沙的雨景，渲染出清冷孤寂的氛围。“人瞰画阁”为全篇主句，俯瞰中，江上烟蓑乱鸥，惊断诗句；隔岸渔市樵村，晚炊燃竹，正托出心境的“愁独”。上片写景为下片抒怀作铺垫。换头风情未老，顿笔自振。凭持尊酒，借酒浇愁，黛眉舒展，听歌消愁，可是残照乔木，又惹生闲愁。末了深入一层，故人天涯，相思难寄，收得愁怀不尽。篇末“望”字与篇首“瞰”字相应，首尾圆合而章法严密。

此词前半写景入画，意境淡远，后半抒情沉至，跌宕有致，整首词表现出疏隽清俊的特点，为抒情词之杰构。清·陈廷焯《白雨斋词话》评此词：“笔力直是白石，不但貌似，骨律神理亦无不似。”

【辑评】

俞陛云《唐五代两宋词选释》：旅泊怀人之际，烟蓑响雨，惊起闲鸥，搅人诗思，写景幽悄。

【今译】

秋日的江流
笼着一江濛濛雨雾，
萦绕水湾寒沙
一浪一痕地起伏，
登画阁俯瞰
独自，无言愁苦。
微风烟雨里
披蓑老翁的撒网声
惊起一襟诗思
在江面悠然漫浮，
却又白鸥纷飞，搅乱了
佳句初吟难续难足。
冷眼望去
江山美好尽入画图，
隔岸，隐约可辨
微茫云水绕屋。
该是渔市樵村
参差无数，
临近黄昏，轻烟里
噼噼啪啪声响
晚炊人家燃起楚竹。

只须相信风情未减
不曾年老岁暮，
凭借举杯痛饮
将凄凉的望眼慰抚。
啊，扬一鞭催马
奔走南边大路，
几篙绿水
行舟停泊冷寂津渡，
赖有佳人一曲
舒展黛眉
听歌消愁在旅途。
一抹夕阳残照
匆促，被暮色吞入，
不由闲愁又生
一缕挂在森森乔木。
难以忍受的是
故人，天涯遥隔，
望断淮山啊
一怀相思深深
没有大雁传递音书。

卢祖皋

卢祖皋（生卒年不详），字申之，又字次夔，号蒲江，永嘉（今浙江温州）人。宁宗庆元五年（1199）进士，任吴江主簿。嘉定年间，历官秘书省正字、著作郎、权直学士院。

为楼钥之甥，学有渊源，与“永嘉四灵”赵师秀等为诗友。其词主要取法周邦彦，小令深受五代、北宋婉约词风影响，内容、风格与高观国相近，多为咏物、酬酢、相思别离之作，时有俊语，格调纤雅，但才力不足，未能卓然自成一家。填词字字入律吕，时，浙东浙西皆歌之。今有《蒲江词稿》。

江城子

画楼帘幕卷新晴。掩银屏，晓寒轻。坠粉飘香，日日唤愁生。暗数十年湖上路，能几度、著娉婷[①]？　　年华空自感飘零。拥春酲[②]，对谁醒？天阔云闲，无处觅箫声。载酒买花年少事，浑不似、旧心情。

【注释】

①著：值，遇。娉婷（pīng tíng）：姿态美好，代指美人。②酲（chéng）：病酒，过多饮酒而神志不清。《诗经·节南山》：“忧心如酲。”

【赏析】

卢祖皋的《蒲江词稿》中多怀人、怀归、怀旧之作，其追怀旧时情事的词，以这首《江城子》为代表。此词写伤春伤逝的落寞心情。上片伤春而怨别。新晴卷帘，残红飘坠唤人春愁；屈指暗数，十年浪迹，冷落良辰佳人。下片伤逝而怀旧。自叹飘零，日日病酒无人慰藉；伊人已去，无处寻得月桥箫声。末二句“载酒买花年少事，浑不似、旧心情”，绾结全词。上下片写景言情一气流转，格调清婉自然。

此词后段与刘过《唐多令》“欲买桂花同载酒，终不似、少年游”可谓异曲同工。同为感叹买花载酒、觅醉寻芳乃年少风流韵事，如今人已老大、情味索然，不复有昔时的豪情逸兴。二词皆通过今昔对比，写人过中年的凄凉寥落的心境，一是哀叹花落人去、岁月蹉跎，写“年华空自感飘零”的低徊；一是感伤世事沧桑、国事衰微，写“旧江山浑是新愁”的苍凉，各尽其妙。

【辑评】

[清]况周颐《蕙风词话》：卢申之《江城子》后段云云（略）。与刘龙洲词：“欲买桂花同载酒，终不似、少年游。”可称异曲同工。然终不如少陵之“诗酒尚堪驱使在，未须料理白头人”为倔强可喜。

【今译】

画楼小窗，卷入　　　　　　一帘轻暖的新晴，

清晨透着微寒
银白屏风掩紧。
漫天，坠粉飘香
枝上繁花片片
凋零，每日里
唤人淡淡一怀愁生。
暗自屈指一数
十年萍踪，不定，
曾有几度清风明月
伴佳人娉婷？

年华如流，如今
空叹寥落一身。
一春，独自放纵沉饮
已是憔悴缠病，
更哀伤的是
与谁，倾心吐诉
待到梦残酒醒？
只见，远天空阔
片云悠闲浮沉，
再也无处觅得
玉人教吹月桥箫声。
纵使学年少时
买花寻芳，载酒醉饮，
也已全然不似
往昔的闲情逸兴。

鹧鸪天

庭绿初圆结荫浓[1]，香沟收拾旧梢红[2]。池塘少歇鸣蛙雨[3]，帘幕轻回舞燕风。春又老，笑谁同？淡烟斜日小楼东。相思一曲临风笛，吹过云山第几重？

【注释】

①圆：形容绿荫亭亭如盖。②香沟：飘浮有荷花余香的沟渠。③少：同“稍”。

【赏析】

这首小词写春晚夏至的情思。上片，庭绿荫浓、沟流残红、池塘鸣蛙、帘幕回风，尽从闺中伊人眼中看去，初夏景色旖旎迷人，而又景中含情，微露伤春情怀。换头“春又老”承上，“笑谁同”启下。下片，淡烟斜日，独倚小楼，一怀幽思临风吹笛，点出伊人相思情深。结拍几重云山，飘然飞越，借笛声将其情思拉向一片悠远不尽。

此词景色清丽，情思含蓄，表达婉曲，见出卢祖皋词风纤雅而时有佳趣的特色。

【辑评】

[清]周济《介存斋论词杂著》：蒲江小令，时有佳趣。

【今译】

庭院的绿树
亭亭如盖
撑出一蓬清凉浓荫，
残红片片坠下
飘香的沟渠，流葬枝头
枯落的花魂。
池塘细雨，初歇
阵阵聒噪的蛙鸣，

帘幕随风轻摆
恰似美人长袖起舞
舞出风帘间
双燕穿飞的温馨。

春天，又老去，
笑问：有谁相伴
度过这初夏黄昏？
淡烟轻笼里
夕阳涂抹在小楼一角
烁烁一层浮金。
伫立，暂且将
一杯相思酒
托给一曲临风笛声，
它，飘荡而去
不知飘过——
云绕的青山第几层？

刘克庄

刘克庄（1187—1269），字潜夫，号后村居士，莆田（今属福建）人。出身世家，二十二岁以父荫补官。曾入江淮制置使李珏幕府。宁宗嘉定十七年（1224），于建阳令任上，所咏《落梅》有“东风谬掌花权柄，却忌孤高不主张”诗句，被谏官指为讪谤朝政，落职罢废达十年之久。理宗端平二年（1235），任枢密院编修兼权侍右郎，因直言敢谏，被罢官。后知袁州，有政绩。淳祐六年（1246）任太府少卿，理宗赏其“文名久著，史学尤精”，赐同进士出身，迁秘书少监。弹劾权相史嵩十大罪状，再被罢官。晚年，谄事奸相贾似道，官至工部尚书，为人所讥。八十三岁卒。

文体雅洁，尤擅题跋。时有诗名，为江湖诗派重要作家。亦长于词，其词多感慨时事，志在恢复，“壮语亦可起懦”（明·杨慎《词品》），“雄力足以排奡”（明·毛晋《后村别调跋》），与陆游、辛弃疾并为南宋豪雄词三鼎足。然以文为词，多议论，多用典，词风雄健疏宕有余，沉厚含蓄不足。间有清婉之作。今有《后村先生大全集》《后村诗话》《后村别调》（又名《后村长短句》）。

贺新郎

九　日

湛湛长空黑[1]，更那堪、斜风细雨，乱愁如织。老眼平生空似海，赖有高楼百尺[2]。看浩荡、千崖秋色。白发书生神州泪，尽凄凉、不向牛山滴[3]。追往事，去无迹。　　少年自负凌云笔[4]。到而今、春华落尽，满怀萧瑟。常恨世人新意少，爱说南朝狂客[5]。把破帽年年拈出。若对黄花孤负酒，怕黄花也笑人岑寂。鸿北去[6]，日西匿。

【注释】

①湛（zhàn）湛：深貌。②高楼百尺：此指忧国忘家的志士登临或居住之所。暗用刘备“卧百尺楼上”典故，见辛弃疾《水龙吟》注。③牛山：在山东临淄县南。《列子·力命》载：春秋时，齐景公游于牛山，北望齐国都城临淄，流涕曰：“美哉国乎，郁郁芊芊，若何滴滴去此国而死乎？”恋国而惧死，悲叹难以永享人生。唐·杜牧《九日齐山登高》有诗句云：“古往今来只如此，牛山何必独沾巾。”④凌云笔：高超的大手笔。唐·杜甫《戏为六绝句》：“凌云健笔意纵横。”⑤南朝狂客：指东晋孟嘉，曾任桓温参军。重阳节桓温宴饮，游宴龙山（在湖北江陵），随行佐吏皆着戎装。有风至，将孟嘉帽吹落，浑然不觉，良久。桓温命孙盛作文嘲之，孟嘉亦作文以答。其文甚美，四座嗟叹。见唐·房玄龄等《晋书·孟嘉传》。后世用“风吹帽落”典故表示意度从容，潇洒自在。⑥鸿北去：重阳节序，鸿雁南来而非北往。此处“鸿北去”，意含北向中原故土，注目遥望。

【赏析】

此词为重阳登高抒怀之作，议论风发，“悲而壮”（清·陈廷焯《放歌集》），颇能代表刘克庄的词风。

首句奇峰突起，展示出空阔而昏黑的远景。紧接“更那堪”，转出风雨如晦、乱愁如织的感怀。接下于顿挫跌宕中一气流注：平生放眼天下，忧国忘家，泪滴中原；而今才华落尽，一怀潦落，愤世嫉俗；唯有独对黄花饮酒，聊解寂寞。结句鸿雁北去，斜日西沉，与开篇长空湛黑呼应，以景起又以景结，国势衰颓、收复渺茫之意尽在其中。一般逢节应景之作易落俗套，而此词风雨重阳登高纵览，白发书生，不为人生短暂而嗟叹，老眼热泪，只为神州陆沉而忧念，低咽而慷慨，沉郁而勃发，有此立意达意，自是不同凡响。

刘克庄自言对辛弃疾词“幼皆成诵”（《辛稼轩集序》），其词刻意承续辛派词风而来，而又别有自己的雄健疏宕特色，只是以文为词，时有议论过多处，不免“意伤浅露”，盘郁沉深不如辛弃疾，所谓“效稼轩而不及者”（宋·张炎《词源》）。而此词运典用事交叠，抒情议论交并，志雄、意悲、词畅，有雄放排奡之势，又极曲折跌宕之致，少却了直率发露之弊，应是《后村长短句》中的佳作。

【辑评】

[清]陈廷焯《放歌集》：悲而壮。南宋有如此将才、如此官方、如此士气，而卒不能恢复，谁之过也?

【今译】

长天深邃，空阔着
无边的低迷，
又怎禁得住重阳
如晦的斜风细雨，
纷纷的愁思
千丝万缕，如织。
平生志在天下
一双老眼看尽五湖四海
幸卧有高楼百尺。
眼前，万壑千崖
起伏着浩荡秋意。
我，一介白发书生
热泪洒向神州大地，
纵是一怀凄凉
也不会登临牛山时
哀叹人生短暂
滂沱如雨，泪滴。
追忆往昔
种种情事都去了
一去，不留踪迹。

年少时，自负
感天泣地的凌云手笔，
到如今——
华美才藻落尽
剩写一怀索寞失志。
常常憾恨世人
吟诗少却新意，
爱说一些南朝狂客
萧散从容的避世，
年年拈出那
风吹帽落的陈旧逸事。
赏菊饮酒吧
谁会辜负黄花绿酒
独自沉吟叹息，
只怕这篱边丛菊
会笑人孤寞冷寂。
抬头，一行鸿雁北飞
昏黄的落日
正沉隐向天际。

吴 潜

吴潜（1195—1262），字毅夫，号履斋，宣州宁国（今属安徽宣城）人。宁宗嘉定十年（1217）进士第一。知建康府，迁江东安抚留守。理宗端平元年（1234）诏求直言，陈述植国本、笃人伦、蓄人才等九事，以直论忤权相，罢职。淳祐十一年（1251），任参知政事，拜右丞相兼枢密使，次年，因水灾自请离职。宝祐年间，拜左丞相，封许国公。积极主张抗金，弹劾丁大全等奸党盘踞，致危致乱，反遭谗落职，贬化州团练使、循州安置。卒于贬所，年六十六岁。

与姜白石、吴文英等多有交往。《四库全书总目提要》评其词“激昂、凄劲，兼而有之，在南宋不失为佳手”。有《履斋遗集》《履斋先生诗余》。

满江红

送李御带珙[①]

红玉阶前[②]，问何事、翩然引去？湖海上、一汀鸥鹭，半帆烟雨。报国无门空自怨，济时有策从谁吐？过垂虹、亭下系扁舟[③]，鲈堪煮[④]。　拚一醉，留君住。歌一曲，送君路。遍江南江北，欲归何处？世事悠悠浑未了，年光冉冉今如许[⑤]！试举头、一笑问青天，天无语。

【注释】

①李御带珙：李珙，字伯开，吴郡（今苏州）人，历官御带、国子司业。御带：即“带御器械”，为武将的荣誉性加官。宋理宗嘉熙初年，李珙辞官引退，途经平江（今苏州），吴潜作此词送行。②红玉阶：红玉石砌成的台阶，义同“丹墀”，此代指宫殿朝堂。③垂虹：见姜夔《庆宫春》注。④鲈堪煮：见辛弃疾《水龙吟》注。⑤冉冉：缓缓地。屈原《离骚》：“老冉冉其将至兮。”

【赏析】

此词写筵前送别，表达出对友人怀才不遇、退隐还乡的惋惜和怨愤不平，亦借以自抒发怀抱。上片写友人：济时有策，报国无门，故一汀鸥鹭，半帆烟雨，翩然引退而去。下片转写自己：山河破碎，欲归无处，况世事未了，年光易逝，难以遽然归去。一是报国之志难酬，决意归隐；一是报国之志不酬，不忍归隐。欲归与无归，去者与留者，醉饮酣歌惜别之际两相怜惜，两相劝慰，而欲说还休的怅惘与悲愤尽在“一笑问青天，天无语”之中。

全词巧妙设以四问，一顿一挫，将送别情怀、身世感慨逶迤道来，长句与短句、散句与对句交错成文，即清·况周颐《蕙风词话》所说的“尤合疏密相间之法”。其填词功力，非等闲手笔。

【今译】

朝堂宫殿前，台阶
铺砌凝重红玉，
为什么你翩然一身
辞官退去？
——只为江湖
一汀鸥鹭相伴

浮泛半帆烟波细雨。
空自怨嗟的是
报国无门，怀才不遇，
纵有济世良策
向谁陈说，
又有谁，会用取?
只须垂虹亭下
将一叶扁舟栓系，
悠然自得时
烹煮家乡的莼羹鲈鱼。

樽前，酣然沉饮
不惜一醉留你暂住，
无奈送你启程
吟唱清歌一曲。
看遍江南江北
山河破碎残剩半壁，
我心志未酬
欲归，向何处?
又世事纷扰没有了结
一怀深深的忧虑，
可叹年光如水
人渐老去，却这般
彷徨无所归依！
是去，是留?
昂头一笑问苍天
啊，苍天无语。

黄孝迈

黄孝迈（生卒年不详），字德父，号雪舟。生平事迹无所考。曾从刘克庄游，刘克庄为其词集作跋，称赏为清丽绵密。清·查礼《铜鼓书堂词话》曰："雪舟才思俊逸，天分高超，握笔神来，当有悟入处，非积学所到也。"有《雪舟长短句》，惜不传。今存词四首。

湘春夜月①

近清明，翠禽枝上消魂。可惜一片清歌，都付与黄昏。欲共柳花低诉，怕柳花轻薄，不解伤春。念楚乡旅宿，柔情别绪，谁与温存！　　空樽夜泣，青山不语，残月当门。翠玉楼前，惟是有、一陂湘水，摇荡湘云。天长梦短，问甚时、重见桃根②？这次第，算人间没个并刀，剪断心上愁痕③。

【注释】

①湘春夜月：词调名。是黄孝迈自创曲，词的内容与调名切合。②桃根：东晋王献之爱妾，名桃叶。王献之曾作《桃叶歌》："桃叶复桃叶，桃叶连桃根。相连两乐事，独使我殷勤。"见南朝梁·徐陵《玉台新咏》。此处借指所爱恋的女子。③"算人间"二句：姜夔《长亭怨慢》："算空有并刀，难剪离愁千缕。"此翻用其意。

【赏析】

黄孝迈"才思俊逸"，可惜词作传世甚少，此词当为他的代表作。作者于羁旅月夜伤春送别。临近清明，闻翠鸟暮啼黯然销魂，只因柳花飞飏而伤春，楚乡孤宿而伤别。饮泣空樽，青山不语，人自是凄孤；又当门残月，楼前云水，添人愁苦情怀；更天长梦短，欲见伊人不能。一层层逼近，至结处"这次第"三字绾结，落到心上愁痕难剪。通篇由伤到哀再到怨，低徊凄咽，牢愁满纸，似不只为寄旅他乡伤别怀人而发，或别有深意在。麦孺博评此词："时事已非，无可与语，感喟遥深。"（梁令娴《艺蘅馆词选》引）认为作者借"伤春"抒写对国势衰颓、每况日下的隐痛，应是体味到其中一二。

篇中不乏清词丽句，如"欲共柳花低诉，怕柳花轻薄，不解伤春""翠玉楼前，惟是有一陂湘水，摇荡湘云"。一是伤春之意借柳絮飘飞作陪衬，愈见其伤；一是孤凄之哀用云水自摇相映衬，愈增其哀，皆想象美、形象美，用笔曲妙而情味浓郁，极凄婉清丽之致。

【辑评】

[清]万树《词律》：此调无他作者，想雪舟自度，风度婉秀，真佳词也。

[清]查礼《铜鼓书堂遗稿》：情有文不能达、诗不能道者，而独于长短句中可以委婉形容之。如黄雪舟自度《湘春夜月》云云。

[清]陈廷焯《大雅集》：芊绵凄咽起。数语便觉牢愁满纸。

【今译】

已近清明，枝上　　　　翠鸟一声声啼

黯然销魂。
可惜，这一片清歌
都付与寂寞黄昏。
想挽住晚春柳絮
低语倾诉一怀孤旅羁恨，
又怕那柳絮
漫天飞飏，轻薄
不解游子伤春。
想来，这楚乡客舍
孤眠一枕，
多少柔情别绪
谁，与我寒夜温存？

夜来，低声饮泣
点滴独对空樽，
远处苍青山影
无语，凄迷残月
照在闭掩的清冷门庭。
翠竹掩映的楼前
只有一池湘水
摇荡几片浮云。
白昼，漫漫地长
夜梦短促
何时能再见婀娜伊人？
这情形，只恨
人世间没个利剪，
剪断我心上
丝缕纠结的愁情。

吴文英

吴文英（1205？—1268？），字君特，号梦窗，晚号觉翁，四明（今浙江宁波）人。早年长期居住杭州。理宗绍定五年（1232），赴任苏州仓台幕僚，留滞苏州前后达十余年。淳祐九年（1249），在浙东安抚使吴潜幕府，相处甚得。景定元年（1260）以后，曾客寄嗣荣王赵与芮邸，行踪未出江浙一带。平生多与词客、显贵交游，一生未入科举，流寓吴、越各地，潦倒困顿，以布衣终。

为南宋后期著名词人，前人对他或褒或贬，毁荣纷纭。宋·张炎《词源》认为“吴梦窗如七宝楼台，炫人眼目，碎拆下来，不成片断”。清·戈载《宋七家词选》则称其词：“以绵丽为尚，运意深远，用笔幽邃，炼字炼句，迥不犹人。貌观之雕缋满眼，而实有灵气行乎其间。细心吟绎，觉味美方回，引人入胜，既不病其晦涩，亦不见其堆垛，此与清真、梅溪、白石并为词学之正宗，一脉真传，特稍变其面目耳。”其词于忧念国事、感慨盛衰外，多游冶、酬酢之作，针线绵密，运意婉曲，造句冶炼，音律协和，艺术成就很高，被称为词中李商隐，但不免门径狭窄。今存《梦窗词甲乙丙丁稿》。

霜叶飞

重九

断烟离绪，关心事，斜阳红隐霜树。半壶秋水荐黄花①，香噀西风雨②。纵玉勒、轻飞迅羽③，凄凉谁吊荒台古④？记醉蹋南屏⑤，彩扇咽寒蝉，倦梦不知蛮素⑥。

聊对旧节传杯⑦，尘笺蠹管⑧，断阕经岁慵赋⑨。小蟾斜影转东篱⑩，夜冷残蛩语⑪。早白发、缘愁万缕⑫。惊飙从卷乌纱去⑬。漫细将、茱萸看，但约明年⑭，翠微高处⑮。

【注释】

①荐：遇时节供时物而祭。②噀（xùn）：喷水。③迅羽：迅疾的翅羽，指疾飞的鸟。④荒台：戏马台，楚项羽阅兵处，在江苏铜山县南。南朝宋武帝刘裕曾于重阳日登此台，大会宾僚赋诗。此借指古迹。⑤南屏：山名，在杭州。“南屏晚钟”为西湖十景之一。⑥蛮素：小蛮、樊素，唐代白居易的家妓。小蛮善舞，樊素善歌，白居易有诗赞曰：“樱桃樊素口，杨柳小蛮腰。”据夏承焘《唐宋词人年谱》引《吴梦窗系年》考，吴文英有二姬，一姬居于苏州，中途离去；另一姬居于杭州，别后亡逝。此处以“小蛮”“樊素”代指所爱的杭州、苏州二姬。⑦旧节：指一年一度的重阳节。⑧蠹管：笔被蠹虫蚀坏。管：古人削竹为笔管，故以之代指笔。⑨断阕：未填完的词。⑩小蟾：上弦月。⑪残蛩（qióng）：寒秋时的蟋蟀。⑫“早白发”句：化用唐·李白《秋浦歌》“白发三千丈，缘愁似个长”诗意。⑬“惊飙”句：用“风吹落帽”典故，见刘克庄《贺新郎》注。⑭“漫细将”二句：化用唐·杜甫《九日蓝田崔氏庄》“明年此会知谁健，醉把茱萸仔细看”句意。茱萸（zhū yú）：植物名，生于川谷，其香气辛烈。古代风俗，重阳节佩茱萸以驱邪避灾。⑮翠微：缥青的山色，代指青山。

【赏析】

此词是重阳日悼忆亡姬而作。佳节依旧，伊人已去，今也，昔也，良辰美景，赏心乐事，尽入愁人愁怀，整首词笔意清疏而含思凄切。

开篇“断烟离绪”情景双起，萧索孤凄笼罩全篇。下面，谁会纵马疾奔，凭吊荒台古迹？写眼前无心登高；伊人彩扇歌声，自己酒酣梦倦，写当年醉登南屏。一哀一乐，今昔殊异。下片转入写爱姬亡后：尘蠹纸笔，断章经年未续；月斜东篱，夜听寒蛩低咽；任风吹帽落，愁生白发千缕，写极百无聊赖之状之情。结句相约明年青山高处，聊自宽解，却是痴极痛极语，今年如此，明年当可知。此词写伤亡伤逝的孤冷、落寞、慵怠、憔悴，层层推进，愈转愈深。情景交会中，斜阳、霜树，秋水、黄花，绘重阳秋色如见；聊传杯酒，冷夜无眠，白发万缕，写悼亡痴人亦如见。

梦窗词善炼字炼句，如此词“斜阳红隐霜树”句，斜阳如血，霜林似火，皆为热烈红色，着一“隐”字，见出远近浓淡的映衬，构成一种美妙组合，画面令人眩目。另如“彩扇咽寒蝉”的“咽”字，“小蟾斜影转东篱”的“转”字，不只是琢字琢句，也是炼意炼境，没有沉晦质实，辞句秀逸而又韵致流转，均表现出作者的锤炼工力。

【辑评】

［清］陈廷焯《白雨斋词话》：有笔力，有感慨。凄凉处，只一二语，已觉秋声四起。

陈洵《海绡说词》：收句与“聊对旧节”一样意思，现在如此，未来可知，极感怆，却极闲冷，想见觉翁胸次。

俞陛云《唐五代两宋词选释》：论其词句之工，则“半壶秋水”及“蟾影东篱”不过言采菊耳，而辞句秀逸，且有韵致。

【今译】

轻烟，续续断断
如缠绕的离愁别绪，
牵人情怀的是
如血残阳
在火红枫树后隐去。
为奠祭她的亡灵
舀半壶秋水
插数枝绽开的秋菊，
一缕幽香飘来
沾带秋风秋雨。
此时，一怀凄凉
怎会勃发登高意趣，
摇动马缰疾驰
去凭吊荒台古迹？
记得当年——
携佳人登南屏山
趁浓浓醉意，
她，扇底清歌
伴秋蝉轻促啼啼，
我，倦梦酣沉
忘了侧旁佳人玉立。

如今，又是重阳
聊且沉饮
了无饮酒的兴致，
自香消玉损后
尘封诗笺，蠹蛀墨笔，
一首断残词章
几年搁置懒得再续。
天色已转暗
一弯新月斜向东篱，
冷寂的夜无眠
听晚秋蟋蟀低鸣
在院墙角，如泣。

不必羞露满头白发
那是愁思
织成的万千丝缕，
痛楚已到木然
任惊风吹帽落地。
醉眼蒙眬里
随意看取手中的茱萸，
约定明年吧
待到明年重阳
登山色缥青的高处，
一杯祭奠的薄酒
与她，对饮黄菊。

浣溪沙

门隔花深梦旧游，夕阳无语燕归愁。玉纤香动小帘钩①。　　落絮无声春堕泪，行云有影月含羞。东风临夜冷于秋。

【注释】

①玉纤：指女子纤细而洁白如玉的手。

【赏析】

此词是春夜怀人感梦之作。所梦之人或是昔日恋人，曾一度情思缠绵，如今因故离隔，欲见不得而托之梦寐。词写春夜的春情春梦，“东风临夜冷于秋”的凄冷清寂氛围笼罩全篇。

上片记梦寻伊人。门庭掩隔，花丛深茂，旧游之地幽深迷离；夕阳沉落，归燕无语，只见黯然凝愁景色；馨香暗度，纤手卷帘，却终不见桃花人面出迎。下片写梦醒怀人。眼前春絮堕泪，云月含羞，犹如人之吞声饮泣，愁容掩面。末了春风夜冷，凄如深秋，进一步渲染梦后凄凉心境，情余言外。全篇写一“梦”字，梦中似真似假一片依稀，梦后若实若虚一片恍惚，梦幻般的情调，梦幻般的形象，用空灵含蕴的笔墨写出，游思缥缈而情致凄婉。俞陛云《唐五代两宋词选释》评此词：“句法将纵还收，似沾非着，以蕴酿之思，运妍秀之笔，可平睨方回，揽裙小晏。”甚为精到。

【辑评】

[清]陈廷焯《白雨斋词话》：《浣溪沙》结句贵情余言外，含蓄不尽。

陈洵《海绡说词》：“梦”字点出所见，惟夕阳归燕，玉纤香动，则可闻而不可见矣。是真是幻，传神阿堵，门隔花深故也……此篇全从张子澄（泌）“别梦依依到谢家”一诗化出，须看其游思缥缈、缠绵往复处。

【今译】

院门闭掩，花丛深幽
隔不断一缕梦魂
寻访旧日的冶游，
——正是落日
黯然无语沉寂
屋檐下归燕忧愁。
久久伫望里
一丝芳馨暗暗飘来，
是她，纤纤玉指
搴起珠帘银钩。

眼前，一庭落絮
如春点点泪流，
浮游不定的云影里
明月时隐时现
似在掩面含羞。

春风吹入时
夜色，渐凉渐沉，
这梦醒的夜半
清冷，凄寒
如浸人的萧瑟晚秋。

祝英台近

春日客龟溪，游废园。①

采幽香，巡古苑，竹冷翠微路。斗草溪根，沙印小莲步②。自怜两鬓清霜，一年寒食，又身在、云山深处。　　昼闲度。因甚天也悭春③，轻阴便成雨。绿暗长亭，归梦趁风絮。有情花影阑干，莺声门径，解留我、霎时凝伫。

【注释】

①龟溪：在今浙江德清县。据《德清县志》载："龟溪古名孔愉泽，即余不溪之上流。昔孔愉见渔者得白龟于溪上，买而放之。"故得名。②莲步：古代形容女子纤秀小脚的步迹。唐·李延寿《南史·齐东昏侯记》："凿金为莲华以帖地，令潘妃行其上，曰'此步步生莲华也'。"③悭（qiān）春：吝惜春光。悭：吝啬。

【赏析】

作者曾多次游浙江德清，词集中作于德清的词共有七首。此词是晚年重至，寒食节游废园而作。废园，乃是一繁华衰歇之地，当年的笙歌华宴，如今只剩苔径野花，作者以它为陪衬，融入身世飘零的慨叹。

上片，古苑小路，香幽竹冷，写废园清寂景色。接下莲步踏青，溪边斗草，写游人之乐。"自怜"以下，转写自己客游之哀：两鬓清霜，嗟叹衰老；一年寒食，感伤时序；云山深处，疲于漂泊。层层转进，自哀自怜，写出一时百感交并。下片承接而来，先写昼长无聊，雨丝风片，引出趁絮飘逐的归梦。再另换一境，阑干花影，门径莺声，多情留人驻足。故结处霎时凝目伫立，收绾到"游园"，于篇外宕出对废园残景的眷念之情，含低徊不尽的余韵。作者以霜鬓暮年旧地重游，冷香荒圃、草溪沙痕，触处伤怀，故写来情思凄清、寄慨深沉却又绘景清丽，于婉转中见清畅，堪称游园佳作。

【辑评】

[清]陈廷焯《白雨斋词话》：婉转中自有笔力。

俞陛云《唐五代两宋词选释》：时值春阴酿雨，花影絮香，作片时留恋，于无情处生情。词客每有此遐想。

唐圭璋《唐宋词简释》：此首游园之感，文字极疏隽，而沈痛异常……"绿暗"两句，言归其无定，絮轻梦轻，故曰"归梦趁风絮"，"趁"字幽梦缥缈。予谓此句与晏同叔之"炉香静逐游丝转"，皆可会词中消息。

【今译】

采摘一簇花枝
乡野芳香一襟飘扑，
废旧的古园林
寻游漫步时，幽独，
僻静的曲径
深掩在冷翠丛竹。
踏青的少女
溪边斗草，笑语噗噗，
细浅沙岸
印下纤秀的盈步。
我暗自哀怜两鬓
已斑斑清霜密布，
又是寒食时节
一年一度，
此身，依然飘零
在云绕山遮的深处。

漫长无聊的白昼
趁天晴去踏青闲度。
为什么，这般
吝惜晴暖春光，
转眼，浮游云絮
变作天地间蓬松雨雾。
陌上，浓绿柳荫
遮断一双望眼
遮断了长亭归路，
思乡的归梦
随那风中柳絮飘逐。
多情，是婆娑花影，
还有门庭前
啼莺殷情留人住，
暂且流连吧
片刻，我凝神立伫。

祝英台近

除夜立春[①]

剪红情，裁绿意[②]，花信上钗股[③]。残日东风，不放岁华去。有人添烛西窗[④]，不眠侵晓，笑声转、新年莺语。　旧尊俎。玉纤曾擘黄柑[⑤]，柔香系幽素[⑥]。归梦湖边，还迷镜中路。可怜千点吴霜[⑦]，寒销不尽，又相对、落梅如雨。

【注释】

①除夜：除夕。②“剪红情”二句：剪彩色绢纸为红花绿叶，作春幡。见辛弃疾《汉宫春》注。③“花信”句：指妇女钗头插戴春幡。旧时立春风俗，裁剪彩纸、绸、金银箔等物为花胜，妇女插戴头上，以应立春节气。花信：花信风，此指应花期而来的春风。旧时将花开时的风称“花信风”。亦见晏殊《破阵子》注。④添烛西窗：指邻人西窗剪烛夜话，不眠守岁。⑤擘（bò）：剖分。黄柑：春盘中的果子。⑥幽素：幽情素心。⑦吴霜：吴地的秋霜，比喻白发。唐·李贺《还自会稽吟》：“吴霜点归鬓。”

【赏析】

这是一首除夕立春感怀之作。一岁将除，又客里逢春，作者一怀愁寂，写下这首《祝英台近》。

此词从妇女剪红裁绿的迎春，到邻居添烛不眠的守岁，再从往昔玉手擘黄柑的团聚，到今日霜鬓对落梅的孤旅，将他人与自己、昔时与眼前、欢情与悲怀、温丽与凄冷两相对比，用浓淡密疏相间的词采写来，写出了客中除夕逢春的茕独凄清的情怀。篇中前后两结处极警策。前结“有人添烛西窗，不眠侵晓，笑声转、新年莺语”，不言羁旅愁怀，只写邻家笑语达旦的相聚之乐，以衬见出自己的孤寞愁怀。后结“可怜千点吴霜，寒销不尽，又相对、落梅如雨”，不言心情凄冷，只写鬓上繁霜独对窗外落梅，而心情的凄冷悲凉自是见出。此两结处将情思渗透在述事写景中，一反衬一正衬，皆是不言而言，可谓“不着一字，尽得风流”。

古人作词讲究切题。此词上片红情绿意，添烛不眠，一写“立春”，一写“除夕”；下片寒销不尽，切除夕，落梅如雨，切立春。起笔扣住题面，收笔落到题面，由此可见文心细密处。

【辑评】

[清]彭孙遹《金粟词话》：余独爱梦窗除夕立春一阕，兼有天人之巧。

[清]许昂霄《词综偶评》：“归梦”二句从“春归在客先”想出。

【今译】

剪裁一朵花红叶绿，
春天的芳信
在美人钗头袅袅斜倚。
夕阳迟迟不落
春风格外温煦，
不让残余旧岁离去。
守岁的邻里人家
西厢窗前添灯话语，
一夜，天晓月低，
那融乐笑语声
轻柔地，融入
新春黄莺第一声清啼。

旧时除夕，樽前
玉人纤手分剖橙橘，
果盘里每一瓣
暗溢芳馨情意。
每想起，魂归故里，
可总也梦中徘徊
迷路在湖镜的烟水迷离。
如今，千点秋霜
堆积在鬓际，
残冬寒气未褪尽
凄冷时，独对窗外
一树落梅如雨。

风入松

听风听雨过清明，愁草瘗花铭[①]。楼前绿暗分携路，一丝柳，一寸柔情。料峭春寒中酒，交加晓梦啼莺[②]。　　西园日日扫林亭，依旧赏新晴。黄蜂频扑秋千索，有当时、纤手香凝。惆怅双鸳不到，幽阶一夜苔生[③]。

【注释】

①草：起草，草拟。瘗（yì）花铭：南朝梁·庾信曾写《瘗花铭》，吟叹落花。瘗：埋葬。铭：古代一种文体。②交加：纷多杂乱貌。③“惆怅”二句：唐·李白《长干行》：“门前迟行迹，一一生绿苔。”此化用其诗意，以石阶滋生苔苔，写伊人不再至。双鸳：绣有鸳鸯的双绣鞋。此代指女子足迹。

【赏析】

西园在苏州西湖，是吴文英与恋人寓居之地，梦窗词中屡次提及，如《浪淘沙》："往事一潸然，莫过西园。"《风入松》："暮烟疏雨西园路，误秋娘浅约宫黄。"《莺啼序》："残蝉度曲，唱彻西园，也感红怨翠。"西园的烟雨景色、往事旧踪，无不是作者情之所钟，心之所系。此词为清明西园怀人之作，故写来一往情深。

上片触景生情。风雨清明，草铭葬花，写伤春；楼前小路，丝柳柔情，忆伤别；春寒病酒，莺啼晓梦，将伤春伤别交织写，更推进一层。下片睹物思人。重扫西园，赏看新晴，见秋千索而思忆伊人。却不从正面说，只用侧笔点染，当时纤手香凝，如今仍有黄蜂频扑，是痴情语、深情语，也是奇思幽想的妙语。歇拍幽寂石阶，一夜苔生，将芳踪杳无、寻访不见的惆怅一笔写尽。不怨伊人不到，只说幽阶苔生，不怨而怨正见其情深，所谓"结处见温厚"（清·谭献《谭评〈词辨〉》。整首词今与昔映衬，情与景交融，情致深婉而用语极纯雅，属词中高境，是作者得意之作。

【辑评】

[清]许昂霄《词综偶评》：结句亦从古诗"全由履迹少，并欲上阶生"化出。

[清]陈廷焯《白雨斋词话》：情深而语极纯雅，词中高境也。

[清]谭献《谭评〈词辨〉》：此是梦窗极经意词，有五季遗响。"黄蜂"二句，是痴语，是深语。

【今译】

听风声听雨声
度过凄冷的清明，
一怀伤感，掩葬
飘坠的残红
《瘗花铭》草拟而成。
楼前小路，当初
携手分别地
柳拂浓浓绿荫，
那千缕万缕
一丝柔柳，一寸柔情。
春风夹带寒意袭来
我，醉困难醒，
黄鹂啼啼不止
天欲晓时，偏扰乱
片时相聚的梦境。

西园，风景依旧
秀木亭台打扫干净，
喜欢赏看雨后
天边，一抹新晴。
噢，黄蜂为什么
频频飞扑秋千吊绳，
那秋千索，残留
当年纤手的芳馨。
让人惆怅的，是
一园空落里
再也没有了她
盈盈足迹，婀娜倩影，
幽寂的台阶啊
一夜之间——
绿绒般青苔滋生。

惜黄花慢

次吴江小泊，夜饮僧窗惜别，邦人赵簿携小伎侑尊，连歌数阕，皆清真词。酒尽已四鼓，赋此词饯尹梅津。[①]

送客吴皋，正试霜夜冷[②]，枫落长桥[③]。望天不尽，背城渐杳，离亭黯黯，恨水迢迢。翠香零落红衣老[④]，暮愁锁、残柳眉梢。念瘦腰、沈郎旧日[⑤]，曾系兰桡[⑥]。

仙人凤咽琼箫[⑦]，怅断魂送远，九辩难招[⑧]。醉鬟留盼[⑨]，小窗剪烛，歌云载恨，飞上银霄。素秋不解随船去，败红趁、一叶寒涛。梦翠翘[⑩]，怨鸿料过南谯。

【注释】

①邦人：同乡人。赵簿：姓赵的主簿（县官属吏，主管文书簿籍），名字及生平事迹未详。尹梅津：名焕，字惟晓，福州长溪人，流寓山阴（今浙江绍兴）。作者好友，曾为清真词作序。②试霜：霜初降如试，故云。③长桥：指吴江垂虹桥。④红衣：荷花。⑤沈郎：指南朝诗人沈约，见李之仪《谢池春》注。此作者自喻。⑥兰桡（ráo）：香木制的船桨，借作船的美称。⑦凤咽琼箫：用“吹箫引凤”的典故，见李清照《凤凰台上忆吹箫》注。此形容歌女歌喉清越哀婉。⑧九辩：《楚辞》篇名，战国宋玉作。见柳永《戚氏》注。⑨醉鬟：歌女饮酒微醉，故云“醉鬟”。鬟：发髻，代指女子。⑩翠翘：妇女头饰，似翠鸟尾，故名。此代指所思女子。

【赏析】

此词为好友饯别而作，先写“送客吴皋”，再写“僧窗惜别”，结构上运用逆挽章法。

上片多用实笔，写吴江送客。霜降夜冷，枫落长桥，点明送别正值深秋时节。离亭黯黯，长天远水，极力渲染送行的凄清情景。接下粉荷憔悴，残柳含愁，将离情别思融入哀景中。歇拍追溯江岸系舟，瘦损腰身，由与友人离别想到曾与恋人离苦，以昔日映衬今日。下片多运虚笔，写僧舍夜饮。醉眼顾盼，凤咽琼箫，写歌女；断魂送远，《九辩》难招，写自己。再怨责秋色不随行船远去，将惜别之情委婉传出。末了，宕开一笔写梦中伊人，由眼前佐酒歌妓想到所思佳人，似断又续，收落到缥缈梦境。

梦窗词时有晦涩处，如此词忽景忽情，忽昔忽今，忽人忽己，幻与真、醒与醉、虚与实交互写来，须反复咀嚼才能自隐至显，得其因景生情、虚实相生、今昔映衬、由人及己的意脉，从而领会其情哀意婉的味旨。

【辑评】

[清]万树《词律》：梦窗词，七宝楼台，拆下不成片段，然其用字精审处，严确可爱。

俞陛云《唐五代两宋词选释》：前段“翠香零落”五句，后段“素秋”二句，词秀而情长，余韵复摇曳生姿。有此佳词，可如白石之过吴江，付小红低唱矣。

【今译】

吴江岸边，送客
正秋霜初凝

夜，漫着寒气悄悄，
枫叶片片枯红

把一层冷寂飘落虹桥。
望去，长天空落
身后城关渐渺，
隐隐，长亭短亭
伸向萧瑟的西风古道，
离恨，如流水
渐行渐远一路迢迢。
池塘冷缩着枯绿
秋荷红衣脱尽，已老，
暮烟淡笼里
败柳含愁不展眉梢。
回想当年送别
栓系行舟，在城东河桥，
如今又离人憔悴
似沈郎瘦损身腰。

僧舍沉静在夜色
歌声清婉，凤咽玉箫，
怅叹，一缕送别断魂
又随江水去远
吟诵《九辩》难招。
席间劝酒的歌女
醉眼顾盼如秋波一绕，
小窗剪烛，
映出双颊的俊俏，
那歌声含着别恨
随风散入银河云霄。
啊，一怀伤感
萧疏秋色偏不知晓，
不随客船远去
却残花败叶
追逐一江冷波寒涛。
如梦微醉里
月下，伊人婷婷
依稀可见鬓边的翠翘，
可传书的哀鸿
翩然，飞过南楼
——无踪影可寻找。

高阳台

丰乐楼分韵得“如”字[①]

修竹凝妆[②]，垂杨驻马，凭阑浅画成图。山色谁题？楼前有雁斜书。东风紧送斜阳下，弄旧寒、晚酒醒余。自消凝[③]，能几花前，顿老相如[④]。　伤春不在高楼上，在灯前攲枕[⑤]，雨外熏炉。怕舣游船[⑥]，临流可奈清臞[⑦]？飞红若到西湖底，搅翠澜、总是愁鱼。莫重来，吹尽香绵[⑧]，泪满平芜。

【注释】

①丰乐楼：在宋代杭州涌金门外。旧楼规模卑小，淳祐九年（1249）重建，宏丽冠西湖，当时即为缙绅歌舞聚饮之地。宋·陈仁玉等《淳祐临安志》记载：此楼“据西湖之会，千峰连环，一碧万顷，柳汀花坞，历历栏槛间，而游槐画鹢，棹讴堤唱，往往会合于楼下，为游览最”。分韵得“如”字：一种和词用韵的方法。数人相约填词，共赋一题，先选定数字为韵，然后各分领一韵字，用此字所在韵部的字填词。作者分得“如”字，词中除一定用“如”字作韵脚外，其余韵脚须与“如”同韵（鱼韵）。②凝妆：盛妆。③消凝：销魂凝神，指黯然神伤。④相如：西汉著名辞赋家司马相如，作有《子虚赋》《上林赋》《长门赋》等，爱慕卓文君而与之私奔，晚年称病闲居。此处将自己比作多才、多情、多病的司马相如。⑤攲（qī）：斜，倾侧。⑥舣（yǐ）：停船靠岸。⑦清臞（qú）：消瘦。⑧香绵：指柳絮。

【赏析】

理宗淳祐十一年（1251），吴文英曾作《莺啼序》题于丰乐楼，一时为人传诵。从此词的内容看，这首《高阳台》应是故地“重来”，登楼伤春而作。山色如画、雁阵横空，写登临景色；斜阳沉饮、花前顿老，写伤春愁怀。过片“伤春不在高楼上”作一推宕，将登临伤春推向灯前倚枕的怀人、清流照影的伤逝。末了仍绾在登临，拟想重来此楼，柳绵吹尽，泪满平芜，收出一片春衰、景败、情哀。此词为登临宴游之作，词人登华楼聚饮，览西湖胜景，却悲从中来，一纸幽咽低徊，其中包含有身世之悲，也有家国之哀。南宋朝野虽歌舞宴饮，但国运岌岌可危，末世覆亡的阴影早已笼罩，词人以他的敏感将其寓含在风送斜阳、冷雨飞花、柳绵吹泪的伤春中。此词触景生情，伤春伤逝，决非专为一己，以自身而言，是志士迟暮，以时世而言，则是国势危殆，类似唐代杜甫《登楼》“花近高楼伤客心，万方多难此登临”的悲慨情景。

宋·张炎《词源》讥评吴文英词为“七宝楼台”徒炫珠翠，固然有之，但也不尽然。如此词多艳辞丽句，而万端愁思于跳荡中一气流转，密中有疏，实中有虚，丽而不腻，重而不滞，密丽厚重中自有空灵疏宕，如麦孺博叹赏曰：“秾丽极矣，仍自清空。如此等词，安能以‘七宝楼台’诮之。”（梁令娴《艺蘅馆词选》引）

“飞红若到西湖底，搅翠澜、总是愁鱼”二句，造语设想皆新警，营造出飞红翠澜般的凄艳、空灵，“令无数丽字一一生动飞舞”（清·况周颐《蕙风词话》），炫人眼目，是吴文英式的佳句。

【辑评】

[宋]周密《武林旧事》：丰乐桥在涌金门外，旧为众乐亭，又改耸翠楼，政和中改今名。淳祐间，赵京尹与筹重建，宏丽为湖山冠。又甃月池，立秋千，梭门植花木，构数亭，春时游人繁盛。旧为酒肆。后以学馆致争，但为朝绅同年会寿辰乡会之地。吴梦窗尝大书所作《莺啼序》于壁，一时为人传诵。

[清]陈廷焯《白雨斋词话》：奇思幽想。

陈洵《海绡说词》：“泪满平芜”，城邑邸墟，高楼何有焉，故曰“伤春不在高楼上”。是吴词之极沈痛者。

【今译】

陌上，如佳人婷婷
一丛修长的翠竹，
竹边垂柳
丝丝将车马挽住。
登楼凭栏望去
湖山秀丽尽入画图。
远处，苍青山色
如淡墨濡染
是谁挥洒大笔抹涂？
噢，楼前雁群
斜列成“大”字
在天空翩翩题书。
春风，渐急渐紧
将落日催促，
吹弄一阵残冬的寒气
将余剩的醉意
晚来，涣然尽除。
我独自黯然神伤
朝花夕月
不知还能赏看几度，
骤然，衰老了
多才多病的司马相如。

一怀伤春心绪，不在
这丰乐楼纵目，
在灯前倚枕
谙尽无眠的孤独，
在愁听窗外风雨
对一缕焚香的铜炉。
常怕泊船西湖，
怎奈面容消瘦
清流如镜照出酸楚？
落花若飘坠湖底
片片残红搅碎一湖碧波
游鱼徘徊愁苦。
啊，不要重来
登楼凭栏，天地仰俯，
到那时柳絮吹尽
点点如泪——
随风飘洒平野荒芜。

八声甘州

陪庾幕诸公游灵岩[①]

渺空烟四远，是何年、青天坠长星[②]？幻苍崖云树，名娃金屋[③]，残霸宫城[④]。箭径酸风射眼[⑤]，腻水染花腥[⑥]。时靸双鸳响[⑦]，廊叶秋声[⑧]。　宫里吴王沉醉，倩五湖倦客[⑨]，独钓醒醒[⑩]。问苍波无语，华发奈山青。水涵空、阑干高处，送乱鸦、斜日落渔汀。连呼酒，上琴台去，秋与云平。

【注释】

①庾幕：仓幕，指苏州仓台幕府。庾：仓。灵岩：古石鼓山，在苏州西面，以吴王夫差遗迹负盛名，上有春秋吴国的馆娃宫、琴台、响屟廊，山前十里有采香泾。②长星：此想象灵岩是天上坠落的巨星变成。③名娃：指西施。西汉·扬雄《方言》："娃，艳美也，吴、楚、衡、淮之间曰'娃'。"金屋：用"金屋藏娇"典故。此用以指西施居住的馆娃宫。④残霸：春秋时，吴王夫差曾一度争霸中原，后为越国所败，身殒国灭，霸业有始无终，故云。⑤箭径：即采香泾，见姜夔《庆宫春》注。酸风：刺眼酸疼的冷风。⑥腻水：脂粉污腻的溪水。语出唐·杜牧《阿房宫赋》："渭流涨腻，弃脂水也。"清·沈雄《古今词话》："吴宫香水溪，俗云西施浴处，人呼为'脂粉塘'。吴王宫人濯妆于此。溪上源至今犹香。"⑦靸（sǎ）：拖鞋。此作动词用，拖曳。⑧廊：即响屟廊。范成大《吴郡志》载："响屟廊在灵岩山寺，相传吴王令西施步屟（木屐），廊虚而响，故名。"⑨五湖倦客：指范蠡。东汉·赵晔《吴越春秋》载：春秋时，范蠡辅佐越王勾践灭吴后，"乘扁舟，出三江入五湖，人莫知其所适"。⑩独钓醒醒：指范蠡独醒自明，功成身退，遁迹江湖。醒醒：犹言清醒，用屈原《楚辞·渔父》"众人皆醉我独醒"语意。

【赏析】

吴文英于宋理宗绍定五年（1232）入苏州仓台幕府，与同僚游灵岩，吊古感怀作此词。上片写景吊古。开篇起势俊拔，长空浩渺，烟云四远。接而突发奇想，何年何月，青天坠落巨星。顺势往下，层层写幻境：苍崖古木，幻出美人藏娇、霸王盘踞；箭泾酸风，幻作宫女洗妆、污溪腥花；廊叶秋声，幻现西施曳屐、踢踏回廊。于时空错杂交叠中以虚想怀古，将历史与现实粘附一起，或真或幻，营造出奇丽凄迷的境界。下片评史抒慨。吴王沉醉逸乐，自惑美色而颠灭；唯范蠡独醒自明，急流倦退而全身；兴亡盛衰谁使之，问苍波青山无语。其中，多少警醒之意、身世之感和无奈之叹。下面，写凭栏远望与开篇遥映，眼前水天空寂，唯见日暮乱鸦，景中寓慨深沉，暗指吴宫繁华终归于衰寂。末了转宕一笔，写呼酒登台，望秋色与云天齐平，另呈奇情壮采，一派豪气如见。全篇从“幻”字生发，幻境丛叠，幻笔无端，如波谲云诡令人莫测。

吴文英为南宋奇才，一生只曾做幕僚，其经纶抱负往往寄之于词。如此词感怀吴国盛衰，慨叹历史兴亡，忧念时政危难，隐刺朝廷苟安歌舞，一怀郁勃之情曲折盘旋，格高、境远、意深、气雄，世人不可以组绣雕镂之工低视。

【辑评】

[宋]张炎《词源》：词中句法，要平妥精粹。一曲之中，安能句句高妙？只要拍搭衬副得去，于好发挥笔力处，极要用工，不可轻易放过，读之使人击节可也。如吴梦窗登灵岩云：“连呼酒，上琴台去，秋与云平。”

[清]陈廷焯《大雅集》：此词气骨甚遒。

梁令娴《艺蘅馆词选》：麦孺博云：奇情壮采。

【今译】

一望，长空渺渺
云烟向四方远远散尽，
啊，这灵岩山
是何年何月
从青天坠落一颗巨星？
幻化出这古木参天
山崖郁郁苍青，
上面有——
西施居住的华屋
吴王盘踞的宫城。
采香泾横卧如箭
一阵泾风刺酸双眸，清冷，
溪水，仍漂流着
宫女卸妆洗垢的倩影
那脂粉的浓腻
把溪边花草染腥。
回廊，不时传来
美人足曳鸳鸯木屐
步步踢踏的轻盈，
可会是长廊飘落的枯叶
飒飒作秋声？

当年华丽深宫里
吴王沉醉声色歌舞
落个亡国丧身，
唯有范蠡五湖泛舟
众人皆醉他独醒。
谁主宰人世的兴亡衰盛？
江上苍茫烟波
沉默无语也无情，
重峦叠嶂的青山
奈何笑对我早染霜鬓。
远水，连接长天
浩淼无垠，
倚栏目送点点寒鸦
聒噪昏茫斜阳
沉落在悠闲垂钓的沙汀。
连连呼朋唤酒
登上琴台的高顶，
看，萧瑟秋色
与高远的云霄齐平。

夜合花

自鹤江入京，泊葑门外有感。①

柳暝河桥，莺晴台苑②，短策频惹春香③。当时夜泊，温柔便入深乡。词韵窄，酒杯长。剪蜡花、壶箭催忙④。共追游处，凌波翠陌⑤，连棹横塘。　十年一梦凄凉。似西湖燕去，吴馆巢荒⑥。重来万感，依前唤酒银罂⑦。溪雨急，岸花狂。趁残鸦、飞过苍茫。故人楼上，凭谁指与，芳草斜阳。

【注释】

①鹤江：即白鹤江，在苏州城西北武进县境。《苏州府志》记："白鹤江本松江之别派。"葑（fēng）门：苏州吴县城东门。②台苑：姑苏台之苑囿。③策：马鞭。④壶箭：即漏箭。⑤凌波：见贺铸《青玉案》注。⑥吴馆：春秋时吴王夫差为西施建造的"馆娃宫"，在苏州灵岩山上。此借指旧日与姬同居处。⑦银罂（yīng）：银制的酒器。罂：一种大腹小口形状的酒器。

【赏析】

据杨铁夫《吴梦窗事迹考》：吴文英入苏州仓台幕府时，曾纳一姬，同居于阊门西之西园。至淳祐三年（1243）秋，卸职，携姬迁往杭州。次年暮春，姬离去归苏州。此词当是旧地重游，追怀去姬而作。

上片追忆往日。柳掩河桥，莺啼苑囿，写策马出游一路风光旖旎。"当时"统摄上下，赋诗饮酒、剪烛夜话，翠陌漫步、横塘荡舟，写两情缱绻的游乐情事，神与俱往。下片感伤今日。换头"十年一梦"，将往日游乐一笔扫空，顿然转入眼前凄凉。燕去巢荒，只见急雨狂花，昏天暮鸦，景凄；旧居楼阁，无人携登，共眺芳草斜阳，情更凄。一怀旧地"重来"的孤寞感伤，纷至沓来，哀徊不已。此词脉络井井，一昔一今、一欢一悲起伏写来，欢快与低抑对映，倾泻与吞咽交互，辞情婉转而笔调清疏。

【辑评】

俞陛云《唐五代两宋词选释》："溪雨"三句，写景真而句复警动。"故人"三句，"芳草斜阳"，一片苍凉之感。惜故人不见，谁与诉愁！客子之幽怀，亦词家之妙笔也。

唐圭璋《唐宋词简释》：下片，一气贯注，笔力排奡（矫健），绝似屯田。

【今译】

河岸的柳荫
幽暗，低笼在桥栏上，
黄莺的婉转啼声
清新了亭园春光，
我挥鞭驰马，一路
鞭梢沾惹花香。
当时，船泊夜色

她与我两情缱绻
沉醉温柔之乡。
深深的爱恋
无法倾吐在浅短词章，
只有浅斟对饮的酒
一杯比一杯长。
她，纤手剪烛

将残焰拨亮，
只恨更漏不解人意
一滴滴催得春宵匆忙。
携手同游，难忘，
她，凌波仙子般轻盈
闲步绿野小路旁，
或摇动双桨
悠荡小船在横塘。

十年往事，恍如一梦
梦醒时一怀凄凉。
伊人如西湖紫燕
倏然飞逝远方，
再也不见旧时倩影
西园巢穴已空荒。

重访故地啊
百感交并，不尽怅惘，
连声唤人添酒
一如从前，痛饮
吞饮无奈的懊伤。
眼前，春水骤然漫涨，
岸上落花纷纷
在风的飘卷中颠狂，
追逐暮色的归鸦
飞向对岸的一片苍茫。
登上旧居楼阁
啊，有谁伴我，
指点芳草萋萋
——延伸天际斜阳。

唐多令

何处合成愁？离人心上秋。纵芭蕉、不雨也飕飕。都道晚凉天气好，有明月，怕登楼。　　年事梦中休，花空烟水流。燕辞归、客尚淹留①。垂柳不萦裙带住，谩长是、系行舟。

【注释】

①“燕辞归”句：曹丕《燕歌行》：“群燕辞归鹄南翔，念君客游多思肠。慊慊思归恋故乡，君何淹留寄他乡。”此用其诗意。此句中的“燕辞归”或为特指。梦窗词中常用“燕”指其爱姬，如《瑞鹤仙》：“流红千浪，缺月孤楼，总难留燕。”《夜合花》：“十年一梦凄凉。似西湖燕去，吴馆巢荒。”故有人认为此词为爱姬已去，客中伤离而作。客：作者自指。

【赏析】

这首词于羁旅中感物悲秋，怀人伤离。起笔揭出“愁”字，离人悲秋即为愁。继而芭蕉夜雨飕飕，写秋声；月明怕登高楼，写离怀。往事如梦，花空水流，将伤离悲秋融合为一。接下燕辞归而人滞留，其愁更推进一层。末了怨垂柳不萦罗裙，偏系行舟，痴情语，也是愁极无奈语。梦窗词以绵丽深曲为主要特色，多表现为或辞藻绚丽，或错杂叠和，或缥缈幽邃，此词却疏朗轻俊，不委曲、不雕绘，语浅而情深。实为梦窗词中的别调。

“何处合成愁？离人心上秋。”用拼字法，点出离思加秋思即为“愁”，紧扣主旨而来，一问一答出以唱叹，设想极新巧，而又似信手拈来，涉笔成趣。但有些类似拆字离合的文字游戏，故被人讥为“几近油腔滑调”。清·陈廷焯《白雨斋词话》云：张皋文（惠言）《词选》独不收梦窗，以梦窗与耆卿、山谷、改之同列，不知梦窗者也。至董毅《续词选》只取梦窗《唐多令》《忆旧游》两篇，此二篇绝非梦窗高诣。

【辑评】

[宋]张炎《词源》：此词疏快，却不质实。如是者集中尚有，惜不多耳。

[明]卓人月《古今词统》：无风花落，不雨蕉鸣，是妙对。

【今译】

何处合成“愁”字？
噢，离人的心上
笼着萧瑟寒秋。
纵使没有冷雨淅沥
芭蕉叶上的秋风
也是凄凉声，飕飕。
都说秋高气爽
晚来夜色如水清幽，
可是——
我，怕登楼，
只怕圆润明月
照见孤身单影的离愁。

往日恍然如梦
如今梦醒，事事皆休，
如云遮烟笼里
花落一空，水自漂流。
燕子已飞归南方
可客居的我
还在他乡久久滞留。
楼前的垂柳
丝丝缕缕，不将
伊人裙带缠扣，
乱拂依依长条
徒然系住我的行舟。

潘 枋

潘枋（1205—1246），字庭坚，号紫岩，福州人。理宗端平二年（1235）进士第三，廷对时，数百人中，最直。遭御史弹劾“性同逆贼，策语不顺”。曾任镇南节度使推官、浙西提举常平司、潭州通判等职。四十三岁卒。为人豪宕不羁，词致俊雅。有《紫岩集》、辑本《紫岩词》。

南乡子

题南剑州妓馆[①]

生怕倚阑干，阁下溪声阁外山。惟有旧时山共水，依然。暮雨朝云去不还[②]。
应是蹑飞鸾[③]，月下时时整佩环[④]。月又渐低霜又下，更阑[⑤]。折得梅花独自看。

【注释】

①南剑州：今福建南平。②暮雨朝云：见时彦《青门饮》注。此代指所思之人，暗示其歌妓身份。③蹑飞鸾：传说中的仙人乘鸾骑凤。此将所思之人比作仙子。④“月下”句：唐·杜甫《咏怀古迹》写王昭君远嫁匈奴，魂归故里，有“环佩空归月夜魂”句，此处化用杜甫诗句。⑤更阑：指五更将尽。阑：残尽。

【赏析】

这是一首访旧怀人的词，为一位杳然无寻而又痴恋难舍的歌妓所作。最怕凭倚栏干，只因为楼栏外，碧水青山如旧时，却人去楼空，缱绻欢情如云雨消散；伊人已去，应化作乘鸾飞仙，待月夜归来；可月低霜下，终不见芳魂摇曳佩环；纵使难觅倩影芳踪，无处可赠寄，更深人静时，仍折梅花独自凝看。此词开篇起得突兀，篇末结得清悠，整首词一句一转，愈转愈深，用婉曲深挚的笔调写凄伤孤寂情怀。

作者没有涂抹画楼金屏的俗艳，也没有倚红偎袖的轻亵，只以溪声、山色、淡月、冷露、疏梅构成清寂意境，抒写一怀触景生情、物是人非的怅惘情思，词致清婉而笔墨闲雅，自是不同凡艳。

【辑评】

[宋]周密《齐东野语》：收句曲折别有会心，词句俊雅不凡。

张伯驹《丛碧词话》：此乃小全而有大转折者。从倚阑听到阁下溪，看到阁外山，而想到依然是旧时山水；而旧时山水依然，暮雨朝云却去不还矣……结句“折得梅花独自看”，写出有馆无妓，意境何其凄切。

【今译】

最怕独倚栏杆
楼馆栏杆下

一弯清澈的溪水潺缓，
隐隐栏杆外

一脉蜿蜒的青山。
啊，只有这旧时
水声山色
缠绵多情似当年。
伊人如暮雨朝云
一去，杳然。

想来，应是化作
骑鸾仙子乘风飞去，
月夜独自归来
时时摇曳琤琮佩环。
冷月渐低斜
寒霜又下
更漏尽时夜色已残。
无处可赠寄
折取一枝清疏梅花
——独自凝看。

刘辰翁

刘辰翁（1232—1297），字会孟，号须溪，吉州庐陵（今江西吉安）人。幼年丧父，家贫力学。理宗景定元年（1260）补太学生。景定三年（1262）廷试对策，因言“忠良戕害可伤，风节不竟可怜”（清·黄宗羲《宋元学案》）诸语，忤权奸贾似道，被列入丙第。后请为赣州濂溪书院山长。长期追随爱国相臣江万里，先后任其幕僚，过从甚密。恭帝德祐元年（1276），文天祥起兵勤王，曾参与其江西幕府。宋亡，隐居不仕。晚年致力著述，也常与方外僧道结伴游山。六十六岁卒，四方学者门人皆至庐陵会葬。

为宋末节义之士，于当时文坛亦颇具声望，人称“须溪先生”。其文“卓然秦汉，巨笔凌厉”，并撰有大量诗文评点，开风气之先。尤以词成就高，为辛弃疾爱国词派后劲，感伤时事身世，慷慨悲凉，雄放遒劲的风骨中时饶跌宕之姿。清·况周颐《蕙风词话》称：“须溪词风格遒上似稼轩，情致跌宕似遗山。有时意笔俱化，纯任天倪，竟能略似坡公。”间作轻灵婉丽词。有《须溪集》《须溪词》。

兰陵王

丙子送春①

送春去，春去人间无路。秋千外、芳草连天，谁遣风沙暗南浦？依依甚意绪？漫忆海门飞絮②。乱鸦过，斗转城荒③，不见来时试灯处④。　　春去，最谁苦？但箭雁沉边⑤，梁燕无主⑥，杜鹃声里长门暮⑦。想玉树凋土⑧，泪盘如露⑨。咸阳送客屡回顾，斜日未能度。　　春去，尚来否？正江令恨别⑩，庾信愁赋⑪。苏堤尽日风和雨⑫。叹神游故国，花记前度⑬。人生流落，顾孺子⑭，共夜语。

【注释】

①丙子：恭帝德祐二年（1276）。②海门飞絮：喻指逃亡到海门的南宋君臣。海门：在福建海登县东。元军攻陷临安北掳恭帝后，宰相陈宜中护卫部分皇室经海路逃至福建，拥立赵昰为帝（端宗）。③斗转：北斗运转，星辰移位。④来时：昔时，从前。试灯：元宵节前张灯预赏叫“试灯”。⑤箭雁：受箭伤的大雁。此处暗指被掳去的南宋君臣。⑥梁燕无主：大厦倾覆屋梁摧折后，燕群无巢可栖依。此喻指亡国后流离失所的南宋臣民。⑦长门：汉宫名，此借指南宋临安皇宫。⑧玉树凋土：此处指国亡而宫中宝物残灭。玉树：代指宫中故物。东汉·班固《汉书·扬雄传》：“翠玉树之青葱兮。”注：“玉树者，武帝所作，集众宝为之，用供神也。”⑨泪盘：汉武帝曾在长安建章殿前铸铜人，手托承露盘。魏明帝时，命人将铜仙迁至洛阳，拆卸时铜人“潸然泪下”。唐·李贺作《金铜仙人辞汉歌》，有“衰兰送客咸阳道，天若有情天亦老”之句。⑩江令：南朝梁代诗人江淹，曾遭贬任吴兴县令，因称“江令”，著有《别赋》。⑪庾信：见袁去华《安公子》注。⑫苏堤：杭州西湖外湖与里湖的界堤，苏轼任杭州知府时，为疏浚西湖挖淤泥所筑，故称“苏堤”。⑬花记前度：用“前度刘郎今又来”典故，见晁补之《忆少年》注。此处意谓昔日繁花盛景已成陈迹。⑭孺子：小孩子，此指儿孙辈。

【赏析】

恭帝德祐二年（1276）正月，元兵攻入临安，三月，俘虏恭帝及太后北去。作者有感于这一沧桑巨变，写下此词。

这是一首送春苦调，明写送春，暗悼宋亡。一叠写临安陷落后的残败。风沙昏暗、飞絮飘零、乱鸦惊飞、城池荒颓，一片残春景象，暗指元兵侵逼下的离散和破亡。二叠写去国离乡的凄苦。以春尽时箭雁沉边、梁燕无主、杜鹃声暮，比喻六宫被掳北去、臣民流离失所、宫苑荒凉冷落，再借铜人坠泪，表达难去难舍的凄伤。三叠抒发家国败亡的悲哀。春不再来，唯有恨别愁赋尽日风雨，故国繁花空余记忆，暗示大势已去，无力回天，末了折到自身的流落。全篇运用比兴，借送春寓含亡国之痛、故国之思，意象凄迷，寄托遥深，格调悲凉。辛弃疾也曾写“送春”，但那只是对国势衰微的忧虑；而刘辰翁写“送春”，表现的是南宋王朝覆亡的悲苦，所以满纸悲痛欲绝的呼号、幽怨、低泣，句句撕人心肺。

此外，本词以“春去”为一篇主旨，妙用词调特点，每叠均用它领起，“三个‘春去’之重叠一如涂漆，漆一层则色深一层，愈说则愈凄楚”（朱庸斋《分春馆词话》），布局上颇具匠心。

【辑评】

[清]张宗橚《词林纪事》：樊榭论词绝句“《送春》苦调刘须溪”，信然。

[清]陈廷焯《白雨斋词话》：题是《送春》，词是悲宋，曲折说来，有多少眼泪。

俞陛云《唐五代两宋词选释》：虽以“送春”标题，每段首句皆以春去作起笔……其思乡恋阙，抚事怀人，百愁并集，不独“送春”也。

【今译】

送春归去，春，去了
人间无路将它寻觅。
秋千摇荡外
芳草连天，无际，
谁搅来狂暴风沙？
南浦昏天黑地。
我，心中这般缭乱
怎样一怀意绪？
徒自思念流落海边的人
如飘转不定的柳絮。
惊飞的乌鸦
乱纷纷遮天蔽日，
斗转星移，忽忽
京城一片断垣颓壁，
再也不见昔时
元宵华灯闪烁的繁丽。

——春，去了
谁最痛苦地哀泣？
是，那中箭的哀鸿
沉落遥远北地，
屋梁倾塌后的燕子
无巢穴安身栖息，
杜鹃在泣血，一声声
啼得故宫暮色凄迷。
想必，禁苑玉树
宝物光华
尽在泥土中埋弃，
金铜仙人手托承露盘
泪滴，迁徙的路途
频频回望不忍离去，
啊，残阳如血
怎捱过黄昏孤凄。

——春，去了
可会再回到这里？
不尽的，将是
如江淹黯然

吟叹销魂的骨肉别离，
如北去的庾信
怀念乡国，写下
凄苦欲绝的《愁赋》诗句。
西湖的苏堤
日日笼着凄风苦雨。
可叹故国，只剩
梦中恍惚游历，

往日的繁花盛景
残留在前次的记忆。
国破，家已散
这一生注定
四处流落无所归依，
解不脱的悲苦
人静夜深时，灯下
与儿辈相对诉泣。

宝鼎现

春　月

红妆春骑，踏月影、竿旗穿市。望不尽楼台歌舞，习习香尘莲步底①。箫声断，约彩鸾归去②，未怕金吾呵醉③。甚辇路喧阗且止④，听得念奴歌起⑤。　　父老犹记宣和事⑥，抱铜仙、清泪如水⑦。还转盼沙河多丽⑧。滉瀁明光连邸第⑨，帘影动、散红光成绮⑩。月浸葡萄十里⑪。看往来神仙才子，肯把菱花扑碎⑫？　　肠断竹马儿童⑬，空见说、三千乐指⑭。等多时、春不归来，到春时欲睡。又说向灯前拥髻⑮，暗滴鲛珠坠⑯。便当日、亲见霓裳⑰，天上人间梦里⑱。

【注释】

①习习：形容香尘微微扬起。莲步：美人的脚步。见吴文英《祝英台近》（采幽香）注。②彩鸾：仙女。唐·裴铏《传奇·文箫》：唐太和末年，书生文箫入钟陵西山，遇仙女彩鸾，互相爱慕。彩鸾吟诗有“若得相伴陟仙坛，应得文箫驾彩鸾”之句，遂相携登仙而去。后下山结为夫妇。用此典故写元宵男女恋爱情事。③金吾：即执金吾，掌管京城防卫的官员。唐·韦述《西都杂记》：“西都京城街衢，有金吾晓暝传呼，以禁夜行。惟正月十五夜，敕许金吾驰禁，前后各一日。”④甚：正。辇路：皇帝车驾所经的路。泛指京城道路。⑤念奴：唐玄宗天宝年间的著名歌女。此泛指歌妓。⑥宣和：宋徽宗年号（1119—1125），其间汴京繁华。⑦铜仙、清泪：见前《兰陵王》注。⑧沙河：沙河塘，在钱塘（今杭州）南五里，为宋时繁华居民区。明·田汝成《西湖游览志余》记载：“沙河宋时居民甚盛，碧瓦红檐，歌管不绝。”⑨滉瀁：即“汪洋”。⑩散红光成绮：化用南朝齐·谢朓《晚登三山还望京邑》“余霞散成绮”诗句。绮：有花纹的丝绸。⑪葡萄：形容江水涨时深碧的颜色。⑫菱花：菱花镜，此喻西湖平静的湖面。⑬竹马：以竹杖当马骑。唐·李白《长干行》：“郎骑竹马来，绕床弄青梅。”⑭三千乐指：三百人的乐队，一人十指，故曰。苏轼《送江公著知吉州》：“红妆执乐三千指。”⑮灯前拥髻：汉·伶玄《赵飞燕外传》附《伶玄自叙》：其妾樊通德详述赵飞燕姊妹宫中旧事，“顾视烛影，以手拥髻，凄然泣下，不胜其悲”。亦见辛弃疾《摸鱼儿》注。⑯鲛珠：南朝梁·任昉《述异记》：传说南海中有鲛人，水居如鱼，善织绩，泣泪成珠。⑰霓裳：即《霓裳羽衣曲》，唐代天宝年间流行的舞曲，据说是唐玄宗依据西凉节度使杨敬述所献乐曲加工而成。⑱天上人间：南唐·李煜《浪淘沙》：“流水落花春去也，天上人间。”此用其词意，谓今与昔的盛衰哀乐犹如天上与人间，抒写亡国的深悲剧痛。

【赏析】

此词与《永遇乐》（璧月初晴）同一题材，怀念宋时元宵佳节以抒写故国哀思。元·张孟浩云："刘辰翁作《宝鼎现》词，语意凄婉。时为大德元年（1297），自题曰'丁酉元夕'。"（清·沈辰垣《历代诗余》引）如果此说属实，则本篇为作者绝笔之作。这年正月，作者含恨逝去。

词为三叠长调，第一叠写北宋汴京元夕，香车宝马，楼台歌舞；第二叠写南宋临安元夕，灯影波光，仕女如云。第三叠写宋亡后元夕，春睡昏昏，灯前泪滴。前二叠极力渲染铺陈宋承平时京城元宵灯节的旖旎繁华，绚烂之极；末叠以"肠断"二字陡转，情景凄清落寞，今昔盛衰的怅恨归结于"天上人间"的深沉慨叹。此词并不直接抒泻亡国的哀痛，通篇用婉丽笔调做镂金错彩的铺写，读来却满纸凄哀，"字字悲咽"，达到了以乐写哀而一倍增其哀的艺术效果，所谓"黍离麦秀之悲，暗说则深，明说则浅"（清·陈廷焯《白雨斋词话》），正在于此。然略嫌使事用典过多。

【辑评】

[清]沈辰垣《历代诗余》：张孟浩：其词有云："父老犹记宣和事，抱铜仙、清泪如水。"又云："肠断竹马儿童，空见说、三千乐指。"又云："向灯前拥髻，暗滴鲛珠坠。便当日、亲见霓裳，天上人间梦里。"反反覆覆，字字悲咽，真孤竹、彭泽之流。

[明]杨慎《词品补》：词意凄婉，与《麦秀》歌何殊？

[明]卓人月《词统》：宋亡之后，须溪竟不出，元人张孟浩赠之诗云："首阳饿夫甘一死，叩马何曾罪辛巳。渊明头上漉酒巾，义熙以后为全人。"直以伯夷、陶潜比之也。

【今译】

红妆佳丽，宝马香车
踏月影观赏灯市，
穿过闹市华街
一队如林的彩旗。
错落的楼台亭榭
飘忽美妙的歌声舞姿，
随那秀足莲步
浮尘漫起阵阵香气。
待到鼓乐箫管歇了
少年与佳人相约而去，
夜不禁行，不用
怕执金吾拦阻
骤然被斥醒醉意。
车马碾过的京城大道
喧闹的人声，将止，
只听得高楼上
名妓清亮歌喉顿起。
乡亲父老们，犹记
这宣和年间的繁华旧事，
不料中原沦亡
铜人辞宫清泪如雨。
回首京都临安
沙河塘元夕同样繁丽。
灯烛倒映的河面
波光荡漾绿瓦红檐
栉比鳞次的宅邸。
重重帘幕
摆动在烛光灯影里，
灿烂红光，织成
夜空飘拂的绚丽彩绮。
月影浸在碧水，似
新酿的葡萄酒荡溢十里。
那，来来往往

俊美的佳人才子，
怎忍扑破如镜的湖水
搅荡成细碎涟漪？

可叹如今元宵节
嬉笑孩童竹竿当马骑，
只从前辈口中听说
宋朝宫廷的三百乐妓。
啊，久久地等待
却再也等不到
繁华如春的往昔，
待春来时，昏然欲睡

一怀凄迷缭乱的心思。
灯下，数说起以往
徒然以手抚摩
风霜染白的鬓丝，
凄然，泪下涟涟
如鲛人眼中坠珠不止。
即使曾经亲眼看见
《霓裳羽衣》盛大舞曲，
如今，也已是
——天上与人间
只剩梦里一痕残迹。

永遇乐

余自乙亥上元诵李易安《永遇乐》，为之涕下。今三年矣，每闻此词，辄不自堪。遂依其声，又托之易安自喻。虽辞情不及，而悲苦过之。①

璧月初晴②，黛云远淡，春事谁主？禁苑娇寒③，湖堤倦暖，前度遽如许④！香尘暗陌，华灯明昼，长是懒携手去。谁知道，断烟禁夜⑤，满城似愁风雨！　宣和旧日⑥，临安南渡，芳景犹自如故。缃帙流离⑦，风鬟三五⑧，能赋词最苦。江南无路，鄜州今夜⑨，此苦又谁知否？空相对，残釭无寐⑩，满村社鼓⑪。

【注释】

①乙亥：恭宗德祐元年（1275），元军攻陷临安前夕。上元：元宵节。李易安：李清照，号易安居士。依其声：按李清照《永遇乐》原作的声律填词。②璧月：形容明月如圆玉，宋·何偃《月赋》："满月如璧。"③禁苑：皇家园林，禁人入内，故称。娇寒：嫩寒，微寒。④"前度"句：见晁补之《忆少年》注。此意谓临安局势骤变。遽（jù）：骤然。⑤断烟：炊烟断绝，意指人迹稀少。禁夜：元军实行宵禁。⑥宣和：见前《宝鼎现》注。⑦缃帙（xiāng zhì）流离：李清照《金石录后序》记，其所收藏的珍贵古籍书画，在南逃途中散失殆尽。缃帙：浅黄色的书套，代指珍贵的书籍。⑧风鬟：形容发髻蓬乱。李清照《永遇乐》有"如今憔悴，风鬟雾鬓，怕见夜间出去"句。三五：正月十五。⑨鄜（fū）州今夜：安史乱中杜甫独在沦陷的长安，思念家人，作《月夜》诗，有"今夜鄜州月，闺中只独看"之句。此暗用杜甫诗意。鄜州：今陕西富县。⑩残釭（gāng）：残灯。釭：灯。⑪社鼓：见辛弃疾《永遇乐》注。

【赏析】

临安失陷后二年，时逃亡海上的南宋王朝濒临灭亡。作者于他乡流落中再读李清照的《永遇乐》词，悲不能禁，乃依其声填此词，"托之易安自喻"，抒吐亡国之哀情悲怀。

全篇采用对比手法交替写来。上片香尘遮陌，华灯明昼，追忆往日元夕的繁盛；禁夜断烟，满城风雨，落到今日元夕之冷落！"春事谁主"一问里，不尽江山易主的悲怆。下片缃帙流离，风鬓雾鬓，写易安当年流离；江南无路，残灯无寐，转到自身如今流亡。“此苦又谁知否?”翻进一层，尤见己之悲苦。此词距易安的《永遇乐》词已有一百多年，在历史惊人的重复中，两位词人都深切体验了国亡家破之痛和身世流离之苦，只是易安悲苦于北宋沦亡时，犹有半壁江山，而刘晨翁所处乃南宋覆亡，已无尺寸之地，其流落深山大泽“空相对，残釭无寐”的悲苦，是寄居京城“不如向、帘儿底下，听人笑语”的易安所不曾经历的。故本篇虽是拟李清照词而作，但作者身为亡宋遗民，所表现出的人世沧桑和今昔盛衰当更为沉厚凝重，词序中所说“悲苦过之”乃实情。

此词以刚劲笔墨写亡国之悲苦情怀，情真、语真，非一味粗豪者可比，不失为辛派词有力的殿后之作。

【今译】

雨后初晴，璧月
嵌在湛蓝的天幕，
云色如黛
飘浮向夜的淡远处。
春宵美景，谁是司主?
禁苑还透着轻寒
湖堤的轻暖意
让人倦软提不动脚步，
这，旧地重来
局势剧变太急促。
从前元夜，车水马龙
芳尘飘暗了巷陌，
明亮如昼的夜晚
闪烁星点花灯，无数，
却常常懒得
携手同游走出门户。
谁料如今——
人家炊烟，断了
元宵夜行被禁阻，
一城尽笼罩在
凄风苦雨，愁云惨雾。

记得宣和年间
汴京，繁丽的京都，
南渡后的临安城
半壁江山，只剩
风光美好如故。
当年李清照，金石书画
散失在流离路途，
一头霜鬓蓬乱
帘儿底下过正月十五，
写下那元夕词
凄然断肠最苦。
如今，我流落江南
也是穷途末路，
月夜思念远方亲人
一怀悲苦，谁知否?
空对一盏残灯
独咽国破家散的痛楚，
长夜不眠里，听
山野乡村声声
喧着社日祭神的乐鼓。

摸鱼儿

酒边留同年徐云屋三首（其一）[①]

怎知他、春归何处，相逢且尽尊酒。少年臬臬天涯恨，长结西湖烟柳。休回首。

但细雨断桥，憔悴人归后。东风似旧。问前度桃花，刘郎能记[②]，花复认郎否？君且住，草草留君剪韭[③]。前宵正恁时候。深杯欲共歌声滑[④]，翻湿春衫半袖。空眉皱。看白发尊前，已似人人有。临分把手。叹一笑论文[⑤]，清狂顾曲[⑥]，此会几时又？

【注释】

①同年：古代科举考试同榜题名的人称为“同年”。徐云屋：与作者同榜进士的友人。②刘郎：见晁补之《忆少年》注。③草草：随便。剪韭：从苗圃剪春韭为炊，指家常便饭。用唐·杜甫《赠卫八处士》“夜雨剪春韭，新炊间黄粱”诗意。④歌声滑：唐·白居易《琵琶行》有“间关莺语花底滑”诗句，形容琵琶声优美流畅。此处用“滑”形容歌声圆润清亮。⑤论文：评论文章的优劣。唐·杜甫《春日忆李白》：“何时一樽酒，重与细论文。”⑥顾曲：西晋·陈寿《三国志·周瑜传》：“瑜少精意于音，虽三爵（酒杯）之后，其有阙（缺）误，瑜必知之，知之必顾（回头）。故时人谣曰：‘曲有误，周郎顾。’”后因以“顾曲”指欣赏乐曲。

【赏析】

此词写于临安沦陷之后，作者重游故都与友人饯别而作。当年金榜题名，风华正茂，如今重逢，白发尊前，身世飘零之叹、世事沧桑之感糅合惜别之情叙来，情辞跌宕，语切而意苦。

开篇点题，春归时节，相逢尽饮。接而追忆往昔，少年游冶，西湖烟柳，“休回首”三字煞住。细雨断桥，东风桃花似旧，折到憔悴人归，不尽今昔慨叹。过片故人且住，草剪春韭，表达殷勤留意。杯深歌润，翻湿春衫，转而补叙昨夜共饮，见出故人情深。再又折到眼前，白发尊前，嗟老叹逝。末了谈笑论文，清狂顾曲，几时还又？叹后会难期，结出无限别情。这是国亡流落中的乍逢又别，故篇中往复嗟叹今昔盛衰之感、少老聚散之恨，而暮春景色的点染、前人诗句的隐括及典故的自然融合，使其嗟叹更加凄婉深沉。

清·况周颐《蕙风词话》论须溪词“风格遒上似稼轩，情辞跌宕似遗山”，此词大开大合，用笔顿挫、格调苍劲即是一例。

【辑评】

[清]况周颐《蕙风词话》：有时意笔俱化，纯任天倪（际），意能略似坡公。往往独到之处，能以中锋达意，以中声赴节。

【今译】

怎知，芳菲春天
去了哪里
一去，将不再有，
这残春时节
久别相逢，只须放怀
尽饮杯中的美酒。
当年，年少翩翩
正值春风得意
志在天涯各自飘游，
啊，人生的怅恨
常在携游的西湖烟柳。
往事莫要回首，
如今，待人归来
一身疲惫消瘦，
只有迷蒙细雨
淡笼着断桥的温柔。
春色依稀，如旧
犹记得当年

初绽桃花在春风中含羞，
试问桃花，可认得
颜容已改的刘郎否？

莫要离去匆匆
朋友，请稍作停留，
一顿家常便饭
剪来鲜嫩春韭。
昨晚，你意外来访
也在清寂入夜时候。
我俩短歌长啸
意兴酣畅，不休，
醉饮的酒杯翻了
沾湿春衫的半边衣袖。
眼前，彼此相对
空将愁眉紧皱。
看酒樽前
你斑斑，我斑斑
风雨寒霜已染成两白首。
啊，真不忍分离
临别时手拉着手。
可叹你与我
谈笑里，论说诗文
疏放时听歌饮酒，
这故人情深的相聚
此一别，几时还又？

周　密

周密（1232—1298），字公瑾，号草窗、蘋洲，又号四水潜夫，济南（今属山东）人。南渡后流寓吴兴（今浙江湖州），居弁山，自号弁阳啸翁。出身世代显宦、书香之家，少时随父宦游闽浙。宋末，曾任临安府幕属、义乌县令等职。入元不仕，寄居杭州癸辛街，以故国文献自任，致力著述。平生交游广泛，如吴文英、史达祖、王沂孙、张炎、赵孟頫等皆一时名流。

多才艺，善画梅竹兰石，书法学欧、柳，通晓音律。时有诗名，风格清丽条畅，近中、晚唐。亦盛负词名，为宋末词坛领袖，曾结吟社于西湖，唱和者众多。其词远祖周邦彦，近法姜夔，词风秀雅清润，后期趋于清疏凄咽。对其词后世褒贬不一，清·戈载《宋七家词选》曰："草窗词尽洗靡曼，独标清丽，有韶倩之色，有绵渺之思，与梦窗旨趣相侔，二窗并称。"清·周济《介存斋论词杂著》则认为："草窗镂冰刻楮，精妙绝伦。但立意不高，取韵不远。"一生著述颇丰，今存《草窗韵语》《齐东野语》《癸辛杂识》《武林旧事》等。所编《绝妙好词》去取谨严，为词选之善本。其前期词收于《蘋洲渔笛谱》，后期词主要见于《草窗词》。

玉京秋

长安独客，又见西风，素月丹枫，凄然其为秋也。因调夹钟羽一解。①

烟水阔，高林弄残照，晚蜩凄切②。碧砧度韵，银床飘叶③。衣湿桐阴露冷，采凉花，时赋秋雪④。叹轻别，一襟幽事，砌蛩能说。　　客思吟商还怯⑤。怨歌长、琼壶暗缺⑥。翠扇恩疏⑦，红衣香褪，翻成消歇。玉骨西风⑧，恨最恨、闲却新凉时节。楚箫咽，谁倚西楼淡月。

【注释】

①长安：此借指南宋都城临安。夹钟羽：律调名称，北宋时的黄钟羽。一解：一曲。解：乐曲或诗歌的章节。②晚蜩（tiáo）：黄昏时鸣叫的蝉。③银床：井上辘轳架。银：形容精美。④凉花：凉秋时节开的花。秋雪：形容秋天芦花白茫茫如雪。"凉花""秋雪"，暗用《诗经·蒹葭》"蒹葭苍苍，白露为霜，所谓伊人，在水一方"诗意，曲致"秋水伊人"的思念。⑤商：古代五音（宫、商、角、徵、羽）之一。西汉·戴圣《礼记·月令》："孟秋之月其音商。"故以"商"借指悲秋的凄凉乐调。⑥琼壶暗缺：南朝宋·刘义庆《世说新语·豪爽》载：东晋王敦每逢酒后，辄咏诵三国·曹操《龟虽寿》诗句："老骥伏枥，志在千里。烈士暮年，壮心不已。"并用铁如意敲打唾壶作节拍，壶口尽缺。此用其典事，借以表达心志不伸的悲慨。⑦翠扇恩疏：见苏轼《贺新郎》注。⑧玉骨：形容人形体消瘦。唐·李商隐《赠四同舍诗》："玉骨瘦来无一把。"

【赏析】

作者独客京城，感秋怀人作此词。写景层层皴染：烟水残照，凄蜩寒砧，桐阴露冷，秋色秋声凄然满纸；抒情层层推进：懊伤别离，低吟客思，怅叹流光，羁旅愁怀黯然低徊。词于言语道尽的消歇处，又蓦地一曲凄咽箫声、一缕幽淡月光，更搅弄起一怀愁绪不尽。这客思怨怀，当不只限于离愁别恨，亦是作者沉沦下僚、处境索寞的“贫士悲秋”之叹，不然一襟幽怨何故使“琼壶暗缺”。清·陈廷焯《白雨斋词话》云：“一‘暗’字，其恨在骨。”当是得此词味旨。

周密词境高处往往出于周邦彦，如此词造语遣词圆润，格调哀婉雅秀，可见袭承清真词的痕迹。

【辑评】

[清]陈廷焯《白雨斋词话》：此词精金百练，既雄秀，又婉雅，几欲空绝古今。

【今译】

淡烟迷离，低笼着
一江空茫水色，
高树的枝梢
斜挂残阳如血，
秋蝉吟着暮色
不住地啼在苍凉石阶。
捣衣砧上，寒夜秋韵
一声比一声急切，
催促井栏边
梧桐黄叶纷纷飘谢。
我，久立桐荫下
冷露把薄衫浸贴，
欲采一束芦花
赋一汀秋色白茫如雪。
不由伤叹轻易离别，
只有阶下的虫鸣
犹将一怀幽怨倾泻。
这客居中，吟秋
一阵悲秋的寒怯。
悲怨的歌太长
击节，暗把琼壶敲缺。
如同炎夏翠扇
秋来情意尽断绝，
池塘的秋荷
红衣脱落，芳香褪尽
往事随之消歇。
剩一把嶙峋瘦骨
迎凉风拂掠，
最怅恨，人生闲置
虚度这清凉时节。
远处楼台如诉
传来秋夜箫声的悲咽，
谁？独倚西楼
凝望天边一弯月。

曲游春

禁烟湖上薄游，施中山赋词甚佳，余因次其韵。盖平时游舫，至午后则尽入里湖，抵暮始出，断桥小驻而归，非习于游者不知也。故中山极击节余“闲却半湖春色”之句，谓能道人之所未云。①

禁苑东风外②，飏暖丝晴絮，春思如织。燕约莺期，恼芳情、偏在翠深红隙。漠漠香尘隔。沸十里乱弦丛笛。看画船、尽入西泠，闲却半湖春色③。　柳陌。新烟凝碧。映帘底宫眉④，堤上游勒⑤。轻暝笼寒⑥，怕梨云梦冷⑦，杏香愁幂⑧。歌管酬寒食。奈蝶怨良宵岑寂。正满湖、碎月摇花，怎生去得！

【注释】

①薄游：即游历。薄：语助词，无意义。施中山：施岳，名仲山，吴人。作者词友，善音律，写有《曲游春·清明湖上》："画舸西陵路，占柳阴花影，芳意如织。小楫冲波，度麴尘扇底。粉香帘隙，岸转斜阳隔，又过尽、别船箫笛。傍断桥、翠绕红围，相对半篙晴色。　顷刻，千山暮碧，向沽酒楼前，犹系金勒。乘月归来，正梨苑夜缟，海棠烟幂。院宇明寒食，醉乍醒，一庭春寂。任满身露湿东风，欲眠未得。"次其韵：步施中山《曲游春·清明湖上》的原韵填词。击节：打拍子，表示赞赏。②禁苑：南宋建都临安（杭州），因称西湖一带为"禁苑"。③"看画船"二句：西湖分为里湖、外湖，游船到中午尽入西泠桥里湖，外湖便游船稀少，故曰："闲却半湖春色。"西泠（líng）：桥名，在西湖白堤上东端。④宫眉：描画成宫中式样的眉，此代指佳人。⑤游勒：指骑马的游人。勒：马笼头，代指马。⑥轻暝：指淡淡的暮色。⑦梨云：梨花如云。⑧幂（mì）：覆盖，罩。

【赏析】

据作者所著《武林旧事》记载：南宋都城临安，自元夕灯节后人们争先郊游，称为"探春"。以寒食前后游西湖为最盛："都人士女，两堤骈集，几于无置足地，水面画楫，栉比如鱼鳞，亦无行舟之路，歌欢箫鼓之声，振动远近。"此词写寒食节西湖春游盛况，是周密早期得意之作。

上片，暖丝晴絮、燕语莺啼，写春光之浓；芳尘弥漫、繁弦丛笛，写游乐之盛。歇拍笔锋一转为闲静，"看画船、尽入西泠，闲却半湖春色"，千古丽句，道人所未云。下片，柳陌凝碧，香车宝马，写游人之众；暮色笼寒，歌管消歇，写天晚人归。歇拍"正满湖、碎月摇花，怎生去得?"总束全文，结出游兴未尽之意，留一湖空濛月色让人沉浸。

此词从白昼的喧闹写到夜晚的宁静，虚实照应、浓淡相宜、远近错杂，于写实中作奇想，空灵中见清逸，辞采与音韵交胜，画面与情致并美，精妙之极，非大手笔不能为之，后人难以赓续。清·周济《宋四家词选》称赏周密词："敲金戛玉，嚼雪盥花，新妙无与为匹。"可于此词见得。

【辑评】

[清]查礼《铜鼓书堂词话》：《武林旧事》云："都城自过收灯，贵游巨室，争先出郊，谓之探春。水面画楫，栉比如鳞，无行舟之路。游之次第，先南而后北，至午则尽入西泠桥里湖，其外几无一舸矣。"弁阳老人有词云："看画船尽入西泠，闲却半湖春色。"盖纪实也。又马臻《霞外集》，有春日游西湖诗云："画船过午入西泠。人拥孤山陌上尘。应被弁阳摹写尽，晚来闲却半湖春。"马之赞美弁阳啸翁之词，可称佳话。

【今译】

杭城西湖，春风外，
暖日晴空飏起
缕缕游丝，点点落絮，
春色融暖
万缕春思如织。
可恼黄莺紫燕
软语温存，约定佳期，
双双栖在深荫花丛

偏撩发人，几多
郊野探春的意绪。
仕女如云，身后
扬起香尘弥弥，
远近，丝竹管弦
沸沸扬扬喧闹十里。
看，午后悠悠
画船游舫尽过西泠桥去，

闲寂半湖春色
空自浮泛一泓秀丽。
堤岸小路，荫荫
柳色含烟凝绿，
掩映着车帘的绰约佳人
马背的翩翩俊士。
暮色淡笼下，四周
散溢微冷寒意，
游人散后，那
灿若云絮的梨花
不耐梦醒的冷凄，
吐芳的红杏
消歇在愁思遮绕里。
寒食的歌舞声
渐渐，隐然歇止，
怎奈蝴蝶犹自飞舞
怨良宵太静寂。
正一湖碧水
——月影摇落花影
泛起碎银似的涟漪，
这清幽夜，怎忍离去。

一萼红

登蓬莱阁有感[①]

步深幽[②]。正云黄天淡，雪意未全休。鉴曲寒沙[③]，茂林烟草[④]，俯仰千古悠悠。岁华晚、飘零渐远，谁念我、同载五湖舟[⑤]？磴古松树[⑥]，崖阴苔老[⑦]，一片清愁。

回首天涯归梦，几魂飞西浦，泪洒东州[⑧]。故国山川，故园心眼，还似王粲登楼[⑨]。最怜他、秦鬟妆镜[⑩]，好江山、何事此时游！为唤狂吟老监[⑪]，共赋消忧。

【注释】

①蓬莱阁：浙东名胜之一，五代时吴越王钱镠所建，旧址在今浙江绍兴卧龙山下。②深幽：深邃幽清的小路。③鉴曲：即鉴湖，本名镜湖，在绍兴。④茂林：指兰亭，在会稽山阴。东晋名士王羲之等文人雅士曾集会于此，曲水流觞，赋诗咏怀。王羲之挥笔书写诗序即《兰亭序》，中有“茂林修竹”之句。⑤五湖舟：用范蠡“五湖泛舟”典故，见吴文英《八声甘州》注。⑥磴：石阶。⑦崖阴：山崖北面背阳的阴暗处。⑧西浦、东州：皆为绍兴地名。作者自注：“（蓬莱）阁在绍兴，西浦、东州皆其地也。”⑨王粲登楼：王粲为“建安七子”之冠，东汉末年，避战乱流寓荆州，依人作客，曾登当阳楼作《登楼赋》，抒写乡关之思和怀才不遇的愁怀。后以此用作咏叹流落他乡、失意怀土的典故。⑩秦鬟：秦望山，因秦始皇曾登山而得名，山形似美人发髻，故称。妆镜：指鉴湖湖水清澈如妆镜。⑪狂吟老监：指唐代诗人贺知章。唐玄宗时，曾任秘书监，年逾八十，告老还乡时，诏赐镜湖剡川一曲，令其安养，从此徜徉湖上。能诗，好饮，为人旷达不羁，晚年尤为放诞，以故乡四明山为名，自号“四明狂客”。见宋·宋祁等《新唐书·贺知章传》。

【赏析】

恭帝德祐元年（1275），风雨飘摇之际，沉浮下僚近二十年的周密被朝廷起用为婺州义乌县令。次年元兵攻破临安，不久婺州等地也相继沦没。周密一怀悲愤离任北上，途经绍兴登蓬莱阁，纵目观览，风景不殊而江山易主，一掬吊伤之泪，吟成此词。

上片借景寓慨。从登阁远眺落笔，云黄天淡，澄湖寒沙，茂林烟草，引发起俯仰千古的悠然遐思。而后由缅怀古迹折到自身湖海飘零，岁华渐晚，无人同载泛舟，不尽孤寂落寞情怀。再又转入写眼前凄清景色，古阶松斜，山崖阴冷，藓苔苍老，烘染出“一片清愁”。下片吊古抒怀。几番天涯归梦，魂飞泪洒，哀极；故园心意，还似王粲登楼，悲极；最负他秦鬟妆镜，江山易主，痛极。末了推开一层，唤狂客共饮消忧，强自放旷解脱。此词引事用典切合题面，虚处不空，实处不粘，一顿一折中融情入景，吊古感怀，上下歇拍一“愁”一“忧”，作前后呼应，读来一怀悲抑，满纸唏嘘。

【辑评】

[清]陈廷焯《大雅集》：苍茫感慨，情见乎词，虽使清真、白石为之，亦无以过，当为草窗集中压卷。

[清]周尔墉《周评〈绝妙好词笺〉》：草窗擅美在缜密，如此章稍空阔，愈闪烁佳妙。

俞陛云《唐五代两宋词选释》云：蓬莱阁绍兴郡治，取元微之“谪居犹得住蓬莱”诗句以名楼。秦少游诗：“路隔西陵三两水，门临南镇一千峰。”名卿佳士往游者，每有题咏。

【今译】

步入幽深小道
登上，山林环拥的
——蓬莱阁楼，
四望，云黄天淡
残雪的寒意未休。
一曲澄澈镜湖
映出水浅沙寒的枯瘦，
兰亭墙垣破败
丛生衰草，尽笼
轻烟的凄柔，
啊，仰俯之间
千古岁月悠悠。
年岁已晚
飘零的足迹愈行愈远
不知何处是尽头，
谁，与我远遁人世离乱
泛五湖一叶扁舟？
眼前，古老石阶
倒挂枯松的斜悠，
山崖背阴处
布满苍苔斑驳的老朽，
一片凄清，引
唏嘘感慨的清愁。

回首，天涯漂泊
故园的幽径
在魂牵的归梦中漫游，
他乡当作故乡
几回，魂飞西浦
几番，泪洒东州。
可是，如今归来
故国的山河
故园的思念
似王粲登楼的悲哀感受。
惹人爱怜，是
秦望山如美人秀髻
对镜湖洗梳，
可叹，江山美好
蹂躏他人之手，
旧地重游，为什么
偏在这个时候！
噢，为我唤来
镜湖边的疏狂酒徒，
我要与他一起
吟诗，饮酒
消解一怀深重烦忧。

花 犯

赋水仙

楚江湄①，湘娥乍见②，无言洒

清泪。淡然春意。空独倚东风，芳思谁寄。凌波路冷秋无际③，香云随步起。谩记得、汉宫仙掌④，亭亭明月底。　　冰弦写怨更多情⑤，骚人恨，枉赋芳兰幽芷⑥。春思远，谁叹赏、国香风味⑦。相将共、岁寒伴侣⑧，小窗净，沈烟熏翠袂⑨。幽梦觉，涓涓清露，一枝灯影里。

【注释】

①楚江：流经楚境（今湖北、湖南一带）的长江。湄：水边，水和草相接的地方。②湘娥：传说中的湘水女神。尧之二女娥皇、女英，为舜之二妃，聪慧贞仁。舜南巡，薨，葬于苍梧之野，二妃闻讯赶去，追之未及，相与恸哭，投湘水自尽，化为湘水之神，人称“湘君”“湘妃”。见南朝梁·任昉《述异记》、西汉·刘向《烈女传》。此处比喻水仙。乍见（xiàn）：突然出现。③凌波：见贺铸《青玉案》注。④汉宫仙掌：见刘辰翁《兰陵王》注。⑤冰弦写怨：用湘灵鼓瑟故事。《楚辞·远游》：“使湘灵鼓瑟兮，令海若舞冯夷。”⑥芳兰幽芷：芳香的兰草、幽洁的白芷。屈原《离骚》有“扈江离与辟芷兮，纫秋兰以为佩”之句。⑦国香：指兰花香盖一国。语出左丘明《左传·宣公三年》：“兰有国香。”后也以“国香”借指其他名花。⑧相将：行将，将要。岁寒伴侣：指水仙。古人以松、竹、梅为“岁寒三友”，水仙开在冬末春初，流品高洁，故云。⑨沈烟：沉水香散发的烟气。沈：同“沉”。

【赏析】

这是一首咏水仙词。南宋末词人咏物多遣怀言志，此词所咏水仙的清雅芳洁，寓托了作者高蹈尘俗的品格和操守，其中湘妃、铜人、秋冷、岁寒等意象似乎关合君亡国破，暗示了人事的剧变。

上片摹写水仙，用拟人手法层层铺衍：江湄湘娥，无言清泪，比花之脱俗的清姿；洛神凌波，香云随步，喻花之飘逸的丰神；铜人仙掌，亭亭对月，写花之玉立的雅韵。而“清泪”“冷秋”的点染，侧衬出水仙的飘沦凄寂，暗渡下片的惜花怨情。下片翻进写情。骚人抒恨，枉赋芳兰幽芷，写花之被冷落的幽怨；春思悠远，谁叹国香风味，写花之无人赏爱的孤寂。“岁寒伴侣”转写自己怜花赏花：小窗静时，淡烟轻笼翠叶，写花之伴己；幽梦醒后，一枝涓涓清露，写己之伴花。最后收到灯影里人与花相怜相惜，情味清逸不尽。

此词不作精细刻画，只将仙、花、人交互映衬，凌空运笔抒写幻化意象，于不粘不脱之间一气旋折，写人之情韵而传花之神韵，运典用事、造句遣韵皆不滞涩，辞情极婉丽，笔意极灵脱，意境极清远。故清·周济《宋四家词选》称赏此词：“一意盘旋，毫无渣滓。”

【辑评】

[清]周济《宋四家词选》：草窗长于赋物，然惟此词及“琼花”二阕，一意盘旋，毫无渣滓。他人纵极工巧，不免就题寻典，就典趁韵，就韵成句，堕落苦海矣。

【今译】

仿佛楚江边，骤然　　见湘妃凝睇，

清泪无语落下
浸洒残冬淡淡春意。
可会是独倚春风
一襟芳情幽思向谁托寄?
又恍若洛水女神
凌波，轻盈飘溢，
散漫一路轻寒
疏冷如秋，无际，
芬芳的云彩
随柔曼的脚步腾起。
使人依稀记起
手托铜盘的汉宫仙人
承接九天露滴，
清润如水的月光下
——亭亭而立。

多情的她，似
弹拨玉瑟冷弦的湘妃
纤纤十指流泻忧悒，
可叹屈原骚怨
徒然吟诵芳兰幽芷。
她，脉脉含吐
清悠的春天芳意，
却无人叹赏，这
国色天香的风韵雅致。
只有，我与她
结为岁寒之友
清幽高洁，相伴相依。
明净小窗下
一缕沉香轻烟
缠绕着纷披的翠衣。
更深夜半
一枕幽梦初醒时，
我深情凝看，她悄然
一枝沾带寒露，
——点点清滢
挺立孤灯暗影里。

文天祥

文天祥（1236—1282），字履善，又字宋瑞，自号文山，吉水庐陵（今属江西吉安）人。体貌丰伟，秀眉长目。理宗宝祐四年（1256），二十岁状元及第，考官王应麟称他“忠肝如铁石”。后历任刑部郎官，知瑞州、赣州。恭帝德祐元年（1275），闻元兵南下，以家产充军资，起兵勤王，被任命为浙西、浙东制置使。翌年任右丞相兼枢密使，奉使赴元军营议事，被扣留。不久得以脱逃，组织义军在福建、江西一带坚持抗元。帝昺祥兴元年（1278），不幸在广东海丰兵败被俘，幽囚于燕京四年，元朝廷多次威逼利诱劝降，终不屈而死，与陆秀夫、张世杰并称为“宋末三杰”。

为宋末民族英雄，平生忠节照耀今古。能文，笔力雄赡如江河浩瀚，其《指南录后序》最为后人称颂。亦善诗、词，其诗承续唐代杜甫创作传统，其词慷慨悲壮，风骨甚高。有《文山诗集》《文山乐府》。

酹江月

和邓光荐[①]

乾坤能大[②]，算蛟龙、元不是池中物[③]。风雨牢愁无着处[④]，那更寒虫四壁。横槊题诗[⑤]，登楼作赋[⑥]，万事空中雪。江流如此，方来还有英杰[⑦]。　　堪笑一叶漂零，重来淮水[⑧]，正凉风新发。镜里朱颜都变尽，只有丹心难灭。去去龙沙，江山回首，一线青如发[⑨]。故人应念，杜鹃枝上残月[⑩]。

【注释】

①邓光荐：邓剡，字光荐，与文天祥同乡，曾任崖山行朝礼部侍郎，被俘后与文天祥同时被押送燕京，二人“共患难数月”，一路时有唱和。抵金陵后，邓剡因病留寓天庆观就医，文天祥继续北行，临别，邓剡作《念奴娇·驿中言别》送行，文天祥以同调同韵作此词以酬答，二人互勉互励，慷慨悲歌。邓剡词云：“水天空阔，恨东风不借世间英物。蜀鸟吴花残照里，忍见荒城颓壁！铜雀春情，金人秋泪，此恨凭谁雪？堂堂剑气，斗牛空认奇杰。那信江海余生，南行万里，属扁舟齐发。正为鸥盟留醉眼，细看涛生云灭。睨柱吞嬴，回旗走懿，千古冲冠发。伴人无寐，秦淮应是孤月。”②能大：如此之大。能：这样。③“算蛟龙”句：西晋·陈寿《三国志·周瑜传》：“刘备以枭雄之姿，而有关羽、张飞熊虎之将，恐蛟龙得云雨，终非池中物也。”此处以“蛟龙”喻指豪杰。④牢愁：沉重的忧愁。无着处：无倾诉处。⑤横槊（shuò）题诗：三国魏·曹操伐吴时，破荆州、下江陵，曾于长江船上横槊（长矛）赋诗。苏轼《前赤壁赋》写曹操有“酾酒临江，横槊赋诗，固一世之雄也”之句。⑥登楼作赋：用东汉·王粲《登楼赋》典故，见周密《一萼红》注。⑦方来：将来。⑧重来淮水：恭帝德祐二年（1276）文天祥出使元军营被扣，逃出后，曾在长江淮水间与元军骑兵相出没，九死一生始得脱身。此次被俘北上，故曰“重来”。⑨一线青如发：形容青山一卧隐约如发。⑩杜鹃句：作者另作《金陵驿》，有“从今别却江南日，化作啼鹃带血归”句，与此处用意相同。

【赏析】

这首词写于文天祥兵败被俘押送北行途中，它不是一般的送别酬唱，而是赤心报国的慷慨悲歌。这也不是寻常的送别，而是身被囚俘中与挚友的诀别，有着“风萧萧兮易水寒，壮士一去兮不复返”的悲壮，非此时此地、此情此景写不出。明·陈子龙称赏此词“气冲牛斗，无一毫萎靡之色”（清·张宗橚《词林纪事》引）。在南宋赠别词中堪称奇作。

此词以乾坤阔大起首，气魄非凡笼下全篇，以鹃泣残月收尾，落到情怀苍凉。中间壮怀、豪语、挚情一气流注：虽身陷囚笼风雨牢愁，但浅池难久困蛟龙；虽横槊题诗往事已矣，但江流推涌后继英杰有人；虽朱颜变尽不堪憔悴，但丹心不灭铁骨铮铮；虽一叶飘零将身死荒漠，但啼鹃精魂不散犹眷故国。一怀赤诚忠心、一身傲节铁骨皆凛然可见。

宋末王沂孙、张炎、周密等遗民词，大多心凄词苦过于哀沉。相形之下，文天祥作此词虽身处国亡身囚的绝境，然浩气干云，雄心犹存，是用民族气节凝结成的血泪文字，其气势跌宕、意境沉雄、风骨遒劲，自当高出一筹。此词遥接辛弃疾、陆游遗风，为爱国悲壮词的嗣响，也是绝响。

【辑评】

[清]陈霆《渚山堂词话》：文丞相既败，元人获置舟中，既而挟之蹈海。崖山既平，复逾岭而北。道江右，作《酹江月》二篇以别友人，皆用东坡《赤壁》韵。

[清]王国维《人间词话》：文山词，风骨甚高，亦有境界。

【今译】

天地，如此阔大
蛟龙腾云布雨
原不会在水池中曲蛰。
眼前，身被幽囚
秋风秋雨
深深忧愁无处诉得，
那堪荒颓四壁
秋蝉一声声凄咽。
想当年，也曾
如曹操横槊题诗
似王粲登楼作赋
一时多少才志豪烈，
啊，往事纷纷
尽成空中飘逝的飞雪。
江流东去——
后浪推前浪没有枯竭，
将来，终会有
力挽狂澜的英杰。

可笑自己，如今
一片飘零无依的枯叶，
又漂来这淮河畔
恰逢秋风乍起时节。
镜里，朱颜凋尽
一头霜丝寒怯，
光华烁烁，只有
这报国丹心不灭。
去了，去了
无边荒漠，阻隔，
回头望故国
青山隐隐一线如黑发
笼在云绕雾遮。
老友，请记住
我死后——
魂兮归来，将化作
杜鹃暮春泣血，
那悲啼的夜晚
枝上斜挂一钩残月。

汪元量

汪元量（生卒年不详），字大有，号水云子，自称江南倦客，钱塘（今浙江杭州）人。多才艺，度宗时为宫廷琴师。宋亡，随三宫被掳北上。于燕京多次访慰文天祥于缧绁之中，以诗唱和，勉励其为国尽节。羁留北方十余年，曾被元世祖命为使者，往祀五岳等地。三次上书请归，得以黄冠道士放还。隐遁杭州，结诗社与逸民唱和。

善诗，写有大量真实反映南宋覆亡的组诗，宋·李珏《湖山类稿跋》评曰："开元、天宝之事，纪于草堂，后人以诗史目之。水云之诗亦宋亡之诗史也。"亦善词，"多亡国之恨"（清·胡薇元《岁寒居词话》），寓黍离之悲感。有《湖山类稿》《水云词》。

水龙吟

淮河舟中夜闻宫人琴声

鼓鼙惊破霓裳[①]，海棠亭北多风雨[②]。歌阑酒罢，玉啼金泣[③]，此行良苦。驼背模糊，马头匼匝[④]，朝朝暮暮。自都门宴别，龙艘锦缆[⑤]，空载得、春归去。　　目断东南半壁，怅长淮、已非吾土[⑥]。受降城下，草如霜白[⑦]，凄凉酸楚。粉阵红围[⑧]，夜深人静，谁宾谁主？对渔灯一点，羁愁一搦[⑨]，谱琴中语。

【注释】

①"鼓鼙（pí）"句：此化用唐·白居易《长恨歌》"渔阳鼙鼓动地来，惊破霓裳羽衣舞"诗句，用唐天宝年"安史之乱"借指南宋"德祐之乱"，意谓战鼓声惊破了南宋朝廷的酣歌醉舞。鼓鼙：军中所击的战鼓。②海棠亭：即唐宫内的沉香亭。据宋·乐史《太真外传》：上皇登沉香亭诏太真妃子，妃子时醉酒未醒，待侍儿扶至，醉颜残妆，鬓乱钗横，不能再拜。上皇笑曰："岂是妃子醉，真海棠睡未足耳。"此处暗用其故事，借海棠亭指南宋宫中亭苑。③玉啼金泣：形容宋皇室啼泣。④"驼背"二句：点化唐·杜甫《送蔡希鲁还陇右》"马头金匼匝，驼背锦模糊"诗句，写押解北上的危苦。匼匝（kē zā）：周旋、环绕。⑤龙艘锦缆：用隋炀帝龙舟锦帆故事。据宋·佚名《开河记》载：隋炀帝出游，沿淮河而下，所乘龙舟用锦缎制帆，"锦帆过处，香闻十里"。此借指南宋帝后所乘之舟。⑥非吾土：用东汉·王粲《登楼赋》"虽信美而非吾土兮"之意，意谓江山虽美，已易他人之手。⑦"受降城"二句：化用唐·李益《夜上受降城闻笛》"受降城外月如霜"诗句，设想边地寒苦。汉、唐均有受降城，多在西北边塞。此处借用其"受降"字面，非实指。⑧粉阵红围：指内宫后妃、宫女拥挤于狭窄舟中。⑨一搦（nuò）：一把。

【赏析】

恭帝德祐二年（1276），元军攻入临安，南宋少帝及三宫悉被掳送燕京，汪元量作为宫廷乐师亦在押解之列。北行途中夜经淮河，于舟中闻宫女琴声凄楚，触动一怀亡国哀痛，写下这首《水龙吟》。

宋末遗民的黍离之悲多托为咏物，词旨隐晦，而此词则选取亲历的一幕，反映那个时代的惨痛巨变。词从"鼓鼙惊破霓裳"的德祐之乱起笔，接连化用典故和成语，铺陈惊悸悲苦的行色，渲染凄凉酸楚的感受，再现被掳北上的真实场景，末了收到渔灯一点的舟中哀弦。此词以"惊"

“苦”为感情基调，借闻宫女琴声抒吐身心交瘁的亡国之苦、去国之戚，情辞悲婉凄恻，如月夜孤鸿哀唳。

【辑评】

薛砺若《宋词通论》：因饱经世变，目睹两朝兴亡，故其词亦凄恻哀怨，如孤鸿之号夜月。

【今译】

战乱的鼙鼓声
骤然，惊破了
霓裳羽衣的轻歌曼舞，
海棠春睡的亭北
一阵风凄雨苦。
歌断，宴残
凄惶一片玉啼金哭，
这北掳一去
何等的不堪凄楚。
骆驼背上
摇晃，泪眼模糊，
押解的铁骑
一路巡防，一路催逼
惊悸不定从朝到暮。
故都宫阙啊
城外，一席冷宴
辞别得仓皇急促，
北行的锦帆龙舟
空载春去的一帆愁雾。

远望江南半壁山河
美丽如画图，
可叹江淮两岸
拱手相送已非吾土。
受降城下茫茫
如秋霜，白草干枯，
北去的残余生涯
将是——
不尽凄凉，不尽屈辱。
这狭窄的行舟中
粉拥红围
夜深时疲困睡熟，
又怎能分辨，哪是
高贵的嫔妃
卑贱的奴仆？
只有她，瘦影伶俜
一怀羁愁对一点渔火，
犹自将凄哀
在琴声中低低吐诉。

王沂孙

王沂孙（1240？—1290），字圣与，号碧山，又号中仙、玉笥山人，会稽（今浙江绍兴）人。其生平事迹多不可考。游踪多在吴越一带，约长期居住于会稽、杭州。入元后，曾出任庆元路学正，旋又辞官还乡。

与周密、张炎、陈允平等人交游，结社填词，为宋末重要词人。宋·张炎《琐窗寒词序》称他“工词，琢语峭拔，有白石意度”。清·戈载《宋七家词选》亦云：“其词运意高远，吐韵妍和；其气清，故无沾滞之音；其笔超，故有宕往之趣；是真白石之入室弟子也。”其词以咏物见长，多抒故国之思，寄托遥深，辞情哀婉，时颇负词名。至清代，极受常州派推崇。清·陈廷焯《白雨斋词话》将他与周邦彦、姜夔并论，认为“词法之密，无过清真；词格之高，无如白石；词味之厚，无过碧山；词坛三绝也”。虽溢美过甚，但其影响可见一斑。有《花外集》，一名《碧山乐府》。

天　香

咏龙涎香[①]

孤峤蟠烟[②]，层涛蜕月，骊宫夜采铅水[③]。汛远槎风[④]，梦深薇露[⑤]，化作断魂心字[⑥]。红瓷候火[⑦]，还乍识、冰环玉指[⑧]。一缕萦帘翠影，依稀海天云气。　几回殢娇半醉[⑨]。剪春灯、夜寒花碎。更好故溪飞雪、小窗深闭。荀令如今顿老[⑩]，总忘却、樽前旧风味。谩惜余熏，空篝素被[⑪]。

【注释】

①龙涎香：一种名贵香料，实是海中抹香鲸肠内的分泌物。清·吴震方《岭南杂记》载：“龙涎香于香品中最贵重，出大食国西海之中，上有云气罩护，则下有龙蟠洋中，卧而吐涎，飘浮水面，为太阳所烁，凝结而坚，轻若浮石”，“入香焚之，则翠烟浮空，结而不散”。②峤（jiào）：尖而高的山，此处指海中尖耸的礁石。蟠（pán）：盘曲而伏。③骊宫：骊（黑）龙的洞窟。铅水：汉铜人所采露水，见刘辰翁《兰陵王》注。此借指龙涎。④汛：潮汐。槎（chá）：竹、木制作的筏。西晋·张华《博物志》：“旧说云天河与海通，近世有人居海渚者，年年八月有浮槎来去不失期。”⑤薇露：蔷薇花制成的香露。宋·洪刍《香谱》记载：制作龙涎香时将龙涎与蔷薇露研碾。⑥心字：指龙涎香制成的心字形篆香。⑦红瓷候火：宋·洪刍《香谱》记载：制龙涎香须用“慢火焙，稍干带润，入瓷合窨”。⑧冰环玉指：指龙涎香制成指环形状。⑨殢（tì）娇：故意撒娇缠人。殢：困、纠缠。⑩荀令：三国时曹操谋士荀彧，曾任尚书令，故称“荀令”，以喜爱熏香著名。东晋·习凿齿《襄阳记》：“荀令君至人家坐幕，三日香气不散。”唐·李商隐《韩翃舍人即事》：“桥南荀令过，十里送衣香。”⑪篝（gōu）：竹制的熏笼。古人往往焚香于笼中，置衣被等物于其上熏之。

【赏析】

元世祖至元十五年（1278），南宋诸帝后陵墓被元僧盗发，理宗之尸被倒悬于树上，以沥取水银，三日三夜竟失其首，其余遗骨委弃在草莽间。义士唐珏闻而悲愤，邀集他人收诸帝遗骸共葬之。（宋·周密《癸辛杂识》）次年，崖山兵败，陆秀夫负帝昺蹈海。王沂孙、周密、张炎、陈述可、仇远等十四人结社填词，分咏龙涎香、白莲、莼、蝉、蟹五题，借以寄托遗民亡国之痛，并结集为《乐府补题》，共收录词三十七首，王沂孙此词编录为第一篇。

俞陛云《唐五代两宋词选释》云："咏物工细之作，唐五代以来绝少，南宋较多。"这是南宋末一首颇为著名的咏物词。上片嶂烟涛月，薇露心字，翠影萦帘，依次写龙涎香的采集、焙制、焚爇，意象孤艳而奇幻，带有凄然"断魂"的浓厚的悲剧色彩。下片先追忆往日春夜剪烛、焚香对坐的温馨。再反接如今年老樽残、人去香散的落寞。末了以熏笼素被，自惜余香收束，低徊不已。此词前半体物精微，后半情致跌宕，虚实开合皆有致。咏物抒慨无激烈促迫之感，格调沉郁而又字句娴雅、辞采精丽，是作者用力之作。

此词所咏当有所兴托，但托意深婉幽微，难以逐句推寻所指。或认为所咏之物为龙涎香，似寓托宋陵被掘之事，其"汛远槎风"暗含崖山覆亡的哀悼，所写今昔悲欢关联家国盛衰。固然，词中有一种伤逝悼亡的凄哀怅恨，读者可各以意会，但不必字比句附地强加指实。

【辑评】

[清]陈廷焯《云韶集》：字字娴雅，斟酌于草窗、西麓之间。亦有感慨，却不激迫，深款处得风人遗旨。

[清]陈廷焯《大雅集》：王碧山词品最高，味最厚，意境最深，力量最重。感时伤世之言，而出以缠绵忠爱。

唐圭璋《唐宋词简释》：此首咏龙涎香，上实下虚，语语凝炼，脉络分明。旨意当有寄托。

【今译】

礁石孤耸，遮绕着
烟雾云气，
随海涛一层层
蜕出一轮明月清凄，
泛冷白夜色
去骊龙深宫
将如铅泪的龙涎采集。
海风吹送竹筏
潮涨潮落，隐去，
采来龙涎，研合
蔷薇花露
浸泡夜梦悠深里，
化作一盘篆香
凄然魂断在"心"字。
一灶文火烘焙
干中带润置入红瓷，
初见，冰环玉指。
待到铜炉焚烧
一缕翠冷轻烟，绕帘
浮动幽香的迷离，
仿佛大海上
雾遮云绕的仙气。

从前，伊人娇媚
几回半醉情意，
微寒春夜，西窗剪烛话语。
情味更浓，是
故园寒溪飞雪天气，
龙涎馨香轻袅
庭院深处小窗掩闭。
可叹如今
衣香暗送的情怀渐老，
忘却了昔日
樽前的风流韵致。
只剩徒然，将
焚后余香爱惜，
——熏笼空空
素被仍清冷地覆置。

眉妩

新月

渐新痕悬柳[①]，淡彩穿花，依约破初暝。便有团圆意[②]，深深拜[③]，相逢谁在香径。画眉未稳，料素娥、犹带离恨[④]。最堪爱、一曲银钩小，宝帘挂秋冷。　千古盈亏休问。叹慢磨玉斧，难补金镜[⑤]。太液池犹在，凄凉处、何人重赋清景[⑥]。故山夜永。试待他、窥户端正[⑦]。看云外山河，还老尽、桂花影[⑧]。

【注释】

①新痕：新月一钩如痕。②“便有”句：五代·牛希济《生查子》：“新月曲如眉，未有团圆意。”此处反用其意。③深深拜：唐代有拜新月的习俗，唐·李端《拜新月》：“开帘见新月，便即下阶拜。”宋人沿其习俗，有对新月置酒宴之举，临宴题咏新月为南宋文士的风雅习尚。④“画眉”二句：南朝·陈叔宝《有所思》：“初月似愁眉。”此处化用其句意。未稳：未妥。素娥：见晁端礼《绿头鸭》注。⑤“叹慢磨”二句：感叹缺月难补，比喻残破山河难以收拾。唐·段成式《酉阳杂俎》记：唐代郑生与王秀才游嵩山，遇一人，布衣甚白洁，枕一襆物而睡，唤醒问其所往，曰：月是七宝合成，月势如丸，其影乃日烁其凸处。常有八万二千户修补之，自己亦是其中之一。开袱，内有斧凿等物。唐·李贺《七夕》有“天上分金镜，人间望玉斧”诗句。慢：同“漫”，徒然。金镜：指月亮。⑥“太液”二句：忆念宋朝承平时掌故，感叹时移世变、旧事难再。宋·陈师道《后山诗话》载：宋太祖夜幸后池，对新月置酒，召学士卢多逊赋诗，有“太液池头月上时，晚风吹动万年枝”之句。太液池：本是汉长安建章宫中池名，唐宫亦有，后用作宫苑池沼的通称。⑦窥户：指月光射进门窗。端正：指圆月。唐·韩愈《和崔舍人咏月二十韵》：“三秋端正月，今夜出东溟。”⑧桂花影：月中桂树之影。相传月中明暗影像，是地上山河的倒影。

【赏析】

南宋亡后，王沂孙等一班遗民结社填词，常将故园之思寄托于风花雪月，此词即是其中之一。

新月，是渐由亏缺趋向团圆的意象，此词运用象征与暗喻手法，处处从“新月”落墨，而言在此意在彼。上片刻画新月。写月，新痕悬柳，犹带离恨；写人，下阶深拜，帘挂秋冷。月缺亦人缺，月愁亦人愁，天上人间兼写，形象新丽，意境清奇而含思凄哀。下片抒发慨叹。换头纵笔另开，以“千古盈亏”提起。以下引典设喻：难补金瓯，寓托无力回天的哀叹；待他端正，又寄予收拾残破的期望；老尽桂影，终还转入残山剩水的悲怆。此词句句写初一残月，却句句望到十五圆月，借咏月抒写今昔之悲、兴衰之叹和故园之思，无穷哀感尽从反复咏叹中流出。但寄托深微，运意高远，气清辞婉并无愤懑之音，如清·周济《宋四家词选》所云：“碧山胸次恬淡，故《黍离》《麦秀》之感，只以唱叹出之，无剑拔弩张习气。”

【辑评】

[清]张惠言《词选》：碧山咏物诸篇，并有君国之忧。

[清]陈廷焯《大雅集》：后半忽用纵笔，却又是虚笔，寄慨无端，别有天地，极龙跳虎卧之奇，海涵地负之观。

【今译】

渐渐悬挂在树梢
新月，纤细一痕，
透过花枝叶隙
筛下光华斑斑的柔润，
跳跃的光点
划破夜笼的昏暝。
新月，将渐长渐满
一弯团圆意蕴，
深深一拜里，多少
祈盼团聚的深情，
月下，可会与故人相逢
在花雾迷漫的小径？
一卧新月正残
如未画好的眉轮，
料想是嫦娥
凝含青天碧海的离恨。
最让人怜爱
一弯，似银钩小小
挂一帘秋光的幽冷。

千古阴晴圆缺
都这般，莫要问，
可叹的是徒然磨砺玉斧
难补破缺的金镜。
故宫池苑犹在
如今，却只剩
凄风冷月，疏枝荒径，
还有谁赏月赋诗
吟唱昔时的盛事清景？
故国的夜，漫长
燃亮一盏孤灯，
试待月圆时
澄明月光洒照门庭。
望，云外——
月中山河万里
苍老了当年婆娑桂影。

齐天乐

蝉

一襟余恨宫魂断[①]，年年翠阴庭树。乍咽凉柯[②]，还移暗叶，重把离愁深诉。西窗过雨。怪瑶珮流空，玉筝调柱。镜暗妆残，为谁娇鬓尚如许[③]。　铜仙铅泪似洗[④]，叹携盘去远，难贮零露。病翼惊秋，枯形阅世[⑤]，消得斜阳几度[⑥]？余音更苦。甚独抱清高[⑦]，顿成凄楚？谩想熏风[⑧]，柳丝千万缕。

【注释】

①宫魂：传说蝉为齐宫王妃怨魂所化，故称。五代·马缟《中华古今注》："昔齐后忿而死，尸变为蝉。登庭树嘒唳而鸣。"②凉柯：清凉秋天的树枝。③娇鬓：借蝉鬓喻指蝉翼娇美。西晋·崔豹《古今注》：魏文帝宫人莫琼树制蝉鬓，缥缈如蝉翼。④铜仙铅泪：见刘辰翁《兰陵王》注。⑤枯形：孙楚《蝉赋》："形如枯槁。"⑥消得：禁受得起。⑦甚：正。清高：唐·徐坚《初学记》引《车服杂记》：蝉"清高饮露而不食"。⑧熏风：南方吹来的风。上古歌谣《南风歌》："南风之熏兮。"熏：香。

【赏析】

本篇咏残秋哀蝉，用意显豁，借"宫魂"化蝉典故写家国之恨、黍离之悲。一襟幽恨，年年庭树，起笔直接拈出哀蝉心魂。接下，乍咽凉枝，还移暗叶，写其流徙不定；西窗冷雨，瑶珮玉筝，写其清音凄怨；镜暗妆残，为谁娇鬓，写其无人爱怜；铜仙铅泪，盘移露尽，写其无以为生；病翼惊秋，斜阳几度？写其时日无多；余音更苦，独抱清高，写其自守志节。至结处熏风绿柳，千丝万缕，陡然折入盛时情景，而"谩想"二字一笔扫去，收得不尽酸楚。

通篇用典贴切，寄意深沉，亦蝉亦人层层写来，字字凄断，句句悲酸，几令人不忍卒读。如清·周济《宋四家词选》所云："咏物最争托意，隶事处以意贯串，浑化无迹，碧山胜场处。"

【辑评】

[清]周济《宋四家词选》：此家国之恨。

[清]陈廷焯《白雨斋词话》：王碧山……咏蝉诸篇，低回深婉，托讽于有意无意之间，可谓精于比义。

[清]谭献《谭评〈词辨〉》：此是学唐人句法、章法。

【今译】

这，凉秋哀蝉
是宫妃化作孤魂一缕，
一襟余恨不消
年年啼泣在
庭院的绿荫高树。
才在枝梢哽咽
又迁向繁叶底下急促，
深深的离愁
幽幽的怨忿
一次次地，倾诉。
西厢窗外，如听
一阵送寒的冷雨疏疏。
却让人惊讶
忽如佳人腰曳玉珮
蹑在远空深处，
蓦然，又如一阵
悲怨的筝声
纤纤素手调弄弦柱。
鸾镜尘封，已久
哀伤的玉容也枯，
如今为谁痴心
蝉鬓缥缈，娇美如许。

金铜仙人铅泪如洗
在迁徙的路途，
可叹，携铜盘去远
难贮啜饮的清露。
病残的羽翼
惊颤，秋风凄冷梳骨，
枯槁的形骸
历尽世事沧桑，
又还能承受斜阳几度？
最后的余音
犹自不肯断绝
一声声更哀，更苦。
正独自抱守
餐风饮露的高洁孤独，
一曲吟唱的清韵
顿成了——
困厄欲绝的凄楚。
徒然想起昔时
南风，融融香暖，
将栖身的碧柳
千丝万缕，依依吹拂。

高阳台

和周草窗寄越中诸友韵[①]

残雪庭阴，轻寒帘影，霏霏玉管春葭[②]。小帖金泥[③]，不知春在谁家。相思一夜窗前梦[④]，奈个人、水隔天遮。但凄然，满树幽香，满地横斜[⑤]。　　江南自是离愁苦，况游骢古道，归雁平沙。怎得银笺[⑥]，殷勤与说年华。如今处处生芳草，纵凭高、不见天涯。更消他[⑦]，几度春风，几度飞花。

【注释】

①周草窗：周密，号草窗，南宋著名词人。宋亡，其吴兴旧居遭兵火毁坏。流寓杭州时，曾作《高阳台》词，寄越中诸友，抒写思乡怀友的凄婉情怀。其词云："小雨分江，残寒迷浦，春容浅入蒹葭。雪霁空城，燕归何处人家？梦魂欲渡苍茫去，怕梦轻、还被愁遮。感流年、夜汐东还，冷照西斜。　　萋萋望极王孙草，认云中烟树，鸥外平沙。白发青山，可怜相对苍华。归鸿自趁潮回去，笑倦游，犹是天涯。问东风，先到垂柳，后到梅花？"②玉管：玉制的律管。古人烧葭（芦苇）膜成灰，塞入十二律管中，某一节气至，某律管中的葭灰即飞出，示该节候已到。见东汉·班固《汉书·律历志》。③小帖金泥：泥金纸的宜春帖子。古代风俗，立春日贴"宜春帖子"。帖子或写"宜春"，或写诗句。金泥：即"泥金"，用水银和金粉调和成金色颜料粘涂于纸上。④"相思"句：化用唐·卢仝《有所思》"相思一夜梅花发，忽到窗前疑是君"诗句。⑤"满树"二句：化用林逋《山园小梅》诗句。⑥银笺：洁白的信笺。⑦消他：禁得起，禁得住。

【赏析】

此词是和周密《高阳台》词的酬唱之作。上片由伤春折到怀人。残雪积庭，轻寒透帘，写冬去春来；春非我有，不知谁家，写伤春情怀；梦魂相随，水隔天遮，转写春夜思念。歇拍暗香疏影，进一步烘染一夜幽怀，亦托出所思故人的高洁。下片由怀人落到伤春。游骢古道，归雁平沙，写江南流寓；处处芳草，不见天涯，写登高念远。歇拍"更消他"推进一层，东风无情，几度飞花，以景见情写惜春伤逝，亦暗含好景不再、聚散无凭的无奈。

词中的形象、意境、氛围和色调，无不传达出一种哀苦无告的凄伤沉郁，旨在写伤春别离，而又在"春在谁家"的怅叹中隐含国亡家破之哀感，但终又归结于伤春别离，并无明显寄慨，所谓有寄托入，又以无寄托出。此词用清疏的语言婉曲运笔，情思幽微而味致甚厚，读来低徊掩抑。

【辑评】

[清]周尔墉《周批草窗词》：莫仑词："直饶明日便相逢，已是一春闲过了。"与此收笔用意相反，而一用进笔，一用缩笔，洵为异曲同工。

[清]陈廷焯《大雅集》：碧山《眉妩》《高阳台》《庆清朝》三篇，古今绝构……一片热肠，无穷哀感，《小雅》怨诽不乱，诸词有焉。

[清]王闿运《湘绮楼词选》：此等伤心语，词家各自出新，实则一意。

【今译】

庭院背阴处，残雪　　　　冷滢滢地堆压，

轻微的寒气
透入帘隙向室内浸洒，
立春了，碧玉律管
吹送纷扬的春葭。
泥金小帖
烁闪在门庭楹柱，
不知春色属谁家。
我，一夜思念
伴随窗前的梅花生发，
梦魂飘荡里
无奈不见故人踪影
水远，路滑。
醒时心神凄然
只见一地疏影横斜，
噢，满树绽开
幽香浮动的梅花。

江南漂泊的况味
自是一怀离情苦煞，
风尘羁旅途中
古道西风，瘦马，
流离无依时
凭栏，归雁栖落寒沙。
如何觅得银笺
铺开一纸洁白，
殷勤地诉说
相思的憔悴年华。
如今，处处芳草
染无边春色，
纵使登上高处
望不到故人远在的天涯。
这，残剩光景
不知还能承受
几度春风，几度落花。

长亭怨慢

重过中庵故园[①]

泛孤艇、东皋过遍[②]。尚记当日，绿阴门掩。屐齿莓苔[③]，酒痕罗袖事何限。欲寻前迹，空惆怅、成秋苑[④]。自约赏花人，别后总、风流云散[⑤]。　水远。怎知流水外，却是乱山尤远[⑥]。天涯梦短，想忘了、绮疏雕槛[⑦]。望不尽、冉冉斜阳，抚乔木、年华将晚[⑧]。但数点红英[⑨]，犹记西园凄婉。

【注释】

①中庵：旧注认为指刘敏中，元代散曲家，由金入元，号“中庵”，著有《中庵乐府》。但据其所存词和《元史》所载事迹，此人似与王沂孙无涉。此处“中庵”当另是一人，为作者好友，其生平事迹不详。②东皋（gāo）：东边临水的高地。陶潜《归去来兮辞》：“登东皋以舒啸。”此泛指东面山丘。③屐齿莓苔：此用宋·叶绍翁《游园不值》“应怜屐齿印苍苔”诗句，意谓青苔上留下屐印。屐齿：木屐底上的齿。④成秋苑：形容园林萧条冷落。唐·李贺《河南府试十二月乐词》：“梨花落尽成秋苑。”⑤风流云散：比喻友人分离、各奔东西。东汉·王粲《赠蔡子笃》诗：“风流云散，一别如雨。”⑥“水远”三句：欧阳修《踏莎行》：“离愁渐远渐无穷，迢迢不断如春水”；“平芜尽处是春山，行人更在春山外”。此化用其词意。⑦绮疏：指镂花的窗格。⑧抚乔木：此暗指思念故国。东汉·王充《论衡》：“睹乔木，知故都。”南朝梁·江淹《别赋》：“视乔木兮故里。”⑨红英：红花。

【赏析】

此词追寻故迹，感怀旧游。开篇入手擒题，一“泛”一“遍”并举，见其徘徊寻觅情境。接下屐齿莓苔，罗袖酒痕，追忆往昔的赏心乐事。再落到人去苑废，往事云烟的惆怅。下片承“别后”而来。流水外乱山无数，写伊人遥隔；想忘了绮窗雕栏，怨伊人未归。“望不尽”由怀人折回眼前，冉冉斜阳，年华将晚，写黯然伤逝情怀。收束处空寂庭院，数点残红，托出时移、事去、人散的不尽凄婉。

此词随物兴感，借景寓情，较少使事用典，也较少敷设辞采，用简淡清疏笔墨作曲折跌宕的叙写，无处不灵动而又无处不沉郁，具有摇曳而深至的韵致，在碧山词中属清婉一类。

【辑评】

[清]陈廷焯《词则》：感慨系之。

[清]周尔墉《周批碧山词》：后半阕一片神行，笔墨到此俱化。

俞陛云《唐五代两宋词选释》：语云“愁苦之音，工于欢愉之音。”……后半词意愈转而愈悲，如闻江上琵琶，声声掩抑也。

【今译】

泛一叶轻舟
东皋故园，寻遍。
还记得昔日
院门后，深深绿荫
闲静地闭掩。
信步同游的屐齿
几道苍青浅痕
印在茸茸如毡的莓苔，
纵情豪饮时
罗衫泼洒酒痕斑斑，
多少赏心乐事
尽在这中庵林园。
如今，旧地重来
欲寻残踪剩迹一点，
空自惆怅，眼前秋风
梨花飘落断壁废苑。
当年赏花的故人
一别，风流云散。

绿水，流去远远，
又怎知流水外
乱山重叠，更远。
那远行的故人
片刻即逝
零落天涯的归梦太短，
想必忘了故园
竹掩的镂格窗棂
月照的长廊曲栏。
啊，一眼望去
天际，斜阳坠得黯黯，
暮色深沉里
独倚苍老的乔木
嗟叹年华，已晚。
只见数点残红
在空中，依依飘坠，
犹自相伴这
——空寂庭院。

蒋 捷

蒋捷（生卒年不详），字胜欲，号竹山，阳羡（今江苏宜兴）人。度宗咸淳十年（1274）进士。未及仕，宋亡。隐居太湖竹山，人称“竹山先生”。元成宗大德年间，因其才被荐举，不就，抱节以终，为时人所称。平生著述多以义理为主。

以词著名于世，与周密、王沂孙、张炎并称“宋末四大家”。其词广采博收，或写动乱流离、故国之思，风格悲概清峻，承苏、辛一路；或效周邦彦、李清照、姜夔之婉约，轻灵秀雅；亦有仿民歌的通俗篇什，饶有情趣。对其词褒贬不一，清·刘熙载《艺概》推崇云：“蒋竹山未极流动自然，然洗练缜密，语多创获。其志视梅溪较贞，其思视梦窗较清。”清·冯煦《蒿庵论词》则颇加贬损，认为“即其善者，亦字雕句琢，荒艳炫目”。但蒋捷词对后世影响颇深，尤以清初阳羡词派为甚。今存《竹山词》。

贺新郎

梦冷黄金屋①。叹秦筝、斜鸿阵里②，素弦尘扑。化作娇莺飞归去，犹认纱窗旧绿。正过雨、荆桃如菽③。此恨难平君知否？似琼台、涌起弹棋局④。消瘦影，嫌明烛。　鸳楼碎泻东西玉⑤。问芳踪、何时再展，翠钗难卜。待把宫眉横云样，描上生绡画幅。怕不是、新来装束。彩扇红牙今都在⑥，恨无人、解听开元曲⑦。空掩袖，倚寒竹⑧。

【注释】

①黄金屋：见周邦彦《风流子》注。此处借指旧时华美的楼阁。②斜鸿阵：指筝柱斜行如鸿雁，见晏几道《菩萨蛮》注。③荆桃：樱桃。菽：豆类。④弹棋局：弹棋是古代博戏的一种。弹棋局中间隆起，周围低平，弹棋杆用玉石做成。唐·李商隐《柳枝》：“玉作弹棋局，中心亦不平。”《无题》：“莫近弹棋局，中心最不平。”此处化用李诗，比喻心中幽恨难平。⑤东西玉：酒杯名。宋·杨万里《送叶叔羽寺丞持节淮东》：“呼酒东西玉，探梅南北枝。”此处“碎泻东西玉”，比喻一切破碎了，无复收拾。⑥红牙：檀木制作的牙板，唱歌时用以调节乐曲的节拍，红色，故称“红牙”。⑦开元曲：盛唐开元（唐玄宗年号）年间的流行曲。此借指宋朝盛时乐曲。⑧倚寒竹：见曹组《蓦山溪》注。

【赏析】

故宫黍离之悲是此词的感情基调，但作者运用比兴手法写来，寄寓深婉，旨意隐曲。发端一“冷”字笼罩全篇。上片写楼阁空空、梦亦难圆的凄冷，斜鸿阵里、筝弦尘封的清冷，断壁雨过、野桃如豆的荒冷；下片写旧踪杳渺、翠钗难卜的哀冷，彩扇牙拍、无人解听的孤冷，独倚寒竹、空掩翠袖的泣冷。整首词忆旧感旧，层推层深，于恍惚之间虚实交替，构成一种幽独悲凉的意境，在曲折吞吐的笔墨中流泻出往事不可复追的嗟叹。此词笔致飞舞奇警，“此恨难平”的亡国之痛，如神龙首尾偶然一露，便遮绕在迷离云雾中，舒卷起伏而又隐然可见。词中亦多创新语意，如莺归犹认纱窗旧绿，瘦影嫌却长夜烛明，生绡难描纤眉新妆等，情真而语切，有锤炼之工，无滞涩之嫌。

清·谭献《谭评〈词辨〉》评此词“瑰丽处艳丽自在”，正是体味到了此词灵动婉转，疏爽之致见于妍丽绵密处的特点。

【辑评】

[清]陈廷焯《放歌集》：曲高和寡，古今同慨。

[清]谭献《谭评〈词辨〉》：瑰丽处艳丽自在，然词藻太密。

【今译】

梦魂凄冷，难圆
瑟缩在昔时的雕梁华屋。
抚弄过的秦筝
蒙蒙积尘，封住了
斜列如雁行的弦柱。
化作一只流莺
归来，犹认得
薄纱窗的一抹旧绿，
眼前，疏雨过后
断壁残垣边
几树樱桃初发如豆。
这心中幽恨，谁知不?
如琼玉弹棋局
自是不平起伏。
夜梦醒时，瘦影长长
怕对明亮的红烛。

去了，鸳鸯歌舞楼
想要重新拾起
杯碎酒泻，难复，
往事芳踪何时再现
取翠钗也难占卜。
待把宫眉如纤云横额
描上生绡画幅，
只怕绘不出旧时如花容颜
也不是新尚装束。
红牙拍板，还在
歌扇色彩也褪除，
恨无人赏听，盛世
流行的曲谱。
黄昏，独守孤寒
空自翠袖掩面
——斜倚一丛修竹。

贺新郎

兵后寓吴[①]

深阁帘垂绣。记家人、软语灯边，笑涡红透。万叠城头哀怨角，吹落霜花满袖。影厮伴，东奔西走。望断乡关知何处，羡寒鸦、到着黄昏后。一点点，归杨柳。

相看只有山如旧。叹浮云、本是无心，也成苍狗[②]。明日枯荷包冷饭，又过前头小皋[③]。趁未发，且尝村酒。醉探枵囊毛锥在[④]，问邻翁、要写牛经否[⑤]。翁不应，但摇手。

【注释】

①吴：吴门，今苏州。②“叹浮云”二句：唐·杜甫《可叹》：“天上浮云如白衣，斯须改变如苍狗。”此处化用

杜甫诗句，感叹世事变化之快。无心：东晋·陶渊明《归去来兮辞》有“云无心以出岫”之句。③阜（fù）：土山。④枵（xiāo）囊：空口袋。枵：大树中空的样子，引申为空虚。毛锥：毛笔。⑤牛经：有关养牛的书。

【赏析】

恭帝德祐元年（1275），元军占领宜兴及常州等地，次年又攻陷临安。词人离乡逃难，流寓到苏州一带，写此词纪实。

上片，绣帘低垂里，灯边软语，笑涡红透，先写兵乱前家庭的温馨安乐。“城头哀怨角”笔墨陡转，写霜花满袖、东奔西走的逃难，暮鸦栖柳反衬出望断乡关的无家可归。下片，无心浮云，也成苍狗，总括一笔感叹世事变化的急遽。接下写荒村流落，枯荷包冷饭，尝酒抄牛经，其落魄酸寒近乎乞讨。末了，结到“翁不应，但摇手”，以寸砣压千斤之力托住全篇，其意味极厚重，战后兵乱，农村人散、田荒、牛亡的凋零破败尽在其中。此词以赋法入词一气叙来，出语自然，情景真切。作者运用写实的表现手法，拈取典型细节作实录，从一个侧面反映了南宋亡后难民流离失所的苦难状况，并凸现出鲜明的人物形象，衣食无依的词人、摆手不应的老翁宛然如目，让人一掬同情之泪，这在南宋末遗民词中，殊不多见。

【今译】

深院楼阁，绣帘
低垂雕花窗格后，
记得那时，家人温馨话语
坐拥一炷烁烁红烛，
妻子回头，嫣然
双颊笑涡红透。
忽地，城楼角声
一遍比一遍紧
凄哀地，无止无休，
吹落黑夜霜花
凝着泪水浸湿衣袖。
流亡的路途中
孤独身影，伴人东奔西走，
望尽天涯
故乡渺远，何处寻求？
羡慕那寒秋乌鸦
昏残暮色里，
犹自点点归飞
安稳栖息在旧巢绿柳。

与我两相看
山峦，苍青如旧。
可叹浮云原本无心
也随人世无常
变幻成狰狞苍狗。
明天，枯荷包冷饭
腹中充饥已够，
去往前面的村落
先绕过光秃的小土丘。
趁还未上路
尝一盅村夫浊酒。
微醉里，伸手一探
囊中空空如洗
一支毛笔，还有，
急忙问邻座老翁
要抄写《牛经》否？
老翁闭口不应
只是，摆一摆手。

声声慢

秋　声

黄花深巷，红叶低窗，凄凉一片秋声。豆雨声来[①]，中间夹带风声。疏疏二十五点[②]，丽谯门、不锁更声[③]。故人远，问谁摇玉珮，檐底铃声？　彩角声吹月堕，渐连营马动，四起笳声。闪烁邻灯，灯前尚有砧声。知他诉愁到晓，碎哝哝、多少蛩声[④]！诉未了，把一半、分与雁声。

【注释】

①豆雨：阴历八月豆子开花时节的雨，称“豆花雨”。②二十五点：指一夜更鼓声。旧时一夜分为五更，一更分为五点，故称。③丽谯：指城上的更鼓楼。④哝哝：形容蟋蟀声唧唧。

【赏析】

这首词专咏秋声，别有情韵。词紧扣题面，依次写细雨声、冷风声、更鼓声、檐铃声、画角声、马嘶声、胡笳声、砧杵声、蟋蟀声、鸿雁声，交织成“凄凉一片秋声”。而这秋声又是在深巷低窗的静夜，从孤枕不眠的人耳中听来，更加不堪凄冷况味。作者不只悲秋而且愁秋，“谁摇玉珮，檐底铃声”的怀念故人，“连营马动，四起笳声”的感伤离乱，尽于凄哀的秋声中传达出来，是秋声诉愁，也是旅人诉愁。“诉未了，把一半、分与雁声”，天边几声雁唳，将一怀秋夜愁思带向渺远，无穷无尽。词收束得情味悠长，让人遐思。

此词形式上颇为别致，中间不分段一气贯下，对十种秋声作排比铺陈的描述，全篇押一“声”字韵，一韵到底，回旋出凄凉秋声连绵不断的浓厚氛围。

此《声声慢》用“独木桥体”。独木桥体，由黄庭坚首创，是宋词中一种特殊的体式，又叫独韵诗、一字韵诗、福唐体。一般通首词以同一个字为韵脚，如黄庭坚《阮郎归》全用“山”字为韵，辛弃疾《柳梢青》全用“难”字为韵，像一座独木桥，故称。

【辑评】

[清]许昂霄《词综偶评》：《声声慢》，福唐体，亦名独木桥体。

[清]陈廷焯《别调集》：结得不尽，并能使通篇震动。

【今译】

丛开的菊花
掩冷寂小巷深深，
经霜的枫叶，窗纱
画出黯红低影，
听窗外，凄凉一片秋声。
已是豆花时节，
冷雨，淅淅沥沥
夹带瑟瑟风声。

风雨中隐约听得
疏疏落落二十五点，
一夜，不锁城楼
寒寂幽咽的更鼓声。
这不眠的秋夜
故人已远去
谁摇曳玉珮叮叮？
哦，是风在摇动

屋檐底下冷脆的铃声。

一痕残月，斜坠
阵阵呜咽里
那是军垒画角声，
渐渐，连营战马嘶叫
四处如怨如泣
响起胡笳声。
邻家灯火闪烁
时断时续——
赶制寒衣的捣衣声。
知道是它，在墙根
低语诉说愁情，
从黄昏到天晓
唧唧细碎的蟋蟀声。
这凄凉的秋愁
太多，吐诉不尽，
且把一半分给
渐去渐远的天边雁声。

一剪梅

舟过吴江①

一片春愁待酒浇。江上舟摇，楼上帘招②。秋娘渡与秦娘桥③，风又飘飘，雨又萧萧。　　何日归家洗客袍？银字笙调④，心字香烧⑤。流光容易把人抛，红了樱桃，绿了芭蕉。

【注释】

①吴江：在今江苏苏州之南，东临太湖。②帘：酒帘。③秋娘渡、秦娘桥：皆为吴江地名。④银字笙：镶有银字装饰的笙。清·沈雄《古今词话》："银字，制笙以银作字，饰其音节。'银字笙调'，蒋捷句也。'银字吹笙'，毛滂句也。"⑤心字香：明·杨慎《诗品》："所谓心字香者，以香末萦篆成心字也。"

【赏析】

此词约写于作者离乱流亡的途中。南宋亡后，蒋捷飘零到姑苏、太湖一带，时正乘船经过吴江。江南佳地山柔水媚、蕉绿桃红，而词人却四顾彷徨、光阴虚掷，明丽秀婉的春光恰与凄楚孤零的心境形成强烈对照，故"一片春愁"纵使借酒冲浇也无法排遣，况又沿途风雨凄寒。潮冷迷蒙的风雨意象传达出凄风苦雨颠沛流离的身世，亦暗示了破败于风雨飘摇中的国事。这春愁，不只是一般倦游思归的游子乡愁，即使归去客袍洗尘，国已破，家难安，昔日闺中纤手调笙、熏炉焚香的温馨雅事也当难再。"何日归家"正是思归而无归的哀叹，而那流光易抛、前路渺茫，更添人一怀愁思。这首小词"字字妍倩"，但从清丽浏亮的流荡中，却是春愁不尽的低咽。

《一剪梅》词调的歇拍多有名句，如李清照的"才下眉头，却上心头"等，后其四字叠句由散到整，形成排句重叠的规定性。蒋捷此词上下歇拍，连用两组叠字对句，"风又飘飘，雨又萧萧"，"红了樱桃，绿了芭蕉"，于回旋流荡的音律中，突出表现画面和心境的叠映，不觉堆砌滞涩，反见灵动流丽，读来有如余音绕梁，堪称佳作。

【辑评】

[明]潘游龙《古今诗余醉》：末句两用"了"字，有许多悠悠忽忽意。

［清］李佳《左庵词话》：蒋竹山《一剪梅》词，有云："银字笙调，心字香烧。流光容易把人抛，红了樱桃，绿了芭蕉。"久脍炙人口。

【今译】

一片春愁深深
待饮浓酒冲浇。
悠阔江面上
随波逐浪，行船在摇，
岸边酒楼
酒帘，风中招招。
到了秋娘渡口
又过了秦娘石拱桥，
一路——
风色，飘飘
雨声，潇潇。

何时归家
洗净风尘仆仆的客袍？
待到那时，
佳人抚弄银笙
听一曲清悠古调，
焚上心字盘香
一缕温馨，袅袅。
这，漂泊途中
光阴如流水
将年华轻易地抛掉，
红了，樱桃
绿了，芭蕉。

虞美人

听　雨

少年听雨歌楼上，红烛昏罗帐。壮年听雨客舟中，江阔云低，断雁叫西风①。而今听雨僧庐下，鬓已星星也②。悲欢离合总无情，一任阶前点滴到天明③。

【注释】

①断雁：失群的孤雁。②星星：星星点点，形容黑发中夹杂白发。③"一任"句：从唐·温庭筠《更漏子》"一叶叶，一声声，空阶滴到明"词句化来。

【赏析】

"听雨"，是贯串此词全篇的筋络，随"听雨"展衍开三幅不同的画面：歌楼听雨图；江舟听雨图；僧庐听雨图。由此表现出三个不同阶段的人生遭际：少年歌楼听雨，红烛罗帐，春风骀荡；壮年客舟听雨，孤雁秋风，颠沛流离；老年僧庐听雨，颓颜衰鬓，身心枯槁。随之也传达出三种不同的人生感悟：少年，和风软雨无羁无忧；壮年，凄风苦雨不堪重负；老年，疏风冷雨一任清寂。"一任"二字似乎是老来一切皆空，心如止水，但那彻夜不眠的听雨，"点滴到天明"亦是点滴到心头，表明作者未能全然忘却世事、国事、家事，进入大彻大悟之境。所谓"一任"，是入世不再、出世不能的无奈，是历经风风雨雨后的终归于沉寂，或是尝遍人生酸甜苦涩后的欲说还休。此词是作者忧患余生的自述，展示出少年风流、壮年飘零、晚年孤寞的人生长卷，这便是这首小词意致凝重、包蕴深广所在。

此词在结构上运用时空跳跃，依次推出三个不同的一时一地的片断场景，其中以“听雨”复沓串连，上下片浑然一体，具有跌宕回旋的匠心。

【辑评】

[清]许昂霄《词综偶评》：《虞美人》，“悲欢离合总无情”，此种襟怀，固不易到，然亦不愿到也。

【今译】

少年听雨，在
放浪不羁的歌楼上，
一炷幽暗红烛
笼着丝帐的温馨。
壮年听雨，在
漂泊无依的客舟中，
江水渺茫
阴云悬着低沉，
孤雁哀鸣掠过
声声叫着秋风的凄冷。

如今听雨，在
孤身寄住的僧庐下，
枯槁暮年
两鬓白发星星。
尝尽悲欢离合
牵不动一丝忧思愁情，
静夜，不眠里
任冷雨敲打石阶
点点滴滴
——直到天明。

张炎

张炎（1248—1320?），字叔夏，号玉田，又号乐笑翁，临安（今杭州）人。南宋循王张俊六世孙，曾祖张镃、父张枢均为著名词人。宋亡前过着贵族公子生活，湖山游赏，诗酒啸傲。祖父张濡镇守独松关时曾杀元使者，临安沦陷后，元人立斩之，并抄没其家产。此后，张炎四处流落，落魄纵饮。四十三岁时，应召赴大都缮写泥金字《藏经》，旋即南归。后潜迹不仕，依人作客，漫游浙东浙西一带。晚境凄凉，曾于四明设卜肆以维持生计。元仁宗至治年间卒，年七十余岁。

平生好为词章，用功逾四十年，为宋末重要词人。作词注重格律、技法，承接周邦彦、姜夔而来。其词非只是剪红刻翠，亦寓身世之感、黍离之哀，尤以咏物词名重一时，因赋春水、孤雁绝妙，人称“张春水”“张孤雁”。清·刘熙载《艺概》评其词：“清远蕴藉，凄怆缠绵，大段瓣香白石，亦未尝不转益多师。”清代浙派论词将他与姜夔并论，称“姜张”。著有《词源》一书，专论词乐、词艺，主张词要清空骚雅。有《山中白云词》（又名《玉田词》）。

南浦

春水

波暖绿粼粼，燕飞来，好是苏堤才晓①。鱼没浪痕圆，流红去②，翻笑东风难扫。荒桥断浦，柳阴撑出扁舟小。回首池塘青欲遍，绝似梦中芳草③。　　和云流出空山，甚年年净洗，花香不了？新绿乍生时④，孤村路，犹忆那回曾到。余情渺渺，茂林觞咏如今悄⑤。前度刘郎归去后，溪上碧桃多少⑥。

【注释】

①苏堤：见刘辰翁《兰陵王》注。“苏堤春晓”为西湖著名景色之一。②流红去：将残落的红花流去。③梦中芳草：南朝梁·钟嵘《诗品》引《谢氏家录》载：谢灵运梦见弟弟谢惠连，于是写出了《登池上楼》中“池塘生春草，园柳变鸣禽”的名句。④新绿：此指春天新涨的清澈溪水。⑤茂林觞咏：见周密《一萼红》注。觞：饮酒。咏：赋诗。⑥“前度”二句：翻用唐人刘禹锡“前度刘郎今又来”典故。

【赏析】

据宋·吴自牧《梦粱录》云：“（南宋）文士有西湖诗社，此乃行都缙绅之士及四方流寓儒人，寄兴适情赋咏，脍炙人口，流传四方。”张炎为西湖诗社重要词人，这首《南浦》或为结社题咏之作，也是张炎驰名词坛的成名之作。

此词咏春水兼怀旧，分为四层。先咏湖水：波暖粼绿，一“暖”一“绿”写出溶溶之状；鱼没痕圆，流红东风难扫，状春物传神；荒桥断浦，柳阴撑出扁舟，写春景入画。继咏池水：浮萍绿遍，绝似梦中芳草，旧典翻出新意，添一抹朦胧色调。再咏溪水：流云、空山、花香，托出一曲溪水的可爱。至此已写足春水之美，词情转而感怀旧游：那回春水乍绿，孤村幽径；犹记余情连绵，茂林饮吟；如今溪畔碧桃，知有多少，忆昔而叹今，不尽怅情。

此词起于春水而结于春情，次递写来，实景虚境交错，春色春情交融，不仅言春水，而且言春水之前后左右，处处挽合题目，写得不粘不脱。其中行笔细密，如由眼前水流残红到年年难洗花香，再到归后溪桃多少，可谓金针暗度，草蛇灰线。其他如“波暖绿粼粼”“鱼没浪痕圆”佳句，运语工巧，体物精细，也足以让人称道，张炎由此而获“张春水”雅称。

【辑评】

[宋]周密《绝妙好词》：乐笑翁张炎词如“荒桥断浦，柳荫撑出渔舟小”，赋春水入画。

[清]江昱《山中白云词疏证》：叔夏《春水》一词，绝唱今古，人以“张春水”目之。

[清]许昂霄《词综偶评》：《南浦》亦空阔，亦微妙，非玉田先生不能。

【今译】

湖水已暖，随风
波光粼粼地漂，
燕子飞来时
正是西湖苏堤春晓。
跃水的鱼儿
没入一圈涟漪
那浪痕，清清小小，
绿水携残红流去
反笑春风无力
不将纷纷落花吹扫。
僻静的水滨
荒落的小桥，
小舟从柳荫深处
撑出，将一湖春水荡摇，
回望，远处池塘
青青一抹，染遍，
绝似春梦中
生发美妙诗句的芳草。
深涧，一溪流水
从山林的空寂淌出
和着流云幽悄，
为什么年复一年
春水流走落花
洁净花香又盎然生了？
溪水乍生新绿
绕过乡野孤村小道，
还记得那一回
与好友踏青曾到。
如今，一缕思忆渺渺，
茂林修竹边
一觞一咏的雅趣
随故人离散已消。
前度刘郎去后
灿如云霞的桃花
溪畔，不知有多少。

高阳台

西湖春感

接叶巢莺[①]，平波卷絮，断桥斜日归船[②]。能几番游？看花又是明年。东风且伴蔷薇住，到蔷薇、春已堪怜[③]。更凄然，万绿西泠[④]，一抹荒烟。　　当年燕子知何处[⑤]？但苔深韦曲，草暗斜川[⑥]。见说新愁，如今也到鸥边[⑦]。无心再续笙歌梦，掩

重门、浅醉闲眠。莫开帘，怕见飞花，怕听啼鹃。

【注释】

①接叶巢莺：用唐·杜甫《陪郑广文游何将军山林》“接叶暗巢莺”诗句。接叶：枝叶茂密交接重叠。②断桥：在孤山侧，“断桥残雪”为西湖十景之一。③“到蔷薇”句：蔷薇花由春入夏，至秋始谢。到蔷薇花开，春天已残尽，故说“堪怜”。④西泠：西湖一桥名。⑤“当年”句：暗用唐·刘禹锡《乌衣巷》“旧时王谢堂前燕，飞入寻常百姓家”诗意。⑥韦曲：在长安南郊，唐时望族韦氏世代居住于此，故名。斜川：在江西星子、都昌两县之间，为文人雅集盛地，东晋·陶渊明有《游斜川》诗咏其景色。此处韦曲、斜川，均借指西湖风景名胜地。⑦“见说”二句：沙鸥羽毛色白，想象其因愁深而白，如人之白头。

【赏析】

南宋覆亡后，作者北游燕、蓟，襆被南归，重游西湖感怀而作此词。开篇以景起，密叶流莺，波心落絮，写西湖晚春景色。“能几番游”陡转，伴蔷薇春已堪怜，流露出惜春情怀。“更”字再进一层，凄然西泠，一抹荒烟，写乱后春尽的惨淡，暗寓败亡之伤叹。换头承上意脉，哀叹燕去春归，繁华消歇。愁到鸥边，浅醉闲眠，转而写自身愁怀。末了飞燕啼鹃，拈用两“怕”字，写目不忍睹、耳不忍闻的人事全非之痛。此词为感时寄慨之作，全篇切题写“西湖春感”。其“春感”乃是伤春伤亡之情，作者实以咏西湖暮春抒发亡国哀感，层层迭进，句句幽咽，声情凄婉而笔致深曲。张炎故国之思以本篇最为哀沉沁人，清·陈廷焯《白雨斋词话》称此词：“凄凉幽怨，郁之至，厚之至。”

张炎作词主张“清空”，不要质实。此词，蔷薇花开，知是春色衰残；苔深草暗，烘托环境荒冷；旧时燕子，慨叹今昔兴亡；愁白沙鸥，见出自己忧愁。赋景抒感皆不坐实，含蓄婉转而又无凝涩晦昧，正是其清虚空灵处，体现出张炎词的特色。

【辑评】

[元]陆辅之《词旨》：警句：“见说新愁，如今也到鸥边。”“莫开帘，怕见飞花，怕听啼鹃。”

[清]刘熙载《艺概》：今观张、王两家情韵，极为相近，如玉田《高阳台》之“接叶巢莺”与碧山《高阳台》之“浅萼梅酸”，尤同鼻息。

[清]许昂霄《词综偶评》：《高阳台》淡淡写来，冷冷自转，此境大不易到。

【今译】

枝叶交叠，荫荫
将筑巢黄莺遮掩，
平静的湖心
柳絮坠下，随波漫卷，
远处的断桥
夕阳，斜挂归船。
这西湖春色
还能有几番游玩？
看烂漫春花
又要长长地等待来年。

春风，莫匆匆
暂且留下来
与篱笆蔷薇相伴，
可到蔷薇花开
该又怜惜春色已晚。
更凄哀的是
万绿丛中的西泠桥畔，
如今，只残剩
一抹荒芜衰草
一笼迷离寒烟。

旧时栖息画堂的燕子
飞向了哪边？
只有深巷苍苔
沿清冷石阶铺满，
惨淡草色
映出斜川亭榭的晦暗。
沙鸥不知世事
听说新添的忧愁
将羽翅苍白染遍。

处处笙歌的旧梦
残了，逝去了
无心再续盼，
只须掩闭层层院门
萎靡愁闷时候
独自，浅醉闲眠。
莫要掀开帘子
怕见落红飘飞点点，
更怕听——
这暮春时节
一声声，啼血杜鹃。

渡江云

久客山阴，一再逢春，回忆西杭，渺然愁思。[①]

山空天入海，倚楼望极，风急暮潮初。一帘鸠外雨[②]，几处闲田，隔水动春锄。新烟禁柳[③]，想如今、绿到西湖。犹记得、当年深隐，门掩两三株。　愁余。荒洲古溆[④]，断梗疏萍[⑤]，更漂流何处？空自觉、围羞带减[⑥]，影怯灯孤。长疑即见桃花面[⑦]，甚近来、翻致无书[⑧]。书纵远，如何梦也都无。

【注释】

①山阴：今浙江绍兴。此序一作“久客山阴，王菊存问予近作，书以寄之”。②鸠外雨：古人认为鸠鸣唤雨。陆游《喜晴》：“正厌鸠呼雨，俄闻鹊噪晴。”③禁柳：禁苑之柳。④溆（xù）：江岸。⑤断梗：西汉·刘向《战国策·齐策》载：有土偶人与桃梗相与语，土偶曰：“今子东国之桃梗也，刻削子以为人，淄水至，流子而去，则漂之者将如何耳？”后因以“桃梗”“断梗”比喻漂流不定。⑥带减：用沈约“革带移孔”典故，见李之仪《谢池春》注。⑦桃花面：用“人面桃花”典故，见晁补之《忆少年》注。此指佳人艳若桃花的容貌。⑧甚：怎么。翻：反而。

【赏析】

张炎出身于贵族世家，杭州有祖父张濡所建别墅号“松窗”，家中盛有园林歌妓，宋亡后家资被抄没，四处漂泊。此词是作者流寓绍兴，逢春思忆杭州故居而作，抒写久客念远之情。

上片先写倚楼所见：远处山空天阔，风急潮涌；近处帘外鸠雨，春耕闲田，一悠阔，一恬静，两相映衬。再由眼前烟柳忆及当年西湖春色，不尽眷念之情，借旧居深宅的掩映疏柳言之，含思清婉。下片折回写眼前：荒洲古岸、断梗浮萍，心身憔悴、影瘦灯孤，极写客居的苦况。再转到人面桃花，久别无书，写相思的怅愁。结处落到久别无梦的痴怨，将伤离念远之情更深进一层。

此词笔力苍雄而情辞凄恻，运笔曲折自如，或实笔或虚笔，层进层深，“通首警动，无懈可击”（俞陛云《唐五代两宋词选释》）。

【辑评】

[清]邓廷桢《双砚斋词话》：西泠词客石帚而外，首数玉田。论者以为堪与白石老仙相鼓吹，要其登堂拔帜，又自壁垒一新。盖白石硬语盘空，时露锋芒；玉田则返虚入浑，不啻嚼蕊吹香……《渡江云》之“空自觉、围羞带减，影怯灯孤。长疑即见桃花面，甚近来、翻致无书。书纵远，如何梦也都无”。

[清]陈廷焯《大雅集》：笔力雄苍。一层紧一层，情词凄恻。

俞陛云《唐五代两宋词选释》：通首警动，无懈可击……夏闰庵评此词云：“宛转关生，情真景真。”此等词与屯田、片玉沆瀣一气，不得谓南宋人不如北宋也。

【今译】

空濛的山色
随远天向苍海融入，
倚楼眺望
尽处，风急潮涌
晚来天色沉暮。
帘外，斑鸠啼啼
唤得春雨疏疏，
隔着漠漠水田
几处农家正动春锄。
淡烟轻笼里
柳色清新，如沐，
想如今春风
也染绿杭州西湖。
还记得当年
那高宅深院
重门掩柳，两三株。

我一怀忧愁，眼前
苍老的江岸
荒落的沙渚，
无依无定，如
一枝断梗
一叶浮萍
不知漂流向何处。
徒自腰围渐减
憔悴怕对明烛，
只怕照出身影瘦长
灯孤，影孤。
常以为，不久
面若桃花的佳人
可相聚相诉，
为什么近来
不见捎来一纸音书？
纵使音书渺远
如何夜来——
一枕短梦，也无？

八声甘州

辛卯岁，沈尧道同余北归，各处杭越。逾岁，尧道来问寂寞，语笑数日，又复别去。赋此曲，并寄赵学舟。[①]

记玉关踏雪事清游[②]，寒气脆貂裘。傍枯林古道，长河饮马，此意悠悠。短梦依然江表[③]，老泪洒西州[④]。一字无题处，落叶都愁[⑤]。　载取白云归去[⑥]，问谁留楚佩，弄影中洲[⑦]？折芦花赠远，零落一身秋[⑧]。向寻常野桥流水，待招来，不是旧沙鸥。空怀感，有斜阳处，却怕登楼[⑨]。

【注释】

①辛卯岁：元世祖至元二十八年（1291）。沈尧道：名钦，号秋江。至元二十七年（1290）秋与张炎同赴大都（今北京）抄写《藏经》。次年两人南归，沈尧道居杭州，张炎往越州（绍兴）。一年后沈尧道来访，别后，张炎作此词。赵学舟：张炎词友，也曾参与抄经。②玉关：玉门关，此泛指北方边关。③江表：江南。④“老泪”句：暗用羊昙“恸哭西州”典故，见苏轼《八声甘州》注。此用西州代指杭州，意谓经过故国旧京杭州城，想起已逝的故人，不胜其悲。⑤“一字”二句：翻用“红叶题诗”典故，见周邦彦《六丑》注。意谓本想借红叶题诗赠友，然西风落叶处处触动故国沦亡的哀愁，所以无一字寄赠。⑥“载取”句：指友人归返白云深处，闭门隐居。⑦“问谁”二句：屈原《楚辞·湘君》：“捐余玦兮江中，遗余佩兮澧浦。”“君不行兮夷犹，蹇谁留兮中洲。”此处化用楚辞句意，写友人临别时依依不忍离去。⑧“零落”句：张炎好用寒秋的残叶枯苇自比身世漂泊的凄凉景况，如其《声声慢》：“莫向长亭折柳，正纷纷落叶，同是飘零。”其《疏影》：“石老云荒，身世飘然一叶。”⑨“有斜阳”二句：意谓夕阳迷茫，山河全非，故怕倚楼望远。与南唐·李煜《浪淘沙》“独自莫凭栏，无限江山，别时容易见时难”意思相仿。

【赏析】

作者饱经故国沦亡的流离伤乱，孤独寂寞中故友来访复又离去，不由百感横生，哀绪纷至，写下这首赠别词。上片写当年北游南归。开篇以“记”字领起，直贯而下，追忆赴北写经的旧事。玉关踏雪、寒气裂裘的苦寒，枯林古道、黄河饮马的劳顿，见出被迫北行的惴惴心怀。“依然”二字转到重返江南、泪洒城门的悲感。再以红叶飘秋，写归后一字无题、音信不通的苦衷。下片写今日重逢别离。白云归去，留珮弄影，写两情依依的惜别。继而设想别后，零落如秋叶，孤寞无知己，愈衬见出故交情深。末了，有斜阳怕登楼，不尽之意见于言外，友朋离散、家国沦丧的无穷哀感尽在那斜阳断肠处。

张炎早年词偏于婉丽一路，而此词淋漓感慨，运笔峭折，有白云舒卷之致，是作者用重笔、有力度的佳篇。《八声甘州》是揭调，即声情激越而缠绵的高调。作者择此调写悲怆送别之情，应和词调音节的转换，于词中一气旋折，越旋越深，由苍凉悲壮落入绵邈低咽，辞与调谐合，恰到好处。

【辑评】

[清]陈廷焯《白雨斋词话》：玉田工于造句，每令人拍案叫绝……《甘州》云：“短梦依然江表，老泪洒西州。一字无题处，落叶都愁。”后叠云：“折芦花赠远，零落一身秋。”

[清]陈廷焯《大雅集》：苍凉悲壮，盛唐人悲歌之诗，不足过也。又“折芦花”十字警绝。

[清]谭献《复堂词话》：（记玉关踏雪事清游）一气旋折，作壮词须识此法。

【今译】

记得，玉门关外	北方凛冽的酷寒
厚软积雪上随意踏走，	冻硬貂皮轻裘。

沿着荒枯树林
踩响古老沉寂的驿路，
黄河边饮马
将疲惫风尘整休，
心中意绪难言
又有谁知，悠悠。
赴北之行，如一场
短暂惊悸的梦游，
恍然醒来时
江南漂泊依旧，
入经故都城门
哀绪，纷至沓来
不禁一把老泪横流。
别后，当红叶题诗
可一字无处写就，
秋风中的落叶
已浸染如血的浓愁。

天阔云轻，行船
载一片白云归去
你，挥一挥衣袖，
这重聚分别时
谁，解留玉珮
顾影徘徊
在水中的白萍小洲？
我，将采折一束芦花
赠送远方的你，
一身飘零，似
一叶芦苇零落衰秋。
平常闲游的地方
野桥，流水，
不再是旧识沙鸥。
都说远望当归
可我——
一怀思念空有，
啊，怕登高楼
只因那斜阳惨淡处
让人慨然生忧。

解连环

孤 雁

楚江空晚。怅离群万里，恍然惊散。自顾影欲下寒塘[①]，正沙净草枯，水平天远。写不成书[②]，只寄得相思一点。料因循误了[③]，残毡拥雪[④]，故人心眼[⑤]。　谁怜旅愁荏苒[⑥]。谩长门夜悄[⑦]，锦筝弹怨[⑧]。想伴侣犹宿芦花[⑨]，也曾念春前，去程应转。暮雨相呼，怕蓦地玉关重见[⑩]。未羞他双燕归来，画帘半卷。

【注释】

①“自顾影”句：用崔涂《孤雁》“暮雨相呼失，寒塘欲下迟”诗意，所写情形亦相仿。②写不成书：此指失群孤雁只有一点，排不成字形。③因循：拖延，耽误。④残毡拥雪：东汉·班固《汉书·苏武传》载：苏武出使匈奴被扣留，囚置大窖中，断绝饮食，“天雨雪，武卧啮雪与毡毛并咽之，数日不死”。此化用其事，借苏武代指被迫北行的故人。⑤心眼：心意。⑥荏苒（rěn rǎn）：时间渐进。此指愁绪连绵不断。⑦长门：见辛弃疾《摸鱼儿》注。唐·杜牧《早雁》有“仙掌月明孤影过，长门灯暗数声来”之句。此融合杜牧诗意，写孤雁的凄怨。⑧“锦筝”句：用唐·钱起《归雁》诗意：“潇湘何事等闲回？水碧沙明两岸苔。二十五弦弹夜月，不胜清怨却飞来。”⑨宿芦花：栖息芦苇塘。陆游《闻新雁有感》：“新雁南来片影孤，冷云深处宿菰芦。”⑩蓦地：忽然。

【赏析】

张炎以咏物词最为精到，这首《解连环·孤雁》与《南浦·春水》同为享有盛名之作。元·孔齐《至正直记》云："钱塘张叔夏，尝赋孤雁词，有'写不成书，只寄得相思一点'，人皆称曰'张孤雁'。"

本篇句句写雁而又处处见人，人雁双关，物我为一，借咏孤雁寄寓家国丧亡之痛和身世漂泊之哀。上片，顾影徘徊，欲下未下，写孤雁惊散的恍然心悸，传神。接下沙净草枯，水平天远，着意点染空阔而清寂的背景，衬托其"孤"凄。再转出孤雁离群，不成字行，寄寓对北行故人的思念。"写不成书，只寄得相思一点"，出语新警，以长空"一点"写孤雁入妙，并托入"相思"情意，极幽渺、极缠绵。下片，先借长门夜悄、锦筝声咽，托出孤雁形只影单的哀怨。再写孤雁暮雨相呼，寻伴思归。末了以画堂珠帘归燕，反衬孤雁荒野寒沙的凄苦无依，"未羞"二字中隐见宁受羁苦而自守情操之意。

张炎的论词专著《词源》认为：咏物词"体认稍真则拘而不畅，摹写差远则晦而不明"，所咏应了然在目，而又不滞留于物，方为佳作。此词寄意深微而不晦涩，刻画贴近而不拘泥，咏物托怀恰到好处，可谓达到了咏物词的较高境界。其摹写物态工巧精细，运笔委婉层深，运典用事融化无痕，也均见出作者的深厚功力。

【辑评】

[元]陆辅之《词旨》：乐笑翁奇对："沙净草枯，水平天远。"

[清]王弈清《历代词话》：《草窗词选》：其《咏孤雁》云："自顾影欲下寒塘，正沙净草枯，水平天远。写不成书，只寄得相思一点。"如此等语，虽丹青难画矣。

[清]李佳《左庵词话》："写不成书，只寄得相思一点。"沈昆词："奈一绳雁影，斜飞点点，又成心字。"周星誉词："无赖是秋鸿。但写人人，不写人何处。"三词咏雁字各具巧思，皆不落恒蹊。

【今译】

楚江空阔，笼着
一江暮色的昏晚。
恍然离群的孤雁
苦恨相隔，万里遥远，
惊散在那匆匆时
剩下形孤影单。
欲下寒冷的水塘栖息
又徘徊不定
旋飞里顾影自怜，
正是沙净草枯
平阔江水浸入远天。
孤零零一只
再也排不成"人"字

远空，幽渺一点。
这一点啊
只寄一缕相思缠绵。
想来，这失群孤飞
延误了传书的时限，
困居荒漠的故人
只能囓雪吞食毛毡，
盼雁足传书
捎来故国的音讯
可是，徒然秋水望穿。

有谁，会哀怜这
失散流离的路途绵延，

枉自长门冷宫愁苦
独守长夜漫漫，
又听潇湘哀筝
弹弄月色，不尽幽怨。
料想这清冷月夜
伴侣在芦苇丛栖安，
曾想——
从旧路踏上归程
该在明年春天。
啊，黄昏冷雨里
一声凄唳一声
将伴侣苦苦地呼唤，
怕是悲喜交加
玉门关外，骤然
与久失的雁群相见。
到那时，面对
归来双燕栖息在
珠帘半卷的雕栋画檐，
即使是——
一身疲惫，满面憔悴
又有什么愧颜。

绿　意①

咏荷叶

碧圆自洁，向浅洲远浦，亭亭清绝。犹有遗簪，不展秋心，能卷几多炎热？鸳鸯密语同倾盖②，且莫与、浣纱人说③。恐怨歌、忽断花风④，碎却翠云千叠。
回首当年汉舞，怕飞去漫皱，留仙裙摺⑤。恋恋青衫⑥，犹染枯香，还叹鬓丝飘雪。盘心清露如铅水⑦，又一夜、西风吹折。喜净看、匹练飞光，倒泻半湖明月。

【注释】

①绿意：张炎《红情》序云：“《疏影》《暗香》，姜白石为梅着语。因易之《红情》《绿意》，以荷花荷叶咏之。”②倾盖：车盖相碰，表示一见如故。西汉·司马迁《史记·邹阳列传》：“白头如新，倾盖如故。”此形容荷叶密接如伞盖倾倚。③“且莫与”句：唐·郑谷《莲叶》：“多谢浣溪人未折，雨中留得鸳鸯盖。”此化用其意。浣纱人：春秋时越国美人西施原是浣纱女，此泛指美女。④花风：花信风。⑤留仙裙摺：汉·伶玄《飞燕外传》：汉成帝于太液池作千人舟，赵飞燕歌舞《归风送远》曲。侍郎冯无方吹笙，倚其歌声。歌舞酣时风大起，成帝令冯无方拽持飞燕裙，风止，裙为之皱。他日，宫女仿之，襞裙为皱，号“留仙裙”。⑥青衫：青色的官服（青，文官品级最低的官服颜色）。唐·白居易《琵琶行》：“座中泣下谁最多？江州司马青衫湿。”⑦“盘心”句：用“金铜仙人”典故，见刘辰翁《兰陵王》注。

【赏析】

此词上片用博喻层层铺写。起首“碧圆自洁”，先领写荷叶色碧、形圆、性洁的特征，接下用三层比喻次递写来：新叶纤卷出水，如美人遗落的玉簪；阔叶亭亭舒叠，如伞盖遮鸳鸯密语；风荷零乱摇曳，如破碎的翠云千叠。下片用比拟，绾合人事进一步铺写。皱褶舞裙，写风荷的飘逸；染香青衫，写残荷的芳洁；铜盘铅泪，写露荷的清滢。末了纵使西风吹折，犹有半湖月光，托出秋荷的幽寂。此词咏荷叶的芳姿、清品、幽情，摹形、写神、传情三者兼具，用事而不为事所使，咏物而不沾滞于物，雅丽清空，当为咏物佳作。

有人认为词中汉宫飞燕、青衫司马、金铜仙人的运典用事均有寄寓，或故国之念，或身世之叹，或沦亡之哀，尽借咏荷曲折传出。而清·端木埰《词选》批注云："但就咏荷叶绎之，自是千秋绝调，不必胡牵妄摭（拾取），致绝妙好词尽成梦呓。"

【辑评】

[清]丁绍仪《听秋声馆词话》：《暗香》《疏影》二词，为白石自渡腔。以咏梅花，张玉田易名《红情》《绿意》，分咏荷花、荷叶。

俞陛云《唐五代两宋词选释》：赋荷叶胜于赋花，层折较多，分五六层意，次第写出，且句亦矜炼，结句尤见清超。

【今译】

碧绿，清圆
铺展出一叶叶雅洁，
清浅的沙汀
远处的水滨
亭亭玉立，清绝。
才露尖角的新荷
似采莲女的玉簪遗却，
一点清心不愿舒展
又能卷多少炎热？
绿荷荫庇下
鸳鸯，低语切切，
莫说与浣纱女听
好留待阔叶如盖相遮。
只恐花信风
吹断这幽怨的歌吟，
搅碎一湖荷丛
如碧云，千叠。

回想当年，汉宫
歌舞彻夜，
怕佳人乘风归去
拽出留仙裙，化作
风荷细柔的皱褶。
未残的绿荷
似沾留余香的青衫
让人不愿弃舍，
只叹荷残，人衰
鬓发丝丝飘雪。
水珠在荷心
聚流，似仙人承露铜盘
点点铅泪如泻。
又一夜秋风
将绿荷无情吹折。
荷塘清净里
还可赏看，月光
倒泻半湖冷寂的澄澈。

月下笛

孤游万竹山中，闲门落叶，愁思黯然，因动黍离之感。时寓甬东积翠山舍。①

万里孤云②，清游渐远，故人何处。寒窗梦里，犹记经行旧时路。连昌约略无多柳③，第一是、难听夜雨。漫惊回凄悄，相看烛影，拥衾谁语。　张绪④，归何

暮。半零落依依，断桥鸥鹭。天涯倦旅，此时心事良苦。只愁重洒西州泪[⑤]，问杜曲人家在否[⑥]。恐翠袖、正天寒，犹倚梅花那树[⑦]。

【注释】

①万竹山：宋·陈耆卿《嘉定赤城志》载：万竹山在浙江天台县西南四十五里，“九峰回环，山道险隘，岭上草木苍秀，平旷幽窈，自成一村”。黍离之感：见姜夔《扬州慢》注。甬东：今浙江定海县。②孤云：陶潜《咏贫士》：“孤云独无依。”此以孤云自喻。③连昌：唐代行宫名，在今河南宜阳县西，宫中多植柳树。唐·元稹有《连昌宫词》，写安史之乱后的荒凉残破景象。此处借指南宋旧时宫苑。约略：大概。④张绪：字思曼，南朝齐吴郡人，有文才，美风姿，喜谈玄理，口不言利。唐·欧阳询《艺文类聚》记载：南齐武帝植蜀柳于云和殿前，条枝甚长，状如丝缕，尝玩赏曰：“此杨柳风流可爱，似张绪当年。”⑤西州泪：见苏轼《八声甘州》注。此用羊昙“恸哭西州”典故，表示不忍重经临安故地。⑥杜曲：在今陕西长安县南，唐代高门大族聚居之地，杜姓世代居于此，故称。此借指临安繁华街衢。⑦“恐翠袖”二句：化用唐·杜甫《佳人》诗句，以孤寒自守的佳人比拟故人。

【赏析】

从小序来看，此词当作于张炎晚年流寓浙东时，时距宋亡已二十年。宋亡后，张炎以旧朝王孙做了遗民，长期漂泊不定。曾只身一人游经万竹山，见山舍门庭紧闭，落叶铺地，不由黯然神伤，难抑黍离之悲，遂写下此词。

起首“万里孤云”，悲怆，渺茫，定下全篇基调。上片写羁旅凄孤：独宿山舍，寒窗短梦里，犹记旧时京都游踪；不堪梦醒后，听夜雨淅沥，点滴入心；长夜拥衾不眠时，无人共语，独对烛影。旅况羁怀的凄孤悲凉，至此写极。下片写归思愁苦。以丰姿清雅的张绪自比，伤叹归去迟迟；借西湖断桥鸥鹭剩半，感伤故人零落。再生发天涯倦客思归而未归之苦楚：一怕归去，断壁残垣，泪洒西州；二怕归去，逃亡失散，人家在否？结处遥想伊人倚梅，自守孤寒，期待自己归去，从对面收出悠长一缕思念。

作者将二十年来国破、家亡、人散的深悲沉哀凝聚在笔端，长歌当哭，或梦境，或悬想，或用典，或设喻，运笔深曲而不浅直，格调沉至而又辞意清空，读来如闻夜猿啼月，让人哀绝凄绝。

【辑评】

[清]陈廷焯《别调集》：骨韵俱高，词意兼胜，白石老仙之后劲也。

俞陛云《唐五代两宋词选释》：白云集中，每隐寓君国之思，此则明言《黍离》之感，抚连昌杨柳，访杜曲门庭，亡国失家之痛，并集于怀矣。

【今译】

万里长空，只如
一片云絮凄孤，
清寂地渐远
漫无边际向天边游浮，
如今在哪里
日夜思念的旧故？
这山舍寒窗下
一枕孤梦，依稀
犹记旧时街巷的路。
故国宫殿的杨柳
颓枝败叶
剩无力低垂几株，
不堪冷雨淅沥
与苦苦寻觅的梦魂伴度。
短梦惊醒时
悄然，一围幽独，

空自独拥薄被
对阴影摇曳的残烛，
一怀深深憾恨
谁与我共语相诉？

曾经，山水游赏
似当年张绪
诗酒吟啸的风流雅儒，
为什么还不归去？
迟迟地，空掷
二十载春秋寒暑。
那，西湖断桥边
一半零落了
相盟为友的鸥鹭，
想必若再相见
不忍离去，依依眷顾。
早已疲倦了
浪迹天涯的羁苦，
此时凄凉心事，更苦。
只怕待到归去时
一把老泪
抛向故都城门
撕心裂肺地恸哭，
那朱门宅院
离乱失散的人家
不知，依旧在否？
啊，料想伊人
正是天寒日暮，
修竹边，若有期待
斜倚梅花幽树。

清平乐

采芳人杳[①]，顿觉游情少。客里看春多草草，总被诗愁分了。　　去年燕子天涯，今年燕子谁家？三月休听夜雨，如今不是催花。

【注释】

①采芳：郊外游春，采摘花草。

【赏析】

宋恭帝德祐二年（1276）元兵攻陷临安，张炎世居临安的家宅被抄没，亲人被掳杀，自己成了逃亡的宋之遗民。许多年后再回到临安，满目萧然，已无家可归，万千感慨聚于笔端，遂吟成此词。

这是一首伤春名篇。词人的“深”慨，从今昔盛衰对比中来。当年宋朝承平时，西湖游春极盛，赏花踏青的人“两堤骈集，几于无置足地”，水中画舫“栉比如鱼鳞，亦无行舟之路”（宋·周密《武林旧事》），如今一抹荒烟，采芳人杳。当年芳郊游赏，身为贵族公子风流倜傥，如今却是亡宋遗民，客里看春。抚今追昔，顿生出客中伤春之哀、江山易代之悲。而这沉痛哀迫，作者并不作直笔抒泻，而是将它融合在燕子谁家的流落无依中，糅入夜雨摧花的不忍听中。

此词笔触含婉，音节流丽，但由于家国身世之痛楚的渗入，使得伤春情怀的抒写格外语沉、意凄、情苦，所谓“深人无浅语也”（俞陛云《唐五代两宋词选释》）。词中的“寡兴”、诗愁，当透过一层咀嚼，才是其欲吐还吞的味旨。

【辑评】

俞陛云《唐五代两宋词选释》：羁泊之怀，托诸燕子；易代之悲，托诸夜雨。深人无浅语也。

【今译】

城郊野外，踏青
采花的人杳杳，
这衰残春末
游兴疏疏，觉少。
羁旅客居中
赏看春色也草草，
昔时车马风流
浓郁的兴致
如今，总被诗愁分了。

去年的燕子
飘飞无依在天涯，
今年归来时
画梁筑巢在谁家？
三月，莫要听
枕上夜雨淅沥地洒，
这时节——
暮春冷雨哟
葬送枝头的残花。

无名氏

青玉案①

年年社日停针线②。怎忍见、双飞燕？今日江城春已半。一身犹在，乱山深处，寂寞溪桥畔。　　春衫著破谁针线③，点点行行泪痕满。落日解鞍芳草岸。花无人戴，酒无人劝，醉也无人管。

【注释】

①一说为黄公绍作。②社日：见晏殊《破阵子》注。停针线：宋·张邦基《墨庄漫录》：唐、宋时，闺中妇女“遇春、秋社日，不作组纠（编织、针线之事），谓之忌作。唐·张籍《吴楚词》：“今朝社日停针线。”③著（zhuó）：同“着”，穿。

【赏析】

关于此词，清·沈辰垣《历代诗余》引为黄公绍作，《阳春白雪》《花草粹编》均作无名氏词。而前人认为此词言浅意深，极自然而含蕴，不似南宋末词人手笔，俨然是北宋元祐年间词。

这是一篇游子词，纯用白描手法写春日怀人。一怀旅思客况，由社日停针线、双燕归飞引出。接下，写清溪桥畔的飘零客愁，“乱山深处”见出荒寂；写春衫穿破的羁旅归思，“行行泪痕满”知是凄冷，抛妻孤旅的凄凉酸楚尽在言中。进而落到“花无人戴，酒无人劝，醉也无人管”，连用三个“无人”叠句复沓而来，可谓妙语联珠，而今日之“无”，正是往日之“有”，孤独落寞情状又不尽于言外。

此词结构紧凑，如起调“停针线”与换头“谁针线”呼应，下片“芳草岸”与上片“溪桥畔”呼应，结拍“无人”与上片“一身”呼应，整首词情于回环照应中层层递进，一咏三叹。

【辑评】

[清]贺裳《皱水轩词筌》：无名氏《青玉案》曰：“落日解鞍芳草岸。花无人戴，酒无人劝，醉也无人管。”语淡而情浓，事浅而言深，真得词家三昧，非鄙俚朴陋者可冒（假充）。

唐圭璋《唐宋词简释》：“落日”数句，更以景色烘染情事，三层递下，写足游子内心之苦闷。语极疏朗，情殊可悯。

【今译】

年年春社，今又春社
闺中停了针线。
眼前怎忍见
飞归旧巢的双燕？
已是落花缤纷
江城春色残了一半。
我，孑然一身
仍自漂泊荒冷的乱山，
寂寞，匆匆
行旅在清溪桥畔。

夜半灯下，有谁
一线一针
为我缝补破旧春衫，
只有衣襟上
伤心泪痕点点。
夕阳，渐西沉
将马鞍解卸
歇息芳草丛生的溪岸。

可叹花枝嫣红
无人采摘插戴鬓边，
对花独自闷饮
无红袖佳人
殷勤，斟酒相劝，
待到酣然醉了
也无人搀扶照看。

跋

二〇〇二年春节前夕，范晓燕从深圳回到长沙，参加庆祝他们毕业二十周年的同学聚会。离长沙前，她告诉我，所编著的《唐诗三百首赏译》《宋词三百首赏译》两书拟将成套再版，并殷勤托我为此作序。她说，不是求老师为这两本小书说些什么，只是希望多年师生的情谊能留下点文字的痕迹。我听了很感动，于是欣然命笔，写了这篇短文。

我只能说是范晓燕在古代文学方面的一个启蒙教师。她是原湖南师范学院中文系七七级的学生，我曾为她所在班级讲授过一年半的古代文学史和作品。她很喜爱古代文学，尤其是唐诗宋词，听课非常仔细，常常会有一些疑难问题，课后便来与我交谈。时间长了，她给我的深刻印象是：聪颖灵秀，乐观大度，淡泊恬退，不刻意追求，却也不乏探究的热忱。我当时觉得，以她的性情才志，研究古典诗词倒是很合适的，所以乐意尽我所能给她一些指导。她后来发表的关于柳宗元山水诗的论文，就是在大学里基本写成的。

大学毕业，范晓燕分配到了沅水岸边的常德师范学校。我很少见到她，但心里仍对她有所期盼。果然，几年之后，她在全国师范学校的课堂教学录像比赛中获一等奖，所写研究论文也在全国性的期刊上发表。不久范晓燕调回母校任教，从此，我们由师生而成了同事。重返母校的范晓燕，脱去了学生时代的稚气，已是一个优秀的大学教师。学生们听她讲古代诗词，可说是一种高雅的艺术享受，所以每有讲座，邻近班级的学生也都蜂拥而至，填门塞户，那气氛十分热烈。但范晓燕并不满足于此，她所求乃内在自我的充实和完善。每次见到我，总说自己读书太少，希望能有时间系统地读书，深入钻研一些问题。面对她如饥似渴的神情，我内心深处便有不安之感。我对她说，我有心而无力，已难以把你带入一个更高的境界，你去寻求名师吧！

范晓燕先是跟着美学家杨安仑先生修完了文艺美学的硕士学位课程，后随诗话学家蔡镇楚先生完成了国家课题的古籍整理项目。1995 年调到深圳工作以后，又有幸去中国社会科学院文学所进修，师从刘扬忠先生研究词学。她既已具备坚实的基础，一经刘先生的妙手点拨，顿时豁然贯通。这次来长沙，她给我看了近年所写关于李商隐、柳永、苏轼、秦观的几篇专论，其堂庑境界，已非昔日可比，高屋建瓴的态势，辨析毫厘的精细，做到了有机的结合。我从其清新洒脱的论述文字中读到了她的成熟和自信，亦从内心深处为之庆幸。范晓燕终于走到了我未能走到却期盼她能走到的地界，我希望她心无旁骛地继续走下去，前面还有着更开阔的天地。

末了，再说到这两本书，它其实是作者多年来对唐诗宋词作微观研究的成果集结。在历代唐诗宋词选本中，蘅塘退士的《唐诗三百首》与上彊村民的《宋词三百首》珠联璧合，堪称雅俗共赏。范晓燕编著的《唐诗三百首赏译》《宋词三百首赏译》分别以此为底本，作了一定的增删，同时也参照了时贤不同的鉴赏注释本，择善从之。也许在许多人看来，唐诗宋词不宜翻译也很难翻译，几乎是一件耗费心血而徒劳无益的事，但范晓燕却数年潜心于此，正如作者自言："春去秋来，花开花落，无悔无怨——尽把鹏城都市的繁华，换作一纸沉浸与淡泊。"她无悔无怨地做了，终于将饱含她心血和心愿的两本书呈现在读者面前。对此，我以为最令人击节叹赏的，是范晓燕在古诗词翻译上所下的工夫。她将古代诗词译成优美的现代新诗，所译诗既能忠实于原诗原词的句意，又有诸多灵巧的处理，使古诗词的意境、韵味之美不致丧失，可以说每一篇译文，都经过了她自己体悟的"再创作"。我觉得，单是这些译诗的清词丽句，就足够使人赏心悦目了，这可能就是这两本书与通行的其他选注本最大的不同之处吧。

彭炳成

于岳麓山下

图书在版编目（CIP）数据

宋词三百首赏译/范晓燕编著．—北京：中国人民大学出版社，2016.6
ISBN 978-7-300-22638-5

Ⅰ.①宋…　Ⅱ.①范…　Ⅲ.①宋词—诗歌欣赏　Ⅳ.①I207.23

中国版本图书馆 CIP 数据核字（2016）第 053378 号

宋词三百首赏译
范晓燕　编著
Songci Sanbaishou Shangyi

出版发行	中国人民大学出版社		
社　　址	北京中关村大街 31 号	**邮政编码**	100080
电　　话	010－62511242（总编室）		010－62511770（质管部）
	010－82501766（邮购部）		010－62514148（门市部）
	010－62515195（发行公司）		010－62515275（盗版举报）
网　　址	http：//www. crup. com. cn		
	http：//www. ttrnet. com（人大教研网）		
经　　销	新华书店		
印　　刷	北京宏伟双华印刷有限公司		
规　　格	185 mm×260 mm　16 开本	**版　　次**	2016 年 6 月第 1 版
印　　张	27.25 插页 2	**印　　次**	2016 年 6 月第 1 次印刷
字　　数	648 000	**定　　价**	55.00 元